心归何处

王冀邢 著

四川文艺出版社

图书在版编目（CIP）数据

心归何处 / 王冀邢著. -- 成都：四川文艺出版社，2019.1
ISBN 978-7-5411-5029-6

Ⅰ.①心… Ⅱ.①王… Ⅲ.①长篇小说－中国－当代Ⅳ.
① I247.5

中国版本图书馆 CIP 数据核字 (2018) 第 283288 号

XINGUIHECHU
心归何处

王冀邢　著

责任编辑	梁康伟
封面设计	叶　茂
内文设计	史小燕
责任校对	蓝　海

出版发行	四川文艺出版社（成都市槐树街 2 号）
网　址	www.scwys.com
电　话	028-86259287（发行部）　028-86259303（编辑部）
传　真	028-86259306

邮购地址	成都市槐树街 2 号四川文艺出版社邮购部　610031
排　版	四川最近文化传播有限公司
印　刷	三河市华东印刷有限公司
成品尺寸	168mm×235mm　1/16
印　张	26.75　　　　　　字　数　470 千
版　次	2019 年 1 月第一版　　印　次　2019 年 1 月第一次印刷
书　号	ISBN978-7-5411-5029-6
定　价	88.00 元

心 归 何 处

|目录|

序：沉静自从容 / 朱丹枫 001

引　子　母亲的家世 001

第一卷　战争年代 004

第二卷　和平时期 092

第三卷　动荡岁月 160

第四卷　似水流年 213

第五卷　心归何处 305

序　沉静自从容

/ 朱丹枫

　　冀邢新作问世，嘱我作序。虽恐力有不逮，但还是欣然受命。作为冀邢的朋友，借冀邢新作出版的机会与大家分享自己多年来对其人其文的感受，也是一件乐事。

　　冀邢最广为人知的成就是导演了电影《焦裕禄》、电视剧《叶挺将军》等数十部叫好又叫座的优秀影视作品，获得过华表奖、金鸡奖、百花奖等几乎全部国内主要影视奖项和荣誉，是影视界名副其实的实力派。在导演的身份之外，冀邢还是一位多产的文学作家。他的文学作品，既有《老娘土》《超导》等影视剧本，也有《兄弟》等小说，洋洋洒洒共计百余万字，成果不可谓不丰硕。

　　冀邢是一位有着浓郁人文关怀情愫的作家，其作品往往聚焦于大时代波澜中个人的命运浮沉。多年的影视导演工作，又使他善于把小说丰富的戏剧冲突、复杂细腻的人物内心世界以影像感强烈的文字叙述出来，一些影视拍摄手法，如快速剪接、场景变化、声音过渡、特写等也都被运用到小说创作中，使其作品具有了鲜明的个性。《心归何处》就是这样一部有着典型"王氏风格"的长篇小说。小说讲述了父母一生纠缠牵绊的缘聚缘散，反映了红军长征、抗日战争、解放战争、抗美援朝等近百年波澜壮阔的宏大历史画面。作品构思精巧，人物个性鲜明，语言简洁传神，情节跌宕起伏，环环相扣，既有花前月下的柔情，又有浴血沙场的壮志，绵密细致的情感描写与纵横捭阖的革命叙事巧妙地穿插在一起，让人读来不忍释卷。

文学是人学，人永远是文学描写的中心。称职的文学创作者，必须对人的情感、性格和命运有深入的理解和同情。这要求作家要有平和的心态，在平和沉静之中观察烦躁繁杂的世界，慢慢地把掌握到的东西融会贯通。小说创作是把自己所有奔放的情绪、生活的强烈情感，包括艺术技巧，完全理解之后，慢慢化为自己内心的东西，收敛之后再释放出来。它是一种理智的、理解了的东西再发挥，跟现代艺术讲求直接的喷发不一样。冀邢在这方面一直做得比较好。《心归何处》除了高明的叙事技巧和丰满的情节设置，对人物的刻画也可谓入木三分。小说中，同是革命青年，同是热血男儿，秦怀璧和李莽一个严谨笃行，一个粗犷豪放，都写得有血有肉，立体饱满。而母亲的形象则更为动人，从几个细节就可见一斑：母亲初闻秦怀璧时"心里一动"，见面时"春潮萌动"，再见时"耳热心跳……心里有些莫名的慌乱"，情到浓时在日记中直呼"亲爱的怀璧大哥，你听见我的心声了吗？我们能永远在一起吗？"一个敏感多思、情感炽烈的少女形象跃然纸上。不仅如此，作者还把人物置于激烈的矛盾旋涡之中，在冲突中充分展现人物性格。母亲爱秦怀璧，却为了坚守神圣纯洁的爱情理想，忍痛拒绝秦的求爱；她深爱自己的丈夫，却为了精神和事业的独立，近乎不近人情地始终坚持"不愿意当家属"，最终成为家庭分裂的导火索。可以说，柔软善感的情怀和自立坚毅的性格，注定了母亲坎坷波折的一生，令人扼腕感慨。显然，母亲的性格已经不能用单纯的"对"或"错"来评判，每一个读者，都会从中读出自己的答案。这也恰恰显示出冀邢高超而娴熟的人物塑造能力。

不能不提到的还有小说独具特色的地域文化和强烈的生活气息。乡愁是碎片化的当代人在这个快速变化的世界中最真实的感受。冀邢在北京读书，长期工作在四川，但他的灵魂之根却始终深扎在故乡山西小城。山西风情、风俗、风物，成为他创作的重要源泉。翻开小说，源远流长的三晋文化气息扑面而来：土得掉渣又充满生命力和表现力的山西话，醇厚传神；特色鲜明的饮食、婚嫁等习俗，耐人玩味；《左权将军》《小亲圪蛋》《拥军歌》等热辣直率的民歌，令人动容。小说还将党内刊物《上党红花》、牺盟会、"背大刀的黄衣马队和黑狗子警察"等当时在山西真实存在的史实与小说虚构性情节交融，赋予作品厚实的现实质地，让读者有"回到现场，触摸历史"之感，扩大了审美视野和想象空间。

所谓"诗，可以兴，可以观，可以群，可以怨"，真正打动人心的文学作品，不仅要有高超的表现技巧，还必须具备对现实人生的关注和思考。当前文学作品创作和出版火热，但人们也发现，个别作品或因作者积累不够，或出于哗众取宠，一知半解、有意无意地戏说历史，曲解历史，回避崇高，消解崇高，在客观上对一些不健康思想意识的传播起了推波助澜的作用。作家需要沉静，任何杂念和浮躁都能从作品中反映出来。心境平和，摒除妄念，潜心创作，才能逐渐有所进步。因为，一切有价值的文学作品从来都不是靠无病呻吟或炫技猎奇获得长久生命力的。

冀邢作为一位年轻的老艺术家，在正确看待和表现历史这一点上，无疑是把握得比较到位的。所谓"大事不虚，小事不拘"，应该是小说家在创作历史传奇作品时应该坚持的基本底线。《心归何处》较为真实地还原了传奇年代革命者丰富多彩的情感生活，写出了共产党人既有儿女情长，更重责任和使命的精神境界，引发读者对自由与责任、个人命运与民族前途等问题的深刻思考。我相信，这对文学创作者和文学评论家都会有所启发。

（朱丹枫：四川新华发行集团董事长）

引 子 母亲的家世

母亲赵玉莲的家在山西太行山腹地的一个小山村，村名儿叫赵墁坡。
民国十三年农历七月十八日，母亲就出生在这个小山村。
参加革命工作后，母亲曾经在《自传》里这样描述过她的家庭情况：

我爷爷年轻的时候，家境十分贫困，兄弟两人，都给财主扛长工，苦苦寒寒，熬到三十多岁，还说不下个媳妇。家里就一间小破土窑窑，进门大炕，要什么没什么，屋里窄得转不开身来。我老奶奶的一件旧蓝布大襟袄儿，前前后后进过县城当铺十来八次，掌柜的是远房老亲，总是凹下个脸，支出两个钱来，往柜台上一拍，训斥道："快回哇，也不嫌辱没人！"全当是打发叫花子。娶我奶奶时，家里穷得寻不出个夜壶来，我老奶奶也不怕人笑话，从茅房里掂回个臭烘烘的粪罐儿对新媳妇说："俺孩夜里想尿了，就尿狗这合儿哇！"把看热闹的村人们笑得"哄哄"的。新媳妇瞅住粪罐儿凹了一夜哭脸，新郎官圪蹴在地下吸了一夜榆树叶儿旱烟。清早起来，缸里瓮里挖不出半升米，全家就揭不开锅了。大喜吉日，我老奶奶领上新媳妇到野地里刮树皮，摘榆钱钱，剜野菜，实在不成个活相。穷急了，我叔爷爷就去偷人家财主地里的嫩玉茭，叫人逮住往死里打，还游了街。他好歹也是个男子汉，没脸见人，半夜喝下卤水就送了命……

山西煤窑多，我爷爷受死受活，省吃俭用，攒下两个钱，买回一条小毛驴，不种地了，就赶上毛驴到几十里外的马家沟小煤窑去倒腾卖炭。天不亮就起身，怀里揣两个石头蛋蛋硬的糠面疙瘩煮饼，到了窑上，赔笑脸说好话，借受苦人的小铁锅锅坐上些水，就那么煮煮吃。买好炭，小毛驴驮上百把斤，他自己用大布袋搭肩扛上七八十斤，天黑返回家来，第二天一大早赶到县城里卖掉，赚几个脚钱。要说勤劳起家，那可不假。我老奶奶一辈子也没吃过几顿白面，吞糠咽菜，破衣烂袄，没有好活过一天；临死没有送老衣服，又去城里赎回那件旧蓝布大襟袄儿，才给穿上入了土。我爷爷那双手，粗得像树皮，黑得像炭，硬得像铁疙瘩，从来洗不干净，也就从来不洗。记得我小时候，老汉摸摸我的小脸蛋，我就赶紧跑回娘屋里去偷偷拿小镜子照一照，小脸上果然留下些黑道道……

就这样没明没夜、受死受活苦熬了好些年，攒下几个钱，他就开始放账，把钱借给人家，学村里的财主样儿，请杂货铺的掌柜先生替他给人写帖子，按手印，放高利贷，钱就越来越多。爷爷穷怕了，决心改换门庭，买下一处带街门的窑楼小院，置了二十亩地，养下两男三女，逐渐发达成村中一门大户。我爹爹是长子，从小聪明伶俐，但身子骨不壮实，五岁上得了个浑身疼的怪病，手疼脚疼骨头疼，疼了他一辈子，不能劳动，家里就送他去私塾念书，后来就成了教书先生兼乡村郎中。民国初期，太原成立国民师范，我爹爹当时已近而立之年，背着家里偷偷跑去考试，结果竟高中第十四名，从太原照回相来，穿一身毛料粗呢学生制服，头戴大鳖盖儿帽，威虎虎地像个官家人，喜得我爷爷捧着相片满村里给人家看。毕业回来，被县政府教育科任命为公办小学教员，吃公粮，处处受人尊敬。我娘年轻的时候很漂亮，三寸金莲，水灵灵、白生生的小媳妇，十六岁嫁给已经三十二岁的我爹爹，两个人感情很好，却八年没开怀，直到二十四岁才生下我，以后再没生养。爹爹思想开明，经常开玩笑说："无儿无女上等人，一儿一女中等人，三男六女下等人。"贫家娇女，我成了爹娘的掌上明珠……

从六岁开始，我就跟爹爹到三十里外的庙岭小学去读书。当时庙岭小学不收女学生，我不能进教室，人家上课，我就留在爹爹屋里插上门念书写字。四书五经都读过，但更多是读医书，看小说。爹爹受过五四运动进步思想的影响，在他身上常常能看到朴素的民主意识和与封建传统道德背道而驰的新观念。他读过很多书，古今中外小说、医药书、科学和哲学论著等，知识渊博，清贫清高，在十里八乡老百姓中很有威望。他给人看病开方从来不收一文钱，认为收人钱财就是对医生人格的亵渎。他提倡妇女自立，反对女孩子缠足，从小教我读书识字，希望我当个女大夫，说医生这个行当是一辈子也砸不烂的铁饭碗，不靠男人也能独立于人世。在爹爹的熏陶下，我从小读过不少医书，像《脉诀》《药性》《本草纲目》等。如果不是后来当了脱产干部，我会成为一个乡村医生……

庙岭小学在一个叫祥云寺的大庙里，孤零零地坐落在村西头，放学后一个人也没有，就剩下我们父女俩，大庙里静悄悄的很怕人。我早早把庙门插得死死的，趴在蓖麻籽油灯下听爹爹讲故事。外面刮风呜呜的像狼叫，大殿里也不知道是什么东西被风刮得砰砰响，吓得我整夜睡不好觉。最怕人的是，大庙后院有个背静的小黑屋叫西房，传说屋里曾经吊死过一个年轻女人，夜里经常闹鬼，野猫都不敢从门口过，我更不敢朝那边望一眼，想起来心就咚咚地跳个不停……

在我十二岁那年，我认识了传说中的第一个"共产党"。

第一卷　战争年代

一、一个面目不清的"共产党"

母亲赵玉莲十二岁那年，中国工农红军长征到达陕北，又东渡黄河，威胁到山西阎锡山统治多年的"独立王国"。阎锡山疯狂剿共，制造白色恐怖，血腥镇压山西各地的学生运动，说故县也有共产党，头裹红布，手拿刀枪，成群结伙，共产共妻，一个个青面獠牙，专吃小孩肉；强迫教员在课堂上教学生们唱阎锡山的《反共救国歌》——"共党残忍杀人如割草，共产共妻贫富皆难逃……"把故县列为山西"四大赤区"之一，闹得兵荒马乱，人心惶惶；到处贴出杀人的布告，打上血红勾勾，扬言对共产党"格杀勿论"。背大刀的马队和黑狗子警察经常到村里搜查，发现谁家有一块红布都不得了，不问青红皂白，杀了很多逃荒要饭的河南人，一些操外地口音的生意人也惨遭误杀。老百姓不懂外面发生了什么事，只知道不能有红的东西，吓得赶紧把家里沾红的物件都烧的烧、埋的埋，玉莲的一件红花小袄儿也被娘扔进了火膛里……

这年夏天，在县城读高小的玉莲放假回到庙岭小学，陪伴爹爹。

庙岭小学设在村东头祥云寺大庙里，宽敞清静。爹爹赵清明身兼校长和教员，瘦高清癯，一袭旧灰布长衫，两手粉笔灰，教授两个班总共四五十个年龄和学龄参差不齐的初小学生的国文和算术课。爹爹在大殿里给学生们讲《论语》，玉莲躲在大殿后院的厢房里，端坐在炕头默读医书。

玉莲天生丽质，眉清目秀，算得上乡村的人尖子。

这天傍晚，天空阴云密布，沉雷隐隐。千年的古庙巍然矗立。桅杆上的旗幡在冷风中猎猎飘舞。黑鸦鼓噪，下学后的大庙空无人迹。爹爹早早地关好庙门，插牢门闩，仔细检查了庙内各个角落。后院厢房里光线幽暗，玉莲已经在瓦盆里和好了面，在案板上切好了胡萝卜和山药蛋，爹爹耸肩搓手从门外溜进屋来，笑嘻嘻地问了声："闺女，咱还吃揪面片吧？"

玉莲腰系围裙，像一位小家庭主妇："爹，俺炒了葱丝辣子。"

爹爹闻了闻香热的葱丝辣子，满意地吸了吸鼻子："香！咱吃饭哇？"

于是，爹爹烧火，玉莲往锅里揪面片，两人配合默契，片刻饭得。玉莲点亮油灯，父女两人围坐在小炕桌旁，"吸溜吸溜"地喝杂面片汤。

天完全黑下来了，屋外阴风闷雷此起彼伏，空荡荡的大庙里悄无声息。

爹爹的吃相略显夸张，不断地称赞道："好吃，好吃！"

玉莲一笑，忽然问道："爹，听说秦肇堂家小子是共产党？"

爹爹脸色倏然严肃了，看了看女儿，轻描淡写道："听谁说？不敢瞎说呢。"

玉莲沉了沉："他是爹的学生吧？小时候好像来过咱家？"

爹爹警惕地听了听动静，凑近女儿低声问道："闺女，你还听说些甚呢？"

"听仙仙说，秦肇堂家小子是共产党，黑狗子正到处抓他呢！"

爹爹忽然把手放在嘴上嘘了一声："悄悄！瞎说砍脑袋呢！赶紧闭嘴嘴！"

玉莲立刻噤了声。爹爹又侧耳听了听屋外动静，对女儿摆了摆手。

灯花闪跳，父女俩陷入了沉默，聆听山雨欲来的风雷声。

突然，漆黑的夜空闪过两道雪亮的强光，闪电撕裂了厚重的乌云，霹雷猛然炸响，暴雨倾盆而降。霎时间，风雨雷电交织，惊天动地，声音大得骇人。浊漳河水涨潮了，如虎豹豺狼般地咆哮。黑沉沉的大庙不时被强烈的闪电照亮，大殿里的鬼神泥塑面目狰狞……

爹爹披衣枯坐炕头，挑灯夜读。玉莲依偎在爹爹身旁，紧张地瞪大眼睛。

风雨雷电声中，猛然响起凄厉的枪声，好像有人在激烈地交火。

爹爹"噗"地吹灭了油灯，屋子里顿时陷入了黑暗，伸手不见五指。玉莲摸黑抓住爹爹的手，心跳得"咚咚"响，浑身发冷，瑟瑟颤抖。忽听"扑通"一声闷响，分明有人从围墙外面跳进院子里来了！玉莲钻进爹爹怀里，惊恐地叫了声："爹！有人来了！……"爹爹也听见了窗外动静，紧搂住女儿低声喝道："悄悄！不怕！……"玉莲大气儿也不敢出，埋头藏身在爹爹怀里，感觉爹爹的身子也在瑟瑟颤抖。寂静中，忽听有人轻轻敲门，声音微弱，却惊雷般动魄惊心！

玉莲窒息似的一声呻吟，立刻被爹爹使劲儿捂住了嘴巴。

半晌，爹爹才壮起胆子问了声："谁呢？"声音几乎跑了调儿。

外面没有人回答，停了停，又轻轻地敲了敲房门。

玉莲吓得直往爹怀里钻，哭声道："爹呀，俺害怕呢！"

"悄悄！"爹爹又捂住了她的嘴，高声问道，"谁呢？不说话俺可喊人了！"

门外有人紧贴门缝低声道："老师，是我！快开门！"

爹爹的心猛一沉，不肯轻易上当，又高声问道："你是个谁呢？"

"老师，您听不出来了？……我是怀璧！"

爹爹全身倏然一震："怀璧？！"颤抖的双手开始在黑暗中寻摸洋火。

"别点灯！"门外那人立刻警觉地命令道，"老师，让我进来！"

爹爹毕竟见过世面，沉思片刻，毅然"哧溜"下了炕，打开房门。一个高大机警的黑影立刻闪身进了门，回身麻利地插紧了门闩。玉莲"哇"的一声惊叫，用被子蒙住脑袋，躲到了炕角里，不敢露头。黑影在黑暗中抓住爹爹的手，低声喘息道："老师，警察在追捕我！"爹爹也压低了嗓门道："哦！你这是……从哪儿来呀？""从太原！老师，能不能让我在这儿躲一躲？我明天夜黑走！"

爹爹在黑暗中沉吟片刻，决然道："行哇！我把你藏到个没人知道的去处……"摸黑抓住黑影的手，忽然一声惊叫，"你手里拿的甚呢？枪？"

"老师，您别怕，咱走吧！"黑影轻声笑了笑，打开了房门。

爹爹赶紧摸回到炕上，伏在玉莲耳边小声哄劝道："闺女，俺孩悄悄睡哇！"

"爹，你别走，俺害怕呢！"玉莲死死地抓住爹爹的手不放。

"不怕，俺孩不怕，爹送你大哥去西房，一个霎霎就回来了，俺孩悄悄睡哇，爹给你把门门锁上，没人进来，啊。"

爹爹连哄带劝地松开手，关了房门，带领黑影悄悄地往后院西房去了。

风雨雷电似乎减弱了些，但雨声依然很大。

孤立无援的玉莲蜷缩在黑屋炕角里用被子蒙住头，不敢哭也不敢动弹。时间仿佛凝固了，也许只过了几分钟，却好像过了大半辈子。整个大庙像一座地狱，除风雨雷声外，听不见任何声息。玉莲悄悄从被窝里探出脑袋，在黑暗中惊恐地瞪大眼睛，身心倍受煎熬。后院背静处闹鬼的小黑屋又浮现在眼前，吊死的年轻女鬼披头散发，伸出血红的舌头，发出古怪的笑声……

玉莲越想越害怕，禁不住放声大哭起来，仿佛号啕大哭才能解除恐惧。

爹爹立刻紧张地跑回屋里来，迅速插好房门点亮油灯，跳上炕去紧抱住女儿柔声劝道："闺女，闺女，快闭嘴，悄悄！俺孩不敢哭了啊！叫人家听见了会说，'呔，呔呔！这是谁家小闺女哭呢？快去看看吧，发生了甚事情呢？看把小闺女吓的！'听！狗狗咬开了，黑狗子抓人呢！悄悄！"

玉莲把哭声噎回嗓子眼儿里去，果然听见外面传来几声狗叫。爹爹吹灭油灯，摸黑钻进被窝里躺下，把女儿紧紧地搂护在怀里，聆听动静。

屋子里再次陷入了黑暗。风雨飘摇，沉雷滚滚，浊漳河水潮声轰鸣。

玉莲躲在爹爹宽厚的怀抱里，在黑暗中睁大眼睛，沉思默想。那个被阎锡山追捕的共产党躲进西房去了，与年轻女鬼做伴儿。他就不怕女鬼索命么？

黑天雨夜，一个面目不清的"共产党"闯进了玉莲的心……

二、爱情的种子悄然播撒在少女的心田

雨过天晴，风和日丽。大殿屋檐下燕雀呢喃，书声琅琅。

爹爹布置学生们读"望天书"，自己心神不定如热锅上的蚂蚁，度日如年。

玉莲依然坐在后院厢房炕头上读医书，却一个字也读不进去——那个"共产党"还藏在西房黑屋子里呢！好容易熬到晌午，学生们下课，放羊似的回家吃饭去了，大庙里安静下来。爹爹做贼心虚似的关了庙门，插上门闩，想了想又抽开门闩，虚掩了庙门。玉莲做好了面片汤，见爹爹悄没声儿地进了屋，忙盛出一碗递给他。爹爹假装咳嗽一声，接过碗筷，转身又溜出去。玉莲侧耳聆听屋外动静。

爹爹端碗刚走近庙门，突然像木桩子似的定住了！

平时很少登门的村长马财主幽灵似的推开庙门走进来。他长袍马褂，瓜皮小帽，手端水烟锅子，白胖的脸上架了副黑圆框眼镜，笑眯眯地问了声：

"校长，吃甚饭呢？"

爹爹吓得险些端不住碗，瘦长脸霎时惨白："村长！……来了？"

村长笑眯眯地巡视着空荡荡的大庙，好像也没什么要紧事，阴一句阳一句地寒暄了几句："夜黑下雨没事儿吧？没人来请瞧病？"

爹爹结巴道："没有没有……没事儿没事儿……"

村长盯住他神秘地笑了笑："后院西房没闹鬼吧？那可是个年轻的女鬼呢！"

爹爹更紧张了，瞪大眼睛矢口否认："没……村长真会说笑话！"

"开玩笑，开玩笑……"村长打了个哈哈，脸色忽然严肃了，"校长最近可要提防呢，到处闹共党赤匪，学校是个清净的地方，可不敢出甚事儿呢！"

"当然，当然！你是校董，又是村长，你说话算数……"

村长又古怪地笑了笑，"呼噜呼噜"吸了两口烟，优哉游哉地离开了大庙。

爹爹骇出一身冷汗，心惊肉跳，戳在大庙门口发了半天呆。

熬到天黑，总算平安无事，空旷的大庙沉寂无声。爹爹紧闭庙门，提着马灯仔细巡查了庙内各个角落，感觉万无一失，才去后院西房把客人引了过来。

昏暗的油灯下，玉莲终于看清了"共产党"的真面目。

秦怀璧，年约二十岁，高高的个头，挺拔的身板，穿一件受苦人的家织粗布白领裰，黑布裤腿挽起来，脚蹬一双千层底布鞋，腰里胀鼓鼓地掖了一把毛瑟枪，漂亮的学生分头，白净脸儿，眉目清秀，亮眼睛里透出一股英武之气。

玉莲躲在爹爹身后，好奇地打量这位不速之客。

秦怀璧忽然单腿跪地道："谢谢老师！救命之恩，终身难报！共产党不会忘了您的恩德，学生不死，涌泉相报！"

爹爹忙扶起秦怀璧朗声笑道："男儿膝下有黄金，不敢给人下跪呢！"

秦怀璧诚挚坦荡："一日为师，终身为父，老师受之无愧！"

师生两人亲密相拥低语，依依不舍，紧握双手。

玉莲到后来才知道，家乡故县早在一九三三年就秘密创建了中共地下县委，秦怀璧就是党的创建人之一。党组织创建后立刻开始发展党员，秘密创办并印刷发行党内地下刊物《上党红花》，开展武装斗争，被阎锡山视为心腹大患，公开悬赏两千块大洋买秦怀璧的人头，悬赏布告画出丑恶形象，把年轻英俊的大学生描绘成青面獠牙、专吃小孩肉的"匪首"……

秦怀璧临别时，忽然伸出热乎乎的大手摸了摸玉莲的头笑道："玉莲妹妹长这么大了，在高小念书呢？好好念，你爹是最好的老师！"

少女玉莲害羞地躲开他的手，心中似有春潮萌动。

秦怀璧多看了她一眼，满含笑意，又向爹爹点了点头。正准备出门时，猛听有人用枪托狠砸庙门，门外响起了如狼似虎的吼叫声！

爹爹和玉莲吓得脸色煞白，浑身颤抖，愕然不知所措。

秦怀璧拔出手枪，"噗"地吹灭了油灯命令道："老师，赶快上炕去睡觉！"闪身冲出门去，霎时消失在黑暗中。爹爹赶紧跑过去关门插紧了门闩，回身上炕钻进被窝，把女儿紧紧地搂护在怀里，父女俩假装睡觉。

疯狂的砸门声惊心动魄，猛听有人"扑通扑通"翻墙跳进院里，紧接着"轰隆"一声巨响，庙门大开。大殿里顿时响起纷乱的脚步声和吼叫声，房门被人一脚踹开，刺眼的手电光乱晃，一大群荷枪实弹的警察闯进屋来！玉莲吓得钻进爹爹怀里，爹爹被手电光照得睁不开眼睛，强作镇定赔笑道：

"嘿嘿，有话好说，有话好说……"

有人点亮马灯，为首的警官看了看父女俩，客气地笑道："校长不必惊慌，我等奉命捉拿共党要犯，要把你这一亩三分地搜一搜。打扰了！"

爹爹护住女儿，勉强挤出笑脸："长官请便，请便……"

警官皮笑肉不笑道："搜出人来，窝藏者全家与共匪同罪！"

爹爹硬起头皮："俺也不知道甚叫个'共匪'。请弟兄们搜查吧！"

"给我搜！搜出秦怀璧，官升三级！"

警官下令，黑狗子们发一声喊，立刻冲向大庙各处，开始搜捕。为首的警官慢慢坐下来，点燃一支香烟，冷眼斜视炕上的父女俩，耐心等待。爹爹和玉莲的心提到了嗓子眼儿上，不知秦怀璧的死活，只好听天由命。黑狗子们把这座千年大庙里里外外搜了个遍，一无所获，陆续回厢房报告。为首的警官面露失望之色，爹爹心知秦怀璧已经脱险，心里有些纳闷——莫非共产党真有飞檐走壁、上天入地、腾云驾雾的本事？

警官干笑一声："校长晚安。发现共匪秦怀璧，请马上向村长报告！"

黑狗子们鱼贯而出，黑沉沉的大庙霎时间又恢复了寂静。

玉莲悄悄松了口气欲出声，却又被爹爹捂住嘴，侧耳聆听动静。

世间万物，都淹没在无边的黑暗中，隐闻昆虫们此起彼伏的浅唱低吟……

冬日阳光下的县城街道萧条冷清，行人稀少，房顶墙角堆满了积雪。

县城高小放寒假，玉莲刚走出学校门，学校对面的县府衙门大门突然打开，冲出一大群荷枪实弹的黑衣警察，迅速在街道两旁布置戒严，黑洞洞的枪口对准行人。不一会儿，几十名身背大砍刀、手提盒子炮、身穿黄军装的宪兵押解一名五花大绑的囚犯从县府衙门里走出来。年轻的囚犯满身血迹，昂首挺胸，眉宇间透出不屈的英武之气，甩开遮住眼睛的长发。玉莲无意间抬头一看，顿时吃惊地愣住了，仿佛当头挨一闷棒——囚犯竟是秦怀璧！传说中的"共产党"！

街道两旁的行人默然凝眸注视囚犯，面无表情。秦怀璧被紧捆了双臂，拖动沉重的脚镣，面带微笑，缓步走来。少女的心被刺痛了，眼里闪动晶莹的泪花。

不知何时，天上飘起了雪花，纷纷扬扬地融化在人们脸上，透骨冰凉。

秦怀璧偶然间仿佛认出了似曾相识的少女，粲然一笑。

玉莲与秦怀璧目光相遇，无声地交流心灵的感应。

秦怀璧甩了甩长发，坦荡地笑望围观民众，轻声唱起了《国际歌》——

起来，饥寒交迫的奴隶！起来，全世界受苦的人！
满腔的热血已经沸腾，要为真理而斗争！……

或许宪兵和警察听不懂这首革命歌曲，或许他们认为死刑犯也应该唱两句。

围观民众也听不懂《国际歌》，或许他们也认为临死前应该唱两句。

唯有十二岁的少女玉莲听懂了英雄的心声，泪水在她的脸上尽情地奔流。

秦怀璧被宪兵和警察押上汽车，回头向玉莲笑了笑，绝尘而去。玉莲勇敢地抬起头来，目送英雄的背影，胸中奔腾汹涌的激情。

震撼心灵的一幕，永远镌刻在她的脑海里，一辈子也不会忘记。

秦怀璧被宪兵和警察抓走后，很长时间没有任何音信，后来就慢慢传出一些不好的消息。有人说他被判处了无期徒刑，关进了太原的"反省院"；也有人说他被阎锡山砍了脑袋，曝尸荒野，半夜有好心人悄悄收尸……

玉莲从来不相信这些道听途说的传言。不知道为什么，一想起怀璧大哥生龙活虎的身影，坚定热烈的目光，她就认定他死不了！否则，为什么他总是会活灵活现地出现在自己的梦里，含情脉脉地与自己相会呢？或许爱情的种子已经悄然播撒在少女情窦初开的心田？

三、死活也要跟你走

七七事变，抗战全面爆发。为挽救民族危亡，中国共产党领导的红军改编为国民革命军第八路军，在朱、彭总副司令的率领下东渡黄河，开赴华北抗日前线，向太行山挺进。国民党军队全线溃退，太原失守，日本人打进了山西。一九三八年春，日寇集结三万多重兵发动了"九路围攻"，从太行山周围交通线的博爱、邯郸、邢台、石家庄、阳泉、榆次、太谷、沁县、长治，兵分九路向晋东南抗日根据地分进合击，于三月十五日占领了故县城，杀人放火，犯下骇人听闻的罪行。山西老百姓没见过日本兵，不知深浅，日本兵占领蟠龙镇，在秦家大院召集全镇民众"开会"，当场将两百多名青壮年男人捆绑押解到镇外的浊漳河边，用机关枪全部屠杀在河滩上，顿时血流成河……

此时，玉莲家里乱成了一锅粥，二叔正闹分家，爹爹腿疼下不了炕，娘急得团团转，赵墁坡村人心惶惶，感觉天塌下来了。日本飞机时常轰炸，枪炮声不断，村顶上天天过队伍，老百姓都跑了反，玉莲也跟随家里人逃难到了庙岭村，听说日本人不进寺庙杀人，老百姓都挤进祥云寺大庙里避难。二叔的儿子栓柱才八岁，天生瞎胆大，跑到他姥姥家王家堖国民党三军军部看热闹，险些让日本飞机炸死，哭兮兮地又跑回来。四月十六日，朱、彭、左等首长指挥八路军一二九师主力在故县长乐滩主战场歼灭日军一〇八师团两千多人，机关枪和大炮"嘎嘎嘎——咚！嘎嘎嘎——咚！"白昼彻夜响个不停，不断地从前线抬下伤员来，老百姓们自发地组织起来给军队做饭烧水，抬担架，安排住处，未满十四岁的玉莲也和一帮小姐妹参加了救护工作。长乐滩战斗结束后，玉莲和小姐妹们跟随大人们跑到河边，只见河滩上摆满了日本鬼子的尸体，八路军和抗日县政府正在打扫战场。细看那些日本兵，倒也不像传说中的丑陋矮小，却个个牛高马大，身肥体壮的样子，也不知他们过去在家里都是些什么人……在这里，玉莲意外地遇见了在太原读书的大姨家儿子黎玉表哥，他已经参加了抗日工作，告诉表妹一个惊人喜讯：秦怀璧没有死！他已从太原回到故县，过些日子就回赵墁坡村看望恩师，让玉莲给爹娘捎个口信儿。玉莲欢天喜地跑回庙岭去向爹娘报了喜讯，爹娘自然也喜不自禁。不久，全家又随乡亲们搬回了赵墁坡……

夏末秋初，暴雨将至。乌云厚重的夜空沉雷轰鸣。赵墁坡村西头的一座小巧精致的窑楼小院灯光闪烁，树影婆娑，充满了温馨和安宁。窑楼正房里，病重的爹爹躺靠在炕上，娘正给他喂药汤。娘还没满四十岁，温柔贤惠，干净利索，把年过半百的爹爹伺候得舒舒服服。

凉风吹拂，灯花闪跳，天空滚过一串闷雷，空气中透出强烈的雨腥味儿。

爹爹嗅了嗅，自语道："灯花跳，贵客到。今晚怕有人登门呢。"

"快下雨了，能有甚人来呢？"

爹爹捶了捶敷热毛巾的病腿叹息道："唉，我这条腿，疼得越来越厉害了，恐怕再也不能教书了。兵荒马乱的，把闺女念中学也给耽误了……"

娘不安地瞅了瞅楼梯口，低声道："闺女心里难过，你少叫些苦哇！"

山西太行山区的农家小窑楼依山而建，坐北朝南，一楼一底。楼下是正房，楼上阁楼为杂物间。东西两眼窑洞，家境殷实户还有东西厢房，南面是牲口棚和茅厕。玉莲家这样的人户，爹爹能挣现钱，算得上书香门第的耕读之家。

小阁楼上，一灯如豆，映衬出已长成妙龄少女的玉莲的身影。玉莲今年刚满十四周岁，去年高小毕业考上县城中学。不料七七事变爆发，华北危急，中学的板凳还没坐热，日本人就打进了山西，学校被迫停了课，学生们各自回家避难。今年春末，粉碎日寇"九路围攻"后，玉莲跑回县城去打听能否复课，却见学校已被敌人放火烧成了灰烬，一片废墟，流泪回到家里，成天把自己关在小阁楼上，读书习字，不肯轻易下楼见人。

天刚傍黑，玉莲正伏在油灯下写日记，忽听楼下有人说笑，一个亲切熟悉的声音传来，玉莲忽觉耳热心跳，蓦然起身，又矜持地坐下，心里莫名地慌乱起来。

猛听娘在楼下喊了声："闺女，快下来哇！你怀璧大哥回来了！"玉莲感觉心快要跳出嗓子眼儿了，慌张地答应一声，稳住情绪走下楼去。

正房里灯光明亮，秦怀璧果然站在灯光下，向玉莲默默地微笑。两年不见，少女心目中的英雄更显英武成熟，依然是高高的个头，挺拔的身板，漂亮的学生分头，身穿八路军灰军装，肩挎驳壳枪，眉宇间神采飞扬。

玉莲蓦地红了脸，羞怯地说了声："大哥来了……"

秦怀璧略显惊讶地笑望少女，朗声笑道："玉莲妹妹真长成大姑娘了！"

爹爹和娘也笑了起来，笑声中充满了疼爱，意味深长。

玉莲娇羞地躲到娘身后去，藏在灯光的阴影里，暗中观察怀璧大哥。

爹爹对玉莲自豪地说："你大哥今天专门回来看我，他是咱县八路军工作团副团长，牺盟会特派员，县农会主席，干大事呢！我就知道他有出息！"

秦怀璧忙摆手："老师夸奖了，学生正准备向老师报告呢。我前年被阎锡山关进了太原'反省院'，去年七七事变后，国共第二次合作，才得到无条件释放。今年春天，我们粉碎了日本人的九路围攻，抗战形势一片大好，抗日武装发展壮大，急需要动员广大青年学生积极参加抗日工作，充当抗日骨干。不知道玉莲妹妹愿不愿意出来参加抗日工作？"

玉莲早已热血沸腾，立刻大声响应道："俺愿意！俺早就想报名呢！"

"小闺女家能干个甚呢？还是好好念书吧！"爹爹还没表态，娘就表示反对。

"命都保不住了，念书有甚用？娘，抗战是头等大事！"

秦怀璧趁热打铁："是啊，大娘！抗战前全县有四所高小和一所中学，现在已经全部停课了。日本鬼子不让咱念书啊！今年县里成立了民族革命两级学校，学制三个月，专门培养青年抗日干部和抗小教员。我看玉莲妹妹条件很好，应该报考民校女子班，今后毕业了兼做抗联干部和抗小教员。"

玉莲抱住娘撒娇道："娘，俺要去！俺死活也要跟大哥去！"

娘说不过年轻人，只好求救地悄悄拉拽爹爹的衣袖。

爹爹沉默半晌，表态道："玉莲是我的独生闺女，掌上明珠，我当然舍不得。可怀璧和闺女说得好：'抗战是头等大事'。又道是：'天下兴亡，匹夫有责。''皮之不存，毛将焉附？'为了国家和民族，年轻人应该参加抗日工作。我听说怀璧还兼任民校的教育长？我做主了，让闺女跟你去参加抗日吧！"

玉莲高兴得跳起来："爹，你真是抗日模范！"

秦怀璧也笑道："请老师放心，玉莲妹妹就交给我了！"

只有娘心里难过，一个人偷偷面壁抹眼泪儿，好像割去了心头肉。玉莲搂住娘柔声安慰道："娘，你放心，我会经常回来看你的……"娘抱住女儿放声大哭，弄得女儿和爹爹也忍不住红了眼圈儿。

突然闪过一道耀眼的亮光，随即震响惊天动地的霹雷，倾盆大雨从天而降。

秦怀璧叫了声"糟糕"，看了看门外暴雨，似乎在犹豫走还是不走。

爹爹拍手笑道："下雨天，留人天，留人不留？留下哇！"

"明天是民校报名的最后一天，后天开学……我还是赶回去吧！"

玉莲起身响应："大哥，我跟你走！我去拿雨伞！"

爹爹挣扎起身抓住秦怀璧的衣袖劝阻道："怀璧，你不能走！下这么大雨，响雷闪电，天黑路滑，太危险了，我不能让你走！听老师话，天亮再走！"

娘也死死地抱住玉莲不放，生怕一眨眼女儿就消失了。

秦怀璧想了想："也好，让玉莲再陪爹娘住一夜，明天一早出发！"

皆大欢喜。娘自告奋勇地去给怀璧做小拉面，玉莲欢天喜地烧火。爹爹忽然一拍大腿：七月十八，明天不正是女儿十四周岁的生日么！

四、梦里花落知多少

清晨，雨仍然下个不停，密集雨雾漫天飘舞，阴沉的天空雷声轰鸣。泥泞的山路上，秦怀璧和玉莲互相搀扶着，跌跌撞撞地走下山去。坡陡路滑，风雨交加，两人不时摔跤，浑身透湿如落汤鸡。好容易下山来到浊漳河边，雨下得更大了。枯水季节浅窄的河水猛涨，足有百十米宽，那座摇晃的简易独木桥已被洪水冲毁，只剩下河心露出的几根木桩子。奔腾的水流又急又猛，发出骇人的吼声。破雨伞已无法遮风挡雨，两人在河边徘徊半晌，没法下水。玉莲又冷又饿，浑身直打战，秦怀璧忙脱下外衣披在她身上。两人沿河岸往上游走去，来到一处稍平缓的河湾，秦怀璧大声说："就从这儿过吧！这儿水浅，我背你过河去！"玉莲不好意思，此刻也顾不得害羞了，乖乖地趴在了秦怀璧的背上。河水浊浪翻滚，惊涛拍岸。秦怀璧试了试水，背起玉莲下河了。走近河心，河水已齐腰深。秦怀璧东倒西歪站立不稳，犹豫地停住脚步。正在这时，突然一个大浪铺天盖地打过来，立刻把两人冲倒淹没了。玉莲惊叫一声："大哥！"猛然被河水呛住了，身子忽悠一下漂起来，顺水向下游漂去！情急中，秦怀璧一把抓了空，玉莲已不知去向，满眼是翻滚奔腾的浑水……

生死相隔一层纸，转瞬性命赴黄泉。

玉莲在急流浊浪中漂流沉浮，喝了好些浑水，脑袋里一片空白。秦怀璧也被呛晕了，忽见玉莲的身影在浊浪中一闪，急忙扑腾过去。昏沉中，玉莲忽觉脑后一阵生疼，有人死死地拽住了她的小辫子。玉莲早已不省人事，恍惚感觉自己在摇晃的摇篮里飘呀飘呀，飘向一个深不见底的黑洞……

不知过了多久，昏死过去的玉莲才慢慢恢复了知觉。

蓖麻籽油灯灯花闪跳，"嗡嗡"的纺车声绵绵，朴拙的炕围画妙趣横生。

玉莲从昏迷中缓缓苏醒过来，忽闪的大眼睛里充满惊疑与茫然。

一位饱经风霜的大娘脸上露出惊喜欣慰的笑容："唠呀，可算活过来了！"

笑声中，忽然围过来一大家子人，有老汉，有后生，有闺女，有媳妇，还有吃奶的孩子，一张张淳朴善良的笑脸，一双双亲人般的热切的目光……怎么还有怀璧大哥？他不是背我过河了么？他怎么也在这儿？……

死去活来的玉莲看看这个，瞅瞅那个，不知自己身在何处。

秦怀璧已经换了老百姓的衣服，笑嘻嘻地说："玉莲，这里是浊漳河下游的石拐村，咱俩到龙王府走了一遭，多亏大伯一家相救，又活过来了！"

一个三岁小闺女趴在炕沿上仰脸呆望玉莲，满脸艳羡。

大娘把玉莲扶坐起来笑道："闺女，多亏你们兄妹俩命硬！发大水的时候，俺家老汉和你兄弟正在河边瓜棚里看西瓜，见有人漂了河，赶紧跳下水去救人。亏他父子俩都会水，先把你哥胳膊抓住，就连你一块儿捞上来了！"

"你哥让河水灌得昏死过去，可手还死死地揪住你的小辫子呢！"花白胡子老汉笑眯眯地补充道。

玉莲抓住大娘的手含泪道："大伯，大娘，您一家子救了俺们的命啊！"

大伯憨厚地笑了："河漂了人，还能见死不救？好人命大哇！"

"玉莲妹妹，我们这两条命是大娘一家子舍命救下的，他们就是我们的再生父母，我们拜大伯大娘为干爹干娘吧！"秦怀璧向玉莲建议道。

玉莲立刻响应："俺愿意！"

于是，两个年轻人双双跪在大伯大娘面前，拜了干爹干娘。

满屋欢声笑语，干娘把玉莲扶上炕，亲热地搂住她笑道："俺老婆子前世修来好命，从天上掉下来一对好儿女！秀儿，叫姐呀！"

三岁小闺女一直睁大眼睛注视玉莲，忽然拍手笑道："姐姐好看！"

全家都被小闺女的童真逗笑了，秦怀璧把小闺女抱起来，递到玉莲怀里。

"小妹妹，你也好看呀！你叫个什么名儿？"

小闺女口齿伶俐："俺叫秀儿。八路军姐姐，你叫个甚名儿？"

玉莲贴了贴秀儿的小脸："俺叫赵玉莲。俺不是八路军，俺还没参加呢！"

正说笑，忽然从门外涌进一大群青年男女，为首一个年轻女同志急切地抓住秦怀璧的手问道："怀璧，你没事儿吧？"学生们纷纷嚷道："教育长，全县都闹响了，县长派我们来接您呢！""这个俊闺女是谁呀？……"

"玉莲，这是县妇救会长纪爱芳同志，兼任民校的政治教员。这些都是老师和同学们。"秦怀璧介绍道，"爱芳，她叫赵玉莲，是我老师的女儿。"

纪爱芳热情地握住玉莲的手："赵玉莲同志，我们一起战斗吧！"

玉莲局促不安地红了脸："俺还没考试……"

"就凭你参加抗日的热情和勇气，你已经被录取了！是吧，教育长同志？"县妇救会长热情奔放，"革命不分先后，欢迎赵玉莲同志！"

教员和学生们齐声道："欢迎赵玉莲同志！"热烈地鼓起掌来。

玉莲从来没经历过这样的场面，既害羞又兴奋，俊俏的脸蛋飞起了红霞。这不是做梦吧？玉莲悄悄掐了掐自己大腿，竟然不感觉疼痛……

一九三八年农历七月十八日，是母亲赵玉莲十四周岁的生日，也成为她参加革命工作的纪念日。从这天开始，母亲就把自己的全部生命交给了革命事业。她从来没有想过革命道路的艰难与曲折，革命斗争的复杂与残酷；她此刻只觉得全身热血沸腾，心儿欢快地狂跳，沉浸在兴奋与激动中……

五、纯情少女埋葬了朦胧的初恋

县城中心巍然耸立一座千年佛塔，成为故县古城的标志性建筑。

三官庙坐落在城关内，大殿院落宽敞气派，前院已改建成了大操场。"民族革命两级学校"就驻在三官庙内，首期共两百余名学生。新的生活开始了！

一个寒冷的冬夜，幸福的时刻突然降临到玉莲面前。

熄灯号吹过后，大殿后院学生宿舍的灯光陆续熄灭。女生宿舍里还亮着灯，一溜大通铺炕上并排睡了十几个女孩子，正叽叽喳喳地嬉闹说笑。忽然有人跑进屋来叫了声："老师来了！"女孩们赶紧吹灭灯钻进被窝，顿时鸦雀无声。

政治教员纪爱芳走到女生宿舍门外叫了声："赵玉莲，你出来一下。"

玉莲一激灵，坐起身："来了。"摸黑穿衣溜下炕走出门去。

睡在玉莲身边的女孩刘月琴在黑暗中若有所思。

玉莲跟随纪爱芳穿过黑暗的过道来到后院，一路上没敢发问。

教员宿舍灯光闪亮，秦怀璧披衣盘腿坐在炕上，正伏身在小炕桌上写什么。

纪爱芳和玉莲前后脚走进屋，玉莲拘谨地叫了一声："教育长。"

秦怀璧点了点头，指了指炕沿道："玉莲同志，请坐！"

玉莲局促不安地坐下，纪爱芳坐在她身边，亲热地搂住她的腰。

秦怀璧亲切严肃地开门见山道："赵玉莲同志，今天县委派我和纪爱芳同志找你谈话。组织上已经正式决定，批准你加入中国共产党。"

"怀璧同志是县委组织部长，现在组织保密，没有公开。"纪爱芳补充道。

玉莲感到有点突然，心跳得厉害，全身的热血仿佛燃烧起来。

秦怀璧郑重地握了握她的手："祝贺你，赵玉莲同志！组织上决定，由我和纪爱芳同志担任你的入党介绍人。新党员宣誓仪式在毕业前举行。"

纪爱芳也紧握了玉莲的手，玉莲流下了幸福的热泪。

"玉莲同志，有什么问题需要向组织上说明吗？"秦怀璧关切地问。

玉莲摇了摇头，坚定地表示："请组织上派我到抗日前线去！"

秦怀璧赞许地点了点头："你的态度和决心很好，今后服从组织的分配吧！"

纪爱芳亲热地搂住玉莲的肩膀："好，你回去休息吧。注意保密。"

玉莲向两位介绍人鞠了躬，转身退出门去。

秦怀璧和纪爱芳目送玉莲出门，回头相视一笑，一时都没有说话。沉了沉，秦怀璧又伏身在小炕桌上继续写东西。屋里的空气忽然沉闷起来。

纪爱芳枯坐片刻，起身告辞："我回去了。"头也不回地走出门去了。

秦怀璧一愣，摇头笑了笑，又伏下身去聚精会神地写东西。

玉莲没有回宿舍，却悄悄来到黑暗的教室里，点亮了蓖麻籽油灯。

从十岁到县城念高小开始，玉莲就养成了每天写日记的习惯。小小日记本，记录了她内心深处的秘密，一颗鲜活的少女心跃然纸上。灯光映红了玉莲幸福的笑脸，她坐在小课桌前开始写日记，笔尖在日记本上留下了娟秀的字迹：

民国二十七年腊月十八日，今天是我一生最幸福的日子，我被组织上批准加入了中国共产党！我是一名光荣的共产党员了！虽然组织目前还没公开，我的党员身份暂时需要保密，但我已经是有组织、有依靠的人了！能和我崇敬的怀璧大哥一起在党里工作，我多么幸福啊！亲爱的怀璧大哥，你听到我的心声了吗？我们永远在一起多好啊！……

玉莲忽然感觉身后有人，猛然回头，却是悄然而至的同窗姐妹刘月琴。

刘月琴笑吟吟地转到玉莲面前，悄声道："玉莲，写情书呢？"

玉莲藏起日记本红脸道："瞎说甚呢！不睡觉，鬼鬼祟祟溜出来干什么！"

刘月琴属于鬼心眼儿女孩儿，吃吃地低声笑问道："喜欢教育长？"

"刘月琴！请你不要胡说好不好！……"玉莲起身恼怒道。

刘月琴却拦住欲离开的玉莲，神秘地笑了笑道："玉莲，咱俩是朝夕相伴的好姐妹，我还不知道你心里那点儿小秘密吗？你心里悄悄喜欢秦怀璧，可你知道秦怀璧是有妻室儿女的人吗？所有人都知道这件事，就你一个人蒙在鼓里！"

玉莲霎时惊呆了，恼羞成怒地喊道："你、你造谣！"

"我没有造谣！"刘月琴严肃而冷静道，"秦怀璧的父亲秦肇堂是全县有名的大财主，秦怀璧十六岁在太原念高中时，就给他娶了个大他三岁的媳妇，两个人根本没感情，也从来没圆过房。秦怀璧一直在外面从事革命工作，可那个媳妇却在家里悄悄生了个儿子，人家怀疑那孩子是老公公下的种……"

玉莲听得心惊肉跳，用手使劲捂住耳朵喊道："别说了！脏死了！"

刘月琴同情地停顿一会儿，又忍不住道："玉莲，不是我背后嚼舌头，我是真心为你好！我听说纪爱芳一直想跟秦怀璧相好，人家也是书香门第的大家闺秀，跟秦怀璧既是大学同窗，又是革命战友，也算得上是门当户对……"

玉莲脸色惨白，浑身发抖，冷冷地低声道："好了，你回去睡觉吧！"

刘月琴默然地叹口气，不声不响地离开了教室，把孤寂和寒冷留给了玉莲。

一灯如豆，在冬夜寒风中颤抖。玉莲独自枯坐良久，终于战胜了感情的沮丧，重新坐回小课桌前奋笔疾书。毕竟还是未满十五岁的少女，人生刚刚开始起步，感情脆弱，理智尚未成熟，还无法独立面对复杂而险恶的人生。但玉莲也是一个拿得起、放得下的女孩，心志高远，个性刚强，绝不在命运面前低头。在她往后漫长的革命生涯中，这种刚强的个性将表现得淋漓尽致……

在这个阴冷的寒夜，少女玉莲悄悄埋葬了朦胧的初恋。

一九三八年冬，玉莲从民校毕业后，又留下来参加县委干训班学习三个月，初步学习了马克思主义的基础理论和党的方针政策，成为一名职业革命者。一九三九年春，玉莲被派任庙岭区抗日中心小学教员和庙岭中心区妇救会长，时年还不满十五周岁。今天的女孩子在这个年龄，还在父母面前撒娇呢！母亲这一代人却已经挑起了民族解放的重任，把青春和生命义无反顾地献给了革命事业。

冰消雪融，春光明媚。解冻的浊漳河水清澈欢畅，河岸边杨柳新绿。简易的独木桥已经重新搭建起来，曾经生死与共的结拜兄妹故地重游。玉莲将长辫剪成短发，身穿红花小夹袄儿，腰扎牛皮带，肩背布挎包，粗布裤子扎了绑腿，脚蹬带襻儿布鞋，浑身充满了青春活力。秦怀璧换了便装，肩挎盒子枪，帮玉莲扛着铺盖卷，沿河并肩漫行。两个有特殊感情的青年男女默不作声地漫步。秦怀璧几次欲言又止，又怕伤害玉莲，心中汹涌的激情难以抑制，他终于靠近玉莲，大胆地向少女表白道：

"玉莲，有几句话，我一直想对你说。"

玉莲脸热心跳，低声道："你说吧。"

"我一九一六年生人，属大龙，今年二十三岁。我在太原读书的时候，父母包办婚姻，给我娶了个我不认识的女人。我从来没承认过这门婚事，也从没见过这个女人，去年已经由县政府出面解除了婚姻关系，这个女人已经回娘家去了。我一九三三年参与创建中共故县第一届县委，并任县委宣传委员和《上党红花》主编，现任县委组织部长和县农会主席……"

玉莲轻轻打断他的话，温柔地看了他一眼："这些我都知道……"

秦怀璧受到鼓舞，索性直抒胸臆道："我说这些，是想向你表达我的诚意。我喜欢你！我知道，爱情是人类最崇高的感情，但是爱情需要缘分。我不知道你心里怎么看我。我一直把你当妹妹看待，我会永远保护你。如果我们俩没有缘分，我也不会埋怨你。我会尊重你的选择……"

秦怀璧一口气说出了心里话，感觉轻松了许多，精神也振奋起来。

玉莲第一次面对异性大胆热烈的爱情表白，心慌意乱。

秦怀璧见她两腮绯红，语气缓和下来："玉莲，你不用马上回答我。恋爱和婚姻大事，应该征求父母的意见。我等你回音。"

玉莲头脑冷静下来，清纯的目光直视秦怀璧，诚恳道："怀璧大哥，谢谢你给我讲了这些话。你是我从小崇敬的英雄，是我参加革命的引路人和入党介绍人，也是我的领导和老师，我很尊敬你。我现在年龄还小，刚参加工作，从没考虑过婚姻大事。请大哥原谅，我愿意永远做你的妹妹。"

秦怀璧惊讶地呆望少女，仿佛不相信她能说出如此冷静成熟的话，但他毕竟是经历过生死考验的革命者，头脑渐渐冷静下来，帮玉莲把铺盖卷背上肩，掏出一只精巧的小手电筒，递给玉莲笑道："这是八路军李团长送给我的战利品，它的主人还是个日本少佐呢！夜黑外出时好使，送给你。"

玉莲的眼睛湿润了，接过手电筒点了点头，转身离去。刚一转身，不争气的眼泪就断了线似的流了下来，她赶紧加快脚步低头走去。

秦怀璧目送玉莲的背影远去，暗自叹了口气，转身返回县城去了。

浊漳河边，两个小小的身影背道而去，渐行渐远。

玉莲边走边流眼泪，在心里痛切地哭喊道："怀璧大哥，请原谅我，我不能接受你的爱！可我的心里多爱你啊！但我不能接受你曾经有过包办婚姻的事实，更不愿伤害我尊敬的纪大姐！我该怎么办？玉莲，你把大哥的心伤透了！……"

六、又遇上一个执迷不悟的痴情男子

故县地处南北走向、绵延千里的太行山腹地，东部山区山高林密，沟壑纵横，地势险峻，西部为典型的黄土丘陵地貌；发源于太岳山区的浊漳河由西向东贯穿故县全境，与清漳河交汇后合称漳河，流经华北平原汇入黄河。抗战初期，全县划分为七个行政区，故县第一区也称庙岭中心区。庙岭区公所在原村长马财主家大院里，区委尚未对外公开，区长兼区委书记马怀旺是玉莲儿时小姐妹仙仙她爹，贫雇农出身的老党员。当玉莲走进区公所报到时，受到怀旺叔的热情欢迎。

"玉莲回来了？好啊，长成大闺女了！"

玉莲将教员委任书和党员组织介绍信交给区委书记兼区长："怀旺叔，这是县政府教育科的教员委任书，这是县委组织部党员介绍信，俺就向你报到了！"

马怀旺文化不高，粗粗看了看委任书和介绍信笑道："前几天到县里开会，怀璧已经交代过了，大家可高兴呢！你表哥黎玉是庙岭小学校长，还有你民校的同学刘月琴，天天盼你去呢！他们都不是党员，学校的工作你多费心。"

"叔，俺知道。我先去学校报个到，区妇救会的工作回头再向你请示汇报。我有些初步想法，要把各村的妇救会尽快组织完善起来，积极开展妇女救亡运动和支前工作，提高妇女的政治思想觉悟，主动参加抗日战争……"

马怀旺高兴得直点头："闺女，你回来了，我心里就踏实多了。好好干哇！"

"叔，我刚参加工作，不懂规矩，你多指教。"

"甚规矩？'干不干，一斤半'。平日吃饭就在学校里搭伙，下乡在老乡家吃派饭，村里凭饭条到区里兑粮食，每月发两个铜板的干部津贴。"

"碰上老百姓给做好吃的，超出伙食标准，咋算账呢？"

马怀旺笑得更憨厚了："能有甚好吃的？一斤半的定量，吃多吃少照算！"

玉莲背起行李："叔，俺先走了，今黑夜回头再找你。"

"正好，今黑夜准备开区委会，你也来参加吧。"

"行，跟大家见个面。"玉莲告辞出门，直奔庙岭小学。

估计早已有人报告了新老师到任的喜讯，当玉莲来到学校时，忽然愣住了：校长黎玉竟然率领全体教员和学生列队欢迎新老师，掌声雷动，气氛热烈。玉莲感到有些意外，不知如何是好，在校门口被热情的师生们围住了。黎玉是个热情洋溢的知识分子，白净脸上戴了副近视眼镜，动作有些夸张。他最近刚从蟠龙镇小学调到庙岭中心校当校长，新官上任，充满朝气。鬼心眼儿女孩儿刘月琴在校长身后向玉莲做鬼脸儿，不知又有什么鬼主意。

黎玉握住玉莲的手笑道："玉莲，欢迎你！听说你回校任教，全校师生一片欢腾啊！你是老校长的女儿，又是区妇救会长，我们感到特别高兴！"

"玉莲老师才貌双全，她是我们民校的校花呢！"刘月琴"锦上添花"。

师生们再次热烈鼓掌欢迎，弄得玉莲满脸通红。

玉莲稳住情绪，大方诚恳地说："谢谢校长，谢谢老师和同学们！我刚参加工作，没什么经验，文化也不高，希望大家帮助我，共同完成抗小的教学任务和抗日救亡工作。黎校长，请老师和同学们回教室上课吧！"

黎玉高声宣布："同学们回教室继续上课，中午教员会餐！"

祥云寺大庙还是老样子，只是增添了浓烈的抗战气氛。黎玉把表妹领进前院校长办公室兼住室，热情殷勤地让座倒茶。校长室屋子不大，收拾得干净利索，最引人注目的是墙角的一张单人床和棉纱蚊帐。

黎玉亲热地问候道："表妹，没回家去看看？俺姨和姨父都好吧？"

"好。表哥，你把床都从家里搬来了？"玉莲笑问。

黎玉端了个独凳坐到表妹面前，亲密无间道："没那么麻烦！村长马财主是我爹姥姥家表姐夫，知道我睡不惯火炕，借给我用的。我在太原读书睡惯了木床，睡炕失眠，养成了坏毛病……玉莲，你来庙岭，我真是太高兴了！"

玉莲喝了口热茶，称赞道："这茶好香！从太原带回来的？姨父会做生意，听说太原沦陷后，你们全家都搬回来了，俺姨和姨父身子骨还壮实吧？"

"壮实！"黎玉轻描淡写道，"日本人轰炸太原，把我爹辛辛苦苦挣下来的铺面和货仓全给毁了，小老板变成了穷光蛋，现在天天躺在炕上骂娘呢！"

"留得青山在，还怕没柴烧？打败小日本就好了。"

"活该！我爹财迷心窍，让他吃点亏也好，看他还敢不敢卖日本货！"

两个人都笑起来，目光碰到一起，忽然都有些不自然。

黎玉和玉莲是姨表兄妹，从小青梅竹马，感情亲密。黎玉一直很喜欢玉莲，特别是从太原回故县后，忽然见到出落成亭亭玉立少女的表妹，心里产生了一种异样的冲动，竟至日思夜想，魂不守舍，不可救药地爱上了玉莲。玉莲对表哥的单相思却浑然不觉，直到有一天夜里表哥跑到民校女生宿舍来找表妹，结结巴巴语无伦次含混不清地表达了晦涩的爱意后，玉莲才朦胧地意识到表哥可能爱上了自己。她觉得这既不可能，也很可笑，又不愿伤表哥的自尊心，便装糊涂委婉地劝走了表哥。没想到，鬼心眼儿女孩儿刘月琴却看上了白面书生黎玉表哥，民校毕业后主动要求分配到庙岭小学当教员，对校长展开了爱情攻势……

玉莲正襟危坐，言归正传："校长，请给我分派任务吧。"

黎玉笑道："不急，我先给你简单介绍一下情况。庙岭小学现有教员四名，学生一百一十五名，来自全区十五个村镇。学生的年龄学龄参差不齐，有些学生年龄比你还大，个别的基本上就是文盲，教学任务艰巨，关键是没有抗战内容的教材，全靠教员自己编纂。全校四名教员，除我兼任政治课和国文课外，刘月琴负责算术课，马国振负责行政总务，还有一位齐老先生讲古文。你看，情况就是这么个情况，锣齐鼓不齐的，我这个校长不好当呢！"

"校长对我有什么安排，尽管吩咐好了。"

黎玉忽然凑近表妹，神秘地笑道："玉莲，我知道你是党员，政治水平高，就请你上政治课吧，音体美也可以替我分担一些。你觉得怎么样？"

玉莲爽快地答应道："好啊。我跟月琴一块儿住吧，相互也有个照应。"

门帘忽然一掀，刘月琴像饭馆伙计似的端了个木托盘走进屋来，后面跟了个端汤盆的马国振老师，无非是疙瘩汤、烤火烧、炖粉条之类，香味扑鼻。

刘月琴嚷嚷道："会餐喽！大肉炖粉条，鸡蛋疙瘩汤，校长请客！"

黎玉与马国振在炕桌上摆好饭菜，招呼玉莲入座就餐。

玉莲东张西望道："齐老先生呢？请他也来吧，大家一块儿热闹。"

"算了，老先生脾气古怪，从来不跟人交往，随他去吧！"黎玉笑道。

刘月琴又开始阴阳怪气："玉莲姐，今天我和马老师是沾你的光，出席校长为你举行的欢迎会餐。借花献佛，以汤代酒，祝玉莲老师工作顺利！"

玉莲嗔笑道："鬼丫头，乖乖儿闭上嘴吃饭吧！"

黎玉宽容大度道："月琴老师伶牙俐齿，我从来不敢招惹她……"

刘月琴娇憨地举筷子威胁黎玉："校长偏心眼儿，到底是表哥疼表妹！"

玉莲掐她的皮，刘月琴夸张地向黎玉求救，一片欢声笑语。

表哥暗恋表妹，女教员喜欢校长，区妇救会长却像个局外人，难免使这场爱情角逐产生喜剧效果——尽管是发生在危险的战争状态下。

月落星稀，四野宁静。祥云寺大庙隐没在暗夜浓雾中，悄无声息。校长室的窗户里透出油灯的光亮，黎玉坐在窗前，心神不定地涂抹自画像，远处传来几声犬吠，更远处似乎还有零星的枪声，扣人心弦。黎玉坐不住了，不觉起身披衣走出房门，望了望黑沉沉的夜空，向对面亮灯的厢房走去。

马国振老师立刻从厢房里走出来，轻声问道："校长，有事么？"

黎玉焦虑不安道："玉莲老师去蒋家庄开妇女会，怎么到现在还没回来？"

马国振在黑暗中笑了："可能开会晚了，婆婆妈妈的事儿多呢！"

黎玉叹了口气："老马，你先睡吧，我给玉莲留门儿，你就不用管了。"

"夜里凉，你也别等太晚了。"马国振顺从地退回屋里去了。

厢房的灯灭了，黎玉走出虚掩的大门，站在门外台阶上，举目眺望。

风高月黑，树影婆娑。伸手不见五指的黑夜竟死一般地沉寂。

黎玉忧心忡忡，仰天轻叹："小冤家，你咋不回来呀？……"

忽然有人在背后拍了拍他的肩膀，把他吓了一大跳。猛然回头，衣衫单薄的刘月琴鬼影似的出现在他身后，悄声问道："校长，又在单相思呢？"

黎玉生气地训斥道："鬼丫头！深更半夜不睡觉干甚呢？"

刘月琴似乎有些发冷道："你不也没睡吗？玉莲不回来，俺也睡不着！"

黎玉见她冷得哆嗦，就把自己的外衣披在她身上，并轻轻抱了抱。刘月琴却趁势倒在他的怀里，很享受似的闭上眼睛，心里十分温暖。

黎玉像抱了一块烫手山芋，想扔又不敢扔，想抱又不敢抱，僵硬住了。

刘月琴情迷心窍："校长，你喜欢我么？……"

"我……当然，你是个好同志，可是玉莲……"黎玉含混吃语。

刘月琴倏地离开他的怀抱，眼含幽怨："玉莲是你的亲表妹，表兄妹相好不合适，亏你还是读书人！再说，剃头挑子一头热，玉莲也不会喜欢你……"

黎玉不高兴道："这是我们家的私事，不用旁人说三道四！"

刘月琴尖酸刻薄道："人家玉莲眼光可高呢，人家喜欢的是秦县长！"

黎玉勃然大怒："胡说八道！不许你造谣污蔑玉莲老师！"

刘月琴委屈地哼了一声，眼泪忽然冒出来，扔回外衣，扭身跑进大门去了。

黎玉心乱如麻，突然被人道破心事，忐忑不安。

忽见远处手电光闪亮，一个熟悉的身影快步走了过来。黎玉赶紧迎下台阶，激动地叫了声："玉莲！你可回来了！……"

玉莲停住脚步，奇怪地问："表哥，大半夜了，你怎么还没睡？"

"我能睡得着吗？你是我的教员，我的表妹，夜里出去开会，一个年轻姑娘，我能放心睡大觉吗？不行！往后夜里我得陪你出去开会！"

玉莲心里很感动，亲昵地挽住表哥笑道："表哥，我是区妇救会长，又不是小孩子，你陪我去算怎么回事？招惹妇女们笑话呢！快回去吧！"

黎玉让玉莲进了大门，回身关门插上门闩。

后院厢房的小炕桌上油灯闪亮，刘月琴正流泪饮泣，忽听窗外响起脚步声，急忙倒炕假寐。玉莲轻轻推开门走进屋里来，见刘月琴已蒙头大睡，蹑手蹑脚地脱鞋上炕钻进被窝里，忽觉刘月琴有些异样，便轻轻地揭开了她的被头。

灯光下，刘月琴紧闭双眼，满脸泪痕，好像哭得很伤心。

玉莲轻轻摇了摇她："月琴，怎么了？做噩梦了？"

刘月琴猛地把被子一蒙，瓮声瓮气哭声道："别管我！问你那大表哥去！"

玉莲莫名其妙，想了想又柔声道："他欺负你了？"

刘月琴哭得更伤心了，身子在被窝里扭动，好像受了天大委屈。

玉莲亲热地趴在她身上笑道："好了，娇小姐的脾气，你还没完没了呢！"

刘月琴忽然掀开被子，坐起身来哭喊道："你多好！从小娇生惯养，长大了人见人爱，走到哪儿都是香饽饽！俺算个甚呢？送上门都没人要的贱骨头！"

玉莲愣住了，不知怎么得罪了她，半晌说不出话来。

刘月琴大概觉得发泄了怨愤，也做得有些过分，倒下身去又蒙住头。

玉莲缓过神来，不觉叹口气道："月琴，我知道你心里委屈，我不跟你计较。你从小没了亲娘的疼爱，在后娘的眼皮子底下受窝囊气，还差点儿让人家卖掉，离家逃婚报考了民校，参加革命工作，才有了独立的人格。可你心眼儿也不能太狭隘，做事不能光考虑自己，眼光要放得更远一些。现在国难当头，民族危亡，我们作为抗小教员，应该全身心地投入到抗日救亡工作中去，不要让个人的感情蒙住眼睛，影响抗战大局。我这可不是说漂亮话，你好好想想吧。"

玉莲吹灯躺进被窝里闭上眼睛，很快进入了梦乡。朦胧的月光漫进黑屋里，隐约能看清景物的轮廓，四周异常安静。刘月琴悄悄露出脸，在黑暗中睁大眼睛，陷入沉思。两个同床异梦的少女，思索不一样的人生……

七、秦县长还没死心呢

一九三九年，侵华日军调集重兵卷土重来，再次占领了故县城，在东门大街举行所谓"入城式"。血红的太阳旗在夕阳下猎猎飘扬，城门楼顶上站满了荷枪实弹的鬼子兵。旧县府衙门前刺刀闪亮，警戒森严，门口挂出了维持会的木牌。

城关三官庙大操场变成了屠杀场，二十几名遍体鳞伤的中国青壮年男子被捆绑在木桩子上，鬼子士兵在军官的指挥下，凶神恶煞，狂呼呐喊，端起上刺刀的三八大盖步枪轮番"冲锋陷阵"，刺杀手无寸铁的中国人，霎时刀光剑影，血肉横飞！列队参观的皇协军士兵惨不忍睹，心惊胆寒，浑身筛糠似的颤抖。日本特务队长小野大尉站在土台子上，冷酷地"检阅"杀人场面。冷清的县城街道，到处横陈中国老百姓的尸体，侵略者的铁蹄肆意横行……

远离县城的抗日根据地庙岭区红旗飘扬，俨然世外桃源。

区公所会议室里烟雾弥漫，人声鼎沸，区村干部们正在等待开会。玉莲夹杂在烟味汗味浓烈的男人们中间，强忍气闷，心情沉重而紧张。忽然，县长秦怀璧在区委书记兼区长马怀旺陪同下走进屋来，挥手跟大家打招呼。

马怀旺宣布开会："临时开一个区委紧急扩大会议，请县长秦怀璧同志传达敌我斗争形势和县委重要决定，部署全区中心工作。请秦县长讲话！"

秦怀璧起身严肃地说："同志们，大家知道，日本鬼子最近调集了大批部队，对我晋东南抗日根据地发动了疯狂进攻，已经占领了故县城和蟠龙镇。我八路军总部和一二九师主力转战太行山区。县委决定，县委县政府和县大队转移到庙岭中心区，领导全县人民开展武装斗争。庙岭地区山高林密，地势险峻，易守难攻，群众基础好，适合开展游击战争，建立长期稳固的抗日根据地。发动群众，武装群众，配合主力部队消灭敌人，这就是当前全县的中心工作！"

马怀旺宣布："区政府和各村镇马上回去贯彻落实县委的决定。县委县政府进驻区公所，县大队进驻祥云寺，晋东南妇救总会进驻监漳村。散会！"

玉莲挤到秦怀璧和马怀旺跟前焦急地问道："秦县长、马区长，县大队进驻祥云寺，学校上课怎么办？黎玉校长还不知道这个事儿，怎么跟他说呢？"

"对敌斗争是中心工作，学校可以暂时停课。"马怀旺决断道。

"叔，课不能停！教育是长久之计，能不能想其他办法？"

秦怀璧赞同道："玉莲老师说的对，课不能停，不能因为打鬼子耽误孩子们受教育。玉莲，我们征求一下黎玉校长的意见，好不好？"

"好。黎玉校长是党外同志，我们应该尊重他。"

秦怀璧对怀旺说："老马，我去学校看看，你们赶快落实转移工作吧！"

"县长，你放心好了！"三个人前后脚走出了区公所。

秦怀璧和玉莲并肩走在乡村小路上，警卫员牵马远远地跟在他们身后。

"玉莲，工作还顺利吧？有什么困难么？"

"学校工作还顺利，区妇救会开展工作困难多一些。"

"是啊！农村妇女受封建压迫和毒害时间太长了，文化觉悟都很低，需要做长期艰苦细致的思想工作，动员她们参加抗战。"

　　玉莲苦恼道："我年龄小，能力弱，又没有工作经验，我感觉有点吃力。"

　　秦怀璧看了她一眼："现在到处缺人手，你愿意到县里工作吗？"

　　玉莲心一动，但碰上对方的目光，立刻委婉地谢绝道："区里工作都没干好，我怎么能调到县里去呢？县长，我一定能干好，请组织上相信我。"

　　秦怀璧笑了笑："我相信。人都是在锻炼中成长起来的。"

　　"秦县长，纪大姐最近还好吧？你们甚时候结婚？"玉莲忽然笑问道。

　　秦怀璧道："鬼丫头，谁说我要结婚？八字没一撇的事儿……"

　　"你画上一撇不就成了么？纪大姐可一直等你呢！"

　　秦怀璧忽然停住脚步，低声道："玉莲，你不想再考虑我们俩的事了么？"

　　玉莲心一沉，坦然地笑道："大哥，我希望你和大姐幸福。"

　　两个人沉默半晌，秦怀璧深深地看了她一眼："走吧。"向学校走去。

　　玉莲再次当面拒绝了怀璧，于心不忍，低头跟在他的身后。

　　教室里传来刘月琴老师讲算术课和黎玉校长教唱抗日歌曲的慷慨激昂之声。玉莲把秦县长请到校长室稍候，转身去通知黎玉校长。不一会儿，黎校长急匆匆地走进屋来，顾不得满手粉笔灰，热情地握住了秦怀璧的手。

　　"秦县长，辛苦了！事先也没打招呼，我马上安排老马准备晚饭！"

　　秦怀璧忙制止道："黎校长，不麻烦了，我谈完事还得回区里去开会。"

　　"工作忙，饭总得吃吧？也没什么麻烦的，白菜土豆面片汤！"

　　秦怀璧对玉莲吩咐道："玉莲老师，你去告诉马老师，不要给我们做饭了。"

　　玉莲看了看黎玉，转身跑出门去通知马老师。

　　黎玉无奈地摊开手笑道："县长太客气了，吃顿饭也不耽误工作嘛！"

　　秦怀璧言归正传："黎校长，玉莲已经告诉你了吧？县政府准备转移到庙岭，区里准备安排县大队百十号人进驻祥云寺，想征求一下黎校长的意见。"

　　"没问题，我服从上级安排！"黎玉爽快地表态道。

　　秦怀璧满意地笑了："黎玉校长深明大义，我非常感谢。但学校不能停课，必须坚持正常教学，不能受到影响。不知校长有没有什么好办法？"

　　黎玉认真地想了想，建议道："学生们白天上课，晚上各自回家睡觉，可以把大庙腾出来给县大队住，我们到露天戏台照样可以分班上课。"

秦怀璧高兴地握住黎玉的手："太好了！谢谢黎校长！"

黎玉慷慨激昂："为打败日本鬼子，我们任何困难都能克服！"

马国振老师跟随玉莲走进屋来，两手沾满了面粉，憨厚地笑问道："校长，面都和好了，菜也准备下了，不吃可咋闹呢？"

秦怀璧离开学校后，又回区委去检查转移准备工作，直到黄昏才离开庙岭区。没想到，已有内奸暗中向敌人报了信……

秦怀璧和警卫员骑马奔驰在浊漳河边的小树林中，战马突然受到惊吓，高扬前蹄，发出惊恐的嘶鸣声。小树林中风声鹤唳，危机四伏，秦怀璧和警卫员警惕地拔出了手枪。突然间，密林中闪射出耀眼的火光，霎时枪声炸响，树枝和落叶纷飞。秦怀璧猛觉左臂一震，鲜血飞溅，战马负伤蹦跳起来，忍痛狂奔。警卫员同时中弹倒地，举枪怒射，大声喊道："县长快走！"

小树林中突然冲出十几名持枪蒙面大汉，凶猛地扑来！满身鲜血的警卫员向敌人连扔出两颗手榴弹，爆炸声中，敌人鬼哭狼嚎。此时此刻，秦怀璧已经无法控制惊马，伏身紧贴在狂奔的马背上，疾如劲风般飞驰而去。警卫员挥舞驳壳枪又射杀了几名蒙面大汉，自己也身中数弹，倒在血泊中。秦怀璧和狂奔的惊马已消失得无影无踪，蒙面大汉们气急败坏地狂呼日语，开枪追击。

血肉模糊的警卫员怒目苍天，永远长眠在浊漳河边的小树林里……

八、内奸暴露了真面目

风高月黑，沉雷滚动。雪亮的闪电瞬间照亮黑暗的大殿，鬼神泥塑面目狰狞。忽听有人急促而小心地敲门，校长黎玉猛然从梦中惊醒："谁？"

马国振老师低声喊道："黎校长，你家有人送信来了！"

黎玉翻身坐起，赶紧下床打开房门，急忙问道："什么信？"

黑暗中，马国振老师递给黎玉一张纸条："刚才有人叫开学校大门，自称是你家的伙计老德，说你娘不行了，叫你赶紧回家见最后一面……"

黎玉回身摸索火柴，点亮油灯急问道："人呢？老德他人在哪儿？"

"走了，撂下信就返回蟠龙镇去了，一刻也没耽误！"

黎玉急忙在灯光下展开纸条，两行潦草的毛笔字迹赫然映入眼帘——

你娘病得不行了，赶紧回来见一面，再迟就见不上了！

黎玉凑近灯光仔细辨认了几遍，自语道："是我爹写的字……"偶然回头，马国振不知何时已经离去，身后和门外空无一人。黎玉心乱如麻，脑袋一片空白，忽然心头一亮，疾步出门直奔大殿后院厢房。

女人睡觉天生警觉，听见门外传来脚步声，刘月琴立刻在黑暗中坐起身来。

脚步声停住了，有人轻轻敲门，压低声音叫道："玉莲，玉莲！"

刘月琴听出是黎玉的声音，故意恶声骂道："谁呀？不要脸的下流货！"

"月琴，我是黎玉，找玉莲有急事！"

"是校长啊？我还以为是村里哪个无赖呢！玉莲不在。"

黎玉一惊："玉莲不在？深更半夜她去哪儿了？"

刘月琴冷笑道："你这位大表哥都不知道，我哪儿知道啊？人家去哪儿又不向我报告！"偷偷一笑，恩赐似的拖声道，"告诉你吧，刚才让区长叫走了。"

"深更半夜，区长叫她干什么？开干部会？"

刘月琴不耐烦了："你问我，我问谁去？我要睡觉了！"

黎玉在门外沉默半晌："月琴，我真有急事，我娘不行了，我得回家看看。"

"你回蟠龙镇去？那儿不是让敌人占领了么？"刘月琴惊问道。

"没关系，我悄悄回家去看看我娘，出不了事儿的。"

刘月琴真有些急了："校长，你不能去！听说秦县长都已经出事了！"

"什么？秦县长出什么事了？他不是下午刚离开庙岭么？"

"遭遇鬼子特务队伏击，县长负伤，警卫员牺牲了！"

黎玉哑然无语，沉闷半晌道："……我走了。"脚步声果然远去了。

刘月琴急忙披衣下炕，跑过去打开门，刚想喊，忽然吓了一跳。黑暗阴森的大庙里有野猫在叫春，像婴儿声声惨叫，令人不寒而栗。她赶紧关门插闩跳回到炕上去，钻进被窝里蒙住脑袋，身子紧缩成一团，发冷似的颤抖。风声更紧了，电闪和雷鸣越来越近，伴随一声霹雳，终于下起大雨来。不知过了多久，门外又响起了脚步声，手电光一闪一闪，有人越走越近了。刘月琴恐怖得险些喊出声来，忙用牙齿死死咬住被头不敢吭声儿。有人轻轻敲门，柔声细气地叫道：

"月琴，我回来了。"

刘月琴终于"哇"地哭出声，光脚下炕去打开门，抱住玉莲放声大哭。玉莲抱住月琴剧烈颤抖的身子，在黑暗中闪动着清醒的大眼睛。

这天夜里，偷偷潜回蟠龙镇的黎玉果然出事了！

故县东部的蟠龙镇，曾经是个繁华热闹的商业重镇，如今却死一般沉寂冷清。空街陋巷，不时踏过日军巡逻队的铁蹄，雪亮的刺刀在黑暗中闪光。

午夜时分，小街巷口忽然闪过一个瘦高的身影，翻墙跳进了一座四合院里。黑影跳进院内蹲身听了听动静，见北屋窗口透出灯光，便悄悄接近了屋门。刚想敲门，屋门突然大开，射出了刺眼的灯光，黎玉立刻被暴露在灯光下！北屋迎门端坐一名佩戴大尉军衔的日本军官，目光阴沉，面含冷笑。黎玉如雷击顶，本能地转身欲逃，立刻被几名彪形大汉擒获。黎玉无力反抗，惊恐地申辩道：

"误会误会！你们抓错人了！我不是共产党！……"

小野大尉猛然挥拳，将黎玉击昏在地上，喝令一声："带走！"

几名大汉架起昏迷的黎玉拖出小院，踩碎了他的眼镜……

日本特务队长小野大尉是岩手县猎户的儿子，毕业于东京陆军士官学校，是陆军大臣板垣征四郎和特务机关长土肥原贤二的校友和同乡，机警冷酷，在侵华日军特务系统内部小有名气。诱捕黎玉，就是他小试牛刀的杰作。

阴森恐怖的特务队刑讯室里，两名打手将皮开肉绽、鲜血淋漓的黎玉拖到了特务队长小野大尉面前。小野用皮靴尖抬起黎玉的下巴看了看，心满意足地笑了。黎玉受尽酷刑，浑身没一块好肉，完全没了人样儿，但头脑仍然清醒。

小野优雅地笑道："黎校长，把你知道的事情，告诉我吧。"

黎玉趴在冰冷的泥地上，小声但坚定地说："您让我说什么呢？知道的，我已经都说了；不知道的，打死我也不知道。您总不能……让我编瞎话吧？"

"我感兴趣的是，党员干部名单，县政府和县大队活动规律，八路军总部和师、团部驻地及长官的姓名，县长秦怀璧到庙岭去的活动……"

黎玉咧嘴苦笑道："太君，我是个小学教员，您说的这些，我根本不知道。"

"那你知道什么呢？你手下哪些教员是共产党，你总该知道吧？"

黎玉深深地叹了口气道："党员身份保密，我确实不知道。"

小野大尉失望了，突然飞起一脚把黎玉踢昏死过去，愤然离开了刑讯室。

黎玉躺在冰冷的血水里，脑袋血肿像个大漏斗，血肉模糊……

接连发生的变故，引起了县委高度警惕。

夜深人静，县长秦怀璧和区委书记马怀旺在庙岭小学校长室传讯了马国振。

玉莲引领马国振老师走进屋里，让他坐在县长对面的椅子上。马国振沉下脸闷头抽烟，情绪显得很抵触，目光阴沉。区长马怀旺主审，玉莲坐在秦怀璧身边担任讯问记录。屋里空气紧张沉闷。

左臂负伤的秦怀璧顺了顺胸前的绷带，温和地问道："马老师，今天请你来，是想调查核实有关黎玉校长被捕的事，希望你配合我们的调查工作。"

"黎玉校长离开学校前，你是唯一的当事人和见证人。"马怀旺补充道。

马国振脸色难看："不对吧？刘月琴老师当时也见过黎校长。"

"刘月琴老师当时确实也在学校，我们也会问她的。"

马国振不吭声了。马怀旺冷冷地瞪了他一眼。

"准确地说，马老师是唯一的见过送信人的当事人。"玉莲忽然插话说。

秦怀璧和马怀旺情不自禁地点了点头。

马国振愣了愣，忽然眼露凶光。

"马老师，那个自称黎玉家伙计老德的送信人，长什么模样？"

马国振翻了翻眼珠，沉吟道："个头不高，头发花白，说话有点结巴……"

秦怀璧冷笑道："据我了解，老德去年就辞工了，长相也跟你说的有出入。"

马国振随机应变道："我不认识老德，是他自己说的。"

"既然几十里路连夜跑来报信，又是母亲病危这样的急事，你为啥不让老德跟黎玉校长见个面，当面跟他说清楚，两个人一道回去？"

马国振霍然起身急辩道："不是我不让他见面，是他撂下信就走了！我一个看大门的老百姓，办了好事还脱不了干系了！秦县长，你们不能冤枉好人！"

"马国振！谁冤枉好人了？这不正在调查么！"马怀旺呵斥道。

马国振涨红脸嚷道："反正黎校长出事跟我不相干，你们问他爹娘去！"

秦怀璧不禁也提高了声音："在黎玉被捕前，他的爹娘已经被敌人抓起来了！"

"我不知道！这些事跟我没关系！我冤枉死了！"

马怀旺拍案生气道："马国振，你坐下！你闹甚呢？再闹我把你捆起来！"

马国振泄了气，坐在椅子上"呜呜"地捂脸哭，哭声很难听。

玉莲突然单刀直入："马老师，秦县长到学校那天下午，校长让你准备晚饭，你说要回马财主家地窖里起出些胡萝卜和山药蛋，却一个人偷偷跑出村去跟一个陌生人接头，说了几句话就分手。那个人是谁？你们说了什么？"

马国振立刻抓屎糊脸地大闹起来："赵老师！你可不敢诬赖好人啊！"

秦怀璧冷静地宣布："今天就谈到这儿！马老师，你先回屋去好好想一想，我们明天再谈。另外，为了你的安全，最近你不要外出了。"

马国振张了张嘴没说出话来，起身鞠了个躬，低头走出门去了。

秦怀璧低声命令马怀旺："派人盯住他，别让他出事儿！"

马怀旺点了点头，立刻尾随而去，屋里只留下秦怀璧和玉莲两个人。

"玉莲，你了解黎玉吗？"秦怀璧忽然问道。

"表哥从小娇生惯养，没吃过什么苦，我怕他挺不过去……"

秦怀璧安慰她道："黎玉虽然不是共产党员，又有点儿小资产阶级情调，但中国人的骨气和知识分子的良心还是有的，我相信他能经受住考验。"

玉莲勉强一笑："我也相信表哥，但也要防止意外。万一敌人出动重兵扫荡庙岭区，县委县政府和干部群众的损失就太大了……"

秦怀璧冷静地分析道："我们不能轻敌，但也不要把敌人想象得过于强大。日本是个资源匮乏、外强中干的岛国，他们发动侵略战争的战线太长，兵力不足，内外交困，终究难逃失败的命运。目前，盘踞在县城的鬼子只有一个步兵分队和一个特务队，总共不到二百人，而我们庙岭除了县大队和区基干队等地方武装外，还有驻在附近的老二团和独立营等主力部队，鬼子龟缩在据点里，不敢轻举妄动。我们要特别提防的是特务队的偷袭。根据上级指示，这次营救黎玉准备分两步走：先请社会知名人士出面担保，再考虑采取军事行动。我已经联络了我父亲秦肇堂和你的父亲赵清明先生等五位士绅，联名担保黎玉校长。你的意见呢？"

"这样好！既能保住表哥的性命，也能减少不必要的牺牲。"

"马国振很可能是敌人安插在我们内部的特务，必须对他严加监管。"

县委很快批准了营救方案，并通过秦肇堂等人凑齐了保释金。

然而，事情并不像怀璧和玉莲想的那么简单。

九、有情人终成眷属

特务队办公桌上架了两挺轻机关枪，枪口正对敞开的大门。桌上摊开一份有秦肇堂、赵清明等故县知名士绅具名、签章、摁手印的联名担保书，担保书旁边放了未启封的一千块大洋，一百块大洋一封，正好十封。特务队长小野正襟危坐，县维持会长毕恭毕敬地肃立在小野面前，满脸堆笑，恭候太君发话。

"一千块大洋？买一条人命？"小野冷冷地用日语发问。

翻译官同步翻译成汉语，并配以相同的语气和表情。

维持会长赔笑道："太君，价钱合适。老百姓娶个媳妇才十块大洋。"

"黎玉不是老百姓，是抗日小学的校长！"特务队长伸出三根粗壮的手指，"三千块大洋！写自首书，保证今后当良民，否则，拿担保人是问！"

维持会长陪笑道："报告太君，其他都好说，恐怕凑够三千块有困难……"

小野冷冷地一抬手，做了个滚蛋的手势，维持会长赶紧告退。

天蒙蒙亮。窗外树梢上已唱响了小鸟的欢鸣。

睡觉警觉的秦怀璧突然被一阵急促的脚步声惊醒，立刻从枕头下摸出手枪，只听区委书记马怀旺在窗外焦急地压低嗓门喊道："秦县长！马国振逃跑了！"

秦怀璧"哦"了一声："果然是个内奸！往哪儿跑了？"

"有人见他下山往县城方向跑了！我派人追去了！"

"算了！别追了，随他去吧！"

马怀旺答应一声："明白！日他姥爷！"跺了跺脚，撒开腿跑去了。

村外小山顶上，矗立了一棵巨伞似的古松。一个窈窕秀美的身影站在古松下，俯瞰山脚下玉带般蜿蜒流去的浊漳河水。晨雾弥漫，天边红霞瞬息万变。

玉莲轻声赞叹道："真好看！我好像第一次发现这么好看……"

秦怀璧悄悄来到她身边："等我们打败日本鬼子，家乡会变得更好看！"

玉莲从憧憬回到现实："马国振投敌，局势更复杂了。"

"是啊，敌人不会轻易地放过你我的父亲，会利用两位老人做文章。我父亲是故县商会会长，本来就捏在敌人手里，秦家大院也搬不走，拆不掉，只好听天由命。你爹年老多病，可以让老人家搬到庙岭来住，以防意外。"

玉莲轻轻地摇了摇头："我爹不愿意离开赵堒坡，也不愿意影响我的工作。爹是个硬骨头，宁死也不会对不起中国人的良心。我连累老人家了……"

"玉莲，别这样想。我们参加抗日战争，不怕流血牺牲，就是为了全中国、全民族的幸福，谈不上谁连累谁的问题。难道你不参加抗战，你的父母和家庭就安全了吗？日本鬼子杀害了多少无辜的中国人啊！"

玉莲深深吸了口气："你说的对。我的心胸应该更开阔些。"

秦怀璧冷静道："敌人把保释金提高到了三千块大洋，我们准备照付。为了担保人的安全，也为了工作需要，黎玉同志出来以后，我们准备调他去外地工作。县委和县政府研究决定，由你担任庙岭抗日中心小学校长。"

玉莲深感意外和突然："我？当校长？不行！我还不满十六岁呢！"

秦怀璧笑了起来："谁说十六岁不能当校长？我十六岁参与创建故县第一届县委并任宣传委员，八路军李团长十六岁当红军营长，你为什么不能当校长？"

玉莲还是感到压力很大："让我想想，让我想想……"

玉莲毕竟太年轻了！要担当起小学校长的重任，带领教员和学生们投身抗日战争！像她这样情窦初开的花季少女，万一不幸落入侵略者的魔掌，简直叫人想都不敢想！

黑云笼罩在县城上空，汉奸马国振果然逃到了日本特务队。

小野大尉阴森森地审视马国振："你来干什么？"

马国振一改沉默憨厚形象，点头哈腰："报告太君，我有重要情报……"

小野打断他的话怒道："谁让你跑回来的？！"

"太君，再不回来，我就让他们枪毙了！"马国振哭丧着脸委屈道。

小野突然掏出王八盒子手枪，对马国振"砰！砰！"连开两枪！

马国振本能地一猫腰躲过了子弹，立刻跪地磕头求饶道："太君！我错了！我不该逃跑！我罪该万死！求太君饶小人一条狗命！"

小野也没打算打死他，余怒未消："滚！下贱的支那人！猪狗不如的杂种！谁教你给人下跪？是你的父母教你的么？滚出去！"

马国振连滚带爬地滚出门去，眨眼间消失得无影无踪。

马国振，一个死心塌地的铁杆汉奸特务，作恶多端，曾多次逃脱抗日军民的严惩，抗战胜利后隐姓埋名逃亡，六十年代中期在东北落网，随即被人民政府以反革命罪处决，在审讯中吐出一些历史旧案，给黎玉校长带来了麻烦……

几天后，日本人践诺释放了黎玉，把他送回了庙岭村。

大难不死的黎玉躺靠在炕上，沉静安详。经历了地狱般的磨难，遍体鳞伤，但黎玉的思想和性格却更加坚定成熟了。门帘一掀，玉莲端来一碗香喷喷的鸡蛋拌面疙瘩汤，扶起表哥亲手喂他吃饭。

"表哥，你的入党申请，组织上已经批准了，准备在你离开庙岭之前，正式举行入党宣誓仪式。月琴也写入党申请书了。祝贺你们！"

黎玉紧握住玉莲的手，激动道："玉莲妹妹，谢谢你！你和怀璧同志是我的入党介绍人，也是我的革命领路人。我走以后，你要多给我写信！"

玉莲调皮地笑道："你多给月琴写信吧，让她早一天成为我的嫂子！"

真是说曹操，曹操到。刘月琴下乡回来，风尘仆仆地闯进校长室，一眼看见黎玉校长，热泪盈眶。黎玉伸出双手，嘴唇哆嗦，眼眶也湿润了。刘月琴顾不得害羞，扑到黎玉面前抓住他的手流泪喊了声："校长！……"

两个人都激动地哭起来，把玉莲忘在了一边。玉莲悄悄退出门去。

不久，黎玉调任太行行署教育科干事，后来又历任和顺县教育科科长、行署子弟校校长、大学党委宣传部长、中国科学院南方分院秘书长和副院长等职务。一九四二年在太行行署与刘月琴结婚，婚后未生育子女。

十、"林妹妹"遇见"呆霸王"

一九四二年冬，县委书记秦怀璧与县妇救会长纪爱芳结为夫妻，在故县蒿庄举行了婚礼。玉莲作为伴娘参加婚礼。就在这天晚上，母亲赵玉莲第一次见到了后来成为她的丈夫的李莽将军，也就是父亲。父亲对母亲一见钟情，立刻发起了猛烈的爱情攻势，同时也演绎出一场轰轰烈烈的爱情悲剧……

瑞雪飘飞，银装素裹。蜡烛灯光映亮了窗纸上的大红"囍"字。

房东窑楼小院正房布置成了简单的洞房，新郎秦怀璧正在招呼贺喜的干部和乡亲们。炕上有两床花被窝，周围撒了些红枣、花生、棉籽之类的吉祥物。

红烛燃烧，喜气洋洋。阁楼上，新娘纪爱芳端坐在圆镜前，伴娘玉莲在为她梳妆打扮。战争年代的婚礼简朴到了极致，新娘的嫁妆也就是一个花布小包袱。

通信员忽然跑进来报告："政委，八路军李团长来了！"

秦怀璧急忙迎出去，只见两骑战马已呼啸而至。八路军团长李莽飞身下马，握住秦怀璧的手大笑道："好家伙！不声不响就把老婆娶了，你可真不够意思！我去军区开会回来才听说，赶紧跑来讨杯喜酒！"

李莽与秦怀璧年龄相仿，粗眉大眼，热情豪爽，大嗓门，湖北口音。

秦怀璧亲热地拉住李莽的手："我派人请你，你没在团里嘛！"

"新娘子呢？我还没瞄一眼呢，听说长得很漂亮？"李莽一路嚷嚷，刚跨进正房，忽见一个穿红花小袄的姑娘从楼梯上走下来，李莽触电似的愣住了。红光的映衬下，淡妆素裹、短发齐耳的玉莲清纯靓丽，神采飞扬。

李莽冒冒失失地嚷起来："老秦，这是嫂子吧？老哥艳福不浅啊！"

周围的干部和群众一声哄笑，又赶紧闭嘴。玉莲俊俏的脸蛋顿时绯红。

"团长可不敢乱叫，不敢乱开玩笑！"秦怀璧忙介绍道，"这位是县妇救会副会长赵玉莲同志。玉莲，这位就是大名鼎鼎的李团长！"

李莽尴尬地拍了拍脑袋大笑道："对不起！我乱点鸳鸯谱了！哈哈！"

玉莲红脸瞪了他一眼，扭身回楼上去，似乎很不高兴。

"好高傲的女子！……"李莽不觉轻声惊叹。

秦怀璧看出了端倪，忙招呼李莽坐下，敬了一碗茶水代酒。李莽掩饰地一仰脖子喝干了茶水，笑问道："怎么样？请新娘子下楼吧？"

秦怀璧冲楼上喊道："爱芳！李团长等着看新娘子呢，下来吧！"

片刻，只见穿红棉袄的新娘在伴娘陪同下，款款走下楼来，在场的干部群众热烈地欢呼鼓掌。新娘走到大家面前，大方地鞠了个躬。

大家都在看新娘，李团长却毫不掩饰、目不转睛地盯着看伴娘。玉莲生气地避开了李莽热辣辣的目光，扭脸去看窗外。秦怀璧不禁摇头暗笑。

风停雪住。月光下的巍巍太行山舞银蛇，辽阔壮美。

参加婚礼的干部群众陆续散去，秦怀璧夫妇把李团长送出院门。李莽避开了新娘，把秦怀璧拉到一边低声道："老秦，虽说咱们俩同庚，你比我到底大几天，我得叫你声老哥。我给你分派一个任务，你得完成！"

秦怀璧心有预感，装糊涂道："行啊！征兵还是征粮？"

"别装糊涂！把那个玉莲姑娘介绍给我当老婆！"

秦怀璧心里暗暗叫苦地笑起来："老弟，太草率了吧？刚见第一面，你就要人家给你当老婆？凭什么？她是我老婆的好助手，你抢走了，我们怎么办？"

"谁抢了？谁抢了？老婆是我的，人还是你的嘛！"

秦怀璧捂住他的嘴压低声道："嚷什么！谁是你老婆？别胡说！"

"反正你得帮我的忙！我等你的信儿，啊？"

"我试试吧，也没把握，多半是剃头挑子一头热！"

李莽已经转身离开，又回头认真叮嘱道："我可是认真的啊，你可别当儿戏！我的情况你都了解，就看你这媒婆的能耐了。说定了，叫她当我老婆！"

李莽翻身上马潇洒地兜了个圈儿，带领警卫员飞奔而去。

秦怀璧哭笑不得，自语出声："这个李团长！简直像个山大王！"

"李团长今天怎么了，跟丢了魂儿似的？"纪爱芳凑过来轻声问道。

秦怀璧叹了口气："他看上玉莲了！鬼家伙，他倒挺有眼力……"

夫妻俩嘀嘀咕咕地回到正房，玉莲见一对新人送客回来，告辞道："大哥、嫂子，你们早点儿休息，我回房东家睡觉去了。"

秦怀璧夫妇同时"哎"了一声，又同时欲言又止，又同时扑哧一笑。

玉莲莫名其妙："什么事儿？你们笑什么？"

秦怀璧夫妇又同时摇头："没事儿！……"又同时忍不住笑出了声儿。

"不跟你们说了，早点休息吧。我走了！"

秦怀璧急忙叫住玉莲："玉莲，你等等！"对妻子使个眼色，跟出门去。

玉莲在小院门口停住脚步："大哥，什么事啊？"

秦怀璧斟字酌句，沉吟地问道："玉莲，你今年十八岁了吧？"

玉莲奇怪地看了看他："是啊，虚岁十九，属老鼠的。你不是知道么？"

"我知道，我知道……考虑过个人问题没有？"

玉莲偷偷笑了，故意装糊涂反问道："什么个人问题？没什么个人问题！"

"比如，恋爱婚姻问题，考虑过没有啊？"秦怀璧只好直言。

"工作都忙不过来，哪儿有工夫想那些事儿！"

"男大当婚，女大当嫁。应该考虑考虑个人问题了。"

玉莲调皮地一笑："怎么考虑？我没有恋爱经验，大哥给介绍一个？"

"好啊！眼下正好有一个，不知你喜不喜欢？"

玉莲立刻收起笑容，一口回绝："不喜欢。"

秦怀璧笑起来："我还没说是谁呢，你就不喜欢？未免太主观了吧？"

"我知道你想说谁，所以也请大哥不要乱点鸳鸯谱。"

"李团长是一位老红军，老党员，参加过两万五千里长征……"

"这些光荣历史，跟恋爱结婚没有关系。"

秦怀璧认真地盯问道："玉莲，你心里到底是怎么想的？你告诉我。"

玉莲沉默片刻，冷静道："我不愿意嫁给当兵的。"

秦怀璧没想到她会这样说，一时给噎住了："……没有考虑的余地？"

玉莲摇了摇头："大哥，我走了。"转身头也不回地离开去。秦怀璧目送她在雪地上渐渐远去的背影，不觉叹了口气。

夜深人静，窑洞里一片昏黑。月光透进窗纸，炕上鼾声起伏。

玉莲悄悄推开房门进屋摸黑上炕，看了看熟睡的房东母女，悄悄坐到炕桌旁。月光朦胧，勾勒出了她好看的轮廓。静坐片刻，玉莲拧亮了手电筒，打开日记本，掏出削尖的铅笔头，用微弱的手电光照亮，又开始写日记。

　　怀璧大哥，我并不是不喜欢革命军人，我们八路军以及全国千百万抗日军人在前线不怕流血牺牲，英勇杀敌，他们永远是我崇敬的英雄！可是，崇敬不等于爱情啊！你怎么能随随便便把我嫁出去呢？……

玉莲眼眶湿润了，不禁伏在小炕桌上强忍抽泣。在怀璧大哥的洞房花烛之夜，一颗多愁善感的少女的心不知为谁而哭泣……

没过多长时间，团长李莽就迫不及待地跑来听信儿了。

雪后初晴，冬日暖融。光秃秃的枣树上喜鹊欢叫，鸡鸣犬吠相闻。秦怀璧正坐在炕上处理文件，忽然听见通信员在外面招呼客人。转眼间，八路军团长李莽大步闯进屋里，声震屋宇："老秦，有好消息么？"

秦怀璧干咳两声，招呼客人落座道："你这家伙，还真是个急性子！你以为谈恋爱讨老婆跟打仗一样，吹个冲锋号就上去了？人家是大闺女……"

李莽性急道："行不行给个准信儿，别搞得那么复杂！"

秦怀璧只好告诉他一个坏消息："好吧，一句话：人家不愿意。"

李莽愣住了，不禁恼道："为什么？她看不起当兵的？"

"人家刚满十八岁，一心想学习和工作，不愿意早早儿嫁人……"

"我也没让她马上嫁给我呀？可以先互相了解嘛！"

"反正人家不愿意，我总不能强迫命令吧？谈恋爱是两情相悦的事儿，不能剃头挑子一头热，心急吃不下热豆腐，得慢慢培养感情……"

"培养感情，也得给机会才能培养吧！"李莽不满地一摔帽子。

秦怀璧扑哧一声笑了："老李，你怎么一眼就看上玉莲了？非她不娶？"

"你算说对了，我就喜欢赵玉莲，非她不娶！"

秦怀璧忧郁地看他一眼："可人家不愿意，你怎么办？"

"我找她去！我就不信，还攻不下这座山头了！"李莽抓起帽子就走。

秦怀璧追出门喊道："你干什么？冒失鬼，人家在东沟开会呢！"

东沟村距离蒿庄也就五六里地，一袋烟工夫就到。村小学教室里正在举行全县妇女干部训练班的开学典礼，全县三十多名各区、乡、村妇女干部济济一堂，玉莲正在指挥大家唱歌，唱的是由小花调填词的《左权将军颂》——

　　左权将军家住在湖南醴陵县，他是中国共产党的优秀党员。
　　为党政治委员，苏联留过学，回国以后由军长升为参谋长。
　　狼吃的鬼子五月扫荡咱路东，左权将军麻田附近光荣牺牲。
　　左权将军牺牲为的是老百姓，他为祖国他为人民费尽心血……

忽听窗外传来马蹄声和脚步声，八路军团长李莽大驾光临。妇女们的注意力被吸引了，纷纷扭头看窗外，议论纷纷，歌声停了。玉莲也看见了李莽，不高兴地用小棍儿敲了敲黑板，提高声音："看甚呢？看甚呢？好好唱歌！"

李莽出现在教室门口，很有礼貌地敲了敲门。主持会议的县妇救会长纪爱芳忙迎上去热情地问道："李团长，你有事吗？请进来吧！"

"我想找赵玉莲同志谈点事儿，可以么？"

"不可以！"爱芳尚未答话，玉莲就冷冷地拒绝了，"我们开会呢！"

李莽尴尬地笑了笑，爱芳忙打圆场："等一等。"回头低声对玉莲说了几句，玉莲很不情愿地放下小棍儿，冷脸走出了教室。李莽抱歉地向妇女们点了点头，尾随而去。妇女们立刻议论起来，纪爱芳拿起小棍儿敲了敲黑板。

"安静！我们继续开会！"

玉莲站在小学门外的高坡上，极目远眺辽阔壮观的莽莽黄土高原。

李莽来到玉莲身旁道："对不起，赵玉莲同志，打扰你工作了。我今天找你，是想跟你说几句心里话，说完痛快！你愿意听我说么？"

"你都找上门来了，我不愿意能咋样？"

李莽一挥手，直奔主题："好！我是当兵的，喜欢直来直去，今天咱们打开天窗说亮话。我喜欢你！我希望我们今后在一起生活。我会一辈子对你好！"

"谢谢你，团长同志，你说完了？"玉莲冷静地问道。

李莽有点发懵："说完了。你有什么意见？"

玉莲礼貌而又坚决地回绝道："对不起，我不能答应你。我年龄还小，现在是战争时期，暂时不考虑结婚的问题。就这样。再见！"

玉莲说完，头也不回地向学校里走去，把一个大团长晾在了门外。

李莽半晌才回过神来：自己被人家当面拒绝了！打了败仗！他心里憋得难受，习惯地伸手去腰间摸手枪，又慢慢松开手。太窝囊了！是可忍，孰不可忍！正值怒火中烧之际，恰巧天上飞过一群倒霉的野鸽子，李莽闪电般一抬手，只听"砰！砰！"两声枪响，两只野鸽子应声落在雪地上。开会的妇女们闻声跑出来惊问道："哪儿打枪？……"李莽指了指地上的野鸽子，轻描淡写道："拿去烧个汤吧！"翻身上马狠抽一鞭，战马一声惊叫，奋蹄飞奔而去。玉莲和爱芳走出来，看了看地上的死鸽子，默默地招呼大家回去。于是，教室里又响起了歌声。

威名赫赫的李团长是刘邓首长和陈赓旅长麾下的战将，文武双全，勇猛善战，在军队和老百姓中享有很高威望，却意外地栽在一个名不见经传的小姑娘面前，心情难免有些郁闷。第一次谈恋爱就栽了大跟头，反倒激发了这位年轻的老红军战士永不服输的倔强劲儿，心里暗暗发誓：老子非征服这个小姑娘不可！

十一、强扭的瓜不甜

一九四三年，抗战形势发生了根本性转变，日本鬼子更加疯狂。这年秋天，县委书记秦怀璧被调到延安参加整风学习，敌人突然发动了"秋季攻势"，险些把县委一锅端，县委机关被迫紧急转移上了山。惨淡的月光下，太行山深沟大壑中的羊肠小道夜雾弥漫，远处传来了激烈的枪炮声。县委机关队伍摸黑钻进山沟，隐入太行山深处的密林里。这时，身怀六甲的纪爱芳即将临产了。

黑暗中，干部们深一脚浅一脚地闷头疾走，不断有人摔倒又爬起来。

忽然有人惊叫："看！鬼子占领蒿庄了！"

远处，燃烧的火光映红了夜空，县委机关驻地蒿庄陷入一片火海中……

山高林密，光线阴暗。参天大树遮天蔽日，密林中弥漫雾气。

黎明前的黑暗，逃出险境的县委机关干部队伍露营小憩，县手枪队的队员们警惕地放哨值勤。纪爱芳强忍痛苦，冷汗淋漓，躺在用树枝临时搭的简易窝棚里，玉莲伏身轻声安慰大姐，不断地给她喂水擦汗。周围几个女同志忧心如焚，却又束手无策。玉莲忽然脑海里一闪亮，伏在纪爱芳耳边轻声说：

"大姐，我有个办法，恐怕是目前最好的办法了。我家赵墁坡离这儿不远，偏僻背静，我家窑楼上也很隐蔽安全，家里就我爹我娘两个人，我爹是老中医，我娘还能照顾你生孩子，等孩子满月后我再去接你。你看怎么样？"

纪爱芳轻轻点了点头："可以。你问问高县长。"

玉莲立刻起身去找高县长。片刻，高县长跟随玉莲来到窝棚里。

"爱芳，我看玉莲这个办法好，就这么办！县委机关准备向寒北地区转移，与地委机关会合。你留在队伍里不方便，让通信员小郭跟着去照顾你。"

纪爱芳虚弱地喘息道："高县长，你们走吧，我会照顾自己……"

"准备担架！手枪队派两个同志护驾！"高县长命令道。

于是，两名年轻的手枪队员做了一副简易担架，抬起纪爱芳准备上路了。

"玉莲同志，送到家就赶快回来，我们在西堡村等你！"

清晨。赵墁坡村薄雾缥缈，犬吠鸡鸣，沉静安宁。

玉莲和小郭等一行五人隐伏在村外的小树林中观察动静。一会儿，忽听窑楼小院院门"吱呀"一声轻响，只见玉莲娘端了个簸箕走出了院门。玉莲见娘已经走下坡去，四周无人，果断地一挥手，弯腰跑出了小树林。小郭和两个抬担架的队员迅速跟上玉莲，快步跑进了窑楼小院。这时，因腿疼长期养病的爹爹正半躺在正房炕上捧读一本线装书，忽觉院里似有轻微动静，立刻警惕地竖耳倾听，却听见一声娇滴滴的猫叫。爹爹心一松，却又感觉有些异样，好像有人轻手轻脚地靠近了房门。爹爹顺手抓起靠在炕沿边的拐杖，高声喝问一声：

"谁？……玉莲她娘？"

忽见玉莲悄悄推门闪进屋来，小声叫道："爹！"用手指嘴唇示意噤声。爹爹喜出望外，正欲招呼女儿，忽见女儿带进来一副担架和几个年轻人。

"爹，爱芳嫂子临产了，准备在咱家悄悄住一段时间，生完孩子就走。这是县委通信员小郭，留下来照顾嫂子。"

纪爱芳强撑起身子招呼道："大伯，给您添麻烦了……"

"闺女，你这是甚话？你这就是回家了嘛！"爹爹忙摆手道，"怀璧是我的学生，是咱的县委书记，不麻烦！……"

"她爹，你这是跟谁说话呢？有客人？"忽听娘在院子里搭话，玉莲急忙跑出去，把娘连搂带抱地弄回屋里来。娘稀里糊涂地瞪大眼睛，瞅瞅女儿，又瞅瞅几个陌生人。玉莲赶紧简明扼要地告诉娘说：

"娘，爱芳嫂子快生了，需要在咱家里住几天，不能让任何人知道！生孩子坐月子的事儿就拜托娘了，等孩子满了月，我就回来接嫂子。"

娘懵懂地点了点头，但脑子很快就反应过来："快把闺女抬上楼去！"

玉莲猛醒，急忙指挥大家抬起担架将纪爱芳抬上楼去。片刻，玉莲带领两名队员走下楼来，再次向父母交代道："爹、娘，嫂子就托付给你们了！"

两位老人还来不及跟女儿亲热亲热，女儿已带人离开家门。

通信员小郭安顿好纪大姐，走下楼来低声问道："大伯、大娘，嫂子已安顿好了，我想给嫂子烧点儿热水好么？"

两位老人回过神来，娘急忙添了一大锅水，点燃了柴火。

灶膛里的火苗欢乐地燃烧，不一会儿，锅里的冷水便"吱吱"地唱起歌来。

当年除夕之夜，纪爱芳顺利地生下一个儿子。

赤岸村是一个群山环抱的村庄，依山傍水，流水潺潺，宛如世外桃源。中共太行区党委、太行军区、八路军一二九师师部等领导机关均驻此地。一九四四年初春，玉莲被派到太行区党校学习，又遇上了麻烦。

清晨，村外一条潺潺流水的小河边，玉莲坐在大石头上专心读书。忽听远处传来一阵马蹄声，只见几名年轻的八路军指挥员策马飞驰而来。几骑战马从玉莲身边跑过，并没有引起她的注意，但她却被别人注意了。一匹高头大马返身小跑回来住蹄停步，马背上的骑手盯住了玉莲。玉莲感觉到男人的注视，抬头看时，正碰上李莽惊喜的目光："你好！是赵玉莲同志吗？"

玉莲一惊，只好礼貌地起身答道："你好！"

李莽立刻飞身下马，大步向玉莲走来，伸出双手大声笑道："太好了！"

玉莲迟疑地伸出了右手，立刻被对方紧紧地握住了。

"玉莲同志，我们一年没见了吧？想死人了！"

玉莲脸红心跳，手被对方死死抓住抽不回来，痛得咧了咧嘴，李莽这才发现捏痛了姑娘的手，忙松开手歉然道："对不起，捏疼了吧？"

玉莲哭笑不得地揉了揉手："握手不能轻点么？"

"接受你的批评，今后一定改正！"李莽高兴地一个立正敬礼。

"又没有犯什么错误，干吗'一定改正'？"

李莽不觉大了胆，脸皮也厚起来："玉莲同志的指示，必须坚决执行！"

玉莲扭脸偷笑了一下，头脑忽然清醒了："再见。"

李莽见她果然转身就要走，忙问道："玉莲同志，你是来这儿开会的么？"

玉莲冷淡地回答："我在区委党校学习，现在该回去上课了。"

李莽也不敢过分纠缠，追问道："玉莲同志，我可以给你写信么？"

"不可以。我没时间看信。"玉莲头也不回地向村里走去。

李莽却感觉受到了极大的鼓舞，一拍大腿，信心百倍地跃上马背疾驰而去。

不知不觉，两个月的党校学习生活很快就要结束了。

清晨，还是村外那条潺潺流水的小河边，玉莲又坐在石头上专心读书。伴随一阵清脆的马蹄声，李莽又骑马跑过来，潇洒地跳下马。玉莲看了他一眼，继续专心读书。李莽已习惯了忍耐冷落，在周围来回蹓了几圈儿，开始掏上衣口袋。玉莲正伏身在膝盖上做笔记，一支黑亮的自来水笔忽然伸到她的眼前。

"玉莲同志，这是我缴获鬼子的战利品，送给你吧！"

玉莲冷淡地扭开脸："谢谢团长，无功不受禄，我不能要。"

"纠正你的两个小错误。"李莽得意地笑道，"第一，我现任军分区副司令兼参谋长，不是团长；第二，你是县妇救会长，抗战有功，可以接受礼物。"

玉莲站起身准备离开，李莽拦在她的面前，两个人目光对峙。

"赵玉莲同志，我给你写了三封信，你看过了么？"

玉莲从挎包里掏出三封未拆开的信递还给他："完璧归赵。"

李莽脸涨红了，羞恼道："你连看都没看？你也太不尊重革命同志了！"

"可你尊重我了么？"玉莲反抗道，"婚姻是双方自愿的事，明知我不同意，你还到处宣扬'非赵玉莲不娶'，闹得满城风雨，你尊重革命同志么？"

李莽蛮横道："你不同意是你的自由，我喜欢你是我的权利！"

"简直是强盗逻辑！你没有权利剥夺别人的自由！……"

两个人突然停止了争吵，气呼呼地扭开脸去，像两个斗嘴的小孩儿。

片刻，玉莲把书和笔记本装进挎包，一声不响地离去。

李莽再次惨败，气得把几封求爱信撕得粉碎，用力扔进了河水里。

军分区司令部驻在邻村一座地主大院里，作战室挂满了地图，参谋人员进出频繁。这天下午，大门外忽然响起了纷杂的马蹄声，就听有人大喊一声："立正！"全体人员原地立正。片刻，威风凛凛、魁梧健壮的军分区朱司令员率领参谋警卫大步走进屋来，黑下脸把帽子往桌上一摔，大声命令道：

"警卫员！请李副司令马上到作战室！"

紧随身后的警卫班长大声回答："是！"转身跑步出门。参谋们不敢发问，整个作战室大屋里鸦雀无声。不过眨眼工夫，副司令员兼参谋长李莽一路小跑步来到作战室，立正敬礼："司令员，我来了！"

朱司令员挥了挥手，参谋警卫人员全部退下去。

李莽察言观色："司令员，又要打仗了吧？军区有什么指示？"

朱司令员比李莽年长七八岁，突然手指李莽怒喝道："你小子尽干好事儿！你知道刘司令员叫我去干什么吗？叫我帮你讨老婆！你追人家地方上的小姑娘，闹得'司马昭之心路人皆知'，把刘司令员和邓政委都惊动了！"

李莽紧张地问："没那么严重吧？首长都知道了？"

"你说，那个赵玉莲是七仙女下凡么？值得你厚起脸皮去追人家？我们军区女同志也不少，你就一个也看不上？你到底要找什么样的女人？"

"我就要赵玉莲！她就是七仙女，别人我不要！"李莽也较了劲。

朱司令员反倒笑起来，恨铁不成钢地骂道："你倒像个情种！难怪人家背后叫你风流小将，多少女同志对你暗动芳心，你就迷上了一个赵玉莲！"

李莽挠了挠头皮笑道："反正我就看她顺眼，像我老婆！"

"英雄难过美人关！说，有什么困难？"

李莽赶紧诉苦："我追人家再紧，人家死活不松口，愁死人了！"

朱司令员言传身教："知己知彼，百战不殆。你不知道人家心里怎么想的，追死了也是白追。当年我追你的欧阳大姐，可没少费心思……"

李莽心里一动："欧阳大姐在党校当副校长，请她给帮个忙吧？"

"就你小子鬼点子多！当然，欧阳出马，一个顶俩！"

"完全正确！求大姐成全好事吧，我感谢你们两口子一辈子！"

朱司令员警告道："这件事要是成了，你可得一辈子对人家姑娘好！"

李莽笑了："当然当然！我把她当七仙女供起来！"

于是，欧阳大姐出马了。

下课以后，玉莲和学员们回到学员宿舍，拿碗筷准备去食堂就餐，忽见欧阳副校长站在宿舍门口向她招手，玉莲疑惑地迎上前去："大姐，您找我么？"

欧阳大姐亲热地拉住玉莲的手："玉莲，到我办公室来一下。"

玉莲顺从地跟在大姐身后，穿过走廊来到副校长办公室。欧阳大姐安顿玉莲坐下，又是亲自倒开水，又是拿出苹果招待，非常热情。

玉莲不安地笑问道："大姐不用客气，有什么事，您请说吧。"

欧阳大姐坐到玉莲面前，扶住眼镜仔细端详了姑娘儿眼，满意地点了点头，关切地问道："玉莲同志，在党校生活还习惯吧？有什么困难么？"

"没什么困难，生活很好，我都长胖了。"

"家里最近有消息么？你的父母身体都好吧？"

玉莲心里不安道："欧阳校长，是不是我家里出事儿了？纪大姐还在我家呢！"

"没事儿，我随便问问。你喝水。"

玉莲暗中松了口气："大姐，还有什么事儿？"

欧阳大姐亲切地笑问道："玉莲，今年十九了吧？有对象了么？"

玉莲明白，又有人来说媒了，便爽快地答道："没有。"

"有什么想法没有啊？需不需要大姐帮你介绍一个对象啊？"

"谢谢大姐，我年龄还小，暂时不考虑对象的事。"

"女同志都有这个过程，总是要结婚生孩子嘛。要说年龄，你也不算小了，有的女同志都当妈妈了，可以考虑婚姻大事了。"欧阳大姐耐心引导。

玉莲面含微笑，既不响应，也不反对。

欧阳大姐切入正题："我这儿倒有一个合适的人选。这个同志比你大几岁，现任三分区副司令兼参谋长，老红军，老党员，是我爱人的老战友……"

"大姐，您说的是李莽同志吧？我们早就认识了。"

欧阳大姐高兴地笑了："就是他！一位德才兼备的好同志……"

玉莲再次打断了她的话："很抱歉，我不愿意再谈这件事了。谢谢大姐关心，我现在的任务是学习和工作，暂不考虑恋爱结婚的事。请大姐原谅。"

"你这个小姑娘……"欧阳大姐也碰了钉子。

玉莲礼貌地鞠了个躬："校长，我走了。"起身退出门去。

吃过午饭，玉莲给欧阳大姐写了一张纸条，塞进她的办公室门缝里。当晚，朱司令员和李莽围坐在炕桌旁，欧阳将那张纸条递给丈夫和李莽，李莽凑近油灯看完纸条，哑然无语。

> 欧阳副校长：党校有规定，在学习期间不准谈恋爱。您是党校领导，在开学典礼上也讲过，我必须遵守纪律。另外请转告李莽同志，今后请不要再写信了，也不要再提此事。谢谢领导和大姐关心！
>
> 赵玉莲

朱司令员一捶桌子恼怒道："这个小姑娘，我就不信她一辈子不嫁人！我倒要见识见识！李莽，你就忍耐一下，等她毕业那天，我亲自找她谈话！"

欧阳大姐担心道："你那火暴脾气，还不把小姑娘吓哭了呀？"

"你也太小看老朱了！没两刷子，能当司令员兼政委？"

李莽顾不得说话，赶紧把那张宝贝纸条收藏起来，小心地揣进怀里。

朱司令员忍不住笑骂道："瞧你没出息样儿！"

春暖花开时节，太行区党校举行了学员毕业典礼。典礼结束后，玉莲正在看学员们自编自演的小节目，忽见欧阳大姐又在窗外向她招手。玉莲只好起身离座来到教室门外，大姐热情地向她介绍了一位青年军人。

"玉莲同志，这是军分区朱司令员派来的王参谋，代表首长邀请你到军分区司令部做客。王参谋，这位就是赵玉莲同志。"

王参谋立正敬礼："赵玉莲同志，我奉司令员命令，接你到军分区做客！"

玉莲知道拒绝也没用，爽快地答应道："谢谢朱司令员，请吧！"

王参谋转身牵来一匹战马："赵玉莲同志，请上马！"

"我不会骑马。我们走路去吧。"

王参谋不敢擅自做主："赵玉莲同志，司令员指示，请你骑马！"

玉莲不再理他，转身向校门走去。王参谋急忙牵马尾随。

来到军分区司令部大院，走进警戒森严的大门。深宅大院前院连后院，大院套小院，曲里拐弯，柳暗花明，忽然走进一个精致安静的小院。小院中央安设了一套石桌石凳，桌上已沏好了香茶，摆好了水果，却不见主人影子。玉莲回头，王参谋也倏然消失了踪影，四周十分宁静，只闻鸟语花香。忽听身后传来脚步声，只见一位首长模样的人背手走过来，魁梧敦实，不怒自威。玉莲已经猜到来人就是朱司令员，主动上前招呼道：

"朱司令员，您好！"

朱司令员客气地让座道："赵玉莲同志，欢迎你。请坐！"

玉莲坐到朱司令员对面的石凳上，沉稳大方，神态谦和而冷峻。

"请喝茶。赵玉莲同志，欢迎你到军分区司令部做客。"

"谢谢司令员邀请。不过，我好像有点误入白虎堂的感觉。"

朱司令员惊奇地扬起浓眉道："我是奸臣高俅么？你真会开玩笑！"

"司令员，书归正传吧。您今天叫我来，有什么指示？"

"好，既然你已经感觉到了，我们就开门见山，直话直说！玉莲同志，关于你和李莽同志谈恋爱的事，军区和区党委首长们都听说了……"

玉莲纠正他的话："对不起，司令员，我和李莽同志从来没有谈过恋爱。"

"就算没谈成，也闹得满城风雨了……"

玉莲忍不住再次打断他的话："这是李莽同志的过错，跟我没关系。"

"但这件事影响很不好，甚至有损人民军队的威信！"司令员的脸色严肃了，"李莽同志从来没有谈过恋爱，第一次谈恋爱，就被你三番五次地拒绝，他又是一根筋，除了你不要任何人，怎么办呢？依我看，你们俩倒是天生的一对，英雄配美女，为什么不能走到一起呢？你告诉我，你为什么不喜欢他？"

玉莲沉默片刻："司令员，你要我说实话么？"

"当然！我请你来，就是想听实话！"

　　玉莲直言："我不愿意嫁给军人。准确地说，不愿意嫁给一个军事干部。"

　　朱司令员"噌"地站起身，强忍怒火叉腰来回走动，脸色铁青。

　　"坦白地说，我愿意找个有知识的人。"玉莲直抒胸臆。

　　朱司令员勃然大怒，猛地一摔帽子怒吼道："混账话！这是什么逻辑？军事干部就没有知识吗？军人就该一辈子打光棍？你这个同志立场有问题！我问你，没有军人为祖国和人民流血牺牲，大家心甘情愿当亡国奴吗？没有军事干部指挥打仗，谁带领部队去消灭日本鬼子和汉奸走狗？李莽同志才二十多岁，在战斗中已经五次负伤，其中两次差点光荣牺牲！如果革命军人和军事干部得知妇女们不愿意嫁给他们，怕他们战死疆场当寡妇，他们会怎么想呢？小姑娘，你太伤我的心了！不是我给你扣大帽子，你这是动摇军心，帮助敌人！你回去好好反省反省，还是不是一个共产党员！……送客！"

　　朱司令员抓起桌上的军帽往光头上一扣，头也不回地大步离去。

　　玉莲被骂懵了，呆坐在原地不动，半晌说不出话来，不觉流下了眼泪。从小到大，心高气傲的玉莲从来没有受过如此劈头盖脸的训斥，思想感情受到强烈的震撼。是的，妇救会长赵玉莲和军分区副司令员李莽原本就没有相同的人生，是革命让他们狭路相逢，他们之间的爱情从开始就埋下了祸根。可以想象，当革命取得胜利后，当战争远离他们的生活，他们还会将爱情进行到底么？……

　　太阳悬挂在天上，悬崖峭壁为深沟大壑投下了大片阴影。一只苍鹰在晴空中矫健平稳地飞翔，目光炯炯，俯瞰苍穹。玉莲身背铺盖卷，行走在深山小道上，形只影单。空山幽谷，白云高远。玉莲的心情渐渐舒展开来，加快了脚步。来到山垭路口，忽听身后传来马蹄声，回头一看，却是李莽策马赶来送行。玉莲停住脚步，让道路边，擦去泪痕，恢复了矜持冷傲的状态。

　　李莽勒住缰绳，翻身下马，站在玉莲面前，轻声问道："哭了？"

　　玉莲扭过脸去不看他，眼泪却不争气地流了下来，气得她狠狠地抹去泪水。

　　李莽摘下玉莲的背包诚恳道："路上不安全，我骑马送你回去吧！"

　　玉莲争夺背包，争不过便赌气恨道："我自己能走！"

　　李莽突然拦腰抱起玉莲，轻松地将她送上了马背，自己也跃身上马。玉莲被骑坐在高高的马背上，紧张地尖声喊道："干什么？让我下去！"

李莽将姑娘紧紧揽在胸前喝道："坐好！闭上眼睛！"

玉莲赶紧闭上眼睛，李莽猛然一夹马肚，枣红马立刻飞扬四蹄，疾驰狂奔。马背剧烈地颠簸，景物迅速闪退。玉莲犹如腾云驾雾，吓得发出尖声惊叫。李莽宛如驰骋疆场，快马加鞭，只听耳边风声呼啸，战马仿佛展翅腾飞！

黄昏时分，李莽带着玉莲骑马涉过流水潺潺的浊漳河，来到河对岸的青草滩，小心地将玉莲扶下战马，取下铺盖卷，让玉莲在草滩上坐下休息。

夕阳西沉，红霞满天。金光闪闪的浊漳河蜿蜒东去，河面上水鸟盘旋。玉莲惊魂未定，坐在铺盖卷上沉思默想，渐渐恢复了平静。李莽慢慢蹲在玉莲面前，递给她一支闪亮的手枪。小巧精致的勃朗宁手枪在姑娘手里还是显大了些，暗暗闪动黑蓝色的亮光，似有灵性。玉莲把手枪还给李莽："不要。"

"这是朱司令员托我送给你的勃朗宁手枪，让你随身携带防身用。弹夹可以装七发子弹，再送给你二十发子弹。"

玉莲既感动又有些难为情："我不会打枪，带在身上也不会使唤。"

李莽"热炒热卖"："这个简单，我马上教你怎么使唤！"

于是，在黄昏的浊漳河边青草滩上，李莽简要地教会了玉莲如何使用手枪。

说也奇怪，两个冤家分手时，竟有些黏黏糊糊，难舍难分了。李莽再次拿出那支黑亮的自来水笔，诚恳地送给玉莲："玉莲同志，既然你能接受朱司令员的礼物，也应该接受我的诚意。何况你正需要它。"

玉莲不再推辞，默然地接过自来水笔，脸上飞起红云。

李莽终于初战告捷，兴奋地向姑娘敬了个礼，飞身跨上战马。玉莲破天荒地第一次向他投去一瞥温柔的目光，轻轻说了声："回吧，路上注意安全。"

李莽大声回答："是！"调转马头，一抖缰绳，策马飞奔而去。

玉莲眺望李莽远去的背影，心里涌动甜丝丝的暖流。

十二、爹爹被悬挂在城楼旗杆上

天将傍黑，寒鸦鼓噪，危机四伏。

玉莲爬上山顶，稍事喘息，回头猛然一惊，只见山下浊漳河薄雾弥漫，影影绰绰，隐约可见大队日军正在涉水过河！玉莲急忙伏下身子，揉了揉眼睛细看，敌人已经开始爬山了！玉莲当机立断，立刻拔出手枪，向赵墁坡飞奔而去。

夜幕降临，玉莲家窑楼小院灯光闪亮，小院四周出现了几个汉奸特务身影，似在监视院内动静。敌人偷袭在即，不能犹豫了！玉莲毅然走出藏身的小树林，大摇大摆地向窑楼小院走去。几个鬼影立刻隐蔽起来，领头的正是马国振！

玉莲走近小院，拍了拍院门喊道："娘，开门，我是玉莲！"

汉奸马国振喜出望外，制止了特务们抓捕的冲动，耐心等待时机。院门打开，娘一把将女儿拽进去，立刻插紧院门。马国振率几名汉奸特务悄悄冲到小院门前，贴耳听了听院内动静，又退回到院墙拐角处，守株待兔。

玉莲紧张地拥推娘进入正房，通信员小郭紧随在后，插上房门。坐在炕上的爹爹和正喂孩子吃奶的纪爱芳惊喜万分，立刻被玉莲制止住了。

"爹、娘！外面有汉奸特务，鬼子大队人马正向赵墁坡偷袭，马上就进村了！敌人是冲纪大姐来的，必须立刻转移！大姐，咱们走！"

小郭急道："院子外面有特务，我们出不去了，跟他们拼了吧！"

爹娘紧张得没了主意："闺女呀，你们赶紧走吧！"

玉莲果断决定："我先出去，把狗特务引开！小郭，你掩护大姐突围！"

纪爱芳一把抓住玉莲："不行！敌人是冲我来的，我出去！"

小郭灵机一动："有办法了！赵主任赶快和我换衣服，我冒充你出去把敌人引开，你们从相反的方向突围出去，到石拐村会合！"

玉莲当机立断："好！爹、娘，你们赶快下地窖去躲躲！"

"闺女，别管俺们了，你们赶紧走吧！"

玉莲与小郭迅速对换了外衣，瘦小清秀的小郭头上蒙了块花头巾，还真像个女人。准备完毕，小郭披好枪冲出门去，玉莲和纪爱芳抱孩子紧随其后。

黑沉沉的夜幕下，小郭身背铺盖卷悄悄走出了院门，扭动腰肢向村外走去。埋伏在暗处的马国振等汉奸立刻提枪尾随，高兴得心花怒放。突然，小郭加快了脚步拔腿飞奔，马国振等人沉不住气了，狂呼乱喊："站住！老子开枪了！"

小郭回身举枪就是一梭子，打倒了两个汉奸，马国振等立刻开枪追击，顿时枪声大作。玉莲趁机掩护抱孩子的纪爱芳冲出院门，往相反方向突围。小郭沿着村外大道飞跑，迎面正遇上跑步赶来的鬼子大队。小郭举枪就打，鬼子立刻疯狂还击，霎时火光闪闪，弹雨横飞。激战中，到底寡不敌众，力量悬殊，腹背受敌，小郭身中数弹，壮烈牺牲！

敌人迅速包围了窑楼小院，剑拔弩张，如临大敌。松明火把将窑楼小院照得通亮，到处站满了荷枪实弹、刺刀雪亮的鬼子兵。两名鬼子将腿痛卧床的爹爹从正房架到院子里，推到小野大尉面前。汉奸马国振冲上前去揪住爹爹，恶狠狠地打了老人一个耳光。没想到，病痛孱弱的爹爹怒目圆睁，猛然一拳揍在马国振的鼻梁上。马国振被打得鼻血流淌，恼羞成怒，飞起一脚将老人踢倒在地上。小野大尉制止了马国振继续行凶的企图，皱眉挥了挥手，马国振隐忍退下。娘惊恐地扑到爹爹身上哭起来。爹爹撑坐在地上，低声呵斥道：

"哭甚呢？哭给狼吃的们听么？悄悄哇！"

小野笑眯眯地走近前来，对爹爹竖了竖大拇指。爹爹似笑非笑，揶揄地蔑视日本人，擦了擦嘴角的血迹。小野通过翻译对爹爹笑道：

"久仰赵清明先生，今天特地来登门拜望，恳请先生指教。我对先生的女儿很感兴趣，可惜她不愿意见我，我很遗憾。"

爹爹用右手轻轻按摩病腿，左手紧攥住玉莲娘发抖的双手。

"您就这么一个女儿，为什么不让她嫁个好人家呢？"

爹爹冷笑道："兵荒马乱的，家里闯进了野狗，得把狗赶出去啊！"

汉奸翻译不敢翻译汉语，嗫嚅地咽口水，小白脸吓得惨白。小野突然痛打了翻译一个耳光，阴鸷的目光紧盯住老人，咕噜了一句日语。两名高大凶狠的鬼子立刻上前抓起爹爹，并将哭喊的玉莲娘击昏在地上。

"马国振！"小野突然喊了一声，恶作剧地笑了，"背你的老校长回县城去！"

马国振愣了愣，哭丧脸求情道："太君，三十多里地呢！……"

小野大尉不再重复命令，率领大队日军撤出院门。马国振不敢抗命，无奈地走到老校长面前，背过身去往下一蹲："来哇！老东西……"两名鬼子兵将爹爹往马国振后背一放，爹爹抱住马国振的肩膀。马国振故意往上耸了耸，爹爹立刻兜头给了他一巴掌，打得他惊叫起来。鬼子兵发一声吼："开路！"马国振敢怒不敢言，忍痛背起爹爹出发了。

特务队作战室办公桌上依然架设了两挺轻机关枪，黑洞洞的枪口对准大门。

小野大尉傲慢地坐在圈椅上，冷眼打量手中的猎物。身穿旧灰布长衫的爹爹坐在对面的椅子上，冷冷地蔑视对方。两人都意味深长地笑了。

日本人天生具有冷血动物的本性，嗜血之心阴暗凶狠，军人更无人性可言。他们的人生哲学是毫不利人，专门利己。小野就是一个活生生的现代标本。

"赵老先生德高望重，曾经联名担保过庙岭抗日中心小学的黎玉校长，我们应该是老相识了。"小野文质彬彬地冷笑道，"后来我听说，黎玉获释后参加了共产党，调往外地抗日机关工作，你的女儿赵玉莲接任了校长职务。我受骗了。为了中日亲善，我没有制裁你这位担保人。可是今天，你直接参加了抗日活动，已经成为我的敌人。我希望赵老先生迷途知返，回头是岸。"

翻译将日语翻译成汉语，配以表情，滑稽可笑。

"你说了一大堆废话，到底想让我做什么？"爹爹笑吟吟地反问道。

"很简单，给你女儿写一封信，叫她和秦怀璧向皇军投降。"

"你觉得这可能么？如果我不写这封信，你怎么办？"

小野冷冷地看了他一眼，皮笑肉不笑地笑道："我会把你吊死在故县城楼的桅杆上示众三天，然后送你回老家去，体面地入殓厚葬。"

爹爹认真地商量道："厚葬就不必了，只求保留全尸，魂归故里。"

"应该的。如果你要求这样做，我成全你。"

爹爹忽然收起笑容，大义凛然："谢谢！请你现在就送我到城楼上去吧！"

小野霎时间也变了脸色，冷酷无情："来人！送赵先生上路！"

光天化日之下，古城楼上猎猎飘扬血红刺眼的太阳旗。高高的旗杆上，徐徐升吊起一具身穿旧灰布长衫的遗体——玉莲的爹爹赵清明先生。瘦弱修长的遗体映衬在蓝天里，白头低垂，全身僵硬，仿佛陷入了沉思。强烈的阳光照射在镌刻有"故县"两个大字的古城楼城墙上，刺痛了中国人的眼睛。

一九四四年春天，赵清明老人惨死在日寇的魔掌下，终年五十九岁。

爹爹是一位有血性、有骨气的中国知识分子，也许正是这种遗传因子传给了玉莲，使玉莲天生具备一身傲骨，宁死而不屈服，也为她的个人生活设置了障碍。爹爹壮烈殉国，在很大程度上改变了玉莲的柔弱性格和人生命运。

不久，复仇的机会来了！

十三、爱情之花盛开在太行山上

巨大的军用地图被强烈的灯光照亮，侵华日军师团长清水少将正在秘密召开作战会议，十几名大佐以下的日本军官肃立在长官面前，聆听训示。

清水少将指点地图："五月十四日，大日本皇军圣战观光团一行二十九人，由高木联队警卫队护送从长治出发，经襄垣、沁州到达故县，当晚在县城留宿，五月十五日上午从县城出发，由小野特务队和松尾步兵中队联合加入护送序列，经故县至蟠龙的战略公路到达蟠龙镇观光视察，当天下午返回故县城。故蟠公路全长四十五公里，沿途经浊漳河'治安区'，安全通畅，但要严防支那游击武装骚扰或偷袭，造成不必要损失。必须绝对保证安全，完成护送任务！"

军官们碰响皮靴，发出整齐有力的呐喊："天皇万岁！"

与此同时，太行第三军分区副司令员兼参谋长李莽也在部署作战任务。军区独立团、老二团、分区独立营等参战单位首长出席会议，领受任务。

"根据可靠情报，敌'圣战观光团'由高木联队警卫队、小野特务队、松尾步兵中队等日军精锐部队三百余人护送，将于五月十五日上午乘车从县城出发，经由故蟠公路前往蟠龙镇'观光'。敌人占领了蟠龙镇，又刚刚开通了这条所谓战略公路，想在我抗日军民面前耀武扬威，以为我们不敢与他们正面交战，愚蠢之极，他们打错了算盘！军区首长和朱司令员指示，要坚决彻底地消灭这股敌人，让'观光团'变成'死光团'，打击敌人的嚣张气焰！朱司令员决定，由我负责指挥这次战斗，调集全区精兵强将，打一个漂亮的歼灭战！"

出席作战会议的参战部队首长们摩拳擦掌，斗志高昂，纷纷请战。县委书记秦怀璧等地方领导同志也参加了会议，率部协同作战。

李莽道："根据敌我双方态势，我决定，采取预设阵地，突然袭击，两面夹击，速战速决的作战方案：伏击地点选在故县与蟠龙之间、离故县较近的石拐村河滩上，以防蟠龙之敌快速增援；独立团在浊漳河南岸高地设伏，老二团在北岸高地设伏，分区独立营打头，县大队和民兵营截尾，兵工厂爆破队埋设地雷阵，总部特务团作为预备队，负责警戒和堵溃打援。明白了吗？"

参战部队首长群情振奋，齐声高呼："坚决完成任务！"

这一仗，彻底清除了玉莲与李莽之间的心理障碍，打得非常漂亮。

五月十五日，晴空万里，阳光灿烂。宽阔平坦的浊漳河石拐河滩美丽宁静。

上午八点四十分，故蟠公路尽头隐约传来了汽车的轰鸣声。早已进入伏击阵地的八路军参战部队指战员精神大振，紧握武器，待命厮杀。浊漳河南岸的小树林里，玉莲紧握勃朗宁手枪，紧靠在县委书记秦怀璧的身旁。山冈上，密林中，石拐滩四周至少埋伏了七倍于敌的我主力部队和地方部队。军分区副司令兼参谋长李莽眼睛紧盯住光秃秃的公路口，准备发号施令。

突然，敌人的第一辆三轮摩托车出现了，第二辆，第三辆……李莽沉住气，岿然不动，耳畔响起"轰隆隆"的越来越近的汽车轰鸣声，敌人的"圣战观光团"庞大的车队终于全部出现在公路上了：最前面是十辆三轮摩托车，每车架设一挺轻机关枪，瞄准前方；其后是四辆敞篷中吉普车，车上坐满了小野的特务队员，每人手持一支德式冲锋枪，警惕地虎视四周；紧接两辆黑色小轿车和一辆黄色大客车，满载"圣战观光团"大员；后面是六辆军用卡车，车上站满了荷枪实弹的鬼子士兵；最后是数十辆汉奸们骑行的自行车队。

大地颤动，灰尘漫天。庞大的车队首尾相连，气势逼人。

眼看敌人车队进入了伏击圈，李莽拿起话筒果断地下达命令："起爆！"

兵工厂爆破队立刻引爆了连环地雷阵，霎时间天崩地裂，敌人车队顿时人仰马翻，车飞轮滚，剧烈的爆炸夹杂鬼哭狼嚎，火光冲天。爆炸声中，轻重机关枪"嘎嘎嘎！哒哒哒！"地狂叫起来，急如炒爆豆。司号员鼓圆了腮帮子，吹起了冲锋号，数千名抗日将士跃身冲出战壕，欢呼呐喊，冲锋陷阵。大部分鬼子早已见了阎王，没死的仓皇抵抗，立刻被枪弹或刺刀洞穿了身体。骑自行车的汉奸特务队也难逃厄运，唯独铁杆汉奸马国振在混乱中漏了网。抗日将士高喊杀声冲入敌阵，以迅雷不及掩耳之势干净彻底地消灭了残敌。

李莽赶到现场大声命令道："打扫战场，五分钟内撤出战斗！"

所有的参战部队开始有条不紊地打扫战场，收缴战利品，消灭垂死反抗之敌。

玉莲随秦怀璧率领的县大队也冲进敌阵，四处寻找特务队长小野的尸体。

李莽突然发现一名血肉模糊的鬼子大尉军官："老秦！"

秦怀璧和玉莲急忙跑过去，只见那名鬼子军官已身负重伤，奄奄一息。

"你们看，这个人是不是小野？……"

李莽话音未落，鬼子军官突然举枪射击，李莽猝不及防，胸部中弹。

玉莲脑袋"轰"的一声炸响，撕心裂肺地大叫一声："团长！"来不及思考就冲上去举起勃朗宁手枪，对准小野使劲儿抠响了扳机，"砰！砰！砰！……"一口气打完了枪膛里的子弹，还在使劲儿空抠扳机。李莽身子晃了晃，胸口汩汩流出了鲜血，咬牙紧皱了眉头，终于倒了下去！玉莲扔掉手枪发疯似的扑到李莽身上哭喊："李莽！团长！……"

李莽疲倦地对她笑了笑，又皱眉咬牙强忍伤痛，痛苦地闭上眼睛。

"李莽！你不能死！你醒醒啊！……"

李莽紧闭双眼，好像醒不过来了，又好像熟睡了，嘴角隐含嘲讽的微笑。

故县东部的太行山区，深沟大壑纵横交错，悬崖峭壁鬼斧神工，地势险峻。隐藏在大山深处的八路军总部野战医院驻地西堡村，偏僻宁静宛如桃花源。野战医院设在村外一座废弃的寺庙里。胸部负伤的军分区副司令员李莽由军区卫生部钱部长亲自做完手术后，躺在一间简陋病房的土炕上输液。看来手术做得很成功，李莽尚未完全苏醒，在昏睡中依然紧皱眉头，但已经脱离了危险。

阳光透过巨伞似的高大古松照射在寺庙院里，光斑闪闪。

病房门轻轻推开，玉莲手捧一束野花悄悄走进病房，深情地注视李莽。昏睡中的李莽脸色苍白，眉目清秀，羸弱中更显英武之气。忽然间，玉莲对这个熟悉而又陌生的男人爱得要命，忍不住俯身上前，在他的额头轻轻献上了少女的初吻。或许是爱情的力量果真太神奇，昏睡的李莽居然苏醒过来。玉莲含泪带笑，将手中的野花献给了李莽，不好意思地羞红了脸。李莽伸手握住她的手，疲倦地点头笑了笑，忽然又痛得皱起眉头。玉莲轻声安慰他道：

"我听钱部长说，手术做得很成功，子弹已经取出来了，离心脏只差两公分，把死神吓跑了。好好养伤，我会经常来看你的。"

李莽一直目不转睛地凝视梦中情人，紧握她的手含笑不语。

玉莲感受到他滚烫的目光，心中荡起温柔的波澜："你想说什么？"

李莽指了指她的心，又指了指自己的心："你，嫁给我……"

玉莲脸热心跳，却无法当面拒绝："等你养好了伤……"

"答应我，我怕找不到你了……"

玉莲沉吟片刻，终于勇敢地抬起头来："好，我答应你。"

李莽忽然想坐起来，伤痛难忍，玉莲忙扶他躺下。

"我们……什么时候结婚？"

"让我为爹爹守孝，守过周年忌日。"

李莽的呼吸急促起来了，忽然低头捧起玉莲的手，深深地亲吻。玉莲任由他尽情地表达爱意，情不自禁地将他揽入怀里，也流下了幸福的热泪……

李莽与秦怀璧同庚，一九一六年出身于湖北麻城一个贫苦农民家庭，十三岁跟随父兄参加"黄麻暴动"，十四岁参加红军，十六岁当营长，徐向前总指挥曾喜爱地夸奖他："没想到我还有这么个漂亮的小营长！"二十岁当红军师参谋长，抗战爆发后改编为八路军，降级屈任营长，但很快就升任主力团团长，成为刘、邓首长和陈赓将军麾下赫赫有名的战将。朱司令员说的没错，李莽长到二十多岁，从来没谈过恋爱，突然开窍，就迷住个赵玉莲，头撞南墙，九条牛也拽不回来！难怪朱司令员说他是个"情种"，一辈子爱过三个女人！

十四、收养了一个爱情的掘墓人

夜幕降临。当玉莲风尘仆仆地赶回县委驻地时，立刻感到危机四伏，急忙跨进后院，见秦怀璧夫妇正在紧张地收拾行李，县委机关一片忙乱。

"玉莲，你回来得正好，马上转移！"秦怀璧简短告知，"我们正准备派人去野战医院通知你。昨天夜里，敌人从长治、沁州、榆社、蟠龙等地调集了五千重兵，对故蟠公路沿线村庄进行了疯狂的报复性扫荡，烧毁了五个村庄，屠杀了两百多名无辜的群众，犯下了惨绝人寰的暴行！石拐村损失最大，全村一百多口人几乎被杀光了，幸存无几……"

玉莲的心紧缩了，不敢相信地颤声道："石拐村？干娘家？……"

"干娘家全家老小七口，全都被敌人杀害了！"

玉莲再次遭受到痛失亲人的打击，腿一软瘫倒在炕沿上。

纪爱芳急忙抱住她劝慰道："玉莲，别难过！敌人欠下的血债，我们一定让他们加倍偿还！万幸的是，干娘的小闺女秀儿躲在地窖里，捡回了一条命……"

玉莲脑海里闪过一道亮光："秀儿？……她在哪儿？……"

"就在隔壁屋里，你等一下！"纪爱芳起身出门，片刻牵领回一个七八岁的小姑娘，站在玉莲面前。小姑娘满脸惊悸，瞪大一双惊恐的大眼睛，仿佛还没有从那场血腥大屠杀的极度恐怖中醒过来。

玉莲抱住小姑娘含泪叫道："秀儿，你还认识我么？叫我玉莲姐姐！"

小姑娘木然地摇头，眼里饱含惊恐的泪花，全身瑟瑟颤抖。

秦怀璧说："敌人撤退后，县大队在石拐村废墟里发现了小姑娘，才把她带回来。县委机关随时转移，带个孩子不方便，得想办法安置……"

"我们也把儿子寄养在老乡家里了，听天由命吧！"纪爱芳无奈道。

玉莲考虑成熟道："秦书记，让秀儿去我家，跟我娘过。"

秦怀璧夫妇互相看了看，无言地点了点头。玉莲紧紧抱住秀儿娇小的身体，让她战栗的身心渐渐地平复下来，擦去她小脸上的泪痕……

春天的太行山野花烂漫，高高的山脊梁上出现了两个女孩子的身影。玉莲和秀儿手牵手地走在弯曲平缓的黄土路上，倾心聆听大自然的和弦。

玉莲看了看沉默的小姑娘柔声问道："秀儿，你大名儿叫什么？"

秀儿抬起脸答道："俺叫秀儿。"

"从今往后，你大名就叫赵玉秀吧，我是你姐赵玉莲。"

秀儿高兴地点头笑道："好，俺叫赵玉秀。俺姐姐是赵玉莲。"

"真聪明！等会儿回家见了娘，你跟娘怎么说呢？"

"俺就说娘啊，俺是玉秀，是你的亲闺女！"

"好妹妹，咱姐儿俩天生有缘分，你还真有点儿像我呢！"

姐妹俩高兴地牵手回家去，说不完的知心话，叙不尽的姐妹情……

人生的舞台变幻莫测，永远上演大悲大喜大起大落的活剧。

谁也没有想到，这个捡来的妹妹赵玉秀，后来竟取代了母亲赵玉莲的位置，成为李莽将军的第二任夫人。也许这就是命运之神的巧妙安排，悲剧中的喜剧，浪漫人生中的插曲……

一九四五年春天，日寇被迫撤出了蟠龙镇，太行第三专署和军分区在蟠龙镇召开了万人庆功祝捷大会。不久，玉莲奉命随秦怀璧专员赴赤岸，出席了太行区首届群英大会，军分区司令员李莽被评为"一等杀敌英雄"。就在这次大会期间，玉莲在秦专员和朱司令员等首长安排下，与李莽走进了婚姻的殿堂。

出发之前，玉莲应召来到专署所在地秦家大院。

玉莲等候片刻，忽听门外响起脚步声，秦怀璧专员匆匆回到办公室，热情地招呼道："玉莲，我正式通知你，明天跟我去赤岸村，参加全区首届群英大会。你今天就不用回去了，在后院跟爱芳一块儿住吧，明天一早出发。"

"秦专员，我又不是英模代表，我去干什么呀？"

"你不是英模代表，可你是英模的领导啊！这次故县出了三位全区妇女英模代表，独占花魁，你这位县妇救会长功不可没嘛！"

"那是人家英模自己的努力，要说功劳，纪大姐才应该立头功！"

"你就不用谦虚了，这次去开会，你还有个特殊任务呢！"

玉莲习惯性地正襟危坐："什么任务？"

秦怀璧神秘地一笑，从抽屉里拿出一封信说："你把这封信送给朱司令员。朱司令员已经升任太行军区副司令员，这次也要出席群英大会。"

玉莲接过信看了看，奇怪道："您不是也要去开会吗？干吗让我送信？"

"所以才叫特殊任务嘛！这封信必须由你亲自面呈朱司令员。"

玉莲莫名其妙地收好了信，又问道："秦专员，还有什么指示么？"

"没有了。你去找纪大姐，做一身新衣服。"

"平白无故，做新衣服干什么？"

"你是太行妇女的代表，不能穿一身旧衣服去亮相啊！"

玉莲越发听不懂了："亮相？亮什么相？"

秦怀璧不再与她纠缠了，命令道："刘秘书，带赵玉莲同志去见纪大姐！"

玉莲带着一头雾水，跟随刘秘书走出了专员办公室。

十五、新婚之夜"约法三章"埋祸根

在赤岸参加群英大会期间，玉莲再次受到朱司令员的热情邀请。

还是当年朱司令员的那间住室，却布置成了一间新房。

还是当年那位王参谋，引领玉莲走到屋门口："赵玉莲同志，请进！"

玉莲身穿白衬衣，外套灰布列宁装，留梳齐耳短发，越发光彩照人，迟疑地走进屋里，正在打量这间新房，忽听身后王参谋立正大声报告，把她吓了一跳："报告赵玉莲同志，朱司令员请你稍候，马上开饭！"

"王参谋，这是谁家的新房啊？你没有领错地方吧？"

王参谋依然立正回答："报告首长，没有领错地方，李莽司令员马上就到！"

玉莲奇怪地问道："不是朱司令员请我么？怎么还有李莽同志？"

王参谋语塞，慌乱地敬了个礼，急忙转身出去了。

玉莲又感觉误入"白虎堂"，正在胡思乱想，忽见李莽大步跨进门来。新任军分区司令员一身新军装，胸前佩戴两枚英模奖章，英姿勃发。

玉莲沉下脸问道："李莽同志，你们搞什么鬼名堂？"

李莽神采飞扬地笑道："今天沾朱司令员的光，打牙祭！上菜！"

话音刚落，王参谋立刻率几名战士鱼贯而入，端上炖猪肉、烧蘑菇、炒鸡蛋、面疙瘩汤等大盆大碗，还有一小箩筐蒸馍，洋洋洒洒摆满一大桌。玉莲心里暗暗叫苦，忽听门外响起了豪爽的笑声，一听就是朱司令员的大嗓门儿。门帘掀开，朱司令员夫妇和秦怀璧夫妇以及一大群干部拥进屋来。已经担任行署教育科长的黎玉和刘月琴夫妇也在贺喜人群中，手捧一对粗大的红烛。

朱司令员大笑道："哈哈！小姑娘，你终于被李莽同志活捉了！"

玉莲霎时间羞红了脸，撒娇地跺脚生气道："朱司令员，您也会骗人啊！"

"这就是朱司令员布置的特殊任务嘛！"秦怀璧也开心地笑起来。

朱司令员拿出两份文件大声道："我来宣读两份文件。这是太行军区政治部批准李莽同志结婚的报告，这是太行第三专员公署批准赵玉莲同志结婚的报告。这份报告，可是你赵玉莲同志亲手交给我的！"

玉莲娇羞地用手捂住绯红的脸，在大家的欢笑声中，无地自容。

朱司令员宣布："李莽和赵玉莲同志的婚礼，现在开始！"

同志们更加热烈地鼓掌欢呼，把一对新人推拥到马恩列斯朱毛等领袖像前。

王参谋充当司仪，拖长声音高声喊道："新郎新娘向革命领袖鞠躬！"李莽赶紧拉了玉莲的手一起转过身去，向革命领袖画像深深鞠了一躬。王参谋又喊了声："新郎新娘向证婚人朱司令员和秦专员鞠躬！"李莽和玉莲又转回身来，向两位证婚人深鞠一躬。王参谋声音更加洪亮地高声道："新郎新娘向全体同志鞠躬！"李莽和玉莲牵手一齐向大家深鞠一躬，赢得满堂喝彩和掌声。

王参谋在掌声中大声宣布："新郎新娘向全体同志介绍恋爱经过！"

婚礼达到了高潮，鼓掌声和欢呼声几乎掀翻了屋顶。

朱司令员下达了命令："李莽！你先说！你是怎么追求人家小姑娘的？"

"司令员，过程你都知道，怪丢人的……"李莽尴尬地笑道。

大家齐声起哄道："我们不知道！我们想知道！李司令，来一个！李司令，来一个！……"整齐的拉歌似的呐喊声中，李莽只好"坦白从宽"。

"我认识赵玉莲同志，是在秦专员和纪大姐的婚礼上，我一眼就看上她了，下决心非赵玉莲不娶，然后我就拼命追求她了……"

玉莲羞得直拽李莽的衣袖，李莽憨厚地笑道："实话实说嘛！"

朱司令员提议："我们欢迎新娘子唱个歌好不好？"顿时欢声雷动。

玉莲被逼到了死角，只好唱了个家乡小调《小亲圪蛋》。

亲圪蛋儿下河洗衣裳，双个腔儿跪在那石头上呀，小亲圪蛋儿！

小手手红来小手手白，搓一搓衣裳把小辫儿甩呀，小亲圪蛋儿！

小亲亲呀小爱爱，把你那好脸儿扭过来呀，小亲圪蛋儿！

你说扭过就扭过，好脸儿要配好小伙儿呀，小亲圪蛋儿！……

清纯甜美的歌声强烈地感染了听众，人们忘记了闹婚礼，沉浸在艺术享受中。李莽也是第一次亲耳听到玉莲唱歌，深受感动，不觉流下了热泪……

离婚以后，母亲曾经对儿子建国说，当年她是被朱司令员和秦书记"骗"进洞房里去，"被迫"与父亲结婚的。在此之前，她虽已答应了嫁给父亲，但始终没有做好精神上的准备，一直处在犹豫和彷徨中。为什么？因为害怕失去自由！女人嫁给男人，即成为男人的附属品，这是她最不愿意面对的现实。从小到大，耳濡目染，她见过听过太多的关于女人悲惨命运的故事，她们依附于男人，成为男人传宗接代的工具，嫁鸡随鸡，嫁狗随狗，浑浑噩噩了此一生……可是，千百年来，女人又好像必须要嫁给一个男人，这是天经地义的自然规律，何况这是她心里深爱的男人！玉莲就像骑上了一匹狂奔的野马，想停也停不下来了……

热闹的婚礼一直持续到深夜，领导和同志们才陆续散去。黎玉夫妇送的一对红烛熊熊燃烧，照亮了简朴温馨的洞房。新郎出门送客去了，洞房里忽然安静得有些异样。玉莲坐在炕沿上，等待着激动人心的时刻。

片刻，门外响起了由远而近的脚步声，少女的心狂跳起来。门帘一掀，李莽一步跨进门来，热辣辣的目光盯住玉莲。玉莲下意识地蓦然站起身来，又迟疑地坐下去，怦然心跳如小鹿狂奔。李莽看了看玉莲，似乎也很紧张，转身插上房门，摘去军帽，解开腰带，慢慢走到玉莲面前。玉莲不敢抬头，脸红如鸡冠花怒放，越发夺人心魄。一只男人的手轻轻落在少女肩上，玉莲浑身一颤。李莽轻轻扳过她的身体，轻轻捧起她鲜花般娇艳的脸，深深地吻住她的唇。玉莲温顺地接受了丈夫陌生的气息和温存的抚爱，慢慢抱住他的脖颈，尽情地享受爱情……

屋子里很安静，巨大的开水壶在火炉上"吱吱"地唱歌，红烛在默默地流泪。

身强力壮的李莽突然抱起玉莲，将她压倒在炕上，呼吸急促起来。玉莲呻吟一声，抬手挡住男人的热吻，冷静地笑道："别忙，洗澡去。"李莽的动作停在半空，无奈地泄了劲，回身坐在炕沿上。玉莲起身扒住他的肩膀，亲昵地小声道：

"我是半个医生呢，我们得讲卫生。"

李莽笑了，亲了亲玉莲的手："听你的！"

玉莲高兴地溜下炕去，从墙角拖出一只早已看好的大木澡盆，麻利地兑好了冷热水。李莽惊奇地注视她的动作，眼睛里流露出说不尽的欢心和喜爱。

玉莲脱去列宁装，卷起衬衣衣袖，笑指大木盆道："来呀！"

李莽反倒局促无措起来，下意识地伸手解衣扣，又脸红地停住手。玉莲莞尔一笑，走到丈夫面前为他解开衣扣，脱去外衣。李莽浑身发热，滚烫如火，衣裤被妻子一件一件脱去，终于裸露出了伤痕累累的身体。玉莲顿时惊呆了，眼睁睁地凝视丈夫头上、肩上、胸部、腹部、手臂、腿部等处的大小伤疤，用颤抖的手轻轻抚摸，突然开始热切地亲吻那些伤疤。李莽幸福地闭上眼睛，泪水止不住地滚落下来，身心战栗。全身赤裸的李莽坐在热气腾腾的大澡盆里，任由妻子为他沐浴……

红烛闪亮，月朗星稀。莽莽太行绵延千里，宛如苍穹下大地蛟龙。

千娇百媚的妙龄少女与侠骨柔情的铁血将军两情相悦，如干柴烈火，似水乳交融。流泪的红烛火花闪跳，悄然熄灭了，屋里慢慢融入淡淡月光……

初婚的激情过去，夫妻相拥而眠，在烛光中睁大眼睛。

李莽亲了亲紧搂在怀里的玉莲光洁的额头，看了看旁边带血痕的白布，轻声问道："你怎么什么都懂，什么都有准备，好像结过婚似的？"

"没结过婚，才应该有一个好的开始呢！"玉莲娇声笑道，忽然一翻身坐起来，认真郑重地说，"李莽，我们今天必须'约法三章'。"

李莽愣了愣："什么'约法三章'？"

玉莲把丈夫也拉坐起来："今天我嫁给了你，你得答应我三件事。"

李莽笑了："今后你就是我的总司令，三百件也答应你！"

"胡说！朱老总才是你的总司令，我是你的爱人。"

"反正家里的事都听你的。说吧，什么事？"

玉莲扳起他的大拇指："第一件事，我嫁给你，但并不是你的附属品；你当你的首长，我保留独立工作的权利，永远不当官太太。你同意么？"

李莽虽觉有些刺耳，但想了想也有道理，勉强点了点头："同意。"

"第二件事，"玉莲又扳起他的食指，"我爹说：'无儿无女上等人，一儿一女中等人，三男六女下等人'。我觉得有道理。生儿育女，天经地义。但我不愿意变成生孩子的工具，影响我的工作。只生一儿一女，你同意么？"

李莽显然没考虑过这些事，脑袋有些发懵："也可以吧？生俩儿子不行么？"

"如果你命中没女儿，两个儿子也行。只生两个！"

李莽放了心，使劲点了点头："你说了算！还有什么问题？"

玉莲再扳起他的中指："第三件事，也是最重要的事，如果夫妻感情不和，性格不合，或有原则立场分歧，无法调和，可以离婚。你同意么？"

李莽终于忍不住了，一甩手不高兴道："刚结婚就谈离婚，我们结婚干什么！我说过，我李莽非赵玉莲不娶，娶了就不能离婚！这一条，我不同意！"

"我既然嫁给了你，当然要跟你过一辈子，决不愿意离婚。但是丑话要说在前头。如果一方背叛了夫妻感情，另一方就有权提出离婚。"

"玉莲，你怀疑我会背叛夫妻感情吗？"李莽越听越糊涂了。

"我现在丝毫也不怀疑。但事情是会发生变化的，一切要经受时间的考验。"

玉莲冷静道，"爱情容不得半点杂质，我希望我们永远相爱……"

李莽猛一掀被子，勃然大怒："说到底，你还是不相信我，不相信我李莽的人品，不相信我们的爱情！我们现在就离婚好了！什么约法三章？扯鸡巴蛋！"

玉莲懵了，委屈地抓住他的手哭道："你怎么这么说？……"

李莽粗鲁地甩开她的手，三下五除二胡乱穿上衣服，跳下炕摔门而出。

新婚宴尔，就爆发了家庭战争。玉莲心冷齿寒，泪流满面。

男人真是奇怪的动物，刚才还千般温存，万种柔情，眨眼间就翻脸不认人，甚至把你当成阶级敌人！可是反过来想，难道女人不是世界上最奇怪的动物么？明明爱得死去活来，却偏又提出什么"离婚"，这不是自寻烦恼么……

夜深人静，王参谋等人正在军分区司令部值夜班，忽听门外有人高喊口令："立正！"全体值班人员原地立正，只见司令员李莽黑脸走进来。

王参谋立正报告："司令员同志，军分区司令部正在值班，请指示！"

"稍息！"李莽走到墙角的行军床前，倒下去就蒙头大睡。

王参谋不知所措地愣了愣，挥手示意值班人员安静。于是，司令员蒙头大睡，全体值班人员屏声闭气，作战室里悄然无声。

这天夜里，这对新婚夫妇搅乱了很多人的梦乡。

新娘玉莲委屈地找到秦怀璧专员夫妇临时住的窑洞告状，纪爱芳抱住哭泣的玉莲低声劝慰，秦怀璧紧皱眉头在屋里来回踱步抽烟。

"玉莲，小夫小妻吵个架斗个嘴，可千万别扯到离婚上去！何况新婚之夜，爱还爱不够呢，怎么会吵架呢？告诉大姐，你们俩到底为什么吵架啊？"

玉莲默默地流泪，什么也说不出来，像个委屈的孩子。

"这个李莽，也太不像话了！新婚之夜就把新娘子撇下自个儿跑了，还像个当丈夫的么？有话好好说嘛，怎么能结婚当天就闹离婚呢！"

玉莲抽泣哽咽道："怪我自己不好，是我先提出可以离婚的……"

秦怀璧夫妇吃惊地异口同声："你先提出离婚的？这到底怎么回事儿啊？"

"我跟他约法三章，他就急了，跳下炕摔门就走……"

"约法三章？你跟他约什么'法'了？"

"我提出，不当官太太，只生一儿一女，今后感情不和可以离婚……"

纪爱芳"哎哟"一声叫起来："我的傻丫头啊，刚结婚你说这些干什么呀！新婚之夜甜甜蜜蜜，谁听了这话也受不了啊！何况老李是个死心眼儿，恨不能把你捧在手心儿含在嘴里，你让人家怎么受得了啊！"

　　秦怀璧反倒冷静了下来，沉吟道："玉莲，你们可能闹误会了，到此为止吧，千万不要再火上浇油了。爱芳，你马上送玉莲回洞房去，我请朱司令员去把李莽找回来，命令他回家睡觉去！这个倒运鬼，我就不信没人能治他！"

　　玉莲不情愿地慢慢站起身来，在秦怀璧夫妇劝慰下，半推半就地回去了。

　　李莽仍在司令部的行军床上蒙头大睡，忽听门外又有人高喊口令："立正！"李莽猛然一掀被子露出光脑袋，火刺刺地怒吼道："半夜三更乱喊什么！"

　　"李莽！给我站起来！"一个熟悉威严的声音厉声喝道。

　　李莽猛一激灵，赶紧一个鲤鱼打挺站起身来立正道："司令员！"

　　朱司令员黑下脸气呼呼地走进作战室，后随几名警卫员。王参谋赶紧给大家悄悄做了个手势，在场的值班人员知趣地退出门去。

　　李莽松懈下来，嬉皮笑脸地问了声："司令员，您怎么半夜过来了？"

　　朱司令员双手叉腰训斥道："你小子搞什么鬼名堂！新婚之夜，撇下新娘子跑到作战室睡觉，又想制造花边新闻？七仙女娶到手，大功告成，高枕无忧了？我看小赵的约法三章好得很，条条款款，专治你小子的军阀霸道作风！你不是要跟人家离婚么？打报告来，老子现在就批准！"

　　"司令员，你误会了，是小赵先提出离婚的……"李莽忙赔笑脸。

　　朱司令员一摔帽子怒喝道："鬼扯蛋！人家跟你约法三章，是怕你小子天长日久变心，难道不该打预防针么？你就听不得丑话，马上就跟人家离婚？"

　　李莽有口难辩，自己也觉得也有些过分，小声嘟哝道："约法三章，就是个变相的紧箍咒，这个小赵也太有心计了，小狐狸精……"

　　朱司令员下达命令："你给我马上回去！向小赵同志赔礼道歉，检讨错误！"

　　"司令员，这有点过分了吧？我也没犯什么错误啊！"

　　"我给我说实话，你到底喜不喜欢小赵？真喜欢还是假喜欢？"

　　"司令员，我当然真喜欢！天下没有比她更好的女人！"

　　朱司令员瞪眼怒喝道："那你还闹什么？回去！乖乖伺候人家！走啊！"

　　李莽被逼到死角，只好乖乖地低头走出去，朱司令员押解在身后。门外值班参谋和警卫员都绷住脸不敢笑，两眼一齐望天，李莽无地自容。

十六、夫妻第一次分离

一九四五年春夏，中国人民终于迎来了抗战胜利的曙光。

红旗招展，阳光灿烂。收复后的蟠龙镇生机盎然。秦家大院宽敞的议事大厅布置成了会场，会场里人头攒动，歌声飞扬。主席台上悬挂横幅会标："太行区第三专署第一届妇女英模代表大会"。秦怀璧专员和全区各县妇救会长等领导在主席台上就座。妇女英模代表在玉莲指挥下齐唱民歌小调《拥军歌》——

> 一个一个小喜鹊，枝头上叫连声，
>
> 腾出暖房热窑洞，迎接咱子弟兵。
>
> 一碗一碗好茶饭，热腾腾端上炕，
>
> 请咱亲人子弟兵，喝上口暖暖心。
>
> 一双一双拥军鞋，一针一线儿缝，
>
> 送给亲人子弟兵，穿上好打敌人！……

妇女英模代表们唱完歌，自己给自己热烈鼓掌，一片欢声笑语。

坐在主席台上的玉莲忽然感觉一阵难受，忍不住欲呕吐。坐在她身边的妇救会主任纪爱芳急忙低声问道："玉莲，不要紧吧？下去休息一会儿？"玉莲脸色苍白，勉强摇摇头，一阵恶心又涌上来，赶紧起身离座。纪爱芳不安地沉思片刻，也起身离开了会场，尾随玉莲回到临时住房。玉莲跑回屋里直奔洗脸架上的铜脸盆，克制不住地呕吐了出来。纪爱芳跟进屋里来，轻轻拍打她的后背，递给她一块干净毛巾。玉莲呕吐得差不多了，长长地喘一口气，胃里仍感觉难受，瘫坐在椅子上。纪爱芳给她倒来一碗热水，安慰她道：

"没事儿，玉莲，你怀孕了。恭喜你啊！"

玉莲哭丧着脸发愁道："这么快？我就怕怀上孩子，结果还是来了……"

"我看你反应挺大的，头一胎一定要保住胎气。这几年你工作太累了，最近局势比较稳定，我建议你脱产休息一段时间。"

玉莲叹了口气："我怎么走得开呢？"

"身体是革命的本钱，身体垮了什么也干不了！听话，回家去休养一段时间，我暂时代替你的工作，妇救会还有那么多人呢！"

玉莲依偎在纪大姐怀里，忽然又有想呕吐的感觉……

鲜花盛开的季节，窑楼小院里爹爹栽种的桃树和李树竞相开花，桃红李白。玉莲的形体已初显出身孕，正靠在炕上看书，小炕桌上堆满了书籍文件。

小姑娘秀儿活泼地跑进来，举起一束野花叫道："姐，迎春花！"

玉莲疼爱地笑了："秀儿，找个水罐儿，把花儿养起来。"

秀儿脆生生地答应一声，很快找来一只小水罐，把野花插起来。

玉莲把秀儿拉到自己身边问道："秀儿，你在家念过书么？念过几年级？"

秀儿忽闪大眼睛："念倒是念过几天，小鬼子大扫荡，就不念了。"

"姐在家养病，教你念书写字，好么？"

秀儿似乎不感兴趣，勉强答应："姐，俺不喜欢算术，俺喜欢国文。"

"国文好啊！"玉莲笑了，"不过算术也要学，长大都有用的。"

秀儿懂事地点了点头，撒腿儿跑出门去："娘在前院磨面，我去接娘回来！"

娘端了一簸箕磨好的玉茭面回来了，秀儿撒欢儿地跟在娘身后。玉莲撒娇地叫声："娘，我想吃烫面蒸饺，馋了几年了。"

娘不到五十岁，头发已经花白了，满脸皱纹，疼爱地笑道："娘知道，你爹也好这一口，每次吃好的，总要念叨几句：咱闺女能吃上烫面蒸饺么？"

秀儿机灵地接上话茬儿："姐，娘悄悄藏了半斤白面，韭菜鸡蛋也有呢！"

"就你多嘴！秀儿，天天念叨你姐，这回可算守住姐了吧？"

娘儿三个正说笑，忽听门外响起一阵马蹄声，好像有人闯进院子里来了。

玉莲猛省道："李莽回来了！娘，快看看，你女婿回来了！"

娘惊喜地急忙奔门去，李莽高大的身影已跨进门来，大叫一声："娘！"

"儿啊，你咋猛不丁儿就回来了？"娘抓住女婿的手问道。

"我执行任务路过赵墁坡，顺道回来看看您老人家！"

娘抹抹泪儿笑道："看俺老婆子不打紧，多看看你媳妇儿吧！"

李莽这才走到玉莲面前，看了看她隆起的肚子，笑问道："真的有了？"

玉莲娇嗔道："这还能有假？叫同志们进来喝口水吧！"

"不用了，都有水壶，你别管了。"

娘忙提了茶壶茶碗奔出小院去，招呼李莽的警卫员们喝水休息。小姑娘秀儿一直在旁边用惊奇的眼光注视姐夫，忽闪忽闪大眼睛默不作声。

李莽注意到陌生的小姑娘："这就是秀儿吧？几岁了？"

"秀儿，你不是天天念叨姐夫么？他就是你姐夫，你叫他李大哥吧！"

秀儿忽闪大眼睛不吭声，李莽摸了摸她的头，秀儿一摆脑袋把他的手甩开。

"这小丫头，还挺有个性嘛！长大了怕比你姐还难伺候呢！"

秀儿忽然冷冷地开口道："你才难伺候！俺伺候俺姐！"

李莽和玉莲愣了愣，又同时笑起来，站在旁边的娘也被逗笑了。

"看来，你和秀儿也有缘分呢，瞧她恨你的那副样子！"玉莲乐不可支。

李莽蹲在秀儿面前："秀儿，你不喜欢我么？来，叫我大哥！"

秀儿叫不出口，咬住嘴唇不吭声儿，眼睛忽闪忽闪盯住李莽看。李莽想了想，从衣兜里掏出几颗亮晶晶的子弹壳递给秀儿："喜欢么？"

秀儿欢喜地接受了，看了他一眼，恩赐似的叫了一声："哥。"

李莽高兴地站起来笑了："叫我一声哥真不易！小丫头，我们就算认识了！"

"秀儿，跟娘做饭去，今儿咱吃烫面蒸饺小米儿汤！"

娘儿俩离开后，玉莲问李莽道："又有任务？这回是要打县城了吧？"

"这回算你蒙对了，鬼子快完蛋了，县城已被我主力部队和地方武装包围，解放县城只是时间的问题。军区首长命令我们，随时准备消灭敌人！"

"八年了，总算熬到头了，我们终于胜利了！"

李莽摸了摸妻子的大肚子问道："给儿子起个什么名儿？就叫'胜利'吧！"

"你怎么知道一定是儿子？老秦的儿子也叫胜利……"

李莽想了想也笑了："那就叫太行吧，儿子女儿都能叫，又有纪念意义。"

"听说刘司令员的儿子也叫太行，不怕重复？"

"不怕！都叫太行，都是太行子弟兵嘛！"

玉莲受到他情绪的感染，忽然说："你来听，你儿子在蹬腿儿呢！"

李莽急忙伏身把耳朵贴在妻子的肚子上，凝神聆听，脸上露出天真的笑容。

一九四五年八月二十五日，晋冀鲁豫军区部队攻克故县城。

剧烈的爆炸声中，故县城头火光冲天，硝烟弥漫，血红的太阳旗轰然坠落。

军分区司令员李莽跳出战壕，举枪大吼一声："同志们，冲啊！"冲锋号吹响了，抗日将士们发出震天呐喊，向县城发起猛烈进攻！

这年秋天，玉莲在赵堎坡家里生下了女儿太行。刚打完上党战役的李莽特地请假回家探望妻子和女儿，享受初为人父的喜悦，成为"父亲"。金秋的阳光下，一个白胖的小女孩儿睁开黑豆般亮晶晶的大眼睛，冷静地观察这个陌生的世界。母亲赵玉莲幸福地微笑着，把襁褓中的女儿递给父亲李莽将军。父亲高高地举起女儿，大声笑道："太行！我的女儿太行！……"

抗日战争胜利后，国民党当局悍然发动了全面内战，父亲李莽率领部队跟随刘、邓首长离开了创建八年的太行抗日根据地，驰骋在新的战场上。一九四七年春天，母亲赵玉莲又生下了儿子小猛，带着女儿和儿子留在了太行老区，参加了轰轰烈烈的土改运动。没想到，儿子小猛竟惨遭夭折……

十七、痛失爱子

一九四七年冬天。北风凛冽，天寒地冻。天空沉云低垂，四野覆盖了积雪。浊漳河水已结冰，河边的小树林只剩下光秃秃的树枝，寒鸦哀鸣。

寒北区位于全县最偏远的太行山深处大山里。掌灯时分，当母亲带领通讯员小陈和妹妹秀儿满身雪花，风尘仆仆，怀抱用小被褥裹在襁褓里的儿子小猛终于赶到寒北区公所时，一群区委和土改工作队的干部热情地迎上来，急切又担心地问候道："赵主任辛苦了！快看看，孩子怎么样了？"

母亲小心地解开小被褥，露出儿子红扑扑的小脸蛋，黑眼珠滴溜溜地乱转。

干部们异口同声地发出惊喜的赞叹声："小乖乖！这孩子太可爱了！"

儿子咧开小嘴笑了，嘴里"咿咿呀呀"地学说什么，人们逗一下笑一回。

"赵主任，饭热在锅里，吃了饭再向你汇报吧？"区委书记老韩问。

母亲笑道："咱们抓紧时间，边吃边谈吧，晚上开个碰头会。"

说话间，炊事员已把热腾腾的饭菜端上来，也就是豆腐白菜杂面窝头。母亲和小陈等三人又冷又饿，就不客气地拿起碗筷吃起来。干部们围坐在母亲身边，热情地问寒问暖。区委书记老韩简要地汇报道：

"赵主任，你也知道咱寒北，自古就是全县最穷最冷的地方，山高皇帝远，沟深路难行，土地贫瘠，苦苦寒寒，麻雀都不愿意落窝！"

干部们笑起来，有人形象地补充道："落窝的都是麻雀男光棍儿！"

"都说'穷山恶水出刁民'，可依我看，咱寒北的群众最厚道，人性最好！"老韩继续汇报道，"民国二十九年日本人大扫荡，寒北群众都躲进了大山，家家都留了吃食，烧了热炕，说日本人不远万里，到咱寒北一趟不容易，走累了也要吃饭喝水歇歇脚，让他们吃好喝好回哇！结果日本人没烧一间房，没抢一粒粮，高高兴兴地回县城去了。你能说寒北人都是汉奸？不能吧！"

土改工作队文队长严肃道："老韩，你这个说法有问题，原则立场的问题！好吃好喝招待敌人，这不是汉奸行为是什么？我看这些人比维持会还坏！"

区委书记不服气道："你说寒北人都是汉奸？他们是人民群众！"

两个人互不相让地争论起来，干部们各有倾向意见，瞬时间嚷成一团。母亲制止了他们的争论："这个问题不用争论了，都已经过去了。"

文队长扶扶眼镜，瞪大眼睛："可是这个问题直接影响了寒北的土改运动！全县各区村村分房子分地，打死了多少地主富农，土改运动如火如荼！可是寒北土改冷冷清清，全区最大的地主韩永旺至今逍遥法外，照样吃香的喝辣的，没人敢碰人家。为什么？寒北人的'人性'和'厚道'！我们把粮食、牲口、财物分到贫雇农手里，人家晚上又悄悄送回韩家大院去！什么'人性'、'厚道'？我看这就是汉奸的本性！韩永旺的儿子是阎锡山秘书长的副官，人们害怕呢！"

"文队长，这个韩家大院在哪个村？到底有多大？"

区委书记抢答道："在韩堡村。说是大院，也就是个土财主，没几个钱。"

"文队长、韩书记，我看这样吧！我去韩堡村驻队，访贫问苦，调查研究，把问题彻底查清楚。既要揭开阶级斗争的盖子，也要根据中央的五四指示纠偏，不搞极左过火的行动，正常开展土改运动。你们看呢？"

老韩和文队长异口同声："赵主任，危险呢！山上有土匪啊！"

母亲沉静地笑道："日本鬼子都不怕，还怕几个土匪？就这样决定了吧！"

"赵主任，我跟你去韩堡，我对那里熟悉！"区委书记激动地表示。

文队长含讽道："当然，那是你的家嘛！韩永旺不还是你的本家叔叔么？"

区委书记红头涨脸："我还是他家长工佃户呢，阶级不一样嘛！"

母亲笑道："好了老韩，我们明早出发。待会儿准备开干部碰头会吧。"

干部们起身往外走，还恋恋不舍地逗一逗母亲怀里的婴儿。

清晨，风停雪住。高山深谷银装素裹，青松翠柏枝头上镶满了积雪。雪原上偶然跑过一匹鲜红美艳的火狐，乌鸦在雪地上悠然漫步。由区委书记老韩带路，母亲牵手秀儿，小陈怀抱襁褓中的婴儿，踏雪上路了。太阳露出红扑扑的脸儿，云开雾散，霞光耀眼，白雪在透明的蓝天下更加晶莹剔透。母亲深吸了一口新鲜空气，感叹道："真清爽啊！"

　　秀儿已缓过气来，高兴地问道："姐，李大哥还在打仗么？他在哪儿呢？"

　　"他在打仗，当然就在战场上啊！我也不知他在哪儿……"

　　"姐，听村里人们说，李大哥是旅长，旅长是多大的官儿啊？"

　　"旅长是带兵打仗的首长，带好几千人呢，不是官儿。"

　　秀儿心驰神往赞叹道："李大哥骑马挎枪真威武，还带了几个卫兵呢！"

　　母亲回头问老韩："老韩，韩永旺的儿子叫什么名字？"

　　一直闷头走路的区委书记闪开笑脸："大名叫个韩福元，小名儿叫个臭小。文队长就会捕风捉影，什么'阎锡山秘书长副官'，也就是给阎锡山堂妹跑腿的勤务兵！村里人们不斗争韩永旺，不是怕他儿子回来报复，是因为老村长人性好，为人厚道，尽给村里人们办好事儿，人们念他的恩呢！"

　　"你的意思是不是说，他是开明绅士？"

　　"不是我说，领导们也说过呢！八路军供给部杨部长住过他家，跟人家关系处得可好呢，临走还送了块匾，写上'诚信厚德'四个大字，到今天还挂在人家正堂墙上，你说人家是不是开明绅士！共产党办事得讲政策呢！"

　　母亲沉思片刻笑道："老韩，你讲的有一定道理，我们遇事多商量吧。"

　　老韩高兴地笑了，忽然一指前方："赵主任，韩堡村到了！"

　　韩堡是个天高皇帝远的偏僻小山村，鸡不叫，狗不咬，看不见人影儿。老韩家是一处窑洞农家小院，矮泥墙，破街门，一明一暗两眼窑洞。老韩推开院门，引领母亲等人往里走吆喝道："县上领导来了，吃派饭呢！"

　　窑洞门帘掀开，老韩媳妇迎出门来，身后跟了一溜大大小小的孩子看热闹。

　　"看甚呢？大眼瞪小眼，没见过个领导？"

　　老韩媳妇也是爽快人，热情地拉住母亲的手笑道："唠呀，好标致的人儿！县上领导就是长得好，先前有个秦县长也好人才……这是谁家孩孩呢？"

　　母亲忙打开包孩子的小被褥，露出儿子的红脸蛋，煞是好看。老韩媳妇欢喜地抱在怀里疼爱道："好乖巧的孩孩儿呀！真是个小亲圪蛋儿！"一窝大小孩子争相围看婴儿，说不尽的喜欢，母子们欢声笑语。

老韩呵斥道："好了！耍把戏呢？快让领导们进屋暖暖，该喂孩孩奶了！"

说笑间，老韩媳妇把母亲一行引进西窑洞，赶紧烧火扫炕让座。母亲上炕就解开衣扣给儿子喂奶，儿子大概也饿了，"咕噜咕噜"吃得香。

老韩歉意道："这个窑窑小是小些，可背风，又暖和，你们娘儿三个人住正合适。小陈同志住隔壁俺大爷家，吃饭还回咱家吃，俺大爷给人家放羊呢！"

老韩媳妇忽然又有新发现："这个小闺女是谁呢？也是领导？"

母亲介绍："这是俺妹妹秀儿，跟上我照看小外甥呢。"

老韩媳妇夸奖道："不是领导，人家也长得好看，天生一对姊妹花！"

母亲和秀儿抿嘴直笑，老韩呵斥媳妇："还不赶紧做饭去！"

老韩媳妇赶紧带孩子们退出去，老韩也带上小陈去隔壁院看住处。秀儿听见外面孩子们说笑声，坐不住了："姐，俺出去看看！"跑出门去。

母亲低头给儿子喂奶，逗弄儿子小脸蛋说："猛儿，给娘笑一个？"

儿子吃得心满意足，望着母亲咯咯地笑，逗一下，笑一回。忽然，母亲若有所思，慢慢收起了笑容，轻轻叹了口气。母亲又想起了带兵打仗的父亲。

当天下午，母亲在村小学院里召集妇女开会，妇女们拖儿带女，热闹嘈杂。

儿子小猛在妇女们手里传来夺去，一片惊奇赞叹之声不绝于耳："好乖孩孩儿呀！人家怎么作务出来的呢？""瞧人家闺女年纪不大，又当干部又当娘……"

区委书记老韩敲了敲桌子高声道："闹甚呢？看把你们稀罕的，自家没养过孩孩？悄悄哇！……今天开妇女会，请咱县妇联赵主任讲话，大家欢迎！"

老韩带头鼓掌，请母亲到台上就座，妇女们对母亲鼓掌欢迎。

母亲抱孩子台上就座，亲切道："大婶大娘们，姐妹们，俺也是故县人呢，家在庙岭区赵塄坡村，俺爹赵清明是小学教员，抗战中被日本人杀害了。"

妇女们恍然地大声议论，似乎听说过这位抗日英雄的大名。

"赵主任家女婿是咱八路军军分区司令员，抗日英雄，中央老红军，现在正带兵跟国民党打仗呢！赵主任十八岁当县妇救会长。"

母亲忙制止了区委书记，继续宣讲道："大婶大娘们，姐妹们！现在咱太行全解放区正在开展土地改革运动，发动穷苦群众，推翻封建剥削制度，把土地分到农民自己手里，真正翻身做主人。咱韩堡村也一样，要没收地主和富农的土地和财产，无偿地分配给农民，让广大的贫苦农民都过上幸福的生活！"

抱孩子做针线活儿的妇女们又兴奋地议论起来，嘈杂喧闹。老韩用旱烟袋锅猛敲桌子，但他的声音已经被淹没了，会场上人声鼎沸。母亲停止了讲话，冷静地观望会场局面沉思，心里十分感慨。相比全县各区，寒北区土改运动确实有些冷清，难怪地委书记秦怀璧特派她来调查。可是某些地区执行极左政策，把地主富农全家扫地出门，甚至活活打死，危害更大……

第二天，母亲决定亲自登门拜访"开明绅士"韩永旺。

太阳西斜时，韩家大院的土砖窑楼投下大片阴影，高墙下的街门窄小而坚固。

母亲在老韩和小陈陪同下来到韩家门前，只见街门敞开，院内空寂无人。老韩带母亲边往里走边喊道："五叔！来客人了！出来见见哇！"

伴随一阵脚步声，内院走出一位瘦高老者，面容清癯，眉目和善，穿旧灰布棉袍，头戴八路军旧棉帽，年约五十多岁，笑问道："区长来了？"

"五叔，这是县妇联的赵主任，今天顺便来看看你。"

母亲客气地点头笑道："韩老先生，早就听说过你，特地登门拜望。"

韩永旺浓眉一扬，目光炯炯："县妇联赵主任？听儿媳回来讲过，久仰大名！我认识你爹赵清明，他给我老伴瞧过病，拿脉开方，分文不取，大好人呢！"

"我爹对病人一视同仁，从来不收钱财，老先生不必客气。"

"不敢说客气，我是对令尊大人从心眼里敬佩！"韩永旺激动道，"赵先生保持了民族气节，威武不屈，铁骨铮铮，不愧为民族楷模！"

老韩介绍道："韩老先生也很有骨气，宁死不当汉奸。蟠龙镇敌人几次请他出任寒北区维持会长，五叔宁死不从，绝食抗议，关进黑牢险些折磨死……"

韩永旺摆手打断他道："罢，不足挂齿。请赵主任屋里坐吧！"

母亲等人跟随韩永旺走进外院窑楼的堂屋里，窑楼堂屋里布置得简朴整洁，正面墙上果然悬挂着八路军杨部长的题词匾额，上书"诚信厚德"四字。韩永旺请母亲和老韩等人上座，招呼老伴和儿媳为客人敬茶，礼数周全。

"五叔，赵主任今天来，是代表上级正式和你谈话的。"

母亲开门见山："韩老先生，咱太行革命老区如今正在开展轰轰烈烈的土地改革运动，号召广大贫苦农民翻身做主，推翻封建剥削和压迫，从地主手里夺回土地，开始新的生活。韩老先生是开明绅士，同时也是地主成分，必须依照民主政府的政策法令，把土地和财产无偿地分配给贫苦农民。土改运动是中国历史上最深刻、最伟大的革命运动，我相信韩老先生一定会全力配合我们的工作。"

韩永旺慨然表态道："请赵主任和区县政府放心，我韩永旺是共产党的朋友，绝不做对不起共产党的事情。我拥护土改，一定全力配合土改运动。"

母亲高兴道："韩老先生深明大义，我非常感谢！"

突然，区委通信员气喘吁吁跑进屋来，向老韩报告道："报告区长，文队长从县里开会回来，紧急通知明天上午召开全区干部会，不准缺席！"

"开会什么内容？有通知的文件么？"

"没有！文队长指示，请赵主任也参加干部会！"

"知道了。你回去报告文队长，我明天准时参加会议。"

通信员向两位领导敬礼后，转身跑步离开韩家大院，赶回区委去了。

"这个老文，一惊一乍，搞什么名堂！"老韩不满地抱怨道。

母亲起身告辞："韩老先生，我们改日再谈。请留步。"

清晨，母亲和老韩赶回区里参加了全区干部会。会议室里坐满了参加开会的区、村干部，人声嘈杂，烟雾弥漫。土改工作队文队长和区委书记老韩坐在主席台上，旁边为母亲留了座位。文队长脸色严肃，老韩也沉下脸，两人互相不说话，形同陌路。区村干部们或交头接耳，或望天发呆，或低头抽烟，气氛沉闷。母亲抱儿子带秀儿匆匆走进后院厢房，把儿子放在炕上睡舒服，盖严实，回头对秀儿交代道："秀儿，我去开会，你照看小猛，千万别离开，记住了？"

"记住了，俺照看小猛，姐你放心开会去吧！"

母亲临走时又亲了亲儿子的脸蛋，带上笔记本和文件袋出门去了。小猛似有心灵感应，"咿呀"叫了两声，秀儿忙逗他玩儿，孩子笑了。秀儿疼爱地逗弄他笑道："小坏蛋，谁逗你，你都会笑，黏人的小东西！"

母亲匆匆走进嘈杂的会议室，开会的干部们立刻安静下来。

文队长向母亲招手，母亲走过去坐在他身边座位上。刚才人声鼎沸的会议室突然变得静可落针，母亲不觉抬起头来。或许因为偏远的寒北很难见到年轻漂亮的女干部，男人们的目光都有些游离。母亲似乎已习惯这种目光，但她明显地感觉到会场的气氛有些异样，文队长躲闪的目光中隐含敌意。

文队长清了清嗓门，端了端架子，推了推眼镜，严肃地说："同志们！去冬今春以来，轰轰烈烈的土改运动取得了初步胜利，现在已经到了关键性攻坚阶段。根据上级的指示部署，县土改工作团决定，立即在全县范围内开展'三查三整'运动，配合伟大的土改斗争。所谓三查三整，就是'查阶级，查思想，查作风'、'整顿组织，整顿思想，整顿作风'的整风运动。县、区、村各级干部，都必须参加'三查三整'，对照检查，人人过关。具体说，有没有隐瞒历史的？有没有谎报成分的？有没有多分土地和财物的？有没有对土改不满甚至抵触反对的？都要一件一件查清楚，做出组织处理。从今天开始，全区干部集中开会，吃住在区政府，不准请假，不准回家，不准串联，背靠背揭发，面对面批判……"

参加大会的干部们心怀忐忑，不知所措地面面相觑。母亲偶然回头，正碰上文队长陌生冷漠的目光。下午，母亲参加分组会议，干部们群情激愤，斗志旺盛。戴眼镜的文队长也分在这个组里，观察局面，掌握运动大方向。一名土改工作队干部突然把斗争的矛头对准了母亲，慷慨激昂发言道：

"我认为，'三查三整'运动，领导干部要带头自查自整。我听说，赵玉莲同志的家庭成分是地主，家有十几亩地和一座窑楼大院，长年雇人种地打短工。可是，她长期隐瞒了家庭成分，对组织不忠诚，应该深刻反省和检查！"

一些区村干部附议道："这是原则问题，赵主任必须说清楚！"

文队长推了推眼镜，意味深长地看了母亲一眼。母亲突然陷入了被动局面，情绪有些激动，但努力克制地辩解道：

"我可以说明一下情况。我的家庭成分不是地主，我父亲是自食其力的公办小学教员和乡村医生，靠脑力劳动维持生活，在抗战中为了掩护共产党的干部，被日本鬼子残忍地杀害了。这些都是有组织结论的事实……"

"你的父亲被敌人杀害，并不能改变你的地主家庭成分。"文队长冷冷道，"根据你家的土地和房产等情况，至少你母亲应该定为地主成分，把土地和财产无偿地分配给贫雇农群众。赵玉莲同志，希望你站稳无产阶级的立场！"

干部们附和道："老实交代！对抗土改运动没有好下场！……"

母亲忽然露出了笑容："同志们，你们这是干什么？把我当成阶级敌人了么？我的家庭成分，会影响我对革命的忠诚和坚定的政治信仰么？何况我的本人成分是学生，不是地主，没有历史问题，不在'三查三整'范围内，请大家不要纠缠这个问题，偏离土改运动方向。整风是整顿干部的思想作风……"

文队长再次打断母亲的话，激动道："完全正确！可赵玉莲同志的思想作风究竟如何呢？你同情和包庇大地主韩永旺，跟韩永旺拉拉扯扯，干扰土改斗争的大方向，这是什么性质的问题？这是帮助阶级敌人！"

忽然有人高呼口号："提高革命警惕！保卫土改的胜利果实！"干部们也不由自主地随声附和，会场充满了火药味，显得不伦不类。

母亲不愿再说话了，苦笑地摇了摇头，冷静地低头做会议记录。

夜幕深沉，寒风呼啸。天上飘起了雪花，气温骤然下降。

母亲开完会急忙回到厢房里，只见秀儿已和衣倒在炕上熟睡，儿子小猛光着屁股坐在湿漉漉的炕席上哭，边哭边打冷嗝儿，尿湿的棉裤扔在地上。屋里没有生火，冷得像个冰窟，秀儿缩成一团，小猛冻得咳嗽。母亲大惊，慌忙脱下棉袄把儿子裹起来，抱在怀里暖热，一面叫醒了秀儿。秀儿睡得迷迷糊糊地醒过来，鼻涕眼泪，半晌没回过神儿。母亲不禁埋怨道：

"秀儿啊，孩子尿了，你怎么不给他换裤子呢！"

秀儿哭兮兮地揉揉眼睛："俺是想换来的，可不知咋的就迷糊过去了……"

儿子冻坏了，不停地打冷战战，不停地打冷嗝儿，不停地咳嗽。母亲心疼地抱紧儿子，紧贴他的小脸，见他冻得可怜，不禁流下泪来。秀儿知道闯下了祸，也默默地流了泪，转身拿起碗筷，出门打饭去了。

忽然，区委书记老韩醉醺醺地闯进屋来，通信员小陈跟在他身后。

"老韩，有事么？"

老韩大概刚喝了酒，长方形板脸儿涨得通红，瞪眼直杠杠道："赵主任，你受委屈了！他们都是些王八蛋！……'三查'？查他娘的腿！"

"老韩，你喝酒了？"母亲心里暗暗叫苦。

老韩情绪激动，张口喷出酒气："我心里明白！整风就是整好人！"

母亲赶紧吩咐小陈："小陈，你送韩书记回屋去休息。"

老韩闹嚷道："姓文的，有什么了不起？县里一个小科长，还是副的，连枪都不会使，有什么资格对你指手画脚？他算哪把夜壶啊？老子不服！"

小陈见他越说越不像话，赶紧把他连哄带推弄出了房间。

母亲眼圈一红，忙忍住眼泪，叹了口气。

油灯闪亮，窗外寒风呼啸，吹动破旧的窗纸发出震颤声，隐约可闻狼嚎声。秀儿和小猛已入睡，小姑娘梦里还在委屈地抽泣，小猛不停地咳嗽打嗝儿。半夜，持续高烧的小猛脸蛋通红，浑身滚烫，呼吸越来越急促。母亲不停地用冷毛巾为儿子降温，秀儿在旁边换毛巾。区委书记和许多区村干部以及土改工作队员关心地探望慰问，文队长也来了。大家都在担心议论孩子的病情，提出各种建议，但似乎也没有什么解决问题的好办法。老韩沉闷半晌说：

"赵主任，你带孩子回县里去吧，别把病给耽误了！"

大家纷纷表示赞同："说的对，明早就走，派区里小马车送送！"

文队长也说："赵主任，回县里也可以参加整风嘛！"

老韩反感地顶撞他："治病要紧，整什么风！一边凉快去吧！"

文队长的小白脸立刻涨红了："你这话什么意思？你反对'三查三整'？"

"你他妈算老几！老子入党的时候，你他妈还光腚呢！"

文队长被顶撞得够呛："革命不分先后，你摆什么老资格？"

干部们赶紧劝阻两人争吵，把老韩劝出去，文队长也闭了嘴。

母亲勉强道："大家明天还要工作，都回屋休息去吧。谢谢同志们了！"

干部们都退出门去，母亲叫住了文队长："文队长，你留一下。"

于是，文队长诧异地留了下来。母亲走过去关上房门，屋里忽然安静下来。

文队长是个小知识分子干部，忐忑不安地问了声："赵主任，什么事？"

"秀儿，赶紧上炕睡觉，明儿还得早起呢。"

秀儿乖巧地上炕钻进被窝里蒙住脑袋，表示已经睡觉了。

母亲对文队长笑道："文队长，你请坐，我们交换一下意见。"

文队长坐下来。突然与一个年轻漂亮的女同志独处，显得有些局促紧张。

母亲亲切地注视他问："文队长，你也不是无产阶级家庭出身吧？"

"我，我已经背叛了反动家庭，参加了革命……"

母亲笑道："文队长，你为什么对家庭出身这么敏感呢？家庭出身不好，就一定要表现出比别人更革命的样么？何况，你是掌握政策的人，如果把这种不正常的心态带到工作中去，会给党的事业带来很大损失。你认为呢？"

文队长被击中痛处，却又不愿承认，抵触道："你的话也许有道理，可我不属于这种情况。我是土改工作队长，必须坚决执行上级的政策。"

"政策是靠具体人执行的，因人而异，会有很大偏差。因此，执行政策的人必须立党为公，排除私念，把党的事业和群众的利益始终放在第一位，才能完成党的任务。"母亲严肃地批评道，"中央已经多次纠偏土改中的过激倾向，希望你不要再犯类似错误。对韩永旺先生，地委有明确指示，要团结保护。"

文队长沉默了一会儿："赵主任，你还是回县里去吧？"

"我不能走。我得完成地委交给我的任务。今年扩军征兵任务已经下达了，这次征兵数量很大，难度也很大，土改给农民分了房分了地，很多人不愿去当兵，要做深入细致的思想工作。作为县妇联主任，我想抓抓韩堡这个点，鼓励妇女们动员丈夫儿子参军，带动全县的征兵。"

文队长心里有些感动，诚恳道："可孩子生了病，也得赶快治啊！"

"没事儿，我是半个医生，自己开些土方，退烧就好了。"

文队长站起身告辞："赵主任，你早点休息吧，我先回去了。"

母亲起身送文队长到门口，刚坐回炕沿上，忽见文队长又推门探进头来。

"文队长，还有事么？"

文队长严肃道："赵主任，我明天跟你一块儿去韩堡村。"说完关门退出去。

母亲释然舒心地笑了，小心地抱起发烧昏睡的儿子，贴了贴他的脸。

母亲太大意了！她万万没想到，病魔将会夺去儿子的生命！

次日中午，母亲正在村小学组织全村妇女开会，宣讲征兵意义，突然，秀儿惊慌失措地跑进学校哭喊道："姐！小猛！小猛抽风了！"

母亲猛一惊，血冲头顶，眼前发黑，身子晃了晃险些摔倒。秀儿和妇女们忙搀扶住母亲，会场秩序顿时乱了。母亲恢复了理智，低声道："我回去看看……"冲出门去。秀儿和小陈紧跟在母亲身后跑出去，许多人尾随而去。母亲疾步冲进窑洞，触目惊心的情景使她如遭雷击，痛不欲生：儿子小猛脸色发紫，两眼翻白，嘴吐白沫，全身抽搐，呼吸越来越急促！母亲发疯似的扑过去抱住儿子哭喊道："小猛！猛儿！……"儿子没有反应，一个劲翻白眼，吐白沫，脑袋一甩一甩，全身剧烈抽搐。围在门口的乡亲们小声议论道：

"抽风呢！好恓惶呀，怕不行了……"

母亲脑袋完全懵了，抱住儿子痛心地哭喊："猛儿！你醒醒啊！……"

区委书记老韩挤进屋来焦急道："赵主任，赶快送县城大众医院吧！"

"大众医院刚创办，缺医少药，而且没有西医西药！"

有人建议："去蟠龙镇吧，三十多里地，请蒋凤鸣老中医！"

"别翻老皇历了，蒋凤鸣早死了，没个像样的大夫……"

文队长忽然异想天开："送到太原去吧！太原有大医院好医生！"

老韩火刺刺道："痴人说梦！太原还有阎锡山呢，除非他是你姨父他表大爷！"

文队长顾不得生气："救人要紧，总不能在这儿等死吧？"

乡亲们附和道："办法倒是个好办法，可三百多里地，得走四五天呢！"

人们乱糟糟地嚷成一团，人人都是诸葛亮，谁也说服不了谁。母亲眼看儿子出气多、吸气少，抽搐减弱，心里一阵阵发慌，两眼发直。

老韩急道："赵主任，不敢再耽误了，快决定吧！"

母亲脑袋里一片空白，忽然神经质地放下儿子，开始口对口地做人工呼吸。大家忽然意识到母亲是"半个医生"，都关注地沉默无语。母亲将儿子喉咙里的痰液一点点地吸出后吐掉，小猛的呼吸似乎缓和了些。乡亲们围过来观看议论道："算话，好些了，缓过些气来了。"

母亲心里堵得慌，低声恳求道："大家都请回去吧，屋里空气不好……"

老韩和文队长将乡亲们劝了出去，窑洞里只剩下秀儿和小陈。母亲苍白的脸渗出冷汗，无力地坐在炕沿上，浑身微微颤抖。秀儿拿了一块毛巾给母亲擦汗，含泪低头抽泣不语。刺骨的冷风悄然袭来，令人顿觉身心寒彻。时间一分一秒地过去，母亲感觉自己快撑不住了……

忽听外面传来老韩激动的喊声："赵主任！地委秦书记来了！"

母亲一激灵，不敢相信似的抬起头来。门外一阵急促的脚步声，门帘掀开，秦怀璧风尘仆仆的身影果然出现在母亲赵玉莲面前。母亲忍不住热泪盈眶，委屈地叫了一声："怀璧大哥！"不禁失声痛哭。

秦怀璧走到炕前看了看小猛，当机立断："走！去长治！"

母亲黑沉沉的脑海仿佛划过一道亮光："长治？……"

"孩子一分钟也不能耽误了！寒北经襄垣到长治仅九十华里，山路好走，到襄垣就可以换乘马车跑公路，争取天黑前赶到长治。长治新建了地区人民医院，条件好，送去立刻抢救！这是目前唯一的办法。快走吧！"

母亲心胸豁然开朗，立刻打起精神："走！"

秦怀璧转身命令警卫员："小刘，你骑马先赶到长治医院去，我们随后就到！"

警卫员立刻转身跑出门去飞身上马，先去长治打前站。

"老韩和小陈跟我们走，秀儿就别去了！"

秀儿泪汪汪地小声恳求母亲："姐，让俺去吧，俺一步也不离开你……"

母亲迟疑了一下答应道："路上不许哭，不许掉队。"

秀儿含泪笑了："俺知道！"急忙收拾行李打背包拿碗筷。

秦怀璧搀扶抱孩子的母亲出门，老韩小陈秀儿紧随他们身后。围观的乡亲们闪开一条道，目送地委书记一行匆匆出村，踏雪而去。阴霾的天空飘起了纷扬的雪花，寒风呼啸，天昏地黑。秦怀璧和母亲一行在积雪的山路上匆匆疾走。

"玉莲，你别急，孩子有救！"秦怀璧低声安慰母亲，"我不该派你来寒北，这个区条件太艰苦了，你带个吃奶的孩子太不方便了，对不起！"

"秦书记，是我主动要求来的，这是革命工作……"

秦怀璧紧紧握了握她的手，母亲的眼泪止不住地流下来。

雪越下越大了，路也越来越难走了，队伍行进的速度渐渐慢了下来。

小陈突然惊叫一声："赵主任！你看孩子怎么了？！"

母亲猛然回头，一颗久悬的心似被利刃狠狠地刺出鲜血，直奔到小陈面前，颤抖的手轻轻揭开小被褥，露出小猛冰冷的小脸儿。儿子已经停止呼吸。

母亲撕心裂肺地痛叫一声："小猛啊！"

霎时间天塌地陷，世界一团黑暗，吞噬了痛不欲生的母亲……

十八、度过一段最黑暗的日子

赵墁坡村外赵家祖坟，坐落在群山环抱之中，满眼苍松翠柏。

爹爹赵清明的坟墓旁新添了一座小坟茔，没有墓碑，坟头飘扬一支小灵幡。母亲赵玉莲头戴白花，全身缟素，悲痛地跪在儿子的坟茔前，焚燃了一炷香烟。秦怀璧和纪爱芳，姥姥和秀儿以及三岁的女儿太行，站在母亲身后。

母亲没保住儿子小猛的生命，身心受到毁灭性摧残，生不如死。后来人们说，整个一九四八年春天，母亲脸色发黑，面容憔悴，从没笑过，甚至不敢看年幼的孩子一眼，度过了一段最黑暗的日子。远在中原战场的父亲惊闻家中的变故，趁战斗间隙日夜兼程，千里迢迢地赶回了太行山……

春风拂煦，冰雪消融。浊漳河已解冻，流水欢腾。

已升任野战军纵队副司令员兼参谋长的父亲带领警卫员铁柱骑马飞奔，涉过潺潺流水的浊漳河。山脊梁上，两骑战马四蹄如飞，向赵墁坡村疾驰。

李莽在战斗间隙忽然收到一封奇怪的来信，母亲在信中吞吞吐吐地暗示儿子小猛病了，正在想办法医治云云，引起父亲的怀疑。他怀疑家里出了意外变故，甚至梦见两个小儿女鲜血淋漓地站在他的面前，从噩梦中惊醒后，父亲立刻决定请假回家看看。正好部队休整，父亲就马不停蹄地赶回来了。

窑楼小院很安静，大病初愈的母亲靠在炕上，姥姥正在喂她喝药。秀儿带领太行在小院里玩儿"跳房"的游戏，两个小女孩笑声不断。母亲脸色惨白，眼圈黑青，揪心的痛楚无以言表。姥姥见闺女因奶水胀得难受，不停地用手揉搓乳房，小心地问道："闺女，奶胀可不是好事情，憋在胸脯里会难受死的。狗儿家媳妇生了孩孩没奶吃，要不，给她孩孩喂喂奶吧？吸出奶水，胸脯就会舒坦些。"

母亲难受地揉了揉胀痛的乳房，摇了摇头，但胀得实在难受，又点了点头。姥姥立刻吆喝道："秀儿，去叫狗儿家媳妇，叫她抱孩孩过来吃口奶！"

秀儿在院里答应一声跑出去，不一会儿，狗儿家媳妇就抱着婴儿匆匆赶来。

"狗儿家，你不是没奶么？叫你姐喂喂你孩孩哇！"姥姥故作轻松。

狗儿家媳妇感激涕零："婶儿，孩孩饿得哭呢！姐，劳烦你啦！"

姥姥接过饿得哭闹的婴儿递给母亲，母亲紧闭双眼，把脸扭向旁边不看婴儿，解开衣襟喂奶。饥饿的婴儿立刻不哭了，含住母亲的乳头欢快地吮吸起来。母亲强忍痛苦，如受酷刑。姥姥不忍看女儿受煎熬，欲言又止。母亲终于忍不住痛叫一声欲呕吐，姥姥急忙把婴儿抱过去递给狗儿家媳妇："吃好了，快走吧！……"把哭闹的婴儿母子打发回家去了。

母亲恶心干呕，流泪喊道："不要他，不要他吃奶了！……"

姥姥流泪为女儿捶背："不要！狼吃的孩孩，把俺闺女弄疼了！"

忽听门外响起急促的马蹄声，母亲和姥姥都愣住了。秀儿边喊边跑进屋来："姐！娘！李大哥回来了！"话音未落，李莽已肩扛女儿太行大步闯进屋来，冲姥姥叫了声："娘！"母亲和姥姥深感意外，愕然呆望不速之客。

李莽脸色阴沉，放下女儿，径直走到母亲面前问道："我儿子小猛呢？"

母亲张口结舌说不出话，眼泪止不住地流下来。

姥姥急忙打岔道："儿啊，你还没吃饭吧？娘给你做饭去……"

"你不是说小猛病了么？我儿子在哪儿？！"李莽不受干扰地大声吼道。

女儿太行被父亲的吼声吓哭了，秀儿赶紧把她抱出去。

姥姥流泪哀求道："儿啊，你别怪罪闺女了，她已经心疼死了……"

"说话！"李莽眼睛血红地怒吼道："儿子到底怎么了？！"

母亲终于哭出了声，悲痛道："对不起，儿子没了……对不起！……"

父亲呆了，傻了，咬牙半天不说话，血红的眼睛燃烧怒火。

姥姥抱住女婿泣不成声："儿啊，这都是命啊！……"

父亲突然转身冲出门去，刚进门的警卫员铁柱急忙转身尾随。父亲奋力跑出村庄，跑上群山环抱的小山头，一直跑到松柏下的赵家祖坟跟前。果然，在立有花岗石墓碑的爹爹的坟墓旁，又新添了一座小小的坟茔。李莽慢慢蹲跪在儿子的坟前，心尖颤抖，泪水夺眶而出，顿如泉涌……

警卫员铁柱远远地站在首长身后，心里难过，又不敢近前劝慰。

父亲沉默良久，脸色铁青，立正向儿子敬了个军礼，肃然道："儿子，先死为大，你是为革命牺牲的，爸爸得给你敬礼啊！睡吧，你是爸爸的好儿子！"

蓦然间，刚过而立之年的父亲黑发里竟冒出了几根刺眼的银丝。

夜深人静，万籁俱寂。久别重逢的夫妻度过一个不眠之夜。蓖麻籽油灯闪亮，太行在父亲母亲中间熟睡了，发出轻微的鼾声。父亲和母亲在小炕桌旁拥被而坐，悲痛欲绝，两个人长时间沉默无语。父亲忽然低声坚定地说：

"我明天回部队，我把太行带走。"

母亲似乎已有思想准备，冷静地反问道："你带部队打仗，把她交给谁？"

"部队后方留守处。保育院的阿姨照顾孩子比亲生父母还尽心，朱司令员的三个孩子都是这样长大的，个个聪明活泼，我看挺好！"

"我没带好小猛，当然没有资格反对你这样做，但孩子不能离开母亲，特别是女孩子的成长，更离不开母亲的照顾……"

"孩子也不能离开父亲，更不能剥夺父亲对孩子的影响！"父亲打断她的话强硬道，"我们是夫妻，为什么一定要分开？为什么不能生死与共？！"

"去年春天生小猛时，你带部队下太行山，也曾经说过这句话。可是，我们不是有约法三章么？为什么一定要我当你的家属呢？"

父亲忍不住火冒三丈："难道你不是我的家属么？！随了军你照样可以参

加地方工作嘛！朱司令员的爱人不也是这样么？就你离不开你的工作！难道我们要当一辈子牛郎织女？我不明白！你说！我们到底该怎么办？！"

母亲默然："说实话，我也不知道该怎么办。等全国解放了，生活安定了，我们永远不会再分开。但是即使到了那一天，我也不愿意当家属，当官太太……我们结婚的时候，不是说好了么？这并不影响我们的感情啊！"

父亲一拍炕桌怒吼道："好了！明白了！睡觉吧！我明天带太行走！"吹灭油灯，钻进被窝里蒙住脑袋，不再理会母亲了。

四周陷入黑暗。月光如水，慢慢显现出景物模糊的轮廓。母亲坐在黑影里，泪水无声地流下来，陷入了比黑暗更深的悲哀……

次日清晨，霞光透过树梢洒满了小院，山村犬吠鸡鸣。

警卫员铁柱牵来战马。父亲将女儿太行捆绑在背上，外面套军大衣，包裹得严严实实，如同吕布背女出征，平添了悲壮气氛。姥姥和秀儿搀扶母亲站在正房门口，眼看父亲背女出征，心如刀割。父亲准备停当，脸色阴沉地走到姥姥面前，跪地磕了三个响头，转身上马。两匹战马奋蹄冲出院门，父亲没有回头，也没有向母亲道别。母亲心灰意冷，默然无语。姥姥忽然号啕大哭起来，转身回屋去，哭外孙，哭闺女，哭死去的爹爹，哭苦命的自己……

警卫员铁柱忽然打马折回来，匆匆撂下一句话："嫂子！首长让我告诉你，他在部队等你，你快来吧！"说完扬鞭策马疾驰而去，瞬间消失。

母亲热泪盈眶，终于露出了春天般的笑容。

儿子小猛的不幸夭折，在父亲母亲血脉相通的心灵上刻下一道深深的伤痕，蒙上一层不祥的阴影。也许从这个黑色的春天开始，父亲母亲在新婚之夜定下的"约法三章"不幸地一语成谶。但父亲当时留给母亲的最后这句话，至少为即将断裂的亲情挽回一丝温暖，甚至暂时改变了母亲的人生轨迹。

父亲和女儿把母亲的魂儿给带走了……

十九、为了爱情走出太行山

地委书记秦怀璧给母亲倒了一杯热茶，母亲不好意思地擦去脸上的泪痕。

"听说老李当纵队副司令了？这家伙进步挺快的嘛！"

母亲委屈地流泪道："他把闺女带走了……"

"玉莲，别犹豫了，跟老李去部队吧，长期分居也不是个办法。老李是性情中人，你何苦折磨人家呢！何况你在故县工作时间也太长了，该出去开开眼界了。形势发展得很快，上级已经给我打过招呼了，要随时准备调到新解放区去工作。你也挪挪窝儿，准备开始新的生活吧！"

母亲心里豁然敞亮了，心情振奋起来，破涕为笑道："秦书记，我听你的。自从小猛突然没了，我心里很苦闷，影响了工作，我应该向组织上做检讨。我想等今年的工作任务基本完成后，再考虑调动的事。你看好么？"

"可以。我跟马专员和县委刘书记商量过了，准备提拔你担任副县长。你也是有十年党龄的老同志了，一定能担当重任。"

母亲深感意外，急忙道："秦书记，我没有这个能力和水平，缺乏思想准备，恐怕担不起重任。感谢组织上对我的信任，还是请考虑别的同志吧！"

"已经决定的事就不要改了，任命文件很快就下达。玉莲，回去赶紧给老李写个信，安慰安慰人家，别让他急坏了，影响打仗的大事！"

秦怀璧拿起文件准备往外走，母亲也只好站起来，结束了谈话。

不久，母亲果然被任命为副县长，走马上任。

深秋之夜，县政府后院厢房透出灯光，夜风轻轻吹拂窗帘。厢房窄小而紧凑，仅一条小炕。母亲正坐在小炕桌前给父亲写信。

> 天马行空的小白龙！还在生我的气吗？你把女儿弄到哪儿去了？你不会真的背她上战场了吧？你的胃病怎么样？还经常疼吗？铁柱没忘提醒你吃药吧？你在哪儿呢？为什么不给我写信？夜里想我了吗？想也活该，谁叫你上次回家生气蒙头睡大觉！……告诉你，我当副县长了，主管文教妇卫等工作，忙得一塌糊涂，但心情很愉快！组织上已经同意我调动了，最晚年底，我就去部队找你，从此再也不分开！我答应再给你生一个儿子，弥补过失，你能原谅我吗？别生气了，生气让人老得快，我们还没有开始享受生活呢！亲你！爱你的小白鼠。

忽听门外响起了脚步声，有人轻轻敲门。母亲警惕地掏出小手枪问了声："谁？"一个熟悉又陌生的女人声音："玉莲，是我。月琴。"母亲急忙收了枪，跳下炕去打开房门，果然是多年不见的刘月琴！母亲亲热地拉她进屋，见她手拿小包袱，满脸疲惫的样子，脸上还留有泪痕，不禁愕然地问道：

"鬼丫头，你这是从哪儿来呀？怎么这副模样？黎玉呢？"

刘月琴疲惫地爬上炕倒下身子喘息道："累死我了！快给我喝口水。"

母亲给她倒了杯热水，刘月琴双手捧住水杯一饮而尽，长长地吐出一口气。母亲见她又累又饿，忙将剩在碗里的一个冷馍递给她。刘月琴眼睛一亮，抓过馍大口大口地啃嚼吞咽起来，不时噎得打嗝儿。母亲知道她准是遇到了难事。

果然，刘月琴咽下冷馍呆坐炕头，眼泪不知不觉流下来。

"怎么了，刘老师？找我哭鼻子来了？"

"你表哥不是个好东西，我要跟他离婚！"

"你们两口子吵架了？不是一直都好好的么？"

刘月琴咬牙切齿："他是个花花肠子，老跟别的女人眉来眼去。"

母亲笑了："没那么严重吧，表哥顶多也就是有点小资产阶级情调。"

刘月琴生气地瞪眼道："你就会袒护他！我跟他结婚六年了，还不知道他的鬼心眼儿？他早就想蹬我了，好找个年轻漂亮的女干部！狼吃的倒运鬼！"

"表哥对你挺好呀，你别瞎猜了，自寻烦恼……"

"好个屁！人家又升官了，又调动了，也该换老婆了！"

母亲等她平息了些，柔声问道："月琴，到底为什么闹架啊？"

"还不是因为我不会生孩子……不，是他自己没能耐！"

母亲抱住她亲热地笑道："好了，生不生孩子是命中注定的事儿，不能影响夫妻关系。你们结婚才六年，日子还长呢，还有怀孕的机会。哼，我见到表哥要批评他，还领导呢，封建大男子主义！……表哥知道你来找我么？"

"谁知道他！玉莲，我不想当教员了，跟他在一个单位，抬头不见低头见，好像处处沾他光似的，干得再好也是个家属。你给我在县里安排个工作！"

"我哪有这么大权力！你是行署子弟校教员，我也调不动啊！"

刘月琴赌气道："反正我不回去，除非黎玉亲自请我！"

母亲哭笑不得地摇头道："你们俩呀，简直像小孩子过家家……"

说曹操，曹操就到，门外响起黎玉的叫声："玉莲，你在哪个屋呢？"母亲笑嘻嘻地开了门，黎玉焦急地一头闯进来，立刻发现了妻子刘月琴："我就知道你跑来找玉莲，影响人家的工作！"

"我找玉莲关你什么事？有本事找别的女人去！"

母亲见他俩又吵嘴，忙劝道："好了，都别说气话了。表哥跑一百里地找你，说明人家心疼你，你还不满意？你们今晚就在这儿歇了，好好谈谈！"

黎玉和月琴愣住了，异口同声道："那你上哪儿睡觉去？我们还是回去吧！"

"别闹了，我随便到哪个地方挤一挤，明天见！"

母亲带上房门离开了，留下吵架的两口子，尴尬地分坐在炕沿上。

> 数九那个寒天下大雪，天气那个虽冷我心里热。
>
> 我从前线转回来，胜利的消息要传开。
>
> 风吹那个雪花漫天飘，咱队伍在前线打得好！
>
> 狗子军来了整一个团，叫咱们包围得牢又牢。
>
> 四面八方一齐打呀，管教它插翅难飞，有腿难逃！
>
> ……

初春，母亲唱着歌儿来到浊漳河边，正准备走上摇摇欲坠的独木桥过河去，忽见一个戴破棉帽、穿破棉袄的花白胡子老头从桥对面走过来。母亲礼貌地退让到桥头等待，好心地招呼道："大爷，你慢点走，小心路滑！"

花白胡子老头双手抄在袖筒里，低头慢慢走过来，似乎并不显老态。母亲见老头走下独木桥坡道时身子忽然一歪，急忙本能地上前伸手搀扶。老头猛一抬头，阴沉的眼窝里闪出两道凶光，突然亮出一把雪亮的匕首！母亲大吃一惊，急忙倒退两步，拔出勃朗宁手枪子弹上膛喝道："别动！"

花白胡子老头浑身一震，下意识地站住不动了，目光阴冷。

母亲紧握手枪，大声命令道："举起手来！把刀扔了！"

花白胡子老头手一松，匕首落入冰河，慢腾腾地举起了双手。母亲感觉花白胡子老头似曾相识，突然猛省，不禁脱口而出："马国振！"

花白胡子老头突然猛扑过来，母亲一闪身躲过，顺势抠响了扳机。

"砰！"一声清脆的枪响，花白胡子老头痛叫一声捂住左臂，一个趔趄摔倒在雪地上，又迅速爬起来，拔腿就往河边小树林中仓皇逃跑，还颇有战斗经验地跑"S"形，跑得比兔子还快！母亲愤怒地紧追不舍，不断举枪怒射，高喊道："站住！狗汉奸！"可惜枪法不太准，化装行刺的马国振飞快地跑出了手枪有效射程，眨眼间消失在小树林中，不见了踪影。

附近村庄的几个民兵寻声迅速赶来，急问道："赵副县长！有情况？"

母亲累得气喘吁吁，手指前方："快追！汉奸马国振！"

民兵们立刻鸣枪向前追去，母亲靠在一棵大树上换下空弹夹，口喘粗气。

一九四八年冬，汉奸马国振再次漏网，从此销声匿迹。

这年冬天，举世闻名的淮海战役胜利结束，父亲所在的部队转战中原，集结整训。一九四九年初，全军根据中央军委关于统一部队编制和番号的命令整编后，父亲被任命为副军长兼参谋长，随即派警卫员高铁柱重返太行山。

铁柱风尘仆仆地赶到县政府，找到正在开会发言的母亲，急忙向她招了招手。母亲也看见了铁柱，低声向县委书记请了假，走出了会议室。

铁柱向母亲立正敬礼道："报告赵副县长，首长派我来接你去部队！"

母亲笑道："怎么不叫嫂子了？首长为什么自己不回来？"

"报告赵副县长，部队正在整训，首长不能回来！"

"行了，一口一个县长首长，跟我来吧！"母亲忍不住笑了。

铁柱习惯地大声道："是！"跟随母亲向后院走去。

母亲引领铁柱走进后院厢房，请他坐在唯一的木椅上，为他倒了一杯开水。铁柱拘谨局促，忽然想起什么，从兜里掏出一封信，双手递给母亲。母亲看了看父亲的信，笑问道："铁柱，首长是怎么说的？"

铁柱起身立正："报告赵副县长，首长命令我一定要把您接回去！"

母亲笑道："可我也不能说走就走啊？我得办调动手续，转组织关系和行政关系，交接县政府的工作，安排我娘和秀儿的生活，你愿意等我几天么？"

"我愿意！完不成任务，决不回去见首长！"

"他信上说，已经为我安排了工作，是什么工作啊？"

"报告，我不知道。部队商调公函上没说么？"

"什么也没说呀？该不会让我去保育院当保育员吧？"

铁柱的胆子壮了起来："不会吧！您是副县长，相当于副团级干部呢！"

"这样吧，"母亲干脆利落道，"地委已经批准了我调动的事，我明天开始办交接，后天开始办调动手续，争取年前赶回部队。"

铁柱挺胸立正："是！有什么需要我办的，请赵副县长指示！"

母亲忍不住又笑起来："没什么指示。吃住问题，你跟警卫班同志挤挤吧。"

铁柱挺胸立正："没问题！"见母亲捂嘴笑，自己也不好意思地笑了。

离开家乡前的最后一个晚上，母亲回到了赵墁坡村。

夜幕深沉，油灯闪亮。母亲一家人和警卫员铁柱围坐在小炕桌旁共进晚餐。姥姥做了母亲爱吃的烫面蒸饺和小米汤，四个人默默地吃饭。母亲见铁柱拘束，把盛蒸饺的小簸箕推到他面前："铁柱，吃啊！"铁柱难为情地笑了。

"嫂子，放开吃，这点蒸饺不够我塞牙缝儿的，我还是消灭谷面疙瘩吧！"

铁柱跑去锅里盛了一碗疙瘩米汤，放开量吃起来。秀儿瞧他的吃相，忍不住偷偷笑，母亲拿筷子打了她一下。姥姥默默地给女儿碗里夹蒸饺儿。

母亲握住姥姥的手柔声道："娘，我要走了，你还有什么话要交代？"

姥姥叹了口气："闺女，这回忽然走得天远地远的，娘这心里可不踏实呢！你女婿在什么地方？还给人家打仗呢？"

"娘，咱中国可大呢！我这次跟铁柱一起去河南，明天出发下长治，经高平晋城走出太行山，就到河南地界了。往后，还要到南方去呢！"

秀儿羡慕地央求道："姐，俺能跟你去么？俺也想见见大世面呢！"

"好啊！等我们稳定了，就带你到外面去念书，参加工作！"

秀儿高兴地笑了："姐，你说话可要算数，俺在家里天天等你的信儿了！"

铁柱逗她说："你出去能干啥？当兵年龄太小，念书年龄又大了……"

秀儿用筷子敲他的碗边："不许你说！俺给姐照看孩子！"

"小闺女家，不许跟大人胡闹！让你叔叔好好吃饭！"姥姥忙训斥道。

"他算谁家叔叔啊？比俺也大不了几岁，叫声哥还差不多！"

铁柱和秀儿用筷子打起架来，像两个小孩互不相让。

母亲若有所思地轻声道："娘，早点儿歇着吧，明儿还要早起上路呢。"

清晨，母亲告别了姥姥和秀儿，义无反顾地走下了太行山。初涉人世的秀儿搀扶姥姥站在山顶上，目送玉莲远去的背影，内心充满了向往和希望。这个大难不死的小姑娘，将来也会走出大山么？她会收获怎样的人生？

二十、人生的舞台拉开了悲剧的序幕

几天后，母亲和铁柱风尘仆仆地来到父亲部队驻地杨官庄。

杨官庄是豫东有名的大村镇，村街纵横，房屋密集，是驻军屯兵的理想之地。整编后的军部驻在一座民房大院内，门前停有缴获的吉普车和大群战马。

母亲在警卫员铁柱引领下走进军部大院，感到新鲜而又陌生。

司令部在一间大屋里，到处是沙盘、地图、电话和发报机，参谋和机要人员紧张地来回穿梭，电话铃声和收发报声此起彼伏，充满紧张的战斗气氛。铁柱向一位背身站在墙上巨幅军用地图前的首长立正大声报告：

"报告司令员，李副军长的家属到了！"

魁梧健壮的朱司令员蓦然回首，浓眉高扬，热情地大笑道："哈！小姑娘！到底让李莽同志逮回来了！这回李莽可彻底舒服了！丫头！出来！"

里屋忽然跑出一个扎蝴蝶结的小女孩，正是女儿太行！三岁多的小太行尖叫一声："妈妈！"飞也似的跑过来，扑进母亲怀里。母亲不停地亲吻女儿："闺女，想妈妈了么？妈妈再也不走了，妈妈想你，妈妈天天跟你在一起……"

朱司令员等母女俩亲热够了，欣慰道："小赵，李莽到新兵营训话去了，我马上叫他回来。你先休息，中午我们打个牙祭，为你接风！警卫员！"

警卫员铁柱正站在旁边看热闹，立刻大声道："到！"

"马上到黄阁村跑一趟，把李副军长给我接回来！"

铁柱答道："是！"转身跑出司令部，执行命令去了。

朱司令员把母亲和太行让进里屋，又回司令部大屋子工作去了。里屋大概是军部首长值班和休息的地方，有两张行军床，墙上挂有两把日本指挥刀。关上门，母女俩又亲热地搂抱在一起，说不完的贴心话。女儿搂住母亲脖子娇声道：

"妈妈，你真的不走了？我天天做梦都想你呢！"

"不走了，妈妈天天跟你在一起，好不好？"

"好！爸爸妈妈太行，我们三个睡觉，我睡中间！"

母亲被逗笑了："好，太行睡中间，不许爸爸欺负妈妈。"

女儿疑惑地瞅住母亲问道："爸爸为什么欺负妈妈？因为爸爸有枪么？"

"妈妈也有枪啊。"母亲索性逗女儿，掏出勃朗宁小手枪。

女儿惊喜地拿过手枪叫道："妈妈的枪比爸爸的漂亮！"

母亲收起手枪："小孩子不许玩儿枪，枪走火会打死人的！记住了？"

女儿茫然地点了点头："记住了。"

房门突然推开了，父亲李莽大步闯进屋来，目光炯炯，热辣辣地盯住母亲。母亲慢慢站起身，沉静地迎视父亲，目光中注满柔情。女儿太行站在母亲身旁，悄悄拉了拉母亲的衣襟，不知发生了什么事，就听朱司令员在外面吆喝道：

"小姑娘，快出来打牙祭了！我请你吃道口烧鸡！"

月上树梢，村庄沉睡。军部大院内外到处闪动哨兵身影。军部驻地后院临时安排的住室里，一家三口睡在一张地主家的雕花大床上。太行果然睡在父母中间，不过孩子已经熟睡了，把时间留给父母。久别重逢的夫妻似乎没有"胜新婚"的感觉，反倒感觉有些生分了，不好意思互相亲近。

"关于你的工作安排，我征求过朱司令员的意见，他现在是兵团副司令员兼军长和政委，仍然是我的顶头上司。他准备安排你立刻穿军装，担任兵团政治部群工科民运科副科长，专门负责妇女群众工作，级别为副团职。我认为这个安排很好，也是你的老本行。你同意么？"

"我没意见，就怕胜任不了军队工作。"

"军队比地方单纯得多，应该没有问题。只是你要加强政治历史地理等方面知识的学习，每到一个新地方，要迅速打开局面，开展群众拥军支前工作，完成组织群众和宣传群众的任务，不要给我这个副军长丢脸。"

母亲觉得有些刺耳："说到底，你还是把我看成你的家属……"

父亲不高兴道："怎么是家属呢？你有独立工作岗位，又不在我的管辖下，跟家属不家属有什么关系！但我们毕竟是夫妻，荣辱与共，会互相影响！"

母亲不愿与他争论，沉默片刻问道："我什么时候开始工作？"

父亲公事公办："明天让干部处带你去兵团政治部办手续，然后到供给部领军服装备，最后到民运部领受任务。明白了么？"

母亲还不适应部队语言习惯，没有回答"是"，只是轻轻"嗯"了声。

两人一时沉默，仰望黑洞洞的天花板，好半天没吱声儿。

良久，父亲隐忍地说了句："睡吧！"向外翻了个身，给了母亲一个后背。

母亲迟疑片刻，试探地轻声道："你不想……不想看看我么？……"

父亲睁开眼睛想了想，又把眼睛闭上，沉住气不吭声。母亲坐起身，把熟睡的女儿轻轻抱起来放到靠墙的床边，身体挨近父亲。父亲立刻感受到母亲的肌肤和气息，闭目强忍。母亲从背后抱住了父亲。父亲终于转回身，将母亲拥进怀里，深深地亲吻……

县城一家典型的中国旧式照相馆，背景是画有风景的彩色幕布，土洋结合。父亲和母亲身穿崭新的棉军装，父亲怀抱女儿太行，母亲靠近父女俩。穿棉袍、戴瓜皮帽的照相师傅手里捏个皮球"咔嚓！"一声闪亮，大功告成。定格的倒立取景框里，一家三口表情呆板，严肃有余，全无笑意。

一九四九年是一个值得永远纪念的历史瞬间。

这年春天，母亲穿上了军装，全家到县城的照相馆照了第一张"全家福"。三十三岁的父亲看上去略显苍老，二十五岁的母亲依然花容月貌，肥厚的棉军装难掩天然妩媚。在这个值得纪念的早春里，父亲和母亲又孕育了一颗爱情的种子，这就是他们唯一的宝贝儿子、与新中国同年同月同日诞生的建国。

湖北沙市，野战医院简陋的产房里，母亲临产了。

一台缴获的美国收音机里传出了暴风雨般的掌声和欢呼声。

一个湖南口音向世界宣布："中华人民共和国中央人民政府今天成立了！"

一声婴儿啼哭宣告了一个新生命诞生，标准的共和国同龄人！

母亲履行诺言，又给父亲李莽生了一个儿子，脸上露出了欣慰的笑容。一名小护士举起啼哭的婴儿兴奋道："大姐，给首长发个电报吧！"

新生婴儿大声啼哭，拼命强调自己的重要性，仿佛要让全世界都知道。

铁流千里，中国人民解放军势不可当，向大西南挺进！

在湘鄂川边境山区公路上，一辆美式小吉普车在铁流中颠簸前进。父亲坐在小吉普车的副驾驶座上，戎装威武，器宇轩昂，驰骋疆场。

一骑战马从队伍后面追赶上来超过汽车，机要通信员翻身下马报告："报告首长，湖北沙市野战医院加急电报！"将电报稿递呈给父亲。

父亲看完电报仰天大笑："哈！又给我生了个儿子！"

坐在后座的警卫员铁柱提醒道："首长，您不是要给孩子起名字么？"

父亲目光一闪："建国！开国大典诞生的儿子，就叫建国！"

公元一九四九年十月一日，中华人民共和国宣告成立，这个叫建国的孩子在挺进大西南的行军途中，幸运地诞生在五星红旗下，成为父亲的骄傲。母亲为生这个儿子受尽了磨难，留下了后遗症，从此丧失了生育能力，也为今后夫妻生活设置了障碍，埋下了阴影。当然，这并不是父母婚变的真实原因……

　　此刻，艰苦卓绝、浴血奋斗几十年的中国共产党终于夺取了全国政权，成为新中国的执政党，登上了世界历史舞台。一个崭新的时代开始了！

　　然而，在进入大城市后，随着生活的改变，这个本应幸福美满的革命家庭却发生了令人痛心的变故，不动声色地徐徐拉开了悲剧的序幕……

第二卷　和平时期

二十一、坚决不当"官太太"

这座南方的大城市原本是一座千年文化古都，在抗战中又一直地处大后方，如今又实现了"和平解放"，基本上没有受到战争的破坏，保持了城市的原貌。解放军举行入城式后，李莽所在的野战军即屯兵戍守，兼省会城市警备司令部，进驻西校场；朱司令员的兵团司令部进驻原国民党中央军校驻地北校场。

一九五〇年春，父亲升任军长兼警备区司令员。

中华人民共和国成立后的南方大城市红旗飘扬，西校场军部兼警备司令部警戒森严。西校场大院内有一座米黄色旧式小洋楼，成为父亲母亲的新家。大客厅里，母亲赵玉莲正在对付两个年幼的小儿女，擦屁股换尿布。门外响起一阵汽车喇叭声，父亲带警卫员铁柱回到家里，抱起飞跑过来的女儿，随口问候母亲：

"家里还好吧？两个小家伙听话么？"

母亲给儿子换好尿布抱怨道："再没事干，我都成你们家老妈子了。"

父亲笑了笑，实言相告："在军区开了三天会，内容保密，没敢向你透露。现在实话告诉你吧，你也好有个思想准备。根据毛主席和中央军委的命令，全国五大野战军并入各大军区，取消野战军番号，撤销一部分兵团建制。军区决定，兵团民运部集体转业，就地安排工作。你可以脱军装了。"

母亲已有思想准备，冷静地笑道："去年参军是形势的需要，今年转业也是形势的需要，我服从组织决定。不知军长对我有什么安排？"

父亲故意轻描淡写道："两条路：要么回军部去当保育院长，培养革命后代；要么脱下军装解甲归田，回山西去当你的副县长。"

"我倒愿意走第三条路：服从军区决定，就地转业安排工作。"

"我就知道你不愿走前两条路！培养革命后代，你说是当老妈子；回山西当副县长，你肯定已经不适应了。怎么办呢？你选择第三条路，说明你还是不愿意跟我在一起工作，要保留所谓的独立性，誓死不当官太太。很好，我完全同意！我只要求，转业上班之前，你把两个孩子安排好。无论是找保姆还是送保育院，请你解除我这个军长兼警备司令的后顾之忧。怎么样，赵玉莲同志？"

"我转业参加地方工作，每天下班可以回家，不是跟你和孩子天天都生活在一起么？我觉得这是最好的安排，孩子的事儿好解决……"

"军队随时准备调动，这是军队的特性，永远不会更改！"父亲脸色肃然道，"你以为我会永远驻守此地吗？说不定明天下一道命令，我就率领全军上新疆、进西藏了！你能跟我去么？你为什么不愿意随军呢？不愿意当家属？非要躲开我远远的？如果你愿意继续穿军装，我可以想办法保留你的军籍，只要我们全家能生活在一起！话说到这个份儿上，你自己考虑决定吧！"

"你让我考虑几天，我会告诉你我的决定。"

父亲放下女儿，边走边留下话："我去开会，晚上不回来了。"

女儿追着父亲喊了几声，跑回母亲身边："妈妈，爸爸到哪儿去啊？"

母亲抱起儿子笑道："爸爸开会去了，明天回来给你讲故事。"

太行又开始逗弄弟弟玩儿，半岁的小建国跟哥哥小猛一样，逗一下，笑一回。

母亲揽住一双不懂事的小儿女，沉思地叹了口气。

下午，母亲沿着一条法国梧桐树掩映的小街，走进了省委驻地大院。

省委宣传部长秦怀璧在办公室热情地接待了母亲。

"玉莲，看来我们这辈子真是有缘分啊！我们分开才一年，如今又在南方的省会城市团聚了！你还没见到爱芳吧？她是省妇联副主任，就在前院办公。"

"纪大姐这会儿在上班么？我去看看她！"

秦怀璧摆了摆手笑道："不急，爱芳今天去市妇联参加成立大会了，你过来吃晚饭吧，让山西带来的小灶炊事员给你吃顿小拉面，咱们好好拉拉话儿！"

母亲高兴地答应了："我回去安顿孩子，还寄放在政委家呢！"

"你早点来！我家就在后院小楼里，警卫战士都知道。"

傍晚，母亲如约来到省委大院小灶食堂吃晚饭，见到了纪大姐。

后院小楼原来是达官军阀的小公馆，共上下两层，每一层住一家领导干部。秦怀璧家住在二楼，大小五六间，主客卧室分开，家具齐全，宽敞舒适。

大客厅里，纪爱芳给母亲沏了杯热茶，介绍说："这是福建省武夷山出产的乌龙茶，老战友托人送给我们的，过去专供皇帝享受的贡品，你尝尝！"

母亲喝了口热茶，称赞道："好香！难怪皇帝喜欢！"

秦怀璧从书房里拿出一套旧线装书递给母亲道："老李托我给他找几本古代军事书，这是《孙子兵法》，你先给他看吧。人家研究兵法研究上瘾了。"

母亲接过书本笑道："当了军长，架子越来越大，倒运鬼！"

"可不敢骂人家，人家老李功劳可大呢，活捉了敌人的两个兵团司令呢！"

"打是亲，骂是爱，玉莲心里还不把人家爱死了！"纪爱芳笑道。

母亲扑哧笑了："老夫老妻，啥爱不爱的！大姐真会说笑话！……儿子呢？"

纪爱芳驱赶似的挥手道："住学校呢！七岁八岁讨狗嫌，淘气死了！"

秦怀璧问道："咱们谈正事吧！你看玉莲能不能调到省妇联？"

纪爱芳高兴地拍手道："我可巴不得呢，就看军长放不放人。省妇联刚成立，正缺少得力的干部，玉莲能来当然好，来给我当个副手吧！"

母亲不安道："老李没问题，就怕我自己干不好。"

纪爱芳亲热地搂住她笑道："我们看你长大的，还不知道你的能力和水平？这里过去是国统区，群众对我们不如北方的老百姓熟悉，需要开创局面。"

"大姐放心，我一定努力工作，完成任务。"

"玉莲，你的两个孩子准备怎么安排？"秦怀璧提醒她说，"我看还是赶紧找个可靠的保姆，把你从家里解放出来，也好解除军长的后顾之忧。"

"我正在想办法找保姆，但找个可靠的保姆也不容易。"

纪爱芳大包大揽道："我给你想办法，你抓紧时间办调动手续吧！"

"谢谢大姐！我该回去了，你们早点休息。"

就在这个初春的寒夜，突然发生了一桩令人发指的惊天血案——血案发生在离城三十里的龙潭镇，时间是一九五〇年三月十八日深夜。

风高月黑，地处城郊的千年古镇青石板筒子街空无一人，黑暗中隐藏杀机。解放军师参谋长王猛率警卫班途径龙潭镇时，突然遭到土匪袭击。惨淡的月光下，古镇街道中央赫然惊现一大群身穿黑袍、头蒙黑布的土匪，个个凶神恶煞，手提冲锋枪盒子炮，身背大刀利斧，虎视眈眈地拦住去路。警卫班的战士们挺身保护首长，端枪厉声喝道："干什么的？……"话音未落，突然响起震耳欲聋的枪声，子弹暴雨般地横飞直射，火光猛闪。警卫班的战士们猝不及防，几乎同时全部被打倒在地，王参谋长壮烈牺牲！

　　深夜，睡梦中的母亲突然惊醒，本能地摸出枕头下的手枪。

　　电灯亮了，军长兼警备司令李莽怒气冲冲地闯进客厅，警卫员铁柱紧随其后。父亲一屁股坐在沙发上，挥手斥退了警卫员，闷头猛吸香烟。母亲赶紧哄睡了被惊吓醒的两个孩子，披衣走下楼梯，见父亲脸色阴沉地闷头抽烟，不知出了什么大事，小心地问了一声："这么晚才回来？"

　　父亲粗声吐出胸中怒气，扯下头上的军帽，重重地摔在茶几上。

　　母亲默默地给父亲倒来一杯水，坐到他身边柔声问道："出什么事了？"

　　父亲紧蹙浓眉："还记得我们结婚的时候，分区的王参谋么？"

　　"记得啊！朱司令员派他骑马来接我，还当了婚礼司仪……他怎么了？"

　　"他刚提升为师参谋长，被派到城外的国民党起义部队检查工作，今晚回来路过龙潭镇，突然遭到土匪袭击，他和警卫班十个人全部牺牲了！"

　　母亲惊愕地倒吸一口冷气："土匪？不是都解放了么？"

　　"土匪？国民党残匪！"父亲咬牙切齿道，"中央已经发布了命令，立刻在全国展开剿匪运动，彻底消灭敌人！据估计，整个西南地区至少有百万国民党的残兵败将和潜伏特务，正向我们进行疯狂反扑！仗还没有打完啊！"

　　母亲默默地叹了口气，温柔地问道："洗洗早点儿睡吧？"

　　父亲摇了摇头："睡不成了，马上开紧急作战会议，我抽空回来看看孩子。"

　　父亲起身走到楼上卧室床前，看了看熟睡的两个孩子，忍不住在每人脸上亲了一下，回头低声问道，"你的工作问题考虑好了么？孩子们怎么安排？"

　　"儿子可以断奶了，找个保姆就行；女儿送保育院。"

　　父亲不高兴地看了她一眼："你自己呢？你准备上哪儿去？"

　　"我想去省妇联工作，去给纪大姐当个副手。"

　　父亲沉默片刻，隐忍地说了声："你自己决定吧！"头也不回地走了。

母亲慢慢坐了下来，看了看两个孩子，怅然叹息。半晌，起身走到书桌前，拿出心爱的日记本，拧亮台灯，又开始写日记。

我是不是太自私了？为什么一定要坚持所谓的独立性呢？当官太太又怎么样？当随军家属会死人么？就不能遂了丈夫心愿，全心全意地抚育革命后代，让丈夫安安心心、高高兴兴地保家卫国么？还是下定决心，给他吃个定心丸吧！明天就告诉军长，我愿意当家属，你到哪儿我跟你到哪儿，永远不再分开！……可是，我心里实在委屈啊！我真的不愿意啊！……

母亲写不下去了，久久地凝视手中的自来水笔，往事涌上心头，一幕一幕，历历在目，像小说一样生动，像电影一样鲜活……

宽敞安静的军区首长办公楼里，一名警卫参谋引领母亲走进司令员办公室，在门外大声报告："报告司令员，兵团民运部赵玉莲同志到了！"
朱司令员从办公桌后面站起来，热情地招呼道："小赵，请进来！"
母亲向司令员敬了一个不太标准的军礼："首长好！"
朱司令员走到母亲面前，开门见山："小赵，你可能已经知道了，兵团建制撤销，民运部全体同志就地转业，我这个兵团司令也自动免职了。但你小赵是我从地方调到部队穿军装的，我又是你和李莽的证婚人，当然要关心你的前途问题。我听李莽同志跟我发过牢骚，说你不愿意随军？你有什么想法，可以跟我说说，我这个军区司令员可以帮你出出主意。"
"谢谢首长关心。我理解李莽的心情，但我们结婚时有约在先，保持工作的独立性是第一条。我不愿意生活在丈夫的光环下，我希望保留独立的人格。我很爱李莽同志，但工作和感情是两码事。希望首长理解我。"
朱司令员频频点头道："我理解。你有什么具体的打算么？"
"我想转业到省妇联工作，省妇联也同意接收我。"
"李莽知道这个事么？他是什么态度？"
"我告诉过他，他好像不太高兴，他让我自己决定。"
朱司令员站起身来笑道："那你就自己决定嘛！把家里的事情安排好。"
"谢谢首长，我会把家里安排妥当的。"母亲起身告辞。

"你可以到干部部办调动手续，转组织关系。"

母亲向朱司令员最后一次立正敬礼："是！"转身走出办公室。

"这个小姑娘，也是一头不肯服输的犟牛啊！……"朱司令员摇头叹息。

调动手续办得很顺利，母亲很快就到省妇联报到去了。

几天后，母亲被任命为省妇联组织部副部长。

春天的阳光照进宽敞明亮的阳台和空荡荡的卧室，空气中充盈了闪闪光斑。

床头柜上，母亲给父亲留下一封信，字里行间情深意切——

　　家里来电报说我娘病了，我决定请假回家看看，顺便把秀儿带回来帮忙照看我们的孩子。孩子们已经委托保育院照顾，请放心。我等了你几天，听说你在剿匪前线暂时不能回来，我只好离开家上路了。我已经决定转业到省妇联工作，盼望你支持我的决定。我不在家，你自己注意身体和安全。爱你。玉莲。

太阳偏西的时候，风尘仆仆的母亲回到了生养她的太行故乡。

石碾石磨，泥瓦泥墙，村街土路，小巧精致的窑楼小院，多么亲切和熟悉！姥姥和秀儿已经等候在小院门前，迎接远道归来的亲人。母亲心情激动，紧赶了两步上前搀扶住姥姥喊了一声："娘！我回来了！"

"闺女！"姥姥抓住闺女的手，声音哽咽了。

秀儿也禁不住潸然落泪。光阴荏苒，小姑娘已变成妙龄少女。

母亲和秀儿搀扶姥姥回屋里去，打开帆布手提包，取出大包小包稀罕食物。

秀儿抓起一只黄澄澄的水果好奇地问道："姐，这叫个甚？咋吃呢？"

母亲剥开水果笑道："这是柑橘，南方特产水果，可甜呢！"剥了几瓣果肉喂给姥姥和秀儿吃，又甜又酸，酸得娘儿两个直冒眼泪儿。

姥姥忽然认真地问道："闺女，你那地方多远啊？路上得走几天？"

母亲轻松地笑道："娘，好几千里呢！先坐两天汽车，再坐三天轮船，再坐两天火车，再坐两天马车，再走大半天山路，就回到咱赵墁坡村了！"

姥姥吃惊地瞪大眼睛叫道："唠呀，这不走到外国去了么？"

"姐，这是甚吃食呢？白生生香喷喷的！"秀儿又拿起一小口袋粮食。

"这是大米，南方人的主食。娘，我给你做一顿南方饭吧，还有香肠腊肉，都是好东西，咱这儿的老百姓见也没见过。秀儿，搭把手！"

姐儿俩说干就干，立刻到灶台边淘米洗菜烧火切肉忙碌起来。

暮色中的窑楼小院温馨安宁，慢慢地飘出了袅袅炊烟和饭菜的香味儿……

夜深人静，娘儿仨紧挨着睡在土炕上，在灯下唠夜话。

秀儿已经迷迷糊糊地睡去，梦里嘴角还带笑，仿佛梦见了开心事儿。母亲像小时候那样钻进姥姥怀里，尽情地享受母爱，仿佛又回到了童年。姥姥轻轻抚摸女儿的秀发，悄声问道："闺女，你公公婆婆不在了？"

"早就不在了。红军长征离开苏区后，他全家都被白匪军杀害了，他从此就成了一个孤人。太可怜了！想起这些事，我心里就疼爱他。"

姥姥心尖发颤："好恓惶呀，他家老人见不上媳妇儿孙了。"

"娘，我想接你去南方，你也该享享福了，好不好？"

"可不敢，俺可走不了老远的路，也过不惯城里人的生活。"

"城里人也过一辈子，娘就不能换一种活法儿？你女婿对你可孝顺呢，跟我提过好几次，要接你老人家去南方，儿孙满堂，多好啊！"

姥姥笑道："闺女，你的心娘领了，娘高兴！娘在老家已经过惯了，娘得守你爹呢。你和女婿好好过吧，带上秀儿，她可天天盼着呢！"

灯光的阴影里，假寐的秀儿悄悄睁开了眼睛，背着脸陷入沉思。母亲坐起身看了看秀儿的背影，轻轻替她掩好被角。姥姥叹息道：

"恓惶人啊，全家叫日本人杀得光光的，跟你女婿一样样儿的，成了孤人啊！闺女，她是你干爹干娘的一条根儿，你一辈子都带上她。"

母亲道："娘，我知道，我会好好带上秀儿的。"

黑影里，秀儿也使劲儿咬住被角，不让自己哭出声儿。

翌日适逢爹爹的忌日，母亲备了汤水，买了香火，烧了纸钱，给爹爹上了坟。在老家住了三天，母亲就带着秀儿回到了南方大城市。

二十二、女文工团员吸引了父亲的目光

一九五〇年六月二十五日，朝鲜战争爆发。

美国总统杜鲁门命令美国海军第七舰队侵入中国台湾海峡，美国陆军第八

军直接参加地面作战，以联合国的名义纠集了十几个国家出兵侵略朝鲜。朝鲜半岛战火蔓延，局势急剧恶化。正在西南剿匪前线指挥作战的父亲接到朱司令员命令，火速赶回军区参加紧急作战会议。

天亮才开完会，霞光满天。当父亲带警卫员回家走进客厅时，忽然发现整座小楼已打扫得干净整洁，窗明几净，令人赏心悦目。母亲和秀儿正带两个孩子在客厅里玩儿，充满了欢声笑语。女儿太行眼尖，立刻欢叫一声跑过去扑进爸爸的怀里，使劲儿亲爸爸胡子拉碴的脸。母亲抱起儿子建国，对父亲投去温情的目光。小丫头秀儿忽然变成了亭亭玉立的大姑娘，显得矜持而羞涩。跟随在父亲身后的警卫员铁柱悄悄向秀儿眨了眨眼睛，秀儿却毫无反应地扭开了脸。

父亲走过去抱起儿子问道："回来了？秀儿也来了？"

秀儿含笑点头："首长好！"乖巧地牵了太行的手退到旁边。

母亲接过父亲摘下的军帽笑问道："回来两天了。我留给你的信看到了吧？"

父亲逗了逗儿子："看到了。你的调动手续办好了？"

"办好了，我已经到省妇联开始上班了，担任省妇联组织部副部长。"

父亲心不在焉地敷衍道："好，挺好。"转身向楼上走去。

警卫员铁柱等人已悄悄退出门外，秀儿也带两个孩子到小花园里玩儿去了。

母亲跟随父亲走进二楼卧室，帮他脱去外衣问道："最近忙吧？身体好么？"

父亲疲倦地靠在床上："没事。你转业也好，要打仗了。"

母亲一惊，下意识地抓住他的手问道："跟谁打仗？"

父亲深吸了一口气："美国。你没有注意到么？朝鲜战争已经爆发了，美国第七舰队开进了台湾海峡，战争不可避免了，全军已进入紧急状态。"

母亲的心抽紧了，不安地问道："你们这个军会上前线么？什么时候去？"

"不要打听军事秘密，也不要到处乱说。我们随时准备出发。"

母亲沉默片刻，小心地问："你今晚不走了吧？"

父亲疲惫地闭上眼睛："我有点累，好多天没休息了，我想睡会儿……"

"我给你洗个澡吧，我让锅炉房烧了热水。"母亲吻了吻父亲的额头道。

父亲默然地点了点头，母亲将他扶起来，开始为他脱衣服。

战争，又开始小心地修复夫妻之间出现的裂痕，但也可能扩大裂痕。

盥洗间里热气氤氲，父亲疲惫地躺在搪瓷大浴缸里，母亲在为他搓背洗身。父亲身上似乎又新添了伤痕，处处刺痛母亲的心，也更坚定了她的决心。

"如果你重上战场，我跟你去，我愿意再穿军装。"

"你去干什么？打仗是男人的事儿，战争不需要女人。"

"当个战地护士或者宣传队员总还可以吧？"

"算了，你还是干妇联吧，做个军鞋，蒸个干粮什么的……"

"你同意我去妇联了？不坚持让我随军了？"

"我没同意。是美帝国主义帮了你的忙，做通了我的思想工作。你就在后方当你的妇联组织部长吧，组织全省妇女支援前线，再打一场人民战争！"

母亲娇嗔道："贫嘴！……喂，你抓紧点，我要来例假了。"

父亲看了她一眼，慢慢拿起她的手轻轻亲吻，母亲不禁春心荡漾……

事实证明，父亲果然料事如神。不久，他的部队被调往东北前线入朝参战，成为中国人民志愿军的一支劲旅。母亲从军部首长院搬到了简陋的省妇联宿舍，带领秀儿和两个孩子，像战争年代一样，开始了新的生活……

入朝参战的第一仗，军长李莽就走了"麦城"。

雪亮的照明弹不时划破夜空，将群山怀抱的废弃金矿山沟照耀得如同白昼。

隐蔽在深山沟简易工棚里的志愿军兵团司令部正在开紧急作战会议，昏暗的马灯摇晃闪亮，参加会议的兵团首长和各位军长脸色严肃紧张。兵团司令员朱铁汉正在毫不留情地点名批评军长李莽，大发雷霆。

"堂堂军长，你胆敢违抗军令，贻误战机，简直是胆大包天！老子命令你打穿插，你为啥不敢猛插下去？到嘴的肥肉都叫你放跑了！还敢谎报军情，说什么突然发现了美军骑兵师！操他娘！什么他妈骑兵师？难道它还有三头六臂不成？你李莽过去是这样打仗的么？亏你是铁军军长！窝囊废！"

李莽被骂得狗血淋头，不服气地嘟囔道："情报有误，不要骂娘嘛！……"

朱司令员大怒道："老子就是要骂娘！我朱大头如果贻误了战机，你也可以骂我的娘！骂你几句算客气，按照战场纪律，老子该把你送上军事法庭！"

李莽脸红脖子粗，不敢再顶嘴了，闷头猛抽香烟，青筋暴起。

沉闷半晌，兵团政委沉稳地笑了笑缓和道："休息会儿，抽支烟吧！"

紧张的气氛缓和下来，兵团首长和军长们抽烟喝茶，谈笑风生。

李莽满脸怒气地冲出简易工棚，等候在外的警卫员们立刻迎过来。警卫班长高铁柱手脚麻利地拉开吉普车门请示道："军长，回军部么？"

李莽黑下脸怒道："回去！"一脚跨进汽车副驾驶座，"开车！"

朱司令员从屋里追出来喊道："李莽！到哪儿去？"

李莽无奈地跳下车，向朱司令员立正道："司令员还有什么指示？"

朱司令员笑道："挨了几句批评，饭都不吃了？脾气不小！"

"司令员要送我上军事法庭，我还敢留下来吃你的饭！"

朱司令员爱恨交加，哭笑不得道："刚才可能把你批评狠了些，我老朱就是这个暴脾气，你跟我几十年了还不知道么？敢跟老子赌气？我警告你，冷静点，不准影响打仗的情绪！"

李莽瞪眼道："我李莽是不是窝囊废，你司令员心里最清楚！我也要骂娘了！老子从没打过这种窝囊仗！你看好了，下一仗打不好，你砍我的脑袋！"

李莽敬了个礼，气冲冲地跨上吉普车，汽车轰的一声开走了。

朱司令员冲他的背影大喊道："注意安全！冒失鬼！"

漆黑的夜里，小吉普车扭秧歌似的在狭窄凹凸的山区公路上摸黑颠簸前进。

坐在前座的军长李莽沉浸在挨批评的烦恼中，身体随车身颠簸摇晃。突然，夜空传来难听的敌机轰鸣声，"嗡嗡嗡"，像苍蝇在头顶上盘旋。汽车本来没有开灯，司机心里一紧张，触碰了按钮，车灯忽然闪亮。敌机立刻发现了目标，立刻跟踪俯冲投弹射击，霎时间火光乱闪，爆炸声此起彼伏。司机紧握方向盘，在狭窄的弯道上左躲右闪，一不小心竟翻下沟去。军长李莽被猛地甩出汽车，顿时昏死过去……

自来水笔笔尖一抖，一大滴墨水滴在日记本上，慢慢浸润开来。

母亲突然感觉一阵钻心的疼痛，不禁捂住胸口呻吟一声。秀儿仿佛也有心灵感应，忽然从梦中惊醒，尖叫一声坐起身来，头冒冷汗，猛喘粗气。母亲也恍然清醒过来，忙用草纸吸干了墨水，回头看了看秀儿。

秀儿神情恍惚："姐，这是在哪儿呢？我咋感觉在石拐村呢？"

"秀儿，你咋了？"

"姐，我梦见首长负伤了，浑身是血，从一大堆死人中间走过来了"

"别瞎想了，首长在朝鲜前线打美国鬼子呢，不会负伤的。"

秀儿脑袋清醒了些，难为情地笑道："姐，我咋会梦见姐夫呢？"

"日有所思，夜有所梦。说明你心里挂念他呗，鬼丫头！"

秀儿羞赧地用手捂住脸笑了，半晌又拿下来，笑问道："姐，你想他么？"

"怎么能不想呢！……睡觉吧，明儿还要早起呢！"

秀儿乖巧地溜回被窝里去："姐，你也早点儿歇着吧。"

母亲替她掖好被子，回到书桌前继续写日记，却怎么也写不下去了。

枪炮声和爆炸声稀疏冷落了，偶尔还能听见敌机的怪叫声。

军长李莽第七次负伤，头缠纱布，臂吊绷带，站在军部指挥所山洞里的军用地图和沙盘前，潜心研究敌我态势，深思熟虑作战方案。一阵优美动听的小提琴和手风琴声隐约飘来。李莽渐渐被琴声吸引了，不觉信步寻声走出了山洞，顺沿弯曲的坑道，追寻美妙的音乐，不觉来到一处背风的坑道拐弯处。美妙的音乐正是从这里发源：是两位年轻的文工团员。留分头的小伙子坐在炮弹箱上，醉心地拉手风琴，沉浸在艺术享受中；拉小提琴的姑娘只有十七八岁，两条齐肩小辫儿，雪白的脸蛋，美丽惊艳。两个年轻人没有注意军长到来，美妙的音乐正从他们的手指尖慢慢流淌出来。军长李莽默默地站在远处，默默地欣赏和享受美妙音乐。不知怎么，那个姑娘特有的气质和风韵，竟使叱咤风云的将军怦然心动……

忽然，姑娘发现了军长，琴声戛然而止，小伙子也急忙起身，两个文工团员向军长立正敬礼道："报告军长，我们正在排练节目，请指示！"

李莽和蔼地笑问道："文工团的？刚才拉的什么曲子？"

留分头的小伙子立正报告："报告军长，是手风琴练习曲《小苹果》。"

李莽含笑点头，注视姑娘问道："你叫什么名字？家在哪儿？"

姑娘答道："报告军长，我叫苏晓燕，家在江苏溧阳。"

李莽若有所思地点了点头："江苏，溧阳……你们继续练习吧。"

两个年轻人目送军长离开后相视一笑，继续排练节目。

黄昏的微风中，美妙动听的小提琴声渐渐远去，却流进了李莽的心里……

女文工团员苏晓燕在军长李莽的脑海里留下了深刻印象。

上午，母亲正在省妇联会议室主持全省地、市、州妇联组织部长会议，忽见省妇联纪爱芳副主任闯进会议室，挥动手里的报纸兴奋地喊道：

"玉莲！快看今天的报纸！有老李的消息！"

母亲的心猛地狂跳起来，急忙接过报纸急切地翻看，目光忽然定住了，报纸大字标题立刻映入眼帘："志愿军勇猛歼敌，第二战役战果辉煌"。标题下面的前线指挥员李莽将军的大幅照片赫然醒目，威武冷峻，英气逼人。

女干部们"呼啦"全围过来，争睹志愿军英雄指挥员的风采。

有人大声念出新闻内容："……在第二次战役中，中国人民志愿军某部首先歼灭了伪中央警卫师，继而突破了美军骑兵师的阻击，顽强穿插，全歼介川守敌，坚决阻止了敌后撤部队与增援部队的汇合，对全局战役胜利起到了关键和重要的作用，受到志愿军总部首长的嘉奖。该部指挥员李莽将军在接受前线记者采访时坚定地表示：美帝国主义发动的侵略战争必将遭到彻底失败！……"

母亲什么声音也听不见了，照片上的丈夫仿佛在向她默默冷笑……

明月当空，星光灿烂。硝烟飘散的战场出现了短暂的沉寂。已被炸成焦土的坑道里躺满了疲惫不堪的战士，忍饥挨饿，枕戈待旦。军部指挥所山洞里很安静，军长李莽半躺在墙角里的行军床上，正在看妻子的来信和儿子的照片。照片上，两岁的儿子瞪圆黑亮眼睛，令父亲心尖儿发颤。父亲指了指儿子的小鼻子，情不自禁地笑起来，又拿起妻子半月前写的信，聆听她的倾诉。

军长大人，还没忘记你的老婆孩子吧？知道你在前线很辛苦，也很危险，可你知道我们每时每刻都在挂念你吗？为什么就不能抽空写封信报个平安呢？看看你的儿子吧，你离开时他才一岁，现在已经满地乱跑能说会道了，每天都要问：爸爸什么时候回来？你就不能给儿子和女儿寄一张照片回来吗？让他们看看爸爸长什么模样，以后别认错了，追着别人喊爸爸呀！……

父亲不觉皱起眉头，心里不太舒服，默默地点燃一支香烟。不知不觉，耳畔仿佛又隐约传来了美妙动听的小提琴音乐声，如潺潺流水润入心田……

应该承认，此时此刻，父亲母亲之间原本亲密无间的感情已经出现了危险的裂痕，他们自己也已经察觉到了这种微妙的变化，只是各自心里不愿意承认罢了。即使没有文工团员苏晓燕的出现，他们的爱情也正面临严峻的考验。

二十三、父亲和母亲的最后一个夜晚

秋高气爽，阳光灿烂。军部附近的山口用鲜花松柏扎起了彩门，红旗飘扬。挂在墙上的小圆镜里映出了军长李莽涂满肥皂泡沫的脸，他正在刮胡子。军政委和军参谋长以及一群参谋人员拥进山洞，跟军长开起了玩笑。

"军长，您今天代表志愿军出席在平壤的朝鲜国庆节庆祝大会，打扮得这么漂亮，当心朝鲜女同志拉您跳阿里郎舞啊！"军参谋长笑道。

参谋们齐声哄笑起来："咱们军长一表人才，天生的白马王子！"

军政委也凑趣道："你们听说过吧，军长当年追求嫂子，可没少下功夫！"

"政委同志，您孤陋寡闻了！军长的爱情故事，早已全军闻名！"

军长李莽擦干净肥皂泡，扭回刮得青光溜溜的脸佯怒道："没大没小！政委摆摆老资格，开开玩笑，你们凑什么热闹！今天这个庆祝大会很重要，金日成和朝鲜党政军领导将全体出席，还有祖国慰问团的各界代表，冒着敌机轰炸的危险出席大会，我能给志愿军丢脸么？彭总回国去了，我们更要把大会开好！"

参谋们鼓掌欢呼，有人大声问道："军长，您带文工团去么？"

军政委答道："不但要去，还有压轴的好节目呢，苏晓燕的小提琴独奏！"

参谋们情绪热烈，互相争论起来，猜想苏晓燕拉什么曲目，李莽忍不住兜底告知："别猜了！罗马尼亚小提琴乐曲《云雀》，我点的！"

参谋们齐声叫好，喧闹之声回荡在山洞里，发出巨大的回音。

忽听警卫班长高铁柱大声报告："报告军长，朱司令员派车送来了一位祖国慰问团的代表，指名请军长亲自出面接待，客人已经到达军部！"

军长李莽责怪道："怎么事先没有通知啊？赶快把客人请进来吧！"

客人已经出现在山洞口，由于背光，只见一个窈窕的轮廓。

大家都愣住了，军长李莽更是惊讶意外，目瞪口呆：客人就是母亲，军长的妻子，爱情传闻中的女主角，十五岁入党的老革命，省妇联组织部长赵玉莲！

母亲款款走进山洞，向大家亲切地招呼道："同志们好！"

军首长和参谋们不知所措，面面相觑回头看军长。

母亲大方地向父亲伸出手笑问道："军长同志，怎么不给大家介绍介绍？"

父亲脸色突然阴沉下来，冷冷地问道："你到这儿来干什么？"

母亲愣了愣，随即勉强闪开笑容："我来慰问你们啊，慰问最可爱的人。"

军政委看出了端倪："您是赵玉莲同志？欢迎您！"

话音未落，父亲突然爆发式地吼道："军长的老婆来探亲，全军将士的老婆怎么办？都跑到朝鲜前线来探亲么？我不需要你慰问，你赶紧回代表团去！"

母亲，包括在场的所有人都惊呆了，山洞里鸦雀无声。

军政委清醒过来，圆场道："老李，怎么说话呢！赵玉莲同志代表祖国人民慰问我们，我们热烈欢迎！……赵玉莲同志，你辛苦了，快请坐！"

母亲突遭当众羞辱，自尊心几乎崩溃，眼含泪水，盯住父亲冷酷的脸，轻言细语："谢谢军长教训。我不是来慰问你一个人的！"转身离开山洞。

军政委急忙追上去喊道："赵玉莲同志！请等一等！"

军参谋长努了努嘴，带领年轻的参谋们悄悄退出了山洞，留下军长一个人。

父亲喘了口粗气，似乎也觉得太过分了，脑袋发懵，目光有些茫然。

苏晓燕不适时宜地出现在洞口，莺声燕语："军长，我们什么时候出发？"

父亲烦躁地一挥手，姑娘美丽的身影立刻消失了。

下午三点，平壤牡丹峰地下剧场灯火辉煌，朝鲜国庆节庆祝大会在战争状态下隆重举行。高射炮怒吼和飞机轰炸声中，庆祝大会徐徐拉开了序幕。身穿色彩鲜艳、质地优良民族服装的朝鲜演员们载歌载舞，欢快热烈。金日成首相等朝鲜党政军领导同志和朱司令员等志愿军首长，以及全军英模代表和祖国慰问团代表欢聚一堂，共同观看演出。母亲和父亲的座位相隔不远，咫尺天涯。

热烈的掌声中，开幕式朝鲜演员谢幕后，中朝双方报幕员用两国语言报幕道："小提琴独奏——《云雀》。演奏者：志愿军文工团苏晓燕。"

美丽的苏晓燕亭亭玉立，手风琴伴奏还是那个漂亮的小伙子。

掌声落下，手风琴欢快地拉响前奏，苏晓燕举起琴弓，琴声骤响。会场立刻安静下来，小提琴声如行云流水，奔放飞扬。苏晓燕独特的气质和美妙的英姿，再次深深地打动了父亲李莽，如醉如痴。老革命出身的母亲深沉严肃，成熟沉稳，令人敬重。父亲始终没有回头看母亲一眼。

苏晓燕完成了最后一个音符，潇洒扬弓，会场响起春雷般的掌声和欢呼声。金日成等中朝双方领导人热烈鼓掌，父亲激动地使劲儿鼓掌，把手心都拍红了。

母亲的眼睛湿润了，悄悄起身离开了座位，退出剧场……

演出结束，晚霞绚丽。平壤附近的战备公路上疾驰一大一小两辆汽车。军长李莽坐在小吉普车里，篷布大卡车满载年轻的文工团员，歌声飞扬。行至岔路口，忽见路边停了一辆小吉普车，朱司令员双手叉腰站在汽车旁。李莽急忙命令司机停车，跳下车问道："司令员，您在等人么？"

朱司令员脸色冷峻："就等你！跟我去香枫山！"转身上车开走了。

李莽不知何事，只好登车跟上朱司令员的汽车，改道驶向香枫山。满载文工团员的大卡车只好与军长分道扬镳，照原路向军部驻地驶去。

志愿军司令部隐蔽在香枫山山沟里，几排简易平房掩映在浓密树影中。

两辆小吉普车相继开来停住，朱司令员和李莽跳下汽车。

父亲闷了一路，赔笑道："司令员，叫我来干什么？家里还等着开会呢！"

"干什么？今天晚上你就住在志愿军司令部，不准回军里去，完成一个重要任务：跟赵玉莲同志睡个团圆觉！违抗命令，军法处置！"

朱司令员黑脸指了指一间亮灯的小屋，头也不回地走了。

父亲彻底没辙了，回头看了看铁柱等偷笑的警卫员，闷头向小屋走去。推开屋门，只见母亲坐在窗前小桌旁，屋里已打好了地铺。母亲脸色冷峻，回头看了父亲一眼，正襟危坐，目不斜视。父亲慢慢走到母亲身边，看了看身后的地铺，硬着头皮搭讪道："生气了？"母亲没搭理父亲，捧起随身携带的一本书，视而不见地看起来。父亲心里堵闷，在屋里转了几圈烦躁道：

"叫我来跟你团圆，你倒给我来个徐庶进曹营，闷葫芦一个，你叫我咋办？我是军人，不会打肚皮官司！"

母亲傲然回头："打开天窗说亮话吧，你到底怎么想的？"

"我怎么想？我能怎么想！我在朝鲜前线打仗，每天想的是消灭美国鬼子，保家卫国！我还能怎么想？打仗是男人的事，女人别瞎掺和！"

母亲尖锐激烈："如果你已经不再需要我了，我们可以离婚！"

父亲顿时火冒三丈："离婚就离婚！你不用拿这个破玩意儿吓唬我！"

话一出口，两个人都吓了一跳。太草率随便了吧？怎么能随便提出离婚呢！

小屋里突然安静下来，两人都不再说话了，空气顿时紧张起来。

沉闷许久，父亲见母亲伤心落泪，愧疚地低声说了声："对不起……"

母亲倔强地擦去眼泪，扭过脸不看父亲，全身战栗。父亲的心软了，默默地走过去，把手轻轻搭在母亲的肩膀上。母亲猛然抱住父亲大放悲声。父亲深深地叹了口气，抬起她的泪脸诚恳道：

"我怎么会不需要你呢？我不写信，是因为打仗不能分心，必须全神贯注，战场上你死我活，容不得半点疏忽……"

母亲止住抽泣，委屈道："你是不是讨厌我了？为啥要当众羞辱我？"

"对不起，怪我心里太烦躁了，脑袋发热胡说八道，可那是我当时最真实的条件反射！全军将士见军长老婆来探亲，他们心里会怎么想？他们也有老婆孩子，他们也想见到亲人啊！你应该理解我的心情，不要只顾自己委屈……"

母亲把脸伏在父亲胸前，情绪渐渐平静下来，停止哭泣。父亲用手轻轻抬起母亲的脸，深沉地久久注视她的眼睛，目光中刚柔交错。母亲毕竟深爱着父亲，感情上已经原谅了他，微启红唇，慢慢闭上眼睛。昏暗的灯光下，母亲依然楚楚动人。父亲吻住母亲的嘴唇，就像吮吸甘醇的美酒，醉入骨髓……

这是父亲和母亲的最后一个夜晚，小屋的灯光熄灭了。

是的，这确实是父亲和母亲此生中最后一个夜晚。冥冥之中，他们似乎都有预感，因此格外珍惜这个最后的机会。他们好像从来没有像今晚这样激情喷涌，如火山爆发，沸腾般的滚烫，灵与肉的拼搏，直到弹尽粮绝，筋疲力尽……

父亲于一九五三年底从朝鲜回国后，即调入南京军事学院战役系将军班学习深造，先进行半年预科文化补习，再系统地学习军事理论。一九五五年春，父亲从军事学院毕业后，被任命为大军区参谋长，跨上了新的台阶。

二十四、红杏出墙

傍晚，巨大的吉姆牌轿车开到军区首长小院门前停住，父亲走下汽车。

已经丰满成熟的秀儿迎出院门，羞涩地叫了声："首长回来了！"父亲一面往小院里走，一面笑问道："不是叫姐夫么？怎么改首长了？"秀儿低眉一笑，接过警卫员手里的公文包。母亲在客厅门口迎接父亲，她已烫了短发，穿了一件翻领衫，端庄秀美。父亲向母亲例行公事地笑了笑："今天下班儿早嘛！"母亲也例行公事地微笑道："今天礼拜六，提前半小时下班。准备开饭吧！"

父亲刚摘下军帽坐在沙发上，就见女儿太行从楼梯上飞快地跑下来。十岁的太行已经上小学四年级，左臂戴少先队大队长袖标，聪明漂亮。父亲高兴地伸开双手，女儿只是象征性地抓住父亲的手跳了跳，贴了贴父亲的脸颊。

"爸爸，我们育才小学也想请您去做报告呢！对不起，我上楼做功课去了！"父亲还没来得及答应，女儿已转身跑上楼去，留给父亲一个背影。

母亲端来一杯热茶笑道："这孩子，说半截儿话就跑了！"

忽听门外汽车声响，只见一个小男孩从刚停稳的吉普车上跳下来，飞也似的跑进屋来，一蹦老高地扑进父亲怀里大喊大叫："爸爸！我当上小组长了！"

父亲抱起六岁的儿子笑道："不简单，当领导了！管多少人？"

儿子扳起指头数了数："四个！他们都叫我组长呢！"

"不错，跟爸爸官儿差不多大了！"父亲亲了亲儿子夸道。

腰系围裙的秀儿已经将饭菜端上了餐桌："姐、首长，开饭了！"

晚餐相当丰盛，荤素搭配，菜肴主食花样多，色香味俱全。全家围桌吃饭，母亲照顾父亲，秀儿照顾两个孩子。父亲显然是一家之主。

女儿太行忽然道："爸，我看见报纸上有你的照片，还到大学做报告呢！"

"哈哈，那些大学生太热情了，都要求签名，把手都写酸了！"

母亲看了父亲一眼："鲜花和掌声太多了也不好，要适可而止呢。"

父亲不以为然："年轻人崇拜英雄是好事儿，可以激发他们的学习热情。"

母亲隐忍地委婉道："崇拜过头，英雄也会被冲昏头脑……"

父亲不说话了，不高兴地大口往嘴里扒饭，脸色忽然阴沉下来。

秀儿察言观色地笑道："姐，我听说军区文工团要正式演出了，就在军区大礼堂里，听说节目可精彩了，还在朝鲜演过，是吧首长？"

父亲勉强笑了笑："那是志愿军文工团，跟军区文工团不是一码子事儿。"

"反正演出的时候您得带我们去，给我们发戏票。"

"没问题，自己家里演出，想看就看，用不着发戏票。"

秀儿高兴地拍手笑道："太好了！姐，咱们一块儿去看演出吧？"

"吃饭吧，别光顾说话了。"母亲脸色冷淡。

父亲三口两口吃完饭，放下碗筷起身说："我去开会。"扭头走出了家门。

秀儿见他出了门，回头问母亲："姐，今晚有周末舞会，你去么？"

母亲生气地一拍筷子："怎么这么多话呢！吃饭！"

秀儿不敢多嘴了，低头吃饭。太行暗笑，建国却浑然不觉。

五十年代初期时兴跳交际舞，每到周末或节假日，机关、单位、工厂、学校，无一例外地热衷于举办舞会，各种专业或业余的西洋乐队成了"抢手货"，年轻女性更是大受欢迎。很多人跳舞成瘾，通过跳舞找到了对象，甚至讨到了老婆；也有不少人特别是老干部，通过跳舞"改组"了家庭，闹出了风流韵事，影响了政治上的"进步"。

　　夜幕降临，华灯初放。灯火辉煌的军区小礼堂里响起了舞会音乐声。军乐队在小舞台上演奏节奏明快的中外舞曲，鼓乐齐鸣，欢快热烈。参加舞会的大多是军区首长和机关干部，伴舞则是军区文工团的女演员和外请的年轻姑娘。

　　军区参谋长李莽与文工团员苏晓燕翩然起舞，格外引人注目。

　　旋转的舞步中，将军与少女四目相视，脉脉含情，心在自由飞翔。快三步、慢四步，这对舞伴始终不换，自然引起了人们丰富的联想，当事人却乐此不疲。

　　又一曲优美的慢三步圆舞曲响起，父亲和少女渐成独舞……

　　农村少女秀儿悄悄出现在小礼堂玻璃窗外，目光中流露出艳羡。父亲潇洒的英姿映入秀儿的眼帘，美丽优雅的女文工团员更引起她的艳羡。也许她会梦想，有朝一日，自己也成为爱情的女主角，幸福地旋转在众人的目光中……

　　舞会散去，已近深夜。空旷的军区大操场沐浴在皎洁的月光下，父亲和少女依依不舍地漫步交谈。警卫员铁柱远远跟在后面，听不见他们的谈话声，只看见两个喁喁私语的亲密背影。大院吹响了最后一次熄灯号，两个漫步的身影站住了，铁柱急忙跑上前去。父亲转回身，对警卫员命令道：

　　"铁柱，派车送小苏回文工团去。"

　　铁柱答应一声跑开了。片刻，黑色吉姆轿车开过来，停在草坪旁的车道上。

　　父亲亲自为少女拉开后车门送上汽车，挥手告别，汽车向大门外驶去。

　　父亲目送汽车消失，回头向军区首长办公楼走去……

　　午夜，楼下客厅的大灯熄灭了，落地台灯闪亮柔美的光晕。父亲推开虚掩的家门走进去，一眼就看见坐在沙发上的母亲。墙上老式挂钟正敲响午夜零点，极富有共鸣音的钟声震动心弦，余音袅袅。

　　父亲向母亲点了点头，随口问道："还没睡呀？"

　　母亲见父亲解开衣扣往楼上走，猛不丁叫了一声："请等一等！"

　　父亲在楼梯口停住了，慢慢转回身问道："什么事儿？"

　　"你和文工团苏晓燕是什么关系？"

父亲一震，皱眉反问道："什么意思？怎么突然想起问这个？"

母亲从茶几上拿起一封信冷笑道："在你枕头下看到的，苏晓燕的情书。"

父亲不禁恼羞成怒："你敢偷看我的信件？你没有这个权利！"

"我是你的妻子，当然有这个权利。请回答我！"

"回答什么？你在审问我么？你没资格！靠边稍息去吧！"父亲冲上楼去，用力关上了卧室房门。母亲的心碎了，泪水溢出了眼窝……

事情发展到这一步，领导不得不出面干涉了。

几天以后，父亲突然接到了朱司令员"单独谈话"的通知。父亲戎装笔挺，大步走过铺红地毯的首长办公楼过道，走进司令员办公室。

朱司令员背身站在窗前，头也不回："坐吧。"

父亲正襟危坐，朱司令员回身坐到他对面，沉吟片刻，开门见山。

"李莽同志，今天找你谈两个问题。我记得，一九五二年全军干部评级时，你担任军长已两年，评定为正军级。今年全军首次评授军衔，你已担任准兵团级职务，初步评定为中将军衔。最近毛主席指示，认为初评为中将军衔以上的人数多了些，要求军委领导做做工作，动员年轻的同志让一让，自愿把军衔降下来，今后还有调整的机会。你对这件事有什么意见？"

父亲一直专心聆听朱司令员的谈话，当即表态道："司令员，您放心。既然毛主席有指示，我坚决照办，自愿把军衔降下来，服从大局。我十四岁参加红军，全家都被反动派杀害了，牺牲了那么多战友，作为一个幸存者，别说今天能授予我少将军衔，就是什么军衔也没有，我也很知足了！这是我的真心话。"

朱司令员欣慰地笑了："我很高兴，我一定把你的态度向毛主席和军委领导同志报告。另外，在授予军衔的同时还要授予荣誉勋章。按照授勋条例的规定，在红军时期担任过师以上职务、在抗战时期担任过旅以上职务、在解放战争时期担任过军以上职务者，可授予一级八一勋章、一级独立自由勋章、一级解放勋章。你完全符合以上三个条件，因此将荣获三个一级荣誉勋章。"

父亲起身激动道："感谢党和人民给我的崇高荣誉！"

朱司令员挥手让父亲坐下来，亲切而又严肃道："老李，我要问你一件事，你必须如实回答我。最近听到一些对你的反映，我也了解了一些情况，今天和你交换一下意见。你和赵玉莲同志现在关系怎么样？听说已经分开睡觉了？"

父亲立刻涨红了脸，生气道："司令员，她是不是找您谈过了？她这个人太能折腾了！我回家晚了怕影响她休息，分开睡觉，这也要向领导反映么？"

"为什么回家晚呢？开会？值班？加班加点布置作战任务？"朱司令员尖锐地追问道，"现在是和平建设时期，好像你这个参谋长也没有那么忙吧？你老实告诉我，你跟文工团那个小姑娘到底怎么回事？关系太密切了吧？"

父亲没想到朱司令员如此直截了当，顿时张口结舌，瞪大了眼睛。

朱司令员语重心长道："身为高级干部，要注意群众影响。当年你追求小赵，我举双手赞成，因为你光明正大，也需要解决个人问题。可今天呢？"

父亲面红耳赤地辩解道："司令员，我和小赵没什么问题……"

"你和小赵没问题，你和苏晓燕的问题就严重了！如果你和小苏只是互相有好感，还没有实质性的进展，那就赶紧悬崖勒马，断绝这种暧昧关系！如果已经发展成了婚外情，甚至谈婚论嫁，麻烦就大了！"

父亲如雷轰顶，目瞪口呆，生平第一次感觉到深刻的危机。

朱司令员离开沙发回到办公桌前，拿起桌上一封信说："这里有一封匿名信，写信人自称是苏晓燕的未婚夫，要求军区党委制止你和苏晓燕的婚外情。"

父亲从震惊中清醒了，立刻明确表态："我和苏晓燕完全是正常的同志关系，没有所谓的婚外情，只是接触密切了些。请领导不要轻信谣言。"

朱司令员语重心长："但愿如此。共产党的干部就怕犯两个错误，一是贪污腐败，二是男女关系。英雄一世，不要糊涂一时。你好自为之吧！"

父亲深深地吐了口气，向司令员敬了个礼，腾云驾雾般走出了办公室。

与此同时，省委领导也找母亲谈话，过问这件个人私事。

宽敞舒适的办公室装饰沉稳，陈设齐全，办公条件已有很大改善。

省委书记处候补书记秦怀璧为母亲沏了杯热茶，推心置腹道："玉莲，千万不要轻易提离婚两个字，这是很伤感情的事，一定要慎之又慎。你们的感情经过历史考验，战争年代都过来了，现在革命胜利了，怎么反倒要分开呢？这是多么令人痛心的事啊！何况还有两个孩子，他们能接受这件事吗？如果你们离了婚，我和纪大姐会很伤心的。玉莲，原谅老李吧！我相信他是爱你的……"

"秦书记，我已经忍受多年了，即使没有第三者的出现，我也很难再忍受下去了！"母亲忍无可忍，悲愤地流下了眼泪，"我早就已经意识到，他已经不再需要我了，或者说他已经不爱我了。这是我内心最深的隐痛。我不能对任何人讲，眼泪只能往肚子里流……我太伤心了！"

秦怀璧明确表态道："第一，不要再找任何领导、特别是军区领导谈这件事，这很容易引起李莽同志的误会和反感，适得其反；第二，不要再跟老李发生正面冲突，不要再谈这个话题，就当没发生过任何风波；第三，你要主动向老李道歉，消除感情上的隔阂，让他回到你身边来。就这样吧！"

母亲擦了擦眼泪，站起身来："我试试吧。秦书记，谢谢您。"

"玉莲，两个人的感情，只能靠自己珍惜啊！"秦怀璧语重心长。

天将傍黑，路灯初亮。军区大院长长的万年青夹道上，回家的母亲形只影单。回到小院门口，望见小楼里温暖的灯光，母亲双腿沉重，心如冰窖。

秀儿打开家门跑出来，接过母亲的公文包悄声说："姐，可把你等回来了！快上楼看看吧，姐夫早就已经回来了，正在楼上收拾行李搬家呢！"

母亲霎时脸色煞白："搬家？搬什么家？往哪儿搬？"

"往你住的大屋里搬啊！人家不要我帮忙，还自己拖地板呢！"

母亲不觉脸热心跳，忙掩饰地低头走进家门。

父亲果然在卧室拖地板，挽起衬衣衣袖，头上冒出热汗。宽大的双人床上已铺好了床单和被褥，但分成两套：一套绣花枕被，一套洗旧的军用被褥。

母亲无力地倚靠在门边，默默地注视从来不做家务事的丈夫。

父亲发现了母亲，停止了劳动，勉强一笑："回来了？"

母亲努力克制住扑进他怀里的冲动："……开饭吧！"心酸难忍，赶紧转身跑下楼去。父亲手拄拖布叹了口气，心情也很沉重。

星移斗转，云遮月隐。夜深人静的首长院小花园，月季花悄然怒放。夫妻俩并排躺在双人床上，黑暗中闪动两双清醒的眼睛。沉默了很久，母亲悄悄侧过身，把脸轻轻贴在丈夫的肩上，手抚他的胸膛。父亲却无任何反应，一动不动地呆了会儿，慢慢翻过身去，把后背留给母亲。母亲失望地松开了拥抱，仰望黑洞洞的天花板，眼里慢慢溢出泪水。朦胧的月光浸入房间，模糊的景物渐渐清晰了。

母亲叹了口气："如果你真心喜欢苏晓燕，我可以退出。"

父亲在黑暗中皱紧眉头，闭上眼睛，努力强迫自己进入梦乡。

母亲沉默许久，摸黑起身下床，走到写字桌前拧亮台灯，打开日记本。回头看去，父亲的背影像一座沉默的大山，仿佛烈性炸药也无法炸开。母亲开始流泪写日记，记录她不幸的爱情，痛苦的心声……

母亲的痛苦是彻骨之痛。对她们这一代革命者来说，背叛爱情，无异于背叛革命。而背叛者又是她最深爱的人，这使她陷入了深不见底的黑洞，痛苦挣扎，难以自拔。她才三十岁出头，正值花繁叶茂的年龄，离开丈夫，爱情之船驶向何方？她将如何面对初涉人世的花季儿女？在二十世纪五十年代漫长的岁月里，母亲独自吞咽苦果，忍受煎熬，度过了多少不眠之夜！

一九五五年秋天，父亲李莽被授予少将军衔。

二十五、分手已不可逆转

远郊凤凰山云雾缥缈，树影朦胧，寒意弥漫，山林间不时响起枪声。狩猎者是朱司令员和父亲。父亲穿朝鲜战场缴获的美式卡其布短外套，朱司令员穿一件苏式皮猎装，两个人都穿皮靴，扛猎枪，威武潇洒。父亲打死了一只奔跑的野兔，朱司令员击中了一头矫健的野猪。警卫员们齐声欢呼冲上去捕捉猎物，一时人欢猪叫，惊飞了树丛中的野鸡。敦实健壮的朱司令员解嘲地笑道：

"他娘的！没仗打了，只能打打野猪野兔子！"

父亲淡然一笑，突然朝天一举枪，枪响鸟落，是一只倒霉的斑鸠。

中午，树林中篝火熊熊，铁架上烤了野猪、野兔、斑鸠等野味儿，香飘山林。两个老战友坐在篝火旁啃烤野味儿，就水壶喝白酒，别有风味儿。

朱司令员忽然凑近父亲低声问了句："最近见过小苏么？"

"没有。自你上次谈话后，我再也没有见过她。"父亲低声回答。

朱司令员满意地笑了："这就好。堂堂一个大将军，不要被女人缠住了手脚。"

父亲苦笑："本来也没缠住。羊肉没吃一口，反倒惹一身臊。"

朱司令员狡黠地笑道："可我听说，你陷得很深呢！"

父亲敏感地反问："又是赵玉莲向您告的状吧？这个人简直没救了！"

"小赵从没找我告过状，你冤枉人家了。我找小苏谈过话，我看她倒是一个敢爱敢恨的姑娘，有巾帼英雄的豪气。你喜欢她有道理。"

父亲深感意外，不禁哑然："司令员，您……什么意思？"

朱司令员脸色严肃道："但你不能爱上她！因为她会毁了你的前程！即使你不再爱小赵了，也不能产生离婚的念头，更不可能和苏晓燕结婚！你记住我的话，否则你会后悔终身！我知道你非常迷恋小苏，我只能再次给你敲警钟！"

父亲默然地低下头，心潮汹涌，思想激烈斗争。

不久，母亲去中央党校学习，父亲没有去车站为妻子送行。

一个夏天的下午，阳光强烈刺眼，军区文工团驻地八一剧场门前行人稀少。

苏晓燕被门卫叫出了剧场，环顾四周，高声问："谁找我？"

站在梧桐树下的秀儿慢慢走过来，被女演员的气势和美丽震慑，没敢吭声。

苏晓燕看出这个农村姑娘的朴实和忐忑，笑问道："你找我？"

秀儿胆子大了起来："你是苏晓燕同志么？"

苏晓燕矜持地看了她一眼："我就是。你找我有什么事？"

秀儿鼓足勇气："我就说两句话，说完就走。我是赵玉莲的妹妹，我姐让我告诉你两句话。第一句，不要再纠缠首长；第二句，请你离开军区文工团。"

苏晓燕惊奇地瞪大眼睛，再次打量这个貌不惊人的农村姑娘，不禁冷笑："你不是他们家保姆么？你告诉赵玉莲，放心！姑奶奶不稀罕你们家首长！"

女演员高傲地转身回剧场去，扭动窈窕的腰肢，秀发飘逸。秀儿自惭形秽，呆呆地目送女演员的背影，慢慢离开了剧场。

八月十五月亮圆。月球上的阴影隐约可见，有山有水，近在咫尺。月光漫进宽敞空旷的卧室，地板上有反光，景物的轮廓清晰。父亲在铺竹凉席的双人床上辗转反侧，夜不能寐，终于起身下床，光脚在地板上踱步抽烟。仰望窗外明月，父亲浩瀚的心胸深处波澜汹涌，如大海翻腾，无法平静。

忽听楼梯上响起轻微的脚步声，好像有人悄悄上楼来了，父亲警觉地回头，脚步声停在敞开的卧室门口。朦胧的月光下，睡衣单薄的秀儿悄然伫立。

父亲奇怪地问道："秀儿？你上来干什么？有事儿么？"

秀儿端了一个小盘子，盛了两只月饼，轻言细语："首长，今天是中秋节，司令部总务科送来了两盒月饼，您回来晚了，尝一尝月饼吧！"

父亲仅穿了背心短裤，敷衍道："你放下吧。"

秀儿把小盘子放在床头柜上，却不急于退出，柔声问道："首长，我姐最近有信儿来吗？她去北京已经快半年了，也该回来了吧？俺心里怪想她的……"

父亲不觉皱起眉头："好，回屋睡觉去吧，别胡思乱想了。"

秀儿沉默片刻，低头退出卧室门，悄悄下楼去了。

父亲走过去关了卧室门，回到双人床上躺下，呆望黑洞洞的天花板。茶几上，两只精美的月饼静静地躺在小盘子里，散发出诱人的香味儿……

父亲一夜没睡好，第二天上班也心烦意乱，坐在办公室里发呆。反复犹豫，终于拿起电话，复又按下，沉思片刻，再次拿起了电话筒。电话里立刻传来了女接线员柔和的声音："五号首长，请问您要哪里？"

父亲不再犹豫，果断地命令道："接军区文工团，让马团长接电话！"

女接线员敏捷地答道："请首长稍等。"立刻接通了电话。

电话里传出一个响亮的男声："军区文工团。请问您找哪一位？"

父亲的声音威严低沉："马团长，你现在说话方便么？"

马团长立刻也压低了声音："报告首长，办公室就我一个人，请首长指示！"

父亲命令："你叫小苏接电话。她最近情绪怎么样？没什么事吧？"

马团长似有难言之隐："啊，没事儿！……我叫她听电话！"

等了半天，才听见拿起话筒的声音，一个年轻女声"喂"了一声。

"是小苏么？你最近怎么样？没什么事儿吧？"父亲低沉柔和地问道。

苏晓燕似乎很不情愿接电话："没事儿……首长如果没其他事，我挂电话了。"

父亲忙制止道："等一等！你今晚有时间见面么？"

苏晓燕冷淡地回答道："首长，不要再见面，也不要再打电话了。你的家属找过我，叫我不要再纠缠你了，还叫我离开军区文工团。这是您的意思吗？"

父亲顿时血涌头顶，情绪冲动："你说什么？赵玉莲找过你？这是她亲口对你说的？她有什么权力让你离开文工团？我绝无此意！你不要误会……"

苏晓燕冷冷地打断他的话："到此为止吧！请首长保重。"突然挂断了电话，

电话里立刻响起了忙音。父亲满腔怒火，情绪失控地摔了电话筒。

"太过分了！去他娘的！这日子没法过了！"

半夜，父亲怒气冲冲地闯进电报局，抓起一张电报纸就写。由于情绪激动，钢笔尖划破了电报纸，电报内容只有两个大字："离婚！"

女营业员吃惊地抬头问道："首长，就这么发？"

佩戴少将军衔的父亲瞪眼怒吼道："发！就这么发！"

一份父亲签名的《离婚报告》放在朱司令员的办公桌上，赫然醒目。

办公室里很安静，朱司令员正在接电话："是这样，我了解的情况就是这样，没有造成太大影响……请首长放心，我们一定妥善处理好这件事！"

门外有人高喊报告，朱司令员放下电话，威严地命令道："进来！"

父亲推门进来，向朱司令员立正敬礼："司令员，您叫我？"

朱司令员这回没有请他坐沙发，直截了当："你把事情搞复杂了，看你怎么收场！我随军事代表团出国访问四十天，你在家里干的好事！"

父亲戳在司令员面前，莫名其妙："我干什么好事了？"

朱司令员怒道："谁叫你打离婚报告的？还敢打给军区党委！你以为你是个小连长吗？军区党委只好把报告上报中央军委！典型的'陈世美'事件，把军委首长都惊动了！你就是个一根筋，不把脑袋撞得头破血流，到死都不晓得回头！现在怎么办？军委领导要求严肃处理，你自己收场吧！"

父亲头脑发热，横下一条心："这是我的私事，我自己会处理！"

朱司令员霍然站起身，痛心疾首："李莽啊，李莽，你也是四十岁的人了，怎么这么天真呢！你的私事？在党的面前你也敢号称'私事'？我看你简直糊涂到家了！我告诉你，军委领导让你自己选择，要么不离婚，要么丢党籍！"

父亲脑袋轰的一声爆炸了，惊愕道："司令员，不至于这么严重吧？我一个几十年的老党员，为离婚的私事儿就丢党籍？我犯什么错误了？"

"我讲得还不够清楚么？"朱司令员冲到他面前大吼道，"你已经成了喜新厌旧的典型了，人家要拿你开刀啊！傻瓜蛋，你现在后悔还来得及！"

父亲倔强地一拧脖子："我不后悔！我坚决要求离婚！"

朱司令员气得目瞪口呆："那你就等着挨处分吧！"一屁股坐在沙发上抽烟。

父亲也气呼呼地坐到沙发上，粗声喘息，难泄胸中的窝囊闷气。

沉闷良久，朱司令员才问了声："小赵从北京回来了？你们又吵架了？"

父亲叹了口气："吵什么架，连话都没说两句，形同路人……"

朱司令员也叹了气："你现在做两件事，一是主动把《离婚报告》收回去，向军区党委做个检讨；二是坚决否认与苏晓燕有实质性的关系。"

父亲的牛脾气又顶上来了："第一，我与苏晓燕本来就没有实质性的关系，军区党委可以向苏晓燕本人做调查；第二，说到做到，坚决离婚！"

朱司令员绝望地摇了摇头："你把自己毁了！我告诉你，苏晓燕已经主动打报告转业了，军区政治部已经批准了她的报告，她已经离开文工团了。"

父亲如闻天方夜谭："她已经离开了？怎么没人告诉我？"

"人家为什么要告诉你？苏晓燕跟你有什么关系？"朱司令员恨铁不成钢，"我想不通！你怎么突然变成三岁小孩了？爱情真会把人变成傻瓜么？！"

父亲不说话了，他确实需要头脑冷静下来，好好想想了。

秋风萧瑟，落叶铺地。佩戴中尉军衔的警卫员高铁柱陪同父亲下班回家。

依然是系围裙的秀儿笑脸相迎："首长，您回来了？"

父亲显得有些疲惫，随口答应一声："回来了。你姐在家么？"

秀儿接过外衣和帽子低声道："姐病了，在卧室休息呢。"

父亲想了想，把衣服和帽子要过来，转身向楼梯上走去。秀儿摇头叹了口气，回到厨房去准备晚餐。偌大的客厅冷冷清清，空无一人。楼上卧室里没有开灯，母亲靠躺在床上，脸色平静冷峻。父亲在卧室门口站了一会儿，慢慢走近床前，在床沿上坐下来。夫妻俩彼此靠得很近，完全能感受到对方的呼吸，目光居然都闪闪发亮，炯炯有神。父亲主动打破了沉默，和解道：

"我们之间可能发生了误会。我们重新开始吧。"

"我们没有误会。我们的路已经走到头了。"

"没有挽回的可能了？我听你一句话，你说怎么办，就怎么办。"

"离婚。"

父亲的心霎时冰冷了，也更坚硬起来："好吧，离婚！"

母亲从枕边取出一张纸递给父亲："我起草了一份《离婚协议书》，如果你没有意见，我们双方签字就行了，到街道办事处办手续。很简单。"

父亲接过纸粗看了一眼："可以。听你的。"

"离婚以后，两个孩子归我抚养，你可以负担一个孩子的生活费。"

"行。家里的存款，你也可以全部拿去。"

"我不需要。我会处理好自己的生活。你自己多保重。"

"需不需要给孩子们有个交代？开个家庭会？"父亲煞有介事地建议道。

"不用了。我会给孩子们说明情况，你也可以见他们。"

父亲站起身来："怎么样，现在就签字么？不需要什么仪式？"

母亲冷静地收回协议书草稿："我还是拿去打印一式两份，当事人签名后，双方单位还要出面调解，如果调解无效，才能到街道办事处办理离婚手续……"

父亲冷笑："你第一次离婚，就像你第一次结婚一样，什么都懂。"

母亲毫不介意地一笑："人不能糊里糊涂过一辈子。"

"好！我希望明天就离婚。"父亲发狠地开始收拾床上的卧具。

"你要去办公室么？还是注意影响，不要闹得满城风雨。"

父亲夹起枕头被褥冷笑道："我到隔壁房间睡觉。"转身走出门去。

躲在楼梯下偷听的秀儿急忙悄悄离开，回厨房做饭去了。

母亲仿佛完成了人生的重大转折，呆坐在床沿上，不觉潸然泪下。

两个月后，父亲和母亲办完了离婚手续，特意带领两个孩子到市中心著名的留真照相馆照了一张"全家福"，作为家庭的最后纪念。

一家四口全家福照片上，父亲扶着女儿的肩，母亲拉着儿子的手。两个孩子表情严肃，一副很不情愿的样子。父亲母亲笑容虚假。黑白相片上的四个人各怀心事，貌合神离，留下了永恒的瞬间。照相完毕，母亲带两个孩子和秀儿搬出了军区首长院，再次搬进省妇联机关干部宿舍，组成了一个单亲家庭。

这是一个黑云低垂的下午，天边滚动沉雷的轰鸣，乌云被太阳镶出了金边。军区首长院门口停了一辆中吉普车，母亲和秀儿往车上搬运行李。所谓行李无非是衣物被褥、锅碗瓢盆之类，几个包袱和箱包而已。看看准备停当，母亲带秀儿和孩子们上了车，义无反顾地离开了军区大院，心里发誓永远不再回来。

父亲也许开会去了，也许就在楼上，反正一直没有露面。

天边沉雷的轰鸣声越来越近了，太阳在乌云后面闪射出恐怖的金光。

一九五七年秋，一个黑色的星期五，父亲的末日降临了。

二十六、螳螂捕蝉，黄雀在后

黑色吉姆轿车和中吉普车风驰电掣地开进北校场军区大院，停在首长办公楼门前。身穿军常服、佩戴少将领章的父亲走下车，快步登上楼门前台阶。随行的参谋和警卫人员也陆续下车，各自回到自己的工作岗位上。

父亲疾步闯进司令员办公室："司令员，我回来了！"

朱司令员抬起头来，摘下老花镜，勉强笑道："回来了？坐！"挥手斥退了跟随进来的秘书，亲自给父亲递烟倒水，仿佛有满腹心事。

父亲有些坐不住地汇报道："司令员，我自己来！这次到边境跑了一大圈儿，发现很多问题甚至隐患，亟待解决。实行军衔制以来，部队情绪稳定……"

朱司令员忽然清了清嗓子，打断了父亲的话："老李，我告诉你，根据军委领导指示，军区党委对你所犯错误做出了处分决定意见，上报军委。现在，军委领导的批复文件已经下达了。处分是严厉的，你要有思想准备。"

父亲的心猛然狂跳起来，迟疑地接过红头文件，双手开始颤抖。

关于受处分，父亲是有充分的思想准备的，但处分的严厉程度却大大超出了他的想象——开除党籍，保留军籍，撤销军区参谋长职务，级别从行政七级降至行政十一级，保留正师级生活待遇，下放到基层单位劳动改造……

父亲认为自己是清白的，只是不应该执意离婚，在军内外造成一定的影响。但完全没想到会受这么重的处分啊！然而，在再生父母一般的党组织面前，他又能说什么呢？文件上的字迹模糊了，父亲的泪水泉涌般地流下来……

为什么？为离个婚，就一定要开除党籍？那可是一个人的政治生命啊！

父亲甚至怀疑处分文件印错了，但是白纸黑字，沉重如山！

朱司令员痛心道："我们已经尽了最大努力，本想保住你的党籍，先降级到你的老部队去当副军长，慢慢再恢复职务。看来上面是要抓住你这个典型，敲山震虎，给高级干部们敲一次警钟，你不幸当了这个活靶子！事到如今，还是面对现实吧！我跟有关部门商量，准备让你去渤海湾大孤岛军马场当个挂名的副场长，那里虽然比较偏僻艰苦，但是远离人群，你可以静下心来读读书，搞搞调查研究，反省反省错误，来日方长。如果你没有意见……"

父亲一时难以接受天堂地狱般的巨大落差，含泪恳求道："司令员，其他的处分我都接受，我只恳求能保留我的党籍，不要让我离开革命队伍……我十四岁参加革命，十六岁入党，我是在革命队伍中长大的，我不能离开党啊！……"

朱司令员眼睛也湿润了，叹息道："我是眼看着你成长起来的，我也痛心啊！全家都被敌人杀光了，从一个放牛娃成长为军区参谋长，一步一个脚印，党培养一个高级干部不容易啊！就这么倒下了！不就为离婚么？处分也太重了嘛！"

父亲的心猛一热，抬起泪眼呆望朱司令员，怀疑自己听错了。

朱司令员拍了拍脑门，懊恼道："算了！最后那句话不能作数，我收回！"

"处分确实重了，我要给党中央和毛主席写信……"

朱司令员拍案怒喝一声："不要火上浇油，再犯大错误了！"

父亲完全懵了，绝望地垂下泪眼，心乱如麻，双手哆嗦地掏出火柴和香烟。

朱司令员也无话可说了，也点燃了香烟，闷头吞云吐雾。窗外远处大操场上，隐约传来部队篮球比赛的喧闹声……不是做梦，是活生生的现实！

良久，朱司令员缓和下来劝慰道："别灰心，老伙计，你还年轻，还有复出的机会！目前要改变处分决定，不太现实，需要慢慢等待时机，重新入党，恢复名誉，今后说不定还可以带兵打仗嘛！领导还是爱护你的，打你一顿屁股，也是恨铁不成钢，就像打自己的孩子，打是亲，骂是爱……"

父亲抬起满是泪痕的脸，咧嘴苦笑道："没关系，司令员，我自作自受，我扛得住！没了党籍，我李莽也是一条铁打的硬汉，到死也不会趴下！我还是革命军人，我服从组织决定，交接工作以后，我尽快去大孤岛军马场报到……"

朱司令员紧握住父亲的手，一切尽在不言中。

黄昏，路旁的梧桐树开始落叶，弥漫一派萧瑟寒意。父亲已脱去了将军服，穿了身旧黄呢军便装，从办公区回家来。走进首长院，忽然发现厨房冒出了炊烟，推开家门，客厅里没人，餐桌上摆满了热气腾腾的饭菜，一瓶茅台酒和两只酒杯。父亲正愕然间，却见腰系围裙的母亲从厨房走出来，端上最后一道热汤。昔日的夫妻尴尬地笑了笑，笑得有些苦涩。母亲招呼一声："回来了？吃饭吧。"父亲看了母亲一眼，过去坐到了餐桌旁，看了看满桌饭菜，嘿地一笑。母亲也坐下来，给父亲倒满一杯茅台。父亲闻了闻酒香，一仰脖子倒进喉咙里。母亲又为他斟满酒杯："晚上不开会，可以喝两杯，睡个好觉。"父亲仍不说话，举杯一饮而尽。母亲不觉停止了斟酒劝道："老李，别喝得太猛了，吃点儿菜……"父亲默默地拿过酒瓶子，又自斟自饮了一杯，才放下杯子开始吃菜。

沉默半晌，母亲低声哽咽道："没想到，你受到这么重的处分……"

父亲端杯子的手微微颤动了一下，仰头把酒喝下去。

"我以为，领导最多批评教育一顿，毕竟是个人问题，又没犯什么政治上的错误，可结果竟会这样！"母亲流下了悔恨的眼泪，"我很后悔，也很痛心！我准备找军区领导反映意见，要求复婚……"

"你还没折腾够么？非把我整回湖北老家去当农民你才称心如意是不是？你觉得结婚离婚复婚就像小孩儿过家家是不是？你要有骨气，就一辈子别后悔！离婚就离婚，处分就处分，我还是我！"父亲突然打断她的话高声道。

母亲痛哭流涕："可你负过那么多伤，肠胃不好，去北方海边怎么受得了啊！二十多年的党籍，说没就没了，那是你的政治生命啊！"

父亲冷酷地惨笑道："这是对我背叛感情的惩罚！我接受！心甘情愿地接受！我应该受到惩罚，吸取血的教训！我高兴！我咎由自取！"

母亲抓住他的手急切道："亲爱的，原谅我！我去找朱司令员，找军委领导，离婚是我的错，这中间全是误会，我们可以重新开始……"

父亲猛甩手站起身吼道："够了！既有今日，何必当初？我们之间没有误会，我们的婚姻已经走到头了！你不要再闹了，回去吧！"

父亲说完，头也不回地冲出门去，消失在霜寒雾冷的暮色中。

母亲肝肠寸断，痛哭失声，守着满桌冰凉的饭菜，埋葬了一生的爱情。

夜深人静，寒气逼人。南方屋里没有暖气，潮湿阴冷。

母亲暂住的省妇联宿舍两间陋室里，一间秀儿和孩子们住，一间她自己住。孩子们平时都住寄宿学校，家里只有母亲和秀儿。秀儿在床上为母亲暖被窝，给建国补裤子，母亲坐在台灯下奋笔疾书，给上级写申诉材料。墙上挂钟敲响零点，母亲头脑清醒，情绪亢奋，仿佛毫无倦意。秀儿下床给母亲倒了杯水，柔声道：

"姐，被窝暖了，早点儿睡吧。"

"你睡吧，我还没写完，别管我了。"

秀儿答应一声，却并不离开："姐，首长什么时候去军马场？"

"可能就这几天吧，我也不清楚，你去问问铁柱。"

秀儿忍不住自问自答："我听铁柱说了，好像定在礼拜六晚上，正订票呢！"

母亲回头看看她："你问过？铁柱还说什么？首长一个人走么？"

"好像铁柱也跟了去吧？送到那边，铁柱再自个儿回来。"

母亲又注意地看了她一眼笑道："秀儿，你有啥想法？告诉我。"

秀儿红脸低声道："我想去看看首长，帮他收拾收拾行李，缝缝补补……"

"难得你有心，想得周到。去吧，替我去帮帮他。"

秀儿高兴地笑了："姐，你放心，我一定把首长伺候好，不让他吃苦受罪！"

母亲没听出弦外之音，只是觉得有点别扭："睡吧。"

秀儿答应一声："姐也早点儿休息。"在母亲的注视下退出门，回隔壁房间睡觉去了。母亲沉思片刻，伏身继续写申诉材料。

父亲和母亲做梦也没想到，他们的爱情和婚姻会迅速走向坟墓，而这个貌不惊人却心有灵犀的农村小姑娘竟会成为新的爱情女主角！在人生的道路上，谁也无法预料未来的生活，谁也无法设计人生的坐标……

冬日阳光照耀在空旷的大操场上，教室里传出此起彼伏的读书声。

太行和建国姐弟俩站在校长办公室门口，默默地注视父亲。父亲仍穿一身旧黄呢军装，没戴帽徽领章，也深情地注视自己的两个孩子。

朱司令员夫人欧阳校长推了推眼镜，严肃道："太行、建国，你们的爸爸要出差了，很久不能回来，今天来学校看你们，你们和爸爸好好谈谈吧！"

两个孩子没说话，也没进门。欧阳校长把他们领进屋里，自己退出门去了。

父亲和两个孩子默默地坐了一会儿，聆听教室里朗朗的读书声。

父亲打破沉默，深沉地一笑："你们知道，爸爸犯了错误，和妈妈离婚了。爸爸对不起你们，但爸爸是爱你们的。爸爸不是坏人，依然是革命军人，老红军战士。你们不要担心在同学们面前抬不起头。爸爸问心无愧！"

两个孩子心灵震撼，痛切地感受到父亲内心的痛苦，眼含泪花。

"爸爸要走了，也没有什么礼物送给你们，就送给你们每人一句话吧！太行，你是姐姐，是少先队大队长，你要学会为妈妈分忧，学会体贴照顾妈妈和弟弟。建国是男孩子，是家里唯一的男子汉，你要学会保护妈妈和姐姐，敢于担当，做一个顶天立地的战士！不说了，爸爸明天就准备出发了……"

两个孩子叫了声："爸爸！"同时扑到父亲的怀里哭出了声。

父亲强忍夺眶欲出的泪水笑道："好了，孩子们，爸爸走了！亲亲爸爸！"

女儿和儿子一边一个，踮起脚尖在爸爸脸上亲了亲。

中午，父亲带两个孩子在学校门外的小饭馆吃了顿告别饭。很多年后，儿子建国还记得那天吃的红烧鲤鱼，女儿太行却忘不了父亲深沉的目光。

他们都没有想到，这一别就是整整八年！

一把拖布在地板上使劲地来回拖擦，擦得地板锃光瓦亮，照得出人影儿来。秀儿卷袖赤脚，满头大汗，拖完了房间拖过道和楼梯。旧皮箱和行李卷已经收拾停当，警卫员高铁柱正在客厅里打包。父亲从外面回家招呼道：

"铁柱，快给秀儿搭把手，秀儿都忙活儿一天了！"

铁柱跑去抢拖布，秀儿死活不撒手，铁柱急道："别拖了！明天就走人了！"

秀儿生气道："又不是逃跑！又脏又乱，新首长搬进来不骂人啊！"

父亲立刻表扬秀儿："秀儿说的对，应该打扫干净，这是人民军队的作风！"

铁柱猛地一把抢过拖布："人民可以歇会儿，让军队继续干吧！"

秀儿不再跟他抢，径直走进了厨房。

黄昏降临，军区大院里吹响了开饭号声，广播喇叭开始播放音乐。铁柱赶紧扔了拖布，到处找碗筷嚷嚷道："开饭了！秀儿，跟我去食堂打饭！"

秀儿忽然端出一盆香热可口的番茄鸡蛋面疙瘩汤吆喝道："别去了，有饭吃！"

"首长，开饭了！秀儿给咱做了疙瘩汤！"铁柱高兴得跳起来。

父亲从楼上走下来笑道："好啊，秀儿是咱的后勤部长！"

秀儿摆好碗筷，给大家盛好面疙瘩汤，三人围桌而坐，热乎乎地吃喝起来。

饥肠辘辘的铁柱"呼噜呼噜"喝了几大口，赞不绝口："好吃！"

"秀儿好手艺！原来怎么没见你做疙瘩汤啊？"父亲也夸奖起来。

"这是咱山西农村的土食儿，进城了还能做给首长吃啊？"

"小丫头，主观主义，你耽误了我多少口福啊！"

秀儿飞快地看了父亲一眼："首长要是喜欢，我以后天天给你做。"

父亲没听出弦外之音，宽厚地笑道："你别安慰我了，我明天就离开你了。"

秀儿脱口而出："我跟你一块儿去，天天给你做疙瘩汤！"

父亲和铁柱一时愣住了，随即又同声笑起来："秀儿可真会开玩笑！"

秀儿欲言又止，低头给父亲添疙瘩汤，脸上飞起红云。

月光皎洁，树影婆娑。别墅小楼卧室里很安静，秀儿在灯下给父亲缝被套。

楼梯上响起了脚步声，父亲走上楼来，见秀儿还在忙活儿，忙催促道："秀儿，回家睡觉去，你姐该等着急了，快回去吧！"

秀儿脸热心跳，手上飞针走线，含羞的明眸秋波闪动。

父亲见她假装没听见，就生气地拽了拽她的手，秀儿却顺势倒进了他的怀里。

父亲吓了一跳，举起双手惊问道："秀儿，你干什么？松手！"

秀儿却紧紧地抱住了父亲的腰身："首长，我跟你去！我一辈子伺候你！"

父亲惊怒地呵斥道："胡说！我不需要你伺候，赶快回去！"

秀儿抬起泪脸大声喊道："我没胡说！我愿意伺候你！我愿意做你的女人！"

父亲简直惊呆了，用力推开秀儿，秀儿歪倒在床上，捂脸大哭。父亲感觉又遇上了麻烦，生气地训斥道："胡说八道！黄毛丫头，你横插一杠子瞎搅和什么！我看你是疯了！老子不需要同情，给我滚出去！"

秀儿似乎没有别的本事，只会捂脸哭，用哭声表达坚定的信念。

父亲烦躁地压低声："你哭什么！半夜三更号丧啊？让人听见影响多不好！别哭了，赶紧回家睡觉去！我马上叫铁柱过来送你！"

秀儿急忙按住父亲拿电话的手哀求道："别打电话！首长，我买了跟你一趟火车的车票，我一定要送你去农场！海边太冷了，太苦了，我不放心……"

"你把车票退了，我赔你钱！你回去！"父亲甩开她的手怒吼道。

秀儿抹去泪水坚决地："我一定要去！安排好了，我跟铁柱一块儿回来！"

父亲正欲发脾气，秀儿却已转身走出门去，快步下楼，脚步声渐渐消失了。

父亲懵了，颓然坐在床沿上。突然发生的一连串怪事，搅乱了他的心。这是怎么回事？这个世界发疯了，还是自己在做梦？真是活见鬼了！一个年轻姑娘，不顾一切地扑进自己的怀里……父亲浑身的汗毛都竖起来了！

月光如洗，夜风习习。喧闹的城市沉睡了。省妇联宿舍安静的过道里，响起轻轻的敲门声。在灯下写日记的母亲起身开了门，见是迟迟夜归的秀儿，埋怨道："秀儿，怎么这么晚才回家？不影响首长休息么？……进来吧！"

秀儿眼圈发红,心事重重:"首长太可怜了,遭了这么大的难……"

母亲已坐回书桌旁,回头注意地问道:"秀儿,首长跟你说什么了?"

秀儿忽然勇敢地抬起头:"姐,你为什么要跟首长离婚?因为苏晓燕么?"

母亲深感意外:"你还知道苏晓燕?谁告诉你的?"

"姐,你不该跟首长离婚。因为离婚,首长受了这么大的处分……"

母亲拍案怒道:"秀儿!这跟你有什么关系?你有什么权利指责我?"

"我可不敢指责你。我只是可怜首长,他太可怜了……"

秀儿泣不成声,母亲简直惊呆了。半晌,母亲深深地叹了口气。

"秀儿,回屋睡觉去吧!你已经长大了,有些事慢慢会明白的。太行和建国也大了,住寄宿学校,我这儿平时也没多少事,你可以想一想今后怎么办。要么送你去补习文化,将来在城里找个工作,要么回老家去,还跟娘过日子,今后就在当地结婚。你自己考虑好,我会帮你安排的。回去好好想想吧。"

秀儿郑重地点了点头:"姐,我想好了告诉你。"

母亲目送秀儿走出门去带上房门,隔壁房间一声门响,宿舍恢复安静。

清晨。霞光映红了窗帘,窗外传来了广播体操音乐。简朴整洁的隔壁房间里空无一人,床上被褥已叠得整整齐齐,地板拖得发亮。

母亲敲了敲门:"秀儿,起床了么?"见无人答应,便推门进屋去。

屋里没人。小桌上留下一封信。母亲拿起信,不禁哑然。

姐,我走了,跟首长去军马场了,我会好好照顾他,你放心。我对不起你,我对你撒谎了,姐能原谅我吗?我跟了你十几年,你像亲姐姐一样对待我,我会一辈子记你的恩,一辈子也要报答你!秀儿。

此时此刻,母亲才读懂了秀儿的心,明白了人生的真谛。

建国长大成人后,母亲曾经对儿子说,她对于爱情和人生真正的大彻大悟,就是在看了秀儿写给她的这封信之后。其实道理也很简单,母亲完全不必沉痛地反省自己的失误。人生就是一次机会,对每个人都一样公平。秀儿抓住了机会,也就抓住了一生的幸福。母亲失去了机会,只是改变了命运的轨迹。谁又能由此断言,母亲的后半生不幸福呢?人生有多少意想不到的变数啊!

二十七、灰姑娘跟了落难人

列车汽笛高奏，冲出黑暗的隧洞，奔向光明，穿行在崇山峻岭中。

警卫员铁柱身体随列车摇晃，沿狭窄的通道穿过硬卧车厢，进入安静的软卧车厢通道，走进车厢中部一间软卧包厢。父亲正与一位鬓发斑白的老同志聊天，见他进来招呼道："铁柱，进来！"

铁柱拘束地坐在卧铺靠门的座位上："首长好！"

父亲向铁柱介绍："铁柱，这位是农科院的侯教授，著名的土壤学专家。"

铁柱忙起身向侯教授敬礼："侯教授好！"

侯教授寒暄后起身礼貌地告辞道："老李，我到硬卧车厢看看同事们。"

"侯教授，我等着您，回头继续给我讲农业课！"

侯教授摆了摆手，退出包厢，铁柱立刻坐到对面的下铺去。

"铁柱，上车的时候，你没见到秀儿吧？"

"没见到啊？我心里还纳闷呢，她不是说要到车站来送您么？这个鬼丫头，说不定睡觉睡过头了，这会儿还在车站上哭鼻子呢！"

父亲怅然若失地沉吟道："可能她没来，只是说说而已……"

"也说不定她来了，没找到这趟车。"铁柱察言观色，"秀儿这丫头心气足，敢说敢做，答应的事儿就一定要做，不会只说不做。首长还不了解她么？"

父亲忍不住笑道："我看你倒挺了解她的，是不是有想法呀？"

铁柱脸红了："首长尽跟咱开玩笑，我哪儿敢有想法啊！不瞒首长，我爹在河南老家给我定了一门亲，女方是县城百货公司售货员，人称'县城一枝花'呢！我俩还没见过面，打算最近请假回家看看。"掏出女方照片给父亲看。

父亲看了照片笑道："还真不错，配你这位中尉军官没问题！"

铁柱也大胆地开起了玩笑："您没听人说么？'上尉太老，少尉太小，中尉正好'！"正说笑，两人忽然愣住了，一齐转过头看门外——真是活见鬼了，门外站了个秀儿！她穿了身小棉袄，两条小辫儿梳得溜溜光，红扑扑的脸蛋儿，像一株秋天地里成熟的红高粱，苗壮饱满，淳朴可爱。

父亲的心忽悠地悬起来，不知是高兴还是烦恼，大声训斥道："谁叫你跑到这儿来的？啊？你还真是说到做到敢做敢当啊！鬼丫头！"

秀儿手里挽个小包袱，不声不响，嘴角隐含一丝得意的微笑。

铁柱急忙拉她进来让座打圆场："听见没有？还不向首长检讨错误！"

秀儿满怀激情，目光炯炯地直视父亲："对不起，首长！我买的是硬座票，找遍所有车厢也没找到你们，软卧车厢又不让进，现在才偷偷溜进来……"

父亲打断她的话："少废话！你马上给我下车回去！"

"既然来了，就不回去。我说过，我一定要送首长到军马场！"

"首长，我去餐车看看。"铁柱懂事地起身退出门去。

包厢门关上了，父亲和秀儿突然独处一室，心态立刻有变化。秀儿目不转睛地直视父亲，父亲恼怒地把脸扭向窗外，视而不见地观望窗外飞逝的风景。

沉默半晌，秀儿轻轻叹了口气，柔声道："秀儿是个孤儿，从小没了爹娘，也没文化，首长如果看不上我，就把我当成个小保姆，我愿意伺候首长一辈子。首长如不嫌弃，就把我当成自己的女人，打骂随你，我心甘情愿……"

父亲回头看了她一眼，忍俊不禁地笑了起来："鬼丫头，你才多大点儿啊？从哪儿学来的这些话！我告诉你，我比你年长二十岁，可以当你的父亲，你一个小黄毛丫头胡思乱想什么呢！"

秀儿纠正道："你大我十九岁，你属龙，我属猪，属相正配……"

"别说了！"父亲武断地向她一挥手，秀儿闭了嘴，眼睛却痴情地盯住父亲，好像一辈子也看不够。父亲呼吸急促，无法忍受，拉开包厢门高声喊道：

"铁柱！混小子跑哪儿去了！"

秀儿低头暗笑，见他无奈又返回包厢，便从小包袱里取出广柑和小刀问道："首长，吃点儿水果吧？我在车站买的，很新鲜！等会儿我给您泡茶。"

父亲拿她没辙，只好由她折腾，自己倒床举起一份报纸，遮住脸胡乱翻看。

眨眼工夫，秀儿已切好水果放在洗净的瓷盘里，沏好一杯滚热的香茶。父亲抬眼看了看水果和热茶，假装不感兴趣，遮住脸继续翻看报纸。不知不觉中，秀儿已坐到父亲身边，轻轻拿开了报纸，深情地凝视父亲。父亲内心深处最柔软的地方忽然被触动，心一沉，目光变得柔和了。秀儿大胆地伸手摸了摸父亲的脸，手指颤动，泪如泉涌。父亲深受感动，轻轻捉住秀儿的手，情不自禁，忽然放在自己唇上吻了吻。秀儿"哇"地哭出了声，把脸贴在父亲胸前，尽情地又哭又笑起来。正沿过道走来的铁柱听见哭声加快了脚步，忽然发现隐情，急忙躲在包厢门外。秀儿猛然抬头，急切地在父亲的额头、脸颊、眼睛、嘴唇上留下了无数个热吻。父亲幸福地承受了这突如其来的爱情，禁不住流下了热泪，闭上眼睛……门外的铁柱也流泪了，悄悄离开了过道，走向硬卧车厢。

突然么？对父亲来说确实有些突然，然而秀儿无疑是"蓄谋已久"。

但事情还是发展得太快了些，快得让人喘不过气来……

茶几上沏了一杯热茶，茶汤碧绿，香气扑鼻。

母亲坐在沙发上，眼圈发红，忍泪饮泣，纪大姐正在安慰她。

"玉莲，你别把这件事压在心上，没什么了不起！不就是离婚么？你知道，好多领导同志也离过婚，不照样干革命么？说到底，这不过是个人生活中的一个小挫折，小插曲，不会影响人的一生。"

"大姐，连秀儿都离开我跟老李去了，我在人家心目中成了什么形象！我还是妇联的领导干部，自己的婚姻家庭问题都处理不好，还怎么去做全省妇女组织工作！丢人啊，大姐！我干妇联工作二十年了，天天做妇女工作，从没有像今天这样失败过！我想调动工作，离开妇联，干什么都行。"

"玉莲妹妹，千万不要想不开，谁说离过婚就不能做妇女工作？咱们妇联的高主任不也早就离了婚吗？人家威信多高啊！你的顾虑太多了。"

母亲抬起头来坚定地表示："大姐，我已经想好了，还是离开妇联吧！长期在大机关工作，我也该下基层锻炼锻炼，做做实际工作了。我不想找怀璧大哥，他是领导，影响不好，您抽空跟他说说，看有没有合适的调动机会。"

纪大姐也叹了口气："好吧，我试试看。你是省管干部，调动必须经过省委组织部门，还要主管领导批准。怀璧可以想想办法，你也看看有没有想去的单位。我还是那句话，别把这件事压在心上，没什么了不起，想开点儿！"

母亲起身告辞："谢谢大姐。我总给你添麻烦。"

纪大姐送她到门口，关切地问道："玉莲，你娘最近身体怎么样？老人在家一个人过，要不要接出来住几天？你那儿要是不方便，就住到我家里去。"

母亲勉强一笑："不用了。我娘在家挺好的，有她侄儿照顾，再说，她也不愿意出来，守我爹呢！今后有机会再说吧。"赶紧低头离去。

天苍苍，野茫茫。黄河奔流入海，白雪覆盖荒原。一辆马车在荒原的小路上颠簸行进，风雪中飘来了赶车人悲凉的歌声——

　　　　老天爷呀，你咋不睁睁眼？下大雨变成米面油盐！
　　　　包公爷呀，你咋不睁睁眼？看好人短命，王八活千年！……

　　赶车人是个四十多岁的中年汉子，满脸络腮胡，反穿老羊皮袄，神情忧伤。父亲和警卫员铁柱以及秀儿坐在光板子大车上，车身颠簸摇晃。冬日惨淡，天空阴霾。宽阔平静的黄河水极慢地流动，黏稠犹如浓乳凝脂。枯黄的草滩上飞起了一群寒鸦，发出凄凉的聒噪声，迎接远道的客人。父亲倾听赶车人的歌声，若有所思，嘴角浮起一丝微笑。警卫员铁柱紧裹军大衣问道：
　　"老坎大叔，你这是唱的什么小曲儿啊？"
　　赶车人沉重地叹息一声："你不懂啊！这叫酸曲儿，受苦人唱的酸曲儿。"
　　"大叔，你说的好人和王八都是什么人啊？"秀儿也问道。
　　赶车人苦笑道："丫头，你没长眼睛么？眼睛瞎了，心里还有杆秤啊！"
　　"大叔，这大孤岛，真是个孤岛么？"
　　赶车人一挥鞭杆大声道："你看！这方圆几十里没人烟，全是荒凉的盐碱地荒草滩，人称山东的北大荒啊，就像一个陆地大孤岛！当年老场长带领我们开进荒原的时候，跟狼群搏斗了三个月，才把它们消灭干净，安营扎寨。"
　　秀儿背心发凉："天哪，这里有狼啊！吓死人！"
　　"老哥，这位老场长是一个什么样的人物？"一直沉默的父亲问道。
　　赶车人脸上立刻浮现出钦佩的神色："老场长么？那可是一个了不起的人物！他参加过八一南昌起义，跟朱总司令上了井冈山，你说他的资格有多老？要不是没文化，给首长喂了一辈子马，他怎么还不当上个司令政委的？前几年评军衔儿，首长问他想要个啥衔儿？他说我还是养马吧，就创建了这个军马场，当了个场长！可说是军马场，也没多少马，老盐碱地，养不活呀！也就是个大农场吧！"
　　铁柱炫耀道："大叔，你知道咱们首长过去是干什么的？"
　　父亲立刻严厉地制止他："铁柱！胡说什么？靠边稍息去吧！"
　　铁柱伸伸舌头，一缩脖子不说话了。秀儿瞪他一眼。
　　赶车人回头看了看父亲："看这架势，顶多也就是个营长团长的吧！"

铁柱和秀儿都忍不住笑起来，铁柱笑道："你可看走眼了！"

赶车人又看了父亲一眼："来这儿当副场长的，还能是师长军长？"

这回连父亲也笑了："老哥别瞎猜了，他们逗你玩儿呢！什么长不长，要论资格和贡献，谁也比不上老场长！……这地方真好，我已经喜欢上了！"

赶车人语气收敛了些："副场长往后瞧吧，好地方多呢！"

父亲胸荡激情，忽然冲动地扯开嗓子，唱了两句走调儿的太行民歌——

天天刮风天天晴，天天想你，哎呀个呆，见不上面……

天天刮风天天晴，天天见面，哎呀个呆，说不上话……

铁柱和赶车人听不懂酸曲儿的歌词，秀儿早已热泪涔涔……

临近傍晚，天将黑尽，人困马乏的马车才赶到大孤岛军马场场部。所谓场部也就是一个大荒屯儿，几排干打垒平房，也没有围墙和楼影。老场长又黑又瘦，苍老憔悴，带领几名场部干部热情地迎接父亲一行，拉住父亲的手朗声道：

"李莽同志，久闻大名啊！红军团长，抗日英雄，抗美援朝的铁军军长，咱人民军队的骄傲！欢迎你来大孤岛！"

父亲深受感染，激动道："老场长，您是我的前辈，我要向您学习！"

老场长拽住父亲的手往屋里走："开饭！为李副场长接风洗尘！"

昏暗的马灯光下，粗木大方桌上摆满了大盘大碗，大鱼大肉。老场长把父亲让到上座，干部们众星捧月般地围坐在父亲身边。老场长举杯大声道：

"同志们！李莽同志是指挥千军万马的大将军，如今到我们这儿当副场长，这是我们军马场的光荣！我们敬李莽同志一杯！"

父亲与老场长和干部们碰杯后一饮而尽，向大家亮出空酒杯。

在干部们热情的掌声中，父亲起身诚恳地表示："谢谢老场长的热情款待，我心领了，我很感动！我犯了错误，组织上分配我到这里来下放劳动，改造思想，我希望大家不要把我当成挂名的副场长，请老场长分派我干实质性的工作，制定任务目标，和职工们同甘共苦，再苦再累，我也心甘情愿！"

干部们热情地鼓了掌，老场长站起身笑道："具体工作嘛，等老李安好了家，休息几天，熟悉熟悉情况再说。咱们这儿条件不好，请老李多担待。"

"老场长，咱们都是枪林弹雨过来的人，还讲什么条件！能吃饭睡觉就行，千万别为我费心思。我给你们介绍一下，这是军区警卫连的高铁柱同志。"

铁柱起立大声道："我是首长的警卫员，跟首长十二年了！"

"好样的，不简单！也是老革命了！"

父亲又指了指秀儿介绍说："这是跟我一起来的秀儿，她是我的……"

秀儿大方地接茬儿："我是首长的未婚妻，我大名叫赵玉秀。"

父亲惊愕住了，铁柱也目瞪口呆，感觉秀儿来得太猛了。

老场长高兴地大笑道："好啊！英雄配美女，我来给你们操办婚礼！"

干部们鼓掌欢呼，父亲没有思想准备，给闹了个大红脸儿。秀儿神采奕奕地深情注视父亲，脸飞红霞，青春活力势不可当，把父亲逼到了死角儿。

饭后，老场长把父亲一行领到住处，就被人叫走了。昏黄的马灯勉强照亮了简陋寒冷的干打垒临时住房，屋里一桌一凳一橱柜，一张未油漆的大木床，一个烧火炉子，一把夜壶，这就是全部家当。

警卫员铁柱不禁心酸落泪："他妈的！革命一辈子，七次负伤，堂堂大将军，怎么落到这步田地！这是什么鬼地方？"

"胡说什么！闭嘴！"父亲呵斥道，"比起战争年代，这个条件可好多了！你看，老场长考虑得多周到，炉子烧得多热啊！好，这就是我的新家！"

秀儿默不作声地铺好了床单被褥枕头，大木床立刻干净温暖，简单舒适。

父亲忽然担忧道："可一张床，我们三个人怎么睡呢？"

铁柱抹了把眼泪闪开笑脸："我有地方睡觉！场部没有招待所，我跟老场长商量好了，老场长是个老光棍儿，我就跟他挤一挤，夜里正好聊天儿！至于秀儿，因为是临时决定上车，军区也没通知军马场，要不就跟首长……"

"又胡说！我看要不这样，我也去跟老场长挤挤……"

秀儿打断父亲的话："我有办法！隔壁不是还给了一间当厨房的空房子么？我去住！没有床，我看外面草垛堆了那么多干草，铺在地上就能睡！"

父亲立刻反对："那怎么行！屋里没火，夜里会冻坏的！我去睡地铺！"

"你不行！你年纪大，又负过伤，身体也不太好，你不能去睡地铺！我年轻力壮的，什么地方倒下都能睡觉，就这么定了！铁柱来帮帮我！"

秀儿一挥手，铁柱乖乖地跟她出去了，灯光昏暗的小屋里只留下父亲。父亲突然感到疲惫和忧伤，缓缓地坐在刚铺好的床沿上，颓然垂首。屋外北风鸣咽，隐约可闻黄河流动的低沉咆哮，更远的地方还有海涛轰鸣。

不一会儿，铁柱推门进屋招呼道："首长，弄好了，您过去看看吧！"

父亲恍然起身，跟铁柱来到隔壁房间，在微弱的油灯光下，果然见空荡荡的土屋墙角已铺了厚厚的干草，干草上铺了薄薄的被褥，小包袱当枕头。

"怎么样，首长？这回您可以放心了吧？"秀儿笑问父亲。

父亲不忍心道："不行，还是太冷了，会冻病的。秀儿，还是搬回那屋住吧，不管那么多了，我们三个住一屋，战争年代都这样，谁还分什么男女！"

秀儿轻轻推父亲往外走："好了，首长，就这么住下吧！天不早了，铁柱明天还上路呢，回去睡吧，睡个好觉！铁柱也去吧，别让人家老场长等你！"

铁柱背上挎包走了，秀儿推父亲回住室，伺候他就寝。

"秀儿，你回屋休息吧，把我的大衣带回去，夜里太冷了！"

秀儿默不作声地从行李中取出脸盆毛巾牙膏牙刷以及换洗衣服，滚烫的热水从烧水壶倒进大脸盆里，热气蒸腾，水波荡漾。秀儿蹲身为父亲脱去鞋袜，将他冰冷的双脚慢慢放进热水里，轻轻揉洗。屋里很温暖，很安静，只听见轻微的水响声。父亲闭目沉心，神飞天外，仿佛进入梦境……

清晨，风停雪住，红日喷薄。大海风平浪静，荒原辽阔壮美。

黄河岸边枯黄的草滩上，父亲送别警卫员高铁柱，两人依依难舍。生死患难，首长和警卫员的感情太深，相处的时间甚至超过家人。

铁柱哭红了眼睛，抱住父亲流泪道："首长，我还是留下吧！我给朱司令员打报告，您身上那么多伤，我不能把首长扔在这鬼地方……"

铁柱说不下去了，抱住父亲放声大哭，哭得像个伤心的孩子。

父亲摸了摸警卫员的头笑道："好了，别哭了，怎么像个孩子呢！我在这儿不是挺好么？不是还有秀儿嘛！你赶快回去，不是派你到团后勤处当管理员么？你一直跟我，影响了进步，不然早该当上营长了。回去吧，早点儿娶媳妇！"

铁柱忍住了哭泣，不好意思地挥泪道："首长，您多保重……"

"走吧！铁柱，高高兴兴的！回去给我写信！"

铁柱拼命点头，边走边回头抹眼泪儿，背了个军挎包越走越远了。父亲一直站在原地不动，不时挥一挥手，内心凄凉悲怆。

这年冬天，父亲在遥远的大孤岛军马场安家落户，开始度过他平淡的后半生。

二十八、新的生活抚平了爱情的创伤

母亲在秘书的引领下走进省委常委办公楼,立刻感到气氛与往常大不一样。省委书记处书记秦怀璧和两名干部已在办公室等她,表情庄重严肃。

秦怀璧与母亲握手介绍道:"赵玉莲同志,这位是省委组织部的方副部长,这位是王处长。今天省委正式与你谈话,决定关于你的工作调动问题。"

母亲与方部长和王处长握手后,四个人在沙发上坐下来。

秦怀璧亲切严肃道:"赵玉莲同志,中央在八大之前,召开了关于知识分子问题会议,周恩来总理代表中央做了《关于知识分子问题的报告》,毛主席号召全党努力学习科学知识,同党外知识分子团结一致,为赶超世界先进科学水平而奋斗。根据党中央和毛主席的战略部署,最近准备在我省会成立中国科学院南方分院并组建几个新的研究所。这是一件大事。中央有关部门决定从全国各条战线抽调一批优秀的党政干部充实科研战线,省委大力配合和支持。省委研究决定,调你担任中国科学院南方植物研究所党总支书记、副所长。"

"我服从组织分配。我愿意到科学院工作。"母亲激动地表态。

"好,这件事就定下来了。植物研究所是个新单位,计划编制四百人,科研人员占百分之八十以上,是个知识分子密集单位,党员人数很少,现在连你才七八名党员,知识分子党员更少。你要有充分的思想准备。"

方副部长补充道:"所长是一位高级知识分子,留美的植物分类学家,一级教授。现有科研人员三十余人,还在大量调入,充实各个研究室。"

秦怀璧结束谈话:"玉莲同志,情况就是这样,你还有什么意见?"

"秦书记,我文化水平不高,对科学研究更是一窍不通,是一个真正的外行。但我有决心和信心,努力学习科学知识,团结党外的知识分子,也抓紧培养党内知识分子,为赶超世界先进科学水平而奋斗。我尽快到科学院报到。"

这一年,母亲刚满三十四岁,跨上了人生新的台阶。

瑞雪飘飞。父亲在大孤岛迎来了第一个春节。

场部大院张灯结彩,广播喇叭里播放出欢快的音乐。简陋的干打垒土屋已经布置成了洞房，新褥新被新枕头，红烛囍字成双。新娘秀儿一身大红嫁衣，红鞋红袜，头蒙红盖头，正襟危坐在床沿上。闹洞房的宾客已散去，第二次当新郎的父亲仍穿一身旧呢军装，披军大衣，从门外送客回到洞房。关上房门，屋里就只剩下了一对新人。老夫少妻，朝夕相伴，今夜忽然有了异样的感觉。父亲默默地注视端坐在床上、身姿窈窕的新娘，恍若梦中。秀儿把脸藏在红盖头里面，透过薄薄红纱，也安静地注视父亲。父亲慢慢走过去，轻轻揭开红盖头，露出了新娘美丽娇羞的面容。恋爱中的女人美丽鲜艳。

"鬼丫头，什么时候给自己准备下的这身行头？我怎么不知道？"

秀儿得意地笑了："没爹没娘，没组织没单位，只好自己悄悄给自己准备呗！我搭车去垦利县城买的红布，自己给自己偷偷缝的嫁衣……"

"这块红盖头是怎么回事儿？刚才在婚礼上怎么没盖上？"

秀儿娇嗔道："亏你还结过婚呢，当年你没给俺姐揭过红盖头啊？"

"所以你姐要跟我离婚呢！没揭红盖头，婚姻不到头！"

"今晚揭了红盖头，我们的婚姻能到头么？"

"除非我死了，你哪儿也别想去，跑到天边我也把你逮回来！"

秀儿感动得热泪盈眶，双手抱住父亲的腰，娇声道："我哪儿也不去，日日夜夜守着你！你也别死呀活的，上天入地，死活我也跟你在一起……"

父亲抬起她的脸笑问道："红盖头都揭了，今晚上还叫我首长么？"

"那我叫该你什么？总不能叫老李吧？"

"为什么不能？你是我的妻子，叫什么我都答应！"

"不，我还叫你首长，我要叫一辈子，你永远是我的首长！"

父亲忍不住猛地吻住她的红唇……

母亲走进科分院办公楼，找到挂有"组织处"门牌的办公室，敲了敲门进去。屋里几名干部正忙碌，一位戴眼镜的女同志问道："同志，你找谁？"

母亲手持介绍信问道："请问，这里是分院组织处吗？我是来报到的。"

戴眼镜的女同志看了介绍信热情道："赵玉莲同志，欢迎你！我们已经接到省委和科学院的通知，对你的工作和生活做了安排。我是组织处长乔英。"

"乔处长，认识你很高兴。我想尽快到植物所上班。"

乔处长热情地拉住母亲的手笑道："不着急，先休息两天。植物所科研大楼还没修建好呢，所长还在北京，筹备处的几个同志暂时在六楼办公。"

"那我上楼去看看，认识一下所里的同志……"

乔处长拉住母亲亲热道："赵书记，先别急嘛，分院的黎秘书长想见见你。"

"李秘书长？从省科委调来的李秘书长？"

"不是。李秘书长是分院副秘书长，黎秘书长刚从北京调来，昨晚刚下火车，刚安顿好就打听你的消息，说一定要见到你。赵书记，请跟我来吧！"

母亲跟随乔处长走进秘书长办公室，没想到，黎秘书长竟是表哥黎玉！黎玉还是高高瘦瘦、白白净净的样子，戴一副黑框眼镜儿，比过去更成熟稳重，见到母亲高兴得有些失态，抓住她的手叫道："玉莲！看看我是谁？"

母亲深感意外，似乎不敢相信："表哥？怎么会是你？这也太巧了吧？"

"怎么不能是我呢！连我自己也不相信呢！哈哈！"

乔处长恰到好处地插话道："秘书长，赵书记，你们谈吧。"退出门去。

黎玉关上房门，热情地拉母亲坐到沙发上，端茶倒水忙个不停。

母亲高兴地问道："表哥，你怎么调到科学院来了？你不是在大学么？"

"我从中央党校毕业后就留在北京，一直在大学当党委宣传部长。这次全国支援科研战线，把我也调来了，还说我是内行！"黎玉得意地大笑。

母亲也笑起来："你一直搞教育，长期跟知识分子打交道，本身也是个知识分子嘛，应该算是个内行。我可是从头学起。"

黎玉热情洋溢："没关系，玉莲妹妹还怕困难么？再说还有我这个表哥呢！咱们共同努力，三年之内，成为领导科研的内行，没什么了不起的！"

母亲委婉地笑道："表哥，月琴也跟你调过来了么？"

"能不来么？我到哪儿她就跟到哪儿呗！她一直在小学校教书，进步不大，调过来在分院办公室当个一般干部。这两天办调动手续，很快就过来了。"

"表哥，你们还没有孩子？没想过抱养一个？"

黎玉神色黯然："算了，这辈子就这样吧！'无儿无女上等人'，俺姨父的名言。玉莲，你和老李的事我听说了，我也不好安慰你，你自己多保重吧。"

母亲起身告辞："表哥，我先去交接工作，我们回头再谈。"

黎玉送到门口叮嘱道："玉莲，约好一起去看秦书记，我等你的信儿啊！"

母亲挥了挥手，走进隔壁组织处办公室去，黎玉才退回去。

春天来到了大孤岛。大雁北飞，成群结队在黄河岸边安家落户。

新婚的父亲仿佛焕发了青春，身穿旧军装，脚蹬马靴，与牧工们赶马放牧。凭借在战争年代练就的本领，年过不惑的父亲跃马扬鞭，驰骋在广阔的荒原上。春风吹拂着父亲饱经风霜的脸膛，他已经彻底回归了大自然。

场部通信员骑马疾驰而来，喊道："李副场长！老场长请你马上回去！"

父亲勒住缰绳："小鬼，什么事啊？老场长有口信儿么？"

场部通信员围住父亲转一圈儿："不知道啊，好像说你爱人病了！"

父亲心一惊，立刻调转马头向场部方向飞驰而去。跑回空荡荡的场部大院，直奔到家门口翻身下马。干净整洁的屋里空无一人，父亲急忙转身跑进隔壁厨房。圆润白净的秀儿正在案板上擀面条，锅里炖了老母鸡，香味扑鼻。

父亲奇怪地打量妻子问道："老场长不是说你生病了么？你怎么不休息？"

秀儿奇怪地反问道："我没病啊？谁说我病了？"

父亲围住她转了个圈儿："场部通信员把我叫回来，老场长却不见了！"

秀儿忍不住笑了："你真是一根筋，人家开玩笑你也这么认真！告诉你吧，场部医生检查了我的身体，把检查结果告诉了老场长，老场长比你还急……"

"什么结果？通信员又说不清楚，急死我了！"

"什么结果？首长，你又要当爸爸了！"

父亲不禁狂喜："真的？鬼丫头！你太能干了！一枪就中个十环啊！"

"还不知谁能干呢，又不是我开的枪……"秀儿脸蛋绯红。

父亲猛地一猫腰抱起秀儿，在厨房里转了几个圈儿，吓得秀儿尖声乱叫。

太阳又红又圆又大，吞云吐雾，气势磅礴。

父亲的身影又瘦又高又长，骑在一匹瘦高的马背上，缓缓向太阳走去……

太阳和人以及瘦马被压缩成了幻影，虚无缥缈。

海浪一层一层堆起雪白的浪花，成群的海鸥鸣叫盘旋。

父亲，一个曾经叱咤风云的铁血将军，被生活还原成一介平民。

光阴荏苒，岁月如歌。在光阴和岁月的流逝中，儿女们已悄悄长大成人。

生活，恍惚在一瞬间过去了……

二十九、无法割舍的血肉亲情

坐落在南郊的中国科学院南方分院，经过多年建设和完善，现已初具规模。灿烂的阳光下，南方植物研究所科研大楼巍峨雄伟，花园枝繁叶茂。

身兼党委书记和副所长的母亲已人到中年，因多年身居科研单位领导岗位，耳濡目染，勤奋好学，一改工农干部形象，衣着气质皆显优雅的风度。离婚后，特别是听说父亲与秀儿结为夫妻后，母亲心寒齿冷，万念俱灰，彻底断绝了复婚或再婚的念头，全身心地投入到工作中去，把全部的感情寄托在两个孩子身上，不知不觉度过了八年宝贵的时光。事业风调雨顺，儿女长大成人：女儿太行考取重庆第三军医大学医疗系，儿子建国刚上高中，正在积极争取入团；年过不惑、早已经习惯了单亲家庭生活的母亲忘却了男女私情，一心一意当好领导和母亲。这些年里，纪大姐和表哥黎玉夫妇曾多次热心地为母亲介绍对象，都被母亲婉言谢绝了。久而久之，也便无人再提此事。母亲心情舒畅，体态也日渐丰满起来。

母亲手持文件，沿幽静的过道走向所长办公室，敲了敲门。满头银发的留美博士、所长吴家骏教授热情地笑迎道："赵书记，请进来吧！"

母亲请吴教授在沙发上坐下，递上文件，恭敬道："吴所长，关于改建扩建热带植物园的报告，科学院已经批复了，完全同意您的方案。"

吴教授戴上老花镜看了看文件，高兴地笑道："好啊，计划和资金都落实了，多亏你跑了几趟北京！科学研究项目，每一个细节都要落到实处。"

"吴所长，您年纪大了，身体也不太好，改建扩建植物园的具体工作，您就少跑几趟云南边境吧，您发号施令，我和张副所长贯彻落实。"

吴教授笑道："赵书记，我还能到第一线去。我要亲手重建植物园。"

党办秘书推门报告："赵书记，黎副院长来了，已经上楼了。"

母亲忙告辞道："吴所长，我去接待一下。"匆匆走出门去迎接。

黎玉最近不得安宁，老婆刘月琴成天跟他"打内战"，闹到不可开交的地步。究其原因，无非还是怀疑丈夫有"男女关系问题"。怀疑对象，一是分院组织处女处长乔英，二是同窗好姐妹赵玉莲。刘月琴从小精神上受过刺激，参加工作后一直进步不大，现任分院行政处一般干部，行政十七级，比母亲低了整整四级，也难怪她心理上不平衡，也缺乏自信。这不是？又闹起来了。

母亲把黎副院长领进自己的办公室，黎玉紧张地转身关上房门。

"表哥，什么事儿又这么紧张？现在是上班时间，你来之前也不打个电话，搞得所领导也很紧张。我去请吴所长和张副所长？"

"不用了，我跟你说个事儿。"

母亲请他在沙发上坐下："什么事？大概不是工作上的事吧？"

黎玉长叹了口气："你说对了。这个泼妇刘月琴，越来越不像话了！"

"又怎么了？如果谈私事，下班后我到你家里去谈吧！"

黎玉苦恼地抱怨道："你别去！那个人简直得了疑心病，你去了更说不清楚！我跟任何一个女同志谈话或交往，她都怀疑有问题。怀疑你就不用说了，还怀疑人家乔处长！我在分院分管机关和人事工作，难免和乔处长打交道，她竟然悄悄跟踪我和小乔，搞得人家没法工作！人家小乔恰好也是单身，你说叫我怎么相处！我这一辈子，倒霉就倒霉在跟这个人结了婚，心胸狭隘，小肚鸡肠……"

办公桌上的电话铃声响了，母亲做了个手势，拿起电话："请问你找谁？"

话筒里传来刘月琴焦虑的声音："玉莲，黎玉到你那儿去了么？"

母亲回头看了表哥一眼："没有啊？我帮你问问看……"

刘月琴神不守舍："算了吧，我马上过来！"手脚很重地挂断了电话。

黎玉立刻紧张地站起身："我走了！我惹不起，我躲得起……"

"你躲到哪儿去？干吗这么做贼心虚！你是分院领导，到所里来视察工作，很正常嘛！走，到吴所长办公室去，我们正要向你汇报工作呢！"

黎玉还想分辩，母亲不由分说地拽住他的胳膊，推他走出办公室。

这年深秋，父亲千里迢迢，拉家带口，从渤海湾大孤岛军马场回军区总医院看病，回到了阔别七年的南方大城市。蒸汽机火车头沉重地喘息着开进车站月台，父亲和秀儿牵领七岁的儿子跃进、怀抱四岁的女儿丹丹挤下了火车。农场八年，度过了三年自然灾害，大人和孩子都面黄肌瘦，营养不良。父亲明显苍老憔悴了许多，脸色黄黑，身体瘦弱。秀儿已完全还原为农村妇女形象，体态粗壮结实，蓬头垢面。两个孩子倒生得眉清目秀，但体质羸弱，像两只病快快的小猫。

父亲肩扛大包小包，秀儿手牵怀抱两个孩子，随旅客们挤出车站。寒风中，一家四口乘坐一辆人力三轮车辗转来到军区总医院门诊部。夫妇俩拖儿带女进入门诊部大厅，秀儿照看孩子和行李，父亲去排队挂号，又排队进入诊断室。

医生看了看满身灰尘的病人，例行公事："哪儿不舒服？"

父亲自述病情："身上没力气，拉肚子，有时候肝区有点儿疼……"

医生命令："到床上躺下，我给你检查一下。"

父亲躺在检查床上，医生摸了摸他的胸腹部，听了听心音，检查完毕。

"医生，我得了什么病？不要紧吧？"

医生开始写处方，冷冰冰道："肝肿大。需要住院诊治。哪个单位的？"

父亲忙从衣袋里掏出军马场的介绍信，医生看了一眼便回绝道："这不行。你不属于军区机关，不能住总医院。"

"同志，我原来就在军区机关工作，这次专门回来看病的。"

"原来是原来，现在是现在，不能违反规定。"医生态度冷淡，"下一个！"

"你这什么态度？我是现役军人，为什么不能住医院？"父亲火了。

医生也火了："你嚷什么！你再无理取闹，我叫人把你轰出去！"

父亲拍案大怒道："你轰老子试试看！救死扶伤，你这个医生是怎么当的！"

争吵声引来一些医护人员和病人家属围观，有人劝解，有人看热闹。秀儿从人群中挤进来，拉住父亲劝道："算了，首长，我们到别处看病去！"

一个军队干部挤进诊断室问道："怎么回事？你们吵什么？"突然睁大眼睛，抓住父亲的手喊道，"首长！是您？你怎么在这儿？"

父亲和秀儿也惊喜道："铁柱！你怎么在这儿？"

"我在这儿工作啊！您什么时候回来的？"

秀儿气愤道："首长回来看病，这个医生不让他住院，还口出狂言！"

铁柱忙向那位医生解释道："杨医生，这位首长是老红军，军区少将参谋长，朱司令员的老战友。我马上报告院长，安排高干病房！"

医生红了脸，道歉道："高协理员，对不起，我不认识首长，请首长原谅！"

父亲怒道："对待普通群众就该是你这个态度么？为人民服务嘛！"

"是，首长批评得对，我向首长检讨！"

铁柱热情地拉起父亲往外走："首长，秀儿请，跟我来，我带你们去见院长！"

父亲高兴地问道："铁柱，你怎么调总医院来了？担任什么职务？"

"报告首长，朱司令员一直关照我，去年又把我从部队调到总医院任协理员，解决了正营级和家属随军的问题，我正要写信告诉你呢！"

"好啊！你也是二十年军龄的老兵了嘛！爱人在哪儿呢？"

铁柱乐呵呵道："在医院小卖部工作。首长，我也有一儿一女啦！"

"好啊！一晃都八年了……"

顺利地见到了院长政委，父亲顺利地住进了高干病房，开始打针输液。秀儿带领两个孩子从外面回到病房来，老警卫员铁柱跟在她们身后。

父亲关切地问道："招待所安排好了？没有再麻烦人家院长和政委吧？"

"院长政委亲自安排的，条件真是太好了！"秀儿满脸放光。

铁柱笑道："还是首长威信高啊！院长政委非常重视，准备请专家会诊呢！"

父亲也欣慰地笑了："多亏遇见铁柱，要不我们就被人轰出去了！"

铁柱熟练地为首长沏茶："不可能的事儿！首长被轰出去，那就出大事了，非处分那个医生不可！首长，朱司令员去上海开会了，很快就回来。"

父亲"哦"了一声，对秀儿吩咐道："秀儿，你想办法给你姐打个电话吧，让她叫太行和建国来医院看看我，我想见见两个孩子。"

秀儿眼圈儿红了："我去姐家里看看吧，我也想见见她们呢。"

"也好。把跃进和丹丹带上，让他们去认认门儿。"

铁柱自告奋勇："我陪嫂子去吧，我不进她们家的门儿。"

父亲笑道："你这个小鬼！心胸放宽一点儿，冤家宜解不宜结嘛！"

秀儿心里也很矛盾，怕母亲不原谅她，给她吃"闭门羹"。至爱亲情，血浓于水，无论如何，也要硬着头皮带孩子去认这门亲。太行和建国，跃进和丹丹，这些孩子都是父亲的亲骨肉啊！何况还有恩重如山的姐姐！

科分院防修楼，是专为高级知识分子和领导干部修建的宿舍楼，条件优越。母亲家住在三楼三室一厅套房里，有厨房和卫生间，宽敞舒适。

晚上八点，高音喇叭开始转播中央人民广播电台的新闻联播节目。房门突然被人推开，建国闯进门来，冲进自己的房间，重重地关上了门。

母亲正在客厅里打电话，放下电话过来敲门问道："建国，怎么了？"

房间里没有回音，猛听书包砸桌子的响动，书本文具稀里哗啦乱响。

"建国！有话好好说，你发什么脾气！"

建国沉闷半晌，突然拉开房门冲母亲大声喊道："那个身败名裂的李莽到底跟我有什么关系？凭什么他犯错误要我受侮辱、背黑锅？既然你们要离婚，当初干吗要结婚？干吗生下姐姐和我？！我都被打入家庭出身不好、重在政治表现的另册了！……你马上到学校去，把那个人的名字从我的档案里抹掉！"

母亲冷静地听完儿子的咆哮，沉默片刻，才慢条斯理道："儿子，你长大了，懂得在政治上要求进步了，这很好。但你的思想还很幼稚，政治上也谈不上成熟，这是一个人正常的成长阶段，所以我不责怪你，也原谅你的冲动。父母的过错不应该让孩子承担，我理解你的委屈，但我不同意你的观点。李莽跟你有什么关系？他是生你养你的父亲！我可以离婚不再做他的妻子，但你永远是他的儿子！这是任何人也无法改变的血缘关系，这是你们父与子的宿命！他让你背什么黑锅了？他是堂堂正正的革命军人，是你的光荣和骄傲！我因为爱他才跟他结婚，也因为爱他才有了姐姐和你！你没有权利指责我！"

儿子正处在叛逆的青春冲动年龄，猛然站起身冲母亲喊叫道："我不听你讲大道理！我不要离婚的父亲！请妈妈到学校去，把他的名字给我抹掉！"

"我办不到！也没有这个权力！"母亲义正词严，"档案可以随便更改的么？抹掉父亲的名字，你是从石头缝里蹦出来的么？我希望你冷静，不要盲目冲动！个人的前途和命运全靠自己去把握，父母和家庭的影响可以说微不足道，你一定要把这个道理想清楚！是不是今天入团讨论没有通过？这算什么！这点儿小小的挫折都不能承受，你今后还能成什么大事！儿子，你真应该学学你的父亲！一个行政七级的大军区少将参谋长，十四岁就参军入党的老红军，突然受到那么大的打击和挫折，开除党籍，撤职降级，妻离子散，下放到偏远艰苦的军马场去劳动，可是他没有倒下，依然像金子一样闪光！他领导军马场职工改造盐碱地，引黄河水种水稻，成功地产出了大米，战胜了三年自然灾害，全农场没有饿死一个人，受到中央军委领导的表扬！这才是真正的男子汉！"

儿子的心受到震动，但仍不服输地反问道："既然爸爸这么优秀，你为什么和他离婚？我听姐姐躲躲闪闪地说，他好像跟小姨结婚了？"

母亲的脸色冷淡下来："你不要打听这些事！"转身回客厅坐在沙发上。

儿子跟过去追问："妈妈，这是真的么？这到底是为什么？"

母亲沉默了，冷冷地看了儿子一眼，目光令人心寒。

忽听有人轻轻地、很有礼貌地敲了敲门，似乎有些胆怯，有些底气不足。

母亲听了听动静高声问道："谁呀？"

门外无人答音，沉默了几秒钟，又轻轻敲了敲门。

母亲起身过去开门，霎时间呆愣住了：门外是拖儿带女的秀儿。

秀儿怀抱女儿，手牵抱一大堆礼物的儿子，看见母亲，眼泪一下就流出来，可怜巴巴地叫了一声："姐……"就说不出话来了，站在门外抽泣不已。

母亲脱口而出："你是谁呀？"

秀儿哭道："姐呀，你不认俺了？俺是秀儿啊！"

母亲的心被狠狠地戳了一下，眼圈也红了，下意识地想关门，忽见两个孩子正眼巴巴地望着她，心软了，低声道："你还知道回来！……进来吧。"

秀儿眼泪汪汪，对两个小儿女命令道："跃进、丹丹，叫娘！快叫啊！"

两个瘦弱羞怯的小儿女仰望母亲，怯生生地叫了声："娘……"

母亲心里五味杂陈，不知是什么滋味，也没答应，转身回到了客厅里。建国惊愕地注视这一幕，站在自己的房间门口呆立不动。秀儿带孩子进屋撞见了建国，感情复杂地叫了一声："建国！"哽咽住了。

建国冷眼看看两个小孩，强忍不快地问了一声："这是谁家的孩子？"

秀儿忙闪开笑脸："这是你的弟弟妹妹呀！……快叫哥哥！"

两个小儿女见大哥哥满脸阴沉的样子，瞪大眼睛，却不敢叫出声来。

建国血涌头顶，满脸涨红，狠狠一跺脚，大步冲出了家门。

母亲从客厅里追出来："建国！你给我回来！"

楼道里传来很重的脚步声。秀儿的眼泪又止不住地流下来。

昏暗的路灯下，黎玉从分院会议室开完会回家，走到防修楼另一单元门洞前，抬头看了看二楼的窗户。窗户里透出灯光，透出"家"的温暖。黎玉叹了口气，缓步走上楼梯。推开家门，走到客厅门口，忽然惊疑地呆愣住了——刘月琴表情怪异，端坐在客厅沙发上，似笑非笑地注视着晚归的丈夫。

黎玉勉强一笑："分院领导开会，回家晚了些。"

刘月琴依然似笑非笑，锐利的目光死死逼视丈夫躲闪的眼神。

黎玉把公文包挂在门后的衣架上，向卫生间走去："没事早点儿休息吧！"

刘月琴忽然冷冰冰地命令："站住！你回来。我有事问你。"

黎玉乖乖地站住了，回头问道："什么事？"

刘月琴古怪地似笑非笑："黎副院长，你们今晚几点钟开的会？"

"七点，这不是刚开完会么？"

刘月琴冷笑道："应该是七点半吧？你六点半就离开家去办公室干什么？"

"你跟踪我？你太过分了，我成了什么人了！"黎玉气急败坏。

刘月琴霍然起身："你自己心里明白！你说！你和乔英在办公室干什么？"

"我们研究干部问题，还要向你这个局外人汇报么？"

"为什么白天上班时间不研究？非得晚上偷偷摸摸地研究么？"

黎玉终于火了，怒吼道："不过了！没法过了！离婚！"

刘月琴冲过去揪住他哭喊道："我看你早想离婚了！离了我好娶那个老妖精！"

黎玉甩开她的手愤怒道："胡说八道！人家乔处长马上就要调走了！"

"姓乔的调走了，不是还有你那大表妹么？人家等着你呢！"

黎玉忍无可忍地扇了刘月琴一个耳光，气呼呼地摔门而去。

刘月琴被打蒙了，半晌才"哇"地哭出了声。

母亲家里，明亮的灯光下，茶几上摊开一小口袋白生生的大米，颗粒饱满，晶莹剔透。母亲坐在写字桌旁，秀儿和孩子们坐在沙发上，相对无言。

秀儿擦去泪痕，勉强赔笑道："姐，这是首长在黄河滩盐碱地亲手种的大米，让我带给姐和孩子们尝尝，我还带了些苹果、花生、枣儿……"

"好，放在那儿吧。"母亲敷衍地一笑，"首长得的什么病啊？"

"听医生说，是什么'巨大肝囊肿'？我也闹不清楚……"

母亲看了看两个孩子问道："孩子怎么这么瘦啊？营养不好？"

"是啊，农场条件差，虽说也养了奶牛，可都上交给国家，首长根本不让动，老场长照顾他也不要，不准搞半点儿特殊化。"

母亲似乎不忍心听下去："这次来，准备住多久？"

"看首长的病吧，尽量早回去，家里还有一大摊子事儿呢！"

母亲转开脸看向窗外，忽然陷入沉默。秀儿不敢多言，也闭上嘴巴。

四岁的丹丹让尿憋得难受，在秀儿怀里磨来蹭去，哼哼叽叽。秀儿小声问了女儿几句，抬起头不好意思地问道："姐，孩子可能想尿了……"

母亲指了指卫生间："卫生间在饭厅旁边，去尿吧！"起身引领秀儿和丹丹找到卫生间，拉开电灯，秀儿带着女儿进去了。母亲回到座椅上坐下，看了跃进一眼，起身从橱柜里拿出一小碟水果糖，放到孩子面前柔声道：

"你是叫跃进吧？吃吧。"

小跃进虽然瘦弱羞怯，却是个有主见的孩子，忽闪着一双大眼睛摇了摇头。

母亲摸了摸他的小脑袋问道："怎么？妈妈不让吃别人的东西？"

小跃进忽然语出惊人："爸爸说，'廉者不受嗟来之食'。"

母亲惊奇地扬起眉毛笑了："可这不是'嗟来之食'，是我请你吃的呀！"

小跃进难得地一笑："谢谢娘。我从来不吃别人的东西。"

母亲不禁对孩子刮目相看，赞叹道："真是个好孩子。像你爸爸的儿子。"

秀儿手牵女儿从卫生间出来问："跃进，你在跟娘说什么呢？"

"跃进这孩子很懂事，我看他长大了有出息。"

"姐这么说，我心里真高兴！这孩子，跟他爸爸可亲呢！"

女儿丹丹看见包装漂亮的水果糖眼睛一亮，伸出小手拿了一颗，

跃进立刻呵斥妹妹："丹丹！放下！"

丹丹看看哥哥，胸无城府："哥，我不吃。我只看。"

秀儿笑道："丹丹，吃吧，娘喜欢你们呢！姐，首长想见见建国和太行……"

"我会安排的。你们住在哪儿？需要我帮忙么？"

"姐，我们有住处，医院安排得很好。"秀儿起身告辞，"姐，我们走了。"

母亲起身送客："你们是怎么找到我这儿的？有人送你们么？"

"铁柱送我们来的，他在下面等我们呢！"

"铁柱？他怎么不上来？连我的家门儿都不进了？"

"姐您别怪他，大概他不好意思吧。"

"走，我送你们下楼去。"母亲手牵小跃进招呼道，"跃进，小心楼梯。"

娘儿四个人互相招呼着，小心地走下楼去。走出单元门，果然看见铁柱蹲在门洞外面黑影里吸烟，神态悠然。听见秀儿招呼，铁柱赶紧灭烟起身。

母亲笑道："铁柱，不认识我了？到家也不上楼来坐坐，我得罪你了么？"

铁柱挠了挠头挤出笑脸："你们姐儿俩说话，我在也不方便……"

"算了吧！你那小心眼儿我还不知道？随你便吧！"

秀儿握住母亲的手告辞道："姐，我们回去了。跃进丹丹，跟娘说再见！"

"娘，再见！"两个小儿女懂事地齐声道，向母亲挥了挥小手。

母亲也向他们挥了挥手，目送他们在昏黄的路灯下远去。回身正准备上楼，忽然心里一动，看了看远处灯光闪烁的篮球场，信步向那里走去。儿子建国果然一个人坐在空旷的灯光球场篮球架下，仿佛在痛苦地沉思。母亲来到儿子身边，伸手摸了摸儿子的脑袋，轻松地笑道："怎么了，儿子？小小年纪，哪儿来这么多烦恼！走吧，跟妈妈回家去！"

儿子甩头摆脱母亲的手，垂头丧气地坐在篮球架下闷不吭声。

母亲坐到儿子身边，温柔地笑道："有气不要憋在心里，这样对心、肺、肝、胆、脾、胃等内脏器官都不好。还没吃晚饭吧？妈妈给你做小拉面！"

儿子闷声闷气地问道："爸爸为什么要和小姨结婚？"

母亲轻描淡写："爸爸需要有人照顾啊！北方海边又冷又苦，爸爸身上负过那么多伤，肠胃也不好，小姨跟他在一起不是挺好的么？"

儿子眼含屈辱的泪水："那我管小姨叫什么？那两个小孩又算什么人？"

"儿子，你干吗想那么多呢？"母亲叹了口气，"不愿意叫，就不叫好了，何必自寻烦恼呢？你刚开始读高中，今后还要考大学，人生的道路还很漫长呢，何必计较这些生活琐事呢？把烦恼忘掉吧，向你爸爸学习，做个真正的男子汉！"

儿子若有所思地慢慢站起身，深深地吐出一口闷气，露出笑容："不想了！我肚子饿了，我要吃妈妈做的小拉面，吃两大碗！"

母亲拽住儿子的手站起来，挽住儿子的胳臂一笑道："走，回家！"

太行接到母亲的电报，立刻向学校请了事假，坐火车昼夜兼程，赶回军区总医院看望住院动手术的父亲，跟随铁柱叔叔匆匆向病房走来。

"铁柱叔叔，我爸爸手术顺利吗？不要紧吧？"

"首长的手术很顺利，引流出了两千多毫升囊液，有小半脸盆儿呢！"

"那么多！医生怎么说的？爸爸没有其他什么问题吧？"

"囊肿是良性的，没有别的问题，你放心！"

刚动完手术的父亲躺在病床上，正在吸氧输液，秀儿和两个孩子守在身边。

太行进门叫了声："爸爸！"眼泪止不住地流下来，扑到父亲床前。

父亲猛然见到心爱的大女儿，眼睛也湿润了："太行！"

八年不见，父女俩无法抵挡感情的冲击，抱头痛哭成一团。秀儿和两个孩子以及铁柱也深受感染，心酸难忍，悄悄地退出病房去了。

太行毕竟是大姑娘了，忙擦去眼泪闪开笑道："爸爸，您刚动完手术，不要多说话了，好好休息。我请了三天假，可以天天陪您。"

父亲目不转睛地凝视女儿，喜欢她穿绿军装、戴红帽徽红领章的模样。女儿也久久地凝视父亲，轻轻抚摸父亲的脸感慨道："爸，您老了……"

父亲慈爱地笑道："爸爸快五十了，能不老么？太行，你穿这身军装真好看，配上红帽徽红领章，很像当年的红军啊！可惜爸爸不能穿了。"

"爸爸是军人，为什么不能穿？让朱司令员给您发一套，反正现在已经取消军衔了，官大官小都一样！……爸，真的没给您换装啊？"

"在军马场干活儿，穿不穿也无所谓……"父亲岔开话题，"见到妈妈了？"

"没呢，我一接到妈妈的电报就马上请假，连夜出发，一分钟也没敢耽误，就想马上见到爸爸！……小姨呢？怎么忽然都不见了？"

父亲忙向门外喊了声："秀儿，你把孩子们带进来吧，见见太行姐姐！"

秀儿脸红地牵领两个孩子走进来："太行回来了？"

太行叫了声："小姨！"随即弯下腰笑道，"让我看看，这是谁呀？"

"跃进、丹丹，快叫姐姐呀！她是你们的亲姐姐！"

两个孩子瞪大眼睛仰望含泪微笑的太行，怯生生地叫了声："姐姐！"

太行的心太软了，一声"姐姐"，让她热泪长流，把两个弟妹搂进了怀里。父亲和秀儿也流下了眼泪，女儿与弟弟妹妹的亲情使他们深感欣慰。

傍晚，建国放学回家，三脚两步飞奔上楼，推开家门喊了声："妈！"厨房里却冲出了双手沾满面粉的姐姐太行。太行亲热地摸了弟弟一脑袋面粉："建国！调皮鬼！又长高一大截儿！"

"姐！你怎么回来了？你们学校放假了？"

"废话！你们学校都没有放假，我放什么假呀！我请假回来看爸爸！"

建国"哦"了一声："你在忙什么？"

太行命令："赶快放下书包帮忙和馅儿，妈妈快下班了。"

建国高兴地答应一声跑去洗手，太行把案板和饺子馅搬到小饭厅准备就绪。

母亲正好下班回家，立刻洗手揉面团儿，娘儿三个配合默契，包起饺子来。太行飞快地擀皮儿，母亲的饺子包得又快又好看，建国只能滥竽充数。

"妈妈包的饺子就是好看，爸爸一口吃一个！"

母亲看了女儿一眼，不动声色："晚上给你爸爸带几个回去尝尝。"

"爸爸一定高兴，好多年没吃过妈妈的饺子了。"

建国笨手笨脚地包了一个露陷儿饺子，越捏越难看，像鼓肚的癞蛤蟆，太行推开他说："算了，你和爸爸都是会吃不会做的命，一边歇着去吧！"

建国乐得回客厅打开收音机，收音机里正在播放郭兰英的新歌《大寨颂》。

一道清河水，一座虎头山，大寨那个就在山那边。

七沟八梁一面坡，层层梯田平展展……

母亲悄悄问女儿："你爸爸都跟你说了些什么？"

"妈妈，我看爸爸挺想见你，提了几次，你不去看看他？"太行也低声道。

母亲轻轻叹了口气："你爸爸恨我。他不会见我的。"

"妈，您怎么了？爸爸怎么会恨您呢？你们之间误会太深了……"

母亲打断了女儿的话："别说了。吃了饭和建国一块儿去医院吧。"

太行欲言又止，噘起小嘴巴擀饺子皮儿，偷眼看看，妈妈的眼圈也红了。

建国在客厅里发问："妈妈，郭兰英唱的这个大寨在山西吗？"

夜幕降临，父亲孤独地躺在病床上，昏昏欲睡。两根筷子般粗细的引流管下吊了两只大引流瓶，不时有浑浊黏稠的囊液缓缓流入瓶内。护士和家属都不在，病房里很安静，隐约可闻远处的汽车声，渐次进入彻底的沉寂。

父亲正在做一个奇怪的梦，梦中的情景曾经在他脑海里多次出现。

他梦见自己在飞翔，飞过高山和平原，飞向辽阔的海洋。

他梦见自己骑了一匹瘦马，手执一支长矛，缓缓地走向燃烧的太阳。

太阳和大海熊熊燃烧，苍穹一片血红，火光冲天。

太阳又大又红，人和马的剪影叠印在太阳里。

他在心里百思不解，久久地凝视壮丽辉煌的海上奇观，不觉潸然泪下。

无词的歌声仿佛从海底徐徐升起，庄严而舒缓，悲壮而深沉。

突然，无数海鸥迎面飞过来，尖声怪叫，似群魔乱舞。

父亲浑身一抖，猛然从梦中惊醒了，两张年轻美丽的脸忽然出现在他眼前。父亲警觉地一挺身喝问道："谁？"立刻被两双手轻轻地按住了。

女儿太行柔声道："爸爸，我和建国看您来了。"

父亲惶惑的眼神渐渐安稳下来，目光定定地盯住儿子似曾相识的脸。

儿子轻轻叫了一声："爸！……"紧紧地握住了父亲的手。父亲感受到儿子传递的温暖，心里顿觉踏实了许多，叫了一声："儿子！"

建国久久地注视熟悉而陌生的父亲，心里涌动感情的波澜。就在这一瞬间，儿子忽然对"父亲"这个字眼儿产生了痛彻骨髓的依恋。就是这个躺在病床上的男人，赋予了他肉体和灵魂，给予了他生命，使他能活在这个美妙的世界上，尽情地享受爱情和阳光……血浓于水。建国情不自禁地在心里大声呼唤——

"父亲！我是你生命的延续，你是我生生死死的宿命！"

三十、山雨欲来风满楼

南方还是深秋时节，大兴安岭已是冰天雪地，林海雪原。

深山老林中的虎山林场有个很不起眼的小供销社，卖些油盐酱醋、针头线脑之类的小商品。小供销社有个售货员老崔，五十多岁年纪，头发胡子花白，满脸忠厚善良。这天清晨，老崔起床后打开供销社门市，忽然看见几个穿皮大衣的人从场部踏雪走来。老崔心里一沉，急忙返回身去里屋卧室枕头下摸出一把雪亮的匕首，暗藏在皮背心里。转念想了想，暗自一笑，坦然迎客。

伴随"吱咕、吱咕"的踩雪声，几个穿皮大衣的人走进了小供销社。老崔在柜台内冷眼打量，却是林场派出所所长和几个陌生人。所长亲热地招呼道：

"老崔，上级派来工作组，打两斤高粱烧！"

"着啊！你们派出所经常有贵客，我给您留着呢！"

几个陌生人目光犀利，冷眼紧盯住老态龙钟的售货员。

老崔用皮酒壶灌了两斤烧酒，递给所长笑道："所长，还是记账吧？"

话音未落，所长铁钳般的大手突然攥住了老崔的手腕："不许动！"老崔本能地欲反抗，几个陌生人飞身跳进柜台，闪电般地将他按倒在柜台上。老崔情急之中冒出一句山西口音："咦？这是闹甚呢？……我冤枉！……"

派出所所长揪住他的衣领冷笑道："马国振！你被捕了！"

几名便衣刑警从老崔腰里搜出匕首，"咔嚓！"一声给他戴上了手铐。

马国振狂呼乱喊："我冤枉！我是三代血贫农！你们抓错人了！"

所长和便衣刑警们将马国振推搡出门，跌跌撞撞地向场部走去。空柜台上，半导体收音机正在播放贾世骏演唱的《大海航行靠舵手》，歌声慷慨激昂。

一九六五年冬天，潜逃多年的汉奸马国振在东北落网。

下午，母亲接到一个奇怪的电话。当时，她正在办公室与两位刚调来研究所工作的知识分子谈话。忽然，电话机铃声响起来，话筒里传来了省委书记秦怀璧低沉的声音："玉莲同志么？我是秦怀璧。"

母亲高兴地问候道："秦书记，您好！我是玉莲。"

秦怀璧的声音严肃而紧迫："你现在到我办公室来一下，好吗？"

母亲有些意外："现在？我下午参加分院党组扩大会……有什么急事么？"

"你请个假，就说省委找你谈话，马上过来！"秦怀璧语气坚决。

"好的，秦书记，请稍等，我马上来。"母亲放下电话，对两位下属抱歉道，"对不起，我要去省里开个紧急会议，回头再约两位谈吧！"

两位知识分子客气地退出去，母亲收拾了公文包，匆匆走出办公室。

什么事这么紧急？好像毫无商量的余地！在母亲的印象里，秦怀璧一贯谨慎沉稳，平时很少直接给母亲打电话，特别是往单位办公室打电话；即便有私事，也通过妻子纪爱芳与母亲联系。今天这件事似乎有些反常……

华沙牌小轿车开到省委后院常委办公楼前停住，母亲走下汽车，早已在门前等候的秘书立刻引领母亲走上安静的二楼，走进秦怀璧办公室。办公室里，除了省委书记处书记秦怀璧外，还有两位表情严肃的中年干部。

母亲走过去与秦怀璧握手："秦书记，我来了。"

秦怀璧向母亲介绍道："玉莲同志，这两位是公安部的老赵和老王同志。"

母亲稍感惊讶地看了看两位来自北京的客人，与他们握了握手。

公安部的老赵反客为主："秦书记、赵玉莲同志，请坐，请坐下谈吧。"

四人在沙发上落座，秦怀璧和母亲坐一边，两位客人坐在对面。不知怎么，母亲忽然感觉有些紧张，心跳无端地加快了。

"玉莲同志，公安部的两位同志这次专程从北京到省里来，是调查核实有关黎玉同志的历史问题。老赵，老王，请你们谈谈吧！"

母亲心一惊，忍不住问了句："黎玉？我们科分院的黎副院长？"

老赵严肃沉稳道："是的。赵玉莲同志，情况是这样：最近，黑龙江省公安机关逮捕了一名长期隐姓埋名、潜伏在深山林场供销社的汉奸特务分子，真名叫马国振，山西省故县人。经过审讯，他供认了在一九四〇年曾充当特务和内奸，配合日本特务队诱捕抗日中心小学校长黎玉的事实。据马国振交代，黎玉被捕后即变节自首，亲笔写了'自首书'，供出了抗日县长秦怀璧、教员赵玉莲、区委书记马怀旺等共产党员名单；后来，由秦肇堂、赵清明等故县开明绅士联名保释出狱，保释金三千块大洋。公安部领导很重视此事，决定立案调查。"

"马国振因犯有历史血案，罪大恶极，已经被判处死刑，准备近期执行枪决。有关黎玉自首的供词，经过反复审讯，马国振从无翻供。"老王补充道。

母亲的心阵阵紧缩发冷，仿佛沉入无底的黑洞……

"你们两位是当事人和亲历者，也是黎玉的入党介绍人，希望配合我们调查取证，把案子查清楚，对党和人民负责……"恍惚中，老赵的声音飘远了。

母亲深深吸了口气，看了秦怀璧一眼，低头沉思。

秦怀璧毕竟斗争经验丰富，沉着冷静地表示："关于保释黎玉出狱这个事，是当时抗日县政府的决定，保释金三千块大洋也由县政府筹集，此事应无悬念。至于黎玉是否曾经变节自首，出卖党员名单，太行专署敌工部在故县解放后曾经彻查敌伪档案，没有发现相关的证据，黎玉本人也从未交代过此类问题。如果仅凭马国振单方面指证，恐难定案。我的意见，此事应慎重处理。"

公安部两位同志默然颔首，老赵又转问母亲："赵玉莲同志，你的意见呢？"

母亲谨慎地回答："我同意秦书记意见，配合调查。"

老赵笑道："事关一位党员干部的政治生命，我们当然要慎之又慎，把案子做成铁案，决不冤枉自己的同志，也必须清除内部隐患。当然，变节自首与叛变投敌是不同性质的问题，何况，或许是马国振诬告呢？我们会约见黎玉同志当面询问，并请他写出相关的书面材料。也请你们两位写出旁证材料。"

秦怀璧看了母亲一眼："可以。"

老赵老王起身告辞："今天就谈到这儿，谢谢秦书记和赵玉莲同志。"

四个人握别后，秦怀璧送两位同志走出办公室。

母亲忽然感到压力很大，心烦意乱。秦怀璧送走客人后返回办公室，谨慎地虚掩了房门，示意母亲坐下。两人沉默半晌，秦怀璧低沉地开口道：

"黎玉这个事恐怕有麻烦，很难说清楚。马国振指认他变节自首，空口无凭；黎玉也拿不出没有变节自首的证据，小野等当事人死无对证。我们两个当时又都不在刑讯现场，能写出有说服力的旁证吗？我们联名写个一般证明材料吧！"

母亲忧心忡忡："黎玉是经不起风浪的人，一个老婆刘月琴就把他闹得成天心神不定，这事儿还不把他吓趴下？我怕他心理上承受不了……"

"我们应该相信自己的判断。"秦怀璧掐灭烟头道，"黎玉当时是经受住了斗争考验的，所以我们才介绍他入党的嘛！不说他了。老李回农场了？"

"还没呢，朱司令员打电话让他多等几天。"

秦怀璧沉了沉故作轻松："今天是礼拜六，明天你带孩子到我家玩儿玩儿吧，爱芳说给你做烫面蒸饺儿呢，抗美也想见到赵阿姨，我们等你！"

"唉，但愿表哥能挺过这一关。"

一架银灰色的伊尔14型军用飞机雷鸣般地呼啸着，在机场跑道上降落滑行。

舱门打开，朱司令员走下低矮的舷梯，在迎候的军区参谋长等人簇拥下登上汽车。巨大的红旗牌轿车缓缓启动，两辆警卫车跟随，驶出了停机坪。南方已进入冬季，公路两旁的梧桐树落叶飘飞，只剩下光秃秃的枝干。

"司令员，回家吧？"坐在前座的军区参谋长回头请示道。

司令员脸色阴沉："去办公室，通知常委马上开会！"

"是！"参谋长对司机命令，"到一号楼！"

这是一个寒冷的冬天。半个月前，朱司令员和省委第一书记突然接到中央的通知，并派专机飞过来接他们去上海开会。开什么会？事先谁也不知道，去了才听说是解决罗总长的问题。罗总长有什么问题？他不是主席最信任的人吗？与会高级干部们深感意外，满头雾水，每人发一袋文件，里面是一个既非中央委员、又无军队职务的"首长夫人"的揭发材料，开会随身携带，看后即收回，搞得很神秘，也很不正常。"向党伸手，反对突出政治，不尊重老帅，企图篡党夺权，有政治野心……"欲加之罪，何患无辞！背靠背地揭发，揭发者与被揭发者互相不见面，也不许申辩，只听毫无证据的一面之词……最后还是主席说了公道话："反对你，还没有反对我呢！就是反对我去长江游泳，也是出于好心嘛！"上海会议不宣而散，以罗总长突遭诬陷为标志，拉开了"十年动乱"的序幕……

父亲李莽早已远离权力中心，对这一切毫无感应。穿刺引流对于身经百战、多次负伤的父亲来说是个小手术，恢复得也很快，腹部已经拔掉了引流管，护士熟练地为他缠上了纱布，换上了干净的病员服。院长和主治医生们查看了父亲的伤口，都满意地笑起来。

"院长，大夫，怎么样？我没事儿了吧？"

"应该没什么问题了。原发性的肝囊肿引流了囊液，并用无水酒精在囊壁内反复杀菌，囊肿已明显萎缩了，暂时不会长大，再观察一段时间吧。"

父亲高兴地笑了："小灾小病，成不了气候！我可以出院了？"

医生宣布："再恢复半个月，首长就可以出院了！"

病房里一片欢腾。老警卫员铁柱进来报告："首长，朱司令员看您来了！"果然，门外响起一阵脚步声，朱司令员在秘书警卫陪同下走进了病房。

院长立正敬礼："报告司令员，我们正在为首长治疗，请指示！"

朱司令员简洁地问道："李莽同志恢复得怎么样？可以出院了么？"

"报告司令员，首长恢复得很好，很快可以出院了。"

朱司令员满意地点了点头："你们都出去吧，我和李莽同志谈谈工作。"

院长医生护士和秀儿及孩子们包括秘书警卫都退出了病房。

"司令员！""老李！"分别八年的老战友久别重逢，两双大手紧握在一起。父亲心情激动，欲起身举手敬礼，被朱司令员制止了。

"老伙计，又是一个抗战八年！辛苦了！"

"司令员，您放心，我没有垮下去！"

朱司令员深深地点了点头："我相信，你永远不会垮！这次上海开会结束后，我又专程去了趟北京，向军委首长们报告了你的情况。首长们很关心你的健康，准备调整你的工作。经研究，决定派你到三线国防工厂65信箱担任副厂长职务。如果你没有意见，病好后就准备走马上任吧！"

"司令员，感谢党对我的信任，我服从组织决定！"

朱司令员简略介绍道："65信箱对外称长江重型机器厂，是研制尖端武器的保密单位，厂址在长江上游大山里，条件比较艰苦。你要有思想准备。"

父亲慨然表示："请党放心，坚决完成任务！"

整整八年！父亲终于回到了党的怀抱，重新登上人生舞台！

建国下晚自习骑车回家，摸黑进入单元门，登上楼梯来到三楼家门口，拿出钥匙轻轻打开家门，踮脚悄悄路过客厅时，忽然停住了脚步——客厅柔漫的落地台灯灯光下，母亲和黎玉舅舅相对而坐，神态有些蹊跷。黎玉好像刚刚哭过，摘下眼镜擦拭镜片，面带泪痕，母亲似乎在劝慰他。建国打了声招呼："妈、舅舅，我回来了。"赶紧钻进自己屋里，虚掩房门。母亲却没顾得上责怪晚回家的儿子，悄悄递给表哥一块手绢。此情此景，使建国产生了神秘感和好奇心，于是，悄悄趴在门缝往里窥视。从门缝望出去，恰好可以看见坐在客厅沙发上的黎玉和母亲。黎玉仿佛受到了委屈和挫伤，流泪向母亲低声倾诉，情真意切；母亲不时地轻声劝慰表哥，握住他的手，甚至替他擦眼泪。忽然，黎玉抓住母亲的手垂首痛哭。建国偶然间发现了母亲的秘密，心里很不是滋味，但沉住气静观事态。母亲低声安慰表哥，摸了摸他的头，黎玉伏在母亲腿上哭起来。这时，电话铃声突然响了，黎玉惊乍地抬起头来，浑身颤抖。母亲沉着地拿起话筒。

"喂，请问你找谁？"

客厅里很安静，话筒里的声音很大，听得清清楚楚："玉莲，黎玉是不是又到你家去了？从下午就找不见人影，这个倒运鬼上天入地了？你让他接电话！"

黎玉惊慌地站起来，母亲挥手让他坐下，他又惶惑地落了座。电话里刘月琴还在激动地嚷嚷："他跑了和尚跑不了庙！"

"月琴，你不要急，表哥今天确实有事出去了，是很重要的事，你不要问了，以后会告诉你的。你先睡吧，我马上找到他，让他赶快回家……"

刘月琴大哭大闹："玉莲，你把他藏到哪儿去了？你把他还给我！"

母亲捂住话筒，向黎玉挥了挥手，黎玉踮起脚尖悄悄退出。

"月琴，你怎么尽说孩子话？我藏表哥干什么？他一个大活人，一个院领导，你白天黑夜到处捉拿他，就不怕人笑话么？"

刘月琴的哭声稍小了些："玉莲，我的命好苦啊！"

"好了，我知道了，你的命比我强多了，每天还有个挂念的人。我挂念谁？除了孩子和留在老家的老娘，谁需要我挂念啊！我才命苦呢！"

电话里隐约听见有人开门进屋的声音，刘月琴情绪立刻转缓："倒运鬼回来了！玉莲你别骂我，我就这毛病，一辈子跟你打冤家！"

母亲放下电话，忽然感觉心里很难受，不禁默默地流下泪来。

建国悄悄关上房门，和衣躺在黑暗的小屋里，心情也沉重起来。

春节前夕，母亲突然决定回老家去，把姥姥接到南方来。向分院领导请过假，母亲来到省妇联向纪爱芳大姐辞行。纪大姐挽住母亲的手走进办公室让座倒茶，母亲坐下又起身道："大姐，您别忙了，我说几句话就走。"

纪爱芳把她又按坐在沙发上笑道："你急什么？咱们好好拉拉话儿！"

母亲只好又坐下，喝了口香喷喷的花茶。

纪爱芳坐到她身边亲热道："最近工作顺利吧？娘家里有信儿么？"

"大姐，我正想跟你说这个事儿呢！栓柱最近来信说，娘身体不太好，大概是想我了，我准备请假回家看看，顺便把娘接出来一块儿住。领导已经同意了，派出所也答应给娘办理户口迁移手续，我准备尽快动身。"

"好啊！早该把娘接来了，怀璧经常念叨这事儿，这下好了！娘来了就两家轮流住吧，我家有保姆，房子也宽敞些，还有个小花园，让娘常住我家吧！"

母亲笑道："我是亲闺女，轮也该先轮到我，让我尽尽孝心。"

纪爱芳打趣道："娘生你养你，也救过我母子的命，你也得让我尽孝心！"

两个人抱在一起笑了会儿，说了几句家乡话，母亲起身告辞："大姐，我先走了，还得上街买点东西，你告诉大哥一声。"

纪爱芳不再挽留："让怀璧给山西那边领导打个招呼，你回去有什么困难，也好有个照应。你一个人回去？要不要跟个人帮帮你？"

"千万不要，也别给领导打招呼，我一个人方便。再见！"

回家吃过晚饭，建国去学校复习功课，母亲给儿子留下些零钱和食堂饭菜票，开始收拾回老家的行李，准备明晚登车启程。忽听有人小心地敲门，母亲走过去开门，门外却是秀儿。

"秀儿，有事？进来吧！"母亲把秀儿让进了客厅。

秀儿今天换了身干净的对襟袄儿，剪了短发，显得没那么土气了，但在母亲面前依然有些拘谨，赔笑道："姐，不坐了。我是来跟姐告别的。"

"你们准备回去？首长的病治好了？"

"首长今天已经出院了。姐，我们不回大孤岛了，首长调到大三线的国防军工厂当副厂长了，我们全家都去，很快就出发了……"

母亲有些意外："好啊！工厂在哪儿？离这儿远么？"

秀儿难为情地笑了："我不知道，首长说保密，只告诉我在大山里。"

母亲也笑了："那就不问了。孩子们呢？"

"还住在总医院招待所，成天跟铁柱家的两个孩子玩儿，玩儿得挺高兴！"

母亲笑了笑。姐儿俩一时又没话可说了，屋里空气有些沉闷。

秀儿的呼吸忽然急促起来，哽咽道："姐，我走了……"忽然"咚"的一声跪在母亲面前哭道，"姐！我对不起你！我是白眼狼！你打我骂我吧！"

母亲的心又狠狠地刺痛起来，热泪忽然涌满了眼窝，扭开脸训斥道："这是干什么！快起来！你什么也不欠我的，犯不着给我下跪！……走吧！"

秀儿伤心地站起来跑出门去，楼道里传来了她的痛哭声。母亲也泪流满面，无力地靠在沙发上，闭上眼睛。是谁搅乱了母亲的生活？那个不知去向的苏晓燕今在何方？秀儿的"预谋"是从山西老家开始的么？……

蒸汽机车头拉响了高亢悲怆的汽笛，列车缓缓启动开出站台。

母亲正在软卧包厢里整理行李，忽听有人轻轻敲门，女列车长拉开包厢门，礼貌地问道："对不起，首长，包厢满员了，临时安排一位首长，可以么？"

"没关系，请他进来吧！"母亲爽快地答应道。

女列车长高兴地鞠了个躬："谢谢首长！"转身向硬卧车厢跑去。不一会儿，女列车长陪同一位穿旧军装的首长走进软卧车厢，那位首长边走边埋怨。

"我在硬卧车厢挺好的，干吗这么折腾？"

女列车长笑道："军区首长专门交代我们要照顾您的身体，我们执行命令！"

转眼来到包厢门口，女列车长礼貌地敲了敲门，"首长，可以进来么？"

"请进来吧！"母亲回头一笑，忽然惊愕地愣住了：走进软卧包厢的"首长"竟是八年不见的父亲、离婚的丈夫李莽！手提简单行李的父亲也愣住了，下意识地倒退一步，两眼发直地呆望母亲。

"首长们过去认识么？你们谈吧。"女列车长知趣地关上了包厢门。

两个曾经刻骨铭心、生离死别的人狭路相逢，独处斗室，时间仿佛凝固了。

母亲忽然感觉有些眩晕，父亲急忙上前搀扶，母亲下意识地推开他的手坐下来。父亲戳在母亲面前，不知如何是好，一时进退两难。母亲渐渐冷静下来，眼睛不看父亲，轻声道："坐吧！"父亲慢慢坐到对面下铺上，母亲仍然没看他，低头整理行李。沉默半晌，父亲仿佛自言自语："……我还是换个地方吧！"

"不用了。你休息吧。"母亲拿起洗漱用具，起身走出门去。

父亲呆愣片刻，放下行李重新坐下，想了想又站起身，爬到对面上铺去躺下。

母亲洗漱完毕回到包厢，发现父亲不见了人影，回头看了看包厢门外。忽听父亲在头顶上发话："我在这儿。你也休息吧！"关了床头小灯。母亲暗中松了口气，默默地脱去外衣上床，打开床头小灯，关了包厢大灯。包厢里暗下来，四周显得十分安静，列车摇晃，车轮铿锵。床头灯下，母亲靠在枕头上看书，微弱的灯光映亮了她的脸庞。父亲在黑暗中仰望天花板，忍不住轻声问道：

"你去北京开会？"

母亲沉默片刻："我回老家看娘，在郑州转车去山西。"

"哦。我调动工作了，回军马场办手续，在新乡转车去济南……"

两个人又没话说了。沉闷了一会儿，母亲关了床头小灯，在铺位上躺下来。

黑暗中，两个近在咫尺却又相距千里的人睁大眼睛，遐思冥想。时间一分一秒地悄悄流逝，在生命长河的一瞬间，却显得漫长甚至停滞……

次日清晨，汽笛长鸣，列车开进郑州站。不知不觉间，途中已有一位干部、一名机要员半夜登车进入了软卧包厢，四人包厢客满。母亲收拾行李准备下车，向躺在上铺的父亲点了点头，走出了软卧包厢。父亲目送母亲的背影消失，赶紧从车窗里向外探望，只见母亲下车后向站台外走去。当他路过车窗时，偶然抬头看了一眼，正遇上父亲的目光。母亲向父亲点头微笑一下，向站台外走去。父亲忽然热泪盈眶，躺回上铺闭上了眼睛。人在旅途。母亲消失在人流中……

冬日，黄土高原白雪覆盖，像一幅色彩浓郁的油画。

母亲回到故乡赵塝坡村，堂弟栓柱手提行李跟随。老远就望见了亲切熟悉的窑楼小院，母亲心情激动，快步走向坐在院门外碾盘上的姥姥。年近七旬的姥姥穿得干干净净，满头银丝梳得溜光，笑迎远道归来的闺女。母亲跪在姥姥面前叫了一声："娘，闺女回来了！"

姥姥慌忙搀扶闺女，喜泪长流："俺孩不敢，俺孩起来……"

母亲离开家乡已经十七年，生活发生了很大变化。专程到县城接母亲的堂弟栓柱在路上告诉她，姥姥近年耳聋眼花，身体越来越差，基本上不出门了，成天坐在西窑炕上搓麻线，喃喃自语，谁也听不懂她究竟在说什么。村里人隐约听说父亲犯了错误，好像还跟母亲离了婚，但谁也不敢多问，身为大队支书的栓柱也警告人们，不准在姥姥面前提女儿女婿半个字。于是这些年来，姥姥仿佛被蒙在鼓里，也从不在人前提女儿女婿半个字，大家相安无事。

月光如水，春夜漫漫。母女俩早早地点灯上了炕，躺在热被窝里说体己话。

母亲像小时候那样钻进姥姥怀抱里，姥姥也像搂抱了娇生惯养的小闺女。

"娘，我这次回来，是想接您出去住些日子。南方四季温暖如春，生活条件也好。我一直没有伺候过娘，您就让闺女尽一尽孝心吧！"

姥姥很享受地抚摸女儿的秀发，沉默良久，忽然笑问道："闺女，你女婿还好吧？还给人家当兵打仗呢？"

母亲心一沉，只好继续隐瞒："早就不打仗了，也在参加建设呢……"

姥姥昏花老眼隐含泪光，柔声道："秀儿也长大了吧？也该出门子了呢！"

母亲的心碎了，埋脸在姥姥怀里颤声道："娘，您别挂念他们……"

姥姥慈爱地闪开笑脸："娘知道，你们全家都好，娘知道……"

母女俩互相搂抱沉默了一会儿，母亲松开姥姥，不好意思地含泪一笑。姥姥深沉的目光久久地注视女儿，母亲深思熟虑，说出了自己的心思。

"闺女，别怪娘。娘是半截身子入土的人了，恐怕受不了出门的颠簸劳累，也不习惯南边气候。娘守你爹呢，不敢离开，娘这次就不跟你去了……"

母亲抱住姥姥痛哭失声："娘啊，您不知道，闺女心里日夜都想您呢！"

"娘知道，娘也想闺女呢！娘以后再跟你去吧！"

一九六六年的春天很不平静，"文化大革命"已经初露端倪。父亲和母亲以及他们的朋友们，都已嗅出了暴风雨来临前的雨腥味儿。

阳春三月，南方山区的冬水田插满了嫩绿的秧苗，层层块块梯田里，社员们正在飞快地插秧。四清工作队副队长黎玉也夹杂在社员中，笨手笨脚地学插秧，他的劳动成果实在不敢恭维，秧苗粗细不匀，歪歪扭扭，有些秧苗漂浮在水面上。旁边一个女社员实在看不下去，主动帮他插秧，秧苗插得又快又匀又齐。

忽听远处传来一名工作队员的喊声："黎副队长！队长请你赶快回队部去！"

黎玉心一惊，急忙跨上田埂，快步向山下村庄走去。

队部门口停了一辆沾满泥浆的小吉普车，司机正用水桶冲洗，一群小孩围住看热闹。黎玉走进农家小院，秘书把他带进堂屋报告："黎副队长回来了！"

"黎玉同志，这位是省委组织部方副部长。"工作队长介绍道。

沉稳富态的方副部长严肃矜持道："黎玉同志，请坐！"

黎玉欲上前握手，见对方似乎并无此意，便搭讪地点点头落了座。

方副部长公事公办道："黎玉同志，关于你的历史问题，我们准备做进一步调查核实。你可以向四清工作队交接工作，今天就跟我回省里去。"

黎玉深感意外："现在就走？……我马上收拾一下材料，请您等我一下！"

队长同情地安慰道："不着急，方部长旅途劳累，可以休息会儿。"

黎玉走进里屋，开始手忙脚乱地收拾桌上床上的文件和笔记，忽觉心跳得很厉害，不禁仰天喘了口气，定了定神，胡乱地将衣物等打进了铺盖卷，扛起行李回到堂屋，向队长交接了材料，沉住气道："方副部长，我可以跟您走了。"

"黎副院长真是归心似箭啊！"队长故作轻松地开玩笑。

方副部长似笑非笑："收拾好了？咱们走吧，天黑前能赶回省城。"

黎玉默然地握了握队长的手，跟随方副部长走出堂屋和小院，登上小吉普车。

汽车轰然发动，引起孩子们的一阵欢呼，驶上泥泞的村路，绝尘而去。

天低云暗，沉雷轰鸣。雪峰在夕阳下闪光，深山峡谷中的战备公路蜿蜒盘旋。北京牌小吉普车像大山中的小甲壳虫，在峡谷底部的盘山路上艰难地爬行。父亲坐在副驾驶座上，秀儿和两个孩子挤在后座，身体随汽车颠簸摇晃。

雷声越来越近，越来越响了。吉普车在悬崖峭壁间小心地行驶。司机紧张地手握方向盘，时刻警惕峭壁上塌方滚石，又担心侧翻下悬崖，头冒冷汗。

父亲安慰司机："别紧张，我帮你看着呢，没事儿……小心！"

汽车后轮来不及躲避，车身一歪，忽然陷入一个大坑，动弹不得。司机满头大汗，猛踩油门，前后轮胎却一直打空转，试了几次均告失败。

父亲果断地跳下车，命令道："来，我推车，你加大油门冲出去！"

油门怒吼，父亲猛推车身，汽车忽地一下冲出了大坑。父亲跳上汽车，汽车开动。一声天崩地裂炸响，身后半匹大山突然塌方，瞬间掩埋了公路！

第三卷　动荡岁月

三十一、"触及人们灵魂的大革命"

公元一九六六年夏天，"文化大革命"运动席卷全国。

一个闷热的下午，会议室的吊扇在飞快地旋转，开会的人们依然汗流满面。科分院党组成员和各研究所党委书记出席会议，干部们脸色沉重。

主持会议的分院党组书记突然宣布："今天的分院党组扩大会议就开到这里，各单位回去立刻部署开展文化大革命运动。现在，请省委组织部方部长讲话！"

干部们目光一齐投向方副部长，不知他要宣布什么重要任命。

方副部长言简意赅："关于黎玉同志的问题，省委决定，从即日开始，黎玉同志停职反省，接受组织的审查和革命群众的揭发批判。宣布完毕。"

黎玉顿时脸色惨白，在场的母亲也如闻惊雷，身心震撼。

一夜之间，科分院和植物所大楼内外贴满了大字报，指名道姓，触目惊心。

建国到所里找母亲拿家里钥匙，被铺天盖地的大字报吸引住了。一张耸人听闻的大字报标题赫然映入眼帘："赵玉莲和黎玉是什么关系？"建国的眼睛被刺痛了，不觉停住脚步，迅速看完了这张大字报。大字报内容龌龊，语言下流，竟然揭发母亲与黎玉有"不正当男女关系"！不知不觉，周围不知何时挤满了看大字报的人群，指点议论，冷嘲热讽。建国如同被当众剥光了衣服，血涌头顶，脸色铁青，低头挤出了人群。身后有人指点议论：

"那不是赵玉莲的儿子么？哼！儿子都这么大了！……"

建国满腔怒火，一脚踢开母亲办公室房门，径直闯进屋去。母亲的办公室里也贴满了大字报，母亲正坐在沙发上，抬起冷眼注视儿子。建国呼吸急促，胸口憋闷，半晌说不出话，直瞪瞪地盯住母亲。母亲冷静地从衣兜里掏出家门钥匙，递给儿子："钥匙又忘在家里了吧？快回去吧。"

建国不拿钥匙，依然含泪盯住母亲；母亲把钥匙放在茶几上。

"现在是上班时间，你先回家，我下班就回来。"

建国嘴唇抽搐，低声道："……我看到那张大字报了。那些事，是真的？"

母亲坦言："你已经长大了，对事物应该有正确的判断力。"

建国打断母亲的话："请正面回答我！你和黎玉到底是什么关系？"

母亲尚未答话，忽然从门外冲进来一个四十多岁的女干部，身材瘦小，短发花白，神经质地冲到母亲面前，嘴里骂骂咧咧，挥手打了母亲一个耳光。

母亲和建国惊呆了，一时没反应过来，张口结舌呆望刘月琴。

刘月琴咬牙切齿地骂道："狼吃的！狐狸精！不要脸！"

见这个疯女人又要冲过来打母亲，建国暴怒地猛然一掌推开了她。刘月琴被推倒在地上，又爬起来哭喊道："你还我丈夫！"

建国怒吼道："你疯了么？！谁稀罕你的丈夫！再敢动手，我打死你！"

刘月琴蛮横撒泼地再次冲上来打人，被建国狠狠一拳打倒在地上。建国一摔军帽，挥舞解下的牛皮腰带狂怒道："你找死啊！"

也许这一拳把刘月琴打醒了，她看看建国的红卫兵袖套，爬起身落荒而逃。建国瞪圆血红的眼睛，挥舞皮带追到门口，几个看热闹的人赶紧躲开了。

母亲用手支撑桌角呆立原地，脸色惨白，浑身颤抖。

建国回到母亲身边问道："妈妈，你没事儿吧？……你怎么不还手揍她呀！"

母亲脸上留下几道清晰指印，眼里却透出坚强决绝的亮光。

傍晚，伴随钥匙开锁声，房门推开，建国搀扶母亲下班回到家里。母亲虚脱似的浑身无力，建国将母亲搀扶到客厅沙发上坐下，倒了杯热水递给母亲，关切地问道："妈妈，我给你擀点儿面条吃吧？"

母亲摇头："不用。去食堂随便打点儿饭菜回来吃吧。"

建国答应一声，到厨房去拿了饭盆："我去了。"出门下楼打饭去了。母亲喝了口热水，沉思片刻，拿起电话拨了号码，等待通话长音。

等了很久，对方才有人拿起电话，低沉地问了声："喂，你找谁？"

母亲听出是刘月琴的声音："月琴，我是玉莲。"

刘月琴沉默半晌，忽然挂断电话，忙音急促。母亲沉了沉，再次拨通电话，话筒里传出了接通的长音，刘月琴突然拿起电话哭喊道："倒运鬼！你还没把我害够啊！狼吃的！"

母亲耐心劝慰道："月琴，你听我说！咱俩从小在一起，你真的这么恨我么？我没有对不起你呀！"

刘月琴委屈地哭喊道："你儿子把我打坏了！我腰疼！你欺负我没儿子呀！"

母亲忙问："要不要去医院？我让儿子送你去医院看看吧？"

刘月琴在电话里哭闹道："倒运的孩子，打坏我了，也没人帮我……"

"好了，别闹了！我知道你心里不痛快，一辈子没痛快过，何苦呢？月琴，除了表哥，我就是你最亲的人了，你听我说两句好么？你要相信，任何事情都会过去的，没有过不去的坎儿！咬咬牙坚持住，坚持就是胜利！我当年离婚的时候，承受了多大的压力，不是也熬过来了么？别哭了，鬼丫头！"

刘月琴哭得抽抽搭搭："倒运鬼！就你能！我一辈子受你欺负！"

"告诉我，表哥情绪怎么样？现在还能回家住么？"

刘月琴忍不住又哭了："回家？天天住办公室，两个人看着，跟看犯人似的！"

"这是暂时的，总会让他回家的。你吃过饭了么？"

刘月琴嘀咕地骂道："吃他娘个腿！甚也不想吃……我把你打疼了吧？"

母亲心一酸，落下泪来，强笑道："我没事，你那点儿小力气……"

刘月琴忽然大哭道："玉莲，我想你！我过来看看你吧？"

忽听楼梯上响起了脚步声，母亲忙压低声道："我晚上过来看你！挂了啊。"

挂断电话，建国已端饭菜进了门："妈妈，开饭了！"

夜幕降临，乌云密布，天边沉雷轰鸣。

凭借微弱的天光隐约可见，父亲家的两间小屋透出温暖的灯光，房前小院被女主人拾掇得枝繁叶茂，果树和葡萄架争奇斗艳，羊圈鸡窝充满了生气。秀儿正在厨房忙晚饭，两个孩子在她身边追逐嬉戏。高挽裤腿衣袖、赤脚满身泥巴的父亲肩扛大锄走回家来，将锄头和草帽挂在屋外墙上，用半桶冷水冲洗了头脸和手脚，疲惫地走进屋来。两个小儿女扑到父亲怀里欢叫，父亲抱起女儿亲了亲，摸了摸儿子的脑袋。昏黄的灯光下，年过半百的父亲愈显苍老憔悴。

小饭桌上摆满了香味扑鼻的卤牛肉、炒鸡蛋、烧豆腐、炖蘑菇等冷盘热菜，一小盆油汪汪的炖鸡汤，一小壶农场自酿的大米酒，诱人食欲。秀儿端上一大盘热腾腾的水饺招呼道："跃进、丹丹！开饭了！"

两个孩子齐声欢呼道："打牙祭啰！妈妈万岁！"

秀儿忙训斥道："不许乱喊！当心犯错误！"

父亲看了看满桌饭菜，皱眉道："不过年不过节，你这是干什么？"

秀儿给父亲的小酒盅里斟满酒笑道："今天是你的五十大寿！"

父亲恍然地抬脸笑道："啊？我倒给忘了，尽忙地里的水稻了……"

两个小儿女用筷子敲碗边儿欢呼道："爸爸过生日啰！爸爸五十岁啰！"

父亲端起小酒盅感慨道："一晃都五十岁了，这辈子过得真快啊！……秀儿，把你的酒盅满上，我也敬你一杯！这些年你辛苦了！来，干了！"

秀儿含泪端起酒盅与父亲碰了碰，见父亲仰脖一饮而尽，也干了杯。父亲放下酒盅，夹了一个饺子放进嘴里，称赞道："饺子下酒，越吃越有！"

秀儿照顾两个孩子吃饭，一家人热热乎乎，团团圆圆。

几个月前，父亲带领全家在奔赴军工厂上任的路上被一纸调令追回，上面也没说到底什么原因，只宣布调令作废，命父亲回军马场原地待命。父亲稀里糊涂，只好又拉家带口地回到了大孤岛，仍当挂名的副场长，"原地待命"。

父亲边吃边问道："这两天我起早贪黑，整天泡在大田里，家里有什么事？"

"没事儿。听说老场长带渔业队出海打鱼丰收了。"

"老场长他们出海回来了？他身体怎么样？"

"还没回来，老场长身体没事儿，出海打鱼能有什么事儿？"

父亲看了她一眼："越说没事儿就越有事儿，到底出什么事儿了？"

秀儿迟疑道："真没事儿，就是有人给老场长贴大字报……"

"大字报？给老场长贴大字报？写些什么？"

"也没写什么，无非还是闹闹福利待遇什么的，就那几个捣蛋鬼……"

"一颗耗子屎坏一锅汤。怎么？没人给我写大字报？"

秀儿轻描淡写："没有啊，你一个副场长，成天在地里闷头干活儿……"

父亲打断她的话追问道："别撒谎！大字报都说些什么？"

秀儿自知无法隐瞒，犹豫片刻，起身从墙角旮旯里找出一团揉皱的纸团。

父亲惊怒道："你把人家的大字报撕下来了？这可是犯法的！"

秀儿不服气地争辩道："谁叫他们胡说八道来着？我不许他们污蔑首长！"

"胡闹！你马上把大字报贴回去！现在就去！"

秀儿气鼓鼓地夺过那个大纸团冲出门去，两个孩子感觉莫名其妙。父亲手握空酒盅，陷入了沉思。突然，前院场部响起了喧哗声，好像有什么事发生，父亲站起身来。门外响起一阵急促的脚步声，场部通信员跑来报告：

"李副场长，老场长他们回来了！"

父亲疾步闯进场部会议室，只见病重的老场长已被人们扶躺在长靠背椅上。摇曳的灯光下，瘦弱的老场长脸色发青，冷汗淋漓，似已病入膏肓。

父亲急切地问道："老场长，你感觉怎么样？"

老场长虚弱地笑了笑，喘息道："没事儿……就是肝有点疼。"

父亲问随队医生："老场长发病有多长时间了？为什么不提前送他回来？"

医生委屈道："在海上漂了一礼拜，疼得吃不下饭，就是不准返航。"

父亲含泪抱怨道："老伙计，你干吗拼命啊！病不能再拖了！"

老场长孩童般笑了："你知道么？这次出海大获全胜，满载而归！"

"你就不该亲自带队出海！走，马上去医院！"

"别动我，老李！我不能去医院，马上要抢收水稻了。"

父亲大声命令："通信员！通知汽车队，立刻送老场长到县医院！"一猫腰背起老场长，在人们七手八脚的帮助下，冲出会议室去……

夜深人静，忽然响起轻轻地敲门声，惊动了母亲和建国。正在灯下写日记的母亲披衣走到客厅门口，听了听动静低声问："谁呀？"

门外传来女儿太行熟悉的声音："妈妈，是我，太行！！"

母亲惊喜地急忙打开房门，两个穿军装的男女青年闪进门来。太行抱住母亲欢喜地叫道："妈妈，我回来了！"

母亲见女儿身后有个高个子青年军人，迟疑地问道："太行，这是谁呀？"

青年军人摘去军帽笑道："赵阿姨，我是胜利，秦胜利！"

建国已认出了胜利，亲热地大喊一声："胜利哥哥！你从哈军工回来的？"

母亲也认出了小时候的调皮鬼："调皮鬼！都长成大小伙子了！"

母子俩忙把太行和胜利让进客厅里，让他们双双坐在沙发上。秦胜利已长成高大魁梧的青年，英武沉静，与太行很般配。

母亲拉住女儿的手："怎么回事儿？你们俩怎么凑到一块儿回来了？"

太行兴奋道："妈，我们要去北京见毛主席了！我们学校选出三十五名学生代表，到北京接受毛主席检阅，今晚乘火车路过这里换内燃机车头，有两个小时空隙时间，胜利刚好放暑假回到家里，我们就约好一块儿回来看妈妈！"

"赵阿姨，我昨晚刚到家，爸妈叫我来看您……"

母亲高兴地笑道："好啊，见到你们真高兴啊！我就喜欢你们现在的军装，又朴素，又大方，又好看，我也想穿一穿呢！可惜妈妈这辈子没当过兵！"

"谁说妈妈没当过兵？您不是穿过一年军装么？"太行笑道。

"那是临时参军，而且我一穿上军装就是副团级干部！"

母亲和孩子们大笑起来，一扫"文革"以来的晦气，满屋笑语欢声。

太行依偎母亲撒娇道："妈，我们只能待几分钟，还得赶回火车站集合呢！"

胜利拍了拍建国肩膀："走，到你屋坐坐！"拉建国去了卧室。

母亲目送胜利的背影小声问女儿："闺女，你是不是跟胜利好上了？"

太行羞赧地笑道："没呢，就是打个电话写写信什么的……"

"胜利这孩子是我看着长大的，你跟他交往也挺合适。不过你们现在都还在学校读书，还都穿了军装，要注意影响，结婚之前，不许……"

太行急忙捂住母亲的嘴笑道："妈妈！看你！你闺女又不是傻瓜！"

母亲把女儿搂进怀里："女孩子，还是稳重些好。"

在建国的卧室里，两个大男孩在聊他们感兴趣的事儿。胜利掏出一盒牡丹牌香烟，递给建国一支："来，抽一支试试！"

刚满十七岁的建国怕烫似地缩回手："我可不敢抽烟，我妈妈还不骂死我！"

胜利划燃火柴劝道："没事儿！这是偷我爸的，他睁只眼闭只眼！"

建国接过烟点火吸了一口，立刻被呛得咳嗽，鼻涕眼泪直流。

胜利一边笑，一边老练地吸烟道："习惯了就好了，我刚开始抽第一口烟的时候，比你还狼狈呢，吐了一地！学会了，反倒觉得挺过瘾的！"

建国掐灭了烟头："不行，我恐怕学不会了，一闻烟味儿就难受！胜利哥哥，听说你们哈军工全是清一色的高干子弟和烈士子弟，你们也成立红卫兵么？"

胜利玩世不恭地笑道："红卫兵是个时髦的玩意儿，挺幼稚，成不了气候！我就不赞成红卫兵，它不过是某些野心家的工具……"

建国不觉瞪大眼睛："你反对'文化大革命'？"

胜利大笑："你也太敏感了！你可别给我乱扣大帽子，这是犯死罪的事儿，知道么？哈！太可爱了！……你也参加红卫兵了吧？"

建国也笑起来："我还是创始人之一呢，可我现在已经退出红卫兵组织了。"

胜利惊奇地反问道："为什么？难道你也认为它没有前途？"

"也就是昙花一现罢了，我看它也成不了什么气候！"

胜利竖起大拇指："不错！你有政治头脑！"

太行推开房门催促道："瞎侃什么呢，该走了！再不走就赶不上火车了！"

胜利起身拍了拍建国的肩膀："给我写信！"

落日西沉，秋风萧瑟。场部大院传来人群吵闹声和汽车发动怒吼声。几十名臂缠红袖套的农场造反派争先恐后地爬上大卡车，有人大声煽动职工们去县医院揪斗老场长。几百名农场职工包围了大卡车，与造反派激烈辩论。

造反派头头舞动大旗狂喊道："走啊！把老孟头揪回军马场来斗倒斗臭！"

司机猛按汽车喇叭，造反派驱散围堵的人群，汽车缓缓开动了。突然，父亲出现在大卡车前面，挥手大声命令道："停车！都不准去！"

喧闹的人群愣住了，造反派头头嚷道："闪开！你他妈不想活了！"

父亲瘦弱的身影岿然不动："不准去！谁去谁就是反革命！"

造反派们爆发道："好大的胆子！你才是老反革命！……"有人高呼口号，造反派齐声呐喊，"革命无罪，造反有理！打倒反革命修正主义分子李莽！"

父亲轻松地笑了："好啊！你们打倒我好了，但不准动老场长！"

造反派头头狂妄地吼道："孟老头是军马场头号走资派！你算什么东西！"

父亲强压怒火："你说错了！老场长是大孤岛军马场数千名干部职工的灵魂！是久经考验的无产阶级革命战士！同志们，难道你们不知道么？老场长已经到了肝癌晚期，活不了几天了，你们真的忍心去揪斗他么？！"

干部职工沉默了，那些头脑发热的造反派群众也默不作声。

"同志们，人要讲良心啊！老场长参加革命四十年，五次负伤，全身是病，鞠躬尽瘁，两袖清风，把毕生的精力都献给了党和人民的事业，直到累倒在工作岗位上！这样的人能是走资派么？大家好好想一想吧！我是副场长，老场长不在，我对全场的工作负责。你们要批判斗争，就批斗我李莽好了！"

造反派头头顺水推舟："好！马上开批斗会，批斗走资派李莽！"

大多数农场干部职工义愤填膺："不行！不准批斗李场长！李场长是好人！"

李莽登上汽车驾驶台踏板："同志们，批斗就批斗吧！中央领导不是讲了么？'文化大革命是一场触及人们灵魂的大革命'。那就触及灵魂好了！只要不触及老场长，不影响全场生产，我愿意跟大家一起触及灵魂！"

干部职工们热烈鼓掌，弄得造反派进退两难。

李莽保护老场长，老场长还是没能熬过"触及灵魂的大革命"。

三十二、也有人热泪涔涔，却不是由于个人不幸

深夜，秋风冷雨，雨雾蒙蒙。潮湿阴冷的背街小巷里路灯昏暗，空寂无人。墙上刚刷出的巨幅标语触目惊心："砸烂黑省委！揪出大叛徒秦怀璧！"

窗户拉了厚厚的窗帘，幽暗的灯光下，母亲和儿子建国蹲在狭小的厨房里，紧张地清理以往的文件、日记、信件、照片等，丢进火盆付之一炬。窗外夜空中隐约传来广播喇叭的喊叫声，听不清又要打倒谁砸烂谁的狗头。

建国翻出一张父亲和母亲离婚时照的全家福，默默地递给母亲。母亲看了看全家福，叹了口气，将它扔进了火盆里。照片上的一家四口人默然无语，慢慢在火焰的吞噬中化成了灰烬……

路灯下，幽暗的雨巷里忽然闪出一个瘦高的黑影，戴口罩，撑雨伞，如雨夜中的幽灵。黑影机警地疾步穿过雨巷，在大标语前停了停，低头离去。

寂静中，门外忽然响起轻轻的敲门声。

母亲忽然有一种强烈的预感，低声命令儿子："开门去，可能是秦伯伯！"

建国半信半疑地站起身悄悄走近房门，低沉地问道："谁？"

门外有人低声道："建国，开门！我是秦伯伯！"

建国心一沉，毅然拉开房门，一个瘦高的黑影闪身进门，返身插上门锁。

母亲在过厅叫了声："老秦！快进来！"将不速之客带进客厅里。

幽暗的灯光下，省委书记秦怀璧浑身透湿，头发散乱，脸色苍白憔悴，黑呢中山服和皮鞋上沾满泥浆，怀里紧抱一只大公文包，大口喘着粗气。

母亲给他一杯热水，关切地问道："老秦，你怎么了？"

秦怀璧眼含热泪，悲愤道："省委垮了！造反派正在满世界抓捕我！……"

母亲和建国闻声大惊，霎时感觉天塌下来似的，身心震撼。

渤海湾大孤岛军马场正在开批斗大会。近千名军马场干部职工拥挤在简陋的小礼堂里，雪亮的灯光下，副场长李莽站在主席台上接受批斗。

造反派头头冲上主席台，手指父亲呵斥道："李莽！你这个反革命野心家、阴谋家！你放弃了高官厚禄跑到我们军马场来韬光养晦，卧薪尝胆，讨好和蒙蔽老场长孟大明，妄图篡夺军马场的领导权！你必须老实交代！"

全场造反派群众随声附和："篡党夺权！老实交代！"

父亲风趣地笑道："篡党夺权？军马场撑死了就是个又苦又累的县团级单位，我可是当过大军区少将参谋长的副兵团级干部，挨了处分也是个正师级！我夺你这个县团级单位的权干什么？我不是吃饱了撑的么！"

造反派头头张口结舌说不出话，恼羞成怒："你就是想当正场长！"

父亲心平气和地教训道："小老弟，如果你想当副场长，我可以让给你，可就怕上级不同意啊！想当官儿，就要脚踏实地干实事，流血流汗，为群众谋福利，党和人民自然会提拔你当大官儿。投机取巧，踩着别人的肩膀往上爬，就算夺权当了官儿，你那官也当不长！你问问全场干部群众，他们要你么？"

全场干部职工爆发出雷鸣般的吼声："不要！跳梁小丑！滚下来！"

造反派头头被晾在台上，会场响起整齐的喊叫声："滚下来！滚下来！……"

一名造反派女将跳上讲台，双手叉腰做泼妇状，蹦起三尺高喊道："老混蛋，你交代！当年你参加红军，叛变投敌，差点儿被部队领导枪毙，大野心家彭德怀为什么刀下留人，救你一条狗命？你和彭德怀是什么关系？"

造反派头头和一部分群众又重整旗鼓，七嘴八舌："老实交代！"

父亲鄙弃地笑道："你们道听途说，歪曲事实，缺乏起码的革命历史知识！我十五岁被张国焘的极左错误路线打成所谓'AB团骨干'，绑缚刑场执行枪决，幸亏徐向前元帅及时赶到，刀下留人，救了我一条命！彭德怀元帅没有救过我，倒是朱司令员险些枪毙我！我在朝鲜战场当军长时，因为情报有误贻误了战机，朱司令员发怒扬言要'斩马谡'，后来我将功折罪，受到彭总的嘉奖……"

造反派女将突然挥手打父亲的脸："你是个大流氓！"

父亲机警地抓住女将的手腕，轻轻一甩，造反派女将立刻摔倒在台上。会场顿时乱成一团，造反派头头和一些群众涌上讲台抓扯父亲，人声鼎沸。秀儿以及更多的干部群众怒吼地涌向讲台保护父亲，双方发生了争吵打斗。

造反派头头声嘶力竭："把他关起来！送公安局法办！"

混乱中，造反派将父亲推搡出礼堂后门，秀儿和造反派女将大打出手。父亲被关进养猪场的黑屋里，造反派用木板钉死了门窗……

柔和的灯光下，母亲冲了一杯浓热的麦乳精，拿出一小碟葱油酥之类点心。

省委书记秦怀璧已经缓过气来，开始狼吞虎咽地大口吃东西。

母亲坐在秦怀璧的对面，注视他疲惫憔悴的脸，心情很不平静。

秦怀璧叹了口气："省委第一书记已经被他们抓到北京去了，现在生死不明，周总理正派部队到处找人。落到那些王八蛋手里，恐怕只能去见马克思了！省委内部也开始造反了，还记得组织部那个方副部长吗？关键时刻，人家反戈一击，表态支持造反派，成了'革命干部'代表！这种人，才是货真价实的大叛徒呢！省委垮了，市委和各级党组织也瘫痪了！一个堂堂执政党的省委书记，居然被人满世界通缉追捕，这不能不说是我们党的悲剧啊！"

母亲沉重地叹息道："秦书记，这样下去，共产党不是垮了么？"

"玉莲，你不要灰心！省委暂时垮了，共产党永远不会垮！我们这个党经过腥风血雨的考验，有几千万党员，有亿万拥护党的群众，绝不会毁在一小撮政治野心家手里！留得青山在，不愁没柴烧。你放心！"

"我相信你的话。秦书记，你就安心在我家住下吧！"

"不，你这儿也不是久留之地，我不能连累你。我要尽快与第一书记和军区朱司令员取得联系，到北京去向中央汇报省里的情况。建国，你有没有办法联络朱司令员？军区外线电话已经打不进去了，我必须见到他本人！"

建国满怀信心："有办法！朱司令员的儿子是我同学，我去找他！"

秦怀璧高兴地笑了："说干就干！你马上去找他，最好能见到朱司令员本人，报告省委和我的情况，让他派人把我接到军区，然后送我去北京！"

"秦伯伯，你放心！保证完成任务！"

母亲急忙叫住儿子叮嘱道："建国，小心！现在外面乱得很，听说造反派把军区大门都围堵了，要揪斗军区的领导人，你脑子灵活点儿！"

建国笑道："妈妈，瞧我的，小菜一碟儿！"拉低了帽檐儿溜出门去。

母亲轻轻地关锁了房门，回到客厅沙发上坐下，温柔地一笑。两个人忽然在特殊情况下独处，心绪难平，一时不知该说什么才好。四周陷入死一般的寂静，只听见小闹钟"嘀嗒嘀嗒"迅跑。突然，电话铃声炸雷般地震响了，惊心动魄。两个人都吓了一跳，目光死死地盯住电话机，交换了一下眼色。

终于，母亲拿起话筒低声问道："请问你找谁？"

电话里爆发出一个女人撕心裂肺的哭喊声："玉莲啊，你快来呀！倒运鬼见阎王爷去了，丢下我一个人可咋活呀！"

母亲一惊急忙问道："月琴？出什么事了？你快说呀！"

刘月琴在电话里哭天抢地哀号道："玉莲快来呀！你表哥跳楼了！"

母亲大惊失色，心尖颤抖，眼里涌出泪花："月琴你别急，我马上过来！……"放下电话站起身，"黎玉跳楼自杀了！我过去看看……"

秦怀璧猛受刺激，捂住胸口，眼圈也红了。

母亲叮嘱道："你不要出去！"转身冲出门去。

客厅里安静下来，小闹钟又开始"嘀嗒嘀嗒"迅跑。

秦怀璧心里难受，从衣兜里掏出一片药吞下去，关了台灯，客厅陷入黑暗。秦怀璧在沙发上躺了下来，双手紧抱住公文包。

北校场军区首长办公楼灯火通明，四周布满荷枪实弹的警卫战士。朱司令员办公室墙壁上悬挂了作战地图，沙盘上插满各种小旗。

军区参谋长紧张地跑进来报告："司令员，造反派冲击北大门了！"

朱司令员手提冲锋枪怒道："传达我的命令，并通过广播喇叭警告那些人：谁敢冲击军事机关，警卫部队立即开枪射击，决不留情！"

军区参谋长立正大声道："是！"转身跑步离开了办公室。

朱司令员将五六式冲锋枪挎上肩，对周围几名军区首长豪放道："狗日的们胆敢冲进我军区大院，老子就敢大开杀戒！他娘的！反了天了！"忽见儿子朱戎生在门外悄悄向他招手，身后还跟了个建国，知道他们有急事，大声喝道："进来嘛！鬼鬼祟祟像个鸟样儿！有事快讲，有屁快放！"

戎生和建国走进办公室，一副欲言又止的样子，朱司令员把大手一挥，几名军区首长退出门去。建国跟过去把门关上，回头站到朱司令员面前。

朱司令员坐在办公椅上："说，什么事？"

戎生看了看建国，建国大声报告："报告司令员，省委秦书记在我家里！"

朱司令员惊奇地看他一眼："什么意思？秦书记在你家干什么？"

"报告！造反派占领了省委大院，省委第一书记被他们绑架去了北京，生死不明；造反派到处抓捕秦书记，秦书记派我来向司令员当面报告！"

朱司令员站起身问道："秦书记在你家？有没有危险？"

"报告司令员，暂时没有危险，但我家也不安全，造反派随时可能突击抄家。秦书记请司令员派人接他到军区，送他去北京向党中央报告！"

戎生赶紧补充道："爸爸，秦书记随身带有省委的重要档案和文件！"

朱司令员用手指轻轻敲了敲桌面，突然喊道："张副参谋长！"

一名年轻的首长应声而入："到！司令员请指示！"

朱司令员命令道："警卫连集合，装实弹，准备执行紧急任务！"

张副参谋长挺胸立正，大声道："是！"转身跑步出门去。戎生和建国露出笑容，向朱司令员打了个招呼，也跟随副参谋长去了。朱司令员刚坐下来喘口气，忽见机要参谋急匆匆地闯进来，立正报告："大孤岛军马场电报！"

朱司令员接过电报扫一眼，霎时脸色大变，大喊一声："阎秘书！"

阎秘书赶紧跑进来："到！"

"命令保卫部长，立即带人带枪奔赴大孤岛军马场，把李莽同志给我接回来！叫上他的警卫员高铁柱，把老李的老婆孩子一起接回来！"

阎秘书赶紧掏出纸笔记录："执行命令！"跑出门去。

朱司令员怒气难消，抓起冲锋枪把子弹顶上膛，又狠狠地关上保险。

寂静的深夜突然响起汽车的轰鸣声和很多人跳下车的响动。

黑暗中的秦怀璧被响动惊醒，从沙发上坐起来聆听动静。响动声来自楼下，秦怀璧急步走到窗前，撩开窗帘缝向外张望，只见楼下单元门洞外空地上停靠了两辆没有熄火的军用汽车，四周站满了荷枪实弹的军人。楼道响起杂乱的脚步声，很多人登楼而上，直奔母亲家来了。秦怀璧怀抱住那只牛皮公文包，房门打开，母亲和建国以及朱戎生冲进来，军区张副参谋长紧跟在身后。

母亲拉开电灯喊道："老秦！朱司令员派人来接你，赶快走吧！"

朱戎生介绍道："秦书记，这位是张副参谋长。"

张副参谋长简洁道："秦书记，朱司令员派我来接您，咱们走吧！"

秦怀璧匆匆告别了建国母子，跟随张副参谋长和朱戎生出门下楼去。母亲和建国关上房门，熄灭了客厅的电灯，跑到窗前拉开窗帘张望。俯瞰可见，秦怀璧和张副参谋长及朱戎生走出单元门洞，登上军用吉普车，在满载全副武装士兵的大卡车护卫下，浩浩荡荡地开走了。母亲松了口气，离开窗前回到沙发上，眼里满含泪水。建国坐到母亲身边关切地问道："妈妈，你怎么了？"

母亲泪如泉涌，压抑地失声哭道："黎玉舅舅死了！……可怜啊！……"

建国的心被刺痛了，无言地抱住悲痛的母亲。

天寒地冻，北风怒号。两辆军用吉普车疾驰在荒原上，烟尘滚滚。汽车开到场部大院停住，高铁柱和军区保卫部长等七八名军人跳下车。

造反派头头及女将等人闻声走出会议室，笑脸相迎。披军大衣的造反派头头装腔作势地笑道："欢迎，欢迎！各位首长从哪儿来呀？"话未落音，铁柱一个耳光扇过去，造反派头头捂住脸颊。造反派女将等人试图发威，军人们同时拔出手枪，将他们包围起来。铁柱厉声喝问道：

"我看你们谁敢动！你们把李莽同志弄到哪儿去了？"

造反派头头委屈地小声问道："你们是哪儿的？凭什么打人？"

"谁打你了？你他妈自找的！看清楚了，这位是军区保卫部长，奉朱司令员命令迎接李莽同志回军区去！你们把首长藏哪儿了？说！"

造反派头头捂住脸不吭声，其他人也低下头装聋卖傻。闻讯围观的农场干部职工揭发道："他们把李场长关在养猪场的黑屋里了！"

秀儿挤进人群大声道："铁柱！你们跟我来！首长在这边！"

一群人来到养猪场小黑屋门前，铁柱一脚踹开上锁的房门冲进屋去，将父亲搀扶出来。被关了几天几夜的父亲脸色苍白，身体虚弱，脸上露出了笑容。

一只简朴粗陋的木制骨灰盒，上面贴有老场长的小照片。

父亲坐在骨灰盒面前，望着老场长照片。张副参谋长和高铁柱等警卫战士站在他身后，周围还有很多农场干部职工。

父亲双手捧起骨灰盒，放在脸上贴了贴，悲痛道："老场长，你走得太急了！打了一辈子光棍儿，吃了一辈子苦，您从没享过一天福啊，老伙计！……"

张副参谋长伏身劝慰道："请老首长节哀，不要悲痛过度，一定要保重身体。朱司令员命令我把老首长一家接回去，请首长跟我走吧！"

铁柱也劝道："首长，您身体一直不好，赶快回总医院治病吧！"

在场的农场干部职工默不作声，眼巴巴地望着父亲，目光充满了期待。

父亲决然道："我不能走。我是军马场副场长，上级没有撤销我的职务，我就不能离开工作岗位！老场长走了，我不能走！我得干下去！"

张副参谋长委婉道："您先把病治好，恢复健康，再回来也不迟……"

"谢谢你，张副参谋长！谢谢朱司令员！请张副参谋长报告朱司令员，我不能离开军马场，我要为人民军队争口气！"

农场干部职工们热烈鼓掌："李场长不能走啊！"

午夜，漆黑的楼梯上突然响起了杂乱的脚步声，随即有人狠命地砸门。母亲和建国从睡梦中惊醒，听砸门声越来越凶狠，急忙穿衣下床开门。

建国抢在母亲前面，操起一把菜刀冲到门前喝道："谁呀？吃饱了撑的！"

母亲从儿子手里夺下菜刀，扔回厨房案板上。

外面有人猛踢一脚，房门被踹开了，一大群黑影闯进屋里来，手电光乱晃。

建国本能地向后闪退护住母亲，顺手拉亮电灯，不觉瞪大眼睛：一群戴红袖套的造反派凶神恶煞，满怀不共戴天之仇。为首的造反派头目大声宣布：

"反革命修正主义分子赵玉莲听着！根据你犯下的执行资产阶级反动路线的滔天罪行，以及你和秦怀璧、黎玉等叛徒的反革命黑关系，应广大造反派战士和革命群众的强烈要求，南方植物所红色造反总部决定，从即日起，对赵玉莲实行隔离审查，并搜查其住所，没收公物家具，勒令赵玉莲立即从防修楼搬迁到普通职工宿舍居住。你听清楚了么？"

母亲生怕儿子莽撞，挡住儿子冷静道："听清楚了。"

造反派头目一挥手命令："搜查！"造反派们立刻冲进各个房间翻箱倒柜。

建国怒道："凭什么搜查？你们有公安局的搜查证么？"

为首的造反派头目冷笑道："公检法都砸烂了，你还想要公安局的搜查证？小伙子，你太天真了！你说凭什么？一切权力归造反派！就凭这个！"

母亲使劲拽住儿子的手，不让他动弹。建国强压怒火，忍气沉默。造反派们搜遍了房间每个角落，抄走了大量书籍文稿信件照片。母亲平静的脸上没有任何表情，冷若冰霜，始终拽紧儿子的手。造反派头目又发一道命令：

"赵玉莲，收拾换洗衣服洗漱用具，去隔离室！"

母亲攥了攥儿子的手，走进卧室去拿出一只装满衣物的手提包。

造反派头目惊奇地扬起眉："你早就准备好了？"

母亲平静道："我只有一个要求：请给我儿子按月发生活费。"

造反派头目大度地笑了："可以！饿不死他。小伙子，搬家的事靠你了！"

母亲看了看儿子，义无反顾地走出家门，造反派们蜂拥尾随而去。

当天夜里，建国搬出了防修楼，搬进了"新家"。

这是一个三十多平米的小套间，一大一小两个房间，狭窄简陋的厨房厕所，一条没有窗户的黑暗过道，一大一小两张旧木床，一桌一椅，便是全部。昏暗的灯光下，刚搬完家的建国一屁股坐在地板上，周围全是箱子和包袱。长夜漫漫，窗户隐现晨曦的微光。家徒四壁，心寒齿冷。十七岁的建国从兜里掏出一支揉皱的香烟划火点燃。青烟袅袅，建国倍感孤寂……

母亲被关进办公大楼厕所隔壁的一间小储藏室，"隔离审查"。门窗新焊了铁栅栏条，墙上写了"坦白从宽，抗拒从严"等标语。屋里一床，一桌，一凳，桌与凳已被审讯者占用，母亲只能徒手站立。

"赵玉莲，你明知黎玉是叛徒，为什么要介绍他入党？"

"我不知道他是不是叛徒。我只知道他经受住了生死的考验……"

造反派头目拍案喝道："黎玉已经自绝于党和人民，你还敢为叛徒歌功颂德！大叛徒秦怀璧为什么要介绍你入党？你和他到底是什么关系？"

母亲义正词严："为了共产主义理想！我和他是同志战友关系！"

造反派头目无耻地笑了："算了吧，别装腔作势假正经了！你还不知道吧？刘月琴已经揭发你了，因为姓秦的喜欢你，所以你不到十五岁就入党了。"

母亲冷笑道:"我只能说,你太无知也太无耻了!我十五岁参加中国共产党,是我一生最大的光荣!我抗议你用肮脏庸俗的语言污蔑中国共产党!……"

旁边两名造反派大声吼道:"住口!你没有发言权!"

母亲愤怒反抗:"既然你们剥夺了我的发言权,我拒绝回答任何问题!"

造反派头目制止了两名喽啰:"好吧,从今天开始,你必须写出检讨认罪书,向全所革命群众交代你的反革命罪行,接受革命群众的批判!"

造反派头目起身出门,两名喽啰尾随而去,回头用力紧锁了房门。

母亲一动不动地站在原地,悲愤的情绪使她心潮难平。

三十三、落难中的血肉交融

南方的冬天潮湿阴冷,动乱的岁月寒夜漫漫。

两名戴红袖套的"群专队员"押解母亲走上楼梯,穿过幽深过道。经过长期关押的母亲身体瘦弱,头发花白,神情泰然自若。他们走到挂有"革委会主任"门牌的原党委书记办公室门前站住了,押解者喊了声:"报告!"屋里回应一声:"进来!"母亲坦然走进办公室。

军代表兼所革委会主任是个三十岁左右的年轻干部,眉清目秀,态度温和,示意母亲坐在对面的座椅上,笑问道:"老赵,你找我什么事?"

母亲坦言:"军代表,我被群众组织宣布'隔离审查'已经两年多了,没有任何组织结论;今年清理阶级队伍,突然宣布我是'假党员',把我关进劳改队,我不服,已经写了三份申述材料,请组织上审查。这两年,我一直住在隔离室,没有回过家;去年冬天我母亲病重去世,也不准我回老家探望和办丧事;我儿子今天下乡要上火车,'群专队'也不准我去送行。我认为,这不是共产党的政策!您是军代表兼所革委会主任,我只好直接向您报告了!"

军代表沉思片刻,和颜悦色道:"你不要着急,慢慢谈。我了解你的情况,你的党龄比我的年龄还长,我很尊敬你。说实话,你爱人是我所在部队的老首长,我虽然没有见过他,但他是我心目中的英雄!你是老党员,要经得起群众运动的考验,问题总会搞清楚的。老赵,我同意你去火车站为儿子送行。"

母亲没想到问题会如此顺利地得到解决,立刻起身致谢:"谢谢军代表!"

军代表也站起来："你身体不好，我让他们安排你干些轻活儿。"

母亲再次致谢，退出门去，由门外的两名"群专队员"押解回隔离室去。

军代表拿起电话拨号，接通电话："政工组吗？你来一下。"

开饭时间，等职工们吃得差不多了，"劳改队"的"牛鬼蛇神"才列队走进大食堂，先向小舞台上的主席像低头请罪，然后排队打饭，列队返回。建国出现在宿舍阳台上，默默地等待母亲。片刻，只见"劳改队"打好了饭列队走出食堂大门，母亲走在队伍最后面。仿佛心灵感应，母亲抬头看见儿子，高兴地向儿子招了招手。建国已知母亲请准了假，拿起行李准备出发。不一会儿，楼下响起了汽车喇叭声，建国探头一看，见母亲已站在车旁。所里派车送母子俩去火车站？建国有点不敢相信，赶紧扛起行李下楼去。

军代表果然派车送母子去火车站，既是出于人道，也是为了安全。

大规模群众运动已经结束，城市和街道恢复了往日的平静。疾驰的汽车里，母亲和儿子紧挨在一起，互相紧握双手，一刻也不愿松开。

站台上已停靠了一列旅客列车，旅客们开始登车。母亲送建国来到站台上，建国肩扛行李挤上硬座车厢，母亲寻找窗口。建国找到了座位，将行李放在行李架上，抬起沉重的车窗探身窗外。母子俩紧抓住双手，四目相对，千言万语尽在不言中。两名押解母亲的群专队员站在远处，冷眼旁观母子生离死别。开车铃声惊心动魄地响起来，工作人员开始驱赶送客的人群。母亲被迫退到安全线以外，眼巴巴地看着列车缓慢启动。高音喇叭播放出雄壮欢乐的进行曲音乐，列车逐渐加速，车轮铿锵，儿子的身影渐渐远去。母亲跟随列车奔跑起来，眼里流出泪水，大声呼唤道："儿子，给妈妈写信！……替我给你姥姥烧香上坟！"

建国使劲从车窗探出身子，向母亲挥手。列车越来越快，霎时间，儿子的心碎了，不觉泪流满面，大喊一声："妈妈！……"

列车进入弯道，母亲的身影看不见了。建国狠狠擦去泪水，固执地凝视窗外。

窗外景物迅速向后闪退，车轮的巨大响声铿锵有力，震撼心灵。建国回过头来，从怀里掏出"户口迁移证"。建国一狠心一咬牙，将手中的"户口迁移证"几把撕成碎片。撕碎的纸片如天女散花飞出窗口，飘散在狂风和烟雾中……

冰雪覆盖了辽阔的原野和干涸的黄河故道，枯草在凛冽的寒风中战栗。

一辆军用吉普车远远开来，在冰冻的荒原小道上颠簸前进。

父亲身披军大衣，正坐在场部办公室看文件，抬头看见了远来的汽车。汽车在场部大院停住了，只见两名军人押解一名犯人下了车。父亲沉稳地坐以静候。两名军人押解那名年轻的犯人径直走进门来，为首一名军人问道：

"你是军马场的负责人么？"

"我是代理场长。请问你们从哪儿来？有何贵干？"

军人递给父亲介绍信和公函，公事公办道："我们从北京来，这是介绍信和公函。反革命分子秦胜利经首长批准，暂时发配到大孤岛军马场强制监督劳动，反省反革命罪行，听候处理。在强制监督劳动期间，不准外出，不准通信，不准与人接触，不准乱说乱动。如果发生意外，由军马场负全部责任！"

父亲打量了那个年轻犯人一眼，果然是哈军工学生、秦怀璧的儿子秦胜利！他穿一身旧军装，没戴领章帽徽，帽檐下闪动一双坏笑的亮眼睛。

父亲不动声色："你放心，人交给我们，我们负责监管，保证不出意外。"

"给我打个收条，签上你的名字，盖上公章。"

"没问题！"父亲拿起钢笔，写下收据。

军人看了看父亲的字体，夸赞道："场长的字儿写得不错嘛！"

父亲叫来场部秘书："盖公章。公函归档。"

场部秘书接过收据和公函出门去了，片刻工夫，盖了农场公章交还给父亲。

父亲交接完毕："还有事么？"

为首的军人看了看收据，揣进衣兜里："再见！"

父亲也不挽留："恕不远送。"象征性地送到办公室门口，目送吉普车远去，挥了挥手，回身关上房门，回到办公桌前。

秦胜利立刻活跃起来："李叔！您还记得我么？小时候在您家玩儿枪……"

"坏小子！我叫你长大了当兵去，你怎么弄成这副模样？"

秦胜利迫不及待地抓起父亲桌上的香烟，抽出一支"大前门"点燃猛吸一口，舒坦地喷吐烟雾："憋死我了！三天没抽烟，这帮家伙太不人道了！"

"到底怎么回事儿？你把谁得罪了？"

秦胜利轻描淡写地笑道："林彪和江青呗！江青在大会上点名抓我的反革命，这个老妖婆！把共产党政权搞垮了，我看她也没什么好果子吃！"

父亲急忙制止道："好汉不吃眼前亏，干吗让她抓住把柄把你往死里整啊？小子，你到我这儿，一切得听我的，不要锋芒毕露，把事情越搞越复杂！趁他们现在还没给你定性判刑，悄悄在这儿待着，最好让他们把你忘掉！懂么？"

"我听您的。李叔，您准备怎么安置我呢？"

父亲胸有成竹："你先住下，等夜里熄灯号以后，你悄悄到我家里来。"

"好的，李叔，我一定准时到你家来！"

父亲指了指后排平房的位置，又大声吆喝道："陈秘书，来一下！"

场部秘书应声而入："场长，什么指示？"

"你把这个人安排到后排平房 6 号房间去住，给他准备被褥和火盆！"

场部秘书遵命："好的。你，跟我来！"把秦胜利领出门去。

父亲深深地吸口气，坐在破藤椅上陷入了沉思。

清冷的月光下，列车穿行在崇山峻岭中，风驰电掣。夜间行驶，车厢内大灯已熄灭，留下一串微弱的过道小夜灯。颠簸摇晃的车厢衔接处，建国站在车门前，默默吸烟。对母亲强烈的思念，对国家和前途命运的担忧及茫然，使他彻夜难眠。冷风不断地从门窗缝隙中吹进来，车厢里形同冰窟。

一个穿蓝布知青大衣的少女路过，走过去了又返回来，凑近建国仔细辨认。

建国看了她一眼，似乎觉得有点面熟，也没在意。

不料，少女主动招呼道："你是建国哥哥么？我是抗美！"

建国茫然呆望眼前的陌生少女："抗美？哪个抗美？"

少女娇嗔地笑了："还有哪个抗美？秦抗美！我爸爸是秦怀璧。"

建国恍然："对不起，好久没见过你了，一下没认出来……"

秦抗美个子挺高，身体发育成熟，性格真诚坦荡。

"建国哥哥，你知道我爸爸妈妈的事么？我妈妈患高血压和心脏病，又长期隔离审查得不到救治，上月五号去世了。我爸至今还关在监狱里，尽管中央打了招呼，可有的人就是不执行，不知道还要拖多久！我们学校下乡去全省最边远、最贫困的山区，我们一群省市委的'黑帮子女'悄悄串联，组成一个知青集体户，准备到山西太行山插队去……你这是去哪儿啊？"

"我回妈妈老家插队落户，妈妈单位强行下的户口。"

"是啊！像我们两家这样，哥哥姐姐当了兵，父母身边只有一个孩子，应该按独子女政策照顾，但根本就不可能，早就打入另册了……"

建国漠然地笑了笑，叹息道："纪阿姨的事我今天才听说，消息完全封锁了，我妈妈还不知道呢！……你哥哥在哪儿？我很久没听到他的消息了。"

抗美笑道："我哥那人神通可广大了，我都不知道他到底在干什么，也打听不到他在什么地方，也没法跟他联系。听说他可喜欢你姐姐了！"

建国摇头苦笑，感觉这女孩儿有点"没心没肺"。

"建国哥哥，要不你也去我们集体户吧？人多不受人欺负，互相有个照应。"

建国冷淡道："我不喜欢扎堆儿，还是一个人回老家清静。"

抗美也不强求，又问道："建国哥哥，我可以去你老家看你么？"

"可以呀！你爸爸妈妈不也都是故县人么？你们的集体户定在哪儿？"

"现在还没定呢，反正也在晋东南地区某个县呗，我们那帮兄弟姐妹的父母大多是山西人，让孩子回老家也放心！到我们车厢去看看吧？"

"再说吧，我想一个人待会儿。"

抗美见建国下了逐客令，也就不再久留："那我走了？有事叫我。"

建国点了点头，抗美嫣然一笑，做了个"再见"的手势，优雅地转身离去。

火车忽然钻进山洞，车轮轰然巨响，霎时狂风大作，一片黑暗。建国燃了第二支香烟，徐徐吐出烟雾，烟头和眼睛在黑暗中闪闪发光。

天黑后，秦胜利悄悄溜进了父亲的小屋。

一碟花生米，一盘卤牛肉，一碗韭菜炒鸡蛋，一壶自酿大米酒，色香味浓。

父亲和秦胜利轻轻碰了碰小酒盅儿，"吱儿、吱儿"两声喝干了杯中酒。

秦胜利闭上眼睛回味无穷，咂咂嘴儿惬意道："真舒服啊！李叔，你过的是神仙的日子啊！这帮家伙关了我仨月，天天让我啃窝头，把肠子都刮青了！"

女主人秀儿身披小棉袄，端来一碗红烧肉面，热腾腾香喷喷，热情招呼道："趁热吃吧！这是首长让我给你做的大肉面，给你补补脑子！"

秦胜利摩拳擦掌，夸张道："太棒了！毛主席的待遇！军马场我来着了！"

"这是我的老伴儿秀儿，她娘还是你爸和赵阿姨的干娘呢！"

"李叔，怎么能说老伴儿呢？明明是小伴儿嘛……"

父亲拿筷子敲了敲他的头："坏小子，不许没大没小，叫秀儿姨！"

秦胜利起身鞠个躬："秀儿姨好！您做的饭太好吃了，我得天天来打牙祭！"

秀儿笑道："你就来呗，面条管够！你慢慢吃，我跟孩子睡觉去了。"

秀儿摸了摸父亲的头，向秦胜利点了点头，转身出去。

秦胜利对父亲竖了竖大拇指："李叔，您这老伴儿不错，您老好眼力！"

父亲叹了口气："这些年全靠她了，没有她，我一天也活不了。"

"看出来了。就是委屈了赵阿姨和太行建国姐弟俩。"

父亲似乎很感慨："有得必有失，熊鱼不能兼得……告诉太行了么？"

"您，您知道我和太行的事？……"秦胜利略感意外。

父亲笑骂道："你小子打小就喜欢我闺女，我还不知道你那点儿鬼心眼儿！太行已经写信跟我说了，还征求我的意见。我说闺女，你自个儿看着办吧！"

秦胜利忙向父亲跪拜道："岳父大人在上，请受小婿一拜！"

父亲训斥道："起来！出什么洋相！还嫌没给我找麻烦？靠边儿稍息吧！"

秦胜利笑嘻嘻地爬起来，又跟父亲碰了碰杯，把酒扔进喉咙里。

父亲放下酒杯，郑重其事道："听着，我也跟你约法三章，定个君子协定：第一，只准老老实实，不准乱说乱动。第二，不准暴露你我之间的关系。第三，不准告诉太行，也不准写信告诉任何人你的行踪。"

秦胜利拼命点头："遵命！听李叔的！"开始大口吃红烧肉面。

雪过天晴，阳光明媚。太行山腹地白雪黄土，景色宜人。

临近晌午时分，村口大道上走来了建国和帮他挑行李的拴柱表叔。蹲在街门口饭场上吃晌饭的乡亲们都不说话了，默默地注视陌生人。

大队支书拴柱呵斥道："瞪眼瞧甚呢？没见过？俺姐家孩子建国，不认识？"

乡亲们站起身围过来招呼："唠呀，都长成大汉了……"

拴柱高声宣布："建国回咱村插队落户，响应毛主席号召，回老家劳动锻炼，今后就是国家的栋梁！人家爹娘在外面都是大干部，老辈儿人们都见过，老红军老八路，把孩子送回老家，这是咱赵墁坡的光荣！咋不欢迎呢？"

乡亲们象征性地拍了拍手或者敲了敲碗，表示欢迎，但更多的是好奇。

建国鞠了个躬："我妈妈问大家好！给乡亲们添麻烦了！"

"进屋吧，你婶儿等你开饭呢！"

后晌，建国来到群山环抱的赵家祖坟，枝繁叶茂的古松依然迎风矗立。姥姥已与姥爷合葬入一穴，墓碑上新添刻了姥姥的姓氏名讳。建国头和腰缠了白布，双膝跪在姥爷和姥姥的墓碑前烧香磕头，然后供上了白面馍和水果点心，把撒了葱花的山药蛋粉条汤洒在坟周围。姥爷坟旁的小坟墓也摆放了供品，建国为哥哥小猛也扫了墓，跪在哥哥坟前低声祷告道：

"哥，你受委屈了。以后我天天陪伴你，天天跟你拉话儿……"

一只灰喜鹊飞到坟旁的松枝上"喳喳"地欢叫，太行山早春悄然来到了。

母亲送走儿子后，仍回研究所"牛棚"接受"劳动改造"。

一间充满粉尘的大车间里，十几名穿工作服的"牛鬼蛇神"正在装药。母亲和其他人一样，从头到脚包裹得严严实实，只露出两只眼睛。工作正紧张进行时，一名群专队员又领来一名女"牛鬼蛇神"，向大家大声宣布："原分院行政处的刘月琴，也分配到车间劳动改造，大家互相监督！"宣布完毕，赶紧捂住鼻子退出去，留下一个瘦弱多病的老干部刘月琴。

母亲忙过去拉住刘月琴的手："月琴，你身体扛得住么？"

刘月琴臂缠黑纱，古怪地笑了笑："你扛得住，我为啥扛不住？"

母亲找来工作服和口罩等劳保用品，一边给她穿戴一边叮嘱道："你就跟我一块儿干，不舒服就告诉我。活儿其实很简单，每一小瓶装一百粒药片……"

刘月琴似笑非笑："我知道。"

穿戴完毕，母亲把刘月琴领到工作台前，给她做一遍示范。刘月琴毕竟是个机灵鬼儿，很快就学会了装药，而且装得又快又好。

母亲由衷地称赞道："你真聪明！我学了小半天才学会，你看一遍就会了。"

刘月琴露出闪亮的眼神笑道："我本来就比你强，你是运气比我好。"

母亲拿她没法："我承认，你从小就比我强。行了吧？"

刘月琴小女孩似的得意:"本来就是嘛！除了不会生孩子,我就是不服气！"

"好了别说了，赶快干活儿吧，有人监视呢！"

刘月琴抿紧了薄嘴唇，不再说话了，开始手脚麻利地往小瓶里装药。

三十四、儿女们恋爱不容易

清晨的霞光透过窗棂，照在睡梦未醒的建国脸上，他睁眼伸了个懒腰。远近传来鸡叫声，窗外麻雀叽喳，建国仰脸躺在炕上，感觉有点茫然。

房门被人轻轻推开，一个穿旧红花小棉袄的少女探进头来，红扑扑的脸蛋，两只羊角小辫儿，倒也眉目清秀，甜甜一笑："哥，你醒了？"

建国认出是表叔的闺女："珍珍，有事么？"

珍珍进屋看了看水缸，拿起墙角的扁担和水桶："俺爹叫俺给你挑水去。"

建国赶紧起身："表叔真是，怎么叫小丫头给我挑水！我自己去！"

"哥，挑水可远呢，在西沟底下的老井，三四里地呢！俺去给你挑吧！"

建国穿好衣服，夺过扁担水桶："我自己去！"挑上肩出了门。

珍珍跟在建国身后："哥，俺引你去，你不知道地方……"

山道上，建国肩挑两只空水桶晃荡走下陡坡，珍珍紧随其后。老扁担和两只空木桶也够沉的，还没走到井台边，已经感觉肩膀生疼；好容易下到沟底下老井台边，建国见井水离井口一人多深，一时不知所措。多亏有个珍珍，教他用扁担钩子勾住一只水桶，探下身去，晃悠水桶打水。看着容易做着难。建国抢过扁担水桶试了几次，竟然打不上水来。珍珍抿嘴一笑，接过扁担和水桶轻轻一晃悠，就轻巧地提上满满一桶水来。建国看她做得轻巧，又抢过来试了试，却只能打半桶水。珍珍打满了两桶水，调整好扁担钩距离，笑问道："哥，俺挑吧？"建国满脸通红地夺过扁担一蹲身，咬牙使劲挑起两桶水站起身来。珍珍见他腰都压得挺不直了，忙劝道："哥，你挑不动，俺挑吧！"建国不服气地吼了声："闪开！"咬牙东倒西歪地迈开脚步，桶里的水溅出桶外，结冰的土路又硬又滑，没走几步，便摔了个四仰八叉，两桶水洒了个干净，空水桶"骨碌碌"地滚出老远，惊飞了路旁一群野鸟。珍珍急忙搀扶建国，心疼地问道："哥，摔疼了吧？俺给你揉揉！"建国摔疼了屁股蛋，咬牙逞能道："我没事儿！"珍珍捡回扁担和水桶回到井边，打满了水，轻松地挑上肩："哥，咱回家吧！"奇怪！百把斤重一担水，挑在十六岁的珍珍肩上，那么轻松自如！珍珍扭动苗条柔韧的腰肢，两只满满的水桶忽悠忽闪，一滴水也溢不出来！建国揉揉摔疼的屁股，像个打败仗的伤兵，垂头丧气地跟在珍珍身后。两个身影一前一后，走上清晨的山坡。

晨雾散去。家家户户冒出了炊烟。

建国暂时在表叔家搭伙吃饭，爷儿俩坐在炕上喝谷面疙瘩米汤，表婶和珍珍及孩子们各自端碗找地方吃。谷面疙瘩粗硬难以下咽，建国吃药般的痛苦。栓柱却吃得香甜，大嚼谷面疙瘩就酸菜喝米汤，头顶上冒出热汗。珍珍坐在灶台边上吃饭，远远地看见建国的难受样儿，无可奈何。

栓柱表叔抹抹嘴，拔出旱烟袋道："建国，今天你不用出工，去公社报个到，办办户口粮食关系。你不是党员吧？就不用转组织关系了。"

"表叔，我的户口迁移证在路上弄丢了，只剩下粮食关系。按照国家规定，知识青年下乡第一年，国家按月供应三十斤口粮……"

表婶不安地插嘴道："你把户口弄没了，那不成黑人黑户？"

栓柱训斥道："瞎说甚呢！谁是黑人黑户？不敢瞎说！俺孩不怕，你到公社，就找公社秘书老程，他是你表婶家姑父，我先给他打个电话。"

建国掏出一个简陋的白皮小本本递给栓柱："叔，你看光有这个行么？"

栓柱潦草地看了看小本本："就是它！找到老程，甚也能办了！"

"爹，俺陪建国哥哥去公社吧？俺能找到俺老姑父！"珍珍忽然站起身说。

"就叫珍珍跟你去吧，老程可喜欢这闺女了，骑上我的车去！"

珍珍高兴得跳起来，立刻去收拾自行车，欢乐之情溢于言表。

雪后初晴的黄土高原土路上，建国骑自行车搭载珍珍，飞快地冲下了坡道。

珍珍仍穿旧红花小棉袄，脖子上系了条红围巾，旗帜似的迎风飘扬。两个人骑车一前一后，不知说了什么笑话，不时引发愉快的笑声。压抑已久的建国心胸豁然开朗，在太行山春风中，露出了舒心的笑容。

春天的渤海湾大孤岛刮起了漫天风沙，铺天盖地。园艺场果园里，父亲正带领一群工人给果树喷农药，人人穿戴工作服大口罩，只露出一双眼睛，但是农药强烈的气味仍然使他们难以忍受。"强制监督劳动"的秦胜利也在喷药队伍中，强忍农药的毒气坚持工作。给一大片果树林喷完农药，工人们脸色惨白，纷纷一屁股坐在地上，头冒冷汗，难受得直喘粗气。秦胜利更是脸色如纸，忽然晕倒在树下，陷入了休克。父亲大惊，急忙给他掐人中，做人工呼吸，灌温水，实施抢救。秦胜利半晌才缓过气来，慢慢睁开眼睛，目光茫然。父亲总算松了口气，从怀里摸出个冷馒头笑道："坏小子！别吓唬我，你出了事儿，我可没法给上级交代呀！早上又没吃东西吧？快吃吧！"忽见场部秘书引领几个穿军装的人朝果园走来。秦胜利心一沉，自知大事不妙，勉强支撑地坐起身来。

父亲也隐约感觉不安道："陈秘书，什么事？"

场部秘书没有吭声，还是上次那位为首的军人宣布道："反革命分子秦胜利在监督劳动期间，继续散布反革命言论，经领导批准，逮捕法办！"话音刚落，两名保卫人员立刻上前把秦胜利从地上拖起来，戴上手铐。

父亲惊得目瞪口呆："你们要把他带到哪儿去？"

为首的军人冷冷地答道："你无权过问，也不要再问了。带走！"

在父亲和农场工人的注视下，秦胜利被带走了。

春暖花开时节，太行山春意盎然，黄土高原充满了生机。

开阔的行道岭山脊梁土路上，十几名赵墁坡村的青壮年农民肩挑化肥，健步如飞，你追我赶，谈笑风生。建国也挑担夹在农民们中间，咬牙坚持。走到山脊梁疙瘩顶上，大队支书栓柱宣布歇息片刻，大家才卸下百多斤重担。建国累得腰酸肩痛，一屁股坐在路边上大喘粗气。几个年龄相仿的年轻小伙子打趣道："建国，这比在城里念书好受多了吧？你不留在城里享福，跑到山沟里来当受苦人，不知你爹娘是咋想的？……"

支书栓柱生气地训斥道："倒运鬼们！说甚吊蛋话呢？知识青年上山下乡是毛主席的号召，建国从城里回咱山沟里当农民，是咱赵墁坡村的光荣！你们自小在地里受苦受惯了，建国细皮嫩肉的，让你们夹在当中，从公社挑百把斤重担一口气走了七八里山路，人家孩子容易么？你们还昧良心说风凉话！"

青年农民们也觉得不应该，都不好意思地笑起来，又说些夸赞建国的话。

建国缓过气来，打肿脸充胖子："没事儿，咱也是受苦人出身！"

"你爹是受苦人出身不假，你可是大干部家的少爷！"

正说笑，大家忽然不约而同地噤了声，目光齐刷刷地投向土路。

明媚的春光里，迎面走来一位背药箱的妙龄少女，雪白的瓜子脸，眉清目秀，腰身娇柔窈窕，身穿洗旧的军装，蓝军裤，北京布鞋，气质迷人。建国看少女的第一眼便怦然心跳，立刻被她强烈地吸引住了。少女袅袅婷婷、落落大方地走过这群目光热辣辣的男人，飘然而去。好半天，这群青壮年男人才回过神来，不约而同地呼出了口大气。支书栓柱笑骂道：

"狼吃鬼们，没见过个女人？瞧你们那副饿痨样儿！"

青年农民们齐声叫屈道："好支书呢！叫咱跟她睡一觉，天明死了也不屈！"

"做你娘的美梦吧！人家是北京的女学生，尽他娘想好事！"

青年们余兴未尽地谈论妙龄少女，关键的信息是名叫罗晶晶，住王家峪大队。

建国在心里记住了少女的姓名和地址，心驰神往，想入非非……

晌午，窑楼小院里飘出了袅袅炊烟，建国手提空扁担回到家里。

珍珍从院里跑出来，表情诧异地一笑道："哥，来客了！"

建国心里嘀咕，回到正房，却见秦抗美正在锅台边忙碌炒菜做饭。抗美见他回来，忙喊道："建国哥哥搭把手，把鱼端上桌去！"建国忙上前接过刚出锅的红烧鲤鱼，端到小炕桌上，顿时屋里香味弥漫。抗美又手脚麻利地做了个西红柿鸡蛋汤，端上来一小锅焖好的大米饭，揭开锅盖，大米饭上面蒸了腊肉和香肠，色香味美，诱人食欲，好一顿丰盛的午餐！

建国抓了片香肠尝了尝夸赞道："太棒了！你什么时候来的？"

抗美摆好碗筷，盛好米饭，在小炕桌旁坐下笑道："我中午就到了，先给你洗了一大堆衣服和被子，听说你们回来了，就赶紧开始炒菜。尝尝红烧鲤鱼味道怎么样？这是我们集体户男生在水库里抓的，香肠腊肉是家里带来的……"

建国顾不上说话，埋头狼吞虎咽。抗美笑吟吟地看他吃喝，目光中饱含喜爱。建国吃饱喝足，惬意地点燃香烟，吞云吐雾。抗美好像比他还心满意足。

"我的手艺怎么样？饭菜好吃么？"

建国竖起大拇指："天天吃谷面疙瘩山药蛋菜汤杂面干粮，从来没闻过大米猪肉的香味儿，更甭说吃鱼了！你不知道，咱老家人不吃鸡，不吃鱼，不吃猪肉，不吃蔬菜，调料只有盐和醋，锅里看不见半点油腥，这饭咋吃？"

抗美笑道："不是老乡不吃，是没有！从来没吃过！哥，去我们集体户吧！我们自己盖房子，自己开伙，过得可高兴呢！"

"我说过，我不喜欢扎堆儿。"

"那你以后咋办？一辈子待在农村？"

"我连户口都没有了，待在哪儿不一个球样？"

"你咋没户口呢？你不是说你妈妈单位强行迁的户口么？……"

建国冷冷地打断她的话："小孩子家，别问了！"

抗美立刻闭了嘴，两个人沉默了一会儿，似乎无话可说了。窗外老枣树上的麻雀"叽叽喳喳"似在吵架，建国突然大吼一声，麻雀惊飞。抗美默默地回锅台洗了锅碗瓢盆，又默默地回到炕边。建国已经躺在炕上，似很疲倦的样子，也不说话，自顾吞云吐雾。片刻，抗美背起空挎包。

"我回去了。再晚怕赶不上长途车了。"

建国勉强坐起身道："不敢耽误，一百多里地呢，走吧！"

抗美感觉他巴不得自己离开，嘴动了动，转身向屋门外走去。建国溜下炕，礼节性地送抗美出门去。两人一前一后走出小院，躲在窑洞门窗里偷窥的表婶和孩子们探出了脑袋。正在门外碾盘上推碾轧玉茭粒儿的珍珍看了他们一眼，低头红了脸。抗美和建国一前一后走出村口，抗美停步回头道："你回去吧。"建国只好停住脚步，抗美低头疾步走去，渐渐消失在远处。建国快快地回到院门外，推碾的珍珍又飞快地看他一眼。回到院里，表婶从窑洞走出来，心直口快：

"建国，那是你没过门儿的媳妇吧？看人家闺女好模样儿！白生生的，还会做饭，胯大还能生娃娃！"

栓柱表叔在窑洞里骂道："倒运鬼！瞎说甚呢？悄悄哇你！"

表婶"咕咕"地捂嘴笑回屋去，建国不觉地红了脸，低头回了正房。

夜幕降临，小院里响起了民乐合奏，旋律悠扬。建国吹奏口琴，十几名农村青年吹拉弹唱，唢呐、竹笛、二胡、三弦儿、笙，配合默契。珍珍站在灯光下，脸蛋红扑扑地唱起了《大寨颂》，声音清亮而甜美。

一道清河水，一座虎头山，大寨就在山下边。

七沟八墚一面坡，层层梯田平展展……

珍珍的演唱声情并茂，眼里秋波闪动，情窦初开的少女胸中涌动春潮。建国却无动于衷，就像对抗美没感觉一样，更不可能爱上珍珍。

宽敞的猪圈大棚里，通道两旁全是圈栏，喂养了数十头肥猪。父亲腰系围裙，手提食桶，轮流给两旁猪圈里喂食，猪们欢声雷动。父亲一边喂食，一边亲昵地骂道："饿死鬼投胎！抢什么？大家都有的吃！"

秀儿引领一个穿军装的姑娘走过来，大声喊道："首长，你看看谁来了？"

父亲抬头一看，红领章、红帽徽、绿军装，是他的女儿太行！

太行疾步走到父亲面前，抓住父亲的手激动道："爸爸！我是太行！"

父亲心里一热："闺女，你咋到这儿来了？"

"我想爸爸，就请了假跑来看爸爸呗！……爸爸，您的身体还好吧？怎么在猪圈里干活儿？我做梦都梦见爸爸又穿上军装呢！"

"傻孩子，还像个小丫头……"

太行看了看四周没人，低声问道："爸，胜利呢？他不是跟你在一块儿么？"

父亲惊愕地回头看看秀儿，秀儿忙掩饰道："胜利？胜利是谁？"

太行盯住父亲，父亲尴尬地笑道："胜利怎么会在农场呢？"

太行眼含泪花轻声道："爸，您别骗我了。胜利在您这儿给我写过信……"

父亲语塞，自语似的低声抱怨道："这个坏小子，约法三章，一点儿不管用！"

"爸，告诉我，胜利在哪儿？我要见他！"

父亲见一群工人扛着大扫帚进来了，忙低声道："你先回屋去，让小姨先给你说说，我下班回来再跟你细谈。去吧！……同志们，过来吧！"

太行含泪退开，跟在秀儿身后低头出去了。

夜里，门窗紧闭，窗帘拉得严严实实，屋子里只有父女两个人。

太行泪流满面："胜利离开之前，没给我留下什么话？"

父亲深深地叹了口气："根本来不及啊，孩子！出事之前，他几乎天天夜里到我这儿来聊天。我们爷儿俩太大意了，应该想到会有人监视偷听……"

"爸，您看胜利这个人，值得我爱他么？"

父亲肃然："胜利是个有思想、有信仰的人，值得你一辈子爱他。"

太行把脸靠在父亲怀里："爸，我等他！"

"你受苦了，闺女！"

"爸，听小姨说，您为胜利的事也受了牵连？"

父亲笑道："谈不上牵连，无非是审讯逼问我们说了些什么，到底什么关系，隔离审查，监督劳动，最后干脆撤了我的副场长，我是无官一身轻啊！现在每天喂猪种菜拾粪，睁眼劳碌，倒床睡觉，神仙一样的日子……"

"爸，我明天回去看妈妈，您给妈妈带什么话么？"

"能带什么话？你妈妈日子也不好过，让她好好保重身体吧！你妈妈骨子里太要强，有时候会吃亏的。"

太行慢慢低下头，咀嚼苦涩的人生。

春风吹散了漫天的乌云，母亲也呼吸到了春天的气息。

群专队员消失了，党办秘书又出现了，谦恭地引领母亲走向过道深处。来到原党委书记办公室门外，秘书小心地敲了敲门，侧身请母亲进门去。

军代表热情地与母亲握手笑道："老赵，请坐！"

母亲看看自己的满身粉尘："军代表，我这一身灰尘，站着说吧！"

军代表搀扶母亲坐在皮沙发上，亲自为她倒了一杯热水，坐在她对面诚恳道："赵玉莲同志，您别客气，长者为尊嘛！今天请您来，告诉您一个好消息。经过组织上反复外调核查，您的入党介绍人秦怀璧也亲笔写了证明材料，经省革委会党的核心领导小组审核批准，决定恢复您的党员组织生活。另外，根据领导班子实行'老中青三结合'的原则，经过群众评议和组织考核，并报省革委会批准，决定任命您为南方植物所革命委员会副主任、党的核心小组成员。这是恢复党员组织生活的通知和省革委会党的核心小组任命文件。老赵，祝贺您！"

母亲心情激动，泪眼婆娑地接过两份文件看了看，真诚地表示："我很高兴！谢谢组织上对我的信任。恢复组织生活，是我最大的愿望。我已经快三年没参加组织生活了……我犯过错误，也有很多缺点，还需要认真学习和改造思想，还是暂时不要担任领导职务，请组织上考虑……"

军代表笑道："赵书记，您就不要谦虚了，这是革命的需要。我很快就要回部队工作了，今后研究所的大梁还得由您来挑。您是老革命、老党员、老前辈，本来就不应该被打倒。现在，您可以回家了。"

母亲站起身感叹道："是啊，我已经有两年多没回过家了……"

军代表握了握母亲的手，送她到办公室门口。

夜深人静，楼道里响起急促的脚步声，随即就听有人敲门。刚收拾完屋子的母亲走近门前，听了听门外动静问道：“谁呀？”

门外传来女儿太行的喊声：“妈妈开门！我是太行！”

母亲惊喜地急忙开门，女儿太行一头扑进来扎到母亲怀里，委屈地哭喊道：“妈妈，我找不到家了！我问了好多人，人家都不知道……”

母亲抱住女儿：“傻闺女，这不是找到了么？”

母女俩互相拥抱地走进狭窄的新家，两间小屋子，一眼就看了个里外两清。

太行顾不得放行李，急切地问：“妈妈，你什么时候出来的？”

母亲给女儿摘帽子取挎包，擦擦脸上的汗笑道：“今天下午。你看运气多好，下午走出‘牛棚’，晚上就见到女儿了！”

太行忍不住抱住母亲撒娇道：“妈妈，我好想你啊！快亲亲我呀！”

母女俩亲热了一会儿，母亲才拉女儿坐下来问道：“闺女，你们毕业分配了？分到哪儿了？你怎么有时间跑回来看妈妈？”

太行泄气地噘嘴道：“还没分呢！把我们全部赶到军垦农场大学生连，说是要劳动锻炼一年后才分配呢，我赶紧请假跑回来……妈，你等一下！”急忙跑到门口拿回一个大提包，里面全是咸肉、大米、苹果等食物。

母亲惊讶地问道：“这是从哪儿弄来的？你们军垦农场还发吃的喝的？”

太行笑道：“哪儿有这种好事，是爸爸和小姨带给你的！”

“你去看爸爸了？他还在军马场么？过得怎么样？”

“妈妈，爸爸过得挺好的，现在天天种菜喂猪，把身体锻炼得棒棒的，将来还能带兵打仗呢！爸爸让你保重身体！”

母亲淡然地笑了笑：“秀儿和两个孩子都好吧？”

“这些东西都是小姨给你准备的，我看她对爸爸也挺好的……跃进和丹丹都长高了，也长好了，都上学呢，就是学校条件差点儿。”

母亲忽然单刀直入：“胜利呢？最近有胜利的消息么？”

太行的心被猛地刺痛了，不自然地笑了笑：“听说，胜利也分配了。”

母亲见她眼含隐泪，抱住女儿问道：“告诉妈妈，胜利到底出什么事了？”

太行泪如泉涌，委屈地叫了声：“妈妈！”

母亲心里的预感得到证实，心疼道：“闺女，别难过。人这一辈子总要过些沟沟坎坎，哪能一马平川呢？你爸爸，秦叔叔和纪阿姨，黎玉舅舅，还有妈妈，谁又没有在命运面前栽过跟头呢？好了，别哭了，把心胸放开些！”

母亲的坚强使太行深受震动和鼓舞，抬起头来，使劲点了点头。

三十五、像他爹当年一样痴情

初夏，山野一片嫩绿，冬小麦已拔苗一尺多高，长势喜人。

山间小道上走来一群担粪罐的青壮年农民，又把建国夹在队伍中间，软扁担忽悠忽闪，扯嗓高唱苦涩的酸曲儿："想亲亲想得我手腕腕儿那个软……"经过劳动锻炼的建国轻松自如地闪扁担换肩，挑百斤重担如履平地。珍珍和小姑娘们也不示弱，肩挑粪罐紧跟上队伍，快步如飞。来到山顶麦地，农民们将粪罐挑到麦地里一字儿排开，却不浇粪，都跑到山顶大松树下，各自找个凉快地儿坐了，就开始抽旱烟，聊大天儿。建国手拿粪瓢留在地里，不解地问道：

"还没干活儿呢，就歇晌啊？"

一个三十多岁的老光棍儿笑道："苦还能受完了？急甚呢！快过来歇会儿！"

农民们哄笑道："你表叔去参观大寨，咱就歇上三两天怕甚呢！"

老光棍儿说风凉话："反正你出一天工记八分，干多干少都一个球样！"

建国入乡随俗，只好也到树荫下来坐下，珍珍及时递给他一碗水。农民们又开始海阔天高地"搋死瞎话"，嬉笑怒骂，毫无顾忌。

老光棍儿高声骂道："日他娘！从前光听说王家峪的八路军总部牌子给砸了，说是为朱德和彭德怀树碑立传，现在倒好，变成林彪纪念馆了！"

几个后生齐声嚷道："林彪就没来过王家峪，咋能随便改名换姓呢！"

"不相信？朱老总亲手种的红星杨，成了林彪的拴马桩了！"

农民们愤愤不平地骂起来："倒运鬼！大奸臣！……"

建国听得心惊肉跳，忙打岔道："王家峪离咱村儿多远啊？"

"往东三十里，大山里，属于蟠龙公社。"

老光棍儿鼓励他道："去看看吧，你爹倒是怕真的在那棵树上拴过马呢！"

建国点头微笑，心驰神往，心已飞向那个日思夜想的地方。

后晌，建国正用打气筒给自行车打气，珍珍悄悄走过来问了一声："哥，你到哪儿去？真去王家峪看那棵树啊？"

建国掩饰道："我看那树干吗？我去蟠龙镇转转，买本书。"

珍珍高兴地笑了："哥，俺跟你去！俺想扯点小花布，缝件小汗衫儿……"

"我还要去会朋友，你跟上去不方便。"建国立刻拒绝了。

珍珍不高兴地扭身回窑洞去。建国推车走出院门。

下午四五点钟，太阳开始西沉，一条通往大山深处的土路，投下大片阴影。路旁一块路牌，箭头指向"王家峪"方向。寂静的大山里杳无人迹。风尘仆仆的建国停住自行车看看路牌，蹬车上坡，向王家峪方向驶去。七拐八弯，来到一个没有路牌的岔路口，建国只好又停下车。鸟鸣山更幽，夕阳无限好。可惜山里连个鬼影子也没有。正发愁时，忽见土路上走来一个拾粪老汉，鬼绰鬼绰，活像个幽灵。建国急忙迎上前去招呼道："大爷，请问王家峪怎么走啊？"

拾粪老汉冷眼瞅了瞅他，警惕地盘问道："你从哪儿来？找谁家呢？"

"我从县城里来，想看看咱八路军总部纪念馆。"

拾粪老汉冷冷地指了指身后的土路，也不说话，闷头向山外走去。

"谢谢你，老大爷！"建国精神百倍地蹬车向土路上驶去。

王家峪，一个坐落在太行山深处的小村庄，安静隐蔽。夕阳的余晖中，村庄炊烟缥缈，神秘悠远，一片青砖黑瓦院落引人瞩目。建国骑车驶入村口，见一棵巨伞似的大杨树下坐了几个老人，急忙下车。老人们发现来了生人，立刻停止了聊天，以淡定的目光注视来人。

建国上前问道："老乡们好！请问，这里是王家峪村么？"

老人们参差不齐地答道："是，王家峪。你是谁呢？你找谁家？"

建国已习惯了老乡们警惕的目光："我找一个从北京来的女知识青年，名叫罗晶晶，当了赤脚医生，我是她的朋友介绍来的，想请她瞧瞧病……"

老人们脸色严肃了，互相看看，意味深长地沉默起来。

建国以为自己没说清楚，或者老人们没听懂，就又重复了一遍。

老人们依然沉默，等了半晌，一位白胡子老汉开口沉吟道："罗晶晶？倒是有这么个人，找她的人不少，可惜你今天来得不是时候。"

建国没听明白，忙赔笑问道："怎么？她不在家？去哪儿了？"

白胡子老汉故作神秘："这可不能随便告诉你。你找罗晶晶到底有甚事呢？"

建国不耐烦了："我有事，非得告诉你么？"

老人们也不高兴了，一齐昂首闭了嘴，不再理会建国，管自敲打旱烟袋锅。

建国也不再理会老人们，推起自行车进了村。走进村里，那片青砖黑瓦院落就在眼前，黑漆大门紧闭，四周有丈余高墙，门旁墙壁上的刻字隐约可辨："八路军总部旧址"，标明山西省人民政府立。建国站在摘去门牌的纪念馆门前，依然看不见一个人。此时，有个扛锄头的姑娘正好路过，建国忙拦住问道："请问同志，我找王家峪大队赤脚医生罗晶晶同志，你知道她住哪儿？谢谢！"

姑娘觉得他的客套话很可笑，忍住笑道："罗晶晶不在家，去县里开会了。"

建国如挨当头一闷棒："开什么会？什么时候回来？"

姑娘不愿多说，边走边说："计划生育会，不知道甚时候回来……"

建国还想问问清楚，见姑娘已逃跑似的走远了，只好推车往回走。回到村口那棵大杨树下，老人们如法炮制，见他来即闭嘴。接受刚才的教训，建国支架好自行车，从衣兜里掏出香烟向老人们走过去，主动挨个儿敬烟赔笑道：

"大爷们请原谅，我不会说话，多有得罪，请抽烟！"

老人们勉强接过纸烟，看了看烟盒牌子夹在耳朵上，脸色稍微缓和了些。

建国问道："大爷，我怎么没看见朱总司令的红星杨呢？"

老人们都自豪或鄙弃地互相笑起来，还是那位白胡子老汉开口道："后生，你有眼不识泰山！朱总司令亲手种的红星杨，远在天边，近在眼前！"

建国不觉抬起头一看，惊喜道："就是这棵树么？也没什么特别的呀！"

白胡子老汉不屑地冷笑道："肉眼凡胎之辈，能看出啥特别！你没听说么？朱总司令的红星杨，无论枝枝丫丫，心心里都长出一颗红五角星儿来！"

建国不相信地摇头道："也就是老百姓的善良愿望罢了……"

不料老人们生气了，白胡子老汉气呼呼地捡起一根落在地上的树枝，"咔嚓！"一声撅断，将断口递到建国眼前："后生，你睁眼看看，这是甚？"

建国瞪大眼睛，果然看见树枝心心里有一颗端端正正的红五角星！

白胡子老汉举起拐杖，从树梢上打下一截树枝撅断，心心里一颗红五角星！

建国目瞪口呆，不敢相信自己的眼睛，忽然感到一种神奇的力量。

白胡子老汉得意地笑道："咋样？这就是朱总司令！"

老人们都笑起来，建国也笑了，把两小截断树枝小心地装进了挎包里。

白胡子老汉恩赐道："告诉你，罗晶晶到县里开会去了，今晚才能赶回来。你想见她，要么等她，要么回去改天再来。后生，你自己决定吧！"

建国想了想："我改天再来吧！谢谢各位大爷！"

凉风吹来，巨伞似的红星杨树叶儿沙沙响，仿佛为建国送行。

大山的阴影覆盖了整个山谷，光线渐渐阴暗下来，夜幕即将降临。建国来到三岔路口，把自行车支在路边，找了块大石头上坐下来，掏出香烟。

功夫不负有心人。天刚断黑，他终于等到了罗晶晶。

罗晶晶见路边蹲了个黑乎乎的人影，不觉警惕地停住了脚步："那是谁呀？"

建国沉稳地站起来："是我。罗晶晶，我在等你。"

罗晶晶迟疑地打量他一眼，温和地问道："你是谁？我们认识么？"

"不认识。现在应该认识了吧。我叫李建国，赵墁坡的。"

罗晶晶"哦"了一声，仿佛似曾相识："好像听说过。找我有事儿？"

"也没什么事儿。今天来参观八路军总部，顺便想认识你。"

罗晶晶始终保持一定距离："哦，有这个必要么？"

建国靠近两步："我们都是知识青年，互相认识一下，很有必要。"

罗晶晶警惕地后退两步，冷若冰霜："今天太晚了，以后有机会再说吧。"

建国笑道："罗晶晶，我们已经认识了，我送你进村回家吧！"

罗晶晶婉拒道："不用了。你回吧，天快黑了。再见！"

建国礼貌地让到路边："你先走。"

罗晶晶不肯就范："我不喜欢别人从背后看我。你先走。"

建国没办法了，宽和地笑了笑，推起自行车，从罗晶晶身边走了过去。夜幕降临前的微弱天光下，两个人擦身而过。建国回头一笑，挥了挥手骗腿上车，骑车驶向小路，很快消失在夜幕中。罗晶晶目送建国远去，内心不禁掠过一丝甜蜜，转身快步向村子里走去。

一张双人床床架被拆空并锯去了床脚床头，只剩四方框架摆在地板上，框架内铺满了细沙，变成一个巨大的沙盘，一支笤帚当笔在沙盘上写大字。

这是刘月琴的家，也和母亲家大小差不多，一间半的小套间，更显狭窄简陋，家徒四壁。墙上挂有黎玉的遗像，小橱柜上供有黎玉的骨灰盒。昏暗的灯光下，刘月琴披头散发，赤臂赤足，仅穿一身短汗衫，汗流浃背地挥舞秃头笤帚在沙床上书写大字，写满了即用木板抹平再写，乐此不疲。

有人轻轻敲门，刘月琴大声道："门没锁，想偷东西就进来偷吧！"

母亲手提饭盒出现在门口："月琴，你这是做甚呢？"

刘月琴得意地笑道："玉莲，看我写得怎么样？能赶上舒同启功么？"

母亲见她翻来覆去就写"黎玉冤枉"四个大字，忙劝阻道："月琴，不要再折磨自己了，干吗钻牛角尖儿呢？饭也不吃，觉也不睡，你想改嫁阎王爷啊？"

刘月琴扔下笤帚冷笑道："你说对了，阎王爷请我吃烧酒，我喜欢！"

母亲扶她在旧靠背椅上坐下："好了别闹了，吃饭吧！"打开饭盒，里面盛有西红柿鸡蛋手擀面，热乎乎香喷喷地诱人食欲。刘月琴真饿了，立刻端起饭盒狼吞虎咽，吃得酣畅香甜。母亲看她吃饭，心在颤抖，心里也在流泪。

刘月琴三下五除二吃完了面，愉快地打饱嗝道："好吃！我这一辈子也不会做个饭，别说包饺子擀面条，连稀饭也煮不熟，黎玉娶我当老婆太亏了！"

"你呀，就是小姐的身子，丫鬟的命，活了一辈子，自己也不会照顾自己，看这家跟猪窝似的，也不收拾收拾！你写字吧，我帮你收拾！"

刘月琴心安理得地又开始写大字，母亲收拾屋子，两人配合倒也默契。

"月琴，我下个月准备参加分院五七干校轮训六个月，你身体不好就别去了，我送你去住医院，春节前回来接你……"

刘月琴挥笔舞弄大字，并不领情："凭什么你去干校，让我住院？"

"你以为谁想住院就住院啊？这是所领导对你的特殊照顾！"

刘月琴的脑子又进水了，发狠道："我又没求你，你充什么好人？虚伪！"

母亲没辙了，"扑哧！"一声笑起来，戳了戳她的脑门儿："倒运鬼！吃亏就吃亏在不知好歹！不去住院，你还想跟我去农村受苦啊？"

"我愿意！反正你也别想甩掉我，你去哪儿，我跟你去哪儿！"

母亲无可奈何地摇头骂道："狼吃的！我咋就摊上你这么个瞎赖货呢！"

盛夏酷暑，高温闷热。最难熬的季节到来了。烈日曝晒下的庄稼蔫头耷脑，贫瘠干燥的黄泥土一碰即成粉尘。建国头戴破草帽，赤膊短裤蹲在半人高的庄稼地里锄谷，又热又累。所谓锄谷，就是人蹲在地里为谷苗一株株地拔草、松土、围堰、施肥、浇水、精耕细作，在高温酷暑下一蹲就是一整天，累个贼死！建国头昏脑涨，挥汗如雨，已经濒临体能的极限……

珍珍挑担送米汤来到地头，大老远就吆喝道："哎——！歇晌呢！"锄谷的农民纷纷跑向地头，抢占阴凉地儿歇息，大口吞咽温凉的小米汤。

珍珍没见建国过来，娇声喊道："哥，歇晌了！快过来喝口汤吧！"

建国咬了咬牙，使劲儿从地上站起身来，忽觉头晕目眩，一头栽倒在地上。

珍珍惊叫一声："哥！你咋了？……"急忙跑过来张臂抱住建国。建国脸色苍白，冷汗淋漓，全身颤抖，紧闭双眼。珍珍惊恐地喊叫起来：

"爹！快来呀！你看建国哥哥这是咋了？"

支书栓柱急忙跑过来看了看，果断地掐了掐建国的人中，建国缓过气。栓柱喂了建国两口米汤，安慰道："不碍事，就是太热太累了，歇歇就好了。"

珍珍心疼地用小手绢给建国擦去冷汗，闪动泪光。

栓柱大声命令道："来两个壮实货，把建国背回去歇晌！"

立刻过来两个壮实小伙儿，将建国背上身，轮流驮回村里去了。珍珍欲跟去，被父亲栓柱训斥一声："瞎跟上跑甚呢！留下替建国动弹哇！"

小姑娘只好停住脚步，跟父亲回到地头去。

窑楼正房冬暖夏凉，建国平躺在凉炕上，昏热慢慢退去，身体恢复了常态。

已是后晌，窗外的阳光不再直射，屋檐下麻雀叽喳，树影里蝉鸣悠然。建国仰望天花板，心里涌动一股热流，且越来越强烈了。

房门一响，表婶端了碗凉米汤进来："建国，起来喝了这碗米汤！咱家没有你们城里的冰糕冷饮，俺把米汤放进井里冰过，可好喝呢！"

建国坐起身喝了口汤，果然冰凉爽口，便一口气喝了下去，感觉浑身舒坦。

表婶高兴地笑了："喝了米汤，再好好睡一觉，就甚病也没了。"

建国见表婶转身欲走，忙叫住她道："婶儿，你能不能……帮我办个事儿？"

"有事尽管吩咐，甚帮不帮的！"

建国央求道："婶儿，你屋里不是有电话么？请你给王家峪大队挂个电话，请他们大队的赤脚医生出个诊，给我看看病，我出医药费，行么？"

表婶奇怪地瞅住他："你有甚病呢？非得找王家峪的医生来看么？"

"听说那位医生是北京知青，医术不错……"

"行吧，咋不行呢？……反正是公家的电话，俺给你打！"

太阳偏西，庄稼地里依然闷热难忍，锄谷的人们挥汗如雨。珍珍蹲在地上替建国锄谷，父亲栓柱帮她一起干活儿。

父亲低声教训女儿："龙生龙，凤生凤，老鼠生儿打地洞。人家建国是暂时落难回老家受苦，你可不敢有甚想法！你和人家不一样，天生受苦的命！"

"受苦的命就不能改变？秀儿姑不是嫁了建国爹么？"

栓柱怒道："那是她乘人之危捡了便宜！你可不敢学那个贱货！建国爹要是不闹离婚、不受处分，能看上她一个农村土丫头？害苦了俺姐姐一家人！"

珍珍闭上嘴，眼里饱含泪水，低头发狠地挥舞小锄除草松土。

栓柱语气缓和了些："闺女，你不要心里不服气，恨你爹，爹这是为你好呢！你瞪大眼往后瞧，城里人终究要回城里去，受苦人一辈子也离不了庄稼地！建国是个好孩子，可他成不了你的女婿。想开些，爹给你寻个好人家……"

珍珍的眼泪像断线的珍珠般流下来，她不想让父亲看见，把头埋得更低了。

夏夜，乌云沉积，雷声隐隐。

窑楼正房里灯光明亮，隐约飘出断断续续的口琴声，旋律是《远飞的大雁》。

坐在小院里纳凉的珍珍听不懂旋律，但能听懂建国孤寂的心声。建国躺在炕上吹口琴，感觉有些苦闷，也有些百无聊赖。忽听表婶在院里大声喊道：

"建国！王家峪的医生来了！唠呀，三十多里地呢！"

建国已经听见了罗晶晶说话的声音，想下炕，又赶紧躺炕上装病。

门帘一掀，表婶兴奋地嚷道："建国，你瞧瞧谁来了？好闺女，快进屋吧！"

罗晶晶果然奇迹般地出现在建国的面前，顿时蓬荜生辉，满屋光明。

建国忽地起身，心如狂欢的小兔，猛烈地撞击胸腔。

罗晶晶身背药箱，目光闪闪："听说你病了？"

建国脑袋发懵，半晌没说出话来，表婶在旁边大声笑道："问你话呢！凭你一个电话，人家闺女跑了三十里，走了四、五个钟头来给你瞧病！"

栓柱在院里呵斥道："碎嘴老婆瞎叨叨甚呢？赶紧回来给人家做饭哇！"

表婶猛省似的退出门去，"咕咕"笑着，顺手把房门带上了。

屋里留下建国和罗晶晶两个人，相视一笑，心照不宣。

罗晶晶放下药箱，摸了摸建国的额头，坐在炕沿上让病人躺下来，用听诊器听了听脉搏心音，轻声笑道："装病！不是好好的么？"

建国胆子大起来，厚颜无耻："总得找个理由嘛，要不怎么能见到你呢？"

罗晶晶脸红地嗔笑道："为见一面，害我跑了三十里！"

建国一翻身坐起来攥住她的手："我想你！我也不知道这是怎么了，成天跟丢了魂儿似的，满脑子都是你，胡思乱想，夜里睡觉也睡不好……"

建国目不转睛地近距离凝视这张美丽的脸。罗晶晶也近距离目不转睛地凝视陌生的建国，仿佛梦中相遇，似曾相识……

忽听门外传来表婶的脚步声，两个人立刻触电似的分开了。

表婶用身体撞开虚掩的房门，端进一碗热腾腾香喷喷的小拉面，细白面条上卧了两个鸡蛋，热情招呼道："闺女吃饭！尝尝婶儿做的拉面！"

罗晶晶接过碗笑道："婶儿，我吃不了这么多……"

"吃！吃不了让建国吃！他这两天也没好好吃个饭，鬼剃头似的！"表婶对建国使个眼色，笑嘻嘻地退出去了，屋里又剩下两个人。

冷风骤起，忽然一道耀眼的闪电，一声霹雷惊天动地，暴雨从天而降。

罗晶晶一哆嗦，两人目光相遇，突然，他们紧紧地拥抱接吻了！

他们甚至还不了解对方，突如其来的爱情却异常狂热凶猛，势不可当！

电闪雷鸣，大雨如注。坐在小院里暗处的珍珍一动不动。门外又响起表婶的大嗓门儿："珍珍！珍珍！死丫头疯哪儿去了！"

两个人又闪电似的分开，罗晶晶端起饭碗，建国躺倒在炕上。

表婶大声武气地闯进屋来："闺女！今晚怕是回不去了，就在家里住吧！俺闺女珍珍住西窑，你就跟珍珍一炕瞎胡睡哇，婶儿给你换上干净被褥……"

"谢谢婶儿，我就跟珍珍睡，明早回去。珍珍呢？"

"死丫头不知疯哪儿去了！咦？面咋没动呢？嫌婶儿做的不好吃？"

"婶儿，好吃呢！我就是眼大肚子小，吃不了……"

表婶指了指建国："建国，替闺女吃了它！鸡蛋配好面，可不敢糟蹋了！"

建国答应道："婶儿，我吃，我全吃了，吃干净！"

表婶拉起罗晶晶的手："闺女，跟婶儿看看西窑，窑窑小些，倒也干净！"

罗晶晶跟表婶出去了，仿佛有些恋恋不舍。

天黑下来，雨下得小了些，但仍然保持中雨的势头，沉雷轰鸣。

罗晶晶躺在西窑小炕上，凑近昏黄的灯光看书。珍珍还没回屋，小小西窑是姑娘独居之处，收拾得干净利落，空气中弥漫淡淡的香气。罗晶晶看了会儿书，感觉困倦，放下书闭上眼睛。静默片刻，拉灭了电灯，窑洞里黑下来。屋外雨声"淅沥淅沥"不停歇，雷声渐远，闪电也失去了强光和亮度。罗晶晶静静地躺在农家土炕上，在黑暗中沉思遐想。谁也不知道，这个美丽的姑娘为何落入尘埃，她从哪里来，又会到哪里去……

不知过了多久，也不知夜里几时，窑洞门轻轻推开了，珍珍悄悄走进屋来。

罗晶晶警觉地醒来，感觉到一个姑娘的气息，低声问道："回来了？"

珍珍轻轻"嗯"了一声，摸黑爬上炕，在罗晶晶身边躺下来。

罗晶晶不再说话，悄悄翻了个身，两个少女背对背，双双闭目假寐。在这个夏末秋初的雨夜，在太行山村的土窑洞里，两个少女为爱情失眠。

三十六、血浓于水

闷热的南方"秋老虎"季节，农村"双抢"进入关键时刻。沉雷轰鸣，暴雨将至。山区大田里到处红旗招展，人欢马叫，如火如荼。五七干校的干部和知识分子们与农民们一起挥镰割水稻，在田头拌桶里脱粒打水谷子，挑抬起湿淋淋、沉甸甸的水谷子到场院入库，干得热火朝天。母亲和刘月琴合抬一大箩筐百十斤重的水谷子，赤脚走在没膝深的水田里。母亲的手指已被镰刀割伤，草草包扎了纱布，咬牙坚持劳动；娇气的刘月琴累得东倒西歪，身体协调功能又差，在田埂路上"扭秧歌"，使母亲更加费力。身强力壮的青壮年农民们肩挑两百多斤重的水谷子跨步如飞，年轻些的干部和知识分子跟在农民们身后亦步亦趋，高声吆喝母亲和刘月琴让道。刘月琴忽然身子一歪，摔倒在水田泥浆里，把母亲也拖拽了下去。两个四十多岁的女人浑身泥泞，大半箩筐水谷子也泡在泥里，狼狈不堪。挑水谷子的人们重压在肩，顾不得下田搀扶她们，从田埂上鱼贯而过。

刘月琴满身泥浆，一屁股坐在泥水里号啕大哭起来。母亲低声劝道："月琴，别坐在泥水里，快起来！看别人笑话咱呢！"

刘月琴不管不顾地大哭，仿佛要把一辈子的冤枉苦闷委屈发泄殆尽。

天快黑了，风声更紧。抢收抢运的人们似乎进入了疯狂状态。

刘月琴的痛哭声忽然变成了哀号声，双手捂肚子喊"哎哟"，仿佛痛不欲生。

母亲忙抱住她问道："月琴，怎么了？哪儿不舒服？你说呀！"

刘月琴痛得歪倒在泥水里打滚儿，却说不出话来。

母亲急切地喊道："来人哪！快来帮帮忙啊！有急病人！……"

两个抬空箩筐的干部路过这里停下来，把刘月琴装进空箩筐里抬走了。母亲紧跟在他们身后，不断地安慰哀号的刘月琴，奔向远处的场院。

乌云翻滚，电闪雷鸣，暴雨倾盆。

五七干校学员宿舍大概是借用当地农校的学生宿舍，几十张破旧的双层木床挤满了大房间，破窗烂门挡不住风雨，刘月琴一个人躺在床铺上翻滚。母亲带领一名农村赤脚医生跑进屋来，直扑到刘月琴床前。赤脚医生看了看刘月琴的病状，摇头道："恐怕是急性阑尾炎，得送县医院！"

母亲焦急道："去县医院几十里路，大风大雨的，上哪儿找车送去啊！"

赤脚医生提醒道："干校不是有辆小车么？不能叫他送送？"

"那辆吉普车送军代表回城去了，哪儿还有车啊！"

赤脚医生也急了："你快想想办法吧，我先给她吃两片止痛药！"

母亲顾不得换下浑身泥水的衣服，转身又冲进暴风雨中。

强烈的闪电光划破了夜空，霹雳巨响，暴雨如注，天完全黑下来。

一辆农民的架子车在风雨雷电中颠簸前行，刘月琴紧裹被褥躺在架子车上，母亲和赤脚医生紧跟在车旁，连夜直奔向几十里外的县医院。天黑路滑，母亲在风雨中不停地摔跤，赤脚医生搀扶母亲艰难跋涉。刘月琴泪流满面，泪水和雨水混流在一起，紧紧抓住母亲的手。母亲也快支撑不住了，濒临身心极限……

前方出现了亮光，县城快要到了，苦命的刘月琴有救了！

寒冬腊月，瑞雪飘飞。大孤岛又变成银白世界。

养猪场猪圈里，穿旧棉军装的父亲肩挑猪食桶，从外面走进来。此时，父亲已身患重病，脸色苍白，但仍咬牙坚持工作，动作有些迟缓。肥猪们拱圈欢叫，争食父亲喂给它们的猪食，父亲的脸上浮起了微笑。病魔已侵入他的内脏，肝区不时疼痛，使他不得不趴在猪圈栏杆上喘息。

秀儿挑了两大桶猪食走进猪圈，发现父亲难受，急忙上前搀扶，急切地问道："怎么了，首长？叫你养病，你就是不听话，逞什么能啊？走！回家休息！"

父亲头冒冷汗，浑身无力，喘息道："没关系，我能坚持……"

秀儿心疼地含泪道："你的肝有病，需要卧床休息，不能劳累，这是医生的忠告，政委也批准你休息，你何苦拼老命啊！听话，咱们回家！"

"养猪场人手不够，大家都不愿喂猪，我不干谁干？"

秀儿咬牙切齿："那个女造反派坐了办公室，就该叫她回来喂猪！"

"胡说！喂猪也是革命工作，你别把它当成一种惩罚嘛！……你看，十三号老母猪今晚就要下崽了，我们还得加夜班……"

但是父亲实在支撑不住了，肝部剧烈的疼痛使他弯下腰去，冷汗淋漓。秀儿心慌了，不由分说地急忙背起了父亲，奔出了养猪场。

夜晚，干打垒小屋窗户里透出温暖的灯光。

父亲躺在床上，病痛似稍有缓解，秀儿衣不解带，伺候父亲吃饭喝药。跃进和丹丹眼巴巴地守在父亲病床前，一双小儿女眼含泪水。

父亲摸了摸女儿的小脸："秀儿，让孩子们去睡吧，别熬夜。"

秀儿叹了口气，把两个孩子带到隔壁房间睡觉去了，安顿好又回来，见父亲向自己伸出手，忙握住父亲的手温柔地问道："你想说什么？"

父亲深沉地笑道："秀儿，快过年了，我的身体一年不如一年，我想跟我的四个孩子聚一聚，团团年，互相认认亲骨肉。血浓于水啊！"

秀儿也流下泪来："我知道……我马上给太行和建国写信……"

"还是先给太行发个电报吧，闺女跟我有感情，儿子心里恐怕还在恨我呢！我对不起我的孩子们，我没有给他们带来幸福，我问心有愧呀！……秀儿，你多担待些吧！等孩子们到齐了，咱们全家团团圆圆过个年……"

秀儿把脸贴在父亲胸前安慰道："你放心，我明天就进城发电报去。"

父亲轻轻抚摸妻子的秀发，这对患难夫妻的心紧贴在一起。

太行山的冬天，温馨安宁，银装素裹，雪地上不时有野兔和火狐奔走。白雪覆盖的小山村鸡鸣犬吠，炊烟袅袅，喜鹊欢叫，充满生机。窑楼小院里堆了雪人，阁楼窗口飘出口琴声和歌声。阁楼杂物间里，建国和罗晶晶闲适地坐在地板上，男吹口琴女唱歌。罗晶晶的歌声深沉圆润，极富感染力——

深深的海洋，你为什么不平静？
不平静就像我爱人，那一颗动摇的心！……

沉默片刻，罗晶晶讲起了自己的身世："其实，我早就听说过你的事，准

200

确地说，我早就听我爸爸讲过你爸爸妈妈的故事……我爸爸曾在军委领导机关工作，参与过对你爸爸的处分决定，对你爸爸充满了惋惜和同情……我爸爸知道太多的秘密，所以难逃厄运，"文化大革命"中忽然神秘地失踪了，和我妈妈一起关进监狱，我也被撵出了北京，发配到山西农村插队落户，在这儿遇到了你……"

建国笑道："你是上天为我准备的礼物，必定砸在我头上的流星……"

罗晶晶神秘地笑了："那不一定。我从小只相信我自己，也只属于我自己。"

"什么意思？你不相信爱情？"

罗晶晶目光扑朔迷离："我没想那么多。我只想掌握自己的命运。"

建国看了看她，默默地拿起口琴，又开始吹奏深沉的旋律。罗晶晶却不再跟着他的旋律哼唱，两个人各怀心事，貌合神离。

忽然，楼下小院里传来表姐的喊声："建国，快下来哇，你家同学来了！"

建国起身从小窗口往下看了看："抗美来了！"果然，抗美端庄沉稳地走进窑楼正房，笑望下楼的建国。建国招呼道：

"抗美来了？快请坐，等会儿咱们一块儿吃饭！"

抗美嫣然一笑："早饭还是午饭？我不是来吃饭的，我是来向你告别的。"

建国诧异："你到哪儿去？……你爸爸出狱了？"

"我接到上面的通知，可以去探监了，我准备马上回去看爸爸。"

楼梯上响起了脚步声，抗美目光诧异地投向楼梯口，却见罗晶晶袅袅婷婷地走下楼来，矜持地笑望抗美，默不作声。

建国尴尬地笑道："介绍一下，这是我的同学秦抗美，这是北京的罗晶晶。"

抗美纠正道："建国哥哥，我不是你的同学。我是你同学的妹妹。"

罗晶晶迟疑地握住抗美主动伸出的手："认识你很高兴。"

建国圆场道："今天能聚到一块儿，说明大家有缘分，值得好好庆贺……"

抗美打断他的话："我该走了。再见。"

两个女孩互相点了点头，抗美转身向门外走去，也没跟建国打个招呼。

建国愣了愣，对罗晶晶低声道："你等会儿！"急忙追出门去。

抗美快步走出小院门，建国追出门来，叫了一声："抗美！你等一等！"

珍珍正在院门外碾盘上压豆钱钱，垂下眼皮，神态冷漠。

抗美低头疾走，建国只好跟在她身后。来到村口老槐树下，抗美停住脚步。

建国前言不搭后语："抗美……你爸爸身体怎么样？"

抗美答非所问："你今年春节回家么？不给你妈妈带什么话？"

"我妈妈还在干校呢，如果她春节回家，我就回去看她。"

"再见！"抗美转身离开去。

建国目送抗美远去的背影，见她连头也没回一下，心里有些怅然。回到小院门外，珍珍已不见了踪影，碾盘上残留了些豆钱钱，一群麻雀争食。忽见罗晶晶肩背挎包走出院门，雪白的瓜子脸冷若冰霜，目光凛然。

"晶晶，吃了晌饭再走吧？婶儿给你包饺子呢！"

罗晶晶围紧了红围巾："不用了，替我谢谢你婶儿，我回去了。"

建国见留不住她，急忙跑回院里去推自行车："等一下！"

罗晶晶用围巾捂住脸，疾步向村外走去，雪地上留下一串脚印儿。建国推着自行车追出村，见罗晶晶已走远，急忙蹬车奋力追去。

白雪皑皑的太行山腹地群山环抱，山峦起伏，行道岭山脊梁土路宽阔平坦。

建国骑着自行车搭载罗晶晶飞驰在雪原上，少女的红围巾在寒风中飘扬。

"抗美是我的小妹妹，从小就跟在我屁股后面玩儿，她妈和我妈亲如姐妹，太熟悉了，我跟她不可能有什么事儿……"

罗晶晶一声不吭，红围巾后面露出迷离的大眼睛。

"晶晶，请相信我，相信我们的爱情。我是不会轻易离开你的！"

罗晶晶依然低头沉默不语，仿佛充耳不闻。

太阳偏西，大山投下了大片阴影，刺骨的冷风低声呜咽。

建国送罗晶晶到村外岔路口，罗晶晶跳下了自行车。冬日的余晖中，罗晶晶露出雪白的瓜子脸，眼睛忽闪忽闪，闪亮中透出冷漠："谢谢你了！赶快回去吧，到家该天黑了。再见！"

建国言犹未尽："晶晶，你回去就给我写信，不要过夜，我等你信！"

罗晶晶不置可否，笑吟吟地挥了挥手，转身离去。建国的心悬了起来，眼巴巴地看她走向村庄，居然一次也没有再回过头。

大山的阴影面积更大了，天色暗下来，背阴处的积雪闪动亮光。

建国若有所失地离开了岔路口，被大山的阴影吞没了……

傍黑，家家户户冒出炊烟，山村沉浸在温馨的烟雾中。建国骑车来回六十里赶回了赵塽坡村，走进窑楼小院已气喘吁吁。听见支架自行车的响动，栓柱表叔走出窑洞："建国，你的电报。"

"哪儿来的电报？"

"是你姐姐拍的电报，我怕家里有急事，就拆开看了看，真是急事：你爹在农场病得厉害，你姐请不准假，叫你立马去看你爹呢！"

建国看完加急电报，心里着急起来："叔，我马上看我爸！"

"赶快上路吧，我连夜送你去县城长途汽车站！"

建国急忙跑进屋去简单收拾了行李，背了个挎包跑出来："叔，咱走吧！"

栓柱表叔刹一刹布腰带，蹬了蹬踢死牛布鞋，推起自行车出了院门。表婶追出窑洞喊道："倒运鬼，急甚呢！给孩子准备的干粮还没有蒸熟呢！"

"不用了，婶儿！我有粮票和钱，路上能买吃的！走了！"

建国回头，忽见站在屋檐阴影下的珍珍，幽怨的目光在黑暗中闪亮。建国的心一沉，好像被什么狠狠地刺了一下，迟疑片刻，扭头跑出小院。

沉云密布，天空阴霾。天地间响彻悲怆凄厉的汽笛。

长江南岸军渡码头趸船上红旗飘扬，穿救生服的军人在指挥轮渡。

母亲照顾病弱的刘月琴挤坐在长途汽车上，排队等候过江。刘月琴在县医院做了阑尾手术后引起化脓性炎症，母亲特地请假送她回省医院治疗。

对岸开过来的渡轮靠岸了，十几辆汽车排队开下趸船，鱼贯而出。忽见两辆军用吉普车风驰电掣地开来，优先开上渡轮。长途汽车跟随车队陆续上船。渡轮汽笛高奏，缓缓驶离南岸，调转船头逆流而上，顺水驶向北岸。

母亲伏在刘月琴耳边轻声问："月琴，想不想吃东西？喝不喝水？"

刘月琴摇了摇头，身子紧裹在大衣里，昏沉虚弱。母亲叹了口气，目光转向窗外，不觉凝目注视——只见军用小吉普车上跳下一位魁梧健壮的老军人，站在甲板上眺望远景。几名参谋警卫护卫在老军人身后，警惕地巡视四周。母亲认出老军人是久违的军区朱司令员，不禁喊了一声："朱司令员！"

朱司令员蓦然回头，看见了长途汽车上的母亲："小赵！"

母亲起身欲隔窗与朱司令员握手，忽然觉得不礼貌，急忙离座下车去。两个久未谋面的上下级在渡轮上重逢了，都感到非常兴奋。

朱司令员握住母亲的手笑道："小赵，小赵，也变成老赵了，还这么漂亮！"

"司令员还是爱开玩笑，什么小赵，都成老太婆了！"

朱司令员拍了拍母亲的手笑道："老太婆，也是美丽的老太婆，哈！"

母亲岔开话问道："欧阳大姐好么？我很久没见过她了。"

"好啊！我让她提前退休了，在家里养病呢。"

长途车上的刘月琴醒了，探头看了看窗外的母亲和朱司令员。

朱司令员忽然凑近母亲低声道："小赵，老李的问题可能有松动。当年处分老李太重了些，我准备找机会当面报告毛主席，请求中央恢复他的工作！"

母亲由衷地高兴："谢谢司令员！老李也真够冤枉的。"

"暂时保密，也不要告诉老李，等事情办成了，给他一个惊喜！"

"我知道，我谁也不告诉，等您的好消息！"

两个老战友亲密地靠在一起低声交谈，刘月琴羡慕嫉妒地远望这情景，心里百感交集。这个刻薄寡恩的苦命女人，一辈子没把人生的秘密看明白……

小屋门被推开，建国突然出现在父亲和小姨以及弟妹们面前。躺在病床上的父亲眼睛亮了，惊喜道："建国！孩子，你来了？"

建国没顾得上跟秀儿和两个弟妹打招呼，直扑到父亲的床前，握住父亲的手关切地问道："爸，我来了！您现在感觉怎么样？需要住医院治疗么？"

父亲久悬的一颗心落了地，欣慰地笑道："感觉很好，孩子！爸爸是老毛病，不需要住医院，能见到你和姐姐，爸爸病就好了！累坏了吧？快坐下！"

秀儿端来一杯热水，放了好些白糖，递给建国："建国，快喝口糖水！"

建国接过杯子，仰脖一饮而尽："小姨好！"

父亲对两个小儿女命令道："跃进、丹丹，快叫哥哥！"

仿佛五年前情景重演，两个孩子怯生生地叫了一声："哥哥！"

建国眼圈一热，感觉一块硬东西顶上喉结，伸手摸了摸弟弟妹妹的头。

父亲拉建国坐在床跟前，秀儿带两个孩子退到了小饭桌旁，唏嘘不已。建国环顾屋子里简陋的陈设、父亲憔悴的病容，心里倍感凄凉。

父亲高兴地问道："孩子，还没吃饭吧？秀儿，快把准备好的饺子端上来！"

秀儿应道："跃进丹丹，跟妈妈到厨房给哥哥煮饺子去！"

两个孩子高兴地跟随秀儿到厨房去了，屋里留下父子俩，默然相视。

建国打破沉默："爸爸，姐姐请不准假，恐怕不能来看您了。"

父亲笑道："我知道。你姐姐给我写了封挂号信，说军垦农场大学生连进入一级战备，谁也不准请探亲假，必须在连队过革命化的春节。没办法，这样也好，服从革命的需要。你能来看爸爸，爸爸就知足了……"

建国受到父亲情绪的感染，慨然表示："爸，我决定不走了，留在这儿陪您过春节，带弟弟妹妹一块儿放鞭炮，过一个革命化的春节！"

父亲高兴地抓住儿子的手："好！爸爸太高兴了！"

跃进和丹丹一人端一碗热饺子走进小屋，秀儿随后，把醋碟儿和蒜瓣儿摆在建国面前，招呼道："建国，饿坏了吧？快吃吧！"

建国可能真是饿坏了，也不客气，拿起筷子狼吞虎咽地吃起来。父亲和秀儿母子守在建国身边看他吃饺子，一家人沉浸在欢乐的气氛中……

母亲回到省城，把刘月琴送进了省医院，晚上才回到自己的家里。

还是那个简陋狭窄、冷冷清清的家，毫无生活气息。

夜深了，昏暗的台灯下，母亲正在奋笔疾书写材料，笔尖发出沙沙的轻响。忽听有人轻轻敲门，仿佛不太自信，又不敢再敲了。母亲迟疑地起身走到门边，听了听门外动静，警惕地问道："谁呀？"

门外传来一个年轻姑娘的声音："阿姨，是我，抗美。"

母亲急忙开门，门外昏暗的路灯下，果然孤零零地站立着提行李的秦抗美。

抗美扔掉手中的行李，一头扑到母亲的怀里，委屈地叫了声："阿姨！"

母亲抱住抗美惊讶道："抗美！你从哪儿来？……快进屋吧！"

两人回到屋里，灯光下的抗美面容憔悴，风尘仆仆，疲惫不堪。母亲让抗美在床沿上坐下，给她倒了杯温开水，关切地问道："吃饭没有？"

抗美喝了几口热水，含泪点了点头："我去监狱了，见到我爸爸了……"

"是吗？你爸爸身体怎么样？"

抗美有些恍惚："我爸爸挺好的，就是瘦了，老了，我都不敢认了。"

"抗美，你不要难过，你爸爸的问题很快要解决了，我正在给省里写你妈妈抗战时期的证明材料，你妈妈也会平反昭雪的。"

"我哥哥也会回来吧？太好了！我们一家子就团圆了。"

母亲强忍悲痛，岔开话题："抗美，你什么时候回来的？回家了么？"

抗美哭道："阿姨，我没有家了，早就没有了，下乡之前我就到处流浪了！"

母亲紧紧抱住姑娘安慰道："没关系，孩子，阿姨就是你的妈妈，这里就是你的家！你就住在妈妈家，从今往后，你哪儿也不用去，就跟妈妈在一起！"

抗美依偎在母亲怀里哭道："我想妈妈，我想爸爸和哥哥。"

母亲紧紧抱住姑娘，如抱自己的女儿……

七十年代第一个春节到来了，人们在动荡不安中迎来了除夕之夜。

火花迸射，爆竹齐鸣。二踢脚尖叫升空，照亮了夜空和雪原。建国带领弟弟妹妹在小院里放鞭炮，两个孩子高兴得欢声尖叫。秀儿搀扶披军大衣的父亲站在门边看热闹，夫妻俩心里都感到无限欣慰。除夕之夜，全家人围坐在小饭桌旁，秀儿擀饺子皮儿，建国和弟弟妹妹负责包饺子。广播喇叭里正播放"革命样板戏"选段，唱的是《智取威虎山》。父亲坐在妻子和三个孩子中间，脸上流露出幸福和满足。生饺子在开水锅里欢快地翻滚，像一朵朵白色的蘑菇欢腾地绽放。

秀儿仿佛变魔术，热腾腾、香喷喷的饺子端上了饭桌，全家开始吃团年饭。广播喇叭里的杨子荣开始"打虎上山"，激越的音乐振奋人心。三个孩子一起举杯向父亲敬酒，齐声祝福："爸爸！祝您健康长寿！"父亲热泪盈眶，给每个孩子发送了两块钱红包。秀儿也向父亲敬酒，夫妻俩的心都醉了……

千里之外的南方大城市，明亮的灯光下，母亲也在擀饺子皮儿，擀面杖敲得案板叮当响，抗美坐在小桌旁飞快地包饺子，病愈出院的刘月琴闲坐一旁。

中央人民广播电台的节目全国都一样，杨子荣高亢铿锵的唱腔响彻夜空。刘月琴精神似乎好了些，眼睛闪闪发亮，胸中涌动亢奋的激情。抗美也暂时忘了生活的不幸，和两位阿姨共度除夕，组成一个新的家庭。新年的钟声响了，收音机里的样板戏换成了《社会主义好》的激越歌声。母亲撂下小擀面杖，拉住刘月琴的手大声问候道："月琴，新年好啊！"

刘月琴蓦然站起身来，高声唱起家乡的开花调《苦相思》——

鸡蛋壳壳点灯半炕炕明，酒盅盅挖米不嫌你穷！
半碗碗黄豆，半碗碗米，端起了饭碗想起了你！
白日里想你不敢吭声儿，黑夜里想你吹不灭灯！

想你，想你，实想你呀，泪蛋蛋儿好似连阴雨！……

母亲紧紧地抱住疯魔般的刘月琴，抗美也和两位阿姨抱在一起。月琴原汁原味的乡音令人心碎，母亲无法抵挡感情的猛烈冲击……

清晨，早春的寒风席吹拂着大地，天地间万物复苏。

父亲和秀儿及两个小儿女为建国送行，依依不舍地来到了黄河故道青草滩。建国依然肩背挎包，在道路旁站住："爸爸、小姨，别送了。"

父亲脸上浮起笑容："儿子，这个春节，爸爸过得很愉快！"

十二岁的跃进和九岁的丹丹一齐抱住了建国："哥哥，你别走啊！"

建国心里充满了感情，也紧紧地抱了抱同父异母的小弟妹。

秀儿眼含热泪，嘱咐两个小儿女："哥哥还会回来的。跟哥哥道别吧！"

跃进伸出手跟哥哥握了握，老气横秋地笑道："哥哥再见！"

秀儿鼓励女儿："丹丹，跟哥哥亲一个！"

单纯的小姑娘果然踮起脚尖，抱住哥哥的脖子，在他的脸上亲了一下。建国霎时间热血沸腾，小妹妹纯洁的亲吻，使他感受到暖心的至爱亲情。父亲默默地走到儿子面前，伸开双臂拥抱了儿子。

建国松开拥抱："爸，我走了……"转身大步离开了父亲。

这是一九七〇年春天，天空中传来响亮的雁鸣。

三十七、生活又回到正常的轨道

春节过后开始上班，母亲走在楼梯和走廊上，沿途不断地与同事们打招呼。

经过五七干校锻炼的母亲黑瘦了些，但显得更有精神，焕发了青春。

母亲走进熟悉的办公室，军代表热情迎接道："赵主任，您回来了！"

母亲与他握了握手，不卑不亢："军代表，你找我？"

军代表亲切道："赵主任，有一件事，想跟您通通气。根据部队首长命令，我准备离开植物所回部队了，今天向您告个别。这段时间您在五七干校辛苦了，我也没照顾好您，请原谅。临走前，想征求一下您对我的意见。我年轻，资历浅，理论水平不高，应该虚心向老同志学习……"

母亲淡然一笑："我没什么意见，谢谢你对我的信任。"

"您是我尊敬的革命老前辈，我当然信任您。部队领导要求参加支左的单位给我写个鉴定，我想，请您写是最合适的。"

母亲恍然道："好的，我写。不过，还要经革委会讨论通过一下。"

军代表高兴地笑道："当然！您的意见很重要！"

母亲起身："军代表，还有什么事？"

军代表忙挽留地笑道："还有事，还有正事没说呢！赵主任，根据我的提议，省革委会研究决定，准备任命您为所革委会主任和党的核心小组组长。这也是我临走前必须了却的一件大事，让您担任党政第一把手。赵主任，祝贺您！"

"谢谢军代表，谢谢领导对我的信任。如果没有其他的事，我就先回去了。请放心，你离开所里之前，我一定写好你的鉴定。"

母亲走出办公室，松了口气，低头笑了笑，轻松愉快地离去。

建国风尘仆仆回到家乡，跨进院门喊道："叔，我回来了！有我的信么？"

表婶迎出窑洞："建国回来了！你叔上公社开会去了，没你的信！"

建国惘然："不可能吧？一封信也没有？会不会珍珍拿了？"

"珍珍回姥姥家过年去了，她咋会拿你的信？没有！"

建国在院里站住了，想了想，转身往外走，连家门儿也没进。

"建国，你去哪儿？你叔后晌就回来！"

建国仿佛什么也听不见了，一颗心已飞向了王家峪。

后晌。王家峪村口的大杨树下，照例坐了一群悠闲聊天的老人。建国一口气跑了三十里地，气喘吁吁地赶到了王家峪村，累得满头大汗。老人们停止了聊天，一齐向建国行注目礼，冷眼注视这个似曾相识的后生。

建国不得不跟老人们打招呼："大爷们过年好，给大爷们拜年了！"

老人们颔首微笑，却不应声，耐心等他发问。

建国只好赔笑道："跟大爷们打听个事儿，罗晶晶在家么？"

老人们意味深长地互相看了看笑了，仍是为首的白胡子老汉笑道："后生，又来找赤脚医生看病呢？可人家穿上皮鞋了，年前就回北京了！"

建国大吃一惊："回北京了？她什么时候回来？"

"人家把户口都拿走了，还回来做甚呢？等着嫁给你呢？"

　　老人们都笑了，但并无恶意，只是觉得开心罢了。

　　建国生气地冷笑道："有什么好笑的？我进村问支书去！"

　　老人们见建国气冲冲进村去，笑得更开心了，白胡子老汉高声喊道："后生！你回来！你问谁也没用，是北京派人派车来把她接走的！"

　　建国停住脚步，进退两难，不知该往何处去。

　　白胡子老汉悠然唱起了酸曲儿："天天刮风天天晴，天天见面说不上话……"

　　天黑了。栓柱表叔借窑洞透出的灯光，蹲在屋檐下擦自行车。

　　摸了三十里夜路的建国疲惫不堪地走进小院，灰头土脸，又累又饿。

　　栓柱招呼道："建国，回来也不歇口气，又跑哪儿玩儿去了？"

　　建国径直走进正房，一头倒在炕上，闷不作声。栓柱表叔跟进屋里来问道："身子不快当？想吃甚呢？叫你婶儿给你做！"

　　建国有气无力："我想睡觉……"

　　栓柱表叔摸了摸他的头："不烧啊？想吃甚呢？小拉面？"

　　建国经不住诱惑，点了点头："一小碗儿，炒个葱花鸡蛋就好！"

　　栓柱表叔答应着出去了，建国四仰八叉躺在炕上，闭上眼睛。神秘的罗晶晶像一阵风，忽然消失了，消失得无影无踪……

　　清晨，雪后初晴，霞光绚丽，山村隐现在淡淡的晨雾中。窑楼小院温馨安谧，空寂无人，几只鸡在小院里悠闲地觅食嬉戏。院门轻轻地推开了，抗美悄悄走进小院，看了看东西窑洞，走进正房。阳光透过窗棂，照在昏睡未醒的建国身上，炕下满地烟头。抗美放下挎包，开始收拾屋子，打扫卫生。建国醒了，躺在炕上舒舒服服地伸个懒腰，模仿诸葛亮的语气悠然吟诵道：

　　"大梦谁先觉？平生我自知。草堂春睡足，窗外日迟迟……"

　　"起床吧，太阳晒屁股了，该下地干活儿去了！"

　　建国起身笑道："农闲季节，干什么活儿？你什么时候回来的？"

　　抗美见他光着上身找内衣，扑哧一笑："别找了，你那身内衣都酸臭了，我给你洗干净晾出去了，穿这个！"从挎包里取出一套新买的运动衣。

　　建国不好意思地接过运动衣穿上，大小正好，再套上棉衣棉裤，穿鞋下炕，亲热地问道："谢谢抗美！见到你爸爸和我妈妈了么？"

"都见到了。我爸爸的问题快解决了，我住在你们家，跟妈妈天天在一块儿，妈妈讲了好多你小时候的事儿。"

"我妈妈身体怎么样？没在干校累垮了吧？"

"挺好的呀，妈妈身体比原来好多了，你爸爸身体好么？"

建国敷衍地答道："也还行吧，老毛病了……你吃过早饭了么？"

抗美嗔道："再睡会儿，该吃晌饭了。你饿不饿？我这儿有饼干和水果。"

建国摆了摆手："站客难打发，你坐下吧！"

抗美笑了笑坐到炕沿上。两人一时无语，似乎又找不到话说了。窗外的麻雀叽叽喳喳，好像在吵架，惹得小院里的公鸡也发出高声呵斥。

抗美忽然笑问道："这次回来，没去王家峪看杨树？"

建国心一跳，反问道："你怎么忽然问这个？你听说什么了？"

抗美古怪地一笑："我也刚回来没几天，听到一些关于罗晶晶的小道消息。"

建国假装漫不经心道："小道消息？你倒是消息灵通……"

抗美直言相告："我对小道消息不感兴趣，只是因为建国哥哥喜欢罗晶晶，我才留心听了听。听说罗晶晶的父母突然解除了监禁，官复原职，并且大红大紫，马上派人把罗晶晶接回北京去了。你去找她，肯定吃闭门羹。"

建国忽然心灰意冷："好了，别说了，我对她没兴趣。"

抗美诚恳劝道："罗晶晶和我们不是一路人。你就别想她了。"

建国突然火刺刺道："奇怪！你怎么知道我想她？你又不是王母娘娘！"

抗美愣住了，强忍片刻，忽然起身，头也不回地冲出门去。

建国也不去追赶，陷入了茫然无措的颓丧中。

军区总医院后勤处协理员高铁柱突然接到通知,命令他立刻去见朱司令员。秘书引领高铁柱来到军区首长办公楼，在办公室门外喊道："报告！"

朱司令员命令道："进来！"高铁柱走进办公室，立正报告："报告司令员，军区总医院后勤处协理员高铁柱奉命来到，请首长指示！"

伏身在办公桌上看文件的朱司令员抬头笑道："嗓门倒不小！坐吧。"

铁柱不敢落座，挺胸立正大声道："请司令员指示！"

朱司令员放下文件虎下脸："叫你坐你就坐！这不是司令员的指示么？"

铁柱大声喊道："是！"挺直腰板，一屁股坐在椅子上。

朱司令员露出笑容："嗯，不愧是老兵，有军人气质。最近工作怎么样？"

铁柱起身报告："报告司令员，工作顺利，完成任务良好……"

朱司令员挥了挥手："坐下。不要每句话都立正报告，没有必要。"

"是！"铁柱又笔直地坐下去，昂首挺胸。

朱司令员进入正题："铁柱，还记得你的老首长么？"

铁柱强忍住了再次起身立正的冲动："报告司令员，一辈子忘不了！"

"如果再让你回去给老首长当警卫员，你愿意么？"

"报告司令员，我愿意！"铁柱忽又低声，"当警卫员？……"

"怎么啦？不愿意？委屈你这位副团级干部了？"

铁柱起身立正："报告司令员，哪怕给首长当勤务兵，我也愿意！"

朱司令员高兴地笑了："好！告诉你，你的老首长李莽同志已经被中央军委任命为省军区副司令员，派你回去给他当秘书，马上去农场把他接回来！"

铁柱大喜过望："是！坚决完成任务！"

金色深秋，父亲回到了既熟悉又陌生的南方大城市。

灯光昏暗的房间里，母亲正在为远道归来的儿子铺床单、换被套、摆拖鞋，忽听有人敲门，礼貌而又兴奋急切，一听便知是熟悉又亲近的人。

母亲过去开门，果然，门外是久未谋面的秀儿和铁柱。秀儿已换去了土气的对襟花棉袄和肥棉裤，身穿女式干部制服，脚蹬皮鞋，手拿提包，梳留齐耳短发，形象气质，很有首长夫人的派头了。

母亲早有思想准备，招呼道："秀儿来了？进屋坐吧！"

秀儿亲热地抓住母亲的手，眼含热泪激动道："姐，俺回来了！刚把家安好，乱得一塌糊涂，赶紧先来看看俺姐。"

母亲冷静地笑道："好，进屋说吧！铁柱，你也进来坐呀！"

铁柱笑道："你们姐儿俩说话，我就不进去了。秀儿，我在楼下等你。"把两大包东西放在门厅饭桌上，对母亲笑了笑，转身下楼去了。

母亲关了房门，领秀儿走进屋里，指了指单人床："秀儿，坐吧。"

秀儿拘谨地刚坐下，忽又起身拿过那两大包东西，取出鸡蛋、苹果、花生、红枣等礼物，羞赧地对母亲笑道："姐，也没啥好东西，你别嫌弃……"

"大老远的带这些干吗？你自己留着吃吧！"

"都是农场生产的，也是首长的心意，请姐一定要收下！"

母亲不再推让，也不动那些东西："你坐吧。"

母亲给秀儿倒了一杯水，递到她手里，自己在书桌旁坐下。两个关系特殊的女人坐在小屋里，一时无话可说，沉默半晌，还是秀儿打破了沉默。

"姐，建国给您说了吧？"

母亲反问道："说什么？建国放下行李就出去了。"

秀儿尴尬地笑了笑，只好自说自话："首长调回来了，当了省军区副司令，虽说比原先大军区参谋长低了两级，但总算恢复了军队领导职务……"

母亲淡然一笑："是啊，你也总算熬出头了，好好照顾首长和孩子们吧！"

"猛不丁的，还真有点儿不习惯呢，跟做梦似的……"

母亲打断她的话："东西我收下了，回去代我问首长好，谢谢了。"

秀儿慢慢起身，磨蹭片刻，没话找话："建国呢？没在家？"

"找同学玩儿去了吧，找他有事？"

"啊，没事儿，建国这孩子挺好的……姐，那，俺回去了？"

母亲也不假意挽留，把秀儿送到家门口："我就不送你下楼了。"

秀儿难过地摆了摆手，摸黑向楼道里走去。母亲回屋关了门，心里也不是滋味儿，走到小阳台上，向楼下观望。楼下停了一辆小轿车，铁柱和一名警卫员等候在汽车旁。不一会儿，只见秀儿走出了单元门洞，铁柱拉开车门，秀儿登车后，汽车一溜烟开去。母亲站在楼上阳台黑影里，站了很久，才慢慢转身回到屋里去。下雪了，纷纷扬扬，润物无声……

这年冬天，建国参军入伍，来到父亲的老部队当兵。

父亲虽未官复原职，但恢复了领导职务，戴上了红领章红帽徽。

秀儿苦尽甘来，变成了令人尊敬的首长夫人。

母亲担任了研究所"党政一把手"，焕发了"第二次青春"。

故事讲到这里，父亲与母亲的"爱情往事"似乎也该画上个句号了。但是，人生的舞台就是这样，你方唱罢我登台，好戏永不收场。

生活，又翻开了新的篇章。

第四卷　似水流年

三十八、魂牵梦萦的人又出现在眼前

隆冬腊月，天寒地冻。太行山脚下方庄新兵营驻地大操场上热气腾腾，杀声震天。数百名身穿崭新棉军装、没有戴帽徽领章的新兵正在进行队列训练。所谓队列训练，即军人素质基本训练，立正稍息齐步走，向左向右向后转，跑步立定拔正步，简单枯燥重复，培养坚韧不拔、令行禁止的集体意识。

建国也在新兵的队列中，一丝不苟地操练队列动作，严肃认真。新兵们都是来自河南和湖北的农家子弟，也混杂有极少数城市"后门兵"。

忽然，操场上响起了紧急集合号声，各连队立即整队集合，由连长和指导员带到指定位置。眨眼工夫，数百人的队伍集合完毕，排成整齐的方块。新兵营的营长和教导员出现在土台子上，营长粗犷威武，教导员文静沉稳。

值班连长跑步到营长面前报告："营长同志，全营集合完毕，请指示！"

营长是个年近四十的老兵，一张黑脸，两道浓眉："稍息！"

值班连长转身命令："稍息！"跑步入列，站到自己的位置上。

营长上前两步，威严地巡视黑压压的新兵队伍，突然举起手做指挥唱歌状，张口起调："下、下、下、下定决心！"总算找准音调，"预备——唱！"

数百名新兵战士齐声高唱，如雷似吼："下定决心，不怕牺牲，排除万难，去争取胜利！……"连唱两遍歌词后，将歌词用口号声喊出，震天撼地。

营长结束了潇洒有力的指挥，高声问道："同志们，冷不冷啊？"

黑压压的队伍士气振奋，齐声呐喊："不冷！"

营长声如洪钟："不冷是假的！冰天雪地，零下二十多度，怎么能不冷呢？可天冷吓不倒我们革命战士，困难挡不住我们前进的步伐！你们都是来自大别山革命老区的红色后代，一定能在革命熔炉里百炼成钢！大家有没有信心？"

黑压压的队伍爆发出震耳欲聋的吼声："有！"

营长满意地点了点头："请教导员同志讲话！"

年轻的教导员向部队敬了个漂亮的军礼，他就是母亲单位的那位"军代表"。队列中的建国并不认识这位军代表，只是感觉这位教导员有点女气。

黑压压的队伍静寂无声，教导员也并不急于讲话。忽然，他的目光被吸引了，自言自语道："还有这么老的战士？……"跃身跳下土台子，径直穿过新兵队列，走到一名新兵面前停下来。全体新兵的目光刷地一齐投到那名新兵身上。

那名新兵瘦高如麻秆儿，面容苍老，看上去有三十多岁。

教导员问道："你叫什么名字？今年多大了？家在什么地方？"

老新兵大声报告："报告，俺叫马栓紧，二十二岁，河南商城县马家沟人！"

全体新兵"轰"的一声笑了，"马栓紧"这个名字太土气。

教导员不相信地问道："你真只有二十二岁？怎么看上去这么老呢？"

马栓紧挺胸立正："受苦人，天天劳动，少年老相！"

全体新兵又是一阵哄笑，营长呵斥了一声："安静！"新兵们立刻噤声。

教导员拍了拍马栓紧的肩膀："好好干！咱们营长也是二十二岁参军嘛！"

面相苍老的营长脸上露出一丝不悦，但忍住没吭声。

教导员又走到一名满脸稚气的新兵面前停住了，上下打量。那名新兵看上去只有十五六岁，白净瘦弱，奶气未褪，衣服帽子都显大。

"你几岁了？叫什么名字？哪里人？"

小新兵大声回答："报告首长，我叫刘冰，今年十八岁，来自北京！"

教导员脸色微妙变化："我看你顶多有十五岁！为什么当兵？"

刘冰直言："不当兵就得下农村！我爹从小告诉我，他十五岁就参加红军！"

教导员不动声色地问道："你爹是干什么的？他也在当兵吗？"

"报告首长，我爹是一九五五年授衔的开国中将！"

黑压压的队伍轰动了，新兵们争相伸脖子看这个"后门兵"。队列中的建国也看了刘冰一眼，漠然地笑了笑。

教导员点了点头："子承父业，好样儿的！"

刘冰立正挺胸大声道："是！"面露得意之色。

教导员回到队列前，跳上土台子，严肃道："同志们！毛主席教导我们说："我们都是来自五湖四海，为了一个共同的革命目标走到一起来了'。无论年龄大小，文化高低，无论来自城市还是农村，大家都是阶级兄弟，都要做毛主席的好战士！今后，无论你们有什么困难，都可以找我谈！好不好？"

黑压压的队伍齐声回答："好！"

教导员轻松起调并指挥部队唱军歌："革命军人个个要牢记！预备——唱！"

全体新兵立刻高唱起这首耳熟能详的革命歌曲，歌声飞上云霄。

开饭号声响了，几大盆煮面块抬到饭场，立刻被新兵们包围了。所谓面块，就是因为面片又厚又大，与同样大块的土豆片、肥肉片、白菜片、萝卜片等混煮一锅。又冷又饿的新兵们猛扑上去抢饭，顿时乱成一团。河南兵和湖北兵一个个体魄健壮，饭量极大，每人两斤面块都不够塞牙缝儿。手拿空碗的建国站在圈外束手无策，眼看农村兵们把棉帽都挤掉进盆里去。满脸稚气的刘冰也愣住了，但很快就猛省过来，加入了抢饭的行列。抢到饭的新兵们弄得满身糨糊，端起大碗面块狼吞虎咽，大快朵颐。马栓紧和刘冰成了好朋友，两人端碗凑在一块儿吃。几大盆面块很快就抢空了，一直站在远处观察的营长走过来训斥道：

"你们不脸红么？还有没有一点团结友爱精神？鸡巴毛炒韭菜，乱七八糟！简直像国民党！都是饿死鬼投胎！……没有抢饭的举手！"

新兵们似乎多少都抢了饭，不好意思举手，只有建国把空碗举起来。

营长问了姓名，立刻表扬道："这个新兵有觉悟，我看他就没有抢饭！"

建国漠然道："我没有抢饭是因为我肚子不饿，谈不上什么觉悟。"

营长不高兴地瞪他一眼："那你就不要吃饭好了！怪毛病！"转身离去。

教导员不知从何处冒了出来："你叫李建国？跟我来。"

于是，建国跟随教导员走进营部办公室兼卧室。屋子中间摆了一张大桌子，旁边是两张单人床。教导员摘掉棉帽腰带，大声命令道：

"通信员！通知炊事班，搞两个人的饭菜！"

通信员答道："是！"立刻跑出门通知炊事班去了。

教导员客气地示意道："李建国，请坐！"两人在中间的大桌子旁坐下来。建国不知教导员何意，也不急问，在桌旁坐下掏出香烟，示意给教导员。教导员摆了摆手，倒了一杯开水递到建国面前："喝水。"

建国自己划火吸燃了大前门香烟，不卑不亢："教导员，什么事？"

"李建国，你妈妈是赵玉莲同志吧？我跟你妈妈很熟悉。"

建国不禁有些意外："你认识我妈妈？"

教导员笑道："我在南方植物研究所参加支左三年，担任军代表兼所革委会主任。我非常尊敬你妈妈，关系很好，你写信时请代我问你妈妈好。"

建国谨慎地答道："谢谢教导员，我一定转告您的问候。"

"你爸爸是我们的老军长，我非常崇敬他，他是我心目中的英雄！建国，你不要客气，就把我当成你的老大哥吧，今后有事尽管找我！"

"谢谢教导员，也没什么事，我会好好干的。"

教导员关心地问道："生活上有什么困难？北方气候和部队伙食还适应么？"

建国起身告辞："教导员，谢谢您！没什么事，我回班里去了。"

教导员热情挽留道："等一等！你没吃饭，我也没吃，我们一块儿吃点儿！"

"不用了吧！我真不饿，早上吃了三个大馒头……"

正好通信员打饭回来，把一盆鸡蛋葱花炒米饭和一盆胡萝卜炒肉摆上桌子。

"来，咱们开饭！坐下！大小伙子不吃饭怎么行！"

饥饿的建国经不住饭菜的诱惑坐了下来，与教导员共进午餐。营长走进屋，见状愣了愣，建国赶紧起身："营长！"教导员也抬头招呼道："营长回来了？小李没吃上面块，跟我一块儿吃点儿炒剩饭！"营长用鼻子哼了声，黑下一张脸转身出去了，好像很不高兴。

一座绿树掩映的花园别墅小院沐浴在南方冬日的朝霞晨雾中。这里是父亲的新居。房前楼后的花园和空地被主人改造成了菜园子，种上了蔬菜瓜果；新编的篱笆墙里喂养了从农场带回来的鸡、羊、兔、狗，生气益然。父亲早就起了床，在园子里施肥、浇水、饲养家禽，活如辛勤的老农。

两个衣着光鲜、活泼可爱的小儿女背着书包从屋里跑出来，挥手向父亲告别："爸爸，我们上学去了！再见！"父亲答应一声，两个孩子跑出了院门。

穿戴整洁的秀儿也手提拎包走出家门："我去小卖部上班了。"

父亲直起腰笑了笑："好嘛，下班早点回来！"秀儿答应一声也走了。

一辆伏尔加牌小轿车开到小院门口，秘书高铁柱下车走进小院，向父亲请示报告："首长，今天去总医院做检查，院长他们都等着您呢！"

父亲拍拍手上的泥土抱怨道："看病，休息，我快成养尊处优的地主老财了！"

铁柱笑道："首长，这是朱司令的安排，您就服从吧！"

父亲嘟囔地回屋洗手换衣服，片刻，穿戴整齐地走出了小楼家门。铁柱忽然靠近父亲低声道："首长，朱司令安排你去见一个人。"

"什么人？"

"你的老朋友、省委书记秦怀璧同志。他因为患病需要动手术，监狱打报告到省革委会，朱司令员批准把他接到军区总医院治疗，让你们见一面。"

父亲叹道："老秦冤枉啊！他的冤案迟早会平反的！"

铁柱为父亲拉开车门，搀扶父亲上车，小轿车一溜烟绝尘而去。

电话铃声响了，急促的铃声在空荡的书记办公室里回荡。母亲从隔壁会议室推门走进屋来，拿起话筒问道："喂，请问你找谁？"

电话里传出一个男声："赵玉莲同志么？请稍等，朱司令员和您通话。"

母亲感觉意外，电话里响起了朱司令员熟悉的声音："小赵么？我是老朱！你马上到军区总医院来一趟，到南楼六号干部病房看一个人。"

母亲迟疑地问道："朱司令员，您让我去看谁呀？"

朱司令员豪爽地笑道："当然是你的老朋友，省委书记秦怀璧同志！"

母亲惊喜道："老秦？他从监狱出来了？"

朱司令员快刀斩乱麻道："他只能待两三天，你赶快过来吧！"

母亲还想问什么，朱司令员已挂断了电话，话筒里留下一串忙音。母亲不觉脸热心跳，梳理了一下短发，呆愣片刻，疾步走出门去。

军区总医院南楼高干病房区，停靠了一辆伏尔加牌小轿车。

宽敞舒适的病房里，刚动完手术的秦怀璧苏醒过来，躺在病床上输血输液。两名穿制服的狱警守候在门外，几名医生护士正在观察手术后的病情。

父亲在铁柱陪同下来到病房外，铁柱向狱警打了个招呼。枯瘦虚弱的秦怀璧见到了久别的父亲，忍不住老泪盈眶，两人紧紧地握手。

父亲轻声安慰道："老秦！别激动！你刚做了胆切除手术，伤口还没痊愈，需要安静地休息，我看你一眼就走，咱们后会有期……"

母亲乘坐华沙牌小轿车也赶到了总医院，下车从高干病房窗外的小路经过，偶然看见敞开的病房阳台门窗里有两个熟悉的身影，不禁停住了脚步。那是父亲正与病床上的秦怀璧亲密交谈。母亲下意识地往灌木丛后躲了躲，忽觉心有愧疚，泪水不觉盈满了眼窝，身心受到刺激，急忙转身离开了医院。

春节前夕，师部宣传队到新兵营慰问演出，大操场土台子布置成了临时舞台。

全营新兵自带背包席地而坐，各连之间拉歌比赛，歌声掌声此起彼伏。大操场上，这边高唱："下定决心，不怕牺牲！……"那边怒吼："说打就打，说干就干！……"这边鼓掌呐喊："一连的呀，来一个呀！"那边回应："二连的呀，比就比呀！……"声音一浪高过一浪，荷尔蒙正旺盛的新兵们热血沸腾。土台子舞台上幕布紧闭，后台隐约传出乐器调音声和女兵的说话声，令人浮想联翩。

忽然，黑脸营长站到队列前举手猛一挥，歌声喊声掌声戛然而止。

两名身材苗条、年轻漂亮的男女报幕员从台侧走出来，站到大红幕布中央。

黑压压的队伍霎时安静得能听见针落地，新兵们眼巴巴地仰望舞台。男女报幕员声音清脆嘹亮地报幕："中国人民解放军0176部队毛泽东思想宣传队春节慰问演出，现在开始！第一个节目，歌舞：我们的队伍向太阳！"

大操场爆发出暴风雨般的掌声，男女报幕员退下，大幕拉开。庞大的乐队和舞队把狭窄的土台子舞台挤得满满当当，一阵劲歌狂舞。

坐在台下的建国却傻眼了——那位漂亮的女报幕员竟然酷似罗晶晶！

小舞台上，穿军装的靓男美女激情荡漾，赢得新兵们阵阵掌声。胡思乱想的建国半晌回不过神来，急切地等待女报幕员再一次走出来报幕。

开幕歌舞总算结束了，女报幕员果然又走上舞台，而且这次是一个人！建国瞪大眼睛，怎么看女报幕员怎么像罗晶晶，或许是因为女报幕员化了妆，距离又太远，认错了人？绝不可能！罗晶晶在建国心中的印象可谓刻骨铭心，绝不可能认错人！……

　　女报幕员朗声报幕："下一个节目，表演唱：毛主席语录板。"

　　热烈的掌声中，女报幕员优雅地退下场去，小乐队把乐器搬上了舞台。扬琴、二胡、琵琶、竹笛等民乐吹拉弹奏声中，战士们和指导员演唱起来：

　　　　我原想入伍后当一个驾驶员，没想到当步兵，成天拉枪栓儿。

　　　　可惜我满肚子文化水没处用，板凳子儿呀白白坐了十呀嘛十来年儿。

　　　　这真是，高射炮打蚊子儿——不呀嘛不划算！

　　　　（白）指导员，你让我当技术兵吧，我保证干好！

　　　　（白）哦？这个问题，我们看，主席是怎么说的？

　　　　一抬头我看见了毛主席语录板——

　　　　（白）毛主席教导我们："我们所做的一切，都是为人民服务。"

　　　　从此后把主席的教导记在心间，

　　　　联系实际，改造思想，做一个人民忠实的勤务员！……

　　舞台上演了些什么节目，建国已经看不见也听不见了，脑海里不断地闪现出罗晶晶生动鲜活的神态，眼花缭乱，魂飞天外，霎时间乱了方寸……不知何时，建国的胡思乱想忽然被热烈的掌声打断，抬头看时，男女报幕员已经宣布"慰问演出到此结束"，"祝战友们新年快乐"，全体演员上台谢幕了。没容建国多想，各个连队已经开始喊口令，起立整队集合，跑步带回营房去了。建国很想去后台看一看女报幕员的庐山真面目，无奈队伍已经开始跑步了……

　　月光静静地普照冰雪覆盖的太行山，苍穹下的大地一片沉寂。

　　建国身穿军大衣，肩背没装子弹的半自动步枪站哨。极目眺望，平原远处的城市灯火阑珊，恍如海市蜃楼。建国心驰神往，白日梦的思绪又开始遨游太空，情不自禁地轻声吟诵起辛弃疾的词——

　　　　东风夜放花千树，更吹落、星如雨。

　　　　宝马雕车香满路，凤箫声动，玉壶光转，一夜鱼龙舞。

　　　　蛾儿雪柳黄金缕，笑语盈盈暗香去。

众里寻他千百度，蓦然回首，那人却在，灯火阑珊处……

建国吟诗的声音越来越大，一个披军大衣的身影向他走过来，高声喝问道："李建国！你在站岗放哨，还是表演节目啊？"

建国回头见是新兵班班长，持枪立正："报告班长，我在站哨！"

班长是山东籍老兵，高大健壮，仪态威严，虎脸训斥道："李建国，你现在是战士，不是吊儿郎当的知青，也不是城里的公子哥儿！你这是在站岗放哨么？敌人摸了你的岗哨，你还在做梦呢！明天开班务会，向全班做检讨！"

建国不高兴地顶撞道："我犯什么错误了？为什么检讨？"

班长恼怒地吼道："你还敢违抗命令！这是部队！不是在你们家里！"

建国火了："你嚷什么！你多当一年兵就有权力训人么？老子不吃你这套！"

班长恼羞成怒："你充谁家老子？他妈的新兵蛋子！"

建国一伸胳膊挡开他的手，瞪大眼珠子："干什么？想动武么？"

山东老兵大怒地甩掉军大衣："奶奶个熊！有种的你跟我比试比试！"

两人正欲撕扯，猛听得一声断喝："吵什么！都给我闭嘴！"

回头一看，只见黑脸营长和年轻的教导员身披军大衣，手握手电筒走过来。

山东老兵班长和新兵建国都住了手。

营长训斥道："怎么回事？站哨自个儿就打起来了，你们是土匪游击队么？不管谁的错，我首先尅你这个熊班长！你就这么带兵打仗么？敌人还没见，先让自己的兵打死了！听说你还是全团投弹标兵？关半天禁闭！"

山东老兵欲辩解，教导员摆手道："回去睡觉！继续站哨！"

山东老兵不服气地捡起地上的军大衣，气呼呼地回屋睡觉去了。

营长黑脸对建国教训道："站哨的时候，思想不要开小差，要有敌情观念！"

建国持枪立正："是！"

营长离开，教导员对建国点头笑了笑，也随营长去了。

建国见他们走远了，才慢慢地松懈下来，忽然又端起枪，警惕地注视前方，却见山东老兵悄悄溜回来，捡起落在地上的手套，又悄悄地回去了。

凌晨四点，晨曦微露。新兵营驻地一片沉静，黑屋里回响起伏的鼾声。建国站完哨回到班里，摸黑爬上自己的床铺，脱衣钻进了被窝。新兵们劳累了一天，沉睡如死猪，打雷也轰不醒。建国蜷缩在冰冷的被窝里，靠自己的体温慢慢暖和身子，闭上眼睛却无法入睡。黑暗中，建国睁大一双清醒的眼睛，脑海里又开始"过电影"。翻来覆去，还是那个该死的罗晶晶！音容笑貌，刻骨铭心……建国躺在铺上"烙烧饼"，强迫自己闭上眼睛，昏昏沉沉地睡去……

第二天是星期天，暂停训练，但新兵不准外出，窝在班里学毛选。吃过早饭，建国穿戴整齐走进营部，在门外高喊了一声："报告！"

营长和教导员刚吃完饭，正在一起商量工作，命令道："进来！"

建国走进门去，立正敬礼报告："报告！我想请假去师部。"

营长和教导员看了看他，又互相看了一眼，营长公事公办地黑下脸："不行！不是宣布过么？新兵不准请假上街，有事请司务长代办。"

教导员委婉地补充道："新兵暂时还没有发领章和帽徽，外出也不方便。"

"报告首长，我去师部有急事，请首长批准！"

营长不高兴道："什么急事？穿上军装才几天就熬不住了？回班里去！"

建国顽强地恳求道："师军务科朱参谋约我谈话，请首长批准！"

营长和教导员都愣住了，营长不相信地反问道："朱参谋？哪个朱参谋？"

"师军务科参谋朱戎生同志。他约我星期天去见他。"

营长脸色难看地一背手向门外走去："那就请他打电话为你请假！"

教导员轻松地一笑："建国，特殊情况，可以特殊处理。"

建国坚持道："确实是特殊情况，请首长批准！"

教导员起身走到建国面前："我批准了。你给排长打个招呼，早去早回！"

建国立正敬礼："是！谢谢首长！"转身跑步出门去。

师部大院原来是一所地方院校，大门外墙上隐约可见"矿业学院"的刻痕。

没戴帽徽领章的新兵建国来到师部大院门口，被警卫战士拦住了。

"同志，你是哪个部队的？你找谁？"

"119团新兵营的，我找师军务科朱参谋。"

警卫战士怀疑地打量他："朱参谋知道你找他么？事先有没有约定？"

"当然知道。你可以给他打电话。"

警卫战士缓和下来："你到值班室登个记进去吧。你能找到朱参谋么？"

建国向大门里值班室走去："当然。"到窗口填写了登记单。

221

走进师宣传队驻地，舞台上正在排练节目，乐队在乱哄哄地试音。空荡荡的大礼堂里只有前排坐了几个人，大概是审查节目的领导。舞台上，一些穿戏装的演员在翻跟斗，练唱腔。建国停步在太平门旁，发现前排靠过道的座椅上坐了个女兵。这个好看的背影坐在靠后的座椅上，与领导保持一定距离。

一个女兵从门外走进礼堂经过建国身边，建国忙叫住她："老兵，请留步！"

女兵是个扎小辫儿的姑娘，奇怪道："我是新兵。"

建国笑道："新兵也比我资格老。您能帮我叫罗晶晶出来一下么？"

女兵好奇地打量他："罗晶晶？你是谁？你认识她？"

建国故作深沉："当然。我是她表哥。你叫她赶快出来一下！"

女兵狐疑地看了他一眼，走到前排靠边的座椅旁，伏身对女兵背影说了几句。

那个女兵回头看了看，略一迟疑，起身向建国这边走来。果然是罗晶晶！没化妆，身穿精心剪裁的军装，戴帽徽领章，越发娇艳。建国靠在门框上，冷眼迎视越来越近的梦中情人。罗晶晶也认出了建国，停住脚步冷淡道："什么事？"

建国玩世不恭地笑道："没想到吧？咱们，就在这儿叙旧？"

罗晶晶把他带到门外的过厅里："我正在排练，有事就赶快说吧！"

建国冷冷地打量她："怎么？你不认识我？知道我是谁么？"

罗晶晶冷笑道："你不是我的表哥么？没等你离开这儿，就传遍师部大院了！"

建国坏笑："那不是挺好么？罗晶晶的表哥从农村追到部队来了……"

罗晶晶打断他的话："别贫嘴了！这是部队，不是农村！长话短说吧！"

"我下午四点必须归队，我们出去找个地方谈谈？"

罗晶晶断然拒绝道："不行！今天全天排练，我不能离开，有话就快说吧！"

"看样子，你压根儿就不愿意见到我？"

罗晶晶把雪白的瓜子脸扭向一边："还有什么事？请抓紧时间！"

建国强忍怒火："罗晶晶，我算认识你了！我没事了！"

罗晶晶立刻转身回到大礼堂去了，把建国一个人晾在空荡荡的过厅里。建国暴怒地一脚踢飞手中的大棉帽，又追上去连踢几脚，一直踢到门外去。

三十九、破镜不能重圆

师部驻地是一座豫西矿区小城，阴霾的天空常年覆盖煤烟，雾气腾腾。春节前夕的街道上行人稀少，饭馆里也没有多少人吃饭。

建国坐在靠窗的饭桌上抽烟、喝酒、吃饺子，心情孤独郁闷。一个端盘子的姑娘送来一碗饺子汤，笑容温柔，眉目清秀，小有姿色。建国闷头猛喝高粱酒，已有几分醉意，抬头对姑娘斜眼笑了笑。

姑娘温柔地轻声提醒道："同志，别喝醉了，这酒挺厉害的。"

建国笑道："不会的。我在山西插队，一顿喝半斤汾酒也醉不了！"

姑娘温柔地一笑，转身离去，轻盈的腰身留下一串韵味儿。

忽然门帘一掀，几名部队机关干部走进了饭馆，姑娘忙笑脸相迎。一名身高体壮的青年干部发现了建国，立刻走过来捶了他一拳叫道："建国！"建国抬起昏昏沉沉的脑袋，一时没认出是谁来。师军务参谋朱戎生笑道：

"好家伙！不认识了？朱戎生！瞧你这傻样儿！"

建国回过神来，正欲起身，却头重脚轻地身子一歪，险些压翻桌子。戎生忙扶他坐下，跟同伴打了个招呼："对不起，碰见一个老朋友了，你们自己吃吧！"回头笑问建国，"喝酒了？你这可是违反军纪的行为啊！"

建国头脑清醒了，舌头却有点打卷儿："朱参谋？……"

端盘子的姑娘满面春风地问道："首长今天吃什么呀？'老三篇'？"

戎生轻车熟路："炸花生米、酱牛肉、半斤水饺！"

姑娘高声报了菜名："炸花生米、酱牛肉、半斤猪肉白菜大葱水饺儿！"

建国醉眼蒙眬，目送姑娘的背影笑道："这小姑娘，跟你挺熟？"

戎生笑道："我们常来吃饺子，人混熟了，背地里都管她叫'水饺西施'！"

建国吃吃地笑道："这名儿不错，名副其实。人漂亮，饺子也香！"

"建国，怎么到了部队，也没来师里找我玩儿？分哪儿了？"

建国瞪大眼睛："怎么找你？一下火车就连夜拉到团里，又连夜拉到方庄的新兵营，整天立正稍息跑步拉练累个贼死，哪儿有时间上师部找你……"

戎生见他确实有点醉了，忙拍拍他的肩劝慰道："好了好了，你今天喝多了，说不成话，吃完饭赶紧回去休息吧，我找个车送你回去。"

端盘子的姑娘端来了饺子和冷盘招呼道："首长，请慢用！"

戎生招呼建国："建国，来！再吃几个热饺子，喝点儿醋解解酒！"

建国头昏脑涨地笑道："酒就不用喝了，饺子可以尝两个，'水饺西施'嘛！"

两个老同学一个清醒一个糊涂，各说各的词儿，稀里糊涂吃饺子。

星期天，部队只开两顿饭。下午四点，新兵们正在集合开饭，一辆小吉普车飞快地开到饭场边停下来，新兵们全体行"注目礼"。营长和教导员以为是上级首长驾临，急忙跑步到小吉普车旁边，垂手恭迎。司机跳下驾驶座，从后座搀扶一个人走下车，却是新兵蛋子李建国。新兵们哗然，争相眺望，议论纷纷，互相打听这个特殊新兵的姓名。司机向两位首长报告：

"首长，这位同志身体不舒服，朱参谋派我送他回来。"

建国头脑已清醒，立正道："报告，战士李建国按时归队！"

营长沉下脸没吭声儿，教导员对司机道："辛苦了！请代问朱参谋好！"

司机开车离去，老营长忽然对新兵们怒喝一声："看什么看？开饭！"

新兵们赶紧蹲下身去分班围圈儿吃饭，但仍有不少人探头看建国。营长怒气冲冲地瞪了教导员一眼，背手大步回营部去了，边走边大声咳嗽。

教导员命令道："通信员！送李建国回班里休息！"

除夕之夜，住院的病人多已出院回家过年，平时人满为患的病房里只剩少数无家可归的孤寡病人或重症病人。刘月琴就是这样的孤苦伶仃的病人。窗外传来稀落的爆竹声和广播喇叭声。形容枯槁、头发花白、精神受过刺激的刘月琴独自盘腿坐在病床上玩扑克牌，消磨岁末最后的时光。

过道里响起了急促的脚步声，片刻，母亲手提饭盒走进病房里来。

邻床病人熟悉地招呼道："大姐！又给妹子送什么好吃的？"

母亲回应道："大家过年好！今天是大年三十，给妹子送年夜饭啊！"

病人和家属们感叹称赞，刘月琴视而不见，专心玩扑克牌。

母亲把饭盒放在小床头柜上打开，取出热腾腾的水饺和醋碟儿蒜瓣儿，端到刘月琴面前："月琴，今天给你包了饺子，趁热吃吧！"

刘月琴漠然地看了母亲一眼，目光冷淡，仍然低头玩自己的扑克牌。

母亲放下饺子碗，帮她收拾了扑克，端碗劝道："吃饭吧！"

刘月琴突然一抬手打开饺子碗，一声脆响碗碎了，饺子和醋汁儿撒了一地。

邻床病人和家属都愣住了，睁大眼睛注视母亲和刘月琴。刘月琴也愣住了，目光呆滞地盯住母亲，眼里慢慢充盈了泪水。母亲满不在乎地笑了笑：

"没事儿，岁岁平安！待会儿我收拾。我就知道你会有这一手，幸亏有准备，今天饺子带得多，随便你摔！"母亲取下一格搪瓷饭盒，也盛有醋汁儿和饺子，再次喂到刘月琴面前。刘月琴似乎老实了，乖乖地盘腿坐在母亲面前，张开嘴吃母亲喂给她的饺子。母亲一边喂她吃饺子一边夸奖道：

"这就听话了嘛！今天我包的饺子多香啊！猪肉、韭菜、鸡蛋、粉条、蘑菇、虾米……怎么样？好吃吧？"

刘月琴越吃越有了滋味儿，脑子一阵儿清醒一阵儿糊涂，时而含泪深情凝视母亲，时而又目光警惕，冷若冰霜。两个曾经的生死姐妹如隔阴阳。

母亲一边喂饺子，一边哼唱酸曲儿，抚慰孤寂的心灵。

晚上，军区大院大操场上正在放映老电影，枪炮声爆炸声不绝于耳。

朱司令员身后跟了个小警卫员，漫步走进了父亲冷清的花园别墅小院。

父亲迎出门来，按老规矩向老首长敬礼："司令员，给您拜年了！"

朱司令员笑道："你也没去看电影？《南征北战》，都看过八百遍了！"

"秀儿和孩子们喜欢看，早早儿就拿上小板凳去占座儿了。"

朱司令员掏出兜里一瓶茅台酒："他们看电影儿，咱们喝酒聊天儿！"

"我刚才接到您的电话，把下酒菜都备好了。司令员，请！"

朱司令员对警卫员挥了挥手，由父亲陪同走进客厅。客厅中央摆了小圆桌，果然有花生米、卤牛肉、豆腐干、咸鸭蛋等下酒菜。朱司令员打开茅台酒瓶盖，顿时醇香扑鼻，满屋子弥漫浓烈的醉意。两个老战友斟满酒，响亮地碰了杯，一仰脖子把酒喝下去，醋畅淋漓。父亲用筷子指指卤牛肉：

"尝尝我亲手做的卤牛肉，味道不错。"

朱司令员尝了尝，赞不绝口："好味道！军马场十几年，你什么都学会了！"

"这也是人生的财富啊！我很感谢军马场的生活！"

"好！不愧是真正的共产党员！干了！"

父亲干了杯喝了酒，不觉有些伤感："司令员，我早就不是共产党员了……"

朱司令员严肃道:"我正要跟你谈这件事。你已经恢复了军队的领导职务,说明党中央和毛主席对你是信任的。你应该重新要求入党。"

"我日夜都在盼望能早日回到党的怀抱!"

朱司令员鼓励道:"你马上写入党申请书,趁热打铁,恢复党籍!"

父亲紧握住司令员的手:"我写!我今晚就写!"

朱司令员给他斟满酒举杯道:"干杯!"

两个老战友再次碰杯,一饮而尽。

太行山白雪皑皑,巍然耸立,方庄训练场杀声震天。建国所在的新兵排正在进行投弹训练,新兵们依次练习投掷教练手榴弹。投弹乃山东老兵班长的强项,排长命令他担任投弹教练,亲自示范。身强力壮的新兵们大都能投三四十米远,个别人也能突破五十米大关。老新兵马栓紧和小新兵刘冰情况特殊,一个太笨,一个太小,不仅姿势难看,投弹也不远。刘冰投了十八米,马栓紧砸了自己的脚,引起新兵们一阵哄笑。山东老兵班长训斥道:

"老马,你怎么回事儿?老太太上炕冒充新娘啊?"

这个话比较恶毒,新兵们笑得更起劲了,站在旁边的排长也忍俊不禁。山东老兵班长操起一颗教练弹,大喝一声:"看好!"奋力一扔。教练手榴弹在空中划了个漂亮的弧线,远远地落在五十米开外。报靶员大声报告:"五十五米五!"新兵们报以热烈的掌声。

山东老兵班长得意地笑道:"一要有力气,二要使巧劲儿!懂了么?再试试!"

马栓紧憋红了马脸,使尽全力再投一次,好容易投了二十多米。

山东老兵班长一脸嘲笑:"太笨了!我当兵第一次投弹就投了四十九米!"

建国不声不响地过去拿起教练弹掂了掂,运了运气,猛力一扔,教练手榴弹"嗖!"的一声不见了踪影,半晌才见一个小黑点落在了六十多米开外。报靶员兴奋地报告:"六十四米!第一名!"训练场上掌声雷动。

早已站在圈外的黑脸老营长喝彩道:"好!不错!"大步走了过来。

排长跑到营长面前报告:"报告营长,三排正在训练,请指示!"

营长开始训话:"同志们,李建国同志首次练习投弹,就投出了六十四米的好成绩,说明他基础不错,有良好的军事素质。希望大家向建国同志学习,取长补短，勤学苦练，人人争当军事技术标兵！大家有没有信心？"

新兵们热血沸腾，齐声呐喊："有！"

山东老兵班长不服气，终于忍无可忍，抓起一颗教练弹大声道："报告营长！我再投一次！"没等营长批准，就使出浑身力气扔出了教练弹。这一次果然投得更猛也更远了些，新兵队列中有人情不自禁地大声喝彩。远处传来报靶员的声音："五十八米九！"掌声顿起，但也伴随有讥笑声。建国面不改色，山东老兵班长垂头丧气，满脸通红。

营长黑下脸严肃道："不行就不行，不要不服气！过硬的军事技术是真功夫，真本事！争风赌气，弄虚作假，不是我们的作风！平时多流汗，战时少流血！我相信，你们每个人都会成为真正的战士！大家都要向李建国同志学习，人人争当技术标兵！"

排长跑步到队列前宣布："排里决定，七班长为第一教练员，李建国为第二教练员；七班长负责基础动作教练，李建国负责技术教练。继续训练！"

营长满意地点点头，离开了训练场。紧张的训练又开始了。

日落西山，军营吹响了休息号，各个连队分别从训练场返回营房。建国所在新兵排在排长的带领下跑步回到饭场上，宣布解散，准备开饭。

营部通信员跑来叫住建国："李建国，有你两封信！"

建国接过两封来信，一封来自山西，一封来自师部驻地，字儿写得都很漂亮。

通信员离开后，建国赶紧拆开师部来信先睹为快。

建国，你好！你的两封来信都收到了，迟迟没有回信，是因为心有顾虑。我们都是刚入伍的新战士，部队规定，战士服役期间不准谈恋爱，否则将受到纪律处分。我们目标都很大，引人注目，要注意影响，不能因小失大。我没有忘记我们过去的友谊，也愿意继续与你做好朋友，但也请你体谅我目前的处境。我建议，我们暂时不要公开来往，不要见面，但可以写信交流思想，保持联系。你同意吗？罗晶晶，3月18日。

太行雪峰在夕阳下闪闪发光，一只矫健的苍鹰在天空中自由地翱翔。

建国挥手赶走了烦恼，又拆开抗美的信一目十行：

建国哥哥，我想你！听说你已经参军到了部队，妈妈告诉了我你的地址，我立刻给你写信。其实我们相距并不遥远，中间只隔一座太行山。你在山的那边，我在山的这边，大山能听见我们的心跳。如果有合适的机会，我会下山来看你，就像我们在山西老家插队的时候一样……

夜晚，月光清冷，苍穹下的莽莽雪原起伏连绵。

两双穿翻毛大头皮鞋的脚在雪地上漫步，留下两串脚印。白雪覆盖的足球场大小的大操场上，两个穿着臃肿的黑影在月光下移动。教导员和新兵李建国边走边聊，不像上下级关系，倒像一对老朋友。

"建国，新兵营就要结束了，你们将被分配到各个连队或者团部机关单位。你的军事技术基础很好，有培养前途。你有什么想法么？"

"没什么想法，到哪儿都行。我无所谓。"

教导员吐露真言："朱参谋给我打过电话了，要我关照你这位发小和老同学。我和戎生都在团机关干过，彼此很熟悉，所以你也不要见外。我考虑，你去三营七连比较合适，那是个老红军连队，军史上有记载，朱司令员和你的父亲都当过红军连长，这叫子承父业！我也将回到三营去当教导员，彼此有个关照。"

建国心里不情愿，但也不好驳他的情面，沉默半晌没吱声儿。

"过几天就给你们新兵发领章帽徽了，正式成为解放军的战士了，举止言行，更要严格要求自己，开创一个新局面。我希望你像戎生那样，在部队长期干下去，接好老一辈革命家的班。你有这个基础和条件。好好干吧！"

建国不以为然地笑道："教导员，谢谢你的关心。我和朱参谋的情况不一样，说实话，我不愿意生活在父辈的光环里，也不希望人人都知道这层关系。所以，即使到了连队，也请您替我保密，不要提起我父亲的名字。好么？"

教导员不禁对他刮目相看："我尊重你的意见。"

两人默默地走了一段，似乎无话可说了，气氛有点沉闷。

建国打破了僵局："教导员，如果分配到七连，我希望去七班。"

"为什么？七班长就是那个跟你打过架的山东老兵。"

"其实他人挺好的，只是有点儿小毛病，我愿意跟他在一起。"

教导员称赞道："好，有肚量！那就到七班去吧！"

春暖花开，阳光明媚。窗明几净的书记办公室里，母亲正在阅批文件。电话铃声响了，母亲拿起话筒问道："喂，请问你找谁？"

电话里传出一个年轻的声音："您是赵玉莲同志吗？朱司令员请您接电话。"

片刻，电话里传来了朱司令员低沉的声音："小赵么？我是老朱。"

母亲感到有些意外不安："朱司令员，您好！"

朱司令员声音沉痛："小赵，我告诉你，欧阳大姐不幸患了癌症，恐怕时间不多了。她想见你。如果方便的话，你能不能来总医院看看她？"

母亲震惊地愣住了，慌忙道："司令员，我马上来！"

"你稍等一下，我马上派车来接你……"

"司令员，不用派车了，我马上赶过来！"母亲放下电话，拿起手提包匆匆起身出了门。华沙牌小轿车疾驶到军区总医院南楼门前停住，母亲下车。阎秘书迎上前来招呼道："赵书记，朱司令员在楼上等您！"母亲跟随阎秘书走上楼梯，穿过过道，来到里外套间病房。朱司令员从客厅的沙发上起身道："小赵，来了？进去吧，大姐在等你。"母亲轻轻走进里间，病弱枯瘦的欧阳大姐躺在病床上，向她点头微笑。母亲的眼泪流下来，握住大姐的手叫了声："大姐！"

欧阳大姐脸色苍白，眼窝深陷，但目光依然炯炯有神，宽厚地笑道："小赵，你还是这么年轻！我常想，那个倔强的小姑娘怎么不来看我呢？"

母亲心疼地道："对不起，大姐！我发过誓，再也不回北较场了……"

欧阳大姐抚摸母亲的秀发笑道："可大姐没有得罪过你呀，我和朱司令还是你们的证婚人呢！……好了，伤心的事不说了。小赵，还是一个人过吗？"

母亲道："还能有几个人？孩子们都去了部队……"

欧阳大姐仿佛回光返照，目光炯炯地凝视母亲："小赵啊，人生如梦，转眼就是百年。你才四十多岁，为什么要这样苦熬自己呢？大姐已经是快死的人了，说话也不怕你生气。找个合适的人，重新开始生活吧！朱司令可以帮你……"

欧阳大姐忽然喘息不止，痛苦地歪过头去。

母亲握住大姐的手道："大姐，你放心，我听你的！"

朱司令员送母亲走下楼梯，亲自为母亲拉开车门。

母亲低声道："司令员，您多保重。但愿大姐早日康复……"

朱司令员叹息道："小赵，年龄不饶人啊！我们互相珍重吧！"

这时，一辆伏尔加牌小轿车开过来停住，秘书高铁柱下车拉开后车门，父亲和秀儿走下汽车，忽然发现了站在车旁的母亲，几个人都愣住了。母亲的心一沉，下意识地扭过头去，躬身钻进汽车。华沙牌小轿车向医院大门急速开去。

父亲慢慢走到司令员面前，脸色难看地叫了声："司令员！"

十几年了，母亲一直不能面对父亲，不能面对那个熟悉的身影和声音，甚至不能在脑海里闪过他的音容笑貌，否则就会血涌头顶，头晕目眩！……爱情令人陶醉，爱情也令人疯狂，爱情甚至可以杀人！母亲曾经在心里发过毒誓：一辈子再也不见父亲！把他彻底忘掉！……然而，曾经刻骨铭心的爱情，真的能从心里彻底忘掉么？

初夏，北方豫西矿区小城沐浴在灿烂的阳光里。已经佩戴上帽徽领章的建国背了个挎包又来到师部大院门口登记会客。

执勤警卫提醒他道："你是找朱参谋吧？朱参谋不在，探家去了。"

建国有些意外，灵机一动："我不找朱参谋，我去师宣传队办点事儿。"

执勤警卫没让他登记，直接放行了，建国向大礼堂走去。大礼堂里空无一人，舞台上却拉开了幕布，灯光明亮。建国疑惑地沿着礼堂过道向舞台走去，探头向舞台两侧张望。身后忽然响起一个严厉的声音：

"谁？干什么的？你怎么随随便便就跑进来了？"

建国回头一看，一个管理员模样的干部沿礼堂过道向他走来。

建国故作轻松地笑道："对不起，我到宣传队找个人。他们今天没排练？"

管理员虎起脸："你是哪个单位的？找谁呀？"

建国做老实拘谨状："我是四八七团七连的，找宣传队的报幕员罗晶晶。"

管理员警惕道："找罗晶晶？你认识罗晶晶么？怎么认识的？"

建国成心跟他开开玩笑："不好意思，我是她的表哥，从小就认识。"

管理员脸色缓和了，打量他道："你是她的表哥，不知道她到哪儿去了？"

"不知道。连队训练紧张，最近一直没收到她的来信……"

管理员下了逐客令："赶紧回连队去吧，罗晶晶调到军宣传队去了！"

建国深感意外："什么时候调走的？她现在还在师部么？"

管理员跟在他身后往外走："早调走了！以后别到处乱打听女兵的事儿！"

建国无话可说了，只好悻悻地退出了大礼堂。

乌云翻滚，狂风大作。天空电闪雷鸣，暴雨将至。大片成熟的麦地人影晃动，部队战士们在帮助农村"双抢"割麦子。正值盛夏季节，高温闷热。指战员们和社员们一起汗流浃背地弯腰割麦，又热又累。连长挥镰高喊道：

"同志们，加油啊！抢在暴风雨前完成收割任务！"

战士们直起腰齐声响应："坚决完成任务！"

建国只穿了一件打球的背心，弯腰闷头割麦子，走在队伍前面，闷热劳累，汗如雨下，满身是麦芒划痕，建国咬牙坚持，麦子成片地倒下。突然一声霹雳，暴雨倾盆而降，砸下铜钱大的冰雹。战士们和社员们不顾浑身透湿，抢收抢运，麦地里展开了人定胜天的搏斗。建国在暴雨中来回奔跑，将收割的麦子装上大车，帮助社员苫盖篷布。风雨雷电夹带冰雹，在广袤苍茫的中原大地肆虐横行，天昏地暗。落汤鸡似的建国头晕目眩地奔跑在风雨中，忽然一跤摔倒在地上……

天已黑尽，暴雨未停，雷电持续闪亮轰鸣。农村下雨就停电，民房里点亮了油灯，忽闪忽闪如鬼影儿。建国躺在豫西山区农村的土炕上，脸色蜡黄，正处在发高烧昏迷中。山东老兵班长和马栓紧等战友守在炕边，焦急地看连队卫生员给建国打针。建国紧闭双眼，浑身冷战，体温高得烫人，不像一般感冒发烧。

营教导员和连长闻讯赶来："体温多少？有什么异常症状？"

卫生员没把握地回答："高烧四十度，全身发黄，可能是急性黄疸肝炎……"

连长大声训斥道："你还磨蹭什么？赶快送团卫生队啊！"

教导员果断地命令道："借机炮连的骡马大车，直接送师医院！"

师医院在小城公园旁边的一座疗养院里，环境幽静。

后院带走廊的病房里，建国已醒过来，正躺在病床上输液。忽听有人喊了声："建国！"只见朱戎生背了个鼓鼓囊囊的挎包走进了病房。

建国蜡黄的脸上露出了笑容："戎生！回来了？听说你探家去了？"

戎生臂缠黑纱，一屁股坐在病床床沿上，摸了摸他的额头，握了握他的手。

建国忙躲开他的手："别碰我！肝炎传染呢！家里出什么事了？"

戎生叹了口气："我妈妈去世了，我今天刚下火车。"

建国吃惊地愣住了："欧阳阿姨？……什么病？怎么突然就……"

戒生眼圈发红："乳腺癌，已经到了晚期，没办法了……"

两个发小沉默半晌，无法抗拒命运，相对无语。

戒生从鼓鼓囊囊的挎包里取出麦乳精、水果罐头、香蕉、白糖、香烟，依次放进建国的小床头柜里："肝炎需要营养，需要休养，慢慢养着吧！"

建国也不拒绝："这么多营养品，我可吃不起呀！"

"你每月六块钱津贴，够干吗吃的？我每月六十多块，一个人花不完！"

建国咧开嘴笑了，接过戒生递来的香烟，两个人吞云吐雾。

夜晚，华沙牌小轿车沿着专用通道徐徐驶来，慢慢停在首长院门外。等候在门外的阎秘书拉开后车门，迎接母亲下车，引领母亲走进首长小院。宽敞空旷的大客厅里，穿短袖衬衣的朱司令员手摇大蒲扇，坐在沙发上发呆。

"司令员，赵玉莲同志来了。"

朱司令员起身迎接："小赵，我一直在等你。请坐！"

母亲局促地坐在沙发上，阎秘书献了茶，点点头退出去了。朱司令员似乎还未从丧偶的悲痛中解脱出来，心情沉重，沉默无语。母亲温柔地劝慰道：

"请司令员节哀，想开些，不要伤了身体。现在暂时还没有找到战胜癌症的灵丹妙药，这也是没有办法的事情……"

朱司令员默然道："谢谢你，小赵，我想得开。我们这一辈子，枪林弹雨，出生入死，见惯了流血和死亡，也应该想得开。只是面临这种突然的变故，一时有些不能适应，心里觉得空落落的，有时半夜醒来，真想大哭一场……"

坚如磐石的硬汉，老骥伏枥的英雄，禁不住潸然泪下。

母亲不知该怎样安慰老首长，从衣兜里掏出手绢，默默地递给他。朱司令员感激地点了点头，接过手绢擦去眼泪，恢复了刚毅和冷峻。

母亲试探地问道："孩子们都出去当兵，要不要调一个回身边，有个照应？"

"不行。在爸爸身边当兵，不会有什么出息！"

"可您身边总得有人照顾您啊，把小女儿调回来吧？"

朱司令员依然摇头，沉默片刻笑问道："小赵，你有多少年没见李莽了？"

母亲心里一痛，默然道："分开后，从来没见过面，也不想见……"

朱司令员深沉地注视母亲道："对你们这件事，我始终很痛心，我也有责任。你们曾经相亲相爱，不做夫妻，还可以做战友和朋友嘛！不要不爱就恨，像仇人似的不见面，老死不相往来，这不好。我知道，李莽心里是爱你的……"

母亲的心被刺痛了，不禁站起身来，又缓缓地坐下，忍泪道："司令员，请不要说了。我今天已经破例回到了军区大院，我心里很难受！……我不愿意再见李莽，也不会再回这个地方来了……请司令保重身体，节哀顺变吧！"

母亲说完站起身来，向朱司令员鞠了个躬，低头向门外走去。朱司令员坐在沙发上没动窝，只听见门外汽车发动，轰鸣声渐渐远去。

也许这是一次试探，或许也是一次机会，但母亲毫不留情地回绝了。

四十、爱一个人有多难

不知不觉，北方小城已悄然进入夏天。住院月余的建国依然每天躺在病床上输液，脸色已显红润，看样子身体恢复得不错。

门外响起一阵急促的脚步声，风尘仆仆的抗美忽然出现在建国面前。

"抗美！你怎么来了？你这是从哪儿来啊？"

抗美到家似的放下手提包，得意道："从太行山下来的呀！我不是说过么？有合适的机会，我会下山来看你的，说话算数，我就来了！"

建国心里既感动又不安："这是部队，不能随便想来就来……"

抗美满不在乎："你不是住院么？部队医院，也允许探望病人吧？我听妈妈来信说，你得了急性黄疸型肝炎，我马上决定来看你！你放心，我住我三姨家，我姨父是这儿的军分区副司令，我可以天天给你开小灶了！"

抗美边说，边把手提包里的红枣、鸭梨、苹果等掏出来摆满了小床头柜。

建国哭笑不得："你就是喜欢自作主张，从来不征求别人的意见。"

"你是我哥，我干吗征求别人意见？从今天开始，我每天早晨就过来，给你送三顿饭，你想吃什么我做什么，保证让你尽快恢复健康！"

"医院有病号饭，不能随便吃外面的东西……"

抗美已削好一个苹果，切成小块儿喂给建国吃，打断他的话道："自己家里做的饭，怎么是外面的东西？我去跟医生商量，制定食谱，你就别管了！"

建国嘴里嚼动苹果，含混不清："抗美，你别胡闹……"

抗美说干就干："我现在就去找医生！"话音未落人已出门。

两个同室病友打趣道："这是你媳妇儿吧？又漂亮又贤惠，你可真有福气！"

建国没法解释，一脸苦笑："媳妇儿？……"

戎生忽然走进门来，他已成了这儿的老熟人，病友们纷纷跟他打招呼。

"朱参谋，你还没见过吧？建国的媳妇儿探亲来了！"

戎生惊讶地张大嘴："建国，你媳妇儿是谁呀？"

"你们就对这种没影儿的事感兴趣！挺过瘾的是吧？戎生，别听他们胡说，是秦伯伯的女儿抗美，我妈叫她来看看我……"

"人在哪儿呢？说得这么热闹，我还没见过抗美呢！"

正说笑着，抗美一步跨进了病房，见一屋子人盯着她，不禁脸红地掩饰道："建国，我和医生说好了，可以天天送饭，我们定个食谱报给他们……"

"抗美，这是我的老同学朱戎生，朱参谋。"

戎生笑道："文革初期造反派抓你爸，是我送你爸去的北京。"

抗美大方地伸出手："我知道，我爸爸找到建国妈妈，建国又找到你爸爸，你爸派人送我爸……是你送我爸去北京的？我还是头一回听说！"

"你后来没见过你爸嘛！戎生当兵早，应该算是六八年的兵吧？"

"我六七年冬天就穿上军装了！抗美，快坐！"

三个人立刻亲热地聊起来，把同室的病友冷落在一旁。

下午，师军务科的电话铃声响了，正在会议室开会的戎生跑过来接电话。

"师军务科。你是哪里？"

电话里传出一个低沉圆润的女声："戎生，是我。"

戎生也压低了声音："你在哪儿？在军里么？"

电话里的女声神秘地一笑："我回师里办点儿事儿，下午回军里去。"

戎生意外惊喜："你现在在师里？在宣传队？我马上过来！"

电话里的女声制止道："你别过来，十分钟后，我们在老地方见面吧。"

"好，待会儿见！"戎生激动地撂下电话，立刻冲出门去。

小城公园，盛开的秋菊金黄耀眼，落叶飘飞。戎生疾步来到公园白桦林里，果然看见一个穿军装的俏丽身影。俏丽的身影蓦地回过头来，竟然是神秘美丽的师宣传队女报幕员罗晶晶！

"罗晶晶！你什么时候回来的？"

罗晶晶目光闪闪发亮，沉静地一笑："今天上午，搭何副军长的车回来的，回师里办调动手续。我可能要回北京去一趟，家里有点急事。"

戒生关心地问道："回北京？什么时候回来？"

罗晶晶答非所问地笑道："我离开师宣传队以后，没有什么小道传闻吧？"

"没有什么传闻，风平浪静，我也刚探家回来。"

"风平浪静，往往预示暴风雨即将来临。"

戒生笑道："什么意思？你好像话里有话呀？"

罗晶晶笑而不答，挽起戒生的手臂，两个人在秋天的白桦林中漫步。两个穿军装的青年男女走在一起太扎眼，一个高大魁梧，一个美丽优雅。

戒生低声道："今天怎么这么胆大？不怕小道传闻？"

罗晶晶凄然一笑，忽然泪光闪动："反正就这么回事儿，管他呢！"

戒生心生疑惑，又不便深问，感觉似有难言之隐。两人默默地走了一会儿，飘落的黄叶在脚下发出轻响。罗晶晶忽然抬起雪白的瓜子脸，目光闪闪："戒生，你真的喜欢我么？"

戒生停住脚步："为什么忽然问这个？"

"万一我不像你想的那么好，你还会喜欢我么？"

戒生虽已二十二岁，但毕竟诚实单纯，面对这个比他小好几岁的神秘美丽的少女，心里忽然不踏实了，沉吟道："你不好？我不明白你的意思……"

罗晶晶的眼睛忽然黯淡了，雪白的瓜子脸变得冷若冰霜，半晌沉默不语。

戒生试图挽回："我的意思是，无论你好不好，我都会喜欢你……"

罗晶晶轻轻打断他的话，温柔地笑道："咱们中午去哪儿？还去吃饺子？"

不知不觉，两人挽着的手松开了，无形中产生了距离。

戒生心情郁闷，忽然心血来潮地提议道："咱们到医院去吧！我有个好朋友在那儿住院，她的女朋友来照顾他，每天给他做饭，饭做得好吃极了。"

罗晶晶不情愿道："去人家那儿蹭饭？我又不认识他们。"

戒生热情道："别说那么难听啊！他是我最好的朋友，我爸爸老战友的孩子，那个女孩儿也是干部子女，跟自家兄妹一样，有什么不好意思的！"

罗晶晶不再反对，勉强跟随他向公园后门走去。

开饭时间，抗美已经大碗小碟地送来了丰盛的午饭，摆满了小床头柜。番茄炒鸡蛋，香肠片，豆腐干，肉馅饺子，小米粥，让人食欲大增。建国输完了液，两人正准备共进午餐。刚动筷子，戎生的大嗓门就响起来：

"蹭饭的来了！今天吃什么好吃的？"

戎生和罗晶晶满面笑容跨进病房，突然，四个人同时愣住了！最吃惊的应该是建国和罗晶晶，其次是秦抗美，最后才是猛省的朱戎生。四个人目光一碰撞，全都触电似的僵硬了，仿佛画面突然定了格。罗晶晶最先反应过来，目光一闪，忽然转身离去，眨眼消失了踪影。建国仿佛从梦中惊醒，大喊一声："罗晶晶！"跳下病床追去。戎生和抗美目瞪口呆，两个同室病友莫名其妙。

罗晶晶疾步走过医院办公区小花园，被随后追赶上来的建国一把抓住了。罗晶晶把脸扭向一边："干什么？放开我！……"

建国逼问道："你和戎生怎么回事？告诉我！"

罗晶晶见办公区走廊上有人探头偷看，红脸低声道："放开我！医院是是非之地，这儿不是说话的地方，我们到公园去……放手！你把我弄疼了！"

建国怒吼道："你还怕招惹是非么？你在哪儿不招惹是非？！"

罗晶晶也豁出去了，狠狠地甩开手喊道："放手！你凭什么死乞白赖纠缠我！我跟你没关系！我罗晶晶就是当破鞋，也不跟你这种无赖打交道！"

戎生从住院部追过来劝阻道："别说了！太不像话了！"

建国铁钳般的手紧攥住罗晶晶的胳膊，大步向医院大门外走去。

还是那个公园，还是那片秋色浓郁的白桦林，还是秋天的灿烂温暖的阳光。

建国渐渐冷静下来，低声道："到底是怎么回事？"

罗晶晶不理他，雪白的瓜子脸冷如冰霜，扑闪的目光远眺太行山。

"对不起，我不该强迫你。我现在只想听你说句实话，我们的关系还能不能继续下去？如果不能，我马上离开你，决不食言！"

罗晶晶依然默不作声，仿佛想起了什么动心的往事。

建国自说自话："如果你喜欢戎生，我很高兴。我希望你不要把他当儿戏。"

罗晶晶眼泪慢慢流下来，滴落在衣襟上，浸湿成了水印。

建国抓住罗晶晶的双肩喊道："你记住：无论你当了女王或者妓女，无论你漂泊到世界任何地方，我都永远爱你！"

罗晶晶被他摇晃得脑袋发晕，泪珠向四处抛洒，目光反倒清澈了。

穿病员服的建国如精神病人追问："相信我的话么？回答我！"

罗晶晶定定地凝视他，终于咧嘴温柔地一笑："我相信……"

建国猛然把罗晶晶抱在怀里，罗晶晶也紧抱他的腰，放声号啕大哭。

突然响起一声断喝："你们是哪个单位的？叫什么名字？"

几名臂戴"纠察"袖套的军人出现在他们面前。

军区会议室里，十几位将军级的军区党委委员器宇轩昂，正襟危坐。

主持会议的军区党委书记朱司令员宣布："宣布两个事。第一，中央决定，对号称'四大金刚'的林彪死党四个人隔离审查，由叶剑英副主席主持军委日常工作。第二，中央军委批准，原省军区副司令员李莽同志任军区司令部参谋长、军区党委委员。李参谋长主持军区司令部全面工作。宣布完毕。"

在座的党委委员们热烈鼓掌，父亲站起身来，向大家敬了个礼。

朱司令员言简意赅："毛主席高瞻远瞩，党中央英明果断，采取断然措施，粉碎了林彪反革命集团篡党夺权的阴谋。我们坚决拥护中央和主席的英明决定，彻底清算林彪反革命集团破坏人民军队的罪行，恢复人民军队的光荣传统作风，保卫社会主义国家和人民的安全。正是在这样的背景下，李莽同志出任军区党委委员和司令部参谋长，全面主持全区部队作战和训练领导工作，是非常必要的。我们希望李参谋长不辱使命，圆满地完成党和人民交给的光荣任务！"

父亲表态道："感谢党和人民信任，坚决完成任务！"

新兵李建国和军宣传队报幕员罗晶晶公然在公园里幽会，被师保卫科纠察队抓了"现行"，女兵回了军部，男兵被遣送回连队关禁闭。

清晨。炊烟缭绕的村庄突然响起了紧急集合号声，惊醒了沉睡的村民。

关在禁闭室里的建国翻身下床，跑到钉木条的窗前向外面张望，只见连长和指导员背手站在打谷场上，全连各班全副武装，紧急集合整队。整队完毕，值星排长大声报告："连长同志，全连集合完毕，请指示！"连长命令："登车演习开始！按照战斗序列，依次登车！"于是，全连分班依次"登车"，即跑步进入打谷场上用石灰粉画的一节节"车厢"，排队盘腿坐下。

建国问窗外看守的哨兵："老兵，这是干什么？做游戏？"

哨兵紧张地小声道："别瞎说，这回是真的！全军一级战备，准备打仗！"

建国恍然："看样子这是要调防啊，往三北方向开拔？"

237

全连官兵煞有介事、一丝不苟地演习"登车"，像幼儿园小孩过家家。

哨兵忽然立正，只见年轻的营教导员向禁闭室走来。

教导员看了看关在禁闭室里的建国，命令道："解除禁闭！"

哨兵立刻打开铁锁开门，把建国从黑屋里放出来。

建国立正敬礼："报告教导员！按照规定，还得关我八个小时。"

教导员递给他一支香烟笑道："算了吧，也没犯什么大错误，关两天禁闭反省反省就行了。再说，让你妈妈看见也不好。你妈妈到部队看你来了。"

建国惊喜道："我妈妈来了？她在哪儿？"

教导员看看手表："刚才师政治部来电话说，准备派车直接送她到连队来。你赶紧回班里去，正常参加演习活动，陪你妈妈几天。"

建国向教导员敬了个礼，向打谷场上跑去。

上午，连长率领部队外出演习野营拉练，指导员留在家陪伴教导员和建国。

忽听门外响起汽车喇叭声，一辆北京吉普车开到连部门前停下来。师军务科参谋朱戎生陪同母亲下车，建国和教导员及指导员迎上前去。

建国向母亲立正敬礼："妈妈！您来了！"

母亲眼含泪花："建国，出院了？身体没事了吧？"

建国向母亲介绍道："妈妈，这是营教导员，这是我们七连指导员。"

两位营、连主官向母亲立正敬礼："欢迎赵书记指导工作！"

母亲也向他们介绍道："这是师里朱参谋。建国，你怎么没招呼戎生呢？"

建国一本正经地向戎生立正敬礼："朱参谋！"

戎生点头笑道："赵书记从北京开会回南方，顺道到部队看望建国。赵书记是我们部队的老前辈了，当过兵团政治部民运部群工科长，军、师首长都很重视，欢迎赵书记回部队指导工作，要求部队照顾好赵书记的生活和安全。"

教导员表态道："请上级领导放心，我们保证完成首长交代的任务！"

"我顺道来看看儿子，给部队添麻烦了……"母亲有些不安。

指导员邀请道："请赵书记和朱参谋进屋里坐，中午一起吃个便饭！"

"我必须马上赶回师里，就不陪赵阿姨了。我先走了。"

大家见留不住戎生，只好送他上车。戎生向大家挥了挥手，开车离去。

教导员这才握住母亲的手："赵书记，您还记得我么？"

母亲高兴道："记得！你是我们单位的军代表和革委会主任嘛！"

"您是我们部队的老首长啊！赵书记，请进屋吧！"

于是，教导员和指导员一边一个，恭敬地搀扶母亲走进连部。

开饭的号声响了，丰盛的午饭端上桌来，大鱼大肉，大盆大碗，热气腾腾。教导员和指导员陪同母亲和建国吃饭，热情地为母亲添饭夹菜。

"这么多菜，怎么吃得了？请同志们都进来吃吧！"

"赵书记，您别客气。您几十年才回老部队一趟，部队的条件又有限，无论如何，都无法表达我们的心情啊！"

母亲诚恳道："部队正在战备，我这次来得不是时候，给你们添了很多麻烦。我准备住一两天就回去，你们不要专门照顾我，该干什么干什么……"

教导员笑道："赵书记，您这次到部队来，这是我们求之不得的好机会啊！我想请您给全营作个报告，讲讲革命传统，给我们干部讲讲当前的形势。您刚从北京开会回来，一定了解中央最近的内部精神，给我们吹吹风……"

母亲敏感地看了他一眼："我去科学院开业务工作会，确实不了解中央最近有什么内部精神，也不能传播小道消息呀！至于作报告就免了吧！"

教导员忍不住好奇心，直接问道："听说中央出了大事？"

母亲肃然："我确实不知道。你们也不要乱猜，不要影响部队稳定。"

教导员尴尬地笑了笑："赵书记说得对。"

大家忽然沉默了，各自闷头吃饭，屋里空气沉闷起来。

日落西山，晚霞绚丽。广袤的田野上暮色苍茫，晚风吹拂正在成熟的庄稼。母亲和建国漫步在田间小道上。苍穹下的大地空旷沉寂，霜寒暗袭。

母亲看了看儿子："建国，你和戎生怎么回事？吵架了？"

"没有啊！他当他的大参谋，我当我的大头兵呗！"

母亲也没有深问，改换了话题："抗美来看你住了几天？你们谈得好么？"

"大概七八天吧？谈什么？好像也没什么好谈的……"

"她回山西给我写过信，几乎没怎么提她来看你的事儿，跟她去看你之前的兴奋和热情判若两人，你们到底发生了什么事？"

建国不耐烦了："本来就没什么事，别说她了，好么？"

母亲宽容地笑道："我知道你不喜欢抗美，我也知道你喜欢一个北京女孩儿。这个女孩儿在哪儿？你跟她还有联系么？"

"妈妈怎么变得婆婆妈妈的？我永远也逃不出您的掌心。"

"妈妈老了，就剩下这些婆婆妈妈的事了……"

"请妈妈放心，到时候，我给你带回一个最好的儿媳妇！"

母亲不觉红了眼圈："你姐姐都二十六了，还在傻等胜利的消息……"

建国也很难受，轻轻抱了抱母亲。母子俩停住了脚步。

天快黑了，远处村庄忽然又吹响了紧急集合号声。

"这是吹什么号？你回去吧，别搞特殊化。"

"紧急集合，每天都要搞好几次，我已经请过假了。"

母亲忽然从兜里掏出一叠钱，递给儿子："给你留下四百块钱吧。"

"妈妈，您这是干什么？我用不着，也没地儿用。"

母亲把钱硬塞进儿子衣兜里："保存好了，万一遇到紧急情况，有用处。"

建国悄声问："妈妈，北京是不是发生什么事了？"

母亲把手腕上戴的劳力士夜光表摘下来，强行给儿子戴上："这只手表是你爸爸的老战友从西藏带回来的，我都戴了二十年了，留给你吧！"

建国欣赏地看了看表，感慨道："有些连队干部还没戴手表呢，每月几十块工资都寄回农村老家去养家糊口，我一个战士戴高级手表，影响不好吧？"

"别让人家看见嘛！出门在外，戴个表心里踏实。"

建国不再推辞，把手表摘下来藏进内兜笑道："我现在成了大富翁了！"

母亲只住了三天就离开了部队，部队也没有刻意挽留。

没想到，母亲离开部队后，建国遇到了麻烦。

一辆北京牌小吉普车停在连部门外。全连各班正在屋子里开班务会，指导员忽然出现在门口，指了指建国命令道："七班副，到连部来一下。"

建国向山东老兵班长点点头，起身出门，跟随指导员向连部走去。看见停在连部门外的小吉普车，建国心一动，也没多想，指导员闷头带路也没说话，径直走进连部。建国在门外立正，高喊一声："报告！"屋里有人答应一声："进来！"建国跨进连部，忽然愣住。教导员、连长、指导员、师保卫科曹干事和刘队长，一屋子表情严肃的人。教导员咳嗽一声，公事公办道：

"李建国同志，师保卫科曹干事和刘队长准备向你了解一些情况，你要如实报告，配合上级的调查和审查。曹干事，你们谈！"

曹干事严肃地点了点头，教导员、连长和指导员退出门去。

曹干事单刀直入："李建国，你认识罗晶晶吗？你和她是什么关系？"

建国心一松，傲慢道："这是我的私事，有必要告诉你么？"

旁边的刘队长满面怒容欲发作，曹干事制止了他："你必须告诉我。这不是你个人的私事，是关系到党纪国法的大事。你必须配合上级的调查。"

建国权衡了利害关系，直白道："她是我的女朋友。"

曹干事追问道："你不是说，你是她的表哥么？什么关系的表哥？"

"您这还不明白么？表哥表妹就是打马虎眼儿的男女关系呗！"

刘队长忍无可忍拍案道："你严肃点儿！吊儿郎当的，我把你铐起来！"

不料，建国根本不吃这一套，立刻瞪眼道："你试试看！老子可不是吓大的！"

曹干事再次制止刘队长："不要着急，大家都冷静点儿嘛！我们执行上级的命令，对你进行调查，希望你服从革命的大局。"

建国不服气："还没开始调查，就把人铐起来？你有什么权力？"

刘队长大概从没遇见过这样的调查对象，忍住气不吭声了。

曹干事换了副诚恳的态度："李建国同志，我告诉你，罗晶晶的父亲是上了林彪贼船的死党，犯下了严重罪行，在九一三事件当天，企图裹挟全家外逃，把罗晶晶突然叫回北京去，结果全部被挡获，正在接受中央审查。我们在罗晶晶随身携带的皮箱里发现了你给她写的信。现在，你可以交代了吧？"

建国毫不在意地笑道："就这事儿？你让我交代什么？信不是在你手里么？我和罗晶晶在山西农村插队时开始谈恋爱，到了部队又偶然相遇，有两次短暂的接触，写过一两封信，有什么问题么？我连她父亲姓甚名谁都不知道，更不可能参与他们的反革命活动吧？我一个刚穿上军装的大头兵，也能上林彪贼船？"

"林彪的儿子也才二十多岁，却被某些人捧成了'超天才'……"

"你这是偷换概念！还有什么要问的吗？"

曹干事看了刘队长一眼，忽然问道："罗晶晶和朱参谋是什么关系？"

建国心一惊正色道："曹干事，这事儿，你问得着我么？"

"据调查，罗晶晶和朱参谋也有过亲密接触。"

建国勃然大怒："姓曹的！请你不要问与我无关的问题，可以么？"

曹干事也提高声音："他们一起到医院去看你，这能说与你没关系么？"

"他是我的发小，为我和罗晶晶打掩护，你们满意了吧？"

"秦抗美又算怎么回事？她不也是你的女朋友么？"

建国火冒三丈："她是我的妹妹！我妈的干女儿！别他妈的乱点鸳鸯谱！"

不甘寂寞的刘队长又开口了："你喊什么？有话好好说！"

建国气呼呼地一屁股坐在板凳上，干脆不说话了，掏出香烟猛抽。

曹干事缓和下来："好吧，今天就谈到这儿。请你对我们今天的谈话保密。"

建国掐灭烟头站起身："我可以走了？"

曹干事也站起来："我们还会找你谈的，希望你继续配合。教导员！"

教导员和连长及指导员应声而入，看样子他们一直待在门外等候谈话结果。

曹干事宣布道："李建国回班里正常工作，由连里执行监管。"

三位营、连首长同声答道："明白！"

建国转身走出门去，出门就故意吹起了口哨。

四十一、我们不懂，我们怎么能懂……

初冬寒夜，母亲披衣在台灯下批阅文件。简陋的小屋昏暗阴冷，孤独沉寂。忽听有人轻轻敲门，敲得很有礼貌，透出小心和谨慎。母亲侧耳听了听敲门声，悄悄走近家门，低声问道："谁？……"

门外一个熟悉又陌生的男人的低声："玉莲，我是怀璧。"

轻微的声音宛如平地惊雷，母亲赶紧打开了家门。昏暗的路灯下，站立一个瘦高飘逸的身影，清癯的面容，刺眼的银发……已失踪五年的省委书记秦怀璧，活生生地站在母亲的面前！母亲呆呆地站在门旁，泪水长流。

秦怀璧眼里也饱含泪水，古怪地笑道："玉莲，不认识了？"

母亲猛省，慌乱地抹了把眼泪："快进来吧，大哥！快进来呀！"

秦怀璧走进昏暗的小屋，四下环顾，百感交集又隐含警惕。母亲跟在身后，指了指唯一的座椅："大哥，坐吧……"

秦怀璧小心地坐下，看了看屋里的陈设，凝望母亲又笑了笑。

母亲站在门边，含泪带笑："回来就好，回来就好……"赶紧转身去了厨房，匆忙擦去眼泪，倒了杯热水走回来，脸上浮起笑容，"你喝水。"

秦怀璧接过热水喝了一口，似乎感觉有点烫，就捧在了手心里。两个人一站一坐，互相深沉地凝视，静静地聆听窗外呜咽起伏的风声。

良久，母亲在床沿上坐下轻声问道："什么时候回来的？住哪儿？"

秦怀璧叹了口气："天黑刚下的火车，到临时给我安排的住处看了看，又听省革委办事组给我交代了半天政策，就找到你这儿来了……"

"黑灯瞎火的，你是怎么找到我这儿的？"

"我到处打听啊，先找到防修楼，然后打听你搬到哪儿去了。"

"你急什么，先回家休息嘛！……吃饭没有？"

秦怀璧摇了摇头，见母亲起身欲张罗做饭，忙拉住她的手："玉莲，不忙！我不饿。你坐下，咱们说说话。五年了，面壁五年，没人和我说话……"

秦怀璧忽然哽咽住了，母亲情不自禁地起身走到他身边，紧紧握住他的那双剧烈颤抖的手。秦怀璧禁不住老泪纵横，爆发似的哭喊出声：

"我心里苦啊，玉莲！爱芳死了，儿子因为揭露林彪小舰队内幕，被秘密地发配到西北劳改农场，后来听说出了一场意外事故，儿子也不明不白地死了……我革命一辈子，犯了什么罪？关了我整整五年，逼得我家破人亡啊！……"

母亲眼泪夺眶而出："……太行知道这件事么？"

悲愤欲绝的秦怀璧摇了摇头："抗美去农场要回了骨灰，可怜的孩子！"

母亲仰天长叹一声，两个生死相依的兄妹抱头痛哭。在这个寒黑暗冷的冬夜，两位身居陋屋的老共产党员，就这样伤心地哭泣……

雪后初晴，田野如覆盖了又厚又软的大棉被，天地浑然。

打谷场上围满了全连官兵，连队正在举行刺杀比赛，杀声震天。山东老兵七班长又成为"主角"，连续击败两名对手，得意地掀开头部护具，高举木制长枪，接受战友们的欢呼和掌声，再次挑战："谁再来？不要怕嘛！"

充当裁判员的连长激将道："堂堂英雄七连，个个都不是孬种！谁敢上？"

战士们你推我让，都不敢上场；推出一个大个子，又急忙退缩回去。

哄笑声中，建国挺身而出，沉着地走进场地："我来试试！"

连长和指导员带头鼓掌，全连齐声呐喊："七班副，加——油！……"建国穿戴好护具，拿起木枪，精神抖擞，站在山东老兵面前。

七班长竖起大拇指夸奖道："建国，好样儿的！"

这时，教导员和戎生悄悄出现在人群外围，不动声色地观看刺杀比赛。连长吹响了哨音，右手一挥，两个戴护具、持木枪的对手立刻格斗起来。七班长毕竟经验丰富，技术娴熟，挡开建国手忙脚乱的突刺进攻虚晃一枪，大喊一声："杀！"猛出一枪刺中了建国胸部，就听"当！"一声，建国倒地。鼓掌声和喝彩声顿起，却并不十分热烈，因为建国毕竟是个新手。忽听有人在圈外大喊一声：

"好枪法！我也来试试！"

战士们一齐扭头看，只见师军务科朱参谋抖擞上场了。

教导员介绍道："师军务科朱参谋最近调任我团作训股副股长，大家欢迎！"

战士们热烈鼓掌，戎生熟练地穿戴好护具，从建国手里接过木枪。

七班长掀开护头盔拱手道："我认输！朱参谋是全团刺杀标兵，我甘拜下风！"

连长大声训斥道："七班长，你这个窝囊兵！狗屎糊不上墙！还没交战，你就举手投降了！刺杀标兵怎么样？人家也是苦练出来的！你给老子上吧！"

全连官兵一阵哄笑，激发了七班长的好胜心，立刻穿戴护具，挺枪上场了。戎生果然好身手，面对七班长的"疯狂进攻"，沉着冷静应对，头三个回合完全在防守，让对手尽情发挥；看个破绽，突刺一枪，七班长应声倒地。

"好！刺中有效！朱参谋果然名不虚传！"

全场爆发出鼓掌声和欢呼叫好声，戎生伸手拉起七班长，向大家挥了挥手。

连长大声激励道："以朱参谋为榜样！是骡子是马，拉出来遛遛！"

全连官兵的喧闹声中，建国悄悄离开了训练场。

戎生发现建国挤出人群离去，忙退还了护具木枪跟去。

两个发小漫步在茫茫雪野的田间小道上。经过师医院尴尬的"四方会面"，他们还没单独在一起说过话呢！还是戎生主动开口，递给建国一支烟。

"我调回团里了，是我主动要求调回来的。在师部机关待着没劲，还是回到团里搞作战训练心里踏实……"

建国不以为然："当兵四年，调来调去，都混成正连了，别捡便宜还卖乖！"

戎生一拍他的肩笑道："我可是凭本事吃饭，你还别不服气！"

"人各有志，我又不准备在部队长期干，服什么气！"

"为什么不愿意在部队长期干？你爹当了一辈子兵，咱们有幸参军在父辈的老部队，当一个职业军人也没什么不好！你真的不想留在部队？"

"铁打的营盘流水的兵。除了他们那帮老家伙，谁也不可能干一辈子！再说我也没兴趣。我当兵是为了逃避'再教育'，动机也不高尚。"

戎生诚恳道："我看你条件很好，军事素质不错，不要错失良机。团长让我兼任团训练队队长，那是培养军事骨干的'黄埔军校'，我准备调你参训。"

建国断然拒绝："你别张罗这事儿，我不去！提了干就别想走了！"

戎生搂住他的肩笑道："你当兵才一年，往哪儿走啊？回家？守着你妈妈？当个小工人儿，娶个小媳妇儿，过个小日子儿，唯唯诺诺了此一生？"

"有什么不好么？我这人就是没出息！"

"建国，咱们说正事儿吧！"戎生言归正传，"师保卫科已经正式通知营里，解除对你的监管，你的问题一风吹了！为这事儿，我也受了牵连。"

"我看那个曹干事也不是什么好东西，整人倒一把好手！"

"这你可冤枉他了。曹干事不整人，关键时刻还帮了我们的大忙！真要落到一个整人害人的王八蛋手里，你我的日子都不好过！"

两人沉默了一会儿，内心似有无形的隔阂，始终难以逾越。

建国忽然直视戎生的眼睛道："告诉我，你和罗晶晶到底是怎么回事儿？"

戎生也坦诚道："我喜欢她，但我根本不了解她，如此而已。"

"你爱她么？换个说法，你现在还喜欢她么？"

"我也经常反省自己，我真的爱她么？我愿意为她牺牲一切么？"

建国坦言："我爱她。如果需要，我愿意为她牺牲一切！"

两个人又沉默了，并肩漫步在雪地上，倾听脚踩积雪单调的吱咕声。

一辆上海牌小轿车沿着花间小道驶来，停在省疗养院高干病区。车门打开，衣着整洁、风度优雅的秀儿走下汽车，向病房走来。当秀儿出现在秦怀璧面前时，刚获"解放"的前省委书记竟没有认出她来，表情茫然。

时过境迁，当年的农村土丫头已变成了雍容华贵的首长夫人。

秀儿主动打招呼道："秦书记！您不认得我了？我是秀儿，赵玉秀！"

秦怀璧终于认出她来了："秀儿啊！你长大了，我都不敢认了！"

秀儿妩媚地笑道："瞧您说的，我都快成老太婆了，您还说人家长大了！"

"秀儿，快坐！你怎么找到我这儿来了？"

秀儿却不急于落座，把带来的一大堆营养品拿出来，堆满了小茶儿。

"秀儿，你把家都搬来了？我用不着这些，你拿回去！"

秀儿笑容可掬道："秦书记，首长下部队检查工作去了，听说您在这儿疗养，特地交代我一定来看望您，代他向您问好。照理说，您和玉莲姐当年拜俺爹娘为干爹干娘，俺就是您的妹子呢，您千万别见外！秦书记，闺女呢？"

"又回山西去了，眼下春耕大忙，不能耽误地里的活儿……你坐吧！"

秀儿拘谨地坐下来，看了看四周环境："这儿的环境真不错，很适合您疗养。"

"是啊，好些解放出来的老干部都在这里疗养。"

秀儿拿起小刀开始削苹果："秦书记，俺姐来看过您了吧？"

秦怀璧见她提起母亲，岔开话题："秀儿，孩子们都长大了吧？"

秀儿兴致勃勃："孩子们已经上学了，在学校挺好的，经常受老师的表扬。我在军区机关小卖部工作，她们还说让我当主任呢，我可当不了领导！"

"好啊，你能干，当个小卖部主任应该没什么问题吧。"

秀儿把削好的苹果递给秦怀璧："人家也这么说，我可不好意思，再说首长也不让。我就当个普通职工，照顾好首长就行了。"

秦怀璧实在没话说了，只好拿起苹果吃起来，秀儿一时也找不到其他话题。

正好护士来发药，中断了尴尬的沉默。秦怀璧服了药，护士离去。

秦怀璧起身笑道："秀儿，我在这儿挺好的，你回去告诉老李，我出院后就家里去看他，你让他也不要来看我了，他工作挺忙的。好不好？"

秀儿却没有告辞的意思："秦书记，我还有话说呢！"

秦怀璧只好又坐下："你说，还有什么事？"

秀儿忽然有些扭捏起来，吞吞吐吐地红脸叫了声："秦书记！……"

秦怀璧感觉奇怪："怎么了？"

秀儿终于鼓足勇气道："秦书记，您有没有考虑过个人问题呀？"

秦怀璧没听明白："什么？什么个人问题？我不明白……"

秀儿挑明道："您看，您一个人……您就不打算再找个老伴儿了么？"

246

秦怀璧"扑哧"一声笑了："秀儿，莫非你想给我做大媒么？"

秀儿情绪兴奋起来："我看您和我姐，再合适不过了！"

秦怀璧的脸色突然阴沉了，甚至有些可怕，低沉道："谁让你来说这些的？"

秀儿吓了一跳，不知所措地小声道："没有啊？您别生气……"

"你记住，不要再说这个话了！回去吧！"秦怀璧冷冷地下了逐客令。

秀儿心惊肉跳地呆坐片刻，站起身来赶紧离开。一会儿，只见上海牌小轿车掉头开出了医院，疾驶而去，卷起一溜烟尘。秦怀璧心里针扎似的难受，好半天没缓过气来。这个愚蠢的女人，粗鲁地撕开了他心里带血的伤疤……

省委机关后院，错落几座树影掩映的别墅小楼，原为省委领导住地。在一幢米黄色小楼里，省革委办事组负责人方副部长正指挥一群工友搬运家具，打扫和布置房间，吆五喝六，一副大管家的模样，显得积极能干。

母亲手提拎包走进客厅，迟疑地问道："请问，秦书记在家么？"

方副部长认出母亲，热情地笑道："这不是赵玉莲同志么？多年不见，你还这么年轻！你还认识我吧？省委组织部的老方！你是来找秦主任么？"

母亲不喜欢这个人，冷淡道："我找秦主任汇报工作。"

方副部长阴阳怪气地笑道："秦主任开会还没回来，你来得正好，老秦官复原职，当了省革委副主任，家里没有人，你帮他参谋参谋，怎么布置房间。全家就他一口人，住这么大一幢楼，也够冷清的，你可以常来陪陪他……"

母亲打断他的话："老秦不在，我先回去了。"

恰在这时，门外响起了一阵汽车声，秦怀璧下班回家了，正好遇见母亲。

秦怀璧高兴地招呼道："玉莲来了！对不起，我回来晚了些。"

"秦主任回来了！您再不回来，玉莲同志都等不及了！"

秦怀璧冷淡地应付道："老方，你辛苦了，请大家回去吧，谢谢了。"

方副部长笑道："我刚才还跟玉莲同志说呢，您家里没有人，正好请她帮您参谋参谋，布置布置房间。家里没个女同志不方便，请她多帮帮忙吧！"

母亲站在门边，冷眼旁观姓方的拙劣表演，充满厌恶。

方副部长点头哈腰干笑两声，带领工友们退出客厅，撤离了小院。

秦怀璧苦笑道："你看，这也算是一个三八式的老干部，怎么变得这么庸俗可恨！文化大革命，把人的丑恶本性都暴露出来了！"

"这种人，一肚子坏水，甜言蜜语也毒气冲天……"

秦怀璧叹了口气，征求母亲意见："怎么样，玉莲，我们两个无家可归的人，上哪儿吃饭去？省委大门外小街上有一家山西面馆，咱们去试试？"

母亲笑道："你就不怕姓方的嚼舌头，闹得满城风雨？"

秦怀璧罕见地骂了句娘："嚼他娘的腿去吧！死过几回的人了，还怕这个！"

他们像一对老夫妻一样，并肩向门外走去。

日落西山，太行山脚下小村庄打谷场上锣鼓鼎沸，欢声笑语，全连官兵正在做"击鼓传花"的游戏。游戏规则很简单：锣鼓声中，全连围成一圈传花；锣鼓一停，花在谁手，谁就站出来表演节目。连长和指导员及干部们全部参加，连长击鼓，指导员敲锣，想整谁就整谁。激烈的锣鼓声中，战士们烫手似的慌忙传花。连长成心想让建国表演节目，眼看花传到建国手里，锣鼓声急停。全连欢声雷动，起哄让建国唱京剧。建国被推到打谷场中央，只好硬着头皮登台献丑。

"我不会唱京剧，给大家唱个歌吧！电影《铁道游击队》！"

战士们齐声鼓掌叫好，建国向业余小乐队点头示意，乐队拉响过门儿。音准不齐的伴奏声中，建国唱起了悠扬动听的《弹起我心爱的土琵琶》——

　　西边的太阳就要落山了，微山湖上静悄悄。
　　弹起我心爱的土琵琶，唱起那动人的歌谣……

远道而来的秦抗美在连部文书引领下，找到村外打谷场来了。抗美也没想到建国还有这等文艺细胞，不禁也被歌声吸引住了。当唱到最后一段抒情段落时，建国指挥全场官兵们同声高唱——

　　西边的太阳就要落山了，鬼子的末日就要来到。
　　弹起我心爱的土琵琶，唱起那动人的歌谣，
　　嗨……嘿……

表演结束，全场欢声雷动，连长和指导员擂响锣鼓，情绪热烈。

连部文书喊了声："七班长！有人找！"抗美大方地出现在人们面前。全场顿时安静下来，一齐向抗美行"注目礼"，打谷场忽然鸦雀无声。指导员向建国使了个眼色，大声宣布道："注意了！'击鼓传花'继续！"连长又敲响了锣鼓，游戏重新开始。建国挤出人群，拉了抗美的手，向村外田野上走去。

黄昏的田野悄然静寂，两人多高的青纱帐在晚风中掀起波浪，"沙沙"轻响。

晚霞的余晖中，建国和抗美在青纱帐小道上并肩漫步，颇有浪漫情调。

建国抱怨道："怎么又跑来看我？影响不好！"

抗美并不往心里去："建国哥哥，我要回去上大学了！南方医科大学医疗系，我都高兴死了！去年全国高校恢复了招生，叫'工农兵学员'。"

建国开玩笑道："你爸官复原职，开后门了吧？"

"胡说！是全村贫下中农推荐、经过严格文化考试才录取的！"

"跟你开个玩笑，何必认真呢！去吧，挺好的！"

抗美噘起小嘴巴笑了，在密实的庄稼地里，像一株成熟苗壮可爱的红高粱。

"抗美，你们那个知青集体户，也该散伙了吧？"

"还不到五年，参军的，招工的，上学的，病退的，差不多都快走光了，还剩下八个人。大家都说：'第八个是铜像'。我看也坚持不下去了！"

"还记得我当时说的话么？天下没有不散的筵席。除了少数人，知青不可能一辈子扎根农村。等着吧，他们都会回城里去的！"

抗美认同他的观点，但也没有随声附和，只是默默地点了点头。两个关系特殊又亲密无间的兄妹默默地走了一段，似乎又无话可说了。

抗美打破了沉默问道："哥，你准备在部队里一直干下去么？"

"怎么可能！我不喜欢当兵，只是逃离农村的跳板而已。"

"你今后有什么打算？愿意去上大学么？"

建国直言："没什么打算，也不准备上大学。我很快会退伍复员，回去当个小工人，拿一份低工资，平平安安过日子，高高兴兴了此一生。"

抗美笑了："你又不是刘备，何必把自己装扮成胸无大志的样子。"

"不是每个人都能成大事。如果人人都想当英雄，谁来当'人民'呢？没有'人民'，谁又能推动历史前进呢？"

抗美深深地吸了口气："不管你干什么，我会一直等你的。"

建国狠心拒绝道:"你不要等我。我要去找罗晶晶,了却我的心愿。"

抗美心一沉,眼里闪出泪花,半晌凄然无语。

建国停住了脚步,见抗美失神的伤心状,心有不忍地劝道:"抗美,我是个没指望的人,不值得你牵挂,你把这事儿忘了吧!我们永远做兄妹……"

抗美抛洒两滴冷泪,勉强闪出笑脸道:"都怪我太痴心了!既然你已经把话说到这个地步,我也就死心了!哥,我听你的,今后我再也不想了……"

建国心里也很难过,不知该如何安慰她,就把抗美默默地拥在了怀里。抗美像一个委屈的孩子放声大哭,泪水浸湿了建国胸前一片衣襟。

四十二、情种为谁而生

一年一度的老兵复员、新兵入伍工作开始了。

白雪覆盖的田间机耕道上开来一辆军用小吉普车,汽车开到连部门外停下,连长指导员赶紧迎上前去,迎接首长视察。团政治处主任即原营教导员下了车,身后跟了一名警卫员,颇有首长派头。连长和指导员向首长立正敬礼。

团政治处主任直接问道:"李建国在么?"

"在,已经通知他了。通信员!通知七班长,六号首长找他谈话!"

通信员答应一声,飞快地跑去传达命令,三个人走进了连部。政治处主任刚坐下端起茶缸,就听建国在连部门外喊道:"报告!"指导员应了一声:"进来!"向连长使了个眼色,两个人退出门去。主任热情地拉建国坐下:

"来,建国,坐下!我给你说个事儿。"

建国沉着地坐下来。

"建国,你当兵也三年了,入了党,当了班长,在领导和群众中很有威信,不愧为将门之后。经过长期考察,也征求了领导和群众意见,团里准备下达你的提干命令。我想先听听你个人的意见。"

建国出人意料地表示:"首长,我已经写了申请报告,要求今年复员。"

"为什么?你不想在部队长期干?"主任深感意外。

"人各有志。再说,我们这些后门兵,还是早点离开部队为好。"

政治处主任笑道:"毛主席不是说了么?'后门进来的有好人,前门进来的也有坏人'。你是难得的军事技术骨干和干部苗子，要珍惜领导的信任……"

建国去意已决："谢谢首长关心。我决心已定，坚决要求复员。"

政治处主任很不理解："我没搞明白。别人求之不得，你却主动放弃。到底为什么？我不光是你的上级，也算是你的朋友吧，你能告诉我么？"

"没什么为什么。服役期满，复员回家。"

"家里有什么困难么？你妈妈最近身体还好吧？"

"跟家里没关系。我妈妈身体很好。"

谈话似乎进行不下去了，本来是一件轻松愉快的事儿，却意外地卡壳流产。

政治处主任遗憾地站起身来："我很遗憾。我会请团长再跟你谈谈。"

建国向主任敬礼："报告首长，我回班里去了。"

主任百思不得其解地望着他的背影，发了好一会儿呆。

冬日的阳光下，高大笔直的银杏林满树金黄，落叶缤纷，凄美壮观。南方大城市西郊公园游人稀少，建国坐在银杏树下的长椅上，等候父亲。

不一会儿，一辆黑色小轿车缓缓开进公园停住，车门打开，父亲走下车来。建国站起身来，向父亲招了招手，父亲离开了秘书和警卫，向树林中走来。重返军队领导岗位的父亲恢复了威严和冷峻，目光炯炯，步履坚定沉稳。

父亲来到儿子面前亲切地笑道："建国，什么时候回来的？住几天啊？"

儿子向父亲敬了军礼："回来几天了，一直在等您。"

父亲握住儿子的手埋怨道："怎么不到家里去？跃进和丹丹天天念叨你呢！"

"您工作太忙，也没个合适的地方……您坐！"

"成天开会已经坐够了，咱们走走吧！这儿风景不错。"

于是，父子俩并肩挚手，沿着林间小道，踩着金黄落叶，在银杏林中漫步。

身居高位的父亲的手已变得温热绵软，干粗活儿的儿子的手却冰冷粗硬。

父亲拉起儿子的手拍了拍笑道："满手老茧，好啊！下乡当兵，让你从养尊处优的公子哥儿变成了普通劳动者和战士，这是一件大好事！"

"我还想当个工人，全面体验工农兵的生活和感情。"

父亲敏感地看了看儿子："你不想在部队干？说说你的想法。"

"就是这么个想法，也没什么其他想法。我不喜欢一辈子只做一件事，但是每一件事，我一定会做到最好。爸爸，你同意我的想法么？"

"你是有头脑的人，爸爸支持你的决定。"

父子俩心灵相通地漫步在南方冬天的暖阳下，两代军人步调一致。

建国停住脚步："爸，今天约您来，是想跟您商量一件事。"

"什么事？"父亲看了他一眼，也停下来。

"是家里的事。爸爸，您考虑过和妈妈复婚么？"

父亲冷不丁地听到这句话，不禁一震，目光茫然地看着儿子。

建国冷静地说下去："这件事也许让您很为难，但我请爸爸认真考虑。我们这个家四分五裂，给每个人都造成了很大痛苦。我希望结束这种状态。"

父亲深深地吸了口气，冷静地反问道："儿子，你征求过妈妈的意见么？"

"这只是我个人的想法。我觉得，这也是我们全家共同的心愿。"

"孩子，你把事情想得太简单了……"

"事情本来就很简单！两家合一家，办个离婚和复婚手续，小姨退出就行了！如果她愿意和我们一起生活，住在一起也可以……"

父亲不禁苦笑道："荒唐！那是根本不可能的，每个人都会很痛苦……"

建国仿佛钻了牛角尖："爸爸，您愿意考虑复婚么？"

父亲毕竟是一个敢作敢当的男子汉，明确表态道："不是我愿不愿意考虑，是不能考虑！我已经伤害了你妈妈和你们姐弟俩，我不能再伤害秀儿和你的两个弟弟妹妹，更不能再次伤害你妈妈的感情，这样做，对每个人都不公平！"

建国低头举手制止道："好了。我明白了。就谈到这儿吧！"

父亲张口结舌，眼看着儿子脸色铁青地转身离开，头也不回地走远去了。

寒风吹落了银杏树叶，满地金黄。父亲孤立在树林中，形只影单。

劝父母复婚失败后，建国心灰意冷，成天在外游荡。

不知怎么，建国忽然迷上了革命现代芭蕾舞剧《红色娘子军》的彩色电影，迷恋到了疯狂的地步。除了抗美经常陪同他看电影外，他竟创造过一天连看八场同一部电影的最高纪录，五天共看了三十一场！有时可以在电影院里泡一整天，不吃不喝，连续不断地看，直到电影院关门。夜里做梦，全是女人晃动的大腿，耳熟能详的交响乐，人人踮起脚尖走路，梦的内容也杂乱无章，竟然经常会出现自己与女主角拥抱接吻、甚至同床共枕的荒唐场面，醒来冷汗淋漓，精疲力竭，床单上留下许多荒唐的痕迹……后来建国才恍然大悟：吴清华像极了罗晶晶！自己就像《聊斋》里的白面书生，让美女蛇勾去了魂儿……

七天探亲假结束后，建国一天也没耽搁，悄没声儿地按时返回了部队。春节前夕，老兵复员工作结束，建国被团里扣了下来。除夕夜，团部机关干部宿舍里，戎生从床铺下拿出一瓶西凤酒，给两个人倒满了酒杯。建国已摘去领章和帽徽，打好的背包扔在墙角，借住在戎生屋里。戎生举起酒杯提议：

"咱俩今晚一醉方休，明天我送你去北京！"

建国跟他碰了杯："干了！"两个老朋友干了杯，亮出杯底。

戎生实言："老兵们都送走了，就剩下你一个人了，团长叫我把你扣下了！为什么？因为团里已经下达了你的提干命令！不相信？想亲眼看看么？"

"倒是真想看看，纯粹出于好奇。"

戎生指了指建国的鼻子，从皮包里取出一纸公文，递给建国。建国很仔细地看完那纸公文，默默地还给戎生，点燃一支香烟。戎生收回文件挽留道：

"怎么样，没骗你吧？部队需要你这样的人才。"

建国淡然一笑："哥们儿，我听着怎么有点儿肉麻呢？别说那些冠冕堂皇的理由好不好？赶紧让军务股给我办复员手续，我这次离开就不回来了！"

戎生骂道："狗屎糊不上墙！好像谁求你似的！……好吧，明天我报告团长，请他签字，马上放你走！跟你爹当年一个样，不撞南墙不回头的犟驴！"

建国高兴地笑了："这就对了，强扭的瓜不甜嘛！"

戎生又给他斟满了酒杯："你真要去找罗晶晶？准备去哪儿找啊？"

"北京，青海，听说她去了青海一个农场。"

"我给你指条路吧！我在青海省劳改局有个可靠的朋友，你可以找他打听，他会帮你的忙。如果连他都帮不上忙，我劝你就别找了。"

戎生拿出钢笔和一张纸，写下了那位朋友的姓名和地址，把纸条交给建国。

"谢谢老哥！如果找到晶晶，我们一定回来看你！"

戎生苦笑，忽然反问道："如果找不到她，你准备怎么办？"

"先回家去找一份工作养家糊口，慢慢再说吧……"

"你爸爸妈妈都是高干，谁需要你养呀？你就装吧！"

建国一本正经："他们不需要我养，可我得养活我自己和老婆孩子呀！"

"这我就不明白了！"戎生百思不解道，"既然都是挣钱养家，你干吗不留在部队每月挣五十三块，却跑回去当二级工挣三十五块？脑袋进水了么？"

建国大笑道："怎么又绕回来了？来，干一杯！"

戎生摇摇头和他碰了杯，又说了句："你记住我的话吧，你会后悔的！"

两个老朋友意味深长地笑了，把杯中烈酒一仰头喝下去。

天刚黑尽，楼道里灯光昏暗，母亲和刘月琴相伴走上楼梯。母亲手提拎包，大概是刚下班回家，刘月琴端了一个装有毛巾肥皂的脸盆。

母亲热情地介绍道："月琴，从这个月开始，分院澡堂锅炉房每星期六晚上七点到九点给防修楼供两个小时热水，我赶紧叫你来家里洗个热水澡！"

刘月琴的病已经好了些，心明眼亮的样子，刻薄道："还是你们这些当官的有特权，在家里就能洗澡。咱老百姓得去大澡堂，洗澡也得排大队！"

"将来条件好了，家家都能洗上热水澡……"

刘月琴一撇嘴冷笑道："骗人吧！中国人口这么多，什么时候不是当官儿的占便宜？你搬回防修楼，俺家死鬼冤枉跳了楼，撇下老娘活受罪……"

走上三楼，忽见母亲家门口蹲了一个黑乎乎的人影。发牢骚的刘月琴冷不丁吓一跳，惊叫一声，直往母亲身后躲。母亲壮胆凑近去看了看，忽然蹲下身抱住黑影喊道："儿子！你回来了？"

昏暗的灯光下，蹲在家门口的黑影果然是蓬头垢面、疲惫不堪的建国。母亲赶紧打开家门，用力搀扶起儿子，把他弄回客厅坐在沙发上。

刘月琴跟在后面扫兴地问了一声："我回去吧？你先照顾孩子。"

母亲顾不上答话："月琴，你先回吧！回头我来看你。"

刘月琴走了，母亲急忙冲了一大杯糖开水，抱起面团似的瘫软的儿子，轻声呼唤："建国，建国！听妈妈话，喝口水，张开嘴……"

建国好像几天几夜不吃不喝也没睡过觉了，嘴唇干裂，濒临虚脱状态，喝了几口糖水，精神好了些，睁开眼睛，对母亲笑了笑："妈妈！……"

母亲亲了亲儿子的额头："饿坏了吧？妈妈去给你擀面条，放热水！"

建国点了点头，看了看温暖舒适的家，长出了一口气。母亲立刻奔去卫生间，先放水洗了洗大澡盆，擦干净后就开始放热水。水龙头干咳了几声，分别流出了冷热水。母亲又奔去厨房开始揉面团，擀面条，烧开水，炒鸡蛋……

当热水快放满大澡盆时，母亲端上来一大碗热腾腾、香喷喷的鸡蛋手擀面，搀扶儿子坐起来。建国一见面条，两眼放光，立刻狼吞虎咽地吃起来。母亲不忍看儿子吃相，到卫生间去试了试水温。建国一口气吃完一大碗面，才算缓过气来。

母亲不由分说地把他推进了卫生间。

热雾氤氲，水汽蒸腾。建国全身放松地躺在大澡盆里，飘然如仙。在热水的浸泡中，恍惚进入了虚幻的世界，雪白的瓜子脸又开始忽隐忽现……

罗晶晶，一个飘忽不定的美丽精灵，忽然人间蒸发了。

建国在大西北找了她半年，回家大病一场，对她彻底绝望了……

四十三、好钢用在刀刃上

这年秋天，建国被市安置办分配到市公安局，当了一名警察。上班的第一天，就接到政治处通知，局长要找他个别谈话。局长是一位五十多岁的老干部，文质彬彬，不像个老公安，倒像个知识分子。建国照部队规矩立正敬礼：

"报告局长，刑警队李建国来到，请指示！"

局长握住他的手："当兵的就是不一样！请坐！"

建国坐到局长对面的座椅上，挺直腰板，正襟危坐。

局长轻松地笑道："别那么紧张，随便点儿！自我介绍一下，我叫魏振华，山西人，文革前任省公安厅副厅长，干了一辈子刑侦工作……"

建国也放松下来："局长，我知道您的名字，人称中国的'福尔摩斯'。"

"谈不上。经验教训还是有的。怎么样？愿意干公安么？"

建国直言不讳："不愿意。我这个人自由散漫惯了，不适合当警察。"

局长笑道："我看过你的档案，你的身体条件和军事素质不错，根红苗正，也有头脑，很适合干这一行，所以我把你分配到了刑警队。"

"谢谢局长的信任，我服从组织分配。"

局长脸色严肃："刑警是一个随时有生命危险的高风险职业，同时也是一门艺术性和技巧性很高的学问，你要有充分的思想准备，要干就干出点儿成绩来。我给你一年时间，完成强健体魄、掌握技巧、钻研业务、隐蔽身份的任务。"

"坚决完成任务！"建国干脆利落，敬了个礼，转身走出门去。

金色的阳光斜照在医科大学阶梯教室外的石级台阶上，投下大片阴影。下课铃声响了，一大群男女学生说笑着拥出阶梯教室，走下门前台阶。人群中的抗美眼睛忽然一亮，惊喜地愣住了，似乎不敢相信自己的眼睛——树荫下，穿便装的建国靠在自行车支架上，向她默默地微笑。抗美急忙跑下台阶。

"建国哥哥，你是来找我的？"

建国沉稳地笑道："是啊！今天是妈妈的生日，妈妈让我来接你回家。"

抗美高兴得脸都红了，娇声道："我知道，妈妈生日我记着呢！"

建国见周围的学生看他们："走吧？你有车么？我带你？"

抗美扭捏地红了脸："我的车没骑到学校……"

建国知道她怕引起别人注意，宽容地一笑，推起自行车与她并肩走在校园里。看来抗美在学校是个出众人物，路上许多人向她注目或打招呼。也看得出来，抗美和建国走在一起很骄傲，发自内心的喜欢。

建国自嘲地笑道："看来所有的人都把我当成你的男朋友了。"

"让他们胡思乱想去吧！难道你不是我的男朋友么？"

建国脸反倒红了，故作满不在乎："如果需要，我就暂时代理吧！"

抗美低声道："我不要你代理，我要你公开承认这种关系。"

建国被逼到死角，苦笑道："我还没有找到罗晶晶……"

"罗晶晶跟我没关系！你应该是我的男朋友！"

两个人僵住了，停步在荷花池边，垂柳的叶稍在秋风吹拂下抚摸他们的脸。

"抗美，我是个没出息的人，别耽误你……"

抗美一句话就顶回去："我就喜欢没出息的人！"

建国无话可说了，面对从骨子里喜欢自己的女孩儿，他也没法勃然大怒。

抗美第一次占据了主动权，心里有些得意，但尽可能不表露出来。

建国看周围的人少了些，提议道："我带你走吧！"

抗美立刻同意了，建国骑上车，抗美也轻巧地一跳，坐上后架。

傍晚，小饭桌已从小饭厅搬进客厅，桌上摆满了丰盛的菜肴，母亲、秦怀璧、刘月琴、太行、抗美、建国围桌而坐，举起酒杯，建国领颂祝酒词道："祝妈妈生日快乐！干杯！""干杯！"一家人响亮地碰了杯，把红葡萄酒喝下去。

母亲招呼大家坐下，起身笑道："我本来不想过生日，可闺女专门请假回来给我祝寿，建国和抗美两个孩子也回来了，老秦也大驾光临，更重要的是，我的好姐妹月琴跟我同岁,今年也该过五十岁生日了,那我们就一块儿过了吧!月琴,我们十四岁就在一起参加革命,已经整整三十六年了……"

忽听有人敲门,大家立刻安静下来。建国征询地看了看母亲,母亲点点头,建国起身去开门。门开了,建国轻轻叫了声:"小姨!"似乎有些尴尬。

不速之客秀儿出人意料地出现在大家面前。

母亲站起身:"秀儿!你怎么来了?快进来吧!"

秀儿一身首长夫人装扮派头,手里提了个大饭盒,激动地喊了声:"姐!……"

一名小警卫员跟在秀儿身后,双手端了一个双层的大蒸笼。

母亲惊道:"秀儿,你这是干什么?怎么把蒸笼都端来了?"

秀儿自作主张地挪开饭桌上的菜肴,腾出中间一块空地,摆上大蒸笼。秀儿戏剧性地揭开笼盖,亮出一蒸笼热气腾腾的烫面蒸饺。

刘月琴孩子似的拍手欢呼起来:"烫面蒸饺!俺最喜欢的吃食儿!"

秦怀璧和孩子们不约而同地注视母亲。秀儿向小警卫员挥了挥手,小警卫员退出门去,秀儿回头得意地看着母亲。

母亲叹了口气:"秀儿,难为你还记得我的生日。谢谢你。"

屋里空气有点紧张,大家忽然不说话了。秀儿也尴尬地笑了笑,反客为主地招呼道:"吃啊!这是我亲手给姐做的烫面蒸饺,大家尝尝!"

除了头脑不清醒的刘月琴,大家都没动筷子拿蒸饺,各自沉默无语。刘月琴大口吞吃蒸饺,奇怪地问:"你们怎么不吃啊?可好吃呢!"

还是太行心软,主动拿起筷子给大家碗里夹蒸饺,缓和气氛道:"大家吃啊!小姨做的烫面蒸饺可地道呢,从小跟我姥姥学的……秦伯伯,您尝一个!"

秦怀璧勉强一笑,咬了一口蒸饺:"嗯,是这个味儿……"

抗美和建国也拿起了筷子,心里还是感觉别扭,担心地看了看母亲。

母亲从感情的旋涡中挣扎出来,高兴道:"快吃吧,别凉了!"

抗美起身招呼太行:"姐,咱给妈妈做长寿面去!"

"好,我来拉,你放调料!"姐妹俩立刻相跟上去了厨房。

建国趁机随去:"姐放调料没味道,还是我来吧!"

孩子们都走了,剩下四个大人,大家又沉默了。刘月琴不谙事地悄悄问母亲:"抗美和建国什么时候结婚?定下日子了么?"

母亲拍了拍她的手，也悄声道："八字儿还没一撇呢……"

刘月琴恍然地点了点头，又开始大口吃蒸饺。

"秦书记，您大人不计小人过，可别生我的气啊！"秀儿对秦怀璧赔笑道。

秦怀璧道："什么？前言不搭后语，我生什么气？"

母亲问道："你们打什么哑谜呀？秀儿，你怎么得罪秦书记了？"

秀儿挑战似地瞥了瞥秦怀璧："俺哪儿敢得罪秦书记呀！姐，您和秦书记是俺大哥和亲姐，俺一个没本事的农村丫头，总想帮你们做点儿什么呀！……"

秦怀璧打断她的话："不敢当，你照顾好老李就行了。"

母亲敏感到什么，凛然道："秀儿，你能来，我很高兴，记你这份儿姐妹情。可你记住，要照顾别人的感受，否则会不受欢迎的。我和老秦认你这个妹妹，因为你爹娘是我们的救命恩人。我娘也留下过话，让我一辈子都带上你，我也答应过娘。现在，你已经成家立业了，我也用不着多操心了。"

秀儿眼泪汪汪："姐，你什么意思？你不要我了么？"

母亲直言："听老秦的话，照顾好老李，回家去好好过日子去吧！"

秀儿忽然"哇！"地哭出了声，站起身跑出门去，楼梯上留下了一串脚步声。

三个儿女端来两碗长寿面，见状也停住了吆喝，呆立原地。

刘月琴忽然高声唱起了家乡的酸曲儿，饱含凄凉和悲怆——

> 天天刮风天天晴，天天想你呀，吃不下饭……
> 天天刮风天天晴，天天见面呀，说不上话……

接受局长亲自布置的秘密任务后，为了迅速提高身体素质和业务技能，建国开始了疯狂的"恶补"训练——每天清晨傍晚，无论刮风下雨，雷打不动地坚持每天长跑万米，不分白天黑夜苦练体能，举杠铃，吊单杠，练肌肉……

野外训练场上，苦练骑马开车，投弹射击，擒拿格斗……每天泡在游泳馆，加大运动量，练习各种姿势跳水游泳，每天游五千米……案发现场，魏局长言传身教，现身说法，传授经验技巧……单身宿舍，昼夜阅读侦探小说和案例材料，抄写读书笔记……在与罪犯的搏斗中，建国勇敢凶猛，闪电般地制服对手……

一年以后，建国再次站在局长面前，体格气魄和精神面貌已发生明显变化。

局长高兴地拍拍他的肩笑道："士别三日，刮目相看！请坐！"

建国遵命稳坐在沙发上，挺直身板，虎背熊腰，威武如一座黑铁塔。

局长和盘托出："你是我的一张王牌，现在可以开始发挥你的特殊作用了。经过一年的突击补习和封闭训练，我尽量不让你抛头露面，就是为了今天能派上用场。我准备派你去执行一个特殊任务。听说过'李向阳'这个名字么？"

建国不动声色："听说过。一个盗窃团伙的首犯。"

"这个自称'李向阳'的犯罪分子，是个隐藏极深、行踪诡秘、神出鬼没的隐身罪犯，掌握了一个盗窃犯罪团伙，作案手段高超，专门入室盗窃企事业单位，公然挑衅公安机关，造成了恶劣的社会影响。没人知道这些人的真实姓名和身份，也许他们表面上都是守法的公民，暗地里却是穷凶极恶的魔鬼，必须坚决消灭！你先看看案例档案材料，考虑一个出奇制胜的作战方案。"

建国深感责任重大："感谢局长信任，我试试！"

局长目光炯炯，紧握住他的手："保密！祝你成功！"

建国向局长敬了礼，转身向门外走去。

电话铃声响了，局长一看是外线，拿起电话问道："你找谁？"

话筒里传出一个男人的声音，低沉阴冷："魏局长么？'李向阳'进城了！"

局长脸色突变："你敢来见我么？我去见你也行！"

电话里的男人冷笑道："局长太天真了，我不会见你的，你就听好消息吧！"

电话被掐断了，留下一串忙音，好像在嘲笑局长无能。

局长立刻拨号命令："我是魏振华！马上查明刚才打到我座机上的电话源！"

放下电话，盯住电话机看了半天，慢慢冷静下来。

内部分机电话铃声响了，电话里有人报告："报告局长，刚才打到您座机的电话号码是68775，是位于本市长途电话局的公用电话。"

局长缓缓地放下电话筒，轻轻地压在座机上，陷入了沉思。

太猖狂了！公然打电话调戏公安局长！

清晨的霞光洒满了花园小院，伏尔加牌小轿车已在院门外恭候。

父亲军装整洁，在妻子秀儿和女儿丹丹陪伴下走出别墅楼，儿子跃进和秘书铁柱手提行李跟随身后，好像出远门的样子，说笑着向院门外走去。跃进已长成高挑挺拔的帅小伙儿，丹丹也出落成亭亭玉立的少女，宛如一对金童玉女。

秀儿边走边叮嘱道："每天放学早点儿回家，晚上不许出门去玩儿，有事打电话找司令部金参谋，想吃什么告诉牛阿姨，让她给你们做……"

女儿丹丹娇声笑道："妈妈都唠叨了八百遍了，不放心您就别去了！"

"朱司令邀请你爸爸去海南岛疗养，点名要我陪同去呢！"

"有铁柱叔叔陪同还不够？爸爸真是个小官僚！"

父亲慈祥地笑道："爸爸离不开你妈妈呀！怎么办呢？要不你陪爸爸去？"

丹丹骄傲地一扬头道："我不去，我们学校正排练样板戏呢！"

临上汽车前，父亲又回头叮嘱小儿子："跃进，你是哥哥，要照顾好妹妹，保护好妹妹，注意安全。万一有事，可以去找建国哥哥。记住了么？"

"记住了。我有哥哥家的电话号码，您放心吧！"

或许这就是老天爷的安排，这对"金童玉女"果然出事了！

正是上班时间，临街的育才中学校门外车水马龙，人流熙攘。学校大门马路对面的梧桐树下，有两个跨腿坐在崭新的凤头自行车上的时髦小青年，为首一个梳大背头留小胡子的家伙，一看就是小流氓，甩头狂吸香烟。成群的中学生背着书包走进学校，互相招呼打闹，一片欢声笑语。两个小流氓苍蝇叮猎物似的专门盯看漂亮的女学生，眼睛里闪动淫光。

忽然，那个跟班儿小青年提醒小胡子："哥，就是那个小妞儿！"

小胡子顺他手指看过去，眼睛顿时瞪大了，嘴巴恨不得流出哈拉子——只见跃进和丹丹小兄妹说笑骑车驶来，丹丹轻巧地一跳，飘然落地。小胡子目不转睛地盯看着美丽的少女，嘴巴张得老大，活如色狼。眨眼间，跃进和丹丹已混杂在学生人群中走进了学校大门，瞬刻消失。

小胡子吞咽口水急问道："这小妞儿叫什么名字？家住哪儿？"

"我都调查清楚了，她叫李丹丹，家住在军区大院里。"

小胡子心一惊："军区大院？她爹是什么官儿？那个男孩儿是谁？"

小青年也没多大把握："她爹也就是个一般的官儿吧？男孩是她的相好！"

小胡子冷笑道："就是大官儿也不怕！有相好？这小妞心很野呢！"

"怎么着？我去把她勾出来，跟彪哥玩玩儿？"

小胡子摇摇头："她不会跟你出来的，反倒打草惊蛇。学校几点钟放学？"

"下午四点。那小妞参加排练节目，会晚点儿。"

"走吧，下午再来会她！"

小胡子一蹬脚踏板，小青年忙跟在小胡子身后，两人消失在人流中……

　　上午十点，建国来到市中心邮电局营业厅。长椅上坐满了等长途电话的人，几个电话间连轴转。靠墙长桌上放了几部市内公用电话，人不算多，打完电话即交费走人。建国穿了身蓝学生装，戴了副眼镜，手里拿了本书，坐在长椅上人群中，假装也在等电话。时间一分一秒过去，没有发现形迹可疑的人，各色人等来去匆匆。过了一个多小时，建国站起身来，走到坐在长桌子后面戴红袖套的老头面前，掏出工作证向他晃了晃，低声道："公安局的。今天上午八点左右，有个男人在这儿打过一个电话，你还记得这个人长什么模样么？"

　　守电话的老头有点紧张："不记得了！我只管收费，没注意。"

　　"怎么？一点儿印象也没有？多大年纪？高矮胖瘦？穿什么衣服？……"

　　"我真不记得了，要不，请我们领导跟您谈谈？"

　　"算了，以后收费的时候看看人！"建国转身离开了营业厅。

　　戴红袖套的老头吓坏了，摸出脏手帕不停地擦汗。

　　黄昏，学校大门外依然冷清。高挑挺拔的跃进支起自行车在校门外等妹妹，快六点的时候，才见丹丹和几个漂亮女生说笑着走出校门，互相挥手道别。丹丹跳上哥哥的自行车，兄妹俩骑车回家去。拐进一条冷清的小街，忽然被两个骑车的人拦住去路。跃进躲避不及险些摔倒，丹丹敏捷地跳下车扶住支架。

　　小胡子架好自行车，轻佻地走到丹丹面前，凑近看了看她的脸。

　　丹丹本能地躲到哥哥身后，跃进喝道："干什么？让开！"

　　跟班儿小青年突然上前抱住跃进的身体和胳膊，小胡子挥手扇了他一耳光。

　　跃进惊怒地大叫起来："凭什么打人！你们是干什么的？"

　　两个小流氓根本就不答话，一顿左右开弓，拳脚并用，将跃进打倒在路边。

　　丹丹惊叫着扑上去扶哥哥，被小胡子顺势一把抓扯住拉入怀中，张开臭嘴强行去亲丹丹的脸，丹丹吓得拼命反抗，大声呼救。满脸血污的跃进试图从地上爬起来救妹妹，又被跟班儿小流氓拳打脚踢，倒在地上。

　　小胡子搂住丹丹狞笑道："走！跟哥哥玩玩儿去，保你舒服！"

　　小街上稀疏的行人避之不及，或敢怒不敢言，或站得远远地看热闹。幸亏从远处走来了两位解放军战士，见丹丹挣扎呼救，赶紧奔跑过来。两个小流氓见势不妙，急忙将小兄妹推倒在地上，骑上自行车逃之夭夭。丹丹扶起受伤的哥哥，兄妹俩什么也没说，推起自行车迅速离开，看热闹的人也慢慢散去……

黑沉沉的夜幕下，隐藏着动荡不安的暗流，城市的夜晚，街道上行人稀少。

建国骑自行车回家，推车走进单元门洞，一个蹲在黑暗中的人影忽然站起身来。建国警惕地问道："谁？"迅速摸出一支袖珍手电筒照射过去。

脸带伤痕的跃进出现在手电光中，眯缝眼睛叫了声："建国哥哥！"

建国吃惊地关闭手电筒问道："跃进！你在这儿干什么？"

黑暗中，隐见跃进眼里闪动泪光，委屈地低声道："我来找你。我给你家里打过电话，娘说你没回家，我就到这儿来等你，想给你说个事……"

建国锁了自行车，拉住他的手道："你怎么不上楼？走，回家说去！"

跃进却站住不动窝儿："哥，就在这儿说吧，我不想让娘知道。"

"好，你说，别怕！到底怎么回事？"

"我和丹丹被流氓欺负了，就在学校大门外，光天化日之下……"

建国冷静道："流氓？你慢慢说。"

"两个社会上的小流氓，他们企图侮辱丹丹……"

"大白天大街上？老师和同学、周围的人也不管？"

"放学晚了，我们最后走，街上的人不多，也没人敢管。"

建国举手制止他："不用说了！学校和家里知道这件事了么？"

"不知道。爸爸妈妈到海南岛疗养去了，让我有事找你。"

建国再次打断他："你做得对。你回家去吧，我来处理这件事。"

"丹丹一直在家里哭，我也不知道该不该告诉老师和爸爸妈妈。"

建国果断决定道："不要！我来处理这件事。明天早晨，你和丹丹正常上学，下午正常回家，什么也不要说，就像什么事儿也没发生过一样。"

跃进点了点头："知道了。哥，我回去了，丹丹还在家里等我呢。"

"别害怕，你已经是男子汉，要给妹妹做榜样！回去吧。"

跃进推起自行车出门洞，向建国挥了挥手，飞快地骑车离开去。建国的脸色阴沉下来，转身向黑洞洞的楼梯上走去。推门回到家里，见母亲坐在灯下看文件，表情有些诧异。听见门响，母亲摘下老花镜，冷静地注视儿子。

"你回来了？刚才有个小孩儿给你打过电话。"

"见到了。他一直在我们家楼下等我。"

"这小孩是谁呀？我听着好像是秀儿的儿子，他管我叫娘。"

"是他。家里出了点事，找我帮忙。"

母亲敏感地问道："我也觉得他说话怪怪的，家里出什么事了？"

"丹丹被小流氓欺负了，他也被人打了，父母都不在家。"

"学校老师不管么？可以直接找派出所解决呀！"

建国没好气道："现在社会风气这么坏，满大街的人袖手旁观，谁管谁呀？"

"你打算怎么帮忙？要不给军区领导说说？"

建国决然道："丹丹是我的妹妹，这事我必须管，我得教训教训那帮小流氓！"

母亲担心地劝道："建国，你要冷静，不要盲目冲动！你是警察！"

"对这些坏家伙没什么道理可讲，必须坚决镇压！"

母亲提高了声音："镇压必须由公安机关出面，不是你的个人行为！"

建国怒气冲冲地一挥手："你别管！我有能力处理这件事！"

母亲见他要回卧室，急忙一把拉住了他，忽听客厅里的电话铃声响起来。

"找我的！"建国拿起电话问道，"你是哪里？"

电话里传出魏局长的声音："建国，我是魏振华！你马上到局里来！"

"是！"建国放下电话对母亲说，"我去局里！"

建国的预感没错，"李向阳"果然声东击西，顶风作案。当晚十点，公安局接到报案，省医院财务室被盗，损失严重。省医院办公楼里灯火通明，财务室的铁栅栏门已敞开，魏局长率建国等人来到案发现场，只见保险柜已被撬开。

刑侦部门负责人报告："局长，根据现场勘查，省人民医院财务室的保险柜被人撬开，失窃全院人员工资和流动资金共计人民币四万余元，作案时间为今晚九时三十分左右，参加作案人员约四人，全部为青年男性，作案后已逃逸。"

局长冷笑道："这就是'李向阳'给我的好消息！对'李向阳团伙'来说，入室盗窃是他们的拿手好戏，撬开双保险的单位保险柜也不是头一回。上个月，六号信箱被盗三万元，至今仍未破案！"

建国请战："局长，我能参加侦破这个案子么？您让我锻炼锻炼！"

局长低声命令："这活儿让他们干吧！你继续等待时机！"

又是早晨上班时间，学校大门外人来车往，学生们陆续走进校门。建国手扶自行车站在学校对面的梧桐树下，悠闲地四处张望，见跃进和丹丹兄妹骑车到了学校，向他们招了招手；小兄妹也惊喜地向哥哥招了招收手，走进了学校大门。上课铃声响了，门卫关闭了大门，学校渐渐安静下来。建国估计会不到小流氓了，遗憾地拍了拍车座，蹬车离开了学校。

下午放学时间已过，学校门口冷冷清清，学校门外对面的梧桐树下也没人，两个小流氓和建国都没有出现。远离校门的小街口停了一辆华沙牌小轿车。

快到六点的时候，跃进和丹丹走出校门，骑上自行车离开了学校，拐进那条冷清的小街，跃进心里突然一紧，急忙捏住刹车停住车——小街马路当中，两个小流氓正在等他们，脸上露出邪恶的淫笑。狭路相逢，眼看小流氓向他们逼过来。

丹丹忽然在小流氓身后发现了大哥哥，惊喜地叫了声："哥！"

没等小流氓反应过来，两只铁掌重重地搭在他们肩上，两个人嘴巴一歪。

建国对跃进和丹丹命令道："没你们事了，走开！"

跃进和丹丹愣了愣，绕开他们三个人，赶紧骑上自行车离开了。两个小流氓龇牙咧嘴地回过头，见是一个貌不惊人的青年，邪火顿燃。

小胡子冷眼打量建国："你他妈是谁呀？敢在太岁头上动土？"

建国笑道："我是你爹他大爷，老子骨头痒痒了，今天想见见你的血！"

小胡子心一惊，不肯服软地干笑道："我看你他妈欠揍！……"

嘴里说话，突然挥拳向建国打来，跟班儿小青年也蠢蠢欲动。建国闪退半步，两只铁掌已紧攥住两个小流氓的手腕，稍使劲，两人立刻疼得弯腰咧嘴直叫唤。建国松手揪住两人后脖颈，面对面猛一磕！只听"咚！"一声脆响，两个小流氓脑瓜子硬碰硬，立刻磕晕过去。建国把跟班儿小青年扔一边，专门收拾小胡子，像拎了一只小鸡儿。小胡子晕头涨脑地张牙舞爪，被建国抓起来一扔，像扔麻袋似地飞撞到街沿边的学校外墙上，又像麻袋似的掉下来，头破血流，状如死狗。

建国慢条斯理地"踢足球"，猛踢三脚，小胡子早已不省人事。

围观的人群忽然爆发出喝彩声和热烈的掌声，还有人高喊"打得好！"建国潇洒地骑上自行车，在群众的夹道鼓掌欢呼中飘然离去。

月落星稀。远处传来钟楼沉重迟缓的钟声。

昏暗的路灯下，建国骑车回家，抬腕看了看劳力士夜光表，已近午夜零点。锁好车，轻快地跑上楼去，转眼已到三楼家门口，掏出钥匙轻轻开门；悄悄推门进屋，忽见客厅里亮着灯光，却是母亲静坐在沙发上等他。

建国心情忐忑，走进客厅问候道："妈，还没睡？"

母亲脸色与目光同样冰冷，指了指对面沙发："你坐下。我有话跟你说。"

建国不安地走过来，坐到母亲对面："什么事？"

母亲沉默片刻，冷冷地问道："今天下午，你干什么去了？"

建国估计母亲已知内情，坦率承认道："我教训那帮小流氓去了。"

母亲勃然爆发道："你告诉我，为什么要这样做？你有什么权利这样做？！"

"我为什么不能这样做？这是法律赋予我的权利！"

母亲霍然起身："你不是社会上的小青年，你是人民警察！你这是公报私仇，滥用职权，歪曲破坏人民警察的形象！你太让我失望了！"

儿子也起身反驳道："没人知道我是警察！我又没穿警服！"

"难道你自己不知道？两个天真的孩子不知道？你给他们做了什么榜样？利用执法的特权打群架、报私仇、逞英雄？！"

儿子语塞，忽然冷笑一声："妈妈，什么也别再说了。我知道您心里不舒服，因为您不愿意承认他们是我的弟弟和妹妹！可是，血浓于水！您的心胸太狭隘了！您对爸爸一直耿耿于怀，二十年了，难道还要恨到死么？……"

母亲愤怒地喊道："不要说了！你真是你爸爸的好儿子！走开！"

母亲颓然地坐在沙发上，儿子的心软了，慢慢坐到母亲身边劝慰道：

"对不起，妈妈，我知道您心里很爱爸爸，只是不能原谅他对您的不忠。我相信爸爸心里也是爱您的，但他无法改变既成的现实。实话跟您说吧，我找爸爸谈过你们复婚的问题，但是我后来也想明白了。谁也不能一辈子欺骗自己的感情，戴着假面具生活。爸爸有自己的生活，妈妈为什么不能重新开始呢？"

母亲无力地挥手喊道："你什么也不懂！你不是我的儿子！"

"我是您的儿子，也是爸爸的儿子，这是永远无法改变的血缘关系和宿命！"

母亲推开儿子站起来，冲进卧室，重重地关了房门。

清晨，花园别墅小院沐浴在霞光里，开饭号声响彻了军区大院。一辆北京牌吉普车开到小院门外，司令部金参谋下车走进小院，见跃进和丹丹小兄妹正准备骑自行车上学去，金参谋赶紧叫住了他们。

　　"跃进、丹丹，你们别骑车了。从今天起，我派车每天早晨送你们去学校，下午再派车接你们回家，保护你们的安全。"

　　"金叔叔，您跟我爸爸打电话了？不是让您别告诉他们吗？"

　　"我没有给他们打电话。昨晚我回去想了想，觉得还是应该采取保护措施，否则万一再出点什么事，我也没法向你爸爸妈妈交代。我今天陪你们去学校，跟老师打个招呼，让学校也注意你们的安全。"

　　跃进和丹丹齐声道："谢谢叔叔！我们走吧？"

　　金参谋交代道："这是司机小张叔叔，以后他负责每天接送你们。"

　　上午八点，刚走进刑警队的建国接到通知：局长召见。建国立刻跨上楼梯，走向局长办公室，在门外高喊一声："报告！"

　　局长在屋里命令："进来！"建国推门走进办公室，带上房门。

　　"局长，'李向阳'案子有突破么？"

　　局长冷眼看了看他："昨天你打架了？凯旋而归？好一个英雄！"

　　建国心里一惊："局长，您怎么知道这件事？我可没有暴露身份啊！"

　　局长冷笑："光天化日之下打群架，把人打得进了医院，派出所能不管么？人家一调查，被小流氓欺负的学生叫李跃进和李丹丹，还找不到你这个当哥哥的李建国？派出所报到局里，让我给扣下了，否则他们就去你家找你了！"

　　"局长，我不该一时冲动，您处分我吧！"

　　"处分的问题再说吧！好在两个小流氓不知道你的真实身份，已经被派出所以'流氓罪'拘留了。但这件事在公安局内部传播很快，你的家庭背景又特殊，估计很快就会传到社会上去，影响你参与破获'李向阳'案。"

　　建国歉疚不安："现在怎么办呢？我听您的！"

　　局长在屋里来回踱步："军区已经对两个孩子采取了保护措施，防止小流氓同伙伺机报复。你不准再插手这件事了，乖乖回家待着去，听候调令！"

　　"是！局长还有什么指示？"

局长想了想，紧皱眉头一挥手，建国立刻退出门去。

下午五点，大批学生已经放学回家，只剩下少数学生陆续地走出校门。一辆北京牌军用吉普车已经在校门外小街口等候，车尾正对学校大门。

跃进和丹丹小兄妹走出校门看了看，径直向汽车走去。军用吉普车发动了，司机显然已从后视镜中看见他们。小兄妹轻车熟路地从后门上了车，对穿军装的司机说了一声："叔叔好！"司机不是小张，却是一张陌生的面孔，也不答话，汽车立刻启动。跃进注意看了看司机的侧脸问道："您不是小张叔叔？"

司机面容阴沉："小张今天有任务，我送你们回家！"

吉普车速度加快，频繁地超车，顺延大街向城外方向飞快地开去。

与此同时，学校门外的大街上又开来一辆北京牌吉普车，停在远处小街口。司机小张熄了火，看了看手表，开始耐心地等候跃进和丹丹小兄妹。

小张万万没有想到，他今天接不到这对小兄妹了！

四十四、祸起萧墙

冬夜。一座座办公大楼灯火通明，高音喇叭正在广播社论文章，播音员激情满怀的声音回荡在夜空："……清华大学出现的问题绝不是孤立的，是当前两个阶级、两条道路、两条路线斗争的反映。这是一股右倾翻案风！……有些人总是对这次文化大革命不满意，总是要算文化大革命的账，总是要翻案……"

宽敞的客厅里，建国仅穿背心短裤，正在地板上做俯卧撑。母亲不在家，大概到单位参加政治学习去了，于是客厅就变成了健身房。

电话铃声突然响了，建国抓起话筒简短地问道："请问哪里？"

电话里传出局长的声音："建国，你马上到局里来，有紧急任务！"

"是！马上到！"建国立刻穿好衣服跑出门去。

明亮的灯光下，局长站在本市街道及郊区地图前沉思。建国在门外喊了声："报告！"气喘吁吁地跑进办公室，"局长，我来了！"

局长严肃地注视他片刻："建国，你的弟弟妹妹，今天下午被人绑架了！"

建国如闻惊雷："什么时候？在什么地方？"

"今天下午五点左右，在育才中学校门外的小街口，小兄妹放学走出校门，误登上犯罪分子从军区后勤部修理所盗窃的军用吉普车被劫持，至今下落不明。军区司令部已经电话通知了你父亲，他明早坐飞机赶回来。"

　　建国倒吸一口冷气，懊恼地捶了捶脑袋："妈的，我太大意了！"

　　"我们分析认为，这可能是流氓团伙的报复行为，但根据突审在押的小流氓彪哥和调查其社会背景看，这种可能性较小，恐怕还有更深层的犯罪原因。劫持人质的犯罪分子到底想干什么？现在还不太清楚。"

　　建国头脑冷静下来："会不会跟'李向阳'犯罪团伙有关？"

　　"不排除这种可能性。但他们的目的又是什么呢？公然劫持人质，实为本市建国以来罕见。我估计，他们的目标可能是你！"

　　"我？他们找我干什么？报一箭之仇？"

　　局长冷冷地打断他："不要把敌人想得那么愚蠢简单！如果仅仅为了报复，花费的成本也太大了。何况小兄妹在他们手里，报复也已经够本儿了。"

　　"那我就想不明白了。局长，请您下命令吧！"

　　"敌人可能已经盯上你了，你的身份和住址，包括你家的电话号码，都可能已经被他们掌握了。你马上回家去，等候我的命令！"

　　"是！局长，希望派人保护我母亲的安全。"

　　局长拍了拍他的肩膀："可以！但不要告诉你的母亲，不要让她担心。"

　　"是！我回去了！"建国向局长敬了礼，退出门去。

　　局长回身拿起电话命令："通知各处负责人，马上到会议室开会！"

　　冬夜黑暗阴冷，惨淡的路灯光下，科分院宿舍区危机隐伏。

　　一个骑自行车的身影如黑暗中游荡的幽灵，进入楼下单元门洞，轻轻锁好了自行车，从腰里掏出手枪，摸黑上楼。楼道里没开灯，黑影警惕地握枪上楼，见门缝里透出灯光，摸出钥匙开门。钥匙孔轻轻转动，房门突然推开，黑影举枪冲进门去，直扑亮灯的客厅，却见母亲一个人安静地坐在沙发上。

　　"儿子，你干什么？"

　　建国松了口气，收起手枪笑道："没事儿，练习抓捕罪犯呢！"

　　母亲洞察秋毫地冷笑道："干吗这么紧张？你可从没在家里亮过手枪啊！"

　　建国掩饰地笑了笑："妈妈别担心，什么事也没有。您休息。"

"你也早点睡，别熬夜看书了。"母亲说完，站起身来向卫生间走去。

"妈妈，有个事儿想跟您商量一下。"建国忽然叫住母亲，"最近我的工作很忙，可能经常有电话打给我，有些电话是保密的。能不能让我先接电话？"

"你每天不上班，猫在家忙什么呢？电话遥控破案？"

"反正有电话我先接，我给您当秘书好么？"

母亲懒得跟儿子费口舌，一笑了之，走进卫生间去准备洗漱。

正在这时，客厅茶几上的电话铃声响起来，在夜深人静中，显得特别刺耳。

母亲从卫生间探出头来，儿子急忙向她做了个手势，疾步走向电话机。

"喂，请问你是哪里？"

沉默片刻，电话里传出一个低沉阴冷的男人声音："你就是李建国？"

建国有一种似曾相识之感，但又想不起是谁："你是哪位？"

电话里的男人阴笑道："你不认识我，但我认识你。我就是'李向阳'。"

建国的心狂跳起来，强作镇定："李向阳？'平原游击队'？"

电话里的男人轻声笑道："别装糊涂，你不是到处找我么？我也正想会一会你这位大英雄！怎么样？你的弟弟妹妹在我手里，咱们交个朋友？"

建国坦然道："好啊！你有什么想法，不妨打开天窗说亮话，我们可以商量。"

电话里的男人笑得更轻松了："不是我有想法，是你有求于我。我知道这个电话已经被人监听了，可是老子不怕！咱们抓紧时间，说说你的想法吧！"

"我倒没有什么想法，我劝你赶快放人，争取宽大处理！"

"长话短说吧，我先提个条件：你提供两支制式手枪，五百发子弹，先交货后放人，我保证完璧归赵！怎么样？"

"兄弟，你还没有犯死罪，你要枪干什么？这个买卖一做，你就必死无疑了！再说我又不是枪库主任，上哪儿给你弄这么多枪支弹药去？"

"我给你二十四小时，不交货，立马撕票！"

建国还想周旋，对方已经果断地掐断了电话，留下一串"嘟嘟"的忙音。

母亲一直站在客厅门口听儿子接电话，见此情景，已知端倪。

建国放下电话，回头正遇见母亲深沉的目光。

明亮的客厅突然陷入死一般的沉寂，只听见小闹钟"嘀嗒嘀嗒"的响声。

建国沉思片刻，拿起电话拨了号："分院总机么？我是565分机赵玉莲家。请问刚才从外线打到565分机的电话号码是多少？"

总机接线员回答道："刚才没有外线电话打进来，可能是内部分机电话。"

建国大惊："什么？刚才那个电话是用分院内线打的？"

"如果你刚才确实接过电话，应该是这样的。"

"请你赶快查一下，分机号是多少？"

"对不起，内线分机之间通话不经过分院总机，没有显示。"

建国目瞪口呆，总机已挂断了电话，留下一串忙音。

母亲走近儿子身旁，温柔地轻轻问了一声："儿子，有麻烦？"

"有麻烦……妈，您去睡吧，没事儿！"

母亲摸了摸儿子的头："儿子，妈妈怎么睡得着呢？"

儿子把母亲的手放在自己滚烫的脸上，心情平复了一会儿，重新拿起电话。

电话通了，响起遥远悠扬的长音，几声长音之后，有人拿起了电话。

建国压低声音："局长，我刚才接到'李向阳'的电话！"

"好，他终于露头了！你马上到我办公室来！"

"是！"建国放下电话对母亲交代，"妈妈，我现在到局里去，您把门关好，任何人敲门都别开，任何人来电话都不接，我很快就回来！"

母亲郑重地点了点头，建国带上手枪冲出门去。

巨大的轰鸣声中，一架军用飞机在机场跑道徐徐降落。一辆伏尔加牌小轿车飞快地开到刚停稳的飞机旋梯下，迎接特殊的乘客。片刻，伏尔加小轿车飞快地驶出机场出港口，向城里飞驰而去。父亲和秀儿坐在汽车后座上，父亲心情沉重，秀儿心急如焚，哭肿了眼睛。汽车将秀儿送回家后，立刻驶向市公安局。

市公安局会议室里空气凝重，局长和各部门负责人正陷入痛苦的抉择之中。

列席会议的建国闷头吸烟，时间一分一秒地过去。

局长打破沉默，再次强调解救人质的原则："总之，人不能受到伤害，必须确保两个孩子的生命安全！现已查明，自称'李向阳'的犯罪分子真名叫郭建国，与李建国同名同庚，生于1949年10月，是个逃往台湾的国民党军官的遗腹子，母亲是家庭妇女。郭建国参加过文革初期的派性武斗，有血案，后来被判处有期徒刑十年，于1974年在新疆服刑期间越狱潜逃，下落不明。现在证实，郭建国即盗窃犯罪团伙首犯'李向阳'。这个身怀绝技的罪犯，昨天夜里竟然潜入南方植物所党委书记即李建国母亲的办公室，给李建国家里打电话，提出交换人质的条件，即两支手枪和五百发子弹，有恃无恐，猖狂到极点！我们现在不知道罪犯隐身何处，两个孩子随时都有生命危险，必须尽快拿出解救的方案来，只能胜，不能败！否则后患无穷，影响极坏，政治上的损失将无法弥补！"

一位局领导慢条斯理道："武器弹药决不能由公安机关拱手奉送给犯罪分子，这是对无产阶级专政最大的讽刺！但如果不答应犯罪分子的条件，两个孩子就会丧失生命。这是一个两难的抉择，需要大智大勇的方案，才能出奇制胜！"

会场再次陷入了沉默，浓烈的烟雾弥漫开来。

局长锐利的目光突然射向建国："建国，你有什么想法？"

闷头沉思的建国猛一激灵，沉吟道："我倒有个出奇制胜的方案，只是风险太大，恐怕很难确保两个孩子的安全……我还没有完全想好……"

"你不妨说出来，也许大家可以出出主意。"

建国张了张嘴欲言又止，仿佛听见门外有什么异常动静。

办公室主任忽然推门进来报告："局长，军区李参谋长来了！"

话音刚落，身披黄呢大衣的父亲大步走进了会议室，目光炯炯，仪态威严。领导们不约而同地站起身来，向老将军投去尊敬又内疚的目光。

局长迎上前去，与父亲紧紧握手："老首长，对不起！请坐！"

父亲被让到主持会议的座位上坐下来，随行的高秘书站在他的身后。

局长恭敬地介绍道："老首长，我们正在开会研究解救两个孩子的实施方案，首先是必须保证两个孩子的生命安全，不能冒任何风险，出任何差错……"

父亲强压内心的激动，冷静道："情况我已经知道了。我是个局外人，又是当事人三个孩子的家长，我本不应该干扰公安机关的侦破行动，我只是提供一点个人看法，供同志们参考。我知道魏局长也是军人出身，而且也是当年太行军区刘邓首长麾下的一名指挥员，应该记得刘司令员的一句名言：狭路相逢勇者胜！日本鬼子和蒋介石的八百万军队都被我们打败了，我们今天能在几个小蟊贼面前束手无策么？我们珍惜生命，难道敌人就真的不怕死么？我相信这个'李向阳'年轻轻的也想活下去，否则他不会铤而走险地向你们要枪要子弹！这并不证明他强大，恰恰证明他心虚胆怯，不是真正的英雄！横的怕愣的，愣的怕不要命的！'李向阳'不是想约建国见面吗？我认为，建国应该勇敢地去面见'李向阳'！大智大勇，才能大获全胜！"

老将军一番慷慨陈词，一扫会议室沉闷的空气，会场气氛活跃起来。

建国猛然站起来："我赞成首长的意见，并受到极大的启发和鼓舞，增强了对敌斗争的勇气和信心！我认为我的方案已经成熟了，希望得到局领导的批准！我愿意单刀赴会，与犯罪分子斗智斗勇，保证完成任务！"

局长当即拍板："好！说说你的具体想法！"

与此同时，南方植物所党委书记的办公室已被隔离，几名公安人员正在勘察现场，从门窗、书桌、地板、电话上获取脚印指纹。母亲和所保卫科长等人站在办公室门外，配合公安人员的勘查取样工作。门窗上，地板上，办公桌和书柜上，用粉笔画了许多标记，拍摄了许多照片。勘查取样工作结束后，公安人员向母亲告辞道："赵书记，打扰了。"保卫科长把公安人员送出去，办公室安静下来，只留下母亲一个人，陪伴那些粉笔标记。母亲缓缓走到办公桌前，看了看桌上的电话，伸手欲摸，忽然又缩回手来，拉开抽屉，找出一副白线手套戴上，又取出酒精和棉花签，仔细擦拭电话。她不愿意碰被"李向阳"偷打过的电话机。

突然，电话铃声猛不丁响起来。正专心擦拭电话机的母亲吓了一跳，本能地缩回手，倒退两步。电话铃声一遍一遍响个不停，看样子不接电话，它将会固执地永远响下去。

母亲平息了纷乱的心绪，拿起话筒问道："请问哪里？"

电话里沉默片刻，传出一个熟悉而又陌生的声音："玉莲？我是李莽。"

一个断绝了近二十年的声音！一个仿佛来自遥远天国的声音！

母亲血涌头顶，感觉一阵阵眩晕，话筒险些失手落地。

电话里的父亲关切地问道："玉莲，你听见了么？"

母亲努力镇定下来："听见了……你好么？"

"我还好！……几十年不见，我们已经生疏了……"

母亲冷静下来，悄悄拭去眼角的隐泪："你找我……有事么？"

父亲的声音严肃又冷峻："可能你已经知道了三个孩子的事，孩子们正面临最危险的考验，随时可能丧失生命，我们必须面对这个现实！我想告诉你的是，建国已经接受了最艰巨、最危险的任务，去解救他的弟弟和妹妹，去战胜和降服穷凶极恶的犯罪分子，你要有充分的思想准备……"

母亲心如刀割，打断他的话悲愤道："你不要说了！这都是命中注定的事！你让我失去了完整的家庭，又要让我失去唯一的儿子，这样做公平么？我知道，也只有他能拯救你的两个孩子！你太自私了！我一辈子不会原谅你！"

母亲语无伦次，忍不住大放悲声，情绪失控。

父亲在电话里沉默，听任母亲的抱怨和谴责，良久才低沉道："玉莲，你不要太难过。建国这次行动，有成功和必胜的把握，我们应该相信他的智慧和勇气，他一定会凯旋！他今晚回家等电话，你什么也不要问他，明白么？"

母亲不愿再回答他的话，断然挂断了电话。

傍晚，天刚黑尽，一幢幢宿舍楼的窗户里陆续亮起了灯光。一辆自行车骑到防修楼下停住，建国手提一只小铁皮箱走进门洞。伴随一阵钥匙开锁的轻响声，房门轻轻地推开了，建国进门叫了声："妈！"

母亲腰系围裙，从厨房里走出来，深沉地看了儿子一眼："吃饭吧！"

小饭桌上已摆上了母亲精心烹制的丰盛的晚餐，色香味诱人食欲。儿子放下小铁皮箱，去卫生间洗了手，坐到小饭桌前。母亲拿出了储藏的一瓶红葡萄酒，倒了一小杯红酒，放在儿子面前。儿子诧异地看了看母亲，也没有说什么，端起酒杯一饮而尽。母亲给儿子夹了几样菜，目不转睛地注视儿子。母子俩配合默契，心照不宣，谁也不说一句话，默默地做各自的事。

这顿晚餐，儿子吃得很香甜，很舒服，母亲心里也很满足。

儿子吃完饭了擦嘴，站起身说了声："谢谢妈妈！我去睡一会儿觉。"

"去吧！"于是，儿子进了卧室，母亲开始收拾锅碗瓢盆。

漫漫冬夜，一切都很温馨宁静，沏好的热茶在柔和的灯光下沉淀。没开灯的小屋里，建国在小床上和衣而眠，睡得很香。母亲悄悄走进屋里来，轻轻给儿子盖上一条毛毯，又悄悄退出去回到客厅，在沙发上坐下来。

周围似乎太安静了，安静得让人心神不安，总感觉会发生什么事。时间在死一般地沉寂中一分一秒流逝，小闹钟"嘀嗒嘀嗒"跑个不停。内紧外松的等待使母亲困倦了，手撑额头，不知不觉进入了梦乡……

……什么地方隐隐约约传来了慈母般柔情的催眠曲？细微真切,悠扬动听,声声入耳，涓涓流入心田。母亲恍惚感觉自己躺在一只摇篮里，摇啊晃啊，仿佛在云雾中慢慢地飞翔，慈母般柔情的催眠曲，便在耳畔悠悠地回响……

……蓖麻籽油灯灯花闪跳，嗡嗡的纺车声绵绵，朴拙的炕围画妙趣横生……蓦然间，窑洞里忽然涌出一大家子人，有老汉，有后生，有姑娘媳妇，有吃奶的孩子，还有一对慈母般的大娘……眼前忽然冒出一个三岁小丫头，圆圆的脸蛋儿，圆圆的大眼睛，目不转睛盯住母亲看，冷不丁说了声："姐姐好看！……"

……忽然又出现了一片金子般闪烁光斑的沙滩，一双小丫头肉乎乎的小脚丫在沙滩上蹒跚地奔跑，歪歪倒倒，摇摇晃晃……

……怎么掉进了水里？沉下去，又浮起来，又沉下去……手和脚在哪里呀？怎么看不见也摸不着？一直沉，一直沉向无底的深渊……水底生物游过来，张开圆圆的嘴，吐出圆圆的泡，个个面目狰狞，仿佛冲自己喊什么……忽然又出现了那个圆脸的小丫头，无声地冲自己喊："姐呀！……"

母亲猛然被尖叫声惊醒了，睁开眼睛，却是脉冲电话的铃声在震天响。儿子建国已快步从卧室跑过来，一把抓起电话向母亲笑了笑。母亲完全清醒了，坐在沙发上一动不动，听儿子与犯罪分子通电话。

电话里的男人简短地撂下一句话："东门外二号桥！"

电话突然断了。也就是说，对方料定建国必定会去见他，约定了接头地点。

建国沉思地放下电话，回头对母亲又笑了笑，奔回卧室。母亲跟儿子过去，发现儿子正用铁链子将自己的右手和小铁皮箱锁在一起。儿子发现母亲忧郁的目光，故作轻松地笑了笑："妈妈，没事儿，您放心！"母亲说不出话，眼里突然盈满泪水，眼睁睁地凝视义无反顾的儿子。儿子将沉甸甸的铁皮箱提在手里，用左臂抱了抱母亲，笑了笑，头也不回地出了家门……

四十五、扬眉剑出鞘

深夜，冷风呼啸。路灯残缺的东门外二号桥更是荒僻冷清，行人绝迹。单刀赴会的建国左手扶车把，右手提小铁皮箱，骑车来到接头地点。桥头寒风刺骨，桥下水流潺潺有声。建国独立桥头，如黑夜中的孤魂野鬼。

约莫等了十来分钟，从城里方向悄然蹬来一辆篷布三轮车，车夫穿一身黑棉紧身短打，头戴遮颜破毡帽，车上坐一个同样打扮、看不清面目的男人，向建国招了招手。建国毫不犹豫地坐上车，与车上的男人挤在一起，向城外疾驰而去。

建国的自行车留在桥头。片刻，一个过路的下夜班的工人将车骑走。

风高月黑，篷布三轮车在环城公路上疾驶，健壮如牛的车夫把车蹬得飞快。

坐车的黑衣男人拿出黑布条示意，建国点头表示同意，被黑布蒙住了眼睛。黑衣男人搜身完毕，企图拿过建国的小铁皮箱，遭到建国断然拒绝。

建国低声道："别动！等见到'李向阳'，一手交人，一手交货！"

黑衣男人威胁道："你他妈少啰唆，老子先验货，出了差错，要你的命！"

"你他妈不懂江湖上的规矩！除非把我的手砍下来！"

黑衣男人"嗖"地拔出雪亮的匕首："老子就把你的手砍下来！"

建国冷笑一声："试试看吧！砍下我的手，不知道密码，开箱就爆炸！"

黑衣男人火烫似的缩回手不吭声了，狠狠地剜了建国几个白眼。

篷布三轮车仍在环城路上飞驰，四周一片漆黑，无法辨别前进方向。突然，三轮车掉头拐上了进城的大道，向灯火闪烁的市区飞速驶去。被蒙上眼睛的建国不动声色，紧握手里的小铁皮箱，面带冷笑。

篷布三轮车像个黑夜中的幽灵，捉迷藏似的穿越在城内的大街小巷中。拐弯抹角，忽然又掉头向城外方向飞速驶去，消失在茫茫夜雾中。转眼，篷布三轮车已飞驰在城外北郊公路上，路过一大片黑松林时，突然停了车。车上的黑衣男人带建国下车后，篷布三轮车飞驰而去，霎时无影无踪。建国心知，这里已是远离市区的荒郊野外，黑松林涛声起伏，阴气逼人。黑衣男人打了声呼哨，黑松林里立刻窜出来两个黑影，挟持建国上山。穿过林间小道，摸黑走上了半山腰，忽然出现了一个废弃的火葬场，荒凉阴森。三个黑影挟持建国穿过荒草丛生的院落，走进一座伸手不见五指的黑屋子，倏然消失了踪影。

冷清的月光勉强映亮了黑屋门上依稀可辨的字迹："焚尸房"。地下室的台阶狭窄而陡峭，四个人的脚步声发出空洞的回音，宛如地狱。黑衣男人走在前面用手电筒照亮引路，建国被两个大汉挟持着亦步亦趋。下完台阶，来到一个空旷的地下室，约篮球场大小，仿佛一口活棺材。黑衣男人关闭了手电筒，摸黑解开了建国的蒙布，三个人无声无息地离开。建国使劲睁大眼睛，眼前是无尽的黑暗，什么也看不见，什么也听不见。也没让他等太久，黑暗中响起了杂乱的脚步声，射来几道雪亮的光柱。建国知道"李向阳"该出场了，不觉握紧铁皮箱。

借助手电光晃动，隐约可见几个黑影出现在建国面前，相距十步。为首一个黑影身材瘦小，他身后的几个黑影反倒高大魁梧。

瘦小的黑影沉默片刻，终于开口说话了，声音低沉浑厚，与身材极不相配："李建国？幸会！我是'李向阳'。东西带齐了么？"

果然是电话里的那个男人的声音。声音发自胸腔深处。

建国不卑不亢："我是个说话算数的人。一手交人，一手交货。"

黑影傲慢地用手电光直射建国道："按照江湖上的规矩，我必须先验货。"

建国针锋相对："我家三条人命捏在你的手里，我必须先见人。"

黑影沉吟片刻笑道："你说的也有道理。可以让你见人。"向手下摆了摆头。

两个蒙面大汉立刻把两个孩子从黑暗中揪了出来。刺眼的手电光里，只见跃进和丹丹被反绑了双手，蒙住双眼，脸色惨白。

建国激动地叫了声："跃进！丹丹！我是哥哥！"

两个孩子如盲人听见天籁之音，激动地哭喊起来："哥哥！哥哥！……"

黑影冷酷地笑道："行了吧？交了货，你们回家再叙旧吧！"

建国冷静道："我对你们不放心，让他们到我身边来！"

瘦小黑影的态度强硬起来："哥们儿，不要得寸进尺嘛！只要我心里不高兴，你立马就死在我面前！你信不信？"突然拔出手枪对准建国的胸腔。

建国冷笑："哥们儿，只要我不高兴，你们全都立马就玩儿完！看见么？这是什么？"举起手中连锁的小铁皮箱大声说，"高爆炸弹！我这大拇指一松，这间火葬场的停尸房就是我们大家的坟墓！明年今天，就是我们的周年！你他妈不怕死，老子就怕死么？老子今天就是来送死的！开枪啊！往这儿打！"

建国出其不意的举动震惊了绑匪们，一个个目瞪口呆，戳在原地谁也不敢动。

瘦小黑影终于清醒过来，慢慢收起手枪，发出一声空虚的奸笑。

建国突然雷霆般地大吼一声："混蛋！快放他们过来！"

两个蒙面大汉吓得一哆嗦，顺手推了一把，把两个孩子推到了建国面前。

瘦小黑影频频颔首："好！我都满足你了，交货吧！"

建国果断地扯去了两个孩子眼睛上的黑蒙布，把他们保护在自己身后。

瘦小黑影举枪逼上两步，凶狠道："我数三个数！一，二，三！……"

突然，建国手里的小铁皮箱发出了"嘀嘀"的尖叫声，按钮红灯频频闪亮。

瘦小黑影和蒙面大汉们大吃一惊，急忙后退几步，惊恐万状。

建国勇气倍增，直呼其名："郭建国！赶快投降！你过去没犯过死罪，今天缴械投降，我算你自首，保证不砍你的脑袋！错走一步，你就完蛋了！"

四面八方突然响起脚步声和雷鸣般的怒吼声："不许动！……"霎时间，数十名武装公安干警仿佛从天而降，雪亮的手电光和枪口对准了郭建国。蒙面大汉们举起了双手，瘦小的黑影即"李向阳"完全暴露在手电光中，沉思片刻，潇洒地将手枪掉落在地上，干笑一声："哥们儿，我认栽了！"

建国嘲讽地冷笑道："想吓唬人，好歹也弄把真枪啊！真他妈丢人！"

武装公安干警们给罪犯们戴上手铐，押解出去，包括那个带路的三轮车夫。

跃进和丹丹扑进建国的怀里，流下了委屈和幸福的热泪……

凌晨，窗外已隐约出现了微弱的天光，远处传来头班电车的过往声。

客厅里依然灯光明亮，母亲和衣睡在长沙发上，等待儿子归来。没想到儿子没等到，却等来了儿子的父亲打来的电话，兴奋之情溢于言表。

"玉莲！好消息！孩子们都安全地回来了！我早知道，儿子是好样的，一定能打胜仗！他孤身深入虎穴，把那个李向阳团伙一锅儿端了，立了大功！"

父亲的大嗓门把母亲的耳朵震得嗡嗡响，她不得不把电话筒离远些。

父亲意犹未尽地笑道："玉莲，建国已经回局里了，跃进和丹丹也回家了，三个孩子感情可好了，弟弟妹妹对哥哥简直崇拜得五体投地……"

母亲插空提醒父亲："你小声点儿好么？现在是凌晨四点钟！"

父亲笑了："好，我知道了！我就是太高兴了，儿子打了大胜仗嘛！"

母亲松了口气冷静道："还有事么？我要为儿子准备早餐了。"

父亲沉默片刻，情绪也冷下来："没什么事了，你休息吧。打扰了！"

电话"咔嗒"一声断了线，响起了一串空洞的忙音。

市公安局召开庆功会，会议室里坐满了局领导和各处室及武警支队负责人。魏局长宣读嘉奖令，胸前戴大红花的建国坐在局长身边。

"嘉奖令：根据市公安局刑警队干警李建国同志在破获'李向阳盗窃团伙'案过程中的突出表现和特殊贡献，经省公安厅批准，特给予李建国同志记二等功一次，并授予全省公安系统'青年英雄标兵'光荣称号！"

会场上响起了热烈的掌声，局长将二等功奖章佩戴在建国胸前。

嘉奖完毕，建国来到看守所提审郭建国。

屋顶天窗透进一束强烈的阳光，屋顶铁栅栏上游动着武装看守警惕的身影。

死刑犯郭建国坐在特制的铁椅子上，加戴手铐脚镣，茫然仰望天空。

外层铁门响起开锁的声音，建国走进监房，隔着里层铁栅栏冷眼注视郭建国。

两个同龄同名青年又见面了，今非昔比。胸佩勋章、制服笔挺的建国威武潇洒，面带胜利者的微笑；露出真容的"李向阳"瘦小猥琐，毫无风采，只是声音依然低沉浑厚，仿佛发自胸腔深处，不像本人的声音。郭建国冷眼看了看建国胸前的功勋奖章，讥讽地冷笑道：

"怎么着，立功了？还是个两道杠的二等功？你踏着哥们儿的鲜血往上爬，没赏你个鸟官儿当当？活捉了'李向阳'，怎么也该赏个一等功嘛！"

建国心平气和地笑道："不就判你个死缓么，干吗破罐子破摔啊？按照你的罪行，判你个立即执行，还不是天经地义么？我们说话算数，只要你缴械投降，就算你自首，保证不砍你的脑袋！能留下脑袋吃饭，你就烧高香吧！"

郭建国却不领情："好死不如赖活着，老子不是傻瓜！"

"看在你我同名同龄的分上，我就再劝你几句，哥们儿共勉吧！《三字经》说得好：'人之初，性本善；性相近，习相远。'改恶从善，恢复人的本性，是你唯一的出路。做好人幸福平安，干吗要当坏蛋呢？好好想想吧！"

"缓期两年执行，我会面壁反省的，用不着你教训。"

"小命儿捏在你自己手里，别人帮不了你的忙。咱们后会有期？"

"不送！"郭建国目送建国退出门去，面露阴沉的冷笑。

四十六、落花有意，流水无情

一九七六年十月，中国发生了翻天覆地的巨变。

一双巧手飞快地擀饺子皮儿，三双女人的手争拿面皮儿包饺子，笑语欢声。

小饭厅里，母亲、太行、抗美、刘月琴等老少四个女人正在愉快地包饺子。

省委书记秦怀璧和建国坐在客厅沙发上抽烟喝茶聊天，爷儿俩聊得正高兴。电视里的国庆游行场面已经结束，响起了《歌唱祖国》的雄壮歌声。母亲负责擀饺子皮儿，刘月琴包出了一溜老鼠形状的饺子，赢得了两个姑娘的称赞。

"舅妈包的饺子真漂亮啊！这是小老鼠吧？"

"我妈妈也会包这个，我好多年没吃过小老鼠了！"

刘月琴得意道："今天是建国的生日，管你们姐儿俩吃个够！"

刘月琴的手艺实在不敢恭维，两个姑娘逗她高兴罢了。

母亲也凑趣道："你舅妈熬的小米粥才好吃呢，让她给你们露一手！"

刘月琴脑子又开始膨胀了："等你们姐儿俩结婚那天，舅妈给你们当大厨，做一桌满汉全席，慈禧太后祝大寿的水平，保管你们俩的女婿满意！"

刘月琴毫无来由地大笑，两个姑娘莫名其妙，只好陪笑。

忽听楼下响起了汽车喇叭声，仿佛都有心灵感应，大家都突然安静下来。

建国走到窗前向楼下看了看，神色紧张："好像是爸爸来了！"

一屋子人都愣住了，母亲尤为吃惊和意外，太行和建国姐弟赶紧迎出门去。

楼道里响起了脚步声和说话声，好像很多人上楼来了，情绪兴奋热烈。忽然家门大开，果然是父亲和秀儿及两个孩子全家都来了，顿时欢声笑语。

秦怀璧迎出客厅笑道："哈哈，老李！你可是稀客啊！"

父亲李莽穿了一身新定制的黄呢军便装，没戴帽徽领章，显得既年轻又精神。

秀儿今天也穿了一身新式秋装，烫了发，越发雍容华贵，风度怡然。跃进和丹丹小兄妹又长高了也更成熟了，儿子英俊挺拔，女儿出落如小公主。秦怀璧和太行建国姐弟把父亲一家子让进客厅里，端茶倒水一阵忙碌。

两手沾满面粉的刘月琴冒冒失失道："这是玉莲的女婿李司令吧？"

秦怀璧见她说话不靠谱，忙岔开介绍道："这是月琴，玉莲的老同学。"

父亲礼貌地伸出手："知道，黎玉同志的爱人？好像见过……"

刘月琴却把手背在身后，阴阳怪气道："李大司令，你真会玩儿捉迷藏啊！一晃二十年不露面，你藏到哪儿去了？让俺玉莲姐找你找得好苦啊！"

父亲冷不丁地撞上这么个主，目瞪口呆。

太行忙把刘月琴拉劝到卧室里去，赶紧把卧室门关上了，低声安慰劝解。

秀儿和两个孩子也很尴尬，好在他们有思想准备，对尴尬之事一笑了之。

短暂的沉闷中，秀儿忽然想起一件大事："俺姐呢？"

　　也许大家都没注意，都不知道母亲到哪儿去了，面面相觑。只有细心的抗美刚才看在眼里，轻轻敲了敲卫生间的门喊道："妈妈，妈妈……"

　　所有的人都沉默了，猛然间意识到，母亲完全没有思想准备。整整二十年！父亲和母亲分开后，今天是第一次正式见面，而且这么意外和突然！

　　卫生间门紧闭不动，抗美轻轻呼唤："妈妈，您没事吧？"

　　父亲站在客厅门口，眼巴巴地盯住卫生间的那扇小门，心情紧张。

　　等了很久，无处可逃的母亲终于开了门，站在父亲面前。

　　父亲的眼睛湿润了，嘴唇有些抽搐，迟疑地叫了声："玉莲！"

　　母亲显然已经过简单迅速妆扮，秀发梳妆整齐，脸上焕发出容光。分手整整二十年了！沧海桑田，物是人非，岁月无情，恍若隔世……

　　母亲意想不到地冷静，笑容满面地招呼父亲道："你来了？请坐吧！"就像招呼一个时常见面的老朋友！父亲的满腔热情和激动顿时化为乌有……

　　秀儿激动地叫了声："姐！您身体还好吧？"

　　母亲露出亲切自然的微笑："秀儿来了？大家请坐吧！"

　　秀儿把两个孩子推到母亲面前，两个孩子叫了声："娘！"母亲答应一声："嗳！"伸开双臂，两个孩子扑进了母亲的怀里。父亲终于忍不住，流下了百感交集的老泪，秀儿也哭得一塌糊涂。从卧室里跑出来的刘月琴又搞不懂了，太行紧紧地拽住她低声劝慰，不让她再捅出什么娄子。

　　秦怀璧笑道："怎么啦？大喜的日子，大家应该高兴啊！"

　　刘月琴高喊一声："开饭喽！"

　　电视机里，郭兰英正在欢唱："交城的山来交城的水，不浇交城浇了文水……"

　　亲切熟悉的乡音中，母亲家的家宴正式开始了！一瓶茅台，一瓶桂花陈酒，分别斟满了饭桌上的十只酒杯，酒香四溢。从食堂借来的大饭桌摆在客厅中央，酒菜满席，四家十口人共同举杯。秦怀璧举杯对母亲提议道：

　　"玉莲，今天你是主人，给大家说几句祝酒词吧！"

　　"长者为尊，秦书记是老大哥，还是请你先说两句吧！"

　　父亲和秀儿也附和道："请秦书记讲话！"

　　太行、建国、跃进、丹丹、抗美也鼓掌赞成："欢迎秦伯伯指示！"

秦怀璧感慨道："好，我说两句！今天，是粉碎'四人帮'后的第一个国庆节，也是建国的二十八岁生日，更是我们全家人大团圆的大喜日子！我一祝祖国繁荣昌盛，人民幸福；二祝全家老小身体健康，工作愉快；三祝建国和抗美喜结连理，早日成婚；四祝我们的女主人玉莲心情舒畅，永葆青春！干杯！"

秦怀璧的祝酒词赢得全家老小齐声喝彩，举杯齐声祝福："干杯！"

建国对秦伯伯突然提起婚事很意外，抗美却得意地向他频送秋波。

父亲心情激动地慢慢站起身，目光注视母亲深情道："今天是个特殊的日子，我也想说几句。我和玉莲分开已经整整二十年了，今天才第一次见面！……我很激动，心里有很多话想对玉莲和孩子们说，可又不知该说什么好！……玉莲，我对不起你！让你和孩子们受苦了！我向你们赔罪！请你们原谅我……"

父亲突然泪流满面，弯腰向母亲和女儿太行、儿子建国深深地鞠了一个躬。

母亲也流下了热泪，扭开脸捂住嘴，刘月琴将她紧紧地搂在怀里。太行和建国也很激动，搀扶父亲坐下来，把手绢递给父亲擦泪。秀儿和两个小儿女也百感交集，默然无语，含泪注视着父亲和母亲。

还是秦怀璧打圆场笑道："好了好了，谁也不用赔礼道歉了，能结结实实地活下来，就是最值得高兴的事儿！还有一个好消息，老李最近已被任命为大军区副司令员，说明中央对他非常信任，应该向他表示祝贺！"

不甘寂寞的刘月琴提议道："为李副司令平反高升干杯！"

虽然有点不伦不类，但大家还是起身举杯响应，与父亲碰了杯。

大家重新坐下，感觉似乎该母亲讲几句话了。在亲人们殷切的目光注视下，母亲艰难地站起身来含笑道："我们这一辈人就这样了，祝愿孩子们有个光明的前程吧！刚才老秦提到建国和抗美的婚事，我也要表个态，支持他们早办婚事。抗美是个好孩子，受了很多委屈，我很喜欢她……"

抗美眼圈立刻红了，跃进和丹丹偷偷向建国做鬼脸儿。

建国也脸红了："妈妈，姐姐还没结婚呢，我们的事不着急……"脱口而出，建国马上感觉不对劲儿，急看姐姐太行，太行已变了脸色。

太行脸色煞白，恍然起身道："我去煮饺子……"踉跄去了厨房。抗美急忙起身叫了声："姐姐，我跟你一块儿去！"

客厅里的空气顿时沉闷起来，大家一时无语，秦怀璧的脸上掠过一丝隐痛。秀儿察言观色地给女儿使了个眼色，聪明伶俐的丹丹站起身来，目光闪亮，神采飞扬，朗诵般地深情道："亲爱的建国哥哥，你是我们心中崇敬的英雄！请允许我把心爱的团徽献给你，作为生日礼物！"丹丹走到建国面前，摘下胸前的团徽别在哥哥胸前。父亲和秀儿带头鼓掌，母亲和秦怀璧及刘月琴也鼓起掌来。

建国心里很感动，微笑道："谢谢丹丹！"

丹丹忽然踮起脚尖，在哥哥脸上飞快地亲了一下。掌声更热烈了，还夹杂了长辈们欣慰的笑声。只是跃进的表情不太自然，脸色忽然阴沉了。

深秋阳光的照耀下，市中区一条古色古香的小巷里，有一座安静的四合院，小院门口挂了"城南街道办事处"木牌，不时有办事的人进出。

上午十点，建国和抗美分别骑自行车从小巷两端同时到达。两人相视一笑，把自行车停放在一起，准备进去办理结婚登记手续。建国从挎包里拿出单位证明和户口本，忽然发现抗美神色不太自然。建国走到她面前，关心地问道：

"抗美，怎么了？单位证明和户口本带来了么？"

抗美低声道："我想给你说个事儿，不知道该不该说……"

建国感觉问题严重，温和道："说吧，有什么困难，咱们一块儿解决！"

"要不……要不咱们今天别登记了……"

建国冷静地反问道："抗美，出什么事了？不是约好今天来登记的么？"

抗美坦诚道："有一个意外情况，我必须告诉你。我爸爸告诉我，昨天，也就是10月12日，国务院批转了教育部《关于1977年高等学校招生工作的意见》和《关于高等学校招收研究生的意见》，决定全面恢复高考，面向全社会招生。工人，农民，知识青年，社会青年，复转军人，国家干部以及应届高中毕业生，年龄不超过二十五周岁，只要符合条件，都可以报考；实践经验丰富并确有成就和专长的，以及老三届毕业生，报考年龄可以放宽到三十岁，婚否不限……"

抗美的声音飘远去了，这个消息犹如一声春雷，深深地震撼了建国的心，使他沉浸在巨大的喜悦和憧憬中："太好了！中央太英明了！……"

抗美目光幽然："我知道你想上大学，这是最后一次机会……"

"抗美，谢谢你告诉我这个好消息！我一定要报考，而且一定要报考最好的大学！'老三届婚否不限'，我们照样可以结婚啊！"

抗美轻轻摇头："如果你下决心报考，我可以等你毕业以后再结婚。"

建国深深地感动了，情不自禁地拉住抗美的手，离开了办事处。也许正是从这一天开始，建国才死心塌地爱上了抗美。

初冬，一辆银灰色华沙牌小轿车开进了省委机关大门。汽车开到后院的一座米黄色二层办公楼前停下来，母亲走下汽车。一名秘书已经得到门卫通知，快步走下办公楼前台阶，迎接下车的母亲。母亲跟随秘书走进常委办公楼，走上二楼，走进宽敞舒适的省委书记办公室。秦怀璧热情地招呼母亲道：

"玉莲同志，请坐！"

"秦书记，从北京开会回来了？"

一个头发花白、穿旧中山装的老干部站起来，向母亲尴尬地点了点头。母亲看见一张熟悉的面孔，却是那个曾经造反夺权的方副部长。

秦怀璧对方副部长公事公办道："老方，你回去等通知吧！你退休是省委的决定，恐怕很难改变。至于对你的组织结论，也请你相信组织上自有公论。"

方副部长沉重地叹了口气："谢谢秦书记。"鞠躬后转身离去。

"玉莲，快坐下！今天约你谈谈工作上的事儿。"

母亲在沙发上坐下后问道："这个姓方的不是被隔离审查了么？"

秦怀璧感叹道："已经放出来了，准备让他休息算了。这个人有错误，主要还是政治品德方面的问题。他还想再回组织部工作，怎么可能呢？不说他了！"

母亲知道今天的谈话很重要，忙拿出笔记本和钢笔，准备记录。

秦怀璧开始正式谈话："玉莲同志，今年春天，中央召开了全国科学大会，号召全党重视科学，制定规划，表彰先进，研究加快发展科学技术的措施。这次我到北京参加党的十一届三中全会，方向更明确了。全会停止使用'以阶级斗争为纲'的错误口号，做出了从现在开始，把全党工作重点转移到社会主义现代化建设上来的伟大战略决策，确定了解放思想，实事求是，团结奋进的指导方针。省委和科学院决定，恢复在文革中瘫痪的科分院建制，组建领导班子。"

"我坚决拥护中央和省委的决定。"

"省委决定，由你担任南方分院党组副书记，主要负责组织、人事、机关、纪检等方面的工作。党组书记暂时由省科委主任兼任。"

母亲低头沉吟片刻，诚恳道："秦书记，我今年已经五十四岁了，按照退休年龄规定，我明年就该退休了，加上身体也不好，恐怕担不起这副重任了。"

秦怀璧忽然凑近母亲，低声道："玉莲，再陪我几年，到时候我们一起退休，高高兴兴回家养老去！现在正该我们干的时候，你千万别再提退休的事了！"

母亲沉默了。秦怀璧给她沏了杯热茶，自己点燃一支香烟。

"玉莲，我还在考虑，过几年等我们退休以后，我们一块儿结伴儿回老家去看看，住上一段时间；我甚至还想在村里修个小院子养老，每天种菜养鸡，吃新鲜五谷杂粮，逢年过节赶个庙会，当个活神仙！"

母亲看他天真的样子，忍不住笑道："老家农村可苦呢，你受得了么？"

秦怀璧认真道："正因为农村苦，我们才回去改变落后面貌嘛！"

母亲站起身笑问道："老秦，还有事么？你工作忙，我就不多耽误你了。"

"好吧，今天就谈到这儿，你回吧，有空我再约你慢慢谈。"

"还有什么事？您想谈什么？"

秦怀璧反倒语塞了："也没什么要紧事，咱们随便聊聊天……"

母亲温柔道："有事你就打电话，到我家里来谈也行，我给你做小拉面吃。"

秦怀璧深情地凝视母亲："我一定来。我们的时间不多了……"

母亲粲然一笑："我等你的电话。"握了握他的手，转身走出门去。

秦怀璧回身踱到窗前，见母亲走出小楼，登上汽车离去。

一九七七年冬天，建国幸运地考取了北京大学新闻系，成为文革结束后恢复高考录取的第一批本科大学生，走进了梦寐已久的大学校门。中断学业十二年了，老三届高中生已近而立之年。人生苦短，光阴似箭，建国必须加倍勤奋努力，才能夺回流逝的青春时光，跟上飞速发展的新时代。

七十年代末期的北京，寒冬腊月，冷风刺骨，街上的行人紧裹冬装行色匆匆。

拥挤的公共汽车上，穿军大衣的建国挤在人群中摇晃背诵英语单词。各怀心事的乘客表情冷漠，摩肩擦背，挤在一起颠簸摇晃。忽然，一张似曾相识、面黄肌瘦、蓬头垢面的妇女的脸，在建国眼前一闪，引起了他的注意。这个妇女看上去年近三十岁，怀抱一个吃奶的孩子，挤在乘客人群中。她是谁？好像在哪儿见过……建国不觉凝眸注视，远隔着人群遥相观望。公共汽车走走停停，乘客上上下下，似曾相识的妇女很难看真切。透过拥挤摇晃攒动的人头，建国瞪大眼睛仔细辨认，仿佛被勾了魂儿。似曾相识的妇女漠然扭脸面朝窗外，冷傲的侧影令人既熟悉又陌生。建国慢慢向前挪动，忍受乘客的白眼训斥，梦游似的向前挪动……

事不凑巧，汽车到站，那个妇女忽然抱孩子挤下车去，迅速融入街上人流。建国急忙拼命挤开人群挤下车去，与上车的人流逆行，挤出了一身汗。女售票员冷漠地关车门按钮，气门"吃吃"地关闭，又被建国使劲撑开。似曾相识的妇女早已消失在街道的人流中，隐约可见红围巾飘动。公共汽车本已启动，无奈又停下来，司机破口大骂，建国顽强地往下挤，愤怒的乘客往回拽他，建国猛然发力，连同两名往上挤的乘客一起冲下车去。公共汽车怒吼地关闭了车门，夹住了一位乘客的衣襟。两个被撞倒在地上的男女高声叫骂，建国顾不得道歉，朝前方狂奔而去……

跟踪，跟踪，入魔似的跟踪！穿过大街小巷，穷追不舍。不觉来到皇城根儿穷街陋巷，到处堆满了垃圾，肮脏拥挤的大杂院断壁残垣。拐弯抹角，似曾相似的妇女怀抱蒙头盖脸的婴儿匆匆闪进胡同。跟踪尾随的建国出现在胡同口，抬头看了看胡同铭牌，勾魂儿似的紧随。抱孩子的妇女似乎也已发现有人尾随跟踪，诡秘地一笑，闪身进入大杂院。建国紧跑几步追到院门口，看了看门牌号，梦游似的走进院门里去。大杂院里挤满了社会底层住户，全是拉车收荒缝穷等人家。

一个晾尿布的老太婆看见建国，警惕地喊了声："二小、四愣子，有人来了！"

屋里立刻钻出两个满脸横肉的粗野青年，横眉冷眼打量陌生人。

建国东张西望找不见妇女人影，赔个笑脸问道："同志，跟您打听个事儿，请问刚才进来的那位抱孩子的女同志住哪儿？她是叫罗晶晶么？"

两个青年瞪大眼睛，充满敌意："你他妈是谁？"

建国顾不得计较他们的粗话："我是北大的学生，来找一个朋友……"

那个叫四愣子的青年突然冲上来挥拳骂道："你他妈找死！……"话音未落，手腕已被建国紧紧地攥住，轻轻一推，四愣子趔趄地倒退了好几步。

建国笑道："有话好好说，您怎么打人呢？"

三十出头的粗野汉子二小猛然脱掉棉猴儿，亮出一身疙瘩腱子肉，狞笑道："老子今天倒要见识见识,北大的臭老九有多大能耐！哭去吧你！"趁人不备，突然飞起一脚，直踢建国裆部，显然喜下狠手。建国早有防备，侧身躲过突袭，左腿顺势猛一扫，二小腾空摔了个屁股墩儿。四愣子顿时有点发憷，紧捏拳头，不敢妄动，二小却半晌爬不起来。大杂院各门窗里冒出一些偷窥的脑袋。

建国不惊不诧地笑道："兄弟，别欺负人，人也不是好欺负的！老子今天把话撂在这儿，论打架，你们这号的，十个八个捆一块儿也不是我的对手！"

似曾相识的妇女露面了，怀抱小的，还牵了个两岁丫头。

岁月无情，现实残酷。果然是罗晶晶！过去的美丽与风韵早已荡然无存。

建国远远地看了妇女一眼，不敢相信似的咬咬牙，转身大步离去。

罗晶晶从小屋门里慢慢走出来，目光冷若寒霜。

北校场军区大院，花园别墅小院经过精心装修，花繁叶茂，舒适雅致。一辆黑色奔驰牌轿车开到小院门口停住，父亲下车，铁柱紧随。

父亲满脸怒气，气急败坏地命令道："去把秀儿给我叫回来！"

秘书铁柱提醒他道："首长，今天军区幼儿园开欢迎会，阿姨是园长……"

父亲勃然大怒："她比你还小几岁，什么阿姨园长！叫她回来！"

铁柱不敢再多嘴了，赶紧一溜小跑执行命令。

父亲怒气冲冲地走进楼下客厅，摘下军帽猛摔在茶几上，一屁股坐在沙发上。

警卫员、公务员、炊事员、驾驶员等一群人不敢靠近，躲闪窥视。父亲掏出香烟划火柴，划了几根也没划着，气得父亲扔掉火柴，揉碎香烟。

不一会儿，穿戴和气质颇有首长夫人风度的秀儿匆匆赶回家来，进门见父亲黑下一张脸坐在沙发上，小心地问道："怎么了，首长？发生什么事儿了？我那边正在开家长欢迎会，我正准备致欢迎词呢！"

父亲雷鸣般地怒吼道："欢迎个屁！你干的好事！"

秀儿委屈地叫道："我怎么了？我干什么了？凭什么训我？"

父亲跳起身怒不可遏道："你胆大包天！你破坏高考！你违法乱纪！"

秀儿一惊："我怎么违法乱纪了？您别听信谣言……"

父亲怒指秀儿的鼻尖吼道："你说！你是不是跑到高教局和南方大学走后门，打着我和秦书记的旗号，要求人家破格录取跃进上大学？是不是你干的？"

秀儿大惊失色，急忙辩解道："没有走后门儿啊！跃进也就是总分差六分，我只是希望人家看在他有文体特长的基础上，把他作为特招生……"

父亲暴怒地摔碎茶杯吼道："混账！你以为你是谁呀？你有什么权力坐军区副司令员的专车出去狐假虎威地给儿子走后门？你这是给党的脸上抹黑！往人民军队身上泼污水！我告诉你，我已经叫跃进退学了！你也给我滚回小卖部去！"

秀儿被父亲劈头盖脑骂得狗血淋头，委屈焦急地哭起来。

父亲对探头缩脑的"八大员"大声呵斥道："看什么？都出去！"

躲在各个角落的小脑袋一晃都不见了，只有秘书铁柱还硬着头皮站在门口。父亲抓起茶几上的军帽拍了拍，余怒未消地冲出门去，铁柱紧随其后。

秀儿又委屈又害怕，孤立无援地站在客厅里，痛哭失声。

冬夜。母亲坐在书桌台灯下，认真整理工作笔记。楼下响起汽车开来停下的轻微怠速声，以及开关车门的碰响声。母亲停笔听了听动静，心无旁骛。

忽听有人敲门，证实了不速之客即下车之人，无疑是个熟人。母亲起身过去开门，却见门外木桩子似的戳了个人：离婚多年的李莽。母亲深感意外，心猛地紧缩起来，迟疑地问道："你……你来干什么？"

父亲仍穿那身黄呢军便装，披军大衣："可以让我进去么？"

母亲沉了沉，闪身让父亲进门，尾随他走进客厅。父亲脸色阴沉地看看四周，在沙发上坐下，掏出香烟火柴。母亲默默地给他沏了杯热茶，在他对面坐下来，等待父亲开口说话。父亲吞云吐雾片刻，突兀道：

"我跟秀儿吵架了！我要跟她离婚！"

也许"离婚"二字曾经使母亲深受刺激，突然又听到这两个字，不寒而栗。

母亲的心忽然变得冰冷坚硬，强忍内心的不悦问道："为什么？"

父亲在烟缸里拧灭烟头，恼怒道："她就是个没文化也没觉悟的农村妇女，文盲法盲，胆子还贼大！居然打着我和秦书记的旗号给儿子走后门，人家恭维她拍马屁让她当了幼儿园园长，她还以为自己真有能耐！我对她越来越反感了！"

母亲不动声色："你准备怎么办？真的要跟她离婚么？"

父亲痛苦地叹息道："还能有什么办法？这个愚蠢的女人，太让我失望了！"

母亲慢慢起身，沉思踱步到窗前，脸色沉痛冷峻，凝望窗外的雨丝。

父亲心情烦躁地皱眉道:"这件事影响太坏了!"

母亲自语似的反问:"'愚蠢的女人'?当年和我闹离婚,在朱司令员面前,你也用过这个侮辱性的词语吧?你永远把女人当成自己的附属品!"

父亲愕然起身惊问道:"玉莲,你还在记恨我?已经二十多年了……"

母亲突然爆发道:"赵玉秀是你的妻子!患难之妻!糟糠之妻!你不能这样对待她!结婚之前,难道你不知道她是个'没文化也没觉悟的农村妇女'么?你为什么要和她结婚?感情空虚?生理需要?传宗接代?你把女人当成什么了?我看你才愚蠢!你活了大半辈子,也没弄明白什么叫女人!"

母亲气愤地流下了不争气的眼泪,背身坐在桌前,心力交瘁。

父亲猝不及防,被母亲训斥得哑口无言。

窗外细雨淅淅沥沥越来越响,夹杂一阵阵冷风,吹动窗帘起舞。

良久,父亲慢慢踱到母亲面前,诚恳地低声道:"原谅我,玉莲!你说得对,我是个当兵打仗的人,一辈子也没真正弄明白什么叫女人!可我也有自己做人的原则,不管男人还是女人,都不能越过原则的底线!你知道为什么我当初坚决要跟你离婚么?就因为你越过了底线!你做了不该做的蠢事!……"

母亲再次被深深地伤害了,猛转身怒指房门喊道:"你今天来找我干什么?我既然是你眼中的坏女人,你为什么还要找上门来侮辱我?请你出去!"

父亲何时被人这样当面训斥过?一怒之下拂袖而去,摔响房门。母亲紧跟着冲过去使劲反锁了房门,回身直奔卧室里去,紧闭了卧室门。

临近期末考试,恢复高考后的第一批大学生废寝忘食,抓紧时间复习,蔚然成风的晨读的学生人群中,年近而立的建国鹤立鸡群,大声背诵英语。

一个俏丽的身影悄悄出现在未名湖畔,目不转睛地注视建国。

素花小棉袄,旧军裤,红围巾,洗得发白的军挎包,布棉鞋,雪白的瓜子脸,扑闪的大眼睛,眼角细密的鱼尾纹,窈窕的腰肢和身段……

毫无疑问,这是复活的罗晶晶,岁月无情地摧残了她的青春。

仿佛心灵感应,建国隐约感觉芒刺在背,蓦然回过头来。罗晶晶含泪微笑,勾魂儿似的,吸引建国梦游般地走过去。两个昔日的恋人终于又见面了,近在咫尺,青春的往事飞快地闪现在眼前……建国恢复了冷静,看了看她胸前佩戴的北大校徽,含笑不语。

罗晶晶自嘲道："别笑我，跟一个工农兵学员借的，否则我进不了校门。"

建国感觉四周有无数双眼睛在窥视："你还没吃早饭吧？"

罗晶晶挑战似的扬起脸："你不是也没吃么？"

"这儿说话不方便，我们到外面早点铺去吃早饭，我请你！"

罗晶晶优雅地点头转身，带头向校门口走去，建国远远地跟在她身后。

早点铺里挤满了上班上学的人群，或坐或站，行色匆匆，狼吞虎咽。建国和罗晶晶坐在靠墙的一张小饭桌旁，边吃饭边低声交谈。罗晶晶似乎没有半点食欲，目不转睛地注视建国，建国不得不停止了吃喝，抬头笑道：

"你怎么不吃？我可是半夜就饿醒了。"

罗晶晶依然含笑不语地凝视，看不够似的。

建国只好放下碗筷："好吧，听听你的故事吧！"

"干吗要先听我的故事？我还想先听听你的故事呢！"

"我的故事很简单，也可以说没什么故事。当兵三年，复员当了三年警察，正赶上恢复高考，碰巧考上了北大，又碰巧在电车上遇见了你。"

"没有跟抗美结婚？人家可是对你一往情深……"

"准备结婚，不是正赶上高考么？等读完大学再说吧！"

罗晶晶幽幽地一笑："结了婚也能上大学。"

"好了，咱们抓紧时间吧，我还得回去上课呢！"

罗晶晶沉默了，端起豆浆碗喝了一小口，突然陷入了沉思。建国也不催问，默默地掏出一支香烟，等她开口。罗晶晶开始平静地讲述：

"我的故事也很简单。那年秋天，我们在公园分手后不久，我因受父亲问题牵连，被勒令退伍进了学习班，后来又被秘密地发配到新疆一个农场劳动锻炼，七五年想办法回到北京……"

"难怪我找遍了青海劳改农场找不到你，情报完全错了！"

罗晶晶继续讲述："想什么办法才能回北京？只有结婚！像我这样浑身黑透的人，只剩下唯一的资本——年轻和姿色！就靠了它，我逃离了噩梦般的境遇，下嫁到一个穷街陋巷的大杂院里，给一个小学没毕业的地痞当老婆，隐姓埋名，无职无业，生了两个孩子，白天挨打受累，夜里忍受男人无休止的蹂躏……"

建国不忍卒听，抬手制止："你打算怎么办？就这么忍下去？"

罗晶晶似笑非笑："不忍又怎么样？我这样的坏人，连离婚的资格都没有，不忍又能怎么样！为了回北京，结婚是我自愿的，我没有理由离婚……"

建国无话可说了，闷头猛吸香烟，让烟雾包裹了自己。

正在这时，门口忽然有人指了指他们喊道："二哥，她在这儿呢！"霎时间，早点铺门外"呼啦"闯进一群粗野汉子，簇拥那个叫二小的地痞。罗晶晶本能地站起身来，浑身瑟瑟颤抖，不由自主地往建国身后躲。那一群粗野汉子冲到建国面前，二小一把揪住罗晶晶的头发就往外拖去。建国知道遇上了麻烦，本想搭救，却被那群粗野汉子拦住。挨过建国揍的四愣子凶狠地示威道：

"小白脸儿！勾引别人的老婆犯法呀！臭老九！"

建国停住了脚步，怒视这群流氓似的粗汉，无可奈何。围观的人们也不敢管闲事，眼睁睁地看着罗晶晶被人拖拽打骂，一群粗野汉子扬长而去。

跃进果然被退学了，狼狈地回到了父亲的花园别墅小院。客厅的地板上放了一堆铺盖卷、洗脸盆、大提包等行李，如同难民。跃进垂头丧气地坐在沙发上，眼含委屈的泪水，默不作声。父亲坐在儿子对面，一口接一口抽烟。秀儿和丹丹母女俩坐在远处饭桌旁，妈妈默默流泪，女儿低声劝慰。茶几上，放了一张南方大学的"退学通知书"，血红的大印刺激人的神经。

父亲拧灭烟头叹了口气，拿起那张"通知书"看了看说："别哭了，儿子！错了就是错了，男子汉敢做敢当，错了就改，就是一摊狗屎，也要把它咽下去！当年我被开除党籍，撤职降级，发配到军马场去劳动，不也挺过来了吗？还有了你妈妈和你们两个宝贝！塞翁失马，焉知非福？这是你的人生财富！"

跃进慢慢抬起头来，怨恨的目光变得柔和起来。

父亲把"通知书"递给儿子，继续鼓励道："你才二十岁，人生的道路才刚开始起步，前程远大，别垂头丧气像个娘儿们！不上大学，就没有其他出路了？现在正准备打仗，我希望你当兵去，做一个真正的战士！"

跃进的眼睛忽然发亮了，浑身热血沸腾起来。

秀儿惊慌地跑过来，抓住儿子的手，仿佛眨眼之间儿子就会消失似的嚷道："你当兵还不够，还要搭上儿子！独子不当兵！我不同意！"

父亲训斥道："别瞎嚷嚷，我们谈正事儿呢！年轻人当兵有好处，部队是个大熔炉，能把好铁锻炼成为好钢！你听听儿子自己的意见！"

秀儿又惊慌地攥住儿子的手哀求道: "儿子,听妈妈的话,咱不去当兵,啊?妈妈给你请辅导老师,复读一年,明年准能考上大学,考上清华北大!"

儿子却推开了母亲: "您别管了,我对考大学没兴趣!"

秀儿惊愕地瞪大眼睛: "你不是做梦都想上大学么?怎么又没兴趣了?"

儿子大声宣布: "我决定当兵去!上前线去!"

父亲高兴地笑起来: "好儿子!爸爸二十多年没仗打了,让你给赶上了!"

跃进满肚子的委屈和愁云一扫而光,跟父亲商量起参军的细节。做母亲的顿时傻了眼,伤心地捂住脸哭起来,全然不顾体面。女儿丹丹急忙劝慰妈妈,母女俩躲进了厨房,关了门,隔断了秀儿的哭声。父亲兴奋地把儿子带到楼上书房里的巨幅军用地图前,讲解战争态势,父子俩很快就找到了共同语言……

跃进很快就穿上了军装,跟随部队秘密开赴前线。

一台卡式录音机在播放北外胡教授的"跟我学"英语教学录音,人走室空的学生宿舍里,建国正趴在小桌上专心跟录音机学英语。学生们都放寒假回家过年去了,空床铺留下铺盖卷,暖气管上烤着馒头片。搪瓷茶缸里泡了深色的浓茶,建国续水,发现热水瓶早已空了,只好暂时关掉了录音机,出门下楼去打开水。

小桌上摊开满桌书本,床上也堆满了各种参考书,彰显主人的勤奋。不一会儿,建国打水归来,在宿舍过道里快步疾走,一路引吭高歌。

推开虚掩的宿舍门,忽见屋里有个姑娘的身影,急忙退出去看门牌。穿深红呢短外套、戴白围巾的姑娘转回头来,却是含情脉脉的抗美。

建国深感意外: "抗美?……你怎么来了?"

抗美笑道: "你不回家过年,妈妈只好派我出差来了!"

"我跟妈妈说了,寒假时间太短,路上再耽误几天,太不划算,我留校复习功课,锻炼身体,一举多得……"

"你倒是一举多得,把妈妈和姐姐冷落在家里。"

"辛苦了!来,喝口水!"

抗美拉开提包拉链,边往外拿东西边问道: "学校放假,食堂不开伙了吧?你每天吃什么?就吃这些烤馒头片?"指了指暖气管上的干馒头片。

"自由自在,想吃就吃,想睡就睡……抗美你干吗呢?"

建国眼睛瞪大了——抗美变戏法似的变出一桌子好吃食物，包括香热扑鼻的鸡汤和饺子！建国确实饿坏了，抓起饺子就往嘴里塞。

抗美急忙给他筷子："该打！真不讲卫生！坐下慢慢吃！"

建国老实不客气地坐下，又吃饺子又喝鸡汤，抽空还赞不绝口。

抗美居然又拿出一瓶五粮液和一瓶红葡萄酒，自带酒杯。

建国惊讶道："你是准备在我这儿过么？你住哪儿？"

"你放心，我不会住在你这儿，但也离你这儿不远。我四姨家在中央党校，我就住在四姨家里，每天过来给你洗衣做饭，陪你在北京过年！"

建国心里感动，嘴里却轻描淡写道："你到底有多少个姨呀？河南好像有个三姨，北京又钻出个四姨，我走到哪儿都有你的姨，不会是虚构的吧？"

抗美笑道："那只能怪你孤陋寡闻，你没听说过故县纪家大院五朵花么？我妈妈是老二，大姨为革命牺牲了，三姨在河南，四姨在北京，小姨在驻外使馆当外交官，怎么会是虚构呢？四姨还让我代她邀请你去她家过年呢！"

建国填饱了肚子，拿起两瓶酒欣赏半天，脸色忽然黯淡了："抗美，我见到罗晶晶了。她的日子不好过，很悲惨，我心里很不好受……"

抗美也收敛了笑容："她在哪儿？回北京了？结婚了吗？"

"回北京了，也结婚了，生了两个孩子，过着地狱般的生活……"

抗美目光幽然："你还爱她么？你心里怎么想的？"

"我承认，我心里一直有她的位置，但已经谈不上爱了。我曾经爱过她，但她从来没有真正爱过我。我很悲哀。也许我不会再爱上什么人了……"

抗美目光冷峻起来，强忍内心的刺痛低声道："感情是自私的，我当然不能强迫你爱我，但我会永远爱你，哪怕一辈子守活寡……"

建国忽然拥抱了抗美："抗美，我不会让你失望的！原谅我！"

抗美也紧紧地拥抱了建国，流下了激动的泪水。

除夕之夜，秦怀璧和母亲也在一起守岁。花生米、豆腐干、卤牛肉、拌三丝，几样精致的小菜，一瓶红葡萄酒，一盘热腾腾、香喷喷的水饺，两只醋碟，两副碗筷，两个小酒杯。窗外传来爆竹声，母亲和秦怀璧围坐在小饭桌旁。

秦怀璧举杯提议："玉莲，祝你和孩子们春节愉快，干杯！"

母亲也举杯："大哥，祝你健康长寿，干杯！"

两个生死相依的老战友碰了杯，将杯中的红葡萄酒喝下去。

秦怀璧似有难言之隐，苍白的脸上泛起红晕，憧憬道："玉莲啊，等建国和抗美结了婚，我们就该抱上孙子了，多好啊！……我心里高兴啊！"

母亲见他眼含泪光，心情也很感慨，但她隐忍不露。

秦怀璧目不转睛地凝视母亲，大胆热烈，如醉如痴。母亲回避了他的目光，往他碗里夹了些凉菜："老秦，尝尝我做的凉菜……"

秦怀璧忽然轻轻捉住母亲的手，声音颤抖："玉莲！……我心里憋了一句话，一直不敢对你说……四十年了！还记得我在浊漳河边跟你说的话么？"

母亲心尖颤动，但温柔而坚定地轻轻抽回了自己的手，淡然一笑："四十年前的事，我都记不得了……老秦，你永远是我的大哥……"

秦怀璧霎时眼神黯淡了，低声叹道："是啊，我们是儿女亲家了……"

母亲默默地给他的酒杯斟满酒，红葡萄酒晶莹剔透，颤然闪动紫红色亮光。

突然，窗外响起震耳欲聋的爆竹声，惊心动魄，恍如激烈的枪声。

一九七九年二月十七日，中国西南边境自卫反击战打响了！

火光和爆炸声中，一群全副武装的参谋警卫簇拥护卫着手提五六式冲锋枪的军区副司令员兼前线总指挥李莽将军，在热带丛林中跑步前进，虎跃龙腾。父亲老当益壮，体态矫健，快步如飞，冲锋枪如手中的大玩具。

风高月黑。他们来到一片芭蕉林空地，停住脚步。猛听一声嗯哨，热带丛林中忽然冲出数百名荷枪实弹的战士，如神兵天降。几秒钟之内，数百名戴钢盔、涂黑脸、挎冲锋枪的战士已整队集合完毕。

穿插部队营长向父亲立正报告："报告总指挥，穿插部队集合完毕，请指示！"

父亲气势不减当年："稍息！"

营长传达父亲命令后跑步入列，黑压压的部队如出山前的猛虎。

父亲作简短的战前动员："同志们！你们是插入敌人心脏的第一把钢刀，是第一批与敌人零距离搏斗的勇士，一定要勇猛、迅速、干净、彻底地消灭敌人，打出我们的国威军威，为党和人民争光！狭路相逢勇者胜！有信心么？"

数百名勇士发出低沉有力的吼声："坚决完成任务！"

父亲满意地点了点头，跨步上前依次与第一排战士们握别。一名瘦弱挺拔的战士出现在父亲面前，满脸油彩，大眼睛在黑暗中闪亮。仿佛有心灵感应，父亲握住这名战士的手，一股热流顿时传遍了全身，目光闪闪："新战士？"

战士回答："报告首长，战士李跃进！"

父亲血涌头顶，克制内心的激动，低声道："好样儿的！勇敢地战斗吧！"

跃进挺胸立正大声道："是！"父亲再次紧紧握住儿子的手。

父亲抬腕看了看夜光表，大声命令道："出发！"

黑压压的部队犹如黑夜中的蛟龙，向黑沉沉的热带丛林中猛扑而去。父亲将右手举到帽檐上，向部队庄严地敬了个军礼。

初春的阳光温暖明媚，照耀在金山岭长城遗址上，苍凉壮观。

两个小小人影欢笑追逐，登上长长的石台阶，撒下一串欢声笑语。群山静如史前的荒野，两个青梅竹马的恋人伏在城垣上观山望景。

抗美忽然回头笑道："知道么？你弟弟跃进参军了，而且上了前线！"

建国略感意外："他不是上大学了么？怎么又参军了？"

"你这个当哥哥的，孤陋寡闻，人家早退学了。"

"我都快成两耳不闻窗外事的书呆子了。怎么回事儿？"

"你爸爸希望儿子当兵呗，就动员跃进退学参了军，直接上了前线。听说你爸爸是前线总指挥，威风不减当年，亲自提着冲锋枪到处跑呢！"

"我也给老部队首长写了信要求归队，可是没回音……"

抗美挽住他的手柔声道："建国，你快开学了，我也该回去了。记住我的话，安心上学，我等你毕业回来结婚，我们永远在一起……"

建国感动地苦笑道："你怎么就死心眼儿喜欢上我了呢？"

"我就死心眼儿喜欢你，你甩都甩不掉！"

建国情不自禁地用双手捧起她冻得红扑扑的脸，温柔地吻住她的红唇。抗美闭上眼睛，尽情地享受爱情，流下了幸福的眼泪。这一天来得太晚了！

对越自卫反击战闪电般地结束了，跃进在战斗中身负重伤。

西南边境，野战医院隐蔽在亚热带丛林中，院子里晾满了洗净的纱布和绷带。一辆军用吉普车开进医院大门，停在简陋的病区平房前，父亲走下汽车，在院长和医生陪同下，来到走廊尽头的病房。手术后的跃进躺在病床上输液，脸色苍白。父亲一眼看见儿子，疾步上前握住了儿子的手。儿子失血的脸上露出笑容，沉静的目光闪了闪，轻轻叫了一声："爸爸！"

父亲脸色严肃，目光焦虑，忽然伸手揭开了儿子身上的被单，儿子的右腿完好无损，左腿不翼而飞！父亲目瞪口呆，心痛欲绝，热泪夺眶而出，嘴唇剧烈地颤抖，半晌说不出话来。秘书铁柱和警卫参谋及院长医生都难过地低下了头，不忍目睹。

儿子轻松地笑了笑："爸爸，您别难过，我不是还有一条腿么？"

父亲擦去泪水，露出欣慰的笑容："儿子，爸爸为你骄傲！"

儿子在父亲耳畔轻声道："爸，别告诉妈妈和妹妹，也别告诉建国哥哥……"

"他们总会知道的，保密也是暂时的……"

"医生准备给我安假肢，就像正常人一样，看不出来的！"

父亲深沉地叹息道："没关系，爸爸一辈子陪伴你！"

不久，父亲亲自护送儿子转回军区总医院。

绚烂的晴空下，一架军用直升机正徐徐降落，狂风劲吹，吼声如雷。秀儿和女儿丹丹守候在停机坪的草坪上，眼巴巴地仰望飞机。直升机停止了轰鸣，螺旋桨也停止了旋转，四周霎时间安静下来。舱门打开，秘书铁柱和警卫员首先跳下飞机，回身伸手迎接下飞机的人。当身穿军装、胸前挂功勋章的跃进出现在机舱门口时，丹丹激动地喊起来："哥哥！"拉着妈妈向飞机跑去。

父亲出现在儿子身后，与铁柱一起搀扶跃进，困难地走下飞机。

秀儿和丹丹忽然停住了脚步，惊愕地瞪大了眼睛。依然瘦高挺拔的跃进甩掉旁人的搀扶，手拄一根拐杖，笑迎母女俩走来。虽然跃进极力保持身体的平衡，但仍然能看出来，他的左腿行走不太方便。母女俩迟疑地迎上前去，四只手同时抓住了跃进，脸上写满了问号。

跃进平静地叫了一声："妈妈、丹丹，我回来了……"

秀儿不敢相信似地仔细看了看儿子的脸，忽然弯下腰掀起儿子的左脚裤腿儿——有血有肉有骨头的左腿不见了，代替它的是一只冰冷僵硬的假肢！秀儿的心碎了，猛然起身后退几步，眼前一阵发黑，晕倒在女儿怀抱里。站在儿子身后的父亲急忙上前搀扶妻子，低声呼唤道："秀儿！"儿子女儿也齐声呼唤妈妈，秀儿终于在亲人的呼唤声中醒来。丹丹抱住哥哥，哭成了泪人。跃进扶住妹妹，目光冷峻而坚定。秀儿在父亲搀扶下走到儿子面前，抱住儿子号啕痛哭。奔驰牌轿车无声地开过来，父亲搀扶妻子和儿女上了车，暗自叹了口气。在机组和医护人员的关切注目下，一家人乘坐汽车离开了机场停机坪。

　　北京。暮色苍茫，雪花轻飘。天色黯淡下来，光秃秃的树枝在寒风中战栗。
　　空旷的阶梯教室里灯光明亮，只剩下一个勤奋刻苦的学生李建国。课桌上堆满了参考书和笔记，书本上放了半茶缸凉开水和半个冷火烧。建国身披军大衣，搓手跺脚取暖，伏案奋笔疾书毕业论文。教室里很安静，建国啃一口火烧喝一口凉水，笔尖不停地在纸上划动，激情荡漾。不知何时，一个女人的身影悄然飘入教室，慢慢向建国接近。建国浑然不觉，创作激情飞扬，口中念念有词……
　　穿戴时髦、年轻美丽的女人悄悄走近建国，粲然一笑。雪白的瓜子脸，精心化妆的红唇和秀发……或许是心灵感应，或许是警惕和直觉，建国不动声色地停了笔。一只女人手轻轻搭上他的肩，被建国闪电般捉住。蓦然回首，两个曾经刻骨铭心的人目光相遇，凝然不动。罗晶晶顺势靠在建国身上，建国轻轻一推，女人已倒退到两三步以外。
　　建国冷静地笑道："几年不见，看样子，你的生活又发生了改变？"
　　"你说得对。我明天就去美国留学。"罗晶晶娇声细语。
　　建国开始收拾桌上的书本文具："好啊，祝贺你开始新的生活。"
　　罗晶晶盯住他的眼睛："你准备怎么祝贺我呢？"
　　"如果不嫌弃，我请你吃校门口小饭馆的涮羊肉怎么样？"
　　罗晶晶优雅地一转身笑道："还是我请你吧！我现在已经有钱了。"
　　"看得出来，至少比我这个穷学生有钱。我们去哪儿？"
　　罗晶晶似乎早有准备："友谊宾馆。吃西餐。"
　　建国笑了："很久没吃过西餐了，哥们儿今天有口福了。打个的去？"
　　罗晶晶得意地笑道："我有宾馆的专车。"
　　建国心里已经反感这个女人了，不动声色地点了点头："请！"
　　两人一前一后走出教室，建国回身关了灯。
　　友谊宾馆西餐厅是一座独立的二层小楼，门窗透出柔美灯光。
　　一辆黑色凯迪拉克豪华轿车无声地开到大门外，服务员恭敬地拉开了车门。
　　罗晶晶和建国走下汽车，贵妇人挽起穷学生的手，显得不伦不类。
　　大堂经理笑脸相迎，恭敬地躬身问道："小姐，有预定吗？"

罗晶晶挽着建国的手往里走，高跟鞋在地板上脆响："彼得堡厅！"

大堂经理引领两位贵宾登上二楼，穿过铺红地毯的过道，走进了豪华包间。

纯银的台烛，俄罗斯风情油画，胡桃木餐桌和餐椅，雪白的餐桌布，亮光闪闪的餐具，寒冬罕见的鲜花……彼得堡厅装饰豪华，充满贵族气息。

服务员为贵妇脱去外套，挂在衣帽钩上，又为建国脱军大衣。建国谢绝道："谢谢，我自己来！"脱掉旧军大衣，搭在身后的椅背上。

穿黑西装、扎蝴蝶结的洋领班递上画册般精美的菜谱躬身笑道："先生请！"

建国翻了翻菜谱往桌上一扔："今天你做东，你点什么，我吃什么！"

罗晶晶宽容地一笑，用英语指点菜谱，熟练地点了菜。

洋领班笑吟吟地用英语问道："请问，两位的牛排要几分熟的？"

建国能听懂英语，举起右手比了个"八"字。罗晶晶却比画了一个"四"。洋领班满意地点了点头，快步离开。建国凑近罗晶晶低声道：

"你准备生吃牛肉么？这也是美国人的习惯？"

罗晶晶笑道："熟吃是中国人的习惯。外国人的上限是全生。"

建国故意说了句粗话："难怪他们身上毛也多。说明他们进化太晚了。"

罗晶晶笑而不答，又开始静静地看他，目光闪动。建国肚子可能真的饿了，随手拿起赠送的面包片，抹上黄油果酱吃起来。

不知何处隐约飘来小夜曲的美妙音乐，烛光闪跳，颇有些异国情调。罗晶晶见他漫不经心地管自吃喝，眼里闪过一丝失望，但依然微笑隐忍。

建国吃了几片面包，喝了几口橙汁，情绪稳定下来。

罗晶晶幽怨地瞟了他一眼："你怎么不问我的事儿？一点儿好奇心都没有！"

"还用问么？离了婚，勾搭上一个有钱的美国老头儿？"

罗晶晶惊奇地扬起弯眉笑道："你真聪明！……你还知道什么？"

建国瞎蒙："老头比你大三十多岁，美籍华人，家族企业资产上亿美元。"

罗晶晶吃惊地瞪大眼睛："你调查过我？你怎么知道这些事？"

建国冷笑道："还用调查么？金钱和权势，永远吸引水性杨花的女人！"

罗晶晶脸上掠过一丝隐痛："在你眼里，我是这样的女人？"

"当然，为生活所迫，可另当别论……"

罗晶晶反唇相讥："男人就不受金钱和权势的诱惑和吸引么？"

洋领班率领几名服务员上菜了：乌克兰红菜汤，海鲜沙拉，黑鱼子酱，茄汁牛排，奶油烤鱼，罐焖牛肉，红焖大虾，意大利肉酱面，法国红葡萄酒……

洋领班率服务员退去，建国面对美酒佳肴调侃道："灯红酒绿，花天酒地，我也过上醉生梦死的资产阶级生活了！有钱真好！而且还是花别人的钱……"

罗晶晶不接他的话茬儿，举起酒杯："为我们的爱情，干杯！"

建国惊奇而刻薄道："我们之间居然还有爱情？我真为爱情感到脸红！如果爱情能买来红葡萄酒和黑鱼子酱，凯迪拉克和美国绿卡，就太不值钱了！吃饭就吃饭，不管吃西餐还是涮羊肉，都不要随便糟蹋这个字眼儿！"

罗晶晶忍无可忍："我对你是真心诚意的，你不要欺人太甚！"

建国勃然大怒，猛地推开餐桌，把满桌美酒佳肴推了个东倒西歪，红葡萄酒和乌克兰菜汤溅了罗晶晶一身，华贵羊绒毛衣和花格呢裙上弄了大片污渍。

罗晶晶愣住了，顿时眼含泪水，脸色惨白，委屈无言。

情绪激动的建国也愣住了，深悔自己太没涵养，一时也不知所措。

洋领班闻听动静急忙闯进包间，指挥服务员收拾了残局，默默地退出去。

吃饭的情绪完全被破坏了，罗晶晶泪如雨下，忽然起身离座，冲出豪华包间。

建国急忙抓起军大衣和罗晶晶的呢外套，追出门去。

路灯惨淡，雪花飘飞。衣裙单薄的罗晶晶在园林小道上快步疾走，泪流满面。

建国追上来拽住罗晶晶，将呢外套披在她肩上，再紧裹军大衣。罗晶晶浑身发冷，小鸟依人如梨花带雨，建国不禁将她紧紧地抱在怀里，两个人在寒夜中相依相偎，心生温暖，却又感受到冷冰冰的距离。建国冷静地问了声：

"外面冷，我送你回房间吧，你住哪儿？"

罗晶晶用嘴指了指远处灯火辉煌的迎宾楼，建国搀扶她向迎宾楼走去。

苏式建筑巍峨雄伟，安静幽深的过道上铺满了厚厚的地毯。建国搀扶罗晶晶走出电梯，走向三楼过道深处，立刻感受到暖气的温度。

推开房门，进入罗晶晶住的豪华套间，罗晶晶卸掉军大衣和呢外套，对建国嫣然一笑："你坐吧，我去换身衣服。"没等建国回音，罗晶晶闪身进入卧室，又进入卫生间。建国心神不宁地坐在客厅沙发上，想离开又觉得不妥，只好闷头抽烟。屋里很安静，很温暖，甚至有些燥热，建国解开外衣领口。

卫生间里隐约传来洗澡的水声，让人凭空产生暧昧的联想。

建国实在坐不住了，在客厅里困兽似的转圈儿。

一声门响，罗晶晶终于从卫生间出浴了，香喷喷地带出一身热气。

建国拧灭烟头告辞道："我回去了，你早点儿休息！"

罗晶晶忽然从背后抱住了建国，抱得很紧，把脸贴在建国的背上。建国胸前抱着军大衣，一动也不敢动，两人就这样待了一会儿。

罗晶晶紧贴建国低声恳求道："不要走，不要离开我，我什么都没有了，你就是我的救命稻草！我弟弟出车祸死了，我父母还关在监狱里，永无出头之日，我跟那个地痞流氓离了婚，两个孩子都归他家，我净身出户……美籍华人老头儿很有钱，也很疼爱我，我将来可以继承他的亿万资产，可我出卖的是美貌和尊严！不要看不起我，我只有你了，我只爱过你一个人……"

建国慢慢转回身，抬起她雪白的瓜子脸，直视她眼睛，忽然感到一阵心酸，终于轻轻推开了她，转身向门外走去，再也没回头。

罗晶晶的眼泪流下来，眼巴巴地目送他的背影消失在门外。房门一声碰响，断送了刻骨铭心的恋情，埋葬了青春的梦想……

天寒地冻，风雪交加。北京西郊黑灯瞎火，偏僻荒凉。

建国紧裹军大衣行走在冷清的公路上，心潮难平。偶尔驶过一辆呼啸而去的汽车，雪亮的车灯一瞬间照亮了建国惨白的脸。在这个寒冷的孤独的夜晚，建国一个人走在陌路上，不知不觉潸然泪下。罗晶晶彻底完了！她将离开自己的祖国，漂洋过海去到一个陌生的国度，和一个比她父亲年龄还大的陌生老头结婚，走完自己的后半生……在这个风雪交加的夜晚，建国对罗晶晶彻底地绝望了，同时对自己产生了深刻的憎恨。他感觉自己终究是个俗人，灵魂丑陋，行尸走肉，苟且偷生……他在心里恶狠狠地咒骂自己，为自己的媚俗和无能深感悲哀，又找不到灵魂的出口，痛苦挣扎……

一九八二年，建国从北大新闻系毕业，如约与抗美结为终身伴侣。

四十七、最后的毁灭

春暖花开季节，绿荫掩映的省委后院枝繁叶茂，百花争艳。

一辆上海牌小轿车到到米黄色小楼前停住，母亲款款走下汽车。迎候在门前的秘书与母亲握了握手，引领母亲走进常委办公楼。

两个生死相依、心心相映的老战友又相见了。岁月无情，母亲新添了银丝和皱纹，秦怀璧白发苍苍，更显老态。秦怀璧亲热地拉住母亲的手，坐到沙发上，亲自沏茶拿水果："玉莲，今天公私兼顾，我们好好谈谈！"

　　秘书知趣地退出去，秦怀璧情绪有些激动，拿起一支中华牌香烟划火点燃。

　　母亲注意到他反常的情绪，关切道："秦书记，你身体还好吧？"

　　秦怀璧抽了两口烟，咳嗽两声，又神经质地拧灭烟头，正襟危坐："咱们说正事吧！我今天代表省委和你谈话。玉莲同志，你今年该满六十岁了吧？"

　　母亲矜持地笑道："我一九二四年生人，今年满六十岁。"

　　秦怀璧开始绕山绕水："根据中央关于'干部四化'的战略部署，也考虑到你的年龄和身体情况，省委研究了分院领导班子换届问题，最近准备做些调整，选拔一批年富力强的同志充实领导班子，想征求一下你的意见。"

　　母亲淡然一笑："秦书记，我早就写了离休报告，希望今年离开工作岗位，办理离休手续，安心休息。我没有任何意见。"

　　秦怀璧也笑了："工作了一辈子，离休也是个大事呢！第一书记很关心你，让我一定要征求你的意见，把离休后的生活安排好，让你安度晚年。"

　　母亲感叹："人一辈子可真快，一眨眼工夫就过去了……"

　　秦怀璧情绪又兴奋起来："这是自然规律，任何人都无法改变。我也向省委和中央写了离休报告，不退二线三线，一退到底，不再担任任何职务……玉莲！"忽然凑近母亲，"还记得几年前，我在这里说的话么？等将来退休了，咱俩结伴回老家去，修个农家小院，养花种菜，颐养天年……"

　　母亲温柔地笑了："我答应你，等你离休后陪你回老家看看。"

　　秦怀璧高兴地站起身来："我们现在就回去！省委安排我最近去海南疗养，我提出回老家去看看，省委已经同意了。你也安排一下，说走就走！"

　　母亲受他情绪的感染，也站起身迟疑道："太仓促了吧……"

　　秦怀璧热烈地煽动怂恿道："等什么呢？我等了几十年，天天盼望回老家！把孩子们都带上，回去看看太行山，看看浊漳河，看看我们战斗过的地方！"

　　母亲笑了笑提醒道："孩子们都有工作，哪儿能说走就走！太行刚当上主治医生，抗美正怀孕，别折腾人家高龄产妇……"

　　"那就让建国请假陪我们去，正好给我们照相！"

　　母亲见他兴奋得像个孩子，不忍心打击他的积极性，默然地点头笑了。

万万没想到，这竟然是他们的最后一个春天……

太行山的春天到来了！杨柳嫩绿，麦苗葱青，浊漳河畔野花烂漫。

依山傍水的公路上卷起了漫天烟尘，一辆丰田越野车和一辆北京吉普车一前一后疾驶而来。秦怀璧和母亲坐在越野车后座上，兴奋地观望窗外景色。建国挎照相机坐在副驾驶座上，陪同两位长辈回到阔别多年的故乡。

这次回家之前，母亲赵玉莲已经正式办理了离休手续，领取了国务院制发的《中华人民共和国老干部离休荣誉证》，完成了光荣的历史使命，成为一名受人尊敬的离休老干部。这一年，母亲刚好六十岁。母亲自十五岁参加革命工作开始享受供给制，"干不干，一斤半"，只领取极少量不固定的津贴，基本上没什么积蓄；南下进入大城市后，一九五四年实行工资制，工资级别定为行政十三级，便开始"原地踏步"，直到一九八四年离休前才调整为行政十一级，享受正厅级离休待遇，算是"功德圆满"。相比冤死的表哥黎玉和英年早逝的老大姐纪爱芳，母亲也真算得上是"有福之人"，更不用说与她同龄、级别行政十五级、以副处级待遇离休的老同学刘月琴了。当然，这些功名利禄皆身外之物。重要的是母亲一生无怨无悔，尽管她的爱情生活曾经遭受过惨痛的挫折。无论作为职业革命者还是作为一个女人，母亲都可以坦然自慰"问心无愧"。

汽车在石拐村附近的浊漳河边停下来，他们一起下了车。浊漳河水清澈见底，潺潺流淌，鱼群在流水中欢快地嬉戏。陪同的县委书记等当地干部忙跳下吉普车跟上来，歉疚地赔笑道："秦书记、赵书记，怪我们工作没做好，村里还没有通公路，汽车开不进去了……"

秦怀璧笑道："也不能怪你们。经济建设搞不上去，现代化就是一句空话！我听省委王书记说，扶贫政策要向革命老区倾斜，这就好！"

母亲眺望浊漳河上那座独木小桥感叹道："还是那座桥啊！"

建国不停地抓拍照片，随行的县委宣传部新闻干事也拍个不停。

县委书记请示道："秦书记、赵书记，你们今晚还是回县委招待所休息吧？村里条件不好，吃住不方便，影响了首长健康，我们没法向省委交代。"

"你这话说得不对。战争年代，我们天天吃住在老百姓家里，群众是我们的衣食父母，什么时候讲过条件？现在条件够好的了，我们不能忘本啊！我们就住村里，你们也不用陪我们了，请回吧！"秦怀璧批评道。

"您批评得对，可我得全程陪同你们……"

"你这个县委书记是怎么当的？你是为全县人民服务，还是为我们两个回家探亲的人服务？回去工作吧，我们自己能照顾自己！"

建国出面圆场："杨书记，你们回去吧，两位老同志交给我负责！"

县委书记只好带人准备撤退，临走又叮嘱道："李记者，有事给我打电话！"

忽见栓柱表叔带了两个后生迎下山来："姐！建国！回来了！"

建国指点远处告诉秦怀璧："我栓柱表叔来了，他是大队党支部书记。"

栓柱等人跑过独木桥，热情地招呼道："这是秦书记吧？县委办公室打电话，告说你们已经快到了，俺们赶紧下山，路可不好走呢！杨书记也来了？"

县委书记交代道："栓柱，两位首长交给你了，你当心点！"

"算数！家里有吃有喝有热炕，书记放心，我负责！"

秦怀璧与栓柱热情握手："栓柱这个话说得好！我们就靠你了！"

栓柱大概没见过这么大的干部，恭敬道："秦书记没回蟠龙镇去看看？"

秦怀璧感慨道："几十年了，当然要回家看看，可我得先陪你姐姐回墁坡村住几天。你大爷是我的恩师，救过我的命，我得先回去给他老人家上坟呢！"

县委书记与秦怀璧和母亲握别后，两辆汽车掉头回县城去了。

栓柱搀扶秦怀璧，建国陪伴母亲，后生们扛上行李，走上了独木桥。

秦怀璧手指脚下奔流的河水，回忆道："四十六年前，你姐姐十四岁参加了革命，我们两人过河去县城，让河水漂了五里地，被石拐村秀儿她爹和哥哥救了两条命，拜了干爹干娘。两位老人全家都被日本鬼子杀害了！"

母亲叹息："没有干爹干娘，就没有我们的今天……"

栓柱和建国互相看一眼，没敢提秀儿的名字。

太阳偏西的时候，母亲和秦怀璧一行回到了老家赵墁坡。母亲和建国亲热地与乡亲们打招呼，一路走走停停，气氛热烈。乡亲们不认识秦怀璧，指指点点："那个白头老汉是谁呀？玉莲家女婿？"有老辈人笑道："玉莲家女婿俺见过，人家是骑大马的老将军……"

秦怀璧听见议论声，大声表白道："乡亲们，我是秦怀璧！蟠龙镇人！"

人们轰然议论："秦怀璧呀！人家可是省委书记！秦家大院的大少爷！"

一行人终于回到母亲家的窑楼小院，表婶和儿孙们已在门前迎候。闻讯赶回娘家的珍珍拖儿带女，见到母亲和建国格外亲热。

建国摸了摸珍珍身边的小女孩笑问道："这是个最小的？叫个甚呢？"

珍珍克制内心的激动，红脸笑道："农村土孩儿，叫个猫猫狗狗都行哇！"

一家人亲亲热热进了小院，栓柱表叔吆喝道："给咱烧火拉拉面呢！"

少小离家老大回。秦怀璧吃上了最后一顿地道的家乡饭。

落日黄昏，残阳如血。群山环抱赵家祖坟寂静无声，巨伞似的古松巍然耸立。

母亲和秦怀璧在建国和栓柱陪伴下来到坟地，祭奠长眠的爹娘。白发苍苍的怀璧双膝下跪，五体投地，恭敬地给恩师和师娘磕了三个头。母亲站在秦怀璧身后，深深叹了口气，和建国一起搀扶起秦怀璧。纸钱燃烧，烟灰在晚风中飘散。栓柱用瓦罐泼了汤水，建国用海碗洒了酒。母亲跪在爹娘的坟前磕了头，给儿子小猛上了香，双手合十许了愿。建国也给姥爷姥姥哥哥磕了头，拍了不少照片。

秦怀璧忽然颤巍巍地感叹道："玉莲啊，恩师舍命救了我的妻儿，可我没有保护好他们，一个也没留下！……我对不住恩师！我心里难过啊！"

落日掉进大山里，天迅速暗下来，四周响起了归鸦的鼓噪声……

夜幕降临。太行山村笼罩在神秘的雾霭中，远处隐约传来民乐吹奏声。小巧精致的窑楼小院透出柔和的灯光，温馨安宁，亲情融融。表婶和珍珍母女在正屋里铺炕，一溜并排铺了三套干净床单被褥。珍珍小声提醒道：

"娘，怕俺姑不跟秦书记一条炕睡呢，人家又不是夫妻！"

"没甚说法吧？人家是亲家，都那么大年纪了，还怕个甚呢？"

珍珍笑道："你倒不怕，人家城里人可讲究个规矩呢，男女不能同床！"

表婶心里不踏实："那咋办呢？建国和他娘总能一炕睡吧？"

这时门外响起了说话声，栓柱打手电筒照亮，陪同母亲和秦怀璧走进屋来。

表婶忙溜下炕笑道："姐回来了？上炕吧！建国去哪儿了？"

母亲看了看炕上的铺排："建国让孩子们拉去唱戏了，不用管他！"

秦怀璧看了看炕上，又看了看母亲脸色。

栓柱反应过来，厉声呵斥道："这是咋铺炕呢？倒运鬼老婆！不球懂事！"

母亲笑道："没关系！我到楼上去睡，让秦书记睡炕上……"

秦怀璧立刻反对："那怎么行！你们母子俩睡炕上，我到楼上睡觉去！"

栓柱夫妇歉疚地提议："楼上夜里冷，要不您到西窑去睡吧？"

秦怀璧决断道："我就到楼上睡去！当年我接玉莲考民校，碰巧天下大雨，不就在楼上睡了一夜么？我一个人睡惯了，人多还睡不着，不要争了！"

母亲歉然道："你年纪大，心脏又不好，要不打电话叫县里来车接你吧？"

秦怀璧假装生气道："玉莲说甚话呢？你赶我走？快给我铺床吧！"

栓柱夫妇和珍珍只好抱起一套被褥上楼去了，屋里留下母亲和怀璧两个人。

两个人忽然沉默了，对坐在炕沿上，静听窗外隐约的鼓乐声。

秦怀璧仿佛鼓足了勇气，目光定定地注视母亲的眼睛，忽然激动地低声道："玉莲，我希望有一天，我们不要再分开了！"

母亲心猛一沉，目光定定地凝视了他半晌，终于点了点头。

秦怀璧立刻两眼放光，神采飞扬，也向母亲点了点头，转身快步冲上楼去。

母亲忽然感觉脸像火烧一样发烫，心里慌乱起来。

为什么要答应他？四十多年都过去了，时光不会倒流……

人生如梦。他已经在心里默默地等了一辈子，难道不该答应他么？

可是，李莽的形象又鲁莽地闯了进来，一双固执的大眼睛……

母亲的心纠结了一整夜，天亮前才昏昏沉沉睡去。

红日喷薄，霞光绚烂。母亲家的窑楼小院已被打扫得干干净净。

阳光照进窗棂，母亲从睡梦中醒来，看了看熟睡的儿子，听了听楼上动静，推了推儿子，轻声呼唤道："建国，起床了，去看看秦伯伯起来没有？"

儿子一激灵坐起身，穿衣下炕，轻手轻脚地走上楼梯。母亲也开始穿衣服，溜身下炕，准备迎接怀璧下楼——今天约好了一起回蟠龙镇呢！

突然，儿子在楼上发出一声恐怖的惊叫："妈妈！秦伯伯不行了！……"

母亲猛地震惊了，心脏仿佛突然停止了跳动！

建国跌跌撞撞地跑下楼梯，急切地打开房门喊道："表叔！快请医生来！"

母亲手捂心口，霎时脸色惨白，无力地跌坐在炕沿上。

栓柱夫妇及珍珍等人惊慌地跑进屋来，跟随建国跑上楼去。

村里的赤脚医生闻声赶来，身背药箱跑上楼去，一片杂乱的人声和脚步声。母亲已跌坐在地上，双眼紧闭，冷汗淋漓，几近晕厥。楼上乱哄哄地实施抢救，突然陷入了死一般的寂静，又突然爆发出哭喊声。

母亲终于昏厥过去。

冥冥之中，恍惚看见年轻的秦怀璧含笑向她走来……

一九八四年，省委书记秦怀璧不幸逝世，终年六十八岁。

第五卷　心归何处

四十八、生活没有欺骗你

又一个二十年过去了，生活似乎放慢了节奏。

清晨。依然是那座花园别墅小院，依然是花繁叶茂，生气盎然。年逾八旬的父亲李莽鹤发童颜，目光炯炯，身穿白布衬衣，外套米色开衫毛衣和旧呢军裤，脚蹬圆口布鞋，在花园葡萄架下一丝不苟地打太极拳。

女儿丹丹背挎包、推自行车匆匆走出家门，成熟秀美的脸上留有熬夜的疲惫痕迹，对父亲招呼一声："爸，我上班去了！"骑自行车急驶而去。

父亲应付地"嗯"一声，动作丝毫不受影响，慢条斯理。

六十出头的老伴秀儿牵领五岁的小外孙女走出家门，手里挎个菜篮子，慌慌忙忙地往院门外走，冲父亲叫了声："首长，开饭了！"

小外孙女甜甜地喊了声："姥爷，然然上幼儿园去了！姥爷再见！"

父亲纹丝不乱，边做"白鹤亮翅"动作，边答应小外孙女："然然再见！"

秀儿牵领小外孙女匆匆忙忙地走了，花园别墅小院里又安静下来。

父亲从容不迫地收势，吐气，放松身心，走进小楼。小院门外，悄悄开过来一辆军用越野吉普车，老警卫员铁柱翘首探望首长。

李莽在十年前正式离休，享受大军区正职离休待遇。一九八八年，全军恢复军衔制，一批一九五五年曾授予中将和少将军衔的老将军梅开二度，被授予

305

上将军衔，开国上将洪学智竟第二次获授上将军衔，传为佳话。许多老战友叹惜父亲早离休了两年，否则也该荣登上将高位。父亲一笑，什么也没说，依然打自己的太极拳。《红楼梦》说得好："好就是了，了就是好。"纵观李莽一生，也"好"了，也"了"了，似乎没什么遗憾了。要说遗憾，就是几个子女的个人生活不尽如人意。除大儿子建国外，太行、跃进、丹丹个个都让他内心纠结……

这是一个不寻常的春天。这个城市来了一个不寻常的女人。

国际机场阳光灿烂，空中飘扬色彩斑斓的万国旗，飞机轰鸣，起降频繁。

美国华协集团董事局主席珍妮女士在劳伦斯律师和庄秘书的陪同下，由机场迎宾小姐引领，走进铺红地毯的安静的贵宾通道，嘈杂之声顿然消失。珍妮是个风韵犹存的华裔中年妇女，戴一副大墨镜，穿戴拎包皆世界名牌。

西服笔挺、精明能干的庄秘书低声报告："主席，您下榻在香格里拉大酒店第30层豪华行政套房；已与李市长约定明天上午十点在市府迎宾楼会见……"

珍妮女士扬起雪白的瓜子脸，转对瘦高挺拔的劳伦斯律师吩咐道："劳伦斯先生，请你今天下午去模范监狱接郭建国出狱，办理法律手续。"

劳伦斯律师彬彬有礼，用英语回答道："好的。"

珍妮回头却并不正眼看庄秘书："庄秘书，你见到李建国市长本人了么？"

庄秘书小心地回答道："我通过市府办公厅见到了李市长的秘书。"

珍妮不再追问，加快了脚步，两个男人小心紧随。

建国早已离开了新闻记者岗位，按部就班地走上了仕途。

宽敞气派的市长办公室里，市长秘书和办公厅主任正在向市长汇报。

"美国华协集团是华裔家族公司，总部设在洛杉矶，由前国民党将领郭德铭于五十年代创建，其主干企业香港华协集团为香港上市公司，总资产二十亿美元，公司掌门人为已故郭德铭的第三任夫人珍妮女士。"

办公厅主任补充道："据了解，珍妮是大陆中国人，八十年代初去美国留学，后来与比她大三十多岁的郭德铭结婚，成为美利坚合众国公民。"

市长李建国追问道："珍妮的中国名字叫什么？个人背景如何？"

市长秘书答道："珍妮个人背景不详，毕业于加州理工大学，获硕士学位，年龄约四十岁。华协集团计划三年内在我市投资十亿港元，主营房地产业。"

市长李建国沉思片刻又问道："明天的会见，还有什么安排？"

"中午在市府迎宾楼宴请珍妮女士，刘副市长作陪。"

市长李建国果断地决定："宴请取消。给我准备珍妮的详细资料。"

两位下属齐声道："是。"转身离开办公室，关闭房门。

市长李建国突然陷入了沉思，起身踱步，沉吟自语："珍妮？……"

官场生活锻炼了原本敏感的神经，仿佛嗅到了危机的气息。

离休十几年，母亲早已适应了老年生活，还原为普通的居民老太太。

农贸市场购销两旺，肉类禽蛋和蔬菜瓜果应有尽有，人头攒动。提菜篮子的母亲穿行在人流中，找到了禽蛋摊位，停步挑选活鸡和鲜蛋；挑选了一只肥壮的小母鸡，摊主帮助活杀拔毛剖腹后，交给母亲。忽然碰见也挎菜篮子买菜的秀儿，秀儿亲热地抓住母亲的手，大惊小怪地嚷道：

"姐，你怎么自己出来买菜呀？你们家小保姆呢？"

母亲笑道："我怎么不能自己买菜呢？小姑娘回老家结婚去了。"

秀儿心直口快地埋怨道："建国和抗美也真是，叫他们赶紧再找一个嘛！"

"他们都忙，我一个人也用不着请保姆，自己买菜做饭挺好的。"

秀儿亲热地挽住母亲问长问短，在流动的人群中移动。

"姐，我的命咋这么苦呢！"秀儿开始诉苦，"儿子成了残疾，快四十岁了还在打光棍儿，在机关保卫科干得好好的，忽然心血来潮，停薪留职下海开酒吧，把他爸爸气得够呛！闺女嫁了个留美博士，到头来分居两地闹离婚！首长的脑子越来越糊涂了，经常冒出些怪念头，搞得我成天神经紧张。"

母亲劝慰她道："秀儿，你也别想太多了，把心胸放宽些。儿孙自有儿孙福，爹妈着急也没用。跃进和丹丹都是有主见的孩子，相信他们会处理好自己的事。老李已经是八十岁的人了，你要多关心他，照顾他。"

秀儿眼圈发红了："可是人家不需要我关心照顾啊！成天跟我没话说。"

"老伴儿，老伴儿，就要随时陪伴在身边，给他精神上的安慰。他没话说，你找话跟他说呀！也别尽说家长里短的事儿。"

秀儿睁大无辜的眼睛："不说家长里短的事儿，咱也不会说国家大事啊！"

母亲拍拍她的手："好了秀儿，好好过日子，高兴点儿！走了。"

秀儿目送母亲离去的背影，叹了口气。没办法，老了老了，秀儿对生活越来越没有信心了。

厚重的深色窗帘垂落下来，隔断了闹市的喧嚣；窗帘缝隙透进几缕强烈阳光，这座装饰豪华的椭圆形酒吧大厅的形状便朦胧地显现出来——大厅中央是一个铺地板的圆形舞厅，舞厅周围暗区摆放沙发茶几，进出门处是灯光幽暗的吧台，正面是小舞台，天幕上悬挂了一位流浪歌女的巨幅黑白照片。小舞台背后是两条幽深的通道，通往 KTV 包间和酒吧员工宿舍。

上午，正是夜生活的人睡觉的时间，酒吧里空寂无人。

一个瘦削挺拔的英俊男人的背影出现在小舞台上，面对空荡荡的酒吧大厅。

飘逸的黑色风衣，闪亮的金属拐杖，深沉忧郁的目光……一只光裸性感的少女的手臂慢慢地搭在男人的肩膀上，温柔地抚弄他的鬈发。跃进恍然惊醒，轻轻捉住那只少女的手，少女顺势倒进了他的怀里。

乌黑的秀发，雪白的瓜子脸，迷离的眼睛，性感的红唇……坐怀不乱的男人目不转睛地凝视怀中的美人，目光一闪，松开了拥抱。身穿单薄睡裙的罗丹就是天幕上那位流浪歌女，美目顾盼，秋波闪动。

"老板想什么呢？在想什么时候娶我么？"莺声燕语，却不显轻佻。

跃进漠然一笑，低头拿起电吉他，随手拨了一个音。

罗丹随音吟唱低沉的心声："心归何处？我流浪在人生的旅途……"

跃进不觉被她深沉的歌声感染，随声伴奏电吉他，沉浸在心灵的战栗中。

罗丹突然停止了吟唱，自嘲地笑道："不唱了，特矫情……"

跃进仍然没答话，放下电吉他，左腿微跛地挂拐走向窗前，猛然拉开窗帘。

强烈的阳光突然射进了大厅，瘦削挺拔的男人霎时变成了一个剪影。

少女罗丹，一个不知道从哪里来，又将到哪里去的流浪歌手，像一个飘忽的精灵，悄然降落在跃进身旁，给身心残疾的酒吧老板带来一丝柔情与温暖……但跃进不会轻易越过底线，也不会轻易向任何人敞开心扉。当年自卫反击战的战斗英雄，在岁月的流逝中增添了皱纹，消磨了锐气。但他的胸膛里依然跳动着一颗不甘平庸的心！只是曾经让父亲骄傲的儿子，如今却让父亲伤心……

科分院离休干部小院，几幢绿荫掩映的小楼，安静舒适。

母亲手提菜篮子慢慢走上三楼，忽见家门口坐了一个陌生的农村妇女，看见母亲，那个风尘仆仆的农村妇女局促地站起身叫了一声："姑！"

母亲茫然，迟疑地打量不速之客："谁呀？"

农村妇女忽然给母亲跪下了："姑！俺是珍珍！栓柱家闺女！"

母亲恍然猛省："珍珍？……闺女，你这是从哪儿来呀？快起来！"

珍珍擦擦眼泪从地上爬起来，接过母亲的菜篮子，抱起地上的铺盖行李卷。

母亲掏出钥匙开了门，热情地招呼珍珍进屋，把菜篮子送进厨房。珍珍走进宽敞明亮的大客厅，观察四个卧室的大套房，局促地不敢落座。

母亲从厨房返回来，招呼珍珍坐在客厅沙发上，亲自端茶倒水，连声问道："刚下火车？你爹娘身子骨结实吧？孩子们都长大了？你女婿还好吧？"

珍珍的眼圈红了，哽咽道："姑，俺命苦啊！俺爹俺娘身子骨还结实，俺的三个闺女都出嫁了，就是俺闺女她爹短命，去年下小煤窑给砸死了！"

母亲心一沉，紧挨哭泣的珍珍坐下，不知该如何劝慰她。

珍珍抬起泪脸乞求道："姑，俺的心忽悠一下空了，成天一个人坐在窑洞里，不吃不喝不睡，要不是闺女们回来陪俺，俺早就死过去了！姑，俺没有活路了，俺只好投奔你老人家来了！你就收下俺吧！"忽然跪在母亲面前磕起头来，脑门儿磕得地板"咚咚"直响。母亲急忙拉她起来坐下，叹口气说：

"珍珍，想开些！你才四十多岁，有爹有娘有闺女，咋就没活路了呢？丈夫没了，可以轮流去闺女家住几天，帮她们带带孩子，还可以考虑改嫁……"

珍珍泪眼婆娑地呆望母亲："姑，你不想要俺么？俺可是实心心投奔你呢！俺甚也会做，甚也不要！你老人家年纪大了，俺愿意后半辈子伺候俺姑！"

母亲心软了，握住珍珍的手："你爹娘和闺女知道你来么？"

珍珍急切地表白："知道，都知道！他们都愿意叫俺来伺候俺姑呢！"

母亲没话说了，慎重地表示："珍珍，难为你一片心，姑就答应你留下吧！但是我们还是约法三章，立个规矩。你是我的堂侄女，住在我家陪伴我，不能算保姆，但我得给你开一份家政服务的工资，不能剥削你的劳动。你一辈子在北方农村生活，对南方城市生活不习惯，你随时可以回去，也欢迎你再回来。我明天带你去派出所办个暂住证，再到医院搞个体检，就可以安心住下了。"

珍珍高兴得直点头："谢谢姑！俺有身份证，俺身体好呢！"

"好了，咱们先干活儿吧！你月琴阿姨病了，躺在医院里没人伺候，我准备给她炖一锅鸡汤送过去，给她补养补养身子。"

珍珍摩拳擦掌："姑，你动嘴使唤俺就行，俺给姨炖鸡汤！"

这一天，当年的"李向阳"刑满释放，走出监狱大门。

山脚下，一座高墙碉楼包围的监狱大院，电网密集。冰冷的监狱大门外画有警戒线，阳光在高墙下投下大片阴影。忽听"哐啷"一声门响，监狱大门旁边的小侧门打开了，一个穿旧中山装的黑瘦男人跨出门，小侧门随即又"哐啷"一声紧闭，持枪的哨兵昂首肃立。西装笔挺的劳伦斯律师早已等候在监狱门外，身后还有一位庄秘书和一辆黑亮闪闪的奔驰高级轿车。走出监狱的男人仰脸看看天，使劲呼吸了几口自由的新鲜的空气。劳伦斯律师和庄秘书笑容满面地迎上前去，停步在黄色警戒线以外。

"郭建国先生，您好！请允许我介绍劳伦斯律师……"

"李向阳"冷冷地打断了庄秘书的话："你他妈是谁？"

庄秘书闪开笑脸："我们受您的父亲、已故美国华协集团董事局主席郭德铭先生的委托，专程前来接您出狱，安排您今后的生活……"

"我今后的生活用不着你们安排。我已经收到了劳伦斯先生的律师函，关于遗嘱的法律手续，我希望尽快办理。"郭建国说话客气了些。

劳伦斯律师操一口不太熟练地汉语："郭先生，一切都很圆满，请您放心。现在，我们需要安排一个安静的地方，安静地办理法律手续。"

郭建国看了看奔驰高级轿车，嘴角露出一丝笑容，摆了摆脑袋。庄秘书立刻拉开车门，手搭凉棚做侍者状，郭建国毫不客气地钻进了汽车。劳伦斯和庄秘书分头登车落座，奔驰轿车轰然开动，离开了监狱。

遵照珍妮女士的安排，郭建国住进了高档社区"欧洲花园"一幢独栋别墅。但郭建国没有见到神秘飘逸的"继母"珍妮女士，也不知道这位继母就住在本市香格里拉大酒店。劳伦斯和庄秘书告诉他，珍妮主席正在美国度假。

住院大楼巍然矗立，底层大厅十几部电梯同时开放。

母亲小心翼翼地手提一只保温饭桶，由珍珍陪同走进直达电梯。电梯里的人不多，有一个身上插输液管的小男孩站在墙角，睁大眼睛仰望母亲。母亲不禁对小男孩笑了笑，慈爱地问道："你真勇敢！疼么？"

小男孩似乎没力气说话，咧嘴对母亲笑了笑，充满了天真稚气。

电梯忽然停了，走进来两个穿白大褂的医务后勤人员，电梯继续上行。

两个穿白大褂的女护工低声议论："刚才十五楼高干病房又抬走一个，死者身边连一个家属都没有，太可怜了！""秦主任不是叫她阿姨么？"

母亲忽觉浑身发冷，心脏紧缩，欲言又止，不敢追问死者的姓名。恍惚间，只觉身心一晃，电梯停住，十五楼干部病房到了。珍珍搀扶神情恍惚的母亲走出电梯，腾云驾雾般地走向过道，走向刘月琴的病房。母亲的心越缩越紧了，不祥之兆涌上心头，下意识地抱紧了保温饭桶。过道尽头的病房越来越近，母亲走得也越来越艰难，泪水不觉溢出了眼窝……病房门大敞开，靠窗的病床上空空如也，床单被褥已被收走，露出光秃秃的铁床架，像裸露的死人骨头令人窒息。一个同病房的瘦小老太太独自坐在床上发呆。母亲呆傻似的站在病房门外，紧抱保温饭桶的双手连同身体剧烈地颤抖，嘴唇哆嗦，却说不出话来。

瘦小老太太抬起呆滞的目光看了母亲一眼，古怪地一笑。母亲呻吟似的闷叫一声瘫软下去，珍珍急忙将她搀扶到门外长椅上坐下。老年科副主任秦抗美教授闻讯赶来，奔到母亲面前，扶住母亲颤抖的身体，蹲在母亲面前喊道：

"妈妈，我是抗美！"

母亲泪如泉涌，嘴唇哆嗦说不出话，只把乞求的泪眼望向儿媳。

抗美也流下了眼泪："月琴阿姨病情恶化，我没敢告诉您……"

母亲颤巍巍地站起身来，扶住抗美和珍珍喘息道："带我去看月琴。"

抗美劝阻道："妈妈，您别急，您现在不能去看月琴阿姨，您不能受刺激！"

"姑呀，听抗美姐的话，咱回家吧，回家好好歇息。"

"你是珍珍吧？你陪妈妈回家去，我去找一辆车送你们！"

母亲怀里仍紧抱保温饭桶，在抗美和珍珍搀扶下，向电梯那边走去，深长的过道里传来母亲悠长悲怆的呼唤声："月琴啊，恓惶人啊！。"

抗美早已发现，伴随年龄的增长，母亲的口音又变成了地道的山西味儿。

月琴的死，在母亲心里投下了巨大的阴影。

夜晚，客厅里灯光明亮，电视里正在播放动画节目，音乐诙谐而风趣。母亲搂住放学回家的孙儿亮亮看电视，沉痛郁闷的心情似有缓解。亮亮是一个懂事的孩子，也是奶奶的掌上明珠和开心果，祖孙俩亲热无间。

抗美和珍珍在厨房准备晚饭,一个擀饺子皮儿,一个包饺子。珍珍果然能干,擀饺子皮儿,烧大烩菜,炒葱丝辣子,熬小米粥,样样不误。

抗美一边包饺子一边向珍珍交代:"妈妈胃口不好,喜欢吃面食,饭要煮得软和些;老人家血糖有点高,要多给她吃蔬菜,水果要熬热吃……"

"姐,你放心,俺会好好照顾俺姑,让老人家长寿!"

"我和建国工作都很忙,经常照顾不了妈妈,你来了就好了,真帮了我们的大忙了!我把亮亮留在这儿陪奶奶,家里就全靠你了!"

珍珍激动地表示:"姐,你和哥信得过俺,俺一定把俺姑伺候好!"

客厅茶几上的电话铃声响了,亮亮一把抓起话筒:"爸爸!你回家吃饭吗?老家的珍珍表姑来了,正给我们做饭呢!你闻到饺子的香味儿了吗?"

"儿子,我知道了。请奶奶接电话。"

亮亮把话筒交给奶奶,母亲慈爱的声音软绵温情:"儿子,你在哪儿?"

"妈妈,月琴阿姨的事我知道了,我已经派人送了花圈,和分院领导商量了丧葬事宜。您千万要保重身体,节哀顺变吧!"

"我没事儿,放心!你回来吃饭么?"

"我还有一些事要处理,不回来吃饭了,你们自己吃吧!"

母亲慈爱地笑道:"你也别太劳累了,晚上早点儿回来。珍珍来了,想照顾我的晚年生活。我看她还不错,能早晚陪伴我,准备把她留下。你看呢?"

"妈妈,我没意见,珍珍知根知底,陪伴您很合适。"

"那就定了!你忙吧儿子,我没事儿了。你还跟亮亮说话么?"

亮亮抓过话筒命令道:"爸爸早点回家看奶奶!"说完就挂了电话。

这时,抗美和珍珍端出热气腾腾的饭菜吆喝道:"开饭了!"丸子、肉片、香菇、木耳、白菜、粉条、豆角、土豆……色香味全!珍珍的山西大烩菜和葱丝辣子等手艺受到了母亲和全家人的称赞,珍珍欣慰地笑了。

夜幕降临,灯红酒绿。银杏酒楼豪华包间里,劳伦斯律师正在宴请郭建国。

山珍海味,鸡鸭鱼肉,佳肴美酒。郭建国已经理了发洗了澡,换上一身名牌西装,浑身晦气荡然无存,俨然社会成功人士,但吃相不大雅观。劳伦斯律师在他的对面正襟危坐,微笑不语,一派英国绅士风度。

郭建国酒足饭饱,心满意足地拿小毛巾擦了擦嘴巴,点燃一支香烟。劳伦斯律师从牛皮公文包里取出一沓文件，呈递给郭建国。郭建国傲慢地接过文件随手翻了翻，又递还给劳伦斯律师："我面壁整整二十年，都快不认识字儿了，更别说外国字儿。你说吧，怎么个意思？"

劳伦斯律师咬文嚼字："简单地说，您的父亲给您留下了一笔遗产，由我和现任董事局主席、您的继母珍妮女士共同监督执行，交付您的名下。"

郭建国反问道："这个所谓的继母又是谁？她在哪儿？"

劳伦斯律师迟疑片刻，含混道："珍妮女士是一位杰出的女性……"

"我问你，这个叫珍妮的女人到底是谁？在什么地方？"

"珍妮女士是一位美籍华人，常住美国和香港……"

郭建国猛然一拍桌子："真他妈操蛋！你他妈就不能给一句痛快话么！"

劳伦斯律师无辜地摊开手："尊敬的郭先生，我在回答您的问题……"

"算了！简单说，我能得到多少钱？"

劳伦斯律师也不再绕弯子："物业、股票加上现金，约合一亿美元。"

郭建国的眼睛瞪大了，闪射出灼人的亮光："一亿美金？"

劳伦斯律师竖起一根手指头："是的，一亿美元。不包括遗产税。"

"也就是说，我现在已经是亿万富翁了？"

"是的，千真万确！"

郭建国喃喃自语："看来，天上掉馅饼的好事儿，终于轮到我了！"

劳伦斯郑重地翻开文件，肃然道："郭先生，请允许我阐述有关细节……"

郭建国兴奋激动道："等一等，洋律师！我们先干一杯！"给两个酒杯倒满茅台酒，与劳伦斯律师响亮地碰了杯，一饮而尽。

劳伦斯律师无奈地笑了，象征性地喝了一小口烈酒。

夜幕下的繁华都市，灯光绚丽，霓虹粲然，夜生活丰富多彩。

"老兵酒吧"门前停满了小轿车和自行车，生意兴隆。酒吧大厅里灯光幽暗，一束强光照亮了小舞台上黑衣黑裙的女歌手罗丹。以跃进为首的电声乐队伴奏，摇滚乐震撼人心。罗丹浓妆艳抹，秀发飘逸，扬起雪白的瓜子脸激情演唱——

　　心归何处？我流浪在人生的旅途……

走遍天涯，寻找爱情的教科书。

我从小没爹没娘，也缺少爱的雨露，

长大成人，对爱情也稀里糊涂。

我没念过几天书，性格也比较粗鲁。

爱起来温柔又凶猛，像发情的母老虎。

但爱情让我遍体鳞伤，几乎让我走上绝路。

我每次真心地付出，为什么却总是输！

心归何处？莫非爱情也是身外之物？

心归何处？我流浪在人生的旅途！……

罗丹的演唱强烈地感染了满座的顾客们，不时报以热烈的掌声。

雍容华贵的珍妮女士悄然落座在酒吧大厅幽暗角落里，凝神聆听流浪女歌手极富感染力的美妙歌声，凝视那张雪白美丽的瓜子脸，内心触动。

庄秘书察言观色地低声介绍道："这个女孩名叫罗丹，是一个签约流浪歌手，据说和这家'老兵酒吧'的老板关系暧昧，就是那个弹电吉他的男人。"

珍妮女士冷眼望去，注意到舞台上穿风衣的英俊男人。

罗丹演唱完毕，向顾客们鞠躬退场，赢得了经久不息的掌声和欢呼声。

珍妮低声向庄秘书交代几句，庄秘书立刻起身快步向小舞台走去。电声乐队改换了演奏风格，摇滚乐变得深沉舒缓，跃进走到台前。大厅里响起了欢呼声、掌声和口哨声，跃进弹奏电吉他，深情演唱《怀念战友》——

天山脚下是我可爱的家乡，当我离开它的时候，

好像那哈密瓜断了瓜秧。

白杨树下住着我心上的姑娘，当我和她分别后，

好像那都塔尔闲挂在墙上……

深沉苍凉的歌声顿时吸引了全场听众，酒吧大厅霎时间安静下来。歌声中，庄秘书引领女歌手罗丹悄悄来到珍妮女士座位面前。珍妮目光闪动，矜持地微笑道："您好，请坐。"罗丹也不客气，大方地落座在珍妮对面，冷傲地扬起脸。两个身材外貌和精神气质惊人相似、年龄和背景迥然不同的女人心灵碰撞，

互相打量对方，意味深长地微笑。

庄秘书介绍道："罗丹小姐，这位就是香港来的珍妮女士。"

罗丹向她点了点头，将手中的两千元美钞放在桌上，礼貌地表示道："谢谢珍妮女士。我虽然是个卖唱的歌手，但无功不受禄，您给的太多了。"

珍妮女士从容地笑道："听说大陆歌手也有出场费，两千美元也不算多。"

罗丹不卑不亢道："如果您一定要给，就请给我的老板吧。再见！"礼貌地笑了笑，起身扬长而去，飘逸的背影婀娜多姿。

珍妮女士缓缓摘下水晶变色镜，露出"庐山真面目"——当年的罗晶晶！

光影旋转的小舞台上，跃进的歌声忽然高亢悲怆——

当我永别了战友的时候，好像那雪崩飞滚万丈！

啊，亲爱的战友！我再不能看见你雄伟的身影，和蔼的脸庞！

啊，亲爱的战友！你也再不能听我弹琴，听我歌唱！

热烈的掌声和欢呼声如山呼海啸，久久地回荡在酒吧大厅。跃进和罗丹牵手走上台前谢幕，郎才女貌，接受观众的欢呼和捧场。

珍妮女士目光冷峻，侧脸问庄秘书："这位李老板有什么背景？"

庄秘书低声道："听说他是个伤残荣誉军人，他的哥哥就是市长李建国。"

珍妮女士恍然地频频颔首，眼睛隐隐闪动亮光。

女人的心深不可测，特别是漂亮女人。

晚上八点，正是播放电视剧的黄金时间，家家户户都在收看。

一辆老款奔驰轿车开到科分院离休干部小院门前，秀儿急匆匆地下车，走进小院侧门，正遇上拎包准备出门的抗美，两个人同时站住了。

抗美稍感意外地问道："小姨！这么晚了，家里有什么事么？"

秀儿眼圈发红，勉强一笑："抗美上夜班去啊？你妈妈休息了么？"

"妈妈准备休息了，小姨有什么事儿，跟我说吧！"

秀儿叹了口气："也没什么要紧事儿，就是想看看俺姐。"

"那就上去坐坐吧，妈妈可能还没有睡下。"

秀儿心神不定地摇了摇头："不，不给你妈妈说了，别打扰她。"

"到底出什么事了？您告诉我，我帮您想办法。"

秀儿流了眼泪："首长今天早晨离家出走，不知上哪儿去了……"

抗美惊道："什么？爸爸离家出走？他没说上哪儿去么？一个人走的？"

"还有那个老警卫员高铁柱！开了一辆吉普车，鬼子偷地雷似的，偷偷摸摸就跑了，谁也没有告诉！抗美你说，首长是不是有毛病啊？"

抗美松了口气，安慰道："小姨您别着急，有高叔叔和司机陪伴，爸爸不会有事的。他们可能去部队参加什么活动？或者是去看什么人？"

秀儿心急如焚："出门儿总该打个招呼吧？到现在也没有任何消息！"

"总会有消息的，说不定这会儿正好来电话呢！丹丹在家吗？"

"丹丹？成天忙得脚丫子朝天，经常半夜三更才回家，人影子都见不着……"秀儿忽然抓住抗美的手，压低声音紧张道，"你说，首长会不会是悄悄去见他的什么相好？当年文工团那个狐狸精，说不定又跟他搭上线了……"

抗美哭笑不得："小姨，这事儿可不能瞎说呀！爸爸是威名赫赫的老将军，老英雄，八十多岁的人了，怎么会有这种事呢？别让人家笑话！"

秀儿打了一下自己的嘴巴："臭嘴！胡说八道！都是让首长气的！"

抗美搀扶秀儿安慰道："小姨，您听我的，安心回家休息，爸爸不会出事的，您放心。我马上给丹丹打电话，打听爸爸的消息。"

秀儿上了车，抗美帮她关上了车门，老款奔驰轿车离开去。抗美叹了口气，回头望了望母亲家的窗户，骑上自行车上夜班去了。

上午十点，市长李建国在市政府迎宾楼会见珍妮女士。富丽堂皇的会见厅里摆设了饮料和鲜花，市长站在大厅里不停地抬腕看表，不觉紧皱眉头。

市长秘书走进来报告："市长，稍等片刻，可能有点堵车……"

市长很不高兴："已经迟到一刻钟了，再等五分钟，会见取消！"

市长秘书紧张地答应一声："是！"赶快出去打探消息。

片刻，门外一阵骚动，市长秘书满头大汗回来报告："珍妮女士到了！"

市长李建国整了整西服领带，脸上勉强浮起笑容。

伴随高跟鞋的脚步声，穿戴黑衣黑裙大墨镜的珍妮女士走进会见厅。

陪同的市府办公厅主任介绍道："李市长，这位是香港华协集团董事局主席珍妮女士。珍妮女士，这位是市委副书记、市长李建国先生。"

市长李建国主动伸出手微笑道："欢迎珍妮主席！"

珍妮女士矜持而优雅地握住市长的手："非常荣幸。愿意为您效劳。"

宾主握住手转身面对镜头微笑，闪光灯中，照相机一阵响动。市长李建国和珍妮女士分宾主次序落座，办公厅主任引领新闻记者撤离。

珍妮隐藏在大墨镜后的目光扑朔迷离，默默含笑地凝视着市长。市长李建国内心波澜起伏——面前这个漂亮女人无疑就是罗晶晶！两个久别重逢的故友却都没有捅破薄薄的窗户纸，开始了礼节性地寒暄。

"市长很年轻啊！认识您很高兴。"

"珍妮女士也不老啊！我原本以为珍妮主席是一位美国老太太，没想到却是一位年轻美丽的中国女同胞！请问主席的家乡在何处？"

珍妮女士目光闪闪："山西故县，太行山区，一个叫王家峪的小村庄。"

市长李建国没接她的茬儿："'人说山西好风光'……"

珍妮女士意味深长："市长在山西生活过么？印象还不错吧？"

市长李建国针锋相对地笑道："山西也是我的故乡，我对太行山怀有深厚的感情，永远不会忘记。珍妮主席回到祖国，可以回家乡去看看。"

"如果市长先生有兴趣，我愿与市长同行，衣锦还乡。"

陪同会见的市长秘书和庄秘书等见两人打哑谜，目瞪口呆。

市长李建国果断地扭转谈话方向："珍妮女士对我市的印象如何？"

珍妮女士随机应变："我很喜欢市长领导下的这座美丽的城市，我也看到了蕴藏在这片热土的无限商机，我愿与市长建立长期合作关系。"

市长李建国公事公办："我代表市政府欢迎华协集团和珍妮主席来我市投资合作，共谋发展。关于投资合作事宜，我会安排分管外商投资工作的刘副市长与您具体洽商。我还有个重要的会，今天就谈到这里。再见。"

珍妮女士只好也站起来，握住市长的手笑道："市长因故取消了中午的宴请，我想今晚在香格里拉大酒店回请市长，不知市长肯不肯赏光？"

"非常感谢，今晚有其他安排，谢谢珍妮主席！"

"没关系。我相信，我和市长有缘分。"

两个人彬彬有礼地互相道别后，市长李建国象征性地送客到会见厅门口。

罗晶晶忽然摘下大墨镜，目光一闪，翩然离去。

窗外的阳光映亮了整洁简朴的书房，书桌上铺开文房四宝，彩笔颜料。母亲套了件浅蓝色工作服，握笔伏身在宣纸前，全神贯注地作画。离休后的初学者，无非是临摹一些国画山水，花鸟鱼虫，消遣养性而已。

客厅里的电话铃声响了，在厨房准备午餐的珍珍跑过去接电话。

"喂，哪里？……请问你找谁呀？……秀姨？你等等啊！"珍珍捂住话筒喊道，"姑，秀姨给你打电话呢！"放下话筒，跑回厨房去了。

母亲过来接电话："秀儿？……啊，是我的堂侄女珍珍。"

秀儿在电话里声音很大，母亲不得不把话筒拿远些："姐，你说首长是不是真有病啊？昨天一早跟高铁柱偷偷离家出走，开车跑到川北大巴山，招呼都不打，把我和小孙女急哭了，老头儿半夜才给家里来个电话，说是太行在部队医院悄悄谈恋爱了，他要亲自去调查人家男方的家庭情况，吸取丹丹女婿闹离婚的教训！姐呀，首长是不是老年痴呆神经病啊？简直是反常行为！"

母亲关切地问道："首长现在在哪儿？"

"刚才接到县武装部长电话，说人家已经进山了！"

母亲心平气和地劝慰道："秀儿，你别着急，这不是挺好的么？首长出去散散心，活动活动筋骨，呼吸呼吸山里的新鲜空气，给女儿的婚事把把关，一切都很正常啊！你干吗自寻烦恼？别哭了。"

秀儿响亮地抽泣吸鼻涕笑道："姐说得对，我太经不起考验了，我是让家里老出事儿吓怕了，生怕再出什么幺蛾子！……说真的，太行都过五十了吧？也该恋爱结婚了，这是大喜事儿！听首长说，这事儿是军区刘副政委悄悄告诉他的，男方是太行那个医院的教授副院长，妻子去世了，儿子刚上大学……"

母亲打断她的话："秀儿，我这儿正忙呢，咱们回头再聊好不好？"

秀儿快快地挂了电话，母亲放下话筒，深深地叹了口气。

珍珍端来热茶，关切地问道："姑，你没不舒服吧？要不上炕上躺躺？"

母亲摇摇头勉强一笑："没事儿，你忙去！中午吃什么？"

"豆角馏面，小米粥，蒸鸡蛋羹，素炒绿豆芽儿。抗美姐吩咐的。"

"别弄多了，中午都不回来，就我俩吃饭。"

珍珍答应着回厨房去了，母亲坐在沙发上愣了会儿神，终于又拿起电话。

电话里立刻传来建国的声音："妈妈，有事？我正在开会呢！"

母亲迟疑地告诉儿子："儿子，听说你爸爸出门儿了，你抽个时间问问。"

建国压低声音："我听抗美说了，回头我会给姐姐打电话。"

"哦……你开会吧。"母亲放下电话，回书房去了。

四十九、羊群又闻到恶狼的气味

厚重的深色窗帘已全部拉开，阳光透过落地窗照亮了酒吧大厅。圆形大厅里空无一人，小舞台天幕上的流浪女歌手剧照栩栩如生。

一个梳背头、穿西装的男人悄悄出现在大厅里，驻足欣赏美人的艳照。忽然，他的身后响起另一个男人低沉的声音："先生，您找谁？"

郭建国慢慢回过头来，嘴角浮起傲慢的冷笑。酒吧老板跃进依然一袭风衣，手持金属拐杖，冷冷地打量不速之客。郭建国目光冷峻，笑里藏刀。

"老兵酒吧老板李跃进？"

跃进警惕地盯住此人，似觉面熟，却又面生："您是谁？"

郭建国懒洋洋地伸出一只手，一颗大钻戒闪闪发光："李向阳。"

跃进一震，如被毒刺猛蜇了一下，神经和肌肉突然绷紧了。

"或许你应该还记得，我的真名叫郭建国。"

跃进冷静下来，挑战似的冷笑道："我记得你判了死缓。"

郭建国点燃一支香烟："你的记性不错。二十年前，你哥哥李建国当了英雄，我被判处死缓，进了监狱，命若悬丝。但由于我在服刑期间'确有悔改表现'，在生产技术方面还有'创造发明'，立过两次功，政府对我宽大处理，由'死缓'改判'无期'，又从'无期'减刑为'有期徒刑二十年'，现在已经刑满释放了，成为一名自由公民，领取了临时居民身份证。"

李跃进冷冷地蔑视他道："你今天找我有什么事？"

"小兄弟，你长大了，不再是当年十七岁的青涩高中生了，还当了战斗英雄，有了自己的一份家业，成为一个顶天立地的男子汉。我很高兴！我在监狱里面壁整整二十年，把一切都想透了。想来想去，我在这个世界上已没有任何亲人了，好像只有你们兄妹三人还跟我有那么点儿感情上的联系。因此我决定，我出狱后一定要找到你们，陪伴你们兄妹走完我的后半生……"

跃进感觉背心发凉，浑身起鸡皮疙瘩，但他硬着头皮耐心听下去。

"为了表达我的诚意，今天特地登门拜访，向小兄弟赔礼道歉，并通过你，向你的哥哥和妹妹表示崇高的敬意。我愿意尽力帮助你们。"

　　李跃进不禁冷笑道："我很好奇。你打算怎么帮助我们呢？"

　　郭建国仿佛在舞台上表演："你哥哥官运亨通，当了省会市长，官至副省级，已经进入特权阶层，也许不需要我的帮助了。你妹妹嫁给了留美博士，不久也会远走高飞，去大洋彼岸过幸福生活，也不用我操心了。只有你，我牵挂的小兄弟，至今还生活在水深火热中，需要精神上和经济上的帮助。'天上不会掉馅儿饼'，没人能帮助你。只有我，才是你真正的朋友……"

　　李跃进笑道："你一个精神上和物质上的穷光蛋，不觉得自己可笑么？"

　　郭建国毫不介意地自说自话："你是一个内心充满成功欲望的人，你对你的同父异母哥哥从来就不服气，你总想干出一番惊天动地的大事，证明你的价值和能力，夺回你妹妹崇拜英雄哥哥的芳心。只有我能帮助你，小兄弟！"

　　当年的盗窃团伙首犯侃侃而谈，刺耳的怪音在空荡荡的酒吧大厅回荡。

　　忽听一个女人的声音："这是谁呀？癞蛤蟆打哈欠，好大口气！"

　　郭建国回头，只见一个穿薄纱睡裙的少女从幕后转出来。

　　跃进挂拐走上小舞台，鄙弃地笑道："一个精神病院跑出来的疯子，别理他！这位先生，我们要开始营业了，请你出去吧！"

　　郭建国却被突然现身的罗丹惊人的美丽折服，瞪眼目不转睛。罗丹挑战似的冷眼斜睨这个陌生男人，与天幕上的巨幅艳照浑然一体。

　　李跃进掏出一张百元大钞，递给郭建国道："你可以走了。"

　　郭建国看看"老人头"，阴险一笑："我对你，越来越感兴趣了。"说完，吹了一声口哨，对罗丹友好地点点头，转身从容地离去。

　　跃进血涌头顶，呆呆地目送"李向阳"的背影。少女罗丹温柔地抱住他的腰问道："怎么了，老板？这人是谁呀？"

　　"一个非常危险的坏人。你离他越远越好。"

　　罗丹喜欢老板，但看不透老板的心。

　　一座清新淡雅、闹中取静的高档中式茶楼，桌椅茶具别致，琴棋书画俱全。

　　茶博士引领丹丹走进了二楼雅间，哥哥跃进已在等候。

　　丹丹放下背包问道："哥，什么事这么神秘？电话不能说？"

跃进关上房门，低声道："'李向阳'放出来了！"

丹丹猛然大吃一惊，当年被绑架的恐怖感立刻传遍了全身，茶杯落地粉碎。

跃进沉着地俯身拾起茶杯碎片："别怕！……茶博士！"

茶博士应声而入，迅速收拾了地上的碎片，换了茶杯，躬身退出。

丹丹克制住激烈的心跳，低声问道："他在哪儿？"

"他今天找我了，说话阴阳怪气，有威胁的味道，看样子是想报复我们兄妹和建国哥哥，我没理他。你多留个心眼儿，有事随时给我电话！"

丹丹点了点头："要不要给建国哥哥说一声，让他也警惕这个人？"

"你可以给他打个电话提个醒儿，但不要草木皆兵。"

丹丹深深吸了口气："这个坏蛋不是早死了吗？怎么又放出来了？"

"你记错了。当年判的是'死缓'，后来改为无期，再减刑到二十年，现在刑满释放了。他继承了一大笔遗产，成了亿万富翁。"

丹丹心冷齿寒："这种人活在世界上，就是人类的隐患和灾难！"

"你也别把这事看得太严重了，一个年近半百的劳改释放犯，量他也翻不起什么大浪！我倒想跟他较较劲，看他敢把我怎么样！"

丹丹急忙劝阻道："哥，别跟他一般见识，犯不着！你离他远远的！"

跃进冷笑道："爸爸不是常说么？'狭路相逢，勇者胜！'我还真不怕他！他不是说要在经济上帮助我么？只要他真敢拿出钱来，我就敢为我所用！我也是快四十岁的人了，人生能有几回搏？我一定要创建我的企业帝国！"

丹丹悲哀地叹息道："哥，你还在跟建国哥哥较劲吗？总想在事业上超过他甚至压倒他！为什么要这样？他是我们的哥哥，我们的救命恩人！"

跃进突然起身怒道："别说了！自己注意安全！"扭头冲出门去了。

丹丹叹了口气，毅然拿出手机拨号，接通后压低声音："哥哥，我是丹丹，我给你说个事……"

下午，员工们正在酒吧大厅里打扫卫生，布置舞台。浓妆艳抹、花枝招展的罗丹边打电话边往外走："庄秘书吗？您已经到大门口了？好的，我马上出来！"穿过大厅，正遇上进门的老板。跃进诧异地看她一眼：

"你去哪儿？今晚有生日专场演唱会。"

"我有一个约会，今晚可能会回来晚点儿，拜拜！"

流浪女歌手扬长而去，留下一串高跟鞋的脆响。跃进回头望去，只见香港人庄秘书点头哈腰地迎接了罗丹，引领她登上一辆停在门外路边的奔驰豪华轿车，一溜烟绝尘而去。跃进不禁陷入了沉思。

午睡后，母亲站在阳台上用洒水壶浇花，嘴里喃喃地跟花草说话。

客厅里电话铃声响了，珍珍跑出厨房接电话后呼唤道："姑，您的电话！"

母亲放下洒水壶，走回客厅问道："谁的电话？"

珍珍捂住话筒低声道："好像是建国哥哥。"把电话递给母亲。

母亲接过话筒："儿子，你在哪儿？找妈妈有事么？"

"妈妈，我今晚下班回家吃饭，给您说一声儿！"

"好啊！难得回家吃顿饭，想吃什么？我让珍珍给你做。"

儿子在电话里笑道："我想吃妈妈做的烫面蒸饺。"

"没问题，就吃烫面蒸饺，你早点儿回来！"

母亲挂了电话，抬头看了看墙上挂钟，起身问道："珍珍，家里有韭菜么？建国想吃烫面蒸饺小米粥，来得及吗？"

珍珍在厨房里大声回答道："姑，来得及！俺这就烫面熬粥和馅儿！"

几声沉闷的爆破声中，一大片旧厂房和高烟囱轰然倒塌，霎时间灰飞烟灭。

烟尘飘散，大型机械开始作业，十几万平米的开阔地逐渐显现出来。戴安全帽的郭建国和劳伦斯律师在拆迁办负责人陪同下考察这片土地。

拆迁办负责人介绍道："这块地原来是三线保密厂六号信箱旧址，地处城南高新技术开发区，总共占地 208 亩，口岸极佳，被称为城南宝地，很多家房地产开发商都盯上了这块地，地价直线飙升，估价不低于每亩 98 万元人民币……"

郭建国贪婪地盯住这块"宝地"，意味深长："这个地方我来过，二十年前就来过，当时的六号信箱，人人羡慕的国防军工厂，我的福地……"

"郭先生在这儿工作过？担任什么职务？"劳伦斯律师彬彬有礼。

郭建国一本正经道："我的工作很特殊，担任人人都刮目相看的职务，不受任何人的领导，天马行空，独往独来……明白么？"

劳伦斯律师耸了耸肩膀："不明白。您是工厂的老板？"

郭建国大笑道："劳伦斯先生，你太可爱了！像个天真的孩子！哈……"

劳伦斯律师也笑了："珍妮主席对这个项目也很感兴趣。"

大型挖掘机爆发出冲天的怒吼，将成吨的废砖烂瓦铲起来卸入了大货车。

二十年前，"李向阳"曾入室盗窃六号信箱，故称"福地"。

香格里拉大酒店，本市的标志性建筑，权势和金钱的象征。两幢三十层高的双子座摩天大楼拔地而起，高耸入云，傲然俯瞰全城。

富丽堂皇的大堂咖啡厅里，罗丹与珍妮女士正在闲适地聊天喝咖啡。

罗丹天生丽质，清纯可爱，怎么看怎么顺眼。

珍妮目不转睛地凝视美丽少女："不瞒你说，你很像我的女儿。多大了？"

罗丹矜持地一笑："您看呢？"

"顶多不超过二十岁。你是属什么的？"

"妈妈从小告诉我，不要随便告诉别人你的真实年龄。"

珍妮不动声色："你妈妈一定很爱你。她是一个什么样的人？"

罗丹顽皮地反问道："您是一个什么样的人呢？"

珍妮感慨道："十几年前，我是一个一文不名的中国留学生，靠自己的奋斗和拼搏，在美国和香港站稳了脚跟，创建了自己的企业帝国。我拥有数十亿美元资产和遍布全球的分支机构，我的投资重点正在逐渐转移到中国……"

罗丹不惊不诧："珍妮女士，这跟我有什么关系呢？"

珍妮女士激动起来："中国有我的父母和故乡，有我的青春和梦想，有我最宝贵的精神财富和血肉联系！……对不起，我有点激动，请原谅……"

罗丹诧异地注意到珍妮的失态，也感受到这个女人内心的挣扎和悲哀。

珍妮女士喝了一口咖啡，努力使自己平静下来："你还是个孩子，恐怕很难理解一个女人和母亲深沉的感情，对孩子刻骨铭心的爱……"

罗丹漠然："我从小是在蜜罐儿里泡大的……"

珍妮女士又绕回主题："讲讲你的故事吧，我很感兴趣。"

罗丹玩世不恭地摇晃修长的玉腿："我的故事很简单。我的爸爸是中央国家机关的副部长，妈妈是大学教授，我是家里的独生女。爸爸妈妈在外面很风光，回家却好像没话说，一个看书，一个弹钢琴，可以整晚不说一句话。我的爷爷是老红军，威名赫赫的开国元勋上将——您可别以为他姓罗，罗丹只是我的艺名。爷爷家是三进门的北京四合院，清朝王爷的官府，那儿是我的乐园。我从小不爱读书，高中没念完就辍学下海当了流浪歌手，爱上了我的老板……"

珍妮专注地倾听少女的自白，不知她的话是真是假。要么她真是将门之后，高干千金，要么这个女孩儿就是个小骗子，撒起谎来如数家珍。

罗丹忽然停住信口开河："怎么了？您干吗这么看我？"

珍妮女士恍然道："罗丹小姐，也许你看出来了，我很喜欢你。人与人之间是有缘分的，两个人在茫茫人海中偶然相遇，一定是前世定下的姻缘。从我看见你的第一眼开始，我就感觉你我有母女般的缘分。愿意做我的干女儿吗？"

罗丹顽皮地一笑："做您的干女儿，我能得到什么好处？"

珍妮眼里闪动母爱之光："我会满足你的任何要求。"

罗丹似乎有些动心，但她毕竟太年轻了，茫然而不知所措。

珍妮女士从名贵的拎包里取出一只精致的礼品盒，打开递给罗丹。礼品盒里，躺着一条精美绝伦、价值上万美元的深海珍珠项链。

罗丹眼睛亮了，不觉惊叹道："太漂亮了！干妈，这得花多少钱啊？"

珍妮不动声色地笑道："坦率地说，这个城市独一份儿。"

罗丹取出项链，爱不释手地连声赞叹道："天哪，太珍贵了！"

珍妮女士接过珍珠项链："孩子，过来，干妈给你戴上。"

罗丹乖乖地伸过头，撩开秀发，露出白净修长的美丽脖颈。珍妮将珍珠项链小心地戴在少女的颈项上，罗丹忍不住起身跑到大厅穿衣镜前，左右顾盼，惊艳惊喜，又跑回到珍妮女士面前，激动地鞠个躬："谢谢干妈！"

珍妮女士将少女拉到自己身边坐下，亲了亲她的脸。

庄秘书不知从何处冒出来，毕恭毕敬请示道："主席，晚餐准备好了。"

珍妮女士由干女儿搀扶站起来，亲热地手挽手向电梯间走去。在金钱和权势面前，自尊和矜持的大厦可以在顷刻间坍塌。

傍晚，建国回到母亲家，立刻引起给他开门的儿子亮亮的欢呼声："爸爸！奶奶，爸爸回来了！"亲热地接过爸爸的公文包，拉爸爸走进客厅。母亲和抗美从厨房里迎出来招呼建国，腰系围裙的珍珍也红脸叫了声哥。

"珍珍来了？妈妈有帮手了，谢谢你！"

珍珍的脸红得像块红布："哥，快别说客气话了，俺愿意一辈子伺候俺姑！"

抗美搀扶母亲坐下："准备开饭了！亮亮，给奶奶倒酒！"

儿子响亮地答应着去倒酒，建国紧挨母亲在饭桌旁坐下来。珍珍和抗美端来香热的烫面蒸饺和小米粥，全家围坐吃团圆饭。刚动筷子，建国的手机铃声响了，他掏出手机看了看，是一个陌生的号码，便果断地掐断了线。不料手机立刻又响起来，似乎有什么急事。建国起身到一旁接电话："喂，你找谁？"

电话里传出一个男人低沉的声音："李建国市长？我是你的朋友郭建国。"

建国心一惊，断然回绝："你打错了！"关闭手机回到座位上。

抗美不安地问了句："谁的电话？"见建国脸色阴沉，缄口不语。

母亲察觉儿子情绪的变化："没什么急事，吃了饭再说吧。"

建国轻松地笑道："妈妈，没事儿！这种电话，要么打错了，要么就是诈骗。顺便提个醒儿，现在各种骗子很多，治安也不是太好，一般情况下，陌生人敲门不要开，陌生人打电话不要接。由于我身份特殊，不要把我的电话告诉任何人，更不要接受任何人送来的信件或礼品。珍珍，你和妈妈要注意安全。"

珍珍郑重地点头："俺知道。俺不跟任何人打电话，也不让任何人进家门儿。"

母亲笑道："儿子，你是不是太紧张了？哪儿有这么多坏人？"

欧洲花园别墅是全市闻名的富人小区，全是豪华独栋别墅。一栋别墅的二楼宽敞舒适的主卧室里灯光幽暗，壁挂式彩电正在播报本市新闻。卫生间门一响，郭建国裸身出浴，轻车熟路地打开小冰柜，取出一小瓶洋酒，倒了一小杯威士忌，点燃一支粗壮的哈瓦那雪茄烟，躺在皮沙发上，视而不见地看电视。忽然，性欲冲动头脑发热身体膨胀，内心欲火难忍，烦躁地猛吸了几口烟，抓起电话拨通了劳伦斯住的房间："劳伦斯先生，你马上给我找个小妞儿来！"

劳伦斯声音愕然："郭先生，您什么意思？我不懂……"

郭建国怒道："装什么傻！我让你给我找个小姐！漂亮姑娘！明白么？"

劳伦斯语无伦次："郭先生，我是您的律师，我从来不会拉皮条……"

"我会付给你佣金的！你他妈的快去呀！"没等劳伦斯再回话，郭建国猛地挂了电话，抓起酒杯一饮而尽，目光忽然被电视机吸引了——电视上出现了市长李建国会见香港华协集团主席珍妮女士的新闻。

播音员正在播报："本台消息，市长李建国今天在市政府迎宾楼会见了香港华协集团董事局主席珍妮女士，欢迎她来本市投资合作，共谋发展……"

郭建国的眼睛瞪大了，内心升起强烈的受骗感。播音员的声音飘远去，电视屏幕上的仇人和女人笑容满面，相谈甚欢……郭建国眼睛死盯住那个未曾谋面的年轻漂亮的继母，猛然摔碎了酒杯，抓起电话拨号，简短地命令道："你马上到我这儿来！"放下电话，猛吸几口雪茄烟，使劲拧灭了烟头。片刻，有人轻轻敲门，郭建国躺在沙发上大吼一声："滚进来！"

穿睡衣的劳伦斯律师走进卧室问道："郭先生？您生病了么？"

郭建国突然起身揪住劳伦斯的衣领怒吼道："混蛋！你他妈的竟敢要我！"

劳伦斯无辜地嚷道："郭先生！我从来不给人拉皮条！"

郭建国"呸！"一声啐了美国佬一脸唾沫，冲他大声吼道："你专门给珍妮那个骚娘们儿拉皮条！你不是说她在美国度假么？你为什么要骗我？！"

劳伦斯总算明白过来，争辩道："也许她今天刚下飞机……"

郭建国抓住他肩膀摇晃道："少废话！快说！这个珍妮住在什么地方？"

劳伦斯脑袋快摇昏了："不知道，我去问问庄秘书……"

郭建国穷追不舍："庄秘书在什么地方？为什么今天不肯露面？"

劳伦斯律师掏出手机赔笑道："我打电话问问他，他知道珍妮的住处……"

郭建国一把夺过手机："想通风报信么？玩儿去吧你！跟我走！"

劳伦斯律师嚷道："我不能穿着睡衣见女当事人！我抗议！"

郭建国不再跟他费口舌，用力将他推出门去。

香格里拉大酒店的豪华行政套房，装修陈设极尽奢华，宫殿般富丽堂皇。

宽大舒适的浴室里，沐浴完毕的珍妮身穿丝绸睡衣，正在对镜梳妆。

忽听有人按门铃，珍妮迟疑地走近门前问了声："谁呀？"

劳伦斯律师在门外低声道："珍妮主席，对不起。我是劳伦斯律师。"

"劳伦斯？这么晚了，有事么？"

劳伦斯没有回音，有人又轻轻敲了敲门，很有礼貌，又似有难言之隐。

珍妮女士犹豫地打开房门，突然冲进来一个穿睡衣的陌生男人！

珍妮大惊失色，倒退几步惊问道："你是谁？出去！"

敞胸露怀的郭建国目光闪亮，面带淫笑地逼近珍妮笑道："我原以为你是个风烛残年的老太太，没想到却是一位年轻漂亮的后妈……"

珍妮方知此乃已故丈夫的遗腹子郭建国，不冷不热道："你就是郭建国吧？我叫珍妮。按辈分，我是你的继母。请坐下谈话吧！"

珍妮不惊不诧地在客厅沙发上坐下，指了指对面座位。郭建国不便再撒野，大大咧咧地走过去坐在沙发上，翘起二郎腿。两个人沉默半晌，互相不动声色地揣摩打量对方，豪华套房里异常安静。珍妮紧裹单薄的真丝质睡衣，裙裾下露出雪白修长的玉腿，诱人眼球。郭建国故意露出鼓胀的胸肌，歪头斜视年轻的继母，嘴角隐含一丝冷笑。孤男寡女，气氛诡异。珍妮打破了沉默，冷静道：

"劳伦斯律师已经向你介绍了办理继承遗产相关的法律程序和文件，你已经取得了合法的继承遗产的资格。应该说，我们没有面谈的必要了，因此我也暂时没有打算和你见面，今后我们见面的机会很多。你还有什么问题么？"

郭建国无耻地淫笑道："我在监狱里待了二十年，错过了人生最美好的岁月，我更希望得到精神上的补偿。既然今天见了面，我看现在就是一个机会！"

郭建国突然站起身，珍妮本能地起身惊问道："干什么？……"话音未落，已被男人拦腰抱起，大步冲向卧室里的大床，粗暴地扔在席梦思上。珍妮来不及反抗，郭建国已如猛虎扑食，将她死死地压在身下。

珍妮尖声喊叫："混蛋！……来人啊！……"突然重重地挨了一巴掌昏过去。

郭建国被欲火烧红的双眼闪出亮光，胡乱地扯去睡衣，猛扑下去……

电话铃声忽然响了，在床头灯光的照射下，经久不息。

灯红酒绿，光影绚烂。热烈的掌声和欢呼声中，美轮美奂的少女罗丹姗姗地走上舞台，脖颈上新添的名贵珍珠项链在舞台灯光照射下闪射出异样的光彩，美艳夺人心魄。率领老兵电声乐队的跃进也被罗丹的美丽震惊了，目不转睛。电声乐把人引入一个空灵幽静的世界，罗丹梦幻般的美妙歌声轻柔而深沉——

小小的小孩，今天有没有哭？

是否朋友都已经离去，留下了带不走的孤独？

小小的小孩，今天有没有哭？

是否弄脏了美丽的衣服，却找不到别人倾诉？

聪明的小孩，今天有没有哭？

是否遗失了心爱的礼物，在风中寻找，从清晨到日暮？

我亲爱的小孩，为什么你不让我看清楚？

是否让风吹熄了蜡烛，在黑暗中独自漫步？

我亲爱的小孩，快快擦干你的泪珠，

我愿意陪伴你，走上回家的路！……

深夜人静，春雨如丝。繁华喧嚣的都市已经沉睡，双子座大酒店灯光闪烁。

沉闷幽暗的豪华套房卧室里，狂风暴雨过去，人物关系已发生变化。心满意足的郭建国四仰八叉地躺在席梦思上，尽情地回味人生的滋味。珍妮紧裹丝绸睡衣，远远地坐在客厅沙发上，披头散发，经历了天翻地覆的内心挣扎。

郭建国坐起身来，看了女人一眼笑道："怎么？不高兴？实话告诉你，你是我的第一个女人。我活了四十七岁，今天才第一次尝到女人的滋味儿。"

珍妮慢慢扬起脸："我要休息了。请你出去。"

郭建国无耻地大笑道："急什么？趁着今天高兴，我们商量商量今后的事。"

珍妮面无表情地起身拉开衣橱，开始换衣服。

郭建国毫不介意，拿起床头柜上电话："总台，我要吃夜宵，可以送么？"总台小姐转接到送餐部后，命令道，"送餐部，给我来一碗大肉面条！"

珍妮穿戴完毕，背起拎包走到套房门口，忽然停住脚步。

郭建国似笑非笑地吞云吐雾，既不挽留也不阻拦。

珍妮终于回过头来，扑朔迷离的目光闪了闪，渐渐露出笑容。

郭建国胜利了，也咧开大嘴笑起来。

五十、堡垒最容易从内部攻破

老年科副主任秦抗美走出电梯来到大楼门厅外，发现推自行车的丹丹正站在台阶下向她招手，忙迎过去问道："丹丹！找我有事吗？到办公室说吧！"

丹丹故作轻松地笑道："没事儿，路过这儿，进来看看嫂子。好长时间没来，医院真是大变样了，跟大宾馆和公园似的。就在外面走着说两句吧！"

"好，长话短说，病房里还有一大堆人等着呢！"

"耽误不了，说两句就两句，我也是日理万机的人！"

姑嫂俩亲热地手挽手并肩漫步在花园里，像闺蜜在低声交谈。

抗美关心地问道："爸爸回来了吗？听说老人家跑到重庆看女婿去了？"

丹丹笑道："别提老爷子了，我妈又不经事，闹得满城风雨，把军区首长都惊动了，到处派人捉拿离家出走的老首长！估计今天晚上该到家了。"

"太行姐姐的婚事总算有了着落，爸妈也该放心了。"

姑嫂俩嘀嘀咕咕说了好一会儿家常话，不时发出轻松地笑声。

丹丹言归正传："姐，听说了吗？当年那个死刑犯'李向阳'放出来了！"

抗美恍然："哪个'李向阳'？……就是绑架你们的那个杀人犯？"

"真名叫郭建国。这家伙一放出来，就找了我哥跃进！"

抗美不寒而栗地惊问道："他想干什么？想打击报复当事人？"

"现在还不清楚，他还阴阳怪气地给我打了电话！"

"他怎么知道你的电话？太可怕了！"

"姐，更可怕的是，他可能还知道建国哥哥的电话，说不定已经给建国哥哥也打过电话了！建国哥哥刚才打电话通知我，他已经换了手机号。"

抗美缓缓点头："难怪昨晚你哥给家里约法三章，让我们警惕陌生人的电话和陌生人敲门，也没说原因，当晚就换了手机号……你打算怎么办？"

"我就是来给你打个招呼，提高警惕，防止意外。这家伙关了二十年，居然刚出狱就能马上搞到市长的手机号，主动找上门来，肯定来者不善！"

抗美心里发慌，急忙掏出手机准备拨号，立刻被丹丹制止了。

"姐，别急着给哥打电话，相信哥哥会妥善处理这件事。你要多注意亮亮和他奶奶的安全问题，给他们打个招呼，但不必草木皆兵。"

"好的丹丹，你也多加小心，晚上早点回家。"

丹丹告别了抗美，骑上自行车离开医院。抗美倒吸一口冷气，转身匆匆返回住院大楼。回到办公室，抗美立刻给母亲打电话，提醒母亲注意安全。

科分院离休干部小院舒适安静，几幢小楼沐浴在阳光里。

珍珍已换上城里人的衣服，手提菜篮子走下楼，准备去买菜。忽见一辆黑亮闪闪的豪华轿车停在小院门外，一个西装革履的中年男人走下车来，东张西望地进了院门，打量几幢小楼，好像在找人。珍珍也没在意，低头从男人身边走过，忽然被那个男人叫住了："大姐，打听个人，请问赵玉莲同志住哪个楼？"

珍珍心一动，正欲脱口而出，忽又忍住反问道："你是谁呀？"

郭建国笑容满面："我是外地来出差的，顺便看个亲戚，她叫赵玉莲。"

珍珍警惕地摇了摇头，胡乱一指："不认识。你去那边问吧。"

郭建国狐疑地看了看几幢楼，转身走去，边走边东张西望。珍珍趁他不注意，赶紧悄悄往回走，一溜烟跑进了单元门，疾步上楼。母亲正在书房里临摹书画，忽听有人按响了门铃，放下笔去开门。来到门口，忽然留了个心眼儿，往猫眼里看了看，却是珍珍一张变形的脸："珍珍？"

珍珍在门外压低声急切道："姑，快开门，有要紧事！"

母亲打开家门，珍珍惊慌地闯进屋来，回身关门插上门锁。

"什么事？慌慌张张的！你不是买菜去了么？"

珍珍急忙把母亲搀扶到客厅，紧张道："姑，有个陌生人在查访你呢！"

"谁呀？这个大院的人对你来说都是陌生人……"

"不是大院里的人，他说是外地出差的，还说他是你的亲戚！"

"那也有可能，你不也是我的亲戚么？他人呢？"

珍珍更急了："姑，你可不能麻痹大意呀！哥不是叫咱提高警惕么？"

突然，门铃又一次响起来，尖锐刺耳。珍珍慌忙捂住母亲的嘴，低声发颤："悄悄！恐怕是那个人找上门来了！"

母亲心里也紧张起来，姑侄俩抱在一起站在客厅里，大气不敢出。门外有人再次按响了门铃，"叮咚！叮咚！"一遍又一遍很有耐心。珍珍壮胆蹑手蹑脚地走到门前，悄悄趴在猫眼上看了一眼，门外郭建国也正好凑近猫眼往里看，当然他什么也看不见，珍珍却看见一张变形的丑脸！珍珍胆战心惊，一步一步地悄悄倒退回客厅，对母亲做了个手势，示意不能出声儿。等了好一会儿，似乎才听见有人下楼的脚步声。珍珍搀扶母亲悄悄走到窗前往楼下看，果然看见那个穿西装的陌生男人走出单元门，向小院门外走去，门外那辆黑色轿车发动起来。

"姑，瞧见没？就是那个人，冒充你的亲戚！"

母亲也觉事出蹊跷，沉思片刻，回到客厅沙发上坐下，拿起电话拨号。

电话里传来建国的声音："妈妈，我是建国。家里有什么事么？"

母亲低声道："儿子，你说的那个陌生人真的来了！他到处打听我家住哪儿，还冒充是我的亲戚，上楼敲我们家的门，以为家里没人就走了……"

"这个人长什么样？多大年纪？什么口音？"

母亲回头看了看珍珍道："儿子，妈妈没看清楚，让珍珍跟你说吧！"

珍珍立刻接过电话："哥，那个人四十来岁，黑黑的瘦瘦的，穿一身西装，坐了辆小轿车，脸色阴沉沉的可怕人，说话好像是本地口音。"

建国在电话里笑道："谢谢，你把电话给妈妈。妈吗，您别紧张，没关系！你们记住，不接陌生人的电话，不给陌生人开门。万一有紧急情况，您就给分院保卫科打电话，同时告诉我或抗美。放心，我下班回来看您。"

"好，你安心工作吧！"母亲慢慢放下电话。

珍珍紧张地问道："姑，这可咋办呢？保不准那个人再返回来……"

母亲站起身来大声道："怕甚呢！日本鬼子也见过，还怕这么个见不得人的东西！他敢再来找我，我就当面会会他，看他敢把我老太太怎么样！"

珍珍也受到感染和鼓舞："对，共产党的天下，狼吃的们还翻了天不成！"

母亲拿上拐杖："走，我跟你一起买菜去，到外面散散心！"

珍珍忙搀扶母亲往门外走，带上房门。

上班时间，市长李建国孤零零地站在办公室窗前。半晌，才慢慢转回身来，看了看办公桌上的几部电话，考虑成熟，走到桌前拿起座机电话拨号。

"魏主任吗？老领导，您好！我是李建国。您最近身体好么？"

电话里出传出老局长魏振华的声音："建国啊，怎么想起来给我打电话呀？我的身体很好，谢谢市长关心！等你有空，来我家看看我的菜园子？"

"我一定来！老领导，有个事儿，想跟您汇报一下。您还记得二十年前那个'李向阳'么？这个人最近刑满释放，回到省城来了。"

魏振华并不感觉意外："回来就回来吧，听说改造得还不错。"

"这个人对社会有一定的危害性，要警惕他泄愤报复。所以，我提请老领导留个心眼儿，我们也会暗中保护有关当事人的安全。"

魏振华"哦"了一声："谢谢建国，我会注意安全的。"

"没什么要紧事，祝老领导安心休养，健康长寿！"

两人又说了些客气话，建国放下电话，坐在靠背椅上沉思了片刻，毅然拿起保密电话，拨通了一个号码："吴局长么？我是李建国。"

电话里立刻传来市公安局长的声音："市长，我是吴钢，有什么指示？"

建国简短地命令道："吴局长，有个省模范监狱的刑满释放人员，叫郭建国，就是当年轰动一时的'李向阳'团伙首犯，最近回省城来了。已经离休的市人大副主任魏振华同志当年是市公安局长，你的老前任。为防止意外，希望公安局对有关此案的当事人给予暗中保护。你当时不在局里工作，可以了解一下。"

"明白。我马上布置二十四小时监护。"

"注意保密。"建国挂断了电话，暗自松了口气。

公安局长雷厉风行，立刻撒开无形的大网。

窗帘已全部拉开，阳光透过巨大的落地玻璃窗照亮了酒吧大厅。伴随地板的"橐橐"声，左腿微瘸、紧裹黑风衣的跃进手挂金属拐杖，快步穿过空寂的酒吧大厅，拐进黑暗的包房通道，推门走进罗丹的住房。没有窗户的小屋狭窄拥挤，床上桌上地上杂物凌乱，屋里没人。电灯亮了，贴满了明星画片的墙壁上，少女罗丹自拍的半裸写真照刺人眼睛。跃进目光阴沉地巡视罗丹的住房，忽然感觉像心被人强摘去似的疼痛。显然，女歌手彻夜未归，在外面不知跟谁鬼混了一夜。怒发冲冠的跃进从通道里冲出来，冲大厅里大喊道："罗丹！出来！"

愤怒的喊声在空荡荡的酒吧大厅回响，却没有任何回应。半晌，才有个酒吧小姐从幕布后露出半张脸，胆怯地说："老板，罗丹不在，昨晚演唱会结束后就被人接出去吃夜宵，一夜没回来，把行李都搬走了……"

怯生生的细语不啻晴天霹雳，如雷击顶，跃进顿时呆若木鸡，突然挥舞拐杖打翻了小舞台上的话筒架，掏出手机拨了一个熟悉的号码。电话里慢悠悠地响起一个女人低沉圆润的慵懒歌声，很久才传来一个懒洋洋的声音："谁呀？"

跃进对手机怒吼道："你在什么地方？马上给我回来！"

罗丹显然还蜷缩在床上，娇声娇气耍赖道："困死了，让我再睡会儿……"

"你回来睡！这儿有你睡觉的地方！"

"你那个地方太吵了！我休息不好，晚上怎么唱啊！"

"我把我的宿舍让给你！我睡你那个狗窝！"

罗丹不吭声了，语气缓和下来："我不跟你吵了，约个地方吃中午饭吧？"

跃进也尽力克制自己，紧握手机的手直发抖。

中午，快餐店里没多少人，两个爱恨交加的小冤家见面了。跃进发现，戴在罗丹脖颈上的名贵珍珠项链不见了，光溜溜的细脖颈反倒有些扎眼。

跃进嘲讽地笑道："怎么不戴珍珠项链了？怕我问你价钱？"

罗丹吸了两口冰冻可乐，低声笑道："说出来吓死你！……不跟你说了！"

跃进没动任何食物，冷傲地靠在椅背上："说，有什么打算？"

罗丹仰望天花板眨了眨眼睛，顽皮地一笑道："我打算跟你结婚，愿意么？"

跃进单刀直入："做人要有底线！不能有奶便是娘！"

罗丹玩世不恭地笑道："有奶总比没奶强。我没有你那么高尚。我需要钱，需要很多钱。珍妮手指头缝里漏下点儿，也比我在酒吧里唱十年多得多！"

"你就甘愿卖身求荣，乞求别人的残汤剩水？"

罗丹俊俏的脸蛋霎时绯红，正色道："卖身？我卖给谁了？我既没有卖给你，也没有卖给别人，今后也不会卖给任何一个臭男人！你是我的什么人？你有什么权利指责我？我今年才二十岁，我拥有人生最大的财富！"

跃进突然暴怒地挥舞拐杖横扫桌上的纸盒纸杯，满桌子美味佳肴一片狼藉。

罗丹脸色惨白，浑身战栗，立刻起身离开，眨眼间消失了踪影。

别墅小院沐浴在午后的阳光下，二楼阳台上晾满了洗净的衣服。

秀儿在楼上几间卧室里抹桌子拖地板，收拾房间。女儿丹丹的房间显得比较凌乱，桌上堆满稿件，床上被褥未叠，衣物乱扔，废纸零食满地。秀儿嘴里一边嘟囔抱怨，一边麻利地收拾整理，搜寻掏出女儿换洗衣服兜里的东西。一只塑料绿皮本本忽然引起她的注意，仔细一看，封面上竟是"离婚证"三个大字，急忙翻开小本本看时，果然是丹丹和博士丈夫的离婚证书。秀儿瞬间精神崩溃了，气得浑身发抖，晕头转向地跑到卧室去打电话，好容易接通电话，开口便带哭腔："丹丹，你要把妈妈气死啊！"

丹丹大概正在现场采访，敷衍道："我这儿正忙呢，待会儿给你打！"

秀儿不管不顾地大声嚷嚷道："你忙！把自己男人都忙没了，你瞎忙什么呀！"

丹丹不耐烦了："妈，我正在工作！有话回家说！"挂断了电话。

"丹丹！……没良心的丫头，敢挂妈妈电话！你们偷偷把婚离了，一拍屁股吹灯散伙，叫然然从小就没了爸爸呀！"

话筒里的忙音"嘟、嘟、嘟"地叫个不停，提醒她不要对牛弹琴。秀儿撂下电话，又手忙脚乱地抓起电话拨通儿子的手机哭喊道："跃进啊，你妹妹离婚了，你知道么？她居然一直瞒着爸爸妈妈……"

跃进好像对此也不感兴趣，没好气道："离婚就离婚，有什么大惊小怪的！我早就看那个姓胡的小白脸不地道，丹丹早该离开他了！"

"你怎么说话呢？你站着说话不腰疼！然然没有爸爸了！"

跃进也不耐烦地挂断了电话，话筒里传出单调刺耳的忙音。秀儿手捧女儿的离婚证，一屁股坐在地板上，哭天抢地："没良心的臭小子！你自己不结婚，还撺掇你妹妹离婚啊！我咋命这么苦啊，老天爷呀！"

老保姆刘妈闻声跑上楼，不安地问道："阿姨你怎么了？要不要叫医生？"

秀儿忙止住哭声，把女儿的离婚证藏进衣兜里，拍拍屁股爬起来。

入夜，香格里拉大酒店灯火辉煌，亮闪闪的双子塔耸立在夜空。清新淡雅、古色古香的"紫云轩"包间里，凉菜和酒水已摆上了酒席。郭建国换了一身苏绣唐装，背头油亮，手指上的大钻戒闪闪放光，一副黑帮老大的派头，满面春风。穿黑风衣的跃进依然矜持内敛，沉稳而不动声色。

郭建国亲自为跃进酒杯里斟满了茅台酒："老弟，干一杯！"

跃进正襟危坐，不冷不热："其实，您不用这么破费，有话可以直说。我从不会喝酒，今天也不打算破这个例。郭先生，请自便。"

郭建国阴沉地看他一会儿，仰脖将满杯烈酒一饮而尽，自嘲地笑道："其实我也不会喝酒，酒和水对我来说，都是一个味道。我在坐牢的时候……"

跃进忍不住打断了他："咱们谈正事吧，我八点钟回酒吧。"

郭建国隐忍不快："小兄弟很性急啊！二十年没见面，总得先叙叙旧吧？"

跃进脸色稍缓和了些，端起面前的茶杯，品了一口碧螺春。

"我告诉你，我郭建国面壁二十年，早已脱胎换骨，放下屠刀，立地成佛了。我今天摆的不是鸿门宴，我是诚心诚意向你赔礼道歉，愿意跟你交朋友，在事业上助你一臂之力。你应该相信我的诚意。"

跃进沉稳地笑道："我想知道，郭先生有什么具体打算？"

"小兄弟，我和你们兄妹不打不相识，我认定我们这一辈子有缘分，又适

334

逢今天改革开放的大好机遇，我们一定要精诚合作，成就一番大事业！不瞒你说，我继承了家父的一大笔遗产，这笔钱我一辈子也花不完，但我不愿意躺在钱堆里当寄生虫，我要把好钢用在刀刃上！我的具体想法是：第一，为表达我的诚意，无偿投资扩建你的'老兵酒吧'，将它打造成全城最大的多功能娱乐城，名字就叫'老兵酒吧娱乐城'，完全是你的私人财产，你当老板，你的女朋友可以当总经理，在休闲娱乐业独占鳌头。第二，我和你合作开发房地产，你占干股，出任董事总经理，我隐身幕后，我和我的后台老板香港华协集团全额投资，与你利润分成，保你三年内成为亿万富翁。第三，如果你愿意，今后可以到国外去发展，我将全力支持你的人生计划，为你铺平道路。你觉得怎么样？"

跃进如闻天方夜谭，冷静地笑了笑："听上去好像天上掉馅儿饼……"

"是啊，我过去也不相信，可我走出监狱大门就成了亿万富翁，天上不是掉馅儿饼，是掉金元宝往你的头上砸，躲都躲不开啊！哈哈！"

跃进不动声色地沉吟片刻："谢谢郭先生的好意，请容我考虑考虑，我会给您一个肯定的答复。对不起，我得向您告辞了，不能耽误演唱会。"

跃进起身，郭建国也不挽留，也起身拱手相送："祝咱们合作成功！"

跃进道一声："请留步。"手拄金属拐杖，决然离去。

郭建国心里明白，酒吧老板已经不再是二十年前的单纯幼稚的高中生，不再可能随便将他拿捏玩弄于股掌之中。跃进骨子里也深知，当年的"李向阳"绝对不怀好意，绝不可能"放下屠刀立地成佛"，从仇人变成他的"贵人"。但跃进不愿意放弃这个送上门来的机会，他太需要抓住任何成功的机会！人生就是一场赌博，无论是拿青春赌还是拿人格赌，最后终以成败论英雄！

晚饭时间，饭桌上爆发了家庭战争，秀儿和女儿大吵大闹。

秀儿痛心疾首："你傻呀你！他在美国红杏出墙，你就跟他离婚，困了就给他送枕头，让他捡了大便宜！凭什么呀？然然怎么办？说离婚就离婚，为什么不征求家里意见？凤凰落架不如鸡，离婚的女人哪个还敢要你！"

丹丹忍无可忍，放下碗筷顶撞道："你这完全是封建落后思想！谁要谁呀？女人不嫁人就活不下去么？鞋合不合适只有脚知道，你就别操心了好吗！"

"不行！不能便宜了那小子！我们告他！"

"太无聊了！你告他什么？他想复婚我还不要呢！"

小然然吓得大哭，刘妈忙把她抱到一边去。丹丹拎起挎包就往门外走，秀儿急忙冲过来拽住女儿喊道："你去哪儿？"

"你管不着！……"

母女俩正在拉扯，忽听门外响起汽车喇叭声，有人喊道："首长回来了！"

小然然立刻破涕为笑，奔向门去："姥爷回来了！"

风尘仆仆的父亲在铁柱陪同下走进家门，铁柱见秀儿坐在饭桌旁不搭理人，故作轻松地笑道："首长安全地回家了，我这个老警卫员也完成任务了……"

秀儿爆发地怒吼道："都是你这个老警卫员干的好事！你还好意思表功啊？不给任何人打招呼，无组织无纪律，出了事谁负责？你负得起这个责么？"

铁柱招架不住退缩道："我检讨！首长，我回去了……"狼狈地逃出家门。

丹丹打抱不平道："妈，你太过分了，铁柱叔叔有什么错啊？"

秀儿一肚子气不打一处来："你告诉你爸爸，你都干了些什么蠢事儿！"

丹丹也火冒三丈："我干什么蠢事了？我离婚了！怎么啦？"

"离了婚你还光荣啊！丢人败兴……"

父亲勃然大怒道："吵什么！你给我闭嘴！泼妇骂街！离婚有什么了不起？这种背信弃义的小白脸儿，就是白给，我们也不要！你蠢么！"

秀儿被父亲骂得狗血淋头，"哇！"一声捂嘴跑进了房间，紧闭房门。然然也被姥爷的粗嗓门吓哭了，刘妈赶紧把她抱起来躲进厨房。

丹丹叹了口气，柔声问道："爸爸，您累了吧？"

"丫头，你跟我来！"父亲闷头向楼上走去。丹丹跟随父亲上楼。

楼上卧室敞开的窗户蒙了纱窗，初夏的晚风吹拂窗帘，送来幽幽花香。父亲和丹丹分别坐在床沿和沙发上，沉默半晌，父亲轻声问女儿道：

"丹丹，你真的跟那个人离婚了？"

丹丹点了点头："真的离了。长痛不如短痛，已经彻底了结了。"

父亲深深地叹了口气："什么时候离的？我怎么不知道？"

"今年春节，他特地从美国回来待了几天，我们悄悄在城南街道办事处办的离婚手续，没有告诉任何人。办完当天，他就飞回上海去了。"

父亲不禁义愤填膺："他居然回来也不露面，连自己的亲生女儿都不看一眼，简直是衣冠禽兽！当年他第一次来我们家，我就感觉他不诚实，爱虚荣，配不上我的女儿，可你们正在热恋中，我也不好反对……血的教训啊！"

丹丹心里难过，委婉地低声道："我不后悔，毕竟我曾经真心爱过他。"

父亲举了举手叹道："好，不提他了！这事拖了你好几年，总算是解决了，也是个好事儿！就是委屈了小然然，小小年纪没了爸爸。然然知道了？"

"她这么小，等长大再说吧……爸爸，对不起，女儿让您老人家伤心了……"丹丹忽然说不下去了，委屈地跑过去趴在父亲膝盖上哭起来。父亲也忍不住老泪暗流，手抖抖地抚摸女儿的秀发，仰天叹息。片刻，丹丹忍住泪离开父亲，不好意思地坐回到沙发上，抹去脸上的泪痕。父亲振作起精神安慰道：

"丫头，不怕！个人感情上受点儿挫折，也不见得一定是坏事。既然离了，就重新开始自己的生活吧！爸爸这次为什么跑到川北和重庆去？就是想替你太行姐姐把把关，亲自考察未来的女婿，别再在女儿的婚姻大事上出差错！你姐姐都五十岁了，经不起挫折了！考察的结果很满意。"

"爸爸，姐姐什么时候结婚？"

"应该很快，让他们自己决定吧！丫头，去，给妈妈认个错儿。"

丹丹噘起小嘴巴："妈妈真没文化，整个儿一家庭妇女……"

"丹丹，不许这么说妈妈！妈妈这一辈子也不容易……去吧！"

丹丹起身走到门口，回头看了看爸爸，下楼去了。父亲忽然感觉很累，浑身散了架似的疲惫，不觉顺势侧身躺倒在大床上，昏昏沉沉睡去。

深夜，繁华喧闹的城市已经沉睡，空寂的大街上车少人稀，路灯闪亮。

一辆出租车开到市民政局宿舍门外停住，跃进手拄拐杖，困难地走下车来。夜风吹拂黑色风衣，瘦削挺拔的身影如黑夜中的幽灵。左腿微瘸的背影走向宿舍大门，忽听身后有人叫了声："跃进！"跃进蓦然回过头，只见哥哥建国从停在路边的皇冠牌小轿车里走下来。显然，建国已在这里等候弟弟多时了。

跃进有点意外，迎上去招呼道："哥，你找我？回家说？"

建国拍了拍弟弟的肩膀："到车里去说吧，坐下说舒服点儿。"

"我不累。要不就在这儿走着说吧。"

于是，兄弟俩开始在法国梧桐树下的街沿上漫步，低声交谈。

建国直言："跃进，郭建国请你吃饭了？"

跃进心猛一沉："你怎么知道？哥，你不会派人跟踪我吧？"

"是监护。你是当年绑架案的当事人之一，要提防有人打击报复。"

跃进有些反感："我不需要什么监护，我讨厌别人干涉我的私人生活！"

"没有人干涉你的私人生活。我只是提醒你，与人交往要慎重。郭建国不是我们的同路人，他拉拢你，肯定有他不可告人的目的……"

跃进忽然爆发似的冲动道："我不是三岁的小孩子，用不着当领导的教训我！你当你的市长，我干我的个体户，我不沾你的光还不行？别忘了，当你在大学读书挣文凭的时候，我在战场上丢了一条腿！我相信，我一点不比你差！"

建国愕然："跃进！你怎么这样对哥哥说话？"

跃进头脑发热，扭头扬长而去，很快就消失在宿舍区大门里。

建国被弟弟突然翻脸打懵了，站在原地呆愣半响，慢慢转身登上汽车。

楼道里光线幽暗，伴随上楼的脚步声，声控路灯逐层明灭。跃进摸黑走上了三楼，忽然发现昏暗的路灯下，家门口蹲了个蜷曲的人影，肩背帆布行囊，身穿牛仔衣裙，散乱的长发遮住了埋在臂弯里的脸。看样子像一个迷了路的女孩儿，跃进顿了顿拐杖，问了声："谁？"

罗丹从梦中惊醒，见到跃进，立刻委屈地哭起来："我等你等睡着了……"

跃进不禁皱紧了眉头，拉起罗丹训斥道："你跑到哪儿去了？演唱会不参加，没有职业道德！闪开！"把女孩儿推到一边去，掏出钥匙打开了家门。罗丹破涕为笑，跟随跃进走进家里，好奇地观察屋内的陈设。跃进走进狭小的厨房，打开燃气灶烧上一壶水："吃晚饭了么？"

罗丹跟在他身后调皮道："没好好吃，肚子早就饿瘪了。"

跃进推开她往卧室走去，放下拐杖脱去风衣："我这儿只有方便面。"

罗丹笑嘻嘻地跟随："我喜欢吃方便面，打个荷包蛋更好吃！"

跃进躺在床上，拧亮床头灯道："待会儿吃了赶紧走，回去睡觉！"

罗丹放下背上的行囊，顺势上床趴在他身边娇笑道："我不走，我就在这儿睡觉，一直睡到明天中午自然醒！"凑近跃进，忽然在他脸上亲了一下。

跃进摸了摸自己的脸，面无表情。

罗丹靠近他的脸，大眼睛闪动亮光："你爱我吗？"

"你是谁？你从哪儿来？到哪儿去？"

罗丹嫣然一笑，慢悠悠地低声吟唱道："你从哪里来？我的朋友，你像一只蝴蝶飞进我的窗口！……"忽然一脸认真，"我是上帝派来爱你的！"

跃进推开她的脸，叹息一声："可惜我无法消受。"

罗丹灵巧地捉住他的手，仔细欣赏他修长纤细的手指："你不喜欢我？"

跃进苍白的脸上浮起一丝苦笑："我是一个没有性能力的人，战争剥夺了我作为正常人的权利，上帝惩罚我一辈子不能享受爱情……"

罗丹目光被泪水模糊了，忽然用火热的红唇堵住了他的嘴。跃进举手在空中做投降状，不敢碰亲吻他的少女，脑袋有些发晕。罗丹却纵情地亲吻他的嘴唇和脸颊，流下百感交集的眼泪……

他们就这样紧紧依偎在一起，各自埋头或仰天想心事。

过了很久，跃进轻轻摇了摇趴在身上的少女："睡着了？"

罗丹仿佛从梦中醒来，迷糊地四处张望，娇声问道："几点了？"

跃进扶她坐起身，将她搂在怀里，指了指桌上的小闹钟。罗丹孩子气地笑指小闹钟："都快两点半了……"伸手将小闹钟倒扣在桌上。

跃进怀抱一头小母动物似的痴情少女，进退两难，不知该怎么办才好。

罗丹�‍起小嘴巴："哥，我饿了，我想吃荷包蛋方便面。"

"你等着。"跃进吻了吻少女的秀发，准备下床。不料罗丹一把拖住了他，双手紧紧抱住他的腰，再次热烈地吻住了他的嘴唇。跃进终于激情迸发，热烈地回吻少女，忽然感觉身体膨胀起来……

这是跃进的初吻。这是一个男人的觉醒。

原来，世界可以如此美妙。

五十一、好难过的人生

市委市政府领导干部宿舍坐落在西郊公园旁的花水溪畔。副省级干部的五室两厅套房，宽敞舒适，简朴实用，处处彰显低调的奢华。

温馨的主卧室里，柔和的灯光下，戴老花镜的建国靠在床头上看书。穿丝绸睡衣的抗美沐浴完毕走出浴室，上床依偎在建国身边，默然厮守。

建国摘下老花镜叹道："花不花，四十八。我还没到点儿，眼睛就花了。"

抗美沉默片刻，忽然柔声道："你今天怎么了？什么事不高兴？"

建国掩饰道："没什么不高兴的，也没什么高兴的……"

"别瞒我。我是你的开心钥匙，打不开的锁，不妨让我试试。"

建国揽住妻子的肩膀："什么也瞒不过你，我也不用瞒你。我和跃进吵架了，准确地说，是跃进跟我吵架了。没想到，他会跟我翻脸……"

"他怎么了？……跃进是个挺文静的孩子，怎么会吵架呢？"

"我感觉，一只无形的黑手，正在悄悄伸向我们的家庭。你可能没注意到，除了郭建国，罗晶晶又出现在我们的生活中来了……"

抗美不禁浑身发冷，脱口而出："她？……在哪儿？你见到她了？"

"她已经摇身变成了腰缠万贯的亿万富婆，改名换姓，从海外回大陆投资，找上门来，想与我市合作，我才发现她就是罗晶晶！"

抗美倒吸一口冷气，忽然沉默了。涉及丈夫的公务，她习惯地缄口。

"也许是我的直觉敏感，我感觉郭建国会对我们家进行报复。至于采取何种报复手段，尚待观察。但有三个明显迹象让人警惕，一是他与罗晶晶的神秘关系；二是他居然找到了妈妈的家；三是他今晚宴请了跃进。我刚才找跃进谈话，跃进表现很不正常，情绪冲动，这是从没发生过的事！我觉得肯定有阴谋！"

抗美反倒冷静了，劝慰道："建国，也许是你多虑了。姓郭的在监狱里待了二十年，听说改造得不错，还有立功表现，也许他已经改恶从善了。"

"你太善良了！社会生活的急剧变化，会迷惑人们残缺的心智，会改变人们善良的本性。跃进今天的表现，让我深感震惊。我们是亲兄弟啊！何况我还曾经是他的救命恩人！在金钱和欲望的诱惑下，一切都会改变。"

"别这么悲观，事情没有你想象的那么坏。我相信跃进是个心高志远的人，不会糊涂到认敌为友的地步，你放心。"

建国叹了口气："睡吧。"伸手关了床头灯。

抗美也躺进被窝，关了床头小灯，在黑暗中依偎在丈夫的怀抱里，遐思冥想。淡淡的月光溶入卧室，模糊的景物渐渐清晰起来。黑暗中的建国仰望着黑洞洞的天花板，思绪虚无缥缈。忽然，床头柜上的手机铃声响了，建国看是熟悉的号码，稍稍迟疑了一下，接通了电话："跃进，有事吗？"

电话里传来跃进的声音："哥，睡了吗？对不起，我不该跟你发脾气。"

抗美悄悄拧亮台灯，建国松了口气："没关系。还没睡？"

“哥，还在生我的气么？我今天心情不好，跟乐队的哥们儿喝了两箱啤酒，我不该说那些混账话，你打我骂我怎么都行！”

“别说了。明天约个时间，我们一起回去看爸爸。”

兄弟俩在电话里唏嘘了一会儿，互相道了晚安，建国轻轻挂断了电话。

抗美悄悄关了台灯，在黑暗里抱紧了丈夫，柔声道：“睡吧。”

朦胧的月光里，建国目光闪亮，隐约可见脸上的泪痕。

骨肉亲情，血浓于水。

好难过的人生！男人的痛苦比女人更深。

清晨，霞光绚丽。两只红嘴相思鸟在鸟笼中欢叫，阳台上花红草绿。小餐桌上已经摆好了丰盛的早餐：一杯牛奶，一只煎鸡蛋，两片面包，一杯鲜榨橙汁，以及黄油果酱香肠肉松等副食，热量充足，营养丰富。

母亲摆好早餐吆喝孙儿：“亮亮！收拾好了没？吃饭了！”

戴红领巾、背书包的亮亮从卧室里走出来，坐下开始吃早餐。珍珍端来一碟喷香的韭菜炒香干：“亮亮，尝尝！早饭吃点儿蔬菜！”

亮亮面对满桌美食发愁道：“奶奶，我哪儿能吃得下这么多呀！”

母亲坐在孙儿身边谆谆叮嘱道：“亮亮，安全第一！上学放学过马路要当心，不要在半路上玩儿，不要跟陌生人搭话，发现坏人赶快找警察叔叔……”

亮亮边吃饭边点头，见奶奶翻来覆去唠叨，忍不住笑道：“奶奶您放心吧，我不是小孩子了，您当我上幼儿园呢！大白天的，哪儿有那么多坏人！”

珍珍认真地插嘴道：“亮亮，你别大意，现在坏人可多呢！”

母亲制止珍珍，严肃道：“亮亮，记住奶奶的话，一定要随时提高警惕！”

亮亮三下五除二吃完了早餐，擦擦嘴背起书包上学去。

珍珍自告奋勇：“姑，我送亮亮去学校吧，顺便把菜买回来。”

“可以。你送他到学校门口就行了，别让同学们笑话。”

亮亮不高兴地噘起嘴巴，向奶奶挥手再见，跟珍珍一块儿走了。母亲送到家门口，又跑回阳台张望，见珍珍跟在亮亮身后出了院门。母亲到底还是不放心，心神不定地回到客厅，想了想拿起电话，拨通了分院保卫科：

“分院保卫科？我是赵玉莲。我想反映一个问题……”

忽听有人按响门铃，母亲一惊，低声道：“你别挂，等等我，我去开个门……”

门铃声又响起来，门外那人好像挺急，把门铃按得连声响。母亲放下话筒，悄悄走到门前，透过"猫眼"往外看，却是秀儿，松了口气，赶紧把家门打开，示意秀儿进门别出声儿，关上门赶紧跑回客厅拿起话筒。

"保卫科吗？没事了，谢谢你，再见！"

秀儿一路走得气喘吁吁："姐，我没误你什么事儿吧？"

母亲放下电话笑道："一个退休老太太，能误什么事儿呢！你有事儿？"

秀儿忍不住又带出哭腔："姐，我真没法儿活了，丹丹离婚了！"

母亲见惯不惊："不是早就在闹离婚么？没那么严重吧！死呀活的，我也离过婚，不也活到七十多岁了么？还是咱爹说得好，女孩子一定要自立。我看丹丹挺有骨气。过不下去，干吗非拖住那个男人？甩掉包袱，开始新的生活！"

秀儿心里堵得慌："离过婚的女人，带个孩子，太难了……"

"别说了！……你呀，一辈子也没活明白，从骨子里就看不起女人，看不起自己！没有爱情的婚姻，对女人是最大的伤害！你怎么不懂呢？"

"闺女顶撞我也就罢了，首长也把我骂得狗血淋头！"

母亲忍不住笑了："秀儿，你叫我怎么说你呢？你跑到我这儿来寻找同情和安慰，恐怕也要空手而归！回去吧，别闹了，好好伺候首长和孩子们，他们是你最宝贵的财富，只要一家人平平安安的，你还想要什么呢？"

秀儿抹了抹眼泪闪开笑脸："姐，那我就回去了，还想去逛逛超市呢！"

"回去吧！替我给首长问个好，保重！"母亲起身送客。

秀儿百感交集地拎包走了，母亲送她出门，忽听电话铃又响起来。母亲赶紧关门回来接电话，看了看来电显示，见是个陌生的手机号码，迟疑地拿起话筒，却意外地听到女儿的声音："妈，我是太行！"

母亲豁然开朗："是俺闺女呀，你在哪儿呢？"

"妈妈，我已经登机了，一会儿就到家！"

"你是说坐飞机，一会儿就回家了？"

"妈，马上要起飞了！您等着，我们一会儿就回来了！"

母亲还想说什么，太行已经关了手机。母亲一时手忙脚乱起来，赶紧给儿媳打电话："抗美，你姐姐马上到家了，你和建国快回来吧！"

抗美在电话里兴奋道："好的，妈妈，我马上联系建国，尽快回来！"

母亲放下电话，原地转个圈儿，猛省地奔向厨房。

穿布衣、戴草帽的父亲正在花园里给苹果树修剪枝叶，回家看望父亲的跃进手拄金属拐杖站在旁边，父子俩有一句没一句地说话，气氛有些冷淡。

"你哥哥也很久没回来过了，他是个大忙人……"

跃进笑道："昨晚他还约我回来看爸爸，今早就爽约了，说去郊县考察水利工程，脱不开身，约我晚上一块儿来，可晚上正是我忙的时候。"

父亲用力剪断一根粗枝："他白天忙，你晚上忙，好像太阳和月亮不照面。我经常想，你一个伤残荣誉军人，战斗英雄，怎么就下海当了酒吧老板？为什么不愿意留在民政局工作？挣钱真的有那么重要么？儿子，我想不通！"

跃进皱紧眉头："爸，您怎么又提这个事？三年前我们就为这个事吵过架，我们在思想观念上有根本的分歧，谁也不能说服谁，我干脆搬到单位去住，免得惹您生气。我靠诚实劳动挣钱养活自己，我感到很光荣！"

父亲感情激动道："可我就是不愿意看到我的儿子在酒吧里卖唱！"

儿子敏感的神经被刺痛了，忍无可忍道："如果觉得丢了您大将军的面子，您可以不认我这个儿子！我告诉您爸爸，作为您的儿子，我问心无愧！"

儿子转身大步离开父亲的小院，黑色风衣如飘飞的旗幡。父亲立刻懊悔了，深感伤害了儿子的感情，戳在那里呆若木鸡。

门铃声"叮咚叮咚"响了，欢快而迫不及待。母亲打开家门，女儿太行张开双臂扑进了母亲的怀抱。军装笔挺的华健教授站在门外，沉静地向母亲微笑。

母亲从激动中清醒过来，亲切地问道："这是华健同志吧？请进来吧！"

华健大校向母亲敬了一个军礼："伯母您好！我是太行的同事……"

太行红了脸瞪他一眼嗔道："废话，你还是我的领导呢！"

母亲高兴地带女儿和华健回到客厅高声道："珍珍，来客人了！倒茶！"

珍珍满面春风地端上大茶盘，沏好了两杯香浓的碧螺春。

太行热情地招呼道:"珍珍来了！这是我表妹珍珍，这是我的男朋友华健。"

珍珍礼数周全："太行姐姐，姐夫……我给你们做饭去！"

华健闹了个大红脸，珍珍不好意思地退回厨房，母亲招呼客人落座。

太行搂住母亲："妈妈，我们只请了一天假，买了来回机票，今天下午就飞回去。医院工作太忙了，特别是这位大院长，一天也离不开！"

华健文质彬彬地笑道："今天休假，临时决定回家来看望伯母。"

"请妈妈相女婿，妈妈相不中，我们就吹灯散伙！"

母亲轻轻打了女儿一下："不许胡说！"

母女俩放声大笑，华健也不好意思地笑了。正说笑，抗美匆匆推门走进来，立刻和太行抱在一起。母亲赶紧问儿媳道："抗美，告诉建国了么？"

"妈妈，建国今天陪同省长到远郊考察水利工程，中午实在脱不开身，下午六点以前一定赶回来，请姐姐和华健大哥原谅！"

母亲急道："这不是马后炮么？下午你姐姐他们就飞回重庆了！"

太行忙宽慰母亲："妈妈，没关系。进了咱家的门，以后还怕见不上么！"

华健也表示："伯母，我们下次再回家，一定提前打好招呼！"

太行又跟他玩笑："打好招呼，让妈妈准备四碟八碗招待你这位新姑爷？"

母亲和抗美及珍珍都笑了，抗美抗议："姐姐就会欺负老实人！"

门铃忽然又响了，抗美叫了声："丹丹来了！"

果然是丹丹，身背记者包，进门就喊道："娘，我来了！"

母亲喜爱地拉住丹丹的手介绍道："快叫姐姐，这是华健大哥！"

丹丹大方地招呼道："姐姐！华健大哥！我听爸爸说了……"

太行亲热地搂住小妹妹，对华健骄傲地笑道："看我的小妹妹漂亮吧！"

母亲高声吆喝道："准备开饭！珍珍，把红葡萄酒拿出来！"

一辆白色宝马轿车开进欧洲花园别墅大门，沿绿荫大道徐徐行驶，拐弯抹角，停在一座独栋别墅楼前。迎候在别墅门前的庄秘书拉开车门，恭迎跃进走下汽车。郭建国迎下台阶，满面春风地握住跃进的手笑道："大驾光临，有失远迎！刚才接到你的电话，我就对劳伦斯先生说：一位年轻的企业明星诞生了！"

手拄金属拐杖的跃进矜持地笑了笑，郭建国挽住跃进的手走进花园中的草坪，在太阳椅上落座。两位公关小姐献上香茶咖啡饮料，站在桌旁伺候。

郭建国潇洒地一挥手："我已经请庄秘书和劳伦斯律师起草了两份关于无偿投资改建'老兵酒吧娱乐城'和创办合资企业'太平洋房地产开发公司'的合作意向书，请跃进兄过目。如无异议，等珍妮主席莅临，正式签约。"

劳伦斯律师将两份装帧精美的文件恭敬地递到跃进面前。

跃进接过文件随手翻了翻，谨慎表态道："我会请我的律师认真拜读。"

"没问题！这只是两份意向书，没有法律效力。"

两位小姐立刻端来托盘，将两杯红葡萄酒分别送到郭建国和跃进的面前。

郭建国举起杯："跃进兄，为我们大展鹏程，合作成功，干一杯！"

跃进也起身举杯道："谢谢郭兄！"两人碰了杯，豪饮而尽。

郭建国叫了声："佟娃子！"宝马车司机应声小跑过来，"这位是李总。从现在起，你就是李总的专职司机，随时听候李总调遣。"又对跃进道，"跃进兄，这辆宝马就是你的专车，这是珍妮主席送给你的见面礼。"

跃进急忙摆手："无功不受禄。这份礼太重了，我承受不起。"

郭建国搭住他的肩笑道："商场如战场，必须讲究门面。作为合资公司老总，总不能成天打的吧？这是工作需要！再说你的腿也不太方便，代步而已。"

跃进坚决推辞道："郭先生，这不行！这有违我做人的原则。"

"跃进兄，你怎么这么认真呢？就算暂时借给你当工作用车，到时候你自己买了车再还给公司，还不行吗？你是私企老板，没人管你！"

跃进还想推辞，郭建国高声喊道："出发！到银杏大酒楼，为李总接风！"

地处闹市区的珠宝玉器一条街，实则闹中取静，真正光顾的买家寥寥无几。

一家珠宝玉器拍卖行门市内，只有一位精明的老板和一名伙计站台。

流浪女歌手罗丹悄悄闪进店门，观察了四周环境，径直走到老板柜台面前。

老板见她年轻，一身布衣布裙，冷眼斜视："小姐，想看看什么呀？"

罗丹肩挎一只帆布挎包，神秘地低声问道："您这儿收购珠宝么？"

老板忍住笑道："您有什么珠宝啊？如果货真价实，我们也可以收购。"

罗丹看了看四周没人，从挎包里拿出个礼品盒，打开盒盖。老板定睛一看，眼珠子立刻瞪大了，闪射出贪婪的亮光。罗丹轻轻关上盒盖：

"怎么样？您看能卖多少钱？"

老板没有回答，伸手示意再仔细看看，罗丹把盒子递给他。精明的老板带上老花镜，将那条珍珠项链看了又看。罗丹冷眼旁观，知道老板已被眼前的稀世珍宝吸引，爱不释手，势在必得。

老板终于抬起头来，目光闪亮："小姑娘，这是您买的，还是别人送您的？"

罗丹不客气地收回礼品盒："管得着么？您到底要不要？"

老板开始绕山绕水："我看您也是个雏儿，我也不想糊弄您。实话说，这是货真价实的世界名牌奢侈品，虽然成色不算太新，但值两万元人民币。"

罗丹冷笑："您也太客气了。它至少价值两万美元！"

老板哑然一笑："您真会说笑话。两万美元，可以买到这个品牌的顶级款。"

罗丹把礼品盒装进挎包："我告诉你，这就是顶级款。你买不起！"

老板见她转身要走，急忙叫住她："小姐留步！您开个价？"

罗丹停住脚步，冷冷地甩出一个数字："十二万！"

老板苦笑："咱别说那些不靠谱的数字好么？人民币两万五，您看怎么样？"

罗丹拔腿往门外走去，老板急忙绕出柜台追上去，再次诚恳挽留。

罗丹不耐烦道："你到底诚不诚心买？姑奶奶忙着呢！"

老板请罗丹坐在太师椅上，恳切地表露心迹："小姐，我是个珠宝玉器鉴定专家，也是个诚实的生意人。我给您开出两万五千元，已经是冒了很大的风险，一片诚心可鉴。我看您也是个爽快人，这样吧！两万八千元，我的底线！"

罗丹又做起身欲走人状："跟你这种人做生意太累了！"

老板这回没挽留，站在她身后高声悲愤道："您说个数！谈不成，您走人！"

罗丹站在店门口沉吟片刻："十万！"

老板忽然没声儿了，罗丹奇怪地回头时，却见他已经回到柜台上埋头记账。

罗丹反倒笑了，慢慢走回柜台："怎么不还价了？小孩儿过家家呢？"

老板一脸无辜地冷笑："做生意讲究诚信，无诚意免开尊口。"

罗丹顽皮地一笑，在店堂里优雅地踱步两圈儿："八万？"

老板从老花镜上方抬起眼皮看了她一眼："四万五。"

罗丹忽然走到老板面前，凑近他的脸："不还价——六万五！"

老板双手颤抖，嘴唇哆嗦，与罗丹同声吐出了三个字："五万五！"

罗丹"扑哧"一笑，老板始则惊愕，继而惊喜："成交？"

罗丹从挎包里重新掏出礼品盒："老板，你今儿个可发大发啦！"

下午，储蓄所办事的人不多，大家都规规矩矩地排队等号。

门外开来一辆白色宝马轿车停住了，穿黑风衣的跃进下车走进来。服务小姐递给跃进一张号票，跃进看了看等号的长椅，挑了个空座坐下来。偶然一抬头，忽然发现 3 号窗口站了个熟悉的背影，一眼就认出是罗丹。跃进略感意外地盯住那个熟悉的背影，本想打个招呼，想了想又止住了。

窄小的小窗口外，罗丹从挎包里取出大捆钞票塞进窗口："存钱！"

银行小姐冷冰冰地命令道："身份证！……设密码！……"

罗丹警惕地在密码器上按下了六位数字：760909。然后按确认键。银行小姐毫无表情地操作电脑，然后把几大捆钞票扔给了对面的女职员。女职员收了钱，把硬纸壳的银行存折交到罗丹手里，罗丹仔细审阅后，装进了衣兜里。

坐在长椅上的跃进用报纸半遮住脸，罗丹匆匆走出门去。

戎生从北京开会回来后，与建国相约去北校场看望父亲。

夜幕降临，花园别墅小院门外停了两辆高级轿车。父亲与来看望他的建国和戎生坐在宽敞的二楼阳台上，谈笑风生。丹丹为两位大哥端来热茶、香烟、水果，坐在父亲身边。父亲情绪兴奋，拄上戎生送给他的高级轻金属拐杖在阳台上走了几步笑道："你爸爸自己不用拐杖，倒给我送拐杖！"

戎生说："李叔，我爸还想约你回太行山去故地重游呢！"

父亲跃跃欲试："好啊！离开太行山五十年了，我早就想回去看看了！"

"爸爸，那就跟朱伯伯约好，等今年秋高气爽季节，我和戎生请假陪你们回山西去走一趟，看看过去打仗的地方，重温战斗岁月……"

戎生悄悄拉了拉建国，岔开话题："李叔，您老身体还好吧？"

父亲拍了拍胸脯："你看呢？老将黄忠，八十岁还能吃十斤肉，开十石弓，我也差不多吧！打起仗来，我和你爸爸照样可以上前线！"

丹丹娇声笑道："年龄不饶人，您就别逞能了！"

父亲最爱听女儿的话，自嘲地笑了。建国和戎生也笑起来。

父亲关心地问道："戎生，家搬过来了么？爱人和孩子都安顿好了吧？"

"爸爸，戎生刚调来没几天呢！"

戎生坦然道："李叔，我的家庭情况建国都知道。我女儿明年考大学，暂时不准备转学到这边来。我爱人去年因病去世了。"

父亲猝不及防，"哦"了一声，张口结舌，一时不知该说什么好。坐在父亲身边的丹丹也深感意外，目不转睛地凝视戎生大哥。

戎生达观大度："生老病死，都是命运的安排，自然规律，谁也无法改变。

我已经从痛苦中走出来了，人总要向前看的。"

"戎生说得对，朱伯伯就是榜样，一辈子出生入死，照样活得健康开心！"

"好样的！戎生，你的前程远大得很！"父亲也感慨道。

几天以后，珍妮女士忽然又出现了。

宽阔平坦的机场高速公路上，奔驰轿车平稳地飞驰。庄秘书坐在副驾座上，刚下飞机的珍妮女士和郭建国坐在后座沙发上。戴大墨镜的珍妮依然冷傲内敛，全身名牌西装的郭建国霸气张扬，嘴咬英国烟斗笑问道：

"珍妮主席来去匆匆，神出鬼没啊！怎么没有回美国休息几天，调养调养？您离开的这几天，我是度日如年，寝食不安啊！"

珍妮冷冷地回了句："我没有回香港，我去了一趟北京。"

郭建国意外道："您去北京干什么？您的老家？约会您过去的相好？"

珍妮故作神秘高深："我与中国政界高层有千丝万缕的联系。"

"吓唬谁呢？除了金钱开道，跟人上床，您还会什么？"

珍妮冷傲地回敬道："除了钱和女人，你根本不懂世间情为何物！"

郭建国不生气，反倒哈哈大笑道："说得好！可是除了钱和女人，这个世界还有什么值得留恋的呢？问世间情为何物？还以身相许？见他妈的鬼去吧！"

坐在前面的庄秘书假装耳聋，跟随汽车音响节奏摇头晃脑。

珍妮女士忽然命令道："庄秘书，你把摇滚乐关掉！全是噪音！"

庄秘书立刻关闭汽车音响，车内安静下来，空气沉闷。

沉默半响，珍妮女士公事公办道："那两件事办得怎么样了？"

郭建国也一本正经："进展顺利。扩建娱乐城只牵涉到更改公司名称和办公地点问题；成立房地产公司的报告正在走程序，估计很快就会批下来。"

"李跃进好合作么？这个人的人品和能力怎么样？"

郭建国得意道："我看人准没错儿，这个人绝对是经商的天才！加上优越的社会背景和伤残荣誉军人身份，你我雄厚的资金后盾，保证一路绿灯！"

"根据共产党的规定，党政领导干部的配偶和亲属不能在该官员管辖范围内经商。他哥哥是这座城市的父母官，恐怕会弄巧成拙……"

"李跃进并非公司法人，只是拿酬薪的打工仔，再说他也不是配偶和子女，只是同父异母的兄弟。至于酒吧，纯属于娱乐服务行业，并非经商。"

"他哥哥目标太大，反倒会带来不必要的麻烦。"

"恰恰相反，会带来意想不到的顺利。"郭建国笑道，"'狐假虎威'的故事，在官场上依然畅通无阻。我们完全不用找市长，就仅凭李跃进优越的社会背景和伤残荣誉军人身份，就会得到太多好处。我们很快就会拿到公司执照。"

珍妮女士默然无语，冷傲地转脸眺望向窗外景色，陷入沉思。

郭建国悄悄捉住她的手，凑近脸低声笑道："怎么样，这两天想我了吧？"

珍妮女士想抽出手，却被男人的铁掌死死攥住，只好任由其抚弄。

庄秘书回头毕恭毕敬道："主席，郭先生在欧洲花园别墅为您准备了房间。"

珍妮手被攥住，面无表情地命令道："香格里拉。"

郭建国悄悄蹂躏女人柔软的手，瘦长脸上浮起心满意足的淫笑。

车到酒店，郭建国死皮赖脸地跟随珍妮女士下了车。铺羊绒地毯的过道里，珍妮女士和郭建国以及庄秘书在客房经理引领下迎面走来，行李员推行李车跟随身后。经理打开房门，恭请贵宾入住。珍妮女士走进豪华套间，行李员放好行李，躬身退出房间。庄秘书知趣地告退道："主席，我下去了。"笑容可掬地退出门。

郭建国却无告退之意，一屁股坐在客厅大沙发上，掏出了英国烟斗。

珍妮忽然想起了什么："请你去告诉庄秘书，让他在大堂等我一下。"

郭建国迟疑片刻，急忙起身开门追出门去大喊道："庄秘书！"珍妮女士却疾步上前关门反锁，将郭建国关在了门外，任其敲门叫喊也不开门。受骗上当的郭建国气急败坏地用拳头砸了几下门，扭头大步离去。珍妮优雅地坐在沙发上，掏出手机拨号，扬起雪白冷傲的瓜子脸。

电话里传出一个中年男人极富磁性的低音："哪一位？"

珍妮声音柔美："刘副市长？您好！我是香港华协集团的珍妮。"

电话里的男人亲切问候道："珍妮主席，从香港回来了？"

珍妮女士娇声嗔笑道："刘副市长，您真是贵人多忘事，人家是去北京看望老领导，顺便出席一个品牌发布会，我不是告诉过您么？领导同志真官僚！"

"欢迎主席批评，虚心接受，坚决改正！"

"我想今晚请您在锦水苑吃海鲜，请刘副市长赏光莅临！"

电话里的男人稍迟疑道："今晚外办有个欢迎酒会，脱不开身啊！"

珍妮女士随机应变："那就等您散会后，我请您在圣淘沙喝茶，总可以吧？"

电话里的男人沉吟片刻："好吧！晚上九点，不见不散。"

珍妮挂断电话，起身走向卧房，将手机扔在大床上，走进了卫生间。

市长办公室桌上几部电话铃声同时震响，此起彼伏。市长李建国从外面开会回来，推门快步走进办公室，放下公文包，示意紧随身后的市长秘书，秘书依次拿起电话回应道："对不起，请过几分钟打过来。"市长向秘书挥了挥手，秘书立刻退出去，关闭了办公室门。桌上的红色保密电话又响起来，建国看了看来电显示，拿起电话筒。电话里传来市公安局长低沉的声音："市长，我是吴钢。"

"吴局长，你好！什么情况？"

"报告市长，这几天，我们对可疑对象实施了全天候监控，对有关当事人也布置了监护，没有发现特别异常情况。但某些奇怪的现象值得警惕：第一，可疑对象出狱后，经济状况宽裕，出手阔绰，并与香港华协集团高层人士来往密切。第二，可疑对象最近与当事人之一李跃进接触频繁，尚未发现伤害当事人的迹象。第三，可疑对象考察了六号信箱旧址，有征地建房的意向。"

"辛苦了。请随时和我联系。再见！"

放下电话，市长李建国深深地吸了口气，靠在椅背上陷入了沉思。不一会儿，衣兜里的手机铃声响了，建国看了看手机接通电话，语气冷峻。

"刘副市长，什么事？请讲。"

一个极富磁性的男人声音从电话里传出来："市长，向您请示个事儿。"

市长李建国冷冷地反问道："刚才开会为什么不当面说？"

刘副市长圆滑地笑道："刚才散会您走得急，我也正在接一个电话……"

"说吧，简短些，抓紧时间！"

刘副市长试探地问道："香港华协集团主席珍妮女士最近向我表示，她希望市长在百忙中抽出时间再次约见，面谈有关在我市投资合作事宜。"

"最近没有时间，也没有必要再次约见。你是分管经济工作的副市长，又是外商投资管理委员会主任，你全权处理。就这样？"

电话里刘副市长唯唯诺诺："好的好的！我会处理好这件事的。"

建国说了声"再见"，挂断了电话，把手机扔在桌上。

副市长刘志国，一个大巴山贫苦农家出身的文革前入学的大学生，在改革开放年代脱颖而出，当上了省会城副市长。除自身条件和机遇外，还得益于其深藏不露的城府和随机应变的能力，在官场游戏中左右逢源，游刃有余，官运亨通。

建国不喜欢这个人，感觉这个人太圆滑，无法掌控。

清新淡雅、古色古香的豪华包间里，桌上摆满了色香味美的高档清淡菜肴。珍妮女士宴请跃进和罗丹两位年轻人，酒席宴上充满了亲切的气氛。由于环境和菜肴太高档，极尽奢华，两位年轻人多少有些拘谨。

珍妮注意到罗丹光溜溜的脖颈，在为她布菜时随口问了句："你的项链呢？"

罗丹脸红掩饰道："对不起，干妈，今天出门忘戴了……"

跃进意味深长地看了她一眼，低头没说什么，品尝了一口红酒。

珍妮女士洞察秋毫："不会让人偷了吧？价值两万美元呢！"

罗丹惊呆了，张口结舌："干妈，这是真的？"

珍妮洒脱地一挥手："真丢了也就算了，干妈再送你一件新的！"

罗丹不敢说话，低头悔青了肠子，不时偷看跃进的脸色。

珍妮女士轻言细语："跃进、罗丹，我们虽然素昧平生，但我看你们第一眼就非常喜欢，这也许是我们之间的缘分吧！罗丹很像我的女儿，跃进又很像我的弟弟。更重要的是，你们都是有才华、有志向的年轻人，前程无量。我愿意尽我之力帮助你们开创事业，而不计较回报。让我们从真诚的合作开始吧！"

珍妮女士举起酒杯，与两位年轻人碰了杯，大家抿了一小口。

"我们考虑到跃进的事业单位身份，决定与市民政局劳动服务公司合资成立太平洋房地产公司，由香港华协集团全额投资，注册资金两亿元人民币。跃进任公司董事总经理，年薪30万元人民币，并按10%的比例参加公司的利润分成。公司的第一个项目，即开发蕴藏巨大商业价值的城南原六号信箱旧址208亩黄金宝地，根据规划和预算，预计整个综合配套开发约需6亿元人民币，利润回报约超2亿元。老兵酒吧娱乐城的改扩建工程已准备开始动工了，跃进仍然当老板，罗丹出任总经理，年薪15万元人民币……"

跃进忽然插问道："请问主席，郭先生担任什么职务？"

珍妮女士微露一丝轻蔑："鉴于郭先生的特殊身份，拟请他担任公司的投资顾问工作，不参与公司经营和决策，但他是公司的第二大股东。"

跃进微微颔首，心里似乎踏实了些，主动起身举杯："珍妮主席，感谢您对我和罗丹的厚爱和提携，我们愿意与您合作。为我们合作成功，干一杯！"

珍妮女士和罗丹也起身与他碰杯，干了杯中红酒。

五十二、父与子是永恒的宿命

星期六晚饭后，父亲忽然心血来潮，想去考察儿子的夜生活。

夜色苍茫，灯光迷乱。往日热闹喧嚣的"老兵酒吧"关门闭户，生意冷落。

酒吧门前竖立了一块告示牌："内部改建，暂停营业"。

初夏的夜晚，身穿白布衬衫和开衫毛衣及旧军裤的父亲倒背双手，慢悠悠地散步来到儿子的酒吧门前。酒吧周围已拉了警戒线，霓虹灯依然闪闪发光。父亲像乡巴佬似地观望半晌，走到酒吧门前一个坐在折叠椅上观街望景的保安面前："同志，打听个事。这个'老兵酒吧'怎么关门了呢？"

保安正在看穿裙子过马路的年轻姑娘，不耐烦地敷衍道："生意做垮了呗！"

不料父亲却认了真："生意不是挺好的么？怎么就做垮了呢？"

保安瞟了一眼面前这个土包子老头："老板被抓了呗！"

父亲脸色突变，突然揪住保安的胳膊追问道："哪个老板？为什么抓他？"

保安疼得咧嘴叫唤："哎哟！老爷子，您这爪子是老虎钳啊？放手！"

父亲却不松手，厉声追问："你说！哪个老板？姓什么？"

保安使劲推开父亲，跳脚骂道："断一条腿的李老板！他妈老不死的！"

父亲瞪圆眼珠，紧握轻金属拐杖怒道："你骂谁？老子抽你！"

保安虽是个身强力壮的小伙子，却被父亲镇住了，嗫嚅地不敢再还嘴。父亲怒不可遏，举起拐杖狠狠地敲了敲告示牌，气哼哼地转身走了。

保安呆望父亲的背影，低声道："神经病老头！吃错了枪药了！"

夜已近深，大街上行人车辆稀少，闹市区霓虹灯也陆续熄灭。街沿上的梧桐树下，一个年轻女人苗条的身影独自徘徊，自行车架在身旁。不时有夜行的汽车从她身边飞驰而过，夜色愈加深沉，远处传来钟楼沉重迟缓的钟声。

一辆白色宝马轿车驶来停在马路边上，车门打开，装假肢的跃进吃力地挂拐下车，先下车的罗丹急忙搀扶。两个人向司机挥了挥手，宝马轿车开去。

站在梧桐树下的女人走出阴影，叫了声："哥！"

跃进蓦然回头，才发现形只影单的妹妹，不禁诧异："丹丹！"

"哥，我找你有话说。"

跃进回头看了罗丹一眼，言不由衷地邀请道："到家里去说吧！"

丹丹停住脚步："不上去了。几句话，就在这儿说吧。"

"老板，你们谈，我先上去等你。"罗丹知趣地松开跃进，袅袅婷婷地离开。

跃进走到妹妹面前问道："什么事？"

"今晚爸爸一个人出去散步，不知怎么就溜达到你的酒吧去了，见酒吧关门停业，又听说老板被抓了，心里特别难受……"

跃进淡然一笑："爸爸一定误会了。你没跟他解释么？"

"这件事当然是误传，我已经给爸爸解释了，你也抽空回家给爸爸说几句，别让爸爸担心。哥，我担心的是你。我知道你和姓郭的已经笑泯恩仇，甚至答应和他合伙办公司……哥，你怎么就这么执迷不悟呢？！"

跃进立刻沉下脸："你怎么知道这些事？你在跟踪我？"

丹丹抓住哥哥的手急切道："哥，赶快清醒过来吧！姓郭的和那个香港女人肯定没安好心，他们已经布下了可怕的陷阱，等着你往里面跳呢！"

跃进推开妹妹的手，冷笑道："丹丹，是建国哥哥让你来劝我的吧？你回去告诉他，我的事不要他管！他走他的阳关道，我过我的独木桥！"

丹丹痛心疾首："他是市长，你不能往他脸上抹黑啊！"

跃进怒道："他当他的市长，我做我的生意，怎么就给他抹黑了？我明天就登报声明，李建国跟我没有任何关系！行了吧？"

丹丹不禁流下泪水："没想到，金钱真的能改变人与人的关系……"

"还有什么事？没事就早点儿回去休息吧！"

丹丹羞愤地扭头向自行车走去，不料推车时脚一绊，竟连人带车摔倒在地上。跃进的心一沉，下意识地疾步向前奔去，左腿假肢踩了空，也摔倒在地上。丹丹见哥哥也摔倒了，急忙爬起来搀扶，心疼地问道："哥，摔疼了么？"

终身残疾再次刺激了跃进的自尊心，愤然站起身甩开妹妹，扭头大步离去。

丹丹泪流满面，目送哥哥微瘸的背影，心痛欲绝。

豪华套房灯光幽暗，赤脚踩在厚厚的羊绒地毯上悄然无声。主卧卫生间里，身穿半透明睡衣的珍妮女士坐在镜前，精心补妆。秀发乌云般地垂落香肩，半遮半掩雪白的瓜子脸，目光戚然。身穿软缎睡衣的郭建国幽灵般地出现在她身后，嘴咬英国名贵烟斗。珍妮的眼帘垂落下来，再抬起时，已是凛然冷峻，闪动寒光。郭建国在梳妆镜里欣赏女人，慢慢紧贴她身后坐下。珍妮欲起身离开，却被男人从背后紧紧抱住，并将脸贴了在一起。男人笑吟吟地问道：

"今晚又去和刘副市长约会了？感觉如何呀？"

"男人也就那么回事儿，在金钱和女人面前永远是低智商动物，百试不爽的自然规律。那块宝地应该没问题了，不过回扣也很可观。"

郭建国的双手开始在她的胸部移动："要多少？他敢狮子大张口？"

珍妮把他的手拿开："不要在房间里谈论商业机密。"

郭建国却死死地控制住她："那我们谈什么呢？要不就谈谈爱情吧！"

珍妮抬起锐利的目光盯视男人，轻蔑道："你也配谈爱情？"

郭建国亲吻她的脖颈："要不谈谈你的奋斗史风流史？我很感兴趣。"

珍妮仰脸闭眼，任由他纵情爱抚："你永远也不要想知道。"

郭建国亲吻与说话两不误："我知道，我什么都知道……你的真名叫罗晶晶，原本是出身红色家庭的北京红卫兵。你的命运伴随你父母的命运大起大落，先到山西太行山插队落户，后来参军到了河南，再回北京参加太子选美，最后发配到西北农场，改名叫严爱华，隐姓埋名。七十年代中后期，你从新疆农场神秘消失，秘密潜回北京，沉入茫茫人海；八十年代初，你成功地勾引了我的父亲、从美国回大陆探亲寻子的前国民党将领、美国华协集团创始人郭老先生，把出生年龄从 1953 年改为 1958 年，飞赴太平洋彼岸留学深造，后来即成为郭老先生的第三任夫人珍妮女士，并继承了我父亲的家族企业和全部财产。只是因为我父亲临终前委托劳伦斯律师保护我的遗产继承权，你才不得不对我委曲求全……"

珍妮始而心惊，继而坦然，最后竟莞尔一笑。

郭建国捏住她的下巴："你笑什么？难道我说的不是事实？"

珍妮冷笑道："除了这些，你还知道什么？知道我睡过二十个男人？"

郭建国开心地大笑："你装什么狠！我爹娶你的时候都已经六十七岁了，我估计他早已丧失了性能力，没法跟你做爱了。我才是你的真正的男人！"

珍妮垂下眼帘，似笑非笑："我是你的继母，不能乱伦。"

郭建国坐在她的身后，欣赏镜中的男女："我们是天生的一对。"

珍妮似有同感，雪白的瓜子脸上浮起一丝温柔。

夜深人静，路灯昏暗。皇冠牌轿车悄悄开到离休干部小院门外，市长李建国走下汽车，轻轻关上了车门，走进院门。抬眼望去，三楼母亲家灯光还没熄灭，好像珍珍的身影在阳台上闪了一下，退回屋去。

安装声控路灯的楼道里，建国走上三楼，珍珍已开门迎候。

"建国哥回来了？姑接到你的电话，一直在等你。"

建国走进家门，直接来到母亲的卧室床前："妈妈，我回来了。"

母亲正靠在床头灯下看书，见儿子回来，忙摘下老花镜："回来了？"

建国坐在床沿上，看了看熟睡在母亲身边的儿子，摸了摸他红扑扑的脸蛋。

"亮亮刚才还说等你，躺下一会儿就睡着了。"

"妈妈，最近身体还好么？没事儿吧？"

"没事儿，能吃能动，好着呢！你有什么话想说么？"

建国叹了口气："常委会开得太晚了，我本来不想打扰妈妈休息了，可想到白天很忙，实在抽不出时间，还是给妈妈说几句吧。妈妈，我也不想瞒你，最近，当年那个'李向阳'刑满释放出狱了，听说继承了海外一大笔遗产，摇身变成了亿万富翁。奇怪的是，当年被他绑架的'人质'跃进却很快跟他成为关系密切的朋友。我跟跃进谈过话了，可他听不进我的话，情绪反常。跃进一直渴望事业上获得成功，我担心他会受别人欺骗。郭建国是个心狠手毒的人，必须警惕！"

母亲冷静地听完儿子的倾诉，沉吟道："跃进虽然是你的同父异母的弟弟，你又救过他的命，但你们在思想和性格上有很大的差异。我知道，跃进内心对你不服气，加上辍学参军，负伤致残，落差很大，心理上比较脆弱敏感，总想证明自己的才能，因此可能走弯路。你是哥哥，哪怕委曲求全，也要尽力帮助他。"

建国沉痛地叹息道："灰尘蒙住了他的眼睛，使他难辨是非……"

"这个'李向阳'真名叫什么？他主动找过你么？"

"他叫郭建国，他给我打过电话，我马上换了手机号。"

"儿子，你是正义者，胜利者，为什么要回避他呢？坐了二十年大牢，或许他已经改恶从善了呢？就算他想报复你，回避和防范也不是上策啊！"

建国恍然："妈妈的意思是，我应该正面应战？"

"你应该把这件事报告省纪委和市委书记。"

建国深深地点了点头："谢谢妈妈提醒，我考虑一下再决定。"

珍珍端来一小碗热气腾腾的疙瘩汤，葱花鸡蛋西红柿，诱人食欲。

"趁热吃吧，珍珍一直在等你，给你做夜宵。"

建国向珍珍点头一笑："谢谢珍珍，我又给你添麻烦了。"

珍珍红了脸笑道："建国哥哥不用客气，这是俺应该做的，您还给俺道谢！"

亮亮忽然醒了，坐起身来嚷道："爸爸，我在电视里看见你了！"

清晨，屋里光线暗淡，窗帘缝隙透进一线霞光。少女罗丹还在大床上沉睡，乌云散乱，睡态娇憨，衣裙下曲线毕现。狭窄的厨房里，小窗已经推开，跃进在为女友准备早餐。牛奶煮开了，跃进急忙关火，忽听一阵惊天动地的敲门声。

跃进大吃一惊，关掉正在炸面包片的燃气炉，怒喝一声："谁呀？"

无人答应，惊天动地的敲门声照旧，变成了砸门声。罗丹被砸门声惊醒了，坐起身来迷糊地问道："这是干吗呢？闹地震呢？"

跃进怒不可遏地冲过去猛然拉开房门，却见门外站了个父亲。穿旧军装、挂金属拐杖的父亲盯住儿子，冷冷道："太阳晒到屁股蛋子了！"

跃进的满腔怒火泄了气，勉强叫了声："爸……"闪身让道。父亲昂然直入，边走边大声道："刚起床？……"突然撞见坐在卧室床上光身半裸、状如惊兔的少女罗丹，声音霎时间卡在喉咙里，扭头便往外走。

跃进急忙向罗丹做个眼色："爸，这是罗丹，我的女朋友。"

背身站在过道里的父亲用拐棍戳地板："把衣服穿上！简直胡闹！"

罗丹赶紧手忙脚乱地穿衣服，与站在卧室门口的跃进比画做了个手势，拿起挎包挤身溜出门去，胡乱打了个招呼："我走了！"兔子似的跑下楼去。

父亲这才转身回到屋里，板起面孔问道："没人了吧？"昂然走进卧室。

跃进站在卧室门口，点燃一支香烟："找我有事？"

父亲挑剔的目光巡视儿子房间，走到窗前拉开了窗帘，屋里顿时大亮。父子两个间隔一张散乱的大床，无言地冷眼相望，空气有点紧张。看来父亲对儿子的生活现状很不满意，但是极力克制住内心的恼怒。儿子对父亲粗暴地干涉自己的私生活也很不高兴，但也极力隐忍不语。

僵持片刻，还是父亲先开口，话却硬邦邦地像块铁疙瘩："你搬出家去自己单过也已经三年了，三年回来过七次，从来不在家过夜，不像我的儿子，倒像个匆忙的过客。你丢掉铁饭碗，当了个酒吧老板，我也无权干涉，那是你的自由。但做事总有个原则，起码要分清敌我，不能与狼共舞，耗子给猫当嫁娘……"

儿子心里涌起强烈反感，打断父亲的话："爸，您到底想说什么？"

父亲直言："我要你远离'李向阳'，不要中他的圈套！"

"你的老首长说得好：'不管白猫黑猫，抓住老鼠才是好猫'！"

父亲语无伦次："但他绝对是坏猫，好猫不能跟吃人的老鼠称兄道弟！"

儿子忍不住"扑哧"笑出声："爸，他到底是老鼠还是猫？"

父亲脑袋忽然出现空白，颠三倒四地嘀咕道："到底是猫还是老鼠？……"

跃进收敛了笑容，慢慢走上前去，盯住父亲问道："爸爸，您在说什么呢？"

父亲忽然进入恍惚状态，口齿不清："爸猫……这是怎么说的？……"

跃进抓住父亲急道："爸！您好好说话！什么爸猫？"

父亲神态异常："爸猫……爸鼠猫……咦？我咋不会说话了呢？……"

跃进在父亲眼前晃动手指："爸！您看这是几个指头？"

父亲伸手抓儿子的手，儿子快速闪开了："几个？几个猫猫？……"

跃进慌忙掏出手机拨号大喊道："佟娃子！你赶快把车开过来！我有急用！"

父亲忽然出现了语言障碍，舌头根本不听大脑使唤。

脑梗塞！口齿失灵！父亲忽然不会说话了！

宝马轿车开到花园别墅小院门外，跃进吃力地搀扶父亲下了车。

正焦急寻找父亲的秀儿从客厅里跑出门来抱怨道："首长啊，大清早又疯到哪儿去了？你出门不能打个招呼么？军区警卫连都出动了！……"

跃进打断她的唠叨："妈，爸爸不会说话了，你让他消停会儿！"

秀儿大惊失色："你爸爸怎么了？怎么不会说话了？首长，你不会说话么？"

父亲脑子似乎清醒了些，瞪她一眼："愚蠢！我不说话我是谁？"

秀儿惊恐地喊叫道："首长，你可不能出问题啊！你跟我数数：1、2、3……"

"爸又不是老年痴呆，你让他数什么数啊！快进屋吧！"

秀儿拽住父亲的胳膊也火了："还进屋干什么？赶快送总医院啊！"

父亲生气地推开妻子："平白无故，送我去医院干什么？你有神经病啊？"

秀儿不由分说地死死拽住父亲："刘妈！赶快叫车去总医院！"

上午十点，父亲被沿途怪叫的救护车送进了总医院。被迫换上病员服的父亲躺在病床上，几名医生护士围在他身边团团转，忙于量血压、听心音、测体温等检查，秀儿和跃进及警卫员等守候在旁边。

院长和政委闻讯赶来，急切地问道："首长，您感觉怎么样？"

父亲高声抗议："搞错了！我什么病都没有，家属硬把我送进医院，给你们添麻烦了！赶快让我回去，我小外孙女还在家里等我呢！"

奇怪！父亲在瞬间发生的语言障碍忽然消失了，思维语言通畅。秀儿和跃进也感觉很困惑，做常规检查的医生护士也对院长摇了摇头。

院长委婉劝慰道："首长，到了医院，就顺便做个全面检查，大家都放心了。您刚才可能发生了瞬间语言障碍，需要做脑电图和脑血流照片看看……"

父亲使劲摇手："不做，不做！我身体好得很！让我回家！"

秀儿忍不住劝说道："既然院长说了，就听院长的话，做个全面检查……"

父亲训斥道："都是你惹的祸！大惊小怪！医院是好地方么？"

院长政委和医生护士都尴尬地赔笑，无法说服这个倔老头。父亲不再与他们纠缠，翻身下床趿拉上鞋往门外走，一群人急忙跟随。走廊里传来父亲的大嗓门："你蠢么！医院不是好地方！该来的不来，不该来的倒来了！"

酒店的咖啡厅里没有多少顾客，钢琴在自动弹奏世界名曲。

珍妮女士坐在靠窗座位上，见罗丹走进大门，向她招了招手。罗丹脸上露出笑容，快步走到珍妮面前，叫了一声："干妈！"珍妮女士示意请她坐下，招手让服务员上咖啡。片刻，香浓的咖啡端了上来。

珍妮女士的目光中充满了爱意："罗丹，你的家庭条件和本人资质这么好，不留在北京上大学，却一个人跑出来当流浪歌手，要么你是一个被父母宠坏了的任性女孩儿，要么你就是一个有独立思想的有志青年。"

罗丹仰脸想了想，调皮地歪头一笑："应该是第二种吧？我也不知道。"

"告诉我，你爸爸在中央哪个部门工作？妈妈在哪个大学教书？他们叫什么名字？以后我到了北京，应该去看望你的父母……"

罗丹眼睛转了转，委婉地笑道："干妈，我可以保密么？我不愿意家里知道我在哪儿，我喜欢自由自在的独立生活。再说，罗丹也不是我的真名儿。"

"你的真名儿叫什么？"

罗丹摇了摇头："干妈，您别问了好么？我以后会告诉您的。"

珍妮女士温和地笑了笑，不再问了，示意罗丹品尝咖啡。两个女人闲适地坐在咖啡厅里，消磨下午平静的时光，心却咫尺千里。

珍妮女士忽然叹了口气："也许你心里在想，这个叫珍妮的女人为什么对我这么感兴趣？为什么要打听我的父母和家庭？她究竟想干什么？我可以告诉你，当然事出有因。一是因为你长得像我的女儿，二是受朋友之托，帮忙寻找她失散多年的一对儿女，那个女孩儿今年也正好是二十岁……"

罗丹不觉心动，睁大眼睛轻声问道："那个女孩叫什么？"

珍妮女士娓娓道来："我的这位朋友在八十年代初从中国大陆移民到美国，经过十几年奋斗拼搏，在事业上取得了很大的成功，过上了富足的生活。她曾经发誓再也不回国了，但她内心深处一直牵挂着留在中国大陆的两个年幼的孩子。由于时过境迁，她与孩子们完全失去了联系。她委托我回北京时打听两个孩子的下落，可是那一片老胡同大杂院早已时过境迁，荡然无存，过去的痕迹无影无踪。听说孩子的父亲已经亡故，两个孩子和他们的奶奶到哪儿去了呢？"

罗丹忍不住又问道："干妈，那个女孩叫什么名字？她妈妈姓什么？"

珍妮女士凝视她的眼睛："我只知道，那个女孩儿小名叫妞妞，她弟弟小名叫胖胖。我的这位朋友叫严爱华，但我也知道，这也不是她的真名实姓。"

罗丹忽然热泪盈眶，低声问道："你的这位朋友在哪儿？"

珍妮悄悄握住她冰凉的手，反问道："好孩子，你想见到她么？"

罗丹的脸瞬间又变得冷若冰霜："我恨这个女人！她为了自己快活，抛弃了自己的孩子，让他们变成了孤儿，受尽屈辱和苦难……不，我不是您找的那个女孩儿。干妈，您让那个狠心的女人死了心吧！……对不起！"

罗丹猛然站起身来，头也不回地抹泪离去。珍妮女士受到强烈的震撼，顿时泪如泉涌。

摆放在会议桌上的手机震动铃响了，来电显示一个熟悉的号码。主持会议的戎生拿起手机看了看，对在座的常委们歉然道："对不起，我接个电话。"起身走出会议室来到过道窗前，接通电话问道："丹丹，有事么？"

"戎生哥哥，打扰你了！我想找你说个事。"

戎生推门走进自己的办公室，关上房门："说吧，什么事？"

丹丹似乎有些为难："电话说不清楚……能约个时间当面谈么？"

"可以呀，我下班到你家去吧，顺便去看看你爸爸。"

"不能让我爸爸妈妈知道，他们又该着急了……"

戎生感觉蹊跷，想了想决定道："这样吧，下班后我给你电话约地点吧！"

丹丹在电话里答应了："谢谢戎生哥哥，我等你电话。再见！"

挂断电话，戎生冷静地沉思片刻，随手翻了翻桌上台历，走出门去。

黄昏，闹中取静的人民公园内此刻游人稀少，温馨安宁。戎生和丹丹漫步在波光粼粼的人工湖畔，像一对幽会的情侣。孤男寡女约会，尽管并非情侣，内心还是有一种神秘和兴奋的感觉。

"丹丹，搞得这么神秘，什么事这么急呀？"

丹丹脸红一笑道："不是为我自己的事，是为我的两个哥哥，我替他们着急。我感觉，他们最近受到了某种困扰，却又不愿意与人沟通和交流，而他们之间也发生了感情冲突。戎生哥哥，您是我们的大哥，我只能求您帮助他们了！"

"我明白你的意思。告诉我，发生了什么事？"

丹丹靠近戎生，激动地低声讲述起来，戎生边听边点头。

戎生严肃地沉思片刻，轻松地笑道："恐怕事情也没你想象的那么严重吧？这个郭建国，究竟想干什么呢？他是坐过二十年牢的人，应该把什么都看透了，不会再愿意回到监狱去了此残生吧？'基督山恩仇记'？他会怎么报复呢？我想即使这样，他也不会再采取暴力的低级方式，而会使用更隐晦的高智商犯罪手段。因此我的建议是，以不变应万变，稳坐钓鱼台。"

丹丹豁然开朗："沉住气，以静制动，骑驴看唱本儿？"

"走着瞧！告诉你建国哥哥，毛主席说过：'在战略上藐视敌人，在战术上重视敌人'。告诉跃进哥哥，多留个心眼儿，无论何时何事，都不能触犯法律。我相信跃进的本质，不会出大的差错。"

丹丹心里踏实了很多，忽然遇上戎生深沉热烈的目光，不禁一阵心跳。

他们没想到，已经有人盯上了他们——在远处茂密的树影中，悄悄露出一张阴险的面孔，举起了长焦镜头相机。照相机"咔嚓！"一声轻响，取景框里两个男女的笑脸忽然定了格。

五十三、基督山伯爵在行动

午夜零点，遥远的钟声沉重迟缓地回荡在城市夜空。

躺在床上熟睡中的父亲忽然在黑暗中坐起身来。朦胧的月光淡淡泻银如水，室内景物模糊不清，睡在身边的秀儿鼾声轻微。父亲坐在床上，冥思苦想，不知自己身在何处，今夕何年。良久，父亲轻手轻脚地下了床，光脚踩在地板上悄悄走出门去。秀儿忽然翻了个身，毫无察觉地继续沉睡。父亲摸黑走出过道，蹑手蹑脚地走下楼去，梦游似地穿过空旷的客厅，轻轻打开家门溜出去。

清冷的月光下，穿睡衣拖鞋的父亲走在宽阔的大院里，犹如暗夜中的幽灵。夜风轻轻地吹拂父亲的衣角，穿拖鞋走路的脚步声单调而空洞。

夜游来到大院南大门，执勤警卫战士愕然道："首长，您出去啊？"

父亲似笑非笑地向警卫战士点点头，昂然走出小侧门。警卫战士发愣摸不着头脑，拿起电话想报告，转念又放下电话悄悄笑了。

灯光灿烂的大街上，父亲的背影虚幻缥缈，融入深沉的夜幕中。

宁静的夜晚，忽然响起了"叮咚"的门铃声，在黑暗沉寂中显得格外清晰。

警觉的母亲从睡梦中惊醒了，拧亮台灯，轻声喊道："珍珍，珍珍！"

珍珍穿单薄睡衣闻声来到母亲卧室门口："姑，是建国哥哥回来了么？"

母亲小声道："你去看看是谁敲门，别说话也别开门。"

珍珍心里也紧张起来，点了点头悄悄走到家门前，贴近"猫眼"往外面看，这一看，惊得珍珍慌忙捂住嘴，悄悄跑回母亲床边，紧张地压低声音说：

"姑，不是建国哥哥，是个穿号衣的白头发老头，像从医院里跑出来的！"

母亲心一惊，刚想再问，门铃声又响了，而且一声比一声急。

珍珍惊恐地颤声道："姑啊，用不用报警啊？怪吓人的……"

母亲"嘘"了声，沉着地披衣穿鞋下床，放轻脚步，向家门口走去。门铃声响个不停，感觉好像挺好玩儿似的。母亲贴近"猫眼"看了一眼，不觉大吃一惊——戳在门外按门铃的，竟然是多年不见、垂垂老去的父亲！母亲急忙打开家门，百感交集地招呼道："你？……进屋吧！"

父亲激动地盯住母亲叫了声："玉莲！我回来了！"

母亲愕然，父亲却兴冲冲地径直闯进门去，吓得偷看的珍珍惊叫躲闪不迭。

父亲对珍珍大声命令道："秀儿，快给我拿点吃的来！我饿坏了！"

珍珍大惑不解，见母亲悄悄向她使眼色，慌忙答应着跑进厨房里去了。

父亲一屁股坐在沙发上："孩子呢？都睡了？"

母亲如坠五里雾中："孩子睡了……你从哪儿来呀？"

父亲立刻起身，向亮灯光的母亲卧室走去，母亲急忙跟随他过去。

双人床上，孙儿亮亮睡得正香，在灯光的映衬下，脸蛋红扑扑地让人疼爱。父亲闪动慈爱的目光，忍不住伏下身去亲了亲孩子的小脸，笑得舒心。

母亲轻声提醒道："别把孩子弄醒了，明天还上学呢。"

父亲坐在床沿上回头笑道："儿子真乖，都长这么大了！……我闺女呢？"

母亲啼笑皆非："什么儿子闺女？这是你的孙子！老糊涂了？"

父亲憨厚地指了指母亲笑了，鸡啄米似的点头："孙子？还有孙子？……"

珍珍端来一碗香喷喷的面疙瘩汤："首长，吃点儿夜宵吧！"

父亲感觉肚子确实饿了，接过面疙瘩汤尝了尝，香热可口，随即狼吞虎咽。母亲和珍珍眼巴巴地看他吃得香甜，互相看了看对方，不知该怎么办。父亲稀里呼噜喝完了疙瘩汤，心满意足地对珍珍竖了竖大拇指，脱鞋上床，低声吩咐道："太晚了，秀儿回去睡吧！玉莲，上床！小心别吵醒儿子……"

母亲和珍珍大眼瞪小眼，眼看他躺下钻进热被窝，舒舒服服地睡去了。母亲制止了大惊小怪的珍珍，推她悄悄退出卧室来到客厅里，拿起电话。

黑暗中，床头柜上电话铃声响了，夜光灯频频闪亮。熟睡的秀儿猛然惊醒，翻身伸手一摸，摸了个空，床上没人！父亲不知去向！秀儿大吃一惊，急忙打开床头灯，抓起话筒问道："首长？你跑哪儿去了？"

母亲压低的声音从电话里传出来："秀儿，首长在我这儿，你别着急……"

秀儿带出哭腔："姐，首长什么时候溜出去的？吓死我了！"

"我告诉你，首长可能发了癔症，稀里糊涂摸到我家里来了，黑灯瞎火的，亏他居然没找错地方！你放心，现在他已经睡着了……"

秀儿心急火燎地说了声："我马上过来！"

夜深人静，一辆出租车疾驰到科分院离休干部小院门外停住。秀儿急急忙忙跳下车跑进小侧门，直奔亮灯光的母亲家。珍珍开了门，秀儿也顾不得打招呼，大喊大叫："姐！他人呢？"径直冲进了母亲卧室。柔和的灯光下，父亲搂着孙儿亮亮香甜地熟睡了，发出沉沉的鼾声。秀儿的眼泪止不住地又流下来，母亲急忙把她带出去，虚掩房门，把她带回了客厅。

"珍珍，你去睡吧，我陪你秀儿姨坐一会儿。"

珍珍答应一声，懂事地回到自己房间，关上房门，关灯睡了。

母亲看了看秀儿的泪脸："首长可能有毛病，你带他去医院看看吧。"

秀儿委屈地抽泣道："去过呀！昨天上午突然出现语言障碍，当时就强迫他去了总医院，可去了医院人家又不结巴了，骂我少见多怪，又把他送回家……"

"估计首长出现了轻微脑血栓，还有老年痴呆症的症状，时常会活在自己的远期记忆里，活在旁人无法进入的精神世界中……"

秀儿泪流满面："姐，我该怎么办呢？首长老年痴呆，就不认识我了！"

母亲苦笑："不认识你是小事，恐怕会把自己的名字都忘了！"

秀儿扑进母亲怀里哭道："姐，我的命咋就这么苦啊！儿子残疾结不了婚，闺女好端端地离了婚，老爷子再得老年痴呆，我可没法活下去了呀！"

卧室门忽然打开了，穿睡衣的父亲睡眼惺忪地问道："不睡觉闹甚呢？"

两个女人活见鬼似的瞪大眼睛，仿佛看见了"天外来客"……

折腾一夜，熬到天亮。离休干部小院门外停了一辆老式奔驰轿车，小警卫员站在车门旁。秀儿和亮亮搀扶穿戴整齐的父亲走下楼来，母亲和珍珍跟在身后。父亲的神志已恢复正常，牵着孙儿的手，高高兴兴地走出大门。

警卫员拉开车门，母亲和亮亮送父亲和秀儿上车后，爷孙俩挥手再见。奔驰轿车开走了，隐约可见父亲还在车里挥手。亮亮亲了亲奶奶告别后，背起书包，由珍珍陪伴上学去了。母亲目送亮亮和珍珍远去，脸上渐渐收敛了笑容。

父亲回来了！半个世纪爱与恨的浪漫史，莫非会柳暗花明？

笔直的机场高速公路上车流如梭，风驰电掣。罗丹坐在飞驰的出租汽车里，直奔机场。也许是经过整夜激烈的思想斗争，她眼圈有些发青，神情疲惫。忽然，手机铃声轻响。罗丹打开手机看短信，显示屏上出现了跃进的名字及短信内容："为什么关机？我找了你一夜，你在哪里？立即回复！"罗丹回复短信："家里有急事回京！不要找我！永远爱你！"短信发出，电话铃声骤响，仍然显示跃进名字。罗丹果断地关闭手机，眼里不觉溢出了泪水，她狠狠地把泪水擦去。

候机大厅宽敞明亮，旅客人流如织。

一辆白色宝马轿车飞快地驶来，停在"国内出发"门前。穿黑风衣、拄金属拐杖的跃进下车冲进候机大厅，猎鹰般的目光四处巡视。在航空公司售票窗口，罗丹买好机票刚拿到手，突然被一只大手抓抢了过去。罗丹猛然回头，却见跃进站在她面前，几把将机票撕了个粉碎。

罗丹惊怒地喊道："你干什么……"

跃进铁钳般的大手抓住罗丹的胳膊，强行将她带离了大厅。

此起彼伏的飞机起落震耳欲聋，夹杂航班的播报声，汇成了空港交响曲。

跃进和罗丹伏靠在候机大厅外的栏杆上，俯瞰脚下的停车场。罗丹假装生气不理跃进，实则内心充满了爱意。跃进声音低沉：

"三年合同未满，你不能离开老兵酒吧，否则就是毁约。"

"腿长在我自己身上，甭想管我！"

铁钳般的大手又抓住了罗丹，跃进咆哮道："我就要管你！你必须服从！"

罗丹挣不脱他的控制，爱恨交加："凭什么？我是你什么人啊？"

跃进猛然将她揽在自己怀里，铁箍般的双臂将她紧紧搂住，使她动弹不得。

罗丹乖乖地依偎在跃进的怀抱里，悄悄伸手搂住了跃进的腰。他们就这样静静地搂抱着待了会儿，感到身心温暖舒服，不愿分开。罗丹甚至盼望永远这样待下去，跃进却终于松开了拥抱，目光直视她的眼睛，罗丹慢慢低下头去。

"哥，我不想跟珍妮合作了，我劝你也别跟她和那个姓郭的搅和在一块儿。人与人之间的关系太可怕了，到处都是陷阱……"

"你和珍妮闹翻了？到底为什么？"

罗丹不愿深谈："不为什么。咱俩在一起多好，单单纯纯地唱歌……"

"还在为项链的事纠结？我知道，你已经悄悄把它卖了，往银行里存了五万五千块钱……告诉我，你需要很多钱么？为什么不跟我说实话？"

罗丹眼里秋波闪动："这是我的隐私，不想跟你说。"

跃进掏出一个银行卡递给罗丹："珍妮让我给你的。"

罗丹看了看银行卡，惊疑地瞪大眼睛："这是什么意思？"

"老兵酒吧娱乐城下个月就准备挂牌营业了，这是预付你的总经理年薪十五万元人民币，以解你的燃眉之急。算我借给你的好了。"

罗丹红了脸低声道："你怎么知道我有'燃眉之急'？我饿死不食周粟……"

跃进不禁笑了："你还知道历史典故？我以为你只会唱歌呢！"

罗丹不好意思地用拳头捶打他："就知道，就知道！你不服气活该！"

跃进抓住她的手："答应我，不要再提离开的事了。"

罗丹低声道："你也要答应我，等到了合适的时候，马上娶我！"

跃进迟疑片刻，终于肯定地点了点头："我答应你！"

罗丹立刻紧紧拥抱了他，流下了欢乐的泪水。

市长办公室的房门被推开了，刚开完会的市长李建国手提公文包走进门来，尾随在他身后的几位部门负责干部鱼贯而入，排队呈上文件请市长签批。好容易逐个打发了干部们，市长秘书又手持一份精美的大红请柬走进来，双手呈递请柬请示道："市长，香港华协集团珍妮主席给您送来的请柬。"

市长李建国看了看大红请柬："知道了。"

秘书谦恭地退出门去，办公室里总算安静下来。

市长李建国慢慢拿起那份请柬审看，上面印有"太平洋房地产开发有限公司开业典礼暨剪彩仪式，敬请莅临"之类字样，并有珍妮女士亲笔英文签名。建国淡然一笑，随手将请柬扔进字纸篓里，不再理会。

随身携带的手机铃声响了，建国掏出手机看了看，立刻接通电话。

电话里传来跃进低沉的声音："哥，现在说话方便么？"

建国起身走近窗前："什么事？"

"哥，我的老兵酒吧娱乐城和太平洋公司即将陆续开业了，想请市领导赏光出席开业典礼和剪彩仪式，你能抽空过来么？"

建国委婉地推辞道："跃进，我愿意支持你的事业，但也请你体谅我的难处。树大招风，我们又是兄弟，还得注意影响。刘副市长可以代表我出席。"

"我理解你的难处，决不勉强，只是给你打个招呼。爸爸最近身体不太好，可能脑子出了毛病，你抽时间回去看看他，好么？"

"等忙过这两天，我就去看爸爸。"

跃进在电话里说了声："再见。"不等建国回音，挂断了电话，

建国看了看手机，苦笑一下，回到办公桌前，若有所思。片刻，从字纸篓里捡回那份请柬，挥笔批了几个字："请刘副市长出席。"

在各方的努力推动下，"太平洋房地产开发有限公司"顺利开业了。

电梯门轰然敞开，公司董事兼总经理闪亮登场。西服笔挺、背头锃亮的跃进走出电梯，手拄金属拐杖，器宇轩昂。数十名公司男女职员迎候在门外大厅夹道欢迎，齐声鞠躬："总经理好！"步履微瘸的跃进挺直腰板，走进公司大门。公司职员们迅速各就各位，开放式的办公间如庞大的机器正常运转。

宽敞的大展厅中央，巨大的"城南六号宝地"景观效果模型气势非凡。跃进走进总经理办公室，秘书小姐立刻送上一杯香浓的咖啡。刚把手机掏出来放在大班桌上，忽然铃声响了，来电显示"刘副市长"。

跃进接通了电话恭敬道："刘副市长，您好！请问领导有何指示？"

刘副市长极富磁性的声音从电话里传来："跃进，国土局的征地文件已经批下来了，你抓紧时间到局里去一趟，把手续尽快办下来。"

"好的，我马上去！谢谢刘副市长！"跃进立刻拨通珍妮的手机，"您好，珍妮主席！六号宝地到手了，我马上过去办手续！"

珍妮女士在电话里兴高采烈道："太好了！跃进，祝你成功！"

开放式的大办公室里，记者编辑们在紧张工作，不时互通信息，开开玩笑。

忽然，背大挎包的丹丹怀抱一大堆信件走进来，大家齐声欢呼。

"丹丹每天满载而归，真不愧是人民的好记者！"

丹丹顾不得跟他们开玩笑，赶紧把邮件放在自己桌上，坐下喘了口气。

坐在对面的一位哥们儿调笑道："快打开看看吧，有好吃的让大伙儿分享！"

丹丹随手划拉了几下，发现一封"本市内详"的平信，不禁有些好奇。撕

开封口，忽然掏出了几张彩色照片，丹丹一看，顿时目瞪口呆——竟是几张丹丹与戎生"幽会"的偷拍照，展现出长焦镜头的独特功效！

对面那位哥们儿见丹丹变脸变色，好奇道："怎么了？不舒服？"

记者编辑们回头向丹丹张望，有人注意到手中的彩照。丹丹霎时血涌头顶，脸涨得通红，急忙收起了照片和信封，装进大挎包里。大家似乎也看出了端倪，不再好奇地发问，却投来好奇的目光。丹丹忽然背起挎包跑出门去。

竟然有人跟踪监视自己！还拍下"艳照"！他们想干什么？……

丹丹跑出办公大楼，跑出机关大门，跑到了远离报社大院的大街上。正午的阳光灼热刺眼，明晃晃地照耀在大马路上，车流人流如织。丹丹孤立无援地站在梧桐树下，感觉自己的心在狂跳不已。马路对面停了一辆越野车，贴膜的车窗内似乎有人窥望，影影绰绰。丹丹忽觉无端地紧张，赶紧离开了街沿梧桐树。走出很远，回头却见那辆可疑的汽车已经开走，消失在车流人流中。丹丹警惕地观察四周动静，闪身进入一家商场，在嘈杂声中拨打手机。电话通了。丹丹手捂话筒低声与对方通话，通话时间不长，三言两语便挂断了电话，快步离开商场。

一只黑手，正悄没声儿地向兄妹三人悄悄伸来……

当天的《南方晚报》第四版头条，跃进瘦削英俊的照片赫然映入眼帘。新闻专访标题是："雄鹰展翅，搏击风云——伤残荣誉军人李跃进的故事。"

午睡过后，戴老花镜的母亲正在翻阅报纸，神情专注。

珍珍为母亲沏好一杯热茶，送到母亲面前问道："姑，晚饭想吃点甚呢？"

母亲不觉感叹自语："看看跃进这孩子，还真有点名堂呢！"

珍珍伸头看了看报纸上的照片笑道："姑，俺问您晚饭想吃点甚呢？"

母亲摘下老花镜恍然道："哦？总是那些吃喝吧，吃甚都行！"

珍珍笑了笑，又看了看跃进的照片问道："姑，这是秀儿姑家的孩子？"

"可不！这孩子出息了，当老板呢！"

忽听有人礼貌地按门铃，珍珍忙起身前去开门。片刻，忽见珍珍一脸惊恐地跑了回来，声音颤抖："姑，那个坏蛋又来了！"

"哪个坏蛋？瞧你吓成什么样儿！"

"就是那个打听您家住哪儿、冒充你家亲戚的坏蛋！又找上门儿来了！"

母亲"哦"了声，好像想起来了，但又好像没有想明白。

门铃很有耐心地又响起来,珍珍惊慌失措："姑,给派出所打电话报警吧？"

母亲坦然一笑："怕甚呢？我倒想看看到底是个谁！开门去！"

珍珍无奈，只好一步三回头开门去，母亲整了整仪容。

伴随开门的声音，珍珍问道："你找谁呀？"

一个男人的声音回答道："大姐,不认识我了？我找赵玉莲同志。"

过道里响起脚步声，转眼间，衣冠楚楚的郭建国果然出现在母亲面前。母亲感觉眼生，又似曾相识："请问，您是谁呀？"

郭建国怀抱一束鲜花，手提一篮子水果，满脸堆笑道："赵书记，您老人家忘了？二十年前，我借您的办公室给您打电话，我们也算是老相识了！"

母亲眼里闪出警觉和坦荡的亮光："你就是那个'李向阳'吧？没见过面，也算久闻大名了。怎么？从监狱出来了？找我有什么事么？"

郭建国谦恭地将鲜花和水果交给珍珍："麻烦大姐，请替老人家收下吧！"又对母亲鞠了一躬，"赵书记，对不起！我向您老人家赔罪了！"

母亲矜持地笑道："不用了。回去好好过日子吧。珍珍，送客！"

郭建国却大模大样地在沙发上不请自坐："等一等，我还有几句话没说完。赵书记，请转告建国兄弟：人生苦短，名利地位皆是身外之物，别忘了老朋友。为表达我的诚意，请把我的名片转交给他，请他与我联系，我随时恭候。"

郭建国双手递上一张精美名片，见母亲不接，便放在茶几上。

母亲瞟了那张印制考究的烫金名片一眼："还有什么事？"

郭建国见好就收，再次起身鞠躬："谢谢赵书记！"扭头退出门去。

珍珍紧张地跟在他后面关门插锁，又紧张地跑回客厅惊恐道："吓死俺了！姑，您咋忒胆大呢！这人身上一股子杀气，俺躲老远还闻见血腥味儿呢！"

"珍珍，你把他送的那些东西，找个编织袋装起来，倒进楼下的垃圾箱里去！今天这个事不许跟外人说，也别告诉抗美和亮亮。"

"俺知道。姑，俺给哪个外人说去呀……"

"去吧，顺便去学校接回亮亮。"

珍珍答应一声，收拾了鲜花水果出门去，轻轻带上了房门。

母亲瞥见那张名片上只印了郭建国的名字和手机号，不禁陷入沉思。

中午，丹丹站在假山背后，不停地抬腕看表，焦急地等待戎生赴约。不一刻，就见衣着随意的戎生大步匆匆向这边走来，丹丹急忙向他招手。

戎生来到丹丹面前，轻松地笑道："丹丹，又出什么事儿了？现在午休时间，还有一个小时，咱们长话短说吧！上次咱们见面，告诉你哥哥了么？"

丹丹警惕地观察四周，从挎包里拿出那封匿名信递给戎生："你看看吧！"

戎生接过那封信，迟疑地掏出信封里的几张照片，霎时也愣住了。

"我刚收到，没有姓名地址。"丹丹紧张地低声道。

戎生沉着地把照片和信封还给丹丹："我们被'克格勃'盯上了。"

"你也收到这些照片了么？"

戎生摇了摇头："我们被人跟踪了，而且这个人早有准备。"

"我估计这个人是冲我来的，拍到你的照片属于意外收获，但他不一定知道你是谁，所以给我寄来了照片。我感觉这个人就是郭建国！"

戎生冷静地反问道："他想干什么？偷窥？讹诈？"

"他想打击报复，发泄他心中的毒怨。"

戎生沉吟道："我估计，他还会写信或打电话骚扰你，无非是他感觉抓到了你的什么把柄，想达到他的什么目的。如果再让他知道了我的身份……"

丹丹紧张地抓住他的手："不能让他知道你的身份，事情越搞越复杂！"

戎生沉稳地笑道："恰恰相反，公开透明，事情反倒会变得简单。君子不跟小人斗，如果君子再怯阵三分，则必败无疑。你和你的哥哥把事情看得太严重、太复杂了，没什么了不起！我倒要看看，看他敢怎么样！"

丹丹松开戎生的手，脸蛋通红，心乱如麻："我不怕姓郭的，但我怕他往你身上泼脏水，闹得满城风雨，影响你的工作和名誉。"

戎生紧握她的手笑道："如果我们把脏水变成干净水，那不也挺好么？如果你愿意接受我的诚意，我倒要感谢这位'克格勃'，他捅破了窗户纸！"

丹丹深感意外地惊呆住了，心慌意乱："这好像太快了吧……"

戎生的目光深沉热烈："我相信，爱情是有缘分的，所以才有一见钟情！"

丹丹仍不敢相信，使劲摇头："我不知道……我心里很乱……"

"如果你不愿意，完全可以拒绝。我尊重你的选择。"

丹丹回避他热烈的目光："您让我考虑考虑……我回报社去了。"

戎生松开了她的手："我等你的回音。回个短信就行。"

丹丹点了点头："再见。"转身走出几步，忽又回头嫣然一笑，美丽的眼睛闪出亮光，"戎生哥哥，你不愿意送送我么？"

戎生的心豁然开朗："让他偷拍好了！"

丹丹大方自然地挽起戎生的手臂，两人亲密依偎，向公园大门走去。

阳光透过天窗照射下来，清澈透明的恒温游泳池碧波荡漾。一个雪白苗条的泳装少女在水下穿梭潜泳，舒展的体态如美人鱼。穿泳装的珍妮女士裹浴巾靠在池边的躺椅上，目不转睛地注视水下佳人。水下佳人一口气潜泳到头才冒出水面，喷吐水花，却是少女罗丹。珍妮女士亲切地招呼道：

"小丹，上来休息会儿，喝点饮料！"

罗丹双手一撑池沿升上岸来，显现出优美动人的身段，袅袅婷婷地走过来。珍妮女士递给她一瓶矿泉水，罗丹道了谢，也在躺椅上躺下来。

游泳馆只有两个人，救生员和服务员隐身暗处。一池碧水无声地循环换水，保持水质的清洁，中央空调保持恒温。

"你的游泳姿势很美，速度也很快，好像受过专业训练。"

"您说对了，我上初中时被选送到市少年游泳队，受过两年专业训练，后来上了高中，妈妈怕影响我的学习，才硬把我给拽回学校去了。"

珍妮女士既感慨又惋惜："你妈妈太爱你了，但半途而废太可惜了。"

罗丹舒展美妙玉体："我喜欢游泳，而且特别喜欢像鱼一样在水下自由自在地潜泳，可以忘掉一切烦恼。这几年一直忙唱歌，很久没游过了。"

珍妮女士建议："这个泳池不错，我给你办个会员卡吧，可以随时来游！"

罗丹心动，随即摇了摇头："会员卡太贵了，再说我也没时间……"

"干妈给你办卡，别这么克扣自己。"

"谢谢干妈，真的不用，我已经够麻烦您的了……"

珍妮女士站起身来："又说傻话，干妈就是喜欢你嘛！走，洗澡换衣服去！"

罗丹调皮地跑到泳池边笑道："让我再游一会儿！"鱼跃入水。

小姑娘头脑太简单了，看不透干妈的心思。

水雾氤氲，热气弥漫。花式喷头喷射出细密均匀的热流，淋浴间雾气弥漫。罗丹闭眼尽情地沐浴，身心完全放松，沉浸在享受中。珍妮女士沐浴完毕，穿好宽松的休闲装，坐在梳妆台前梳妆，忽听罗丹在淋浴间里喊道：

"干妈！麻烦您帮我拿条浴巾进来，谢谢您！"

珍妮女士立刻起身，拿了一条浴巾应道："好的，等着！"

淋浴间里，罗丹已经关了热水，用一条浴巾将湿淋淋的头发包裹起来。珍妮敲了敲门，推开一条门缝，递进一条浴巾："小丹，给你！"

罗丹接过浴巾笑道："谢谢干妈！"将浴巾披在身上。就在这一瞬间，珍妮一眼就瞥见了罗丹后腰下方一块苹果大小的胎记。转瞬之间，罗丹已经将身体用浴巾遮住，那块暗红色的胎记不见了。珍妮女士离开了淋浴间，快步回到更衣室梳妆台，心情激动，难以自制。明亮的梳妆镜里出现了另一个珍妮——准确地说，应该是真实的罗晶晶，眼里溢出泪水，喃喃自语："是她！我的妞妞……"

淋浴间门一响，罗丹身裹浴巾跑过珍妮身边一笑："干妈等我！"

珍妮女士忙抹去眼泪，掩饰地对镜补妆。

梳洗穿戴完毕，两个女人走出更衣室来到健体中心服务台，交还衣柜牌。

"请给这位小姐办一张健体中心年卡。"

"干妈，真的不用了，您的这份儿心意女儿心领了。"

经理赔笑道："珍妮女士，需要这位小姐的身份证登记办卡。"

"小丹，把你的身份证给他登记一下。"

罗丹再次推谢道："干妈，我是说着玩儿的，您还真给我办年卡啊？"

"年轻人应该锻炼身体，保持活力，再说健身也很时髦呢！"

罗丹难为情地冲珍妮笑了笑，珍妮女士微嗔地伸出手，罗丹只好掏出身份证，珍妮女士将身份证交给经理："请登记吧！可以用房卡结账么？"

经理满脸堆笑："可以！珍妮女士，VIP 会员年卡每张一万四千元。"

罗丹的手机忽然响了，说了声"对不起！"，走到门外通道去接电话。经理登记完毕，双手递还罗丹的身份证："谢谢珍妮女士！"

珍妮双手紧握身份证，记住了那几行刻骨铭心的文字："姓名：崔晓。出生：1976 年 9 月 9 日。住址：北京市延庆县八达岭镇小泥河村 2 组。"

千真万确，罗丹就是罗晶晶的亲生女儿。

五十四、黑暗中最美丽的花

强烈的阳光下，方圆十几万平方米的工厂旧址已经被拆迁一空，夷为平地。头戴安全帽的郭建国和跃进带领一群配套开发商检阅辉煌战果。

郭建国扬眉吐气，大发感慨道："六号信箱！国防军工保密单位！终于垮了！归属我郭某人名下了！三十年河东，三十年河西！真他妈痛快啊！"

周围一群利益集团下线人物齐声恭维道："郭董高论！深刻精辟！"

跃进心里反感，脸色阴沉，用鼻子发出一声冷笑。

郭建国借题发挥道："事实证明，社会主义败给了资本主义，公有经济终将被私有经济取代，这才是社会历史发展的必然规律！跃进，你说呢？"

郭建国突然把矛头指向跃进，众人也投来揶揄的目光。

跃进冷冷地回敬道："经济宏观调控大权掌握在国家手里，我们这些人只是改革开放的受益者，谈不上谁胜谁败的问题。郭先生，我们讨论正事吧！"

郭建国心里不舒服，却豁达地笑道："说得好！李总就是高人！"

下线人物们也齐声恭维："李总年轻有为，前程无量！"

高空俯瞰，这群戴彩色安全帽的小小人影指指点点，听不清说话声。十几辆小轿车停在大门附近，色彩各异，像排列整齐的积木小方块儿。

检阅完毕，老板们纷纷登车，跃进也走向白色宝马，忽被郭建国叫住，递给跃进一个封好的牛皮信封："老弟，托你帮忙办个事，这是给刘副市长的一封信，请你当面交给刘副市长。记住：请你当面、亲手交给他，不能转交。"

跃进接过信封看了看，感觉捏到一个硬东西。

郭建国不放心地又叮嘱一句："装好了，千万可别给弄丢了！"

跃进把信封还给他："实在不放心，你就亲自去送！"

郭建国立刻把信硬塞给跃进："跟你们这些高干子弟打交道真他妈不好玩儿，一个个谱比老板还大！拜托了，我替珍妮主席谢谢你！"

郭建国拍拍跃进肩膀，登车离去。跃进把信装进衣兜，登上轿车。

香格里拉大酒店的电梯门徐徐开启，刚游完泳的罗丹走出电梯，穿过通道，来到酒店大堂，就看见坐在咖啡厅窗前的珍妮女士向她招手。

罗丹步履轻盈地走过去："干妈，久等了！我游完泳才看到您的短信。"

珍妮拉她坐下来，介绍在座的两位气度不凡的男士："小丹，这位是著名的词作家西沙先生，这位是著名的音乐制作人、作曲家黎文光先生。"

罗丹礼貌地与两位男士握了握手，两位男士矜持地冷眼打量罗丹。

"两位青年才子鼎鼎大名，才华横溢，是当代流行音乐界的顶尖级大人物。我请他们专门为你写歌录音，灌制发行你的唱片专辑，好不好？"

罗丹意外惊喜，激动地站起身对珍妮和两位著名音乐人鞠躬道："谢谢干妈！谢谢两位老师！我感觉像做梦一样，真不敢相信能亲眼见到两位大师！"

长发披肩的西沙潇洒地笑道："罗丹小姐不必客气，我们愿意为你效劳！"

留小平头穿牛仔裤的黎文光似乎不爱说话，目光锐利沉静。

珍妮女士招呼邻座的两位助手："劳伦斯先生、庄秘书，你们过来一下！"

劳伦斯律师和庄秘书应声离座过来，加入到这边谈话的座位。

珍妮女士一言九鼎："两位先生黄金搭档，我和罗丹小姐对你们寄予极高的期望，也相信你们合作成功。我不太懂音乐创作和唱片发行，总的要求是在六十天内创作录制十首歌曲，包装推出罗丹第一张唱片专辑，发行量不低于百万张，保证罗丹一炮走红，风靡全国，成为一线歌手。关于报酬问题请放心，完全遵从你们的意愿，只要能达到以上各项指标，全部兑现。怎么样？"

两位音乐人互相看了一眼，西沙先生表态道："好的，同意签约。"

"具体签约事宜，请劳伦斯律师和庄秘书与你们商谈吧，中午我请你们吃饭。劳伦斯先生，请您和庄秘书带两位先生回房间去。"

劳伦斯律师和庄秘书以及两位音乐人起身告辞，离开了咖啡厅。

罗丹兴奋激动地坐到珍妮身边："干妈，我该怎么感谢您啊！西沙和黎文光先生太有名了，我真不敢相信能请他们为我写歌录专辑！太不可思议了！"

珍妮女士拍拍她的手笑道："这就叫有钱能使鬼推磨。再说，能为你写歌录专辑，也是他们的荣幸，保不定你日后红透半边天呢！你就好好唱吧！"

罗丹情不自禁："我奶奶和弟弟知道这件事，不定多高兴呢！"

珍妮女士注意地问道："你奶奶和弟弟？你有个弟弟？"

罗丹自知说漏嘴，掩饰道："我奶奶是个老革命，行政九级高干，早就离休在家休息了。我弟弟今年高中毕业准备考大学，学习成绩特别好……"

珍妮女士沉沉地注视她："小丹，你有一个多好的家庭！"

罗丹的脸红了，但仍坦然地点了点头，清澈纯净的目光中没有一丝杂质。

珍妮心里隐隐发痛。女儿，你怎么比妈妈还会撒谎呢？

皇冠牌轿车沿西郊宾馆湖畔小道行驶，驶过一座拱形小桥停住。市长李建国下了车，见省纪委书记朱戎生坐在湖边凉亭里向他招手，便大步向他走去。

"难得雅兴，约我到这么个地方谈话！"

戎生也爽朗地笑道："不能算什么'谈话'，约你随便聊聊，放松放松。"

"你这'随便聊聊'不打紧，我只好中断开会马不停蹄地赶来了！"

戎生指了指石凳子："别搞这么紧张，请坐。"

建国提议道："开半天会，屁股都坐疼了，咱们随便走走？"

戎生一拍即合："同意！"两个老战友开始沿着湖边小路并肩漫步。

湖水中的金鱼成群结队地追逐嬉戏，树影里的小鸟发出悦耳动听的欢鸣。

戎生开门见山："建国，你那位姓郭的朋友最近有什么动静？"

建国感觉有点意外："郭建国？你也知道这个人？"

"有人反映，市公安局在你和你母亲家附近暗中布置警力，并暗中护送你的儿子上学，不知是否属实？市委领导已经知道这件事了。"

建国脑袋发懵，背心发凉，但冷静而坦然："有这回事。为预防郭建国报复有关当事人，包括老局长魏振华同志，我让吴局长采取必要的监护措施。"

"我认为，这是完全应该的。但如果走漏了消息，有人会利用此事做文章，以为你滥用公权，引起不必要的误会。"

"知道了。我马上通知吴局长，停止布控和监护。"

"我和市委王书记通过气，请他关注这件事，继续布置监控。"

建国脸色很不好看，掏出香烟，点燃猛吸了几口，吐出浓烈的烟雾。

戎生委婉一笑："今后有事多和组织通气，别自己闷在心里。"

建国缓和地点了点头："明白了。还有什么事？"

戎生亲切地笑道："我听说你爸爸最近身体不太好，抽空多回去看看。"

建国无言地握了握戎生的手，转身向汽车走去。

戎生目送他远去的身影，叹了口气。

办公室门被推开，市长李建国大步走进屋来，随手关门，拿起办公桌上保密电话拨了号："吴局长吗？……他在开会？我李建国！请吴局长接电话！"

没等几秒钟，电话里传来吴局长的声音："我是吴钢。市长有什么指示？"

市长李建国简短地命令道："吴局长，请立刻停止对我和我母亲家的布控和监护，撤销警力；保留对魏振华主任家的监护。明白了？"

电话里的吴局长立刻回应："明白了！市长还有什么指示？"

"注意保密！再见！"

放下电话，建国慢慢坐在靠背椅上，想了想，再次拿起保密电话。红色话机发出了接通的信号，话筒里响起市委书记的声音："建国同志么？"

"王书记，我想找您谈谈……我马上来！"

夜幕降临，华灯初放。皇冠牌轿车开到花园别墅小院门外，停车熄火。丹丹闻声迎出来，引领下车的哥哥建国和嫂子抗美走进了小院。秀儿和外孙女然然在客厅门外迎接建国夫妇，低声交谈走进客厅上了楼。

父亲的办公室兼书房里，影碟机正在播放电影《大决战》中淮海战役史诗性战争场面，身穿六五式军装的父亲盘腿坐在地铺上，看得如醉如痴。秀儿和丹丹引领建国夫妇来到书房，不忍打断父亲的兴致。等战争场面转换，秀儿插空说了一声："首长，建国和抗美看你来了！"

父亲似乎很不高兴地摆摆手，眼睛不离开电视画面。

建国制止了秀儿，几个人站在书房门口陪着父亲看了一会儿电影。

父亲恍然回头，冷淡地看了看门口几个人："你们有什么事？"

怀抱然然的秀儿赶紧答道："首长，你儿子和儿媳妇来了，你没看见么？"

建国上前两步："爸，我是建国，我和抗美回来看您……"

父亲漠然地看他一眼："回来就抓紧时间休息，明天还有战斗任务！"说罢就不再理睬他们，回头专心看电影，把老婆儿女晾在一边。秀儿忍不住低声抽泣起来，抗美悄悄把建国和秀儿母女拉到隔壁房间去。

秀儿委屈地哭诉道："你们看吧，我成天过的是什么日子！"

抗美劝慰道："小姨您别着急，爸爸是因为脑中风引起了失忆症，我们慢慢想办法，还是要劝爸爸去医院检查治疗，可以请军区首长出面……"

"就怕爸爸连军区首长也不认识了，谁说话也不管用，除非请朱司令员给他下命令，命令他必须休息睡觉，必须去医院看病治疗！"抗美提议。

建国眼睛一亮："这倒是个办法！我马上给戒生打电话！"

几个女人眼巴巴地看建国拿出手机拨号，电话通了，建国急忙到阳台上通话。

片刻，建国回到主卧室："等一下，戒生让老爷子给爸爸打电话。"

女人们暂时安静下来，丹丹忙把女儿送下楼去交给刘妈，又赶紧返回楼上。

不一会儿，办公室兼书房里果然响起了电话铃声，大家侧耳聆听。只听父亲大声接电话的声音："朱司令员，我是李莽！我一直在等你的电话，随时准备出发！……什么？战斗已经结束了？回家休息？你命令我去住医院？……朱司令员，我没有生病负伤啊？……军委首长命令？是！坚决执行！……"

过道里偷听的几个人忍不住又想笑，又想流泪，百感交集。

接完电话，书房里传来了父亲哼唱的歌声，唱的是《太行山上》。建国夫妇和丹丹母女来到书房门口，只见父亲身背挎包和水壶，正单腿跪在地毯上哼歌儿打被包，打好被包后背上双肩，抻了抻衣服，整了整军帽。

妻子儿女大眼瞪小眼，不知父亲究竟想干什么，眼睛里写满了问号。

父亲看他们一眼，清了清嗓子，正色道："朱司令员说了，仗已经打完了，没我什么事儿了，军委首长命令我回家休息，所以我准备回家去了。"

秀儿急道："首长，这就是你的家！你想到哪里去？"

父亲瞪她一眼："你懂个屁！这里是我的司令部作战室，是我工作的地方！送我回家去！赵玉莲同志是我的老婆，你们不认识么？高铁柱呢？……"

秀儿失声痛哭起来，丹丹忙把她搀扶到隔壁主卧室去。

建国向父亲立正敬了个礼："报告首长，高铁柱派我负责送首长回家！"

父亲高兴地拍拍儿子的肩笑道："好样儿的！出发！"

建国搀扶父亲走下楼梯，抗美急忙跑进主卧室去告诉秀儿和丹丹："小姨，丹丹，只好先这样了，我们送爸爸回那边休息，明天送他去医院！"

秀儿心里不是滋味儿，痛心地哭道："这算咋回事儿啊！"

抗美顾不上解释，让丹丹陪秀儿，自己赶紧追下楼去。夫妇俩搀扶父亲坐上汽车，父亲高高兴兴地"回家"去了。

城市夜景流光溢彩，汽车驶离繁华喧闹的市区，飞驰在宽阔的大街上。身穿老式军装的父亲坐在汽车后座上，蛮有兴致地观望窗外的景色。

坐在前排的抗美在低声打电话："妈妈，我是抗美，我们送爸爸回来……"

父亲指了指抗美的背影问："这位女同志是谁？好像有点面熟？"

建国直言："她是你的儿媳妇秦抗美，秦怀璧同志的女儿。"

父亲若有所思地点点头："哦！……我儿子在哪儿？他都娶过媳妇了？"

建国无奈苦笑："爸爸，您怎么了？我就是您的儿子建国啊！"

父亲不相信地仔细看了看他，嘿然一笑："你这个同志，真会开玩笑！"

建国没辙了，抗美回头无奈地笑笑，无话可说。

悦耳的门铃声中，珍珍早已将家门打开，迎接父亲"回家"。父亲心情激动地闯进家门，一眼看见站在客厅里等候他的母亲，急步上前抓住母亲的手叫道："玉莲！你知道我今天回来？朱司令员给你打电话了？"

母亲心情也很激动，但极力保持冷静，想把自己的手抽回来，却被父亲死死抓住不放，温柔道："累了吧？快进屋里坐吧！珍珍，给首长把饭端上来！"

父亲紧攥住母亲的手坐在沙发上："有什么好吃的？我饿坏了！"

母亲轻言细语："丹丹说你没吃晚饭，我让珍珍给你做了点儿夜宵。"

珍珍用托盘端来一碗热汤面，几小碟炒鸡蛋、卤豆腐干、拌黄瓜之类小菜。

父亲眼睛发亮了，母亲趁机抽出自己的手："趁热吃吧，都是你爱吃的。"

珍珍帮父亲调好面条："首长，吃吧，姑姑亲手为您擀的面！"

父亲肚子真饿了，立刻毫不客气地端起面碗，酣畅淋漓地吃起来。孙儿亮亮本已被母亲赶上床，此刻也好奇地探出脑袋偷看爷爷。父亲无意中发现了亮亮，冲他眨眨眼睛："小鬼头，睡觉去！"亮亮笑笑，缩回脑袋去了。

汤饱饭足，父亲用手抹了抹嘴巴，放下挎包水壶，解开了风纪扣。

"首长吃饱了么？好吃么？要不要再喝点汤？"

"太好吃了！在坑道里尽吃炒面，还是家里的饭好吃！"

天外来客又降落人间，全家人拿他没办法。

"让建国帮助你洗个热水澡吧？洗完跟亮亮一起睡觉。"母亲征求意见。

父亲瞪大眼睛："我不跟别人睡觉，我跟你睡觉，我们好好说话……"

珍珍笑了，又赶紧收敛，低头躲进厨房。大家都有些尴尬。

忽听楼下传来汽车喇叭声和车门声，很快又响起有人上楼的脚步声。抗美跑去开门，陪同秀儿和丹丹走进客厅："妈妈，小姨和丹丹来了！"

秀儿怀抱包袱哭兮兮道："姐，这是首长的换洗衣服和洗漱用具。"

父亲训斥道："拿这些东西干什么？我是回家，又不是住店！"

丹丹耐心解释道："爸爸，妈妈是怕您在这儿不方便，给娘添麻烦。"

"你们这些女同志真麻烦！好了，回去休息吧！"

抗美亲热地抱住秀儿道："小姨，您放心，爸爸在这儿有我们大家照顾呢，不会出问题的。丹丹，你陪妈妈回去，明天上午过来，送爸爸去医院。"

父亲听见"医院"两个字，反感地一挥手："我不去医院！"

秀儿忍不住抱住母亲又哭起来，丹丹低声劝慰妈妈，搀扶秀儿开门下楼去了。

父亲不解地问建国："她们来干什么？哭哭啼啼像什么样子！"

母亲送走秀儿母女回客厅吩咐道："珍珍，放热水，把浴盆放满了。"

珍珍答应一声，放热水去了，母亲和建国陪父亲坐在客厅沙发上。不一会儿，抗美送秀儿母女上车后回到家里，又去卫生间帮忙擦洗浴盆。

父亲奇怪地问建国："你怎么不回家去？"

建国耸了耸肩膀苦笑道："我要帮你洗澡啊？您这么大年纪不方便……"

父亲生气道："我不用你帮忙！玉莲帮我洗澡就行了，你们都回去睡觉！"

建国看了看母亲，母亲点头低声道："回去吧，别耽误明天上班。"

抗美也从卫生间出来了，建国对她使了个眼色，起身告辞。

"爸，我们走了，您好好休息，我们明天再来。"

父亲敷衍地向他们挥挥手，好像巴不得他们赶快离开。建国和抗美叹口气，告别母亲离开了母亲家。母亲送走儿子儿媳回到客厅，忽见父亲神采奕奕、目不转睛地注视她，眼里饱含深情。卫生间里隐约传来浴盆放热水的声音。

热气升腾，水雾弥漫。浴盆里放满了热水，颤微微波光闪动。

仿佛五十多年前新婚之夜的情景再现，恍惚间，白发苍苍、垂垂老去的父亲又赤身裸体地坐在浴盆里，坐在依然温柔美丽的母亲面前。

皮肤和肌肉松弛了，腹部凸现而肢体瘦弱，战争的伤疤也随人同老。

头裹毛巾、高挽衣袖的母亲小心地为父亲洗去身心的疲惫。

父亲舒舒服服地躺在浴盆里，尽情地享受美丽的人生。

皇冠牌轿车在冷清的大街上悄然疾驶，车轮"沙沙"轻响。建国和抗美坐在后座沙发上，都没有说话，各自闷头想心事。忽然响起了手机铃声。建国看了看妻子，掏出了手机。来电显示是一个陌生的号码，建国迟疑地接通了电话。

电话里传出一个低沉的声音："建国兄，听出我的声音了吗？"

强烈的危机感弥漫开来，建国沉着地反问道："你是谁？"

"你的同名兄弟。我终于找到你了。"

建国本能地准备关机，忽又暗自冷笑，坦然地问道："你找我什么事？"

电话里的男人阴阳怪气道："二十年不见了，想找你叙叙旧。"

"我也很有兴趣。我定好时间和地点，通知你吧！"不等对方答话，果断地断线关机，回头对妻子笑了笑。

抗美已感觉到危险，也不深问，悄悄握住丈夫的手。

华丽的大灯已经熄灭，豪华卧房夜灯幽暗，勉强映亮颠鸾倒凤的大床。疾风暴雨过后，激情慢慢平静下来，郭建国点燃英国烟斗，吞云吐雾。珍妮女士紧裹睡裙，蜷曲身体背对男人，眼含屈辱的泪光。郭建国舒坦地冷笑道：

"不瞒你说，老子在大牢里每天晚上躲进被窝里做生殖器保健操，就是为了不丧失男人的生命活力！我做梦也没想到，这一辈子还有此等艳福，能享受到你这种高品位的女人，真他妈没白活啊！你比那些年轻漂亮的傻逼小妞儿强多了！怎么样，搬到欧洲花园去住吧？"

"别做美梦了，我们不可能走到一起……"

"为什么？因为你是我的'继母'？世上只有男人和女人，所谓辈分和名分都他妈见鬼扯淡，武则天和杨玉环就是范例，谱写了惊世骇俗的风流艳史，流芳百世！你不觉得我是天下最棒的男人么？"

珍妮女士沉默无语，索性闭上了眼睛。

郭建国冷笑道："你跟那个唱歌的小妞儿黏黏糊糊的什么关系？同性恋？"

珍妮女士睁眼怒斥道："你嘴巴放干净点儿，人家是纯洁的女孩儿！"

郭建国凑近她恶毒地笑道："相信么？老子高兴就把她办了！"

珍妮女士猛地起身警告道："你敢动她一根毫毛，老娘就跟你拼了！"

郭建国被女人母狮般凶狠的目光吓了一跳，讪笑道："真有事儿？瞧你痛心裂肺的样子！她比老子还重要？我倒要认真对待了！……罗丹？……"

"你别欺人太甚，兔子急了也咬人！请你马上离开！"

郭建国慢慢扳过她的脸："如果老子不离开呢？"

珍妮女士忽然挥手打了他一个耳光，翻身下床披上睡衣，砰然摔门扬长而去。

郭建国手捂发烧的左脸，似乎没反应过来，讪笑在脸上凝固了。

午夜，华丽的大堂空寂无人，只有总台小姐和保安值班。灯光幽暗的咖啡厅角落里，穿睡衣的珍妮女士独自抽烟喝咖啡。大堂的电梯门开启了，西装革履的郭建国冲出电梯门，大步穿过大堂。黑色奔驰轿车立刻急驶过来停在大堂门外，轻轻按声喇叭。郭建国看见了坐在咖啡厅角落的珍妮女士，稍一迟疑，旋即快步走出门去，登车关门，汽车疾驶而去。

大堂咖啡厅角落里，珍妮女士形只影单，慢悠悠地品尝咖啡。

刺眼的灯光下，一条安装假肢的男人的左腿赫然呈现，令人触目惊心。罗丹倒吸一口冷气，猛抬头，泪水盈满了眼眶。跃进用被子盖住左腿，沉静地笑了笑，神态淡然。罗丹抱住跃进流泪了："哥，太残忍了！……你是怎么挺过来的呀！我一直想看你的腿，可我一直不敢看，我怕我受不了，我受不了！"

跃进轻声安慰少女："刚开始的时候我也受不了，习惯了就好了。"

罗丹哭得伤心："人没有腿怎么行啊！哥，你太惨了，你太可怜了！"

跃进反倒轻松地笑起来："傻丫头，别同情我，当心我不要你。"

罗丹狂热地亲吻他："不许说！我要你！"

跃进也热烈地回吻了少女。两个人缠绵了好一会儿，才靠在床头的枕头上，互相拥抱依偎在一起。沉默半晌，罗丹忽然开始轻声讲述自己的身世。

"哥，我一直没告诉你，我的真实姓名和家庭背景……你也从来没问过我，因为你一直回避我的爱……"

跃进会心一笑："因为我不敢爱，何况你比我小十八岁……"

"我的真名叫崔晓，毛主席逝世的那天，我出身于北京一个城市贫民家庭。我的父亲是一个流氓无产者，后来死于打架斗殴……"

跃进惊讶地看了看怀中的少女，顿生似曾相识的陌生感。

"我的母亲是一个从西北劳教农场'嫁'回北京的黑人黑户，因为她'打入十八层地狱'的特殊身份，不下嫁我父亲那样的穷光蛋，就永远也回不了北京。听说她是个高干子女，后来隐姓埋名，混迹于老北京贫民大杂院，生下我和我的弟弟，在我六岁那年远走高飞，改嫁给了一个比她大三十多岁的美国富翁，去过另外一种生活。我父亲就在那年冬天因械斗身亡，穷凶极恶的叔伯婶娘们疯狂地瓜分家产，把我和弟弟赶出家门，流落街头，频临绝境。奶奶把我们带回八达岭长城外的农村老家，我和弟弟在塞外的寒风中吃糠咽菜长大……"

罗丹的声音哽咽了，不觉泪流满面，沉浸在不堪回首的往事中。跃进温存地吻了吻少女的额头，让她坐起身来面对自己，目光凝视。

罗丹惨笑道："母亲遗传给了我姣好的容颜和艺术细胞，我从小能歌善舞，才艺出众，在年满十八岁领取居民身份证后，我立刻辍学南下广州深圳独闯天下，开始了流浪歌手的生涯。我冒充北京的高干子女，一是为保护自己，二是为满足可怜的虚荣心。我拼命地挣钱，为养活奶奶和上中学的弟弟……"

跃进轻声劝慰道："别说了，我什么都知道了，我会帮助你的。"

"哥，我怀疑珍妮是我的亲生母亲！"

跃进猛然震惊，继而恍然颔首，紧抓住罗丹的手，仿佛置身于梦境中。

在万籁俱寂的黑夜里，在城市的昏睡中，他们依偎无语……

北京。宽体客机雷鸣般呼啸着徐徐降落在机场跑道上，震耳欲聋。

一辆红旗轿车飞驰在机场高速公路穿梭的车流中。刚下飞机的珍妮女士坐在后座沙发上，凭窗眺望久别重归的故乡景色，禁不住心潮起伏。汽车驶上宽阔的三环快速公路，车流如织，新修的高楼大厦应接不暇。

珍妮女士忽然对司机说："师傅，不去友谊宾馆了，咱们直接奔八达岭吧！"

司机有点意外："小姐，领导没交代，恐怕汽油也没有加够。"

"没关系，回头在我的房费里结账，我付钱把汽油加满！"

司机不再犹豫："好的，我们直接奔北沙滩出城！"

八达岭长城外的军都山脚下，远近横陈几个稀疏的村落。苍穹下，寒风中，落满灰尘的红旗轿车在塞外荒凉崎岖的山路上颠簸行驶。珍妮女士显然是第一次深入穷乡僻壤，眼望空山幽谷，恍如隔世。汽车爬上了一个土坡停住，珍妮女士下车拦问一个老者，老者指点迷津。红旗轿车继续前行，走走停停。太阳偏西，汽车终于开到山脚下一个荒无人烟的小村边停下来。

似有心灵感应，带大墨镜、穿黑风衣的珍妮女士下车后也不找人打听问路，居然轻车熟路地径直走向村边一座孤零零的破旧小院，推开柴门径入。

小院空无一人，珍妮试探地向小黑屋问了声："有人吗？"

半晌，小黑屋里才有个老妇人应了声："谁呀？……进来吧！"

珍妮女士轻轻推开漏风的屋门，眼前顿觉一片昏暗，什么也看不清楚。眼睛适应黑屋里的光线后，才见炕头上坐了个老眼昏花的白发老妇人。

老妇人看不清来人的面目，颤巍巍地问道："你是谁呀？"

珍妮女士摘下大墨镜，不觉流下泪来，凑近仔细看了看老妇人，凑近她耳边大声说："老人家，我是你儿子的朋友，来看看您老人家……"

老妇人似乎听懂了她的话，咧开老掉牙的干瘪嘴笑道："我儿子早就死了，烧成灰了，埋在长城边的崔家祖坟里了！你咋这会儿才来看他呢？"

珍妮女士握住老妇人枯瘦如柴的手问道："您的孙女和孙子在哪儿啊？"

老妇人摩挲陌生女人柔软的手笑道："瞧您这手！王母娘娘似的，软和柔嫩能捏化了，天生享福的命！想找我的孙子孙女？那不行！我不能告诉你！"

"老人家，我是您儿子的朋友，我想帮助你们……"

老妇人骄傲地冷笑道："你这号的我见多了，属狐狸精的种，甭想叫我给你说实话！告诉你，我孙子在北京城里念书，我孙女在外面挣大钱呢！嘿！"

珍妮女士固执地问道："您孙子在北京哪个学校念书啊？"

老妇人忽然怒道："怎么着？你还想去找他？我抽死你个不要脸的狐狸精！"

一根枣木拐杖突然打过来，珍妮女士猝不及防，腰上挨了一猛击。

老妇人破口大骂："卖大炕的贱货！你他妈是谁啊？你给我滚出去！"

珍妮女士忽然跪在老妇人面前，五体投地，磕了几个响头。

院门外出现了几个看热闹的农村妇女，互相议论询问，近前围观。

珍妮女士拿出一个厚厚的信封放在炕沿上含泪道："老人家，我是您儿子的朋友，请您相信我的诚意。这是一万块钱，留给您和孩子吧！"

珍妮女士转身跑出了小黑屋，围观者闪开道，眼看她钻进了汽车绝尘而去。

老妇人抓起装钱的信封，昏花老眼溢出浑浊的老泪，号啕大哭起来。她当然已经认出了"狐狸精"，认出了改嫁出走的儿媳妇……

五十五、生命的形式有两种——腐烂或者燃烧

香格里拉大酒店第 30 层即行政楼层的电梯门轰然开启，郭建国满脸杀气地冲出门来，边走边拨打手机，手机不断传出回音："您拨打的电话已关机……"

电梯门刚关闭，另一部电梯门打开了，两名保安手持警棍冲出来。

郭建国大步冲到珍妮女士的豪华套间门前，猛踢房门喊叫："臭婊子开门！"

两名保安追过来喝问道："先生！您干什么？请出示您的房卡！"

郭建国毫不理会，继续疯狂地踢门喊叫："臭娘们儿！你给老子开门啊！"

两名保安冲上去扭住郭建国的胳膊："住手！你是干什么的？"

郭建国挣扎怒吼："我是你爷爷李向阳！老子杀了你！……"

保安立刻对准他的头部狠击警棍，郭建国一翻白眼昏死过去，被保安拖走了。

当郭建国到处寻找珍妮时，珍妮正从北京飞回这座城市。

奔驰豪华轿车飞驰在机场高速公路上，珍妮女士疲惫地靠坐在后座沙发上，仿佛经历了一场大病，脸色惨白，身心疲惫，闭目昏昏欲睡。

庄秘书回头轻声问道："珍妮主席，回香格里拉，还是去欧洲别墅？"

珍妮女士反问道："去欧洲别墅干什么？他知道我今天回来？"

"没有没有！您去北京的事绝对保密。只是郭董心急火燎，这两天发疯似的到处找您，好像有什么急事，打您的电话又一直关机……"

珍妮女士打断他的话命令道："回香格里拉，叫李总和罗丹来见我！"

庄秘书唯唯诺诺："是！"命令司机，"香格里拉！"

今天是"老兵酒吧娱乐城"隆重开业庆典日。夜幕下的繁华都市光影绚丽，灯红酒绿，流光溢彩。"老兵酒吧娱乐城"巨幅霓虹闪烁，门前人头攒动。

热烈的掌声中，娱乐城老板跃进肩挎电吉他走上旋转式梦幻舞台，弯腰深深鞠躬，诚挚致辞："各位领导、各位嘉宾、女士们、先生们！大家晚上好！感谢各位新老朋友的深情厚爱，老兵酒吧娱乐城经过短暂紧张的改扩建施工，

于今晚正式开业了！在这里，我要感谢尊敬的刘副市长，感谢香港华协集团董事局主席珍妮女士以及郭建国先生，感谢他们对老兵酒吧的支持和资助！"

座无虚席的酒吧大厅再次响起热烈的掌声，珍妮女士悄然出现在贵宾席上。

老兵电声乐队跃跃欲试，跃进宣布："有请罗丹小姐！"

欢快激越的音乐声中，衣裙华丽的"老兵酒吧娱乐城"总经理罗丹小姐闪亮登场，在观众狂热的欢呼声中，高歌一曲穿越时空的千古绝唱《虞美人》——

　　春花秋月何时了？往事知多少。
　　小楼昨夜又东风，故国不堪回首月明中。
　　雕栏玉砌应犹在，只是朱颜改。
　　问君能有几多愁？恰似一江春水向东流！……

一曲未终，掌声雷动。跃进挎琴上前牵手罗丹，金童玉女向观众鞠躬谢幕。

贵宾席上的珍妮女士流下了激动的泪水，目不转睛地凝视女儿。

热烈的掌声和欢呼声中，跃进和乐手们激情澎湃，以摇滚风格演唱风靡二十世纪六十年代的革命歌曲《亚非拉人民要解放》，将晚会气氛推向高潮——

　　亚非拉人民要解放！反帝怒火高万丈！
　　再不能忍受压迫当奴隶！要把新老殖民主义统统埋葬！
　　从古巴到几内亚，从安哥拉到越南南方，
　　反帝的烈火越烧越旺，要把新老殖民主义统统烧光！……

月朗星稀，苍穹下的大地清辉普照，公园假山湖畔树影婆娑。

假山顶上的凉亭里，一对热恋中的情侣正在拥抱接吻。人到中年的戎生激情澎湃，纵情地亲吻丹丹柔软的嘴唇和脖颈。丹丹也如久旱禾苗逢甘霖，身心欢畅，沉浸在情爱的渴望中……忽觉四周似有动静，侦察兵出身的戎生猛然警觉——

两个黑影摇晃身体向凉亭走来，一束雪亮的手电筒亮光突然直射。

戎生本能地护住丹丹，威严地呵斥道："把灯灭掉！"

两个黑影愣了愣，相互"扑哧"笑出了声："年岁不小，胆子还挺大啊！"

"灭灯！你们是干什么的？"

为首的黑影近前两步，高举手电筒直射戎生的脸骂道："抓流氓嫖娼的！"

话音未落，戎生飞起一脚踢飞了手电筒，两个黑影立刻后退几步，突然拔出雪亮的匕首，咬牙切齿骂道："他妈的！敢动武？不想活了！"

戎生不动声色地调整了姿势，冷笑一声："想活的，就赶紧滚蛋！"

两个黑影突然发一声喊，一齐猛扑过来，挥舞匕首直逼戎生。戎生闪电般地猛一个扫堂腿，两个黑影齐声惨叫，重重地摔倒在地上。

丹丹拖住戎生的胳膊低声道："走吧，别打了！"

戎生朝地上的两个黑影各踢一脚，两个黑影蜷身满地打滚，哀号求饶。

突然又冲出几个黑影，手电筒光乱晃喝令道："不许动！"

戎生见是警察和保安，立刻坦然相告："我们受到坏人的侵犯，被迫自卫！"

公园派出所所长命令道："跟我们走！到派出所接受询问！"

戎生对丹丹笑笑，携手走出凉亭。警察和保安同时也带走了两个流氓。

公园派出所在公园管理处内，古色古香一座小四合院。

小院里灯光闪烁，两个流氓被铐在院中一棵树上，蹲伏在地。所长办公室里，戎生和丹丹坐在办公桌前的长椅上，接受警察的例行询问。

派出所所长例行公事："姓名，年龄，职业，单位？"

戎生无奈地看了看丹丹，实话实说："我叫朱戎生，在省纪委工作。"

派出所所长愣住了，抬头仔细看了看戎生："您带身份证了吗？"

戎生从兜里掏出身份证和工作证，递给派出所所长："她是我的爱人。"

派出所所长一看证件，立刻起身双手递还给戎生，语无伦次道："误会误会！对不起，朱书记！我们没有接到上面的通知，不知道您今晚到公园视察……"

戎生轻松地笑道："什么视察！我们下班来这儿休息，没想到遇上流氓！"

派出所所长赶紧做检讨："都怪我们工作失误，让领导受惊了！那两个坏家伙确实是流氓，都有流氓抢劫犯罪前科，没想到今天栽倒在朱书记手里！"

戎生扶丹丹站起身笑道："没事儿了吧？我们也该回家了，谢谢所长！"

"没事了，没事了，朱书记慢走！夫人慢走！"

戎生和丹丹相视笑了笑，也不争辩，摆手请所长留步，离开了派出所。

深夜的市长办公室里，市长李建国孤独地坐在靠背椅上抽烟沉思。办公室很安静，没有任何声息，隐约可闻日光灯启辉器发出的低微噪音。建国抬腕看了看夜光手表，时间已近晚上八点，秒针在飞速狂奔。一张黑底烫金名片静静地躺在面前，上面印有郭建国的名字和手机号。建国思考成熟，从抽屉中一只小铁盒里取出一张手机卡，安装在随身携带的手机上，开机拨通了电话。

"郭建国？我们今晚可以见面。"

电话里的郭建国立刻回应："市长召见，深感荣幸！请问见面时间和地点？"

"晚上八点半，锦江饭店大堂咖啡厅茶座。"

"好的！我一定准时到！谢谢老兄！"

挂断电话，建国立刻换掉手机卡，仍放回小铁盒里，安装上新的手机卡，用新手机号拨通了司机电话命令道："准备出发！"

老牌五星级酒店锦江饭店地处市中心，一座高大结实的欧式古典风格建筑。

黑色奔驰高级轿车驶停在灯火辉煌的饭店门前，郭建国昂然下车，走进酒店大堂咖啡厅，果然看见市长李建国坐在角落的茶座上向他招手。

"李向阳"满面笑容地向"英雄警察"走去，警、匪终于在二十年后重逢。

郭建国老远就伸出手去欲握，市长李建国却手夹香烟示意请坐。毕竟曾经是生死之敌，何况来者不善。郭建国笑了笑，潇洒地落了座。

大厅里人不多，小舞台上放了一架钢琴，一位艺术家在弹奏世界名曲。

市长李建国客气地示意："不知你喜欢什么茶，我给你点了一壶碧螺春。"

郭建国矜持一笑："谢谢。市长点什么我就喝什么，不过由我埋单。"

服务员端来了玻璃茶壶和茶杯，放在客人面前："请慢用。"

两个同名同龄人各自慢慢品茶品味，聆听妙曼琴声。

郭建国看了看四周笑问道："市长出门没带保镖？或者已经隐藏在暗处？"

市长李建国笑道："见你还用带保镖么？又不是没打过交道。"

饭店大楼外面的停车场上，一辆黑灯瞎火的警车里，微型录音机悄然转动。

离市长茶座不远的另一张茶座上，两名年轻的便衣警察在喝茶聊天。

市长李建国拧灭了烟头："言归正传。你想找我谈什么？"

"也没什么正事儿，您别这么紧张。二十多年没见了，就是想跟您坐一块儿叙叙旧，聊聊天。毕竟您是影响我生命历程的人。"

"很荣幸。我时间紧，拣重要的说吧！"

郭建国挺直腰板，正襟危坐："好！表达三层意思。一是感谢李市长对香港华协集团的关照和厚爱，我谨代表我个人和珍妮主席对您表示敬意！"

"谈不上。这是刘副市长分管的工作，我基本上没过问。"

"刘副市长也是按您的旨意办事，特别是在房地产开发方面。"

"刘副市长完全有能力处理好他分管的工作。"

"滴水之恩，涌泉相报。我们不会坏了江湖上的规矩。"

"这就更谈不上了。还有什么'意思'？"

"第二层意思，跃进和您虽然同父异母，但毕竟是兄弟。跃进是很有前途的青年企业家，希望在事业上继续得到您的支持和帮助。"

市长李建国反问道："你有什么资格提出这样的'希望'呢？你是李跃进的监护人或代言人么？包括你代表香港华协集团，谁赋予你这个权力的呢？"

郭建国不动声色："市长不必动怒，我只是表达意思而已。"

市长李建国抬腕看表："我对你的意思已经没兴趣了。您说完了？"

郭建国目光炯炯："最后一层意思，我想私下向您转达您的老战友罗晶晶对您的问候。她非常怀念你们过去的感情，希望有机会鸳梦重温。"

市长李建国盯视郭建国良久："看来你真是利令智昏，不知自己姓甚名谁了。郭建国，我必须提醒你，你虽然获得了政府的宽大和减刑，如今也刑满释放了，但并不等于你过去犯下的罪行一笔勾销了，必须老老实实地接受监督改造，痛改前非，重新做人！如果无视法律的尊严，必将受到法律的严惩！"

不等郭建国再啰唆，市长李建国起身离座，头也不回地大步离去。

上班时间，秦抗美等科室负责人开完会走下楼梯，一路谈笑风生。收发室的老同志从小窗口叫住了抗美："秦主任，有您的挂号信。"

抗美忙从小窗口接过挂号信，在登记簿上签了名，向老同志道了谢。挂号信厚厚沉沉，牛皮信封严严实实，落款为"本市内详"。抗美迟疑地拆开牛皮信封，里面还有一层密封的牛皮纸；再撕开牛皮纸，还有第三层密封的打印纸；再撕开这层打印纸，才露出一个中国银行金卡。抗美惊疑地拿起金卡，只见卡主的姓名刻有"李建国"三个字的英文字母拼音。金卡背面，贴有一块极小的

"即时贴"，印有一行小字："$200000，M491001。"

抗美如雷击顶，背心发凉，脑袋轰然炸响，双手微微颤抖起来。

有人路过关心地问道："秦主任，怎么了？不舒服？"

抗美摇了摇头，却说不出话，慌乱地向医院大门外跑去。大街上车水马龙，人流熙攘，街边的公用电话亭有几个人在排队。抗美跑出医院大门，只好排在等电话的人群后面，心情焦急慌乱。正在打电话的女人没完没了地在电话里吵架，几个排队的人忍不住提抗议，打电话的女人却不管不顾，对着话筒又哭又笑，还不断地往里投硬币。城市噪音震耳欲聋，抗美脑袋里一片空白，手里紧攥金卡。

女人好容易打完了电话，一个男人立刻抢话筒在手，开始拨号。抗美眼前乱冒金星，隐约听见那个男人在电话里大喊大叫，声嘶力竭。阳光刺眼，天好像都要塌下来了，汽车喇叭声怪叫，商店里飘出强烈的摇滚音乐声……

忽然有人推了抗美一把："同志，你打不打？不打让开！"

抗美猛省地慌忙道："我要打！"一头冲进了电话亭关上小门。

半小时后，建国匆匆坐车回家，推开家门，见抗美坐在沙发上，孤立无援地呆望丈夫，满脸恐慌。建国沉着地坐下来，点燃一支香烟："怎么回事？"

抗美拿出那个银行金卡和拆散的信封递给丈夫："刚收到的……"

建国先看了看"本市内详"信封，拿起银行金卡扫一眼，顿时震惊地愣住了。

抗美眼含泪水颤声道："肯定有人故意陷害你，而且是熟人！"

建国小心地将银行卡装入信封，嘿嘿一笑："连我的出生年、月、日都知道，不仅是熟人，还是很熟的人！……好啊！这是想把我直接送上断头台啊！"

抗美心急如焚，抓住建国的手："怎么办？快告诉戒生吧？"

"当然要报告省纪委。怎么处理，让我再想想……"

"不能犹豫了！二十万美元，折合一百多万人民币呀，够杀头的了！"

建国忽然轻松地笑了："是够杀头的了，但不是杀我的头！"

阳光明亮，窗外绿荫如伞，阳台上花盆里鲜花盛开。

珍珍高挽衣袖，在宽敞的客厅里拖地板，把地板拖得亮光闪闪。茶几上电话铃声响了，珍珍放下拖布，坐在沙发上拿起电话：

"喂，你找谁？……抗美姐！你在哪儿呢？俺姑今天不在家，说是老干部局组织他们到龙潭湖旅游去了……没事儿啊？抗美姐再见！"

珍珍放下电话，继续愉快地拖地板，甚至轻声哼起家乡小调儿。来到南方的大城市时间不长，昔日的北方农妇已养得白胖滋润，满面红光。

电话铃声又响了，珍珍放下拖布拿起话筒："找谁？"

电话里传来一个女人怯生生的声音："娘，俺是二妞啊，俺在长治呢！"

珍珍高兴地叫起来："闺女！你跑长治做甚呢？出门串亲戚呢？"

二妞在电话里带出哭腔："娘，俺家可遭了大难呢！俺女婿突然得了个怪病，肚子里长了东西，疼得满地打滚儿，医院下了病危通知书，叫马上动手术，迟了就活不成了！……娘啊，医生说得花三四万块钱呢，可把俺愁死了……"

珍珍急切地问道："闺女，你没叫你姥爷想想办法？他好赖是村支书呢！"

二妞哭道："俺姥爷不是村支书了，也拿不出这么多钱啊！"

珍珍也没辙了："闺女，你先别哭，你先叫医生给瞧病，娘给你想想办法，看能不能借钱……可谁家忽下子能拿出这么多钱呢？这可要了命了！"

娘儿俩在电话里互相哭诉几句，挂了电话，珍珍坐在沙发上发起了呆。

窗外鸟语花香，屋里愁煞囊中羞涩之人，呼天叫地不灵。

珍珍忽然起身跑进自己住的小屋，拉开抽屉找出个小布包，将包中钱币倾巢倒出，数了数也就四五百块钱。珍珍把钱全部揣进怀里，转身冲出了小屋，冲出过道正欲开家门，忽觉眼睛一亮，只见门缝下有一个塞进来的大信封！珍珍弯腰拾起单薄的牛皮信封，信封上既没写一个字，也没封口。珍珍拿信封回到客厅，准备把信留在茶几上，不料手指好像捏到一个硬纸片似的东西，便顺手将硬纸片抽了出来，却是一个银行活期存折。珍珍鬼使神差地打开存折一看，霎时间脑热心跳，瞪大了眼睛——存折上打印出存款人姓名：赵玉莲。存款额现金：人民币十万元整！珍珍火烫似的一哆嗦扔了存折，存折里忽然飘出了一张小纸条，珍珍本能地一伸手抓住小纸条，却见上面一行打印的小字："密码491001"。

珍珍一屁股跌坐在沙发上，心里忽如翻江倒海，脑袋里乱成了一锅粥。

十万元！唾手可得！没人知道！马上就能取出来救急！

珍珍感觉脑袋快要爆炸了，地上那个红皮儿小本本强烈地攫取了她的心！

宽敞明亮的客厅里异常安静，墙上挂钟不紧不慢，"嘀嗒"有声。

怎么办？天上掉馅儿饼，瞌睡了有人送枕头！日他娘，先用了他娘的再说！

珍珍捞救命稻草似的抓起地上的小本本，回小屋穿上外衣冲出家门。

钱真是个好东西！它让人兴奋，让人膨胀，让人疯狂！

银行里办事的人不多，保安警惕地巡视四周。

珍珍做贼似的蹩进营业厅，见保安警惕地冷眼注视她，索性壮胆迎上去问道："请问大哥，活期存款在哪儿取钱呢？俺没来过这儿，不知道这儿的规矩。"

保安见她老实巴交，指点道："去三号窗口吧，正好没人。"

珍珍感激地点头赔笑脸，赶紧走到三号窗口前问道："同志，能取钱么？"

银行工作人员是个中年女同志："你的存折呢？"

珍珍赶忙将红皮儿小本本递进去赔笑道："俺存钱不在这边，能取不？"

"可以。现在银行联网了，都能取。先填个取款单吧！"

珍珍拿起一张取款单看了看，又问了问规矩，就拿起签字笔填写了取款单。

银行工作人员接过取款单，例行公事地问道："取多少？"

珍珍一愣，忙赔笑指了指："单子上都写着呢，取三万元，家里急用……"

银行工作人员指令："身份证。"见珍珍发愣，"你的身份证？"

珍珍恍然："啊，俺有！……"慌乱地掏出身份证，从小窗口递进去。

银行工作人员熟练地操作电脑，对讲器忽然响起一个声音："请输入密码。"

珍珍心如小兔狂跳不止，用颤抖的手指在密码器上按了六位数字。伴随手指敲击电脑键盘的响声，银行工作人员从小窗口里退回了存折。

珍珍的心一惊："咋？取不出来？……同志，俺家里等着急用呢！"

银行工作人员和蔼地笑道："到六号窗口去取款，那边！"关闭了小窗口。

珍珍喜出望外道谢道："谢谢大姐！……"急忙向六号窗口跑去。

三万块钱到手了！珍珍马不停蹄地又跑到电信局营业厅。

隔音的长途电话间里，珍珍手捂话筒大声打电话，周围环境噪音嘈杂。

"爹，俺是珍珍！二妞家女婿得急病住进长治医院开刀，下病危通知书了，你知道么？俺借了姑姑三万块钱，刚给你电汇回去，你拿上钱赶紧去长治医院交给人家医院吧，可不敢误了！"

栓柱表叔在电话里"哦，哦"连声："三万块！借上钱咋还呢？"

珍珍急吼吼道："救命要紧！二妞家女婿还不到三十岁，年轻轻的短了命，撇下孤儿寡母的咋活呢！先用了再说，姑又不是外人！快去啊爹！"

电话里的栓柱表叔诺诺连声，珍珍感情冲动地挂断电话，冲出电话间，付了长途电话费，紧紧护住衣兜里的存折，又马不停蹄地跑回家去……

钥匙轻轻转动暗锁，房门推开，珍珍满头大汗回到家里，转身插了门，走进客厅，一屁股坐在沙发上喘了几口大气，又起身奔回自己住的小屋。翻开抽屉，似觉不妥，又满屋子转来转去找地方，手捏那个小红本儿，最后决定把存折放回信封，撕去了小纸条，密藏在衣柜的棉袄夹缝里。

珍珍仿佛完成一件大事，终于松了口气，定了定神，向厨房走去。忽听门铃"叮咚"响，门外传来母亲软绵的声音："珍珍，我回来了！"

珍珍急忙转弯直奔家门，嘴里大声应道："姑！俺给你开门来了！"

五十六、上帝让谁亡，先让他疯狂

郭建国欲火难忍，鬼使神差地溜达到了老兵酒吧娱乐城。

灯光照亮了旋转舞台，罗丹正带领一群穿练功服的少男少女走台，排练伴舞。

音响师根据罗丹的口令反复播放伴舞音乐，罗丹伴随音乐的节奏打节拍喊口令，不断地纠正伴舞者的失误，厉声训斥。少男少女们累得气喘吁吁。

背头油亮，西服笔挺的郭建国坐在雅座沙发上，在暗处默默地欣赏罗丹。

罗丹使劲拍手吆喝道："抓紧时间，整个儿再练一遍！"

节奏明快的摇滚音乐又响起来，少男少女们在罗丹的率领下激情伴舞。罗丹手握话筒面向大厅真唱真表演，用情绪感染伴舞者和观众。空荡荡的大厅里只有一个观众，这个观众也确实被感染了，眼里闪动亮光。看看练得差不多了，罗丹中断了音乐宣布开饭，场务立刻开始分发盒饭。

罗丹宣布："抓紧时间吃饭化妆，不准离开现场，八点准时开演！"

少男少女们在舞台上吃饭，罗丹也领了一份盒饭准备就餐。坐在台下雅座的郭建国忽然叫了声："罗丹小姐，请你过来一下好么？"

罗丹这才发现隐身暗处的郭老板，心里虽不情愿，但还是向他走过去。

郭建国摆谱没动窝儿，摇晃二郎腿笑道："敢请小姐共进晚餐么？"

罗丹礼貌而冷淡："对不起，马上要开始演出了，没时间。"

"演出可以晚两个小时开始嘛！民以食为天。"郭建国一副大老板腔调。

"不能随便改时间，我们对顾客讲诚信。"

郭建国冷笑道："你不过是个唱歌的，老板请你吃个饭，你还不给面子么？"

罗丹勃然大怒地猛摔盒饭："什么他妈老板！你他妈给我滚蛋！"

郭建国和在场的少男少女们都愣住了，罗丹愤然转身大步冲上了小舞台。

郭建国霍然起身怒吼："臭婊子！反了天了！不演了！滚蛋！"

背后忽然响起一个低沉威严的男人的声音："演出时间不变。化妆去吧！"

一袭黑风衣、手拄金属拐杖的跃进出现在大厅里，目光坚定冷峻。

郭建国隐忍地攥紧拳头，冷笑一声，愤然离开了大厅。

晚上七点，电视机里响起了熟悉的音乐，中央台《新闻联播》节目开始了。

母亲雷打不动地坐在客厅沙发上准时收看电视新闻，神情专注。珍珍收拾完厨房也坐过来陪母亲看电视，一副做贼心虚、欲言又止的模样。心胸坦荡的母亲似乎毫无察觉，接过珍珍新沏的热茶，专心收看电视。

珍珍磨磨蹭蹭，试探道："姑，现在咱老百姓真是住不起医院、看不起病了，医药费贵得吓死人呢！听说开个刀也要好几万块钱，那不是叫咱等死么！"

母亲心不在焉地敷衍道："也没那么严重，看你得什么病。"

珍珍添油加醋："就是感冒发烧，看个门诊也得几十块，谁还敢看病啊！"

母亲回头注意地看了她一眼："家里谁生病了？你爹？你娘？"

珍珍急忙摆手："没有！俺就随便说说，不是俺爹俺娘……"

"那是谁？平白无故，咋说起医药费的事儿？"

珍珍似有难言之隐，小声道："姑啊，是俺闺女二姐家女婿病了，还是一种要命的怪病，医院下了病危，叫马上动手术，可手术费太贵了！"

母亲把电视机声音关小了些："家里给你打电话了？怎么说的？"

珍珍吞吞吐吐："也没咋，就说二姐女婿病了，快不行了……"

母亲明白了她的心思："珍珍，你知道姑是个干部，一辈子拿死工资，也没存下多少钱，可总比你宽裕些。急需的话，我给你两万块钱够不够？"

珍珍忽然起身下跪道："姑，可不敢！俺就是说说罢了，不敢向您开口借钱！俺爹已经借上钱了，俺女婿有救了，暂时不用钱了，姑的恩情俺心领了！"

母亲生气地拉她起来："不借就不借吧，你咋又下跪呢！以后不许再这样了！"

"哎！俺记住了。"珍珍诺诺，不时地偷看母亲的脸色。

母亲回头去看电视："钱我给你留着，需要用你就拿去。"

珍珍笑声答道："知道了，谢谢姑。"小心地坐下看电视。

母亲把电视机声音调大了些，继续专心看新闻，不时回头看珍珍一眼。珍珍心虚地涨红了脸，不敢看母亲的眼睛，心里如一团乱麻。

电视《新闻联播》已近尾声，银屏上烟幕弥漫，两伊战争打得热火朝天。

医院里，父亲在病床上也在看电视，秀儿在旁边不时喂他吃水果。

忽然，丹丹和戎生一起走进来，满脸笑容。父亲脑子不太清醒，倒没在意，秀儿却忽然有了某种预感，心猛地狂跳起来。

丹丹脸蛋绯红，神采飞扬，坦率地宣布道："爸、妈，我和戎生哥哥好了！"

戎生向秀儿点头笑笑，将手捧的一束鲜花递到秀儿的手里，伏身坐到父亲的床前大声说："李叔，我和丹丹来看您了！我是戎生，您还认识我么？"

秀儿险些被巨大的狂喜击昏了，冲到父亲面前激动地大喊道："首长啊，你听见了么？戎生和丹丹好了！你瞪我干什么？看看你女婿呀！"

父亲没弄明白，嘴里嘟哝道："什么女婿？……谁是谁的女婿？"

戎生和丹丹笑得开心，秀儿笑得癫狂："老爷子乐糊涂了，找不到北了！"

戎生耐心解释道："李叔，明白么？我是戎生，我是您的儿子！"

父亲忽然天真地手指戎生笑道："哈哈！我知道你！朱司令的儿子！朱……"

到底还是叫不出名字，但人还可以认清。戎生和丹丹百感交集。

秀儿心情激动，语无伦次："戎生，快坐下！丹丹，叫你戎生哥哥坐啊！"

正说笑，建国和抗美夫妇走进了病房，见了戎生不禁一愣。

"戎生来了！"建国来到父亲病床前坐下，"爸，我们看您来了。"

父亲握住儿子的手，眼睛湿润地点头道："好，我的儿子来了……"

抗美向戎生笑了笑，心事重重的样子，与秀儿和丹丹打了招呼。

建国转问秀儿："小姨，爸爸这两天还好吧？您辛苦了！"

秀儿还沉浸在巨大的喜悦中："啊，这两天还可以，每天上午输液，下午和晚上活动活动，语言障碍也轻多了，医生说下周准备安排康复训练。"

父亲忽然手指电视机："哈哈，赵忠祥！我认识他！这个人名叫赵忠祥！"

《新闻联播》结束，赵忠祥和女播音员的形象也消失了。

建国忽然起身对戎生低声道："我正想找你，我们出去说个事儿。"

戎生点了点头，对丹丹和秀儿及抗美打了个招呼，与建国相跟上出去了。

父亲不解地问周围的女人："这两个人去哪里？怎么不打招呼？"

建国和戎生一前一后穿过休息厅来到阳台上，建国回身关了阳台的玻璃门。

戎生见他脸色严肃，表情沉重，笑问道："什么事？这么神秘！"

建国掏出一个银行金卡递给戎生道："你看看吧！"

戎生借助玻璃门透出的灯光看了看金卡，吓了一大跳："二十万美元！"

建国又给他看了"本市内详"的信封和即时贴。

戎生已经明白了大半："刚收到的？把抗美吓坏了吧？出手挺大方啊！"

"我本想明天上班时间去找你，没想到你在这儿。"

"我来看看老爷子，碰巧……你打算怎么办？"

"还用问么？当然是在第一时间报案，把存折交给省纪委。"

"如果拖到明天，就不是'第一时间'了。你考虑过这个问题么？"

"你说得对。我现在就正式向省纪委报案！"

"好，你等一等！"戎生拿出手机拨号，"老陶，你马上通知常委到会议室，准备开紧急会议。时间定在晚上十点，你也参加！"

建国有些不安道："范围不会太大了吧？最好不要闹得满城风雨……"

"这是赤裸裸的行贿事件，行贿对象又是副省级领导干部，省纪委必须严肃调查处理这件大案。你这样处理很好，争取早日破案！"

深夜，奔驰轿车开到欧洲花园别墅小楼门前停了下来，两名保镖打开铁门。

珍妮女士和劳伦斯律师走下汽车。保镖引领一行人走进了楼下宽敞豪华的客厅，女秘书急忙上楼去通报。片刻，穿睡衣的郭建国脸色阴沉地走下楼梯。

珍妮女士冷冷地问道："半夜叫我过来有什么急事？"

郭建国落座在沙发上翘起二郎腿，傲慢地下令："你马上把老兵酒吧娱乐城给我灭了！叫那个卖唱的黄毛丫头给我滚蛋！马上消失！永远不准回来！"

珍妮女士不动声色："第一，老兵酒吧娱乐城的老板是李跃进，你我都没有权利灭人家。第二，罗丹是酒吧老板聘请的总经理，你我也没有权利让人家滚蛋。第三，如果你反悔无偿投资扩建娱乐城，我可以把钱退给你。"

劳伦斯律师口齿清晰："按15%计算，应该退还给您四十五万元人民币。"

郭建国拍案大怒："老子不要这几个鸟钱！老子要你把它灭掉！"

珍妮女士不惊不怒冷冷道："劳伦斯先生会请你在法律文件上签字的。"

郭建国冲到珍妮女士面前怒吼道："老子决不签字！臭娘们儿，你他妈玩弄女人手段，偷梁换柱，翻云覆雨，盗用我父亲遗嘱执行人名义，你休想一手遮天！我才是华协集团董事局主席的继承人！你从我们郭氏家族中滚出去！"

劳伦斯和庄秘书大眼瞪小眼，张嘴结舌不敢插话了。

珍妮女士外柔内刚，绵里藏针道："严格地说，你目前还不具备遗产继承权，更遑论担任上市公司高管的权利，因为你尚未取得合法公民的身份！我让你提前享受优越的物质生活，完全是出于人道主义的考虑；你不要头脑膨胀利令智昏，再滚回监狱里去。老老实实地待着吧！再见！"

珍妮女士说完，头也不回地快步走了出客厅，"哼哈二将"紧随其后。

郭建国发了半天呆，发泄似的猛然将英国烟斗摔在地上。

次日清晨，珍妮女士搭乘国际航班飞回了香港。

上午银行开门，母亲早早地来到了营业厅，排队等号。女儿太行最近将举办婚礼，母亲打算取出两万块钱给女儿寄去，让她自己准备一些嫁妆。

营业厅显示屏上显示排队号，同时广播叫号："请005号到三号窗口！"

母亲来到三号窗口，把银行存折从小窗口递进去："同志，取钱！"

三号窗口银行工作人员还是那位中年女同志，接过存折翻开看看随口问道："取多少？"目光忽然停留在姓名上，似乎有些眼熟，"赵玉莲？"

母亲忙戴上老花镜答道："我，我就是赵玉莲。取两万块钱。"

工作人员也没多想，开始熟练地办理业务。

"同志，我取出钱来，能马上从这里再寄出去么？"

工作人员边敲电脑边回答："可以办理电汇，比邮局邮寄快一些。"

"那太好了！麻烦你给办一下电汇好么？"

工作人员耐心解释道："阿姨，先取款，再汇款，各是各的事儿，需要重新填写汇款单，请您到五号窗口办理好吗？请您出示身份证，到六号窗口取钱。"

母亲把身份证递进窗口："明白了，谢谢您！这是我的身份证。"

工作人员看了看身份证后递还给母亲："请到六号窗口。"

电梯门轰然开启，省纪委办公室主任客气地引领市长李建国走出电梯。两人走过办公楼长长的过道，办公室主任推开会议室门示意："李市长，请！"

市长李建国走进会议室，省纪委书记朱戎生和六位常委已在等候。

朱戎生起身欢迎道："建国同志，请坐！我来介绍一下，这是我们省纪委的六位常委，今天一起和你谈话，互相通报一下情况。"

书记和六位常委没有与市长握手，市长李建国被指定坐在对面的座位。于是，省纪委书记和六位常委形成了半月形保卫态势，共同面对省会市长。市长李建国感觉很不好，但隐忍地没吭声，坦然落座，冷峻凛然。

朱戎生开门见山："建国同志，昨晚上你主动向省纪委报案后，我们进行了初步调查，确认你上交的那封写给秦抗美的'本市内详'挂号信是由本市人民路中心邮局前天下午发出，于昨天上午十点零五分投递到医科大学附属医院办公楼收发室签收，你的爱人秦抗美在十点三十分左右签收到这封信。现在初步查明，这张中国银行金卡由中国银行香港分行办理，卡主姓名登记为李建国；这笔二十万美元的现款由香港花旗银行转存入李建国的中国银行金卡，通过邮寄或携带的方式到达本市，再由本市用匿名挂号信的方式寄给你的爱人秦抗美，金卡密码即根据你的出生年月日数据设计。这张金卡可以在国内中国银行各分行随时支取，不受当日取款金额限制，但需出示本人身份证件。大概情况就是这样。"

市长李建国默然地点头："这是一个精心策划的阴谋。"

一位省纪委副书记忽然问道："李建国同志，请你回忆一下，你有没有来往比较密切的境外关系？比方说港商或者外商？或者其他比较亲密的关系？"

市长李建国有些反感："请问，什么叫密切或者亲密的关系？密切或者亲密到什么程度？我当市长三年多，经常接触港商或外商，但我与任何人都没有私人关系，从来没有通信或者电话来往，更谈不上密切或者亲密的关系。"

朱戎生缓和地笑道："请建国同志不要误会老姚的意思。我们对你是信任的，你能在第一时间向省纪委报案，证明了你的清正廉洁。诚如你的判断，这或许是一个精心策划的陷害阴谋，但也不排除其他意外原因的可能性。我们希望你仔细回忆一下，提供一些有价值的信息，或许能帮助我们查明事实真相。"

市长李建国内心虽不舒服，但隐忍地表态道："我同意。我会尽快提供一份相关人员名单，供组织上调查核实。希望不要因此事影响我的正常工作。"

朱戎生站起身走过来，握住市长李建国的手诚恳道："我们已经向省委书记做了汇报，也通报了省委常委、市委王书记。目前就控制在这个范围内。"

市长李建国向省纪委书记和常委们点头致意，离开了会议室。

安静的林荫大道上，皇冠牌小轿车平稳地向前疾驶。市长李建国靠坐在后座沙发上凝神沉思，脸上不时闪动树影和光斑。手机铃声忽然响了，建国本不想接，看了看来电显示，勉强接通了电话。电话里传来戎生亲切的声音：

"建国，不要把这件事放在心上，例行公事而已，我们对你是信任的。不要让你爸爸妈妈知道这件事，以免二老担心。王书记会找你谈话，你放心。"

建国沉默片刻，碍于司机在场，冷淡道："知道了。还有事么？"

戎生在电话里沉了沉："没什么事了，保重！"

建国挂断了电话，靠在沙发上闭上眼睛，心情沉重起来。

医大附属医院老年科医生办公室，几位医生正在研讨患者的脑血流图照片。

电话铃声响了，一名医生接电话后叫了声："秦主任，您的电话！"

穿白大褂的抗美过来接电话："喂，请问哪位？……喂！您找谁？"

电话里半晌才传出一个女人软绵的声音："请问，您是秦抗美主任吗？"

抗美感觉声音很陌生，反问道："我就是。请问您是哪位？"

电话里的女人神秘地问道："您收到一封挂号信了么？是寄到您单位的？"

抗美心忽地一沉，浑身汗毛直竖，急忙反问道："你是谁？"

电话里的女人匆忙说了声："如果没收到，请到单位收发室查询。"

电话断了，话筒里响起了忙音，在安静的办公室回荡。抗美猛地压了电话，下意识地抬头看了看墙上挂钟，时间正指下午四点。办公室的几位医生不约而同地注视抗美，似乎都感觉有些蹊跷。抗美克制内心的紧张，冷静下来，对医生们笑了笑，快步走出门去。

四点零两分，市长李建国接到了妻子的电话，让他下班立刻回家。

钥匙轻轻转动暗锁，房门推开，市长李建国下班回到家里，关门插锁。妻子抗美坐在客厅等他，见他回家，习惯地问了一声："回来了？"

建国看了看妻子异样的神色，放下公文包："又出什么幺蛾子了？"

抗美眼含隐泪："那个人来电话了，是个女的……"

建国不经意地反问："哪个人？……寄挂号信的人？是个什么女人？"

"她问我收到挂号信没有，让我查询一下。"

"一个女人？……什么口音？她有什么特点么？"

"声音娇滴滴软绵绵的，标准的北京口音，年龄四十多岁。"

建国坐在沙发上点燃一支香烟，忽然又追问道："从哪儿来的电话？"

抗美耸了耸肩："不知道。办公室的电话没有来电显示。"

夫妻俩沉默了一会儿，外面的天色渐渐暗下来，空气中飘来饭菜的香味儿。

抗美开亮了电灯，走到小餐厅去招呼道："吃饭吧，菜凉了。"

建国这才注意到妻子腰系围裙，小餐桌上已摆好了几样精致的炒菜和煲汤。

夫妻俩相对而坐，开始默默地共进晚餐，打开的电视机在插播广告。

建国慢嚼细咽地吃了几口饭，忽然放下筷子，示意抗美关小电视机的音量，掏出手机拨通了电话："戒生，我是建国。今天下午，抗美在医院办公室里接到一个女人的电话，问她收到那封挂号信没有，还让她去单位收发室查询……"

"下午几点接到的电话？从什么地方打来的电话？"

建国看了看抗美，见抗美示意"四点"："下午四点。办公室电话没有来电显示，所以不知道电话号码和区号，但可以通过电信局查询。"

"好的，我知道了。办公室电话号码是多少？"

抗美将电话号码写在一张纸条上递过来，建国报告："7737567。"

"我马上派人查询。随时保持联系。"戒生挂断了电话。

天刚断黑，路灯闪亮。公园里散步游玩的人已寥寥无几。穿夏装的戒生来到假山顶上的凉亭里，手拿一把折扇，像一个悠闲的游客。

不一会儿，就见穿连衣裙的丹丹匆匆赶来，边走边掏出手绢擦汗。

戒生迎上前去："赶急了吧？坐下喘口气喝口水！"

两人坐在凉亭的石凳上，戒生递给丹丹一瓶矿泉水，用折扇为她扇凉。

"你又约到这个地方见面，就不怕人家偷拍？"

戒生笑道："兵不厌诈。敌人判断我们不会犯同样的错误，恰恰判断错误。"

丹丹也笑起来："公园是个好地方，又凉快又清静。"

两人欣赏了一会儿夏夜的景色，湖面波光闪闪，一对情侣在月下划船。

"丹丹，我们可能要分开一段时间，暂时不能见面。"

丹丹睁大眼睛："为什么？你要出远门儿？"

戎生委婉而坦然道："因为工作需要，我又必须保密，所以暂时不能告诉你。我向你保证，决不是感情的原因。我会永远爱你，事后马上和你结婚。"

丹丹眼含隐泪："不会因为那些照片吧？"

"不会。因为保密原因和工作需要，暂时回避一下。"

丹丹打断了他的话："不用说了！我不明白，但我同意暂时分开。"

戎生握住她的手歉然道："你别误会，以后你会明白的。"

丹丹抽回自己的手，站起身勉强一笑："没关系，我理解你的意思。再见！"

戎生挽留不住，丹丹转身头也不回地走去，消失在暗夜中。

欧洲花园的独栋别墅透出灯光。楼下大客厅里，索尼大彩电画面色彩鲜艳，音响效果震撼，正在播放时装模特儿大赛。身材颀长、气质优雅的模特儿少女们身穿泳装闪亮登场，风情万种。郭建国躺在沙发上独自观赏，百无聊赖。电视里插播商业广告，郭建国立刻遥控换台。无聊的电视剧，滔滔不绝的"专家讲座"，毫无悬念的足球比赛，无耻到家的商业广告……遥控器走马灯似的不停地换台，频率越来越快，心情越来越不耐烦……画面忽然闪过一张似曾相识的脸，郭建国心里一动，急忙返回来仔细观看——省电视台新闻频道正在播出本省晚间新闻，画面上出现了省纪委开会的会议场面。

播音员报告新闻："……省委常委、省纪委书记朱戎生同志在出席全省先进纪检监察干部座谈会时讲话指出：'坚决反对和防止腐败，是全党的一项重大的政治任务。现在一些腐败现象仍然比较突出，导致这些腐败现象易发多发的土壤和条件依然存在，反腐败斗争的形势依然是严峻的'……"

郭建国不禁直起腰板，狂笑道："朱戎生！省纪委书记！哈哈！"

又是一个新鲜明亮的早晨，母亲独自在家，戴着老花镜坐在沙发上看报纸。茶几上的电话铃声响了，母亲拿起话筒："喂，哪里呀？"

电话里传来栓柱表叔激动的声音："姐姐！俺是栓柱啊，俺在长治呢！"

母亲高兴地问道："栓柱啊！你在长治做甚呢？"

"姐姐，珍珍把你借给的三万块钱汇来了，俺收到钱连夜赶到长治，给人家医院交了手术费，二妞家女婿有救了！"

母亲没听明白，莫名其妙："我借给你三万块钱？"

栓柱仍处在兴奋中："是呢是呢！钱收到了！全靠姐姐救命啊！二妞急疯了，忽下子拿到三万块钱还不敢信，跪下就冲南面给老姑磕头呢！……"

母亲急忙打断他的话："栓柱！你说清楚，什么钱？我没借给珍珍钱啊！"

栓柱一愣："姐，你说甚呢？你没借钱给珍珍？"

"没有！珍珍倒是说过二妞女婿生病的事，可没说借钱啊！"

栓柱也糊涂了："这是咋说的呢？珍珍寄来的三万块钱是借谁的呢？"

"栓柱，珍珍肯定寄给你三万块钱？你没有搞错吧？"

"咋能错呢！三大捆钞票呢，还能搞错？刚才已经都交给人家医院了！珍珍打电话亲口告诉俺说借了姑姑三万块钱……珍珍在哪儿呢？"

母亲脑袋搅昏了，心烦意乱："不说了！等珍珍回来我问她！"生气地挂断电话，坐在沙发上发了半天呆，想打电话又放下了。电话铃声忽然又响了，母亲气呼呼地拿起话筒问道："找谁呀？"

电话里传来珍珍在菜市场的声音："姑，俺是珍珍！俺把亮亮安全送到学校，这会儿在菜市场呢！俺看见有新鲜的北方羊肉，您想不想吃羊肉饺子？"

"珍珍，你马上回家，越快越好！"

珍珍在电话里似乎愣住了："姑，不买菜了？家里没出啥事儿吧？"

"马上回来！家里出大事了！"母亲生气地压断了电话。

珍珍不知道家里出了什么大事儿，赶紧从菜市场赶了回来。

门铃"叮咚"按响，母亲走过去开了门，看了珍珍一眼，转身回到客厅坐下。

珍珍手提空菜篮子跟随母亲走进客厅，心情紧张地偷看母亲的脸色。

母亲沉下脸坐在沙发上，半晌不说一句话，冷若冰霜。

珍珍忐忑不安地小声问了句："姑，什么事啊？您身子不舒服么？"

母亲冷冷地问道："你给家里寄钱了？寄了多少钱？"

珍珍心里"咯噔"一跳，慌乱道："没，没呢！姑，您咋问这个？"

"你撒谎！你给家里寄了三万块钱，你敢说没有？"

珍珍忽然扔了菜篮子跪地求饶："姑啊！俺错了！俺该死！俺偷用了您的钱！俺实在没办法呀！二妞家女婿动手术呢，家里拿不出钱，在医院里等死……"

母亲气恨地呵斥道："我没问你这个事，我问你钱从哪儿来的！"

珍珍磕头如捣蒜地哭道："姑，俺偷用了你的存折，取出了三万块钱……"

母亲一惊："存折？你从哪儿偷的存折？存折呢？"

珍珍忽地爬起身跑回自己住的小屋找出存折，又跑回来跪在母亲面前，双手递呈那个从门缝塞进来的存折道："姑，就是这个存折，俺用了三万！"

母亲急忙接过存折一看，不禁大惊失色："十万块钱！这是从哪儿来的？"

"姑，俺也不知道是谁从门缝里悄悄塞进来的！"

母亲忍不住大声训斥道："人家悄悄塞进来你就敢用啊！你胆子也太大了！"

珍珍忙又磕头哭道："俺是逼得没办法呀，姑！就算俺借您的……"

母亲怒道："没办法也不能乱用啊！那不是我的钱！你咋这么糊涂啊！"

珍珍惊疑地抬起脸："姑，不是您的钱？可写了您的名字呢！"

母亲咬牙气恨："你这个傻东西呀！……不行！我得向公安局报案！"

珍珍吓得扑过来抓住母亲喊道："姑啊，您可千万别报案啊！俺知道俺错了，俺还钱还不行么？您要报了案，俺就得坐牢呢！姑，您救俺一条命吧！"

母亲甩不开她的手，眼泪也流下来，心乱如麻坐在沙发上。

铺地毯的省纪委办公楼过道上，秘书再次引领市长李建国走过来。秘书推开书记办公室房门，市长李建国走进办公室，秘书无声地退出去。

省纪委书记朱戎生起身笑迎道："建国，请坐！临时找你谈个事儿。"

两人在沙发上坐下来，戎生把"中华"牌香烟递给建国，并为他打火点烟。

建国沉着地吐了口烟雾问道："调查有进展么？"

"那个神秘女人的电话已经查到了，是一个香港公用电话号码，也就是说，电话来自香港。香港尚未回归，很难继续再查下去。"

"银行卡也来自香港……你的看法呢？"

"你昨晚传真过来的外商和港商的名单我已经看到了。有人提到，香港华协集团主席珍妮最近与你有过接触，与你弟弟跃进合资开办了太平洋房地产公司，刘副市长还出席了剪彩仪式。有这样的事么？"

建国心怀坦荡："根据市政府办公厅的安排，我礼节性地会见了珍妮女士，但取消了事先安排的宴请，也从没有过问该公司的事务。刘副市长分管这方面的工作，曾经转达过珍妮邀请我出席剪彩仪式和再次会面的请求，我没同意。"

戒生沉默片刻，目光直视建国："珍妮就是罗晶晶吧？"

建国坦率地承认道："是的。但在公开会见的场合，我们彼此都没有相认。"

戒生默然颔首，仿佛自言自语："事情恐怕有点儿复杂了……"

两个老战友沉默了一会儿，烟雾弥漫开来，空气显得有些沉闷。

建国主动提出看法："我怀疑，银行卡或者出自珍妮之手，或者就是郭建国假手香港某人设局，再由郭建国从本市挂号寄出，各自的目的尚不清楚。"

戒生忽然抬头问道："珍妮已经离开本市回了香港，你能跟她联系上么？"

建国摇头："我没有她的联系方式，我也不能与她联系。"

"也许只有珍妮本人，才能解开这个迷。你试试吧！"

建国断然拒绝："我不能。我已经掉进了陷阱，不能再越陷越深了。"

"这个谜底必须解开，否则你也难以解脱。如果送给你钱的真是这两个人，目的只有两种可能：要么出于感情上的馈赠，要么就是陷害。当然，还有第三种可能，那就是钱权交易。但我相信，不可能有这种可能！"

建国深感悲哀，苦笑道："金钱加上女色，跳进黄河也洗不清啊！"

"不要这么悲观，是非自有公论，事实真相总会大白于天下，即使跳进黄河也洗得清，你一定要有信心！与其被动挨打，不如主动出击！"

建国默然颔首："你说的有道理，我会考虑你的意见。"

戒生起身握住建国的手："站直了，别趴下！我们永远在一起！"

建国脸上浮起笑容："谢谢！我回去了。"

省纪委书记将市长送出办公室门，互相挥手致意，秘书引领市长下楼去了。

戒生回到办公桌前拿起电话拨号："朱戒生。请立刻约见省委谢书记。"

五十七、高风险职业

中午下班铃声响了，市长李建国开完办公会议，推门回到办公室。窗外飘来轻松的音乐，建国放下公文包，走到窗前关闭了玻璃窗，又到办公室门口反锁了房门，回到办公桌前坐下，掏出手机拨通电话。

电话里传来跃进的声音："哥，有事？"

建国压低声音："跃进，你能联系上珍妮女士么？我想约她见个面。"

"……我试试看吧。珍妮昨天回香港了。"

"注意保密，不要告诉任何人。联系上珍妮，给我回个电话。"

"你放心。没别的事吧？下午回你电话。"

通话结束，建国深深地出了口气，刚准备往外走，手机铃声又响起来，一看来电显示，建国忙接通了电话："妈妈，有事么？"

"你马上回家来一趟，给你说个事儿。"

建国不禁一愣，感觉家里可能出了什么大事，立刻关掉手机走出门去。

十分钟后，皇冠轿车开到离休干部小院门前停住，建国匆匆下车。

门铃"叮咚"声中，满面羞愧的珍珍开了门，建国走进了客厅。母亲肃然地坐在沙发上，看了儿子一眼，神情有些异样。

建国不安地问道："妈妈，出什么事了？"

母亲指了指放在茶几上的银行存折和信封，目光闪闪，似笑非笑。

建国小心地拿起存折和信封看了看："哪儿来的？"

母亲看了看站在远处的珍珍，珍珍小声道："从门缝里塞进来的……"

建国心知肚明，又仔细看了看存折："取了三万？谁取的？"

珍珍低头认罪似的嗫嚅道："俺女婿动手术，急用钱……"

建国冷静地制止了她，回头问母亲道："妈妈，您看怎么办？"

母亲胸有成竹："我准备马上拿三万块钱存进去补上，同时报告纪检部门。"

"我同意。直接报告省纪委吧，这事儿显然是冲我来的。"

母亲目光坦然："儿子，不怕！天塌不下来！"

"谢谢妈妈！我晚上再回来看您。"

母亲招呼珍珍："珍珍，跟我去银行存钱去！救你女婿一命也好嘛！"

珍珍含泪搀扶母亲，低声发誓道："姑，坐牢杀头由俺去！"

母亲笑了笑："又说胡话！"

下午，省纪委书记朱戎生正埋头审阅处理文案，忽见秘书敲了敲门走进来。

戎生见秘书蹑蹑迟疑的模样，不觉紧皱眉头："什么事？鬼头鬼脑的！"

秘书拿出一封拆开的信，尴尬地笑道："朱书记，刚收到一封信访处转给您本人亲收、落款'本市内详'的信，按惯例我就拆开看了，可是……"

戎生伸出手，秘书急忙把信件双手递给书记，赶紧逃跑似地退出办公室去。

随手一抽，两张偷拍戎生与丹丹"幽会"的照片赫然映入眼帘。戎生大吃一惊，尽管丹丹给他看过照片，但直接寄给他本人，形同炸雷！也就是说，偷拍者已经知道了他的真实身份，并且主动向他发起了进攻！

焦距稍虚的照片上，孤男寡女亲密地私下"幽会"，谈笑风生。

戎生头皮发麻，感觉明枪易躲、暗箭难防，事情被搅得越来越复杂了……

电话铃声突然响起来，简直惊心动魄，正是桌上那部红机子。

戎生抓起话筒："我是朱戎生。请问您是哪位？"

电话里传来一个男人稳重圆润的声音："戎生同志吗？我是老谢。"

戎生恭敬地挺直了腰板："谢书记，您好！书记有什么指示？"

省委书记在电话里朗声笑道："戎生同志啊，我刚刚收到了一封奇怪的信，信里什么字也没写，只有两张男女合影照片，那个男的好像是你哟！"

戎生脑袋"嗡"地炸响了："是我，是被人偷拍的……"

电话里的省委书记似乎很轻松："戎生，那位女同志是谁呀？"

戎生坦率承认道："是省报记者李丹丹同志，她约我谈一些家务事……"

"家务事？怎么回事？还有人跟踪偷拍？"

戎生费力地解释道："谢书记，是这样，我父亲和李丹丹的父亲是老战友，李丹丹是李建国市长的妹妹，我和建国又是老同学，帮他们调解家务事。"

省委书记在电话里愉快地笑了："啊，关系还蛮复杂的。"

戎生当机立断道："谢书记，我正想向您汇报有关'银行卡事件'的情况，因案情比较复杂，很多问题需要当面向您报告，希望马上见到您，可以吗？"

省委书记爽快地答应道："好啊，你现在过来吧，我等你。"

戎生立刻起身："我马上到！"放下电话，拿起公文包冲出门去。

下午，科分院离休干部小院门前停了三辆"0"字头小轿车：皇冠、奥迪、桑塔纳。宽敞明亮的客厅里，母亲和珍珍坐在左边沙发上，省纪委书记朱戎生和两名纪检干部坐在右边的沙发上，市长李建国则坐在远处的靠背椅上。

珍珍低头抽泣抹眼泪儿，其他人没有说话，空气沉闷。

母亲打破了沉默："朱书记，事情的经过就是这样，珍珍没有撒谎。现在我就把存折和里面的十万块钱交给省纪委，请组织上严肃查处。"

朱戎生郑重地接过存折和信封，递给两名纪检干部。

珍珍痛哭流涕："大领导，俺不懂事，俺犯了法，俺愿意坐牢……"

"你也不要太紧张，该怎么处理，自有法律为依据。"

纪检干部把盖好公章的收据递给母亲，母亲小心地装进衣兜里。

朱戎生和纪检干部起身告辞道："就这样，我们就告辞了，谢谢阿姨！"

珍珍和建国搀扶母亲为纪检干部送行，戎生等人客气地退出去。在书房里做作业的亮亮悄悄地探出小脑袋，又急忙缩了回去。

在这个夏天的晚上，发生了一件令人不可思议的怪事。

市委市政府领导干部宿舍区树影掩映，花木飘香，沉静安宁。晚上八点钟，正是散步或看电视的时间，也是人们放松警惕的空当。这时，一个年轻人的身影骑自行车到宿舍楼下，径直进入了单元门。穿耐克球鞋的双脚轻快地登上楼梯，在二楼市长家的门口稍事停留。门旁画了两个不显眼的小圆圈，一个圈里画了个"-"，一个圈里画了个"+"——这是小偷的同伙"踩点"留下的标记。穿耐克球鞋的脚直奔三楼，悄然无声。正巧在家的抗美忽然感觉门外有动静，侧耳聆听片刻，索性开门看了看——楼道里空无一人，抗美退回屋关了门。

三楼住户门旁也画了两个小圆圈，圈里都是"-"——表示白天晚上都没人。穿耐克球鞋的脚停住了，无声地接近房门，从裤兜里掏出万能钥匙。门锁轻微地转动，房门忽然无声地开了，一个矫健的黑影闪身进入屋内。

这是与市长家结构相同的套间，屋里没开灯。黑影站在客厅中央呆立片刻，摸黑进入书房，来到墙角一只立式长方形的装饰柜前，轻轻拉开柜门，只见里面套了一只立式铁制保险柜，闪动金属的暗光。黑影立刻蹲下，掏出微型小手电筒开始破解密码锁，极其专业老练。时间一秒一分过去，黑影极有耐心，不慌不忙反复测试，忽听一声轻响，终于破解了密码，打开了保险柜。

保险柜里的灯光映亮了黑影轮廓，一双年轻的眼睛忽然瞪大了！

遥远的大街上隐约传来警车的尖叫声，邻居家的电视剧似乎正在播战争片。

在刘副市长家的保险柜里，小偷发现了惊天的秘密……

下午两点，市长李建国第三次出现在省纪委办公楼过道里，沉着稳健。依然是秘书敲门推门让开道，建国坦然地走进了书记办公室。

省纪委书记办公桌上堆放了一堆银行卡、存折、证券、股权证之类的东西，戎生见建国进来，忙起身让座招呼道："建国，请坐！又有好戏看了！"

市长李建国沉稳地坐下："什么好戏？该不会又发财了吧？"

朱戎生神秘地笑道："昨天晚上，刘副市长家被盗了！"

建国意外惊讶："是么？我住在他楼上，怎么一点儿动静也没听到？"

"小偷专业，刘副市长又不敢声张，你当然就听不到了！"

"那又怎么发现的呢？刘副市长报案了？"

朱戎生递给他一支香烟笑道："这就叫要想人不知，除非己莫为。盗窃团伙早就盯上刘副市长了，你们市领导宿舍区有个保安是小偷的老乡兼同伙，在每家门上都暗中做了特殊记号，里应外合，一偷一个准儿！刘副市长的儿子在美国上大学，保姆最近回老家去奔丧，平时家里就他们夫妻俩，昨晚他们又去紫馨剧场看芭蕾舞剧《天鹅湖》，小偷就趁这个空当，登门入室打开了他家保险柜。"

市长李建国被这个故事吸引住了："后来呢？"

"小偷是一个贫困失学的在校大学生，本想偷个万儿八千的交学费，没想到打开保险柜一看，突然发现刘副市长藏了这么多钱！简单说吧，共有现金加存款合计人民币一百八十多万元，美元二十多万元——其中包括一个和你一模一样的二十万美元的香港银行金卡，港币十万元，各种黄金、珠宝、首饰、名表等折合人民币约三百万元，总价值高达人民币七百万元！"

市长李建国心惊肉跳："这么说，刘已经报案了？"

朱戎生叹了口气："如果他能报案自首就好了！遗憾的是，主动投案自首的，正是那个技艺高超的小偷！他和那个保安同伙抽了一夜烟，最后决定把偷到手的全部财物交给公安局，争取从宽处理。他们不耻与贪官污吏为伍！"

市长李建国沉痛自语："连小偷都看不起贪官污吏！可悲啊！"

"又一名高级干部倒下了！现在，我们的人正在隔壁房间里找刘副市长谈话，他居然来个徐庶进曹营，张春桥上法庭，一言不发！"

"难怪今天下午开会他请假了，说是要晚到几分钟。"

朱戎生冷笑道："恐怕他今天回不去了，省纪委已决定对他实行双规。"

市长李建国沉默片刻："你今天叫我来就是告诉我这个事儿？"

朱戎生答非所问："建国，跟珍妮女士联系上了么？"

市长李建国简洁明快："珍妮已经飞抵本市，今晚的约见是否取消？"

"既然已经约好了，还是见面谈谈吧，我们暗中配合。"

建国苦笑道："这算怎么回事呢？即便为了破案，也不该利用私人感情。"

朱戎生坦然道："如果珍妮触犯了法律，理应受到制裁。"

两个老战友的目光互相凝视片刻，市长李建国垂下了眼帘，起身告辞。

省纪委书记也不挽留："建国，请相信我！"

市长李建国深深地点了点头，转身大步向门外走去。

在香格里拉大酒店的豪华套房里，生离死别十几年的母女终于相认了！

珍妮和罗丹紧紧地抱在一起，热泪长流，百感交集。

跃进也松了口气，露出欣慰的笑容。

珍妮女士急切追问道："妞妞，弟弟呢？胖胖在哪儿？"

罗丹闪开笑脸："妈妈，弟弟今年从北京四中高中毕业，已经被清华大学定向录取了！他听说了妈妈的消息，准备最近就来看您。"

珍妮女士的心已完全陶醉了："胖胖，我的儿子！"

罗丹搀扶母亲落座在客厅沙发上，珍妮女士一直在拭泪，悲喜交集。

"主席，我晚饭后来接您。小丹今晚不参加演出，陪陪妈妈。"

罗丹和珍妮点了点头，跃进退出了房间。母女俩又紧紧地拥抱在一起。

傍晚，母亲和珍珍正在餐厅里吃晚饭，忽听门铃响了，珍珍急忙起身去开门。

门外站了两个穿警服的民警，客气地问道："请问这是赵玉莲家么？"

珍珍心里发慌，拔腿就往屋里跑："姑，警察同志来了！"

两位民警跟随珍珍走进屋来，对餐桌旁的母亲问道："您就是赵玉莲同志？我们是科南路派出所的民警，请您协助我们办个案子。"出示了警察证件。

母亲忐忑不安："你们办什么案子？……请到客厅坐吧！"

两位民警盯住珍珍问道："你是赵爱珍吗？请出示你的身份证。"

珍珍害怕地退缩，可怜巴巴地向母亲求救道："姑啊，这是做甚呢？"

母亲保护住珍珍问道："请问同志，你们找珍珍干什么？她是我的亲戚。"

为首的民警笑道："老赵同志，我们接到工行科南路支行报案，举报赵爱珍涉嫌冒领您的存折上人民币三万元现金。虽然您后来又存入了三万元，但赵爱珍已经涉嫌犯有盗窃罪，需要刑事拘留讯问。请配合我们的工作。"

躲在母亲身后的珍珍没完全听懂警察的话，早已吓得面无人色，浑身颤抖。

母亲企图辩解："同志，珍珍不懂事，也不懂法，她是借钱救命的！"

"赵阿姨，这是两码事儿。您放心，我们问问情况就放她回来。"

母亲无言以对，珍珍已吓傻了，死死抱住母亲哀求道："姑啊！您救救俺！俺不跟他们走！俺错了，俺认罪还不行么？可不敢把俺关进去！"

"珍珍，你跟他们去吧，说清楚了就回来，啊？"

珍珍痛哭流涕地被两位民警带出门去，母亲失神地跌坐在餐椅上。

晚上八点，白色宝马轿车准时开到锦江饭店大堂门外。坐在副驾驶座的跃进回头向珍妮女士点了点头："主席，我等您的电话。"

珍妮女士向他笑了笑，服务生已殷勤地拉开车门，珍妮女士款款下车。白色宝马轿车开去，珍妮女士挥了挥手，步入金碧辉煌的大堂。走进咖啡茶座，一眼就看见市长李建国已在茶座上向她招手。珍妮女士努力克制内心激动，步态优雅，风度翩翩地向市长李建国走去。

市长李建国礼貌地站起身来客气道："珍妮主席，请坐！"

礼节性的外交语气，使珍妮女士顿觉失落，勉强笑了笑坐下来。

远处的小舞台上，那位艺术家仍然在潇洒地弹奏钢琴，旋律有些伤感。大厅楼上的一间密室，向下可以俯瞰整个大厅，微型录音机在无声地转动。

市长李建国打破沉默："听说，你找到了失散多年的孩子？"

珍妮女士幽怨的目光扑朔迷离："我也找到了失散多年的爱人……"

市长李建国不接她的茬儿："他们好么？长大成人了吧？"

"官场沉浮多年，你的个性和人情味已荡然无存。"

市长李建国深吸一口气："分别多年，自然会产生距离和隔阂。"

两人沉默了一会儿，珍妮女士扬起脸："几次约见被你婉拒，我可以理解为避嫌。今天主动约我见面，市长一定有什么话要对我说吧？"

市长李建国沉吟片刻，伏身靠前坦率道："是的。我妻子前天下午忽然接到一个奇怪的电话，是一个陌生女人打来的，北京口音。是你么？"

珍妮女士笑了笑："怎么会是我呢？我不认识你的妻子，更不可能知道她的电话。再说，前天下午，我正在飞回香港的飞机上，不可能打什么电话。"

"前天下午四点，你应该已经回到了香港……"

"我们讨论这件事有什么意义呢？就算是我打的，又怎么样？"

市长李建国目光逼视："如果是你打的电话，请问你这是什么意思？"

珍妮女士冷下脸："我很失望。如果你就问这件事，我可以回香港去了。"

建国见她起身欲离开，不觉叫了一声："晶晶！……请等一等。"

罗晶晶浑身一颤，霎时热泪盈眶，无力地重新坐下来。恰巧此时，服务员端来了市长点的碧螺春香茶，斟满了两个茶杯。

建国待服务员离开后低声道："对不起，我不该叫你的真名。"

罗晶晶仰起脸一笑："没关系，我喜欢你叫我的真名，我心里很高兴！"

"人生的足迹不可能抹掉。我不会忘记过去的。"

"我相信，你有一颗真诚的心。我爱你。"

市长李建国局促不安："别这么说。过去的就过去吧，我们应该面向未来。"

罗晶晶见他又开始打官腔，无奈地苦笑道："看来你已习惯了。"

两个曾经的恋人又沉默了一会儿，聆听忧郁的琴声。

罗晶晶凝视心仪的男人，忽然伏身低声道："告诉你，那封信是我寄的，那个电话也是我打的。我就是想告诉你，我罗晶晶不是无情无义的人！"

市长李建国突然脸色苍白："也就是说，银行卡也是你……"

罗晶晶大胆地伸手握住他的手，建国轻轻地挪开了，悲哀地摇了摇头。

爱情使人疯狂，爱情也使人愚蠢，爱情还会使人出卖灵魂……

当珍妮与市长约会时，她的女儿在房间里等她回来。

卫生间里，刚出浴的罗丹正用电吹风梳理秀发，身穿单薄的睡裙。忽听有人按门铃，罗丹以为妈妈回来了，急忙欢天喜地地跑去开门。

"妈妈！您怎么这么快就回来了？"

话音未落，穷凶极恶的郭建国突然闯进门来，一只鹰爪子掐住了她的脖颈。罗丹的声音噎在嗓子里，被郭建国掐住脖子倒退几步，罗丹本能地将手中的发梳向郭建国掷去，郭建国歪头躲过，房门自动关闭，发梳却卡住了门缝儿。郭建国掐住罗丹的脖颈一直倒退到卧房大床前，猛劲儿一推，罗丹仰面倒在大床上。

罗丹一挺身坐起来，双手掩住半裸的胸部，愤怒地骂道："混蛋！"

郭建国一个大耳光猛扇过去，罗丹尖叫一声，重重地再次摔倒在床上，痛得几乎晕死过去，嘴角流血，满脸通红，无力地挣扎呻吟。郭建国淫荡地冷笑着，慢条斯理地脱去衣服，露出浑身结实的肌肉。罗丹泪流满面，吃力地向床角退缩，又被郭建国抓住光脚拽了回来。郭建国甩掉西裤和皮鞋，迫不及待地扑上去压住罗丹。罗丹毕竟年轻狂野，拼命反抗，忽然一口咬住他的肩膀，狠狠地咬出血来！郭建国痛叫一声，挥拳猛击罗丹的头部，罗丹昏死过去……

正在这时，跃进恰巧返回酒店，闻声推门冲进房间，顿时惊得目瞪口呆——

郭建国正疯狂地大喊大叫，骑在罗丹身上，撕碎少女的睡裙欲施强暴。跃进大步踉跄地猛扑上去，挥舞金属拐杖，痛击郭建国后背。郭建国转身抓住拐杖抢夺，跃进猛一抽，变成一支雪亮的短剑，状如苏式步枪棱形枪刺，锋利无比！郭建国大吃一惊，突然将空剑鞘向跃进用力砸去，被跃进用短剑挡开。跃进眼燃怒火，举剑炸雷般地怒吼道："跪下！举起手来！"郭建国双膝跪在大床上，举起双手佯装投降，突然向跃进猛扑过来。跃进一时震怒，举剑迎面猛刺向郭建国，刺中郭建国的左胸。郭建国一声惨叫，胸冒鲜血，身子一歪倒在床沿下……

失手杀人的跃进眼珠血红，木桩子似的戳在原地一动不动。

锋利无比的刀尖，红黑黏稠的血慢慢滴下来……

灯光幽暗的小舞台上，艺术家弹奏的钢琴声忽而悠扬，忽然激越。两个年轻时代的恋人的约会陷入了僵局，似乎已经无话可说。

忽然，市长李建国的手机响了，他掏出手机看了看，是个熟悉的电话号码，抱歉地向珍妮女士点了点头，接通电话："跃进，什么事？"

电话里沉默片刻，忽然传来跃进低沉的声音："哥，我杀人了！"

市长李建国大吃一惊："你说什么？……杀谁呀？……你在哪儿？"

电话里的跃进仿佛说话很费力："我杀了……郭建国！……香格里拉……"

珍妮女士已察觉到市长的异常反应，不安地问道："谁呀？"

市长李建国猛然起身："你在哪个房间？报案了么？"

电话里传出了嘈杂的响动声和跃进低沉的声音："报案了……警察来了……"

电话忽然断了，市长李建国转身问珍妮："跃进在你的房间么？"

珍妮女士惊慌地反问道："跃进？我女儿在房间里……"

市长李建国低声道："出事了！……我去看看！"

"建国！"珍妮浑身发冷似的颤抖，"我也去！"

市长李建国看了她一眼，伸出手来，两个人携手疾步奔出了大厅。

灯火辉煌的酒店大门外停了几辆警车，车顶上的警灯红光闪亮，警戒森严。

电梯门轰然开启，市长李建国和珍妮女士冲出了电梯。过道上布置了警戒，警察见市长亲临，急忙闪开通道。忽然，豪华套房双扇门大开，医护人员高举输液瓶和氧气袋抬出一副担架，几名警察紧随其后，担架上平躺一个蒙头盖脸的男人，鲜血染红了白被单。市长李建国和珍妮女士闪开道，滴血的担架擦身而过。

在房间门外警戒的警察们见市长亲临现场，深感意外，急忙让开道。市长李建国和珍妮女士冲进房间，只见屋子里站满了警察，忽见市长走来，警察们默默地让开通道——满身血迹的跃进和披头散发的罗丹出现在眼前。

罗丹见到珍妮女士，扑到她的怀里叫了声："妈妈！"

市长李建国目瞪口呆地凝视弟弟跃进，跃进嘴角边露出一丝冷笑。两张同样瘦削英俊的男人的脸，两双同样深沉痛苦的眼睛……

五十八、心归何处

机场阳光灿烂，各式客机不停地起飞降落。候机大厅港澳出发进口处，珍妮女士和女儿罗丹依依惜别。

珍妮拥吻了女儿，安慰道："好孩子，别难过，没事儿的……跃进属于正当防卫，过失伤人，姓郭的罪有应得。你先回北京去看奶奶和弟弟。"

罗丹失声痛哭道："如果跃进坐牢，我也不想活了！"

"傻孩子，不许胡思乱想，让妈妈担心你。"

母女俩紧紧地依偎了好一会儿，珍妮女士松开女儿笑道："好了，再见。"

罗丹又抱了抱妈妈，母女俩才分开，珍妮女士走进了绿色通道，来到头等舱检票口，将机票和护照递给检票员。检票员对照珍妮的姓名和照片仔细查看。

"对不起，请等一下。"

两名穿警服的男女警察突然出现在珍妮女士面前："你是珍妮？"

珍妮女士冷冷地看了他们一眼："什么事？"

两名警察既客气又强硬："对不起，你不能登机。"

珍妮女士花容失色，惊问道："怎么回事？我是美国公民！"

"请跟我们到那边去谈。请吧！"警察打开通道侧门。

珍妮女士情知事发，深深地叹了口气，义无反顾地昂然走进侧门。

还是那条铺有地毯的幽深过道，市长李建国第四次出现在省纪委办公楼里。

秘书推开会议室双扇门，市长李建国走进门去，恍如第一次谈话重演。

省纪委书记朱戎生仍端坐会议桌正面，两侧仍是几位常委，对面仍留有空位。

朱戎生这次没站起来，面带笑容指了指空位："请坐！"

几位省纪委常委脸色严肃，目光注视市长李建国，都没吭声。

市长李建国坦然落座在书记对面的空位上，准备受审。

"李建国同志，今天请你谈话，主要是沟通有关的案情背景问题。现已初步查明，香港华协集团主席珍妮因涉嫌贿赂国家机关工作人员，已被公安机关挡获，现正办理有关法律手续。犯罪嫌疑人李跃进涉嫌故意伤害罪已被刑事拘留，准备接受公安机关审查。犯罪嫌疑人郭建国经医院抢救已脱离了生命危险，现正监护治疗。犯罪嫌疑人刘志国原任副市长，因涉嫌受贿罪，现已移交司法机关处理。由于这些人都与你存在工作关系或某种特殊关系，为查清案情，本着对工作大局和你个人负责的原则，经省纪委研究，并报省委领导批准，决定从即日起，对你进行监督审查。你有什么意见？"

市长李建国当即表态："服从组织决定，接受组织处理。"

"所谓监督审查，即不影响你的正常工作和生活，但在审查期间暂不能外出开会或出差，探亲或旅游，随时配合调查审案，直到审查结束。"

市长李建国言再次明确表态："明白。希望早日查明事实真相。"

朱戎生与几位常委低声交换了意见，亲切地笑道："建国同志，还是那句话，我们对你是信任的，希望你不要背思想包袱，影响正常工作。就这样？"

几位省纪委常委也露出亲切的微笑，主动起身与市长握了手。

"谢谢各位领导信任。若有罪，甘愿坐牢杀头！"

"相信我们！我只想告诉你：一切，都在我们的掌控之中！"

省纪委书记和常委们将市长李建国送出会议室，仍由秘书代劳送他下楼去。

一个封闭的房间，跃进孤零零地坐在铁椅上。对面的审讯桌上，放着他那把拐杖式短剑。两名年轻的警官正襟危坐，脸上没有任何表情。

"李跃进，你为什么要刺杀受害人？"

跃进冷静地纠正道："受害人是我的女朋友罗丹，郭建国正在对她施暴。"

"你认为，你的行为属于正当防卫吗？"

"当然。我制止他的强暴行为，他却向我发起攻击。"

主审警官举起那支短剑："这件管制刀具是从哪儿来的？"

"是我的一位战友送给我的纪念品。"

"这位战友叫什么名字？他现在在什么地方？"

"十几年前，他牺牲在老山前线，永远埋在那儿了。"

"私藏管制刀具是违法的。"

"很抱歉。我从来没有用过这把刀，第一次用就杀了人。"

主审警官忍不住说漏了嘴："你没有把那个人杀死，他只是负了重伤。"

跃进瞪大了眼睛："该死的！我还以为他早就见阎王了。"

"你要为自己的无知和莽撞付出代价。"

没人敢把小儿子因杀人被捕、大儿子被监督审查的消息告诉父亲。客厅里，悲痛欲绝的秀儿伏在母亲怀里失声痛哭。女儿丹丹也难过地坐在旁边垂泪，亮亮瞪大眼睛，不知发生了什么事。母亲轻轻拍打秀儿的肩，柔声劝慰道："秀儿，别哭了，还是想想怎么处理这件事，配合公安机关把事情搞清楚。"

秀儿泣不成声："跃进出人命了，活不成了！"

"话可不能这么说啊！听说那个姓郭的坏蛋正在强暴跃进的女朋友，而且向跃进发起了攻击，危及到两个人的生命，跃进是被迫自卫的。"

丹丹也劝慰秀儿："是啊妈妈，再说那个姓郭的坏蛋也没死啊！"

秀儿像抓住了救命稻草似的哭求道："姐啊，现在只有您能救咱家跃进了！

我根本不敢告诉首长,我发疯似的到处找军区领导帮忙,可人家个个都溜肩膀,说军队不能干涉地方事务,反倒劝我不要'走后门'!……人家跟咱非亲非故,求人难啊!姐,我只能求您了!建国哥哥不是当市长么?您给说说……"

母亲生气地批评道:"秀儿啊,不是我批评你,你当首长夫人也几十年了,怎么还是个家庭妇女的思维呢?民主法制国家,人人都要依法办事,怎么能遇事就托关系走后门呢?我劝你赶紧打住吧,别干蠢事了,只能是适得其反!"

秀儿当然说不过母亲,眨巴泪眼一副可怜相。

门铃声响了,丹丹起身去开门,进门的却是被警察带走的珍珍。

母亲惊喜地起身笑迎道:"珍珍!你回来了!派出所没事了?"

珍珍表情木讷,梦游似的走到母亲面前,嗫嚅道:"姑,俺回来了!……"

这回轮到秀儿纳闷了:"姐,珍珍犯了什么事儿了?"

母亲搀扶珍珍坐到沙发上,温和地问道:"珍珍,派出所怎么说?"

珍珍慢慢缓过神儿来:"领导叫俺回家候审,不准乱说乱动……"

母亲心疼地搂住她安慰道:"傻闺女,受委屈了,以后接受教训吧。"

突然,太行和华健夫妇闯进门来,惊慌地叫了声:"妈妈!"

母亲意外惊喜地:"太行!华健!你们不是回川北老家结婚去了么?"

太行急道:"我们刚从苍溪回来,顺道先去总医院看爸爸,可医院正到处找爸爸呢!医生告诉我们,爸爸刚才忽然失踪了,有人看见他出医院大门了!"

秀儿顿时懵了:"糟糕!首长肯定是受了刺激,出大事了!"

母亲冷静地分析道:"首长会不会回家了?赶快给家里打电话!"

"妈妈,医院给家里打过了,刘妈说首长没回家!妈妈,赶快报案吧!"

母亲一把没拉住,秀儿已一路哭喊奔出门去:"天哪!首长啊!"

繁华热闹的市中区街道十字路口,人流熙攘,车水马龙,红绿灯闪烁不停。

忽然,司机和行人都惊呆了,仿佛发现了天外来客——只见十字路口中央的交警圆岗台上,笔直地挺立一位穿旧军装的白发老军人,手舞一支闪亮的金属拐杖,用标准的交警手势指挥来往车辆,表情严肃。市长李建国乘坐的皇冠牌轿车也停下来,惊愕地凝望老军人。母亲、秀儿、丹丹、太行、华健、珍珍等一大家子人乘坐的面包车也停下来。满大街的汽车和行人都停下来,目光一齐投向岗台上的老军人。白发苍苍的父亲沉浸在指挥的快感中,天知道他从哪儿学的手势！母亲心灵受到深深的震撼，目不转睛地凝视父亲，不觉热泪汹涌。秀儿、丹丹、太行、华健以及局外人珍珍无不目瞪口呆，个个泪流满面……

仿佛已经进入自由王国的父亲挥舞拐杖，表情严肃，活像指挥交响乐。

母亲脸上渐渐露出了笑容，渐渐笑得舒心酣畅……

两个月后，在香港回归祖国前夕，珍妮女士经由香港引渡回美国。

六年后，罗丹姐弟远渡重洋，与母亲罗晶晶团聚……

秋高气爽，枫叶火红。大城市依然繁华热闹，欣欣向荣。

奥迪轿车开到市政府办公大楼门前停住，市长李建国亲自迎下台阶。

省纪委书记朱戎生走下汽车，与市长李建国握手言欢。两人走进市长办公室，轻松愉快地谈笑，互相谦让地坐在沙发上。

戎生开门见山："建国，这段时间委屈你了！好在云开雾散，问题已经全部解决了，审查圆满结束。在珍妮和郭建国分别匿名向你行贿二十万美元和十万元人民币的问题上，你经受了考验和审查，证明完全是清白的。在郭建国的问题上，开始有人怀疑你指使李跃进'杀人灭口'，这种无端猜疑后来在公安机关提供的监控录音录像证据面前不攻自破，珍妮母女和宝马车司机也做了旁证，证明你与此事毫无关联。至于你和珍妮的私人关系，是历史形成的，你没有为珍妮和跃进提供任何商业利益的帮助，相反，倒是副市长刘志国利用这种关系以权谋私，对香港华协集团提出了利益诉求，打着吸引外资的优惠旗号，将每亩价值98万元人民币的六号信箱旧址208亩黄金宝地，以每亩75万元批给太平洋房地产公司，并提供了一亿元人民币的低息贷款，从而获得了20万美元的回扣，中饱私囊。对刘的贪腐行为，你作为市长，负有领导失察的责任。"

"我承认，正因为珍妮和跃进乃至郭建国与我的特殊关系，我一直采取回避疏远的态度，反而给犯罪分子以可乘之机。我愿接受处分。"

戎生摆了摆手笑道："但你及时报告了省纪委和市委领导，使组织上掌握了破案的主动权，避免了造成更大的损失，这也是值得肯定和赞扬的。总而言之，这一页已经翻过去了。省市委领导希望你吸取教训，轻装上阵！"

建国忽然低声问道："跃进情绪怎么样？"

戎生叹了口气："根据刑法条例，跃进以故意伤害罪被判处有期徒刑三年，缓刑三年，估计最近就会释放，监外服刑。你去看看他吧！"

建国也叹息道："跃进太好强了，不愧是我弟弟。"

戎生无言地拍了拍他的肩，心照不宣地笑了。

当天下午，市长李建国来到市公安局看守所接待室，会见犯罪的弟弟跃进。

兄弟两人隔桌相坐，无人监视监听。跃进身穿特制的黄色背心，剃了平头，神态沉静安详。建国今天没穿西装，换了件夹克衫，也没有带秘书和警卫。

沉默片刻，建国诚恳地笑道："跃进，出去以后，你还是回家去住吧！爸爸心里一直想与你朝夕相处，相濡以沫，你就满足老人家这个愿望吧！"

跃进颔首："我答应你。我不会以爸爸和哥哥为敌。"

"毕竟血浓于水，我们家的男子汉应该团结，患难与共。"

"哥，有件事我一直想问你。"跃进忽然一笑问道，"你爱罗晶晶么？"

建国慢慢收敛笑容，推心置腹道："我可以告诉你，罗晶晶曾经是我的最爱。但人是会变的，包括男人和女人。人们可以相爱，也可以有新的选择。"

跃进似笑非笑："明白。我认为，爱是不会忘记的。"

"同意。等你回来，我们可以讨论这个问题。"

兄弟两人都意味深长地笑了。

落日西沉。还是公园里那座树影茂密的假山，枫叶和银杏叶相映金黄火红。

朱戎生身穿皮夹克和牛仔裤，像个公子哥儿似的在山顶凉亭溜达。

一个穿淡雅秋装的女人慢慢走上山顶，眼含秋怨。

戎生潇洒地迎上去将她搂在怀里："丹丹，我以为你真的不理我了呢！"

丹丹伏在戎生宽厚的胸前悄声娇嗔道："我不理你，你会等我么？"

戎生双手捧起她的脸："我不等你，你会嫁给别人么？"

丹丹满脸绯红，笑启朱唇："我嫁给别人，你心里不遗憾么？"

戎生不等她把话说完，猛然伏身吻住了她温软的唇，堵住了她的嘴……

在母亲的提议下，全家人决定去照相馆照一张"全家福"。

还是那家老字号留真照相馆，天安门城楼布景前，全家人排列座位。

八十高龄的父亲身穿崭新的绿呢军便装坐在正中间，母亲和秀儿怀抱孙字辈亮亮和然然紧挨父亲左右，后排站立太行、建国、跃进、丹丹四对夫妻。

头发花白的摄影师担任导演："请每一对男同志和女同志稍微再靠紧一些！"

于是，华健靠紧太行，建国靠紧抗美，跃进靠紧罗丹，戎生靠紧丹丹。

三位老人都是照相的高手，女方自然地靠向男方，露出微笑。

"咔嚓！"一声脆响，"全家福"定格瞬间。

公元二〇〇六年九月八日，父亲李莽将军溘然长逝，享年九十岁。

母亲赵玉莲至今健在，身体健康。

太行和华健似乎还未退休，依然身穿文职军装，肩上已扛上了金色麦穗儿。

跃进永远一袭黑风衣，手拄金属拐杖，不知拐杖中暗藏的短剑安在？

戎生已退居二线，或许还担任人大或政协闲职？

建国调到外省当了五年省委副书记，最近也准备卸任退休了。

唯有孙字辈的亮亮和然然，充满了青春气息，如初升的太阳放射光芒！

2018 年 4 月定稿